BASTEI
LÜBBE
TASCHENBUCH

Weitere Titel des Autors:

Gefährten des Zwielichts
Der Tag der Messer
Lichtbringer
Ring der Elemente

Weitere Titel in Vorbereitung

Titel auch als E-Book erhältlich

Über den Autor:

Alexander Lohmann, geboren 1968 in München, studierte nach seiner Ausbildung zum Informatiker Germanistik und Geschichte und war als Redakteur bei Zeitschriften tätig. Die Lektüre des »Herrn der Ringe« weckte schon früh seine Liebe zur Fantasy. Während der 90er-Jahre war er im Fandom aktiv, z. B. als Mitherausgeber eines Fanzines. Seine Vorliebe für spannungsreiche Gegensätze setzt er am liebsten in eigenen Büchern um, wovon die »Gefährten des Zwielichts« und »Der Tag der Messer«, beredtes Zeugnis ablegen. Wenn Alexander Lohmann gerade kein Buch schreibt, arbeitet er als freier Lektor und Literaturübersetzer in Leichlingen.

Alexander Lohmann

IM MOND DES STYX

BASTEI LÜBBE
TASCHENBUCH

BASTEI LÜBBE TASCHENBUCH
Band 20 677

1. Auflage: Juni 2012

Bastei Lübbe Taschenbuch in der Bastei Lübbe GmbH & Co. KG

Originalausgabe

Textredaktion: Monika Hofko, München
Lektorat: Ruggero Leò
Titelillustration: © Bastien Grivet & Jessica Rossier/www.grivetart.com
Illustration der Karte: Markus Weber, München
Umschlaggestaltung: Guter Punkt, München
Autorenfoto: © Linda Budinger
Satz: Urban SatzKonzept, Düsseldorf
Gesetzt aus der Baskerville
Druck und Verarbeitung: CPI – Ebner & Spiegel, Ulm
Printed in Germany
ISBN 978-3-404-20677-3

Danksagungen

Für dieses Buch möchte ich mich bei meinen Testlesern bedanken, bei Andrea Broichhausen, Jörg Spinger, Marcel König und Stephan Dierlamm.

Bedanken will ich mich auch bei meiner Lektorin Monika Hofko, die sich auch von blutrünstigen Barbaren nicht abschrecken ließ und diesem Roman wieder einmal den letzten Schliff verlieh.

Und mein besonderer Dank geht wie immer an Linda Budinger, die diesen Roman wie stets von Anfang an begleitet hat und der ich die ersten Rückmeldungen zur Geschichte verdanke.

Prolog – eine Legende

Der Mond des Styx stand rot über den Wassern des Lethe.

An den Ufern tobte die Schlacht.

Sardik führte das Schwert, und keiner der Feinde wagte sich in seine Nähe. Seine Krieger drängten die Walaren zum Lethe zurück, doch jeder Zoll Raum, den sie erkämpften, war teuer erkauft. Das Blut der Walaren floss dick und schwarz, und selbst wenn sie mit abgetrennten Gliedmaßen und von Speeren durchbohrt auf dem Schlachtfeld lagen, griffen sie mit ihren bleichen Händen noch nach den Füßen der Männer, die über sie hinwegstiegen.

Als Sardik den See erreichte, stand nur noch eine Hand voll Gefährten an seiner Seite. Er ließ ein Feld voll toten Fleisches hinter sich, und das schwarze Blut der Walaren mischte sich mit dem roten Blut der Steppenkrieger. Die verstümmelten Leiber, die grässlichen Wunden und die zersplitterten Knochen waren auf beiden Seiten dieselben.

Der Tod löschte die Unterschiede aus, so wie er das Leben der beiden Stämme auslöschte, die unter dem Mond des Styx am Ufer des Lethe kämpften.

Er stellte Naran am Ufersaum. Der Fürst der Walaren war ein Hüne von Gestalt, zweieinhalb Schritt hoch und am ganzen Leib mit Eisen gepanzert. Er führte einen langstieligen Hammer und einen Säbel und hatte an diesem Abend viele Krieger erschlagen.

Naran ließ seinen Hammer kreisen. Sardik tauchte darunter hindurch und schlug mit dem Schwert zu. Die Klinge spaltete eine Panzerplatte am Arm, fuhr zwischen zwei weiteren hindurch und schnitt durch Fleisch und Knochen.

Naran verlor die rechte Hand, und sein Hammer fiel in den See. Der Walare taumelte zurück. Wasser umspülte seine Knie, zäh wie Teer troff sein schwarzes Blut aus dem Armstumpf und zog Fäden bis zu der abgetrennten Rechten, die im Wasser trieb.

Sardik drängte nach. Angewidert verzog er das Gesicht, als das unreine Wasser seine Haut berührte. Naran schlug mit dem Säbel zu. Sardik parierte.

Neben ihm schrien seine Männer, die letzten Walaren kreischten, von Blutdurst erfüllt. Sardik wehrte einen Angriff von der Seite ab und hieb mit dem Schwert einen Walarenkrieger in zwei Hälften. Er geriet tiefer in die Wasser des Lethe.

Naran blieb ungerührt von seiner Wunde und nutzte die Ablenkung. Er griff Sardik an der ungeschützten Flanke an. Sardik drehte sich, parierte und schlug zu. Schwarzes Blut und Wasser perlten von der Klinge ab, die Tropfen funkelten unter dem vollen Mond des Styx.

Sardik stieß Naran das Schwert in den Leib. Er traf ihn zweimal, dreimal ... Der Walare kämpfte weiter. Es wurde still auf dem Schlachtfeld. Die Kriegsrufe verstummten, nur das Stöhnen der Verwundeten erfüllte die Luft. Vom Klirren der Waffen blieb nur mehr ein Scharren, als die niedergestreckten Walaren mit den letzten Atemzügen noch versuchten, zu ihren Feinden zu kriechen.

Und neben alldem hörte man Sardik und Naran, die als Einzige weiterkämpften, ihr Keuchen, den hellen Laut, mit dem ihre Klingen aufeinandertrafen. Narans Panzer war zerfetzt, das Fleisch darunter aufgerissen, doch er gab nicht auf. Sardik wich einem Säbelhieb aus, er glitt ins Wasser; seine Klinge fuhr unter der seines Feindes hindurch und biss zu. In hohem Bogen flog Narans zweite Waffe hinaus auf den See, die Hand noch immer um den Griff geklammert.

Der Walarenfürst taumelte zurück, tiefer ins Wasser hinein. Er hob beide Armstümpfe. Naran sah sich nach seinen Kriegern um, aber da war niemand mehr. Nur ein halbes Dutzend von Sardiks Männern stand am Ufer, hinter ihrem Häuptling. Sie verfolgten den letzten Kampf. Diese Männer waren alles, was von beiden Stämmen geblieben war.

Naran streifte sich mit den verstümmelten Armen den Helm

vom Kopf und schüttelte die langen Haare. Sechs volle Monde standen am Firmament, doch der blutrote Styx überstrahlte sie alle.

»Du glaubst, du hast mich besiegt«, stieß Naran hervor.

»So sieht es aus«, sagte Sardik. Er kam vorsichtig näher und hielt das Schwert vor sich. Sein Feind wirkte hilflos, doch sie alle hatten erlebt, wozu die Walaren fähig waren. Sie wollten nicht sterben, und ihr Fürst Naran war von allen der Schlimmste. Sein Leib war erfüllt von dämonischer Macht.

»Du weißt, dass das nicht das Ende ist. Äonen mögen vergehen, doch wenn der Mond des Styx wieder in vollem Glanz erstrahlt, dann werde ich zurückkehren. Und wo wirst du dann sein?«

»Diese Welt gehört mir und den meinen«, antwortete Sardik. »Welcher Mond auch immer darüber scheinen mag.«

Er schlug mit dem Schwert zu. Die Klinge drang in Narans Schulter. Aber das zähe Blut hielt das Fleisch zusammen wie die Fäden einer Naht, und der Schnitt schloss sich, kaum dass Sardik die Klinge aus der Wunde gezogen hatte.

Mit einem Knurren sprang Naran nach vorn. Er versuchte, Sardik mit der bloßen Masse seines Leibes unter Wasser zu drücken.

Sardik wich aus. Er fiel der Länge nach in den See, sprang wieder auf und schlug zu, immer wieder. Er schlug Fleisch und Knochen von Narans Leib wie ein Holzfäller, der im Wald einen Stamm bearbeitete. Er trennte Naran auch die Beine ab, und den Kopf, aber es war immer noch Leben in den Körperteilen, als sie davontrieben.

Sardik hackte mit dem Schwert, bis sich nichts mehr regte. Schwarzes Walarenblut floss in kleinen Bächen vom Ufer in den See und mischte sich mit dem Blut des Fürsten zu dunklen Wolken, die träge mit der Strömung trieben.

Und der Mond des Styx glitzerte auf den Wassern des Lethe, und sein Schein färbte den See so rot wie Blut – der Schein des blutroten Mondes oder das Blut selbst, das an diesem Tag in den See geströmt war, wer vermochte es zu sagen?

I. Teil:

Spur in die Wüste

1.

Es war Frühling, als Halime zu den Zelten der Cefron kam.

An diesem Morgen wurde Gontas von dem Lärm geweckt, der sich am Rande des Lagers erhob. Er glitt von seinem Stapel Decken und tastete benommen nach dem Beil. Er fluchte. Zu viel Akir am gestrigen Abend. Wenn das ein Angriff war ...

Gontas' Hand schloss sich um den Griff seiner Waffe.

Wenn das ein Angriff war, was konnte er sich dann Besseres wünschen? Sein Kopf schmerzte bereits so heftig, als hätte er ein paar kräftige Schläge daraufbekommen. Es gab also wenig, was er von einem Feind noch zu befürchten hatte.

Die Morgensonne fiel durch den locker verschnürten Zelteingang. Ihre Strahlen ließen rote Lichtkreise auf dem Boden und auf der Zeltplane tanzen. Gontas lauschte. Er hörte Stimmen – Stimmen, keine Schreie. Kein Angriff also.

Gontas ließ das Beil sinken und warf es dann achtlos in die Ecke. *Schade.* Er hätte an diesem Morgen gern ein paar Köpfe eingeschlagen, und am allerliebsten seinen eigenen. Er biss die Zähne aufeinander, beschattete die Augen mit der Linken und riss die Zeltklappe auf.

Ein warmer Wind strich über Gontas' schmerzende Stirn. Die ganze Sippe stand an einem Flecken zwischen den Zelten beisammen. Die Frauen und die Alten redeten aufgeregt durcheinander, die jungen Krieger hingegen gaben sich betont unbeteiligt. Sie alle aber schienen sich um einen einzigen Punkt versammelt zu haben, und von jenseits der Zelte blickten die Dromedare aufmerksam herüber.

Neugierig trat Gontas näher. Er schob die jüngeren Männer zur Seite. »Was ist das hier?«, fragte er. »Was soll der Lärm?«

Gontas war nicht besonders groß und auch nicht auffällig gut aussehend. Er war breit gebaut, mit langen, muskulösen Armen.

Seine kurzen schwarzen Haare ringelten sich wie Draht und sahen immer ein wenig struppig aus, seine Nase war flach, und seine Haut hatte den leichten Bronzeton, der bei den Stämmen der Buschläufer verbreitet war. Dennoch, als er durch den Kreis seiner Sippe trat, hatte er die ungeteilte Aufmerksamkeit aller. Die Gespräche verstummten.

»Irgendwelcher Weiberkram«, zischelte Hasdru Hundeohr

»Die Frauen haben es beim Wasserholen gefunden«, sagte Ochos, der älteste der Sippe.

Gontas hob gereizt die Hände. »*Was* haben sie gefunden?«

Die Frauen wichen zur Seite. Gontas kniff die Augen zusammen, aber er konnte immer noch nicht sehen, worum es ging. Nur ein paar kleine Kinder spielten dort, wo alle hinschauten. Sie liefen aufgeregt umher und stachelten sich gegenseitig mit Rufen an.

Gontas trat näher. Und dann bemerkte er den Grund für die Aufregung.

Ein fremdes Mädchen stand zwischen den Kindern des Stammes. Es mochte wohl sechs Jahre alt sein, und sein Kleid war von fremdartigem Schnitt und viel zu schwer für den Frühling im Buschland. Der Stoff wirkte grau und zerlumpt und staubig wie von einer langen Reise. Die Haare des Kindes klebten fettig und verfilzt aneinander; ursprünglich mochten sie braun gewesen sein, füllig und lang. Die Wangen der Fremden waren hager, der Leib ausgemergelt, aber sie stand aufrecht da und schaute Gontas aus ihren dunklen Augen an. Ihre Blicke trafen sich, sie schlug nicht die Augen nieder.

»Sie war beim Fluss.«

»Sie sagt gar nichts.«

»Sie ist keine von den Cyriaten!«

Die Frauen redeten durcheinander.

Gontas ging auf das Mädchen zu. Er scheuchte die Kinder fort, die die Fremde umringten wie ein Rudel Hunde. Mit beiden Händen fasste er das Mädchen unter den Achseln und hob es hoch. Er musterte es. Das Kind schaute ihm immer noch unverwandt in die Augen und gab keinen Laut von sich.

»Es gehört zu keinem der Stämme«, stellte Gontas fest.

Einige der Ältesten traten an Gontas' Seite. Sie betrachteten das fremde, schweigsame Kind. Gontas konnte den Blick des Mädchens nicht abschütteln. Diese Augen ... *Nein.*

Er kam zu dem Schluss, dass das Mädchen um einiges älter sein musste, als er zunächst gedacht hatte. Es war nur ein wenig klein geraten und mager, und eindeutig war es zu lange unterwegs gewesen.

Aber ob es nun sechs Jahre alt war oder zehn, es war auf jeden Fall zu jung, um allein durch das Buschland zu wandern.

»Womöglich kommt es aus den Städten«, sagte Ochos. »Die Frauen der Khâl tragen seltsame Kleider, so heißt es.« Er sah Gontas an, der schon einmal in den Städten der Khâl gewesen war.

Der zuckte die Achseln. »Schon möglich«, sagte er, auch wenn ihm nichts an der Kleidung des Kindes bekannt vorkam. Auch die Gesichtszüge, das Haar, die Hautfarbe unter der Sonnenbräune – es passte zu den Khâl so wenig wie zu den Stämmen des Buschlandes. Das Mädchen war ihm ein Rätsel. »Auf jeden Fall wird sie kaum allein von den Städten bis zu unseren Zelten gelaufen sein.«

»Gewiss nicht.« Ochos grinste und entblößte dabei einige verfärbte Zahnstümpfe. »Nicht allein. Wir sollten nach Fremden in der Nähe Ausschau halten.«

Gontas setzte das Mädchen wieder ab. Er legte ihm die Hand auf die Schulter. »Tu das«, sagte er zu Ochos. »Ich nehme das Kind in meinem Zelt auf, bis wir mehr wissen.«

»Du?« Ochos klang entsetzt. »Das geht nicht!«

»Wer will mich daran hindern?«, fragte Gontas. *»Du?«* Er musterte den Alten abschätzig.

Makri Kamelschweif rang die Hände. »Du kannst das Kind nicht aufnehmen! Du hast dir bis jetzt ja nicht einmal eine Frau in dein Zelt geholt!«

Makri war die älteste Frau der Sippe und inzwischen die Matriarchin. Gontas hielt sie für hysterisch. Was der Krieg übrig lässt ... Aber er musste zugeben: Sie war die beste Geisterseherin, die der Stamm hatte.

»Weib!«, fuhr Gontas sie an. »Ich will einem Kind in meinem Zelt Gastfreundschaft gewähren. Ich will kein eigenes Kind darin zeugen! Wozu bei allen Geistern sollte ich also eine Frau brauchen?«

»Ein Krieger kann kein Kind aufziehen«, sagte Ochos. »Das ist gegen die Sitte.«

Gontas hörte hinter sich ein Johlen. »Gontas will ein Kind an seinem Busen nähren. Wo sind seine Zöpfe?«

Gontas erkannte die Stimme. Es war Nachab, das Büffelhorn. Gontas knirschte mit den Zähnen. Er wandte sich nicht um, aber er würde Nachab die Schmähung nicht vergessen.

»Ich habe mich entschieden«, sagte er und musterte die ältesten finster. Er würde diesen Kampf gewinnen, so wie jeden anderen zuvor. Die Sippe war *tot* gewesen, bevor sein Ruhm neue Männer zu den Zelten geführt hatte – seine Männer, die im Krieg an seiner Seite gekämpft hatten und denen er Siege und Reichtum gebracht hatte. Allein seinetwegen war die Sippe heute die erste unter den Cefron.

Und ob Krieg oder Frieden, er würde sich nicht führen lassen von Alten, denen er die Knochen brechen konnte, als wären es Eierschalen.

»Sei vernünftig.« Ochos legte Gontas die Hand auf den Arm. »Das Mädchen ist ja nicht als Gast zu unseren Zelten gekommen. Es ist eine fremde Herumtreiberin, die wir auf unserem Land aufgegriffen haben.«

Makri fing an, lauthals zu lamentieren: »Diese jungen Kühe!« Sie schaute die übrigen Frauen der Sippe an. »Warum haben sie das fremde Ding nur in unser Lager gebracht? Ein Geist der Zwietracht ist es, der Gestalt angenommen hat, um uns zu verderben. Das Gras wird verdorren unter unseren Füßen, die Brunnen werden trocken fallen. Unsere Herden werden tot daliegen mit aufgeblähten Leibern, wenn wir diesen Geist des Unheils nicht von unseren Zelten vertreiben. Schickt sie fort, bevor es zu spät ist!«

Die Cefron murmelten unruhig. Auch Gontas fröstelte. Sprach Makri nun als Geisterseherin, oder war das nur das Geschwafel eines alten Weibes, das seinen Willen nicht bekommen sollte?

Aber Gontas bemerkte noch etwas anderes: Zum ersten Mal zeigte das fremde Mädchen neben ihm eine Regung. Sie schaute Makri an, und Gontas las Furcht in ihrem Gesicht. Sie drückte sich Schutz suchend an seine Beine.

Gontas ballte die Faust. »Schluss jetzt«, knurrte er. »Sie ist jetzt unser Gast, denn ich habe ihr Gastfreundschaft angeboten. Und das Gastrecht ist heilig. Wer meinen Gast aus dem Zelt zerren will, ob mit Worten oder mit Taten, den werde ich erschlagen – ganz so, wie die alten Sitten und Gesetze es befehlen.

Oder will jemand ein Urteil der Geister im Kampf erwirken? Nur zu. Ich stehe hier.«

Einen nach dem anderen musterte Gontas die Männer seiner Sippe. Tagos, Ochos' Sohn, straffte sich und suchte gleichfalls mit Blicken nach Verbündeten. Einige der Krieger fassten nach ihren Waffen, und keiner war sich des anderen sicher.

Gontas legte beide Hände auf die Schultern des fremden Kindes. Er schob es auf sein Zelt zu und ließ das Lager hinter sich in eisigem Schweigen zurück. Misstrauen und ein ungestillter Hunger nach Gewalt schwebten fast greifbar zwischen den Zelten.

Gontas lächelte.

Alles in allem, befand er, konnte er zufrieden sein mit diesem Morgen. Seine Kopfschmerzen waren fort.

Gontas nannte das Mädchen Halime. Sie sprach kein Wort, auch wenn Gontas ihr ansehen konnte, dass sie ihn verstand.

Jeden Tag ging er mit ihr hinaus, vorbei an den Tieren, den Hunden, den Ziegen und den Dromedaren am Rande des Lagers und weiter in das Buschland. Die Cefron lebten im Norden, wo das Buschland bereits in die Steppe überging, hinter der sich das öde Steinland erstreckte. Hier wuchsen weniger Kriechranken als im Süden, es gab mehr freien Boden, aber auch viel ausgedörrtes und schlechtes Land.

Heute wanderten sie am Rand eines trockenen Wadis.

»Kennst du den Strauch?« Gontas ging neben der graubraunen Pflanze in die Hocke. »Wir Cefron nennen ihn Ashur oder Regenrose. Er ist voll von feinen Dornen, und die Zweige haben hässliche Knoten. Aber wenn es regnet, entfaltet er für einige Stunden Blüten von klarstem Blau.«

Halime lauschte aufmerksam. Sie berührte Gontas' Wange mit ihrer kleinen Hand und sah ihn an, aber nicht ein einziges Mal schaute sie zu dem Strauch, über den er sprach.

Gontas richtete sich wieder auf. Er seufzte. So vieles hatte er ihr gezeigt, so lange hatte er mit ihr gesprochen, und immer hatte er gehofft, Halime würde eine Regung zeigen, würde etwas wiedererkennen, Landmarken oder Worte – irgendetwas, das ihm einen Hinweis auf ihre Herkunft geben könnte. Aber an diesem Tag gab er die Hoffnung auf.

Mit der Abendkühle kehrten sie zu seinem Zelt zurück. Gontas blieb bei Halime, bis sie eingeschlafen war. Inzwischen trug sie die Kleidung der Cefron, einen einfachen Kittel von blassem Grün, und Gontas kniete sich einen Augenblick neben ihre Bettstatt und lauschte ihren Atemzügen, bevor er nach draußen ging. Dabei nahm er einen Krug mit und saß dann eine ganze Weile brütend vor seinem Zelt. Er trank und sah zum farbenfrohen Licht der Monde empor.

Als er genug Akir getrunken hatte, spät am Abend, suchte er Ochos auf. Er wollte es tun, bevor dieser Augenblick der Einsicht ihn wieder verließ.

Der Älteste döste vor einem kleinen Feuer aus duftenden Gormbuschzweigen. Er zuckte zusammen, als Gontas sich neben ihn setzte. Sie hatten kein Wort miteinander geredet, seit das Kind zu ihnen gekommen war. Der unausgesprochene Groll zwischen ihnen hatte keiner Worte bedurft.

Gontas stocherte im Feuer. Ochos saß neben ihm, wachsam und angespannt.

Gontas stieß einen langen Zweig in die Flammen. Es knackte, und Funken stoben auf. »Das Mädchen kann nicht bei uns bleiben«, sagte er.

»Nicht in deinem Zelt«, erwiderte Ochos versöhnlich. Er reichte Gontas einen Klumpen Harz. Beide kauten und schwiegen.

»Nein«, sagte Gontas. »Halime gehört nicht zu uns. Wir müssen sie nach Hause bringen.«

»Wie soll das geschehen?« Ochos sprach leise und nachdenklich. »Wir wissen nichts über sie, und sie redet nicht.«

»Ich will nicht länger versuchen, sie selbst zu befragen«, sagte Gontas. »Ich dachte an Nuatafib.«

Ochos wiegte bedächtig das Haupt. Er warf einen Klumpen Harz in die Glut, reichte Gontas einen weiteren und steckte den dritten selbst in den Mund. Das Harz öffnete ein Tor in die Welt der Geister und ließ die Lebenden an der Weisheit der Ahnen teilhaben.

Gontas fühlte, wie das Harz in seinem Inneren sich mit dem Akir vereinte und seinem Geist Klarheit schenkte. Ein kühler Wind fuhr vom Buschland her durch das Lager, Staub und Weite mit sich tragend. Die Flammen zu Gontas' Füßen leuchteten in allen Farben. Funken stiegen zum Himmel auf.

»Nuatafib ist nicht von unserem Stamm«, sagte Ochos. »Seinem eigenen Stamm hat er den Rücken gekehrt. Was hoffst du zu finden bei dem Ausgestoßenen? Nuatafib lebt bei den Geistern.«

»Ein Geist ...« Gontas wunderte sich, weil seine Stimme sich so schwer anfühlte. »Ich fürchte, ein Geist hat sich in meinem Herzen niedergelassen. Ein Dämon des Krieges. Es ist geschehen, als die Stämme miteinander kämpften.«

»Du warst ein Held«, sagte Ochos. »Du hast deine Familie gerächt, deine Sippe stark gemacht und uns Wohlstand gebracht. Der Geist des Krieges hat dir Kraft verliehen.«

»Als Halime zu unseren Zelten kam«, sagte Gontas, »und wir in Streit gerieten, da kochte das Blut in meinen Adern. Ich hätte jemanden von meinem eigenen Volk erschlagen können, und der Gedanke daran ließ mich gleichgültig.« Er sah Ochos an. »Nicht nur gleichgültig. Der Gedanke erregte mich! Der Dämon des Krieges ist immer noch in meinem Inneren, und er dürstet nach Blut.«

Ochos starrte in die Flammen. Er mied Gontas' Blick. Endlich murmelte er: »Du musst den Krieg hinter dir lassen, Gontas. Nimm dir ein Weib, zeuge Kinder. Du bist fast schon über das Alter hinaus. Dann wirst du ruhiger werden und den Dämon in deinem Inneren bezähmen.«

Gontas lachte. »Ich bin zu dir gekommen, um dir einzugestehen, dass du recht hattest, alter Mann. Nun beleidige mich nicht, indem du Dummheiten plapperst. Du weißt, dass es so einfach nicht ist. Die Frauen der Cefron ...«

Gontas schwirrte mit einem Mal der Kopf. Er legte sich auf den Rücken und sah den Monden zu, die sich im Kreis drehten. »Ah, die Frauen, die Frauen im Krieg. Die Jagd und die Schreie, wenn wir erhitzt zwischen den Zelten der Cyriaten ankamen, bespritzt mit dem Blut ihrer Krieger. Die Huren von Apis, so anders als die braven Mädchen unseres Volkes. Ihr Duft ... Ochos, ich habe die Frauen und die Lust im Krieg kennengelernt, und was ich hier zwischen den Zelten sehe, das langweilt mich nur.«

Ochos hustete. »Sich ein Weib zu nehmen ...« Er räusperte sich. »Es geht nicht nur um Lust und Vergnügen, Gontas. Was auch immer du im Krieg abseits unserer Zelte getrieben hast ...«

Gontas fiel ihm ins Wort, den Blick immer noch zu den Monden gerichtet. »Es ist schlimmer als das. Ich sehe mir die braven Mädchen unseres Stammes an, und ich denke an ... Dinge. Dinge, die ich tun könnte, und *dann* fühle ich Lust. Aber du hast recht, Ochos: Wir sind nicht im Krieg. Dort konnte ich mir ein Weib nehmen, für eine Stunde oder für eine Nacht, und dann war ich fort. Wenn ich mir hier eine Frau nehme, wird sie am nächsten Tag immer noch da sein. Und ihre Brüder, ihr Vater und dessen Brüder leben mit mir im Lager, und wir begegnen uns jeden Tag. Ich sehe mir die hübschen Mädchen im Lager an und mir graut vor meinen Gedanken, Ochos. Ich *kann* mir hier kein Weib in mein Zelt holen!«

Ochos gab einen halbherzigen Laut von sich, oder vielleicht schnappte er auch nur nach Luft. »Was ... willst du also tun?«

»Die Städte im Westen liegen ständig im Krieg«, sagte Gontas. »Die Städte im Westen brauchen immer Krieger.«

Er setzte sich wieder auf. Ochos war vor dem Lagerfeuer zusammengesunken wie ein leeres Bündel.

»Aber erst einmal«, fuhr Gontas fort, »suche ich Nuatafib auf, der die Geister kennt, und frage ihn um Rat. Ich möchte dich bitten, Halime in die Obhut deiner Familie zu nehmen, bis ich zurückkehre.

Doch ich gehe nicht nur um des Mädchens willen. Es ging nie allein um Halime, sondern immer um die Herausforderung, nach der ich suche.«

Die flachen Strahlen der Abendsonne fielen auf niedrige Tafelberge und überzogen das Gestein mit einem blassroten Schimmer. Die Berge waren nicht hoch, aber zerklüftet. Wie kreuz und quer gestapelte Steinplatten türmten sie sich auf und waren voll von verwitterten Kanten. Überall zwischen den Graten gab es Hochebenen und Spalten, und an manchen Stellen klafften wahrhaftig Höhlen zwischen den Felsscheiben.

In einer von diesen Höhlen lebte Nuatafib, der Einsiedler und Wahrsager, doch Gontas wusste nicht, wo sie lag.

Tagelang war er bis zu diesen Bergen gewandert, durch das Dickicht von Kriechgras und Klammerstrauch, von Schlingwurzel und Wanderranke, das diesen Teil des Buschlandes überzog. Es gab Pfade durch das abweisende Gestrüpp, und Gontas kannte sie alle. An den steinigen Hängen der Tafelberge endete der Bewuchs allmählich, und Gontas folgte dem Saum der Vegetation und suchte im letzten Tageslicht nach den feinen Spuren, die jedes menschliche Leben hinterließ.

Mit Einbruch der Dunkelheit fand er Sträucher mit Beeren, und im bernsteingelben Glanz des Styx und im Licht einiger kleinerer Monde sah er die Abdrücke bloßer Füße in der kargen Erde darum herum. Gontas folgte der Fährte über schmale Risse hinweg, er stieg über einen geborstenen Steinblock, dessen Trümmer weit verteilt am Berghang lagen, und dahinter fand er an einem Sims die Höhle des Nuatafib.

Der Wahrsager saß davor und badete seinen nackten Leib im Licht der Gestirne. Es war ohne Zweifel das einzige Bad, das er in den letzten Jahren genommen hatte. Das fahle Haar hing wirr um seinen Körper, Schopf und Bart waren zu einer einzigen talgigen Masse verfilzt. Schmutz und die Falten des Alters zeichneten verschlungene Muster auf seine Haut, und der Geruch des dürren Greises hatte nichts Menschliches mehr an sich.

Gontas stand einen Moment unschlüssig am Rand des Plateaus. Dann trat er beherzt vor den Einsiedler.

»Nuatafib, ich suche deinen Rat.«

Der Alte sah ihn nicht an. Seine Augen glänzten weiß und blind im Mondlicht. Aber er antwortete: »Warum sollte ich dir einen Rat geben, Gontas von den Cefron?« Seine Stimme klang überraschend deutlich durch die Nacht, wenn auch rau und immer schriller, bis sie am Ende in den Ohren schmerzte wie ein scharfer Wind. »Warum sollte ich dir einen Rat geben? Du bist nicht mit mir verwandt, und du hast viele Cyriaten erschlagen.«

Gontas zuckte zusammen, vor dem Irrsinn in der Stimme und weil der Alte ihn beim Namen nannte, obgleich sie einander nie begegnet waren. Doch er versuchte, sich nichts anmerken zu lassen. »Ich habe Geschenke für dich.«

Nuatafib streckte ihm die Hand entgegen, eine Hand, so lang und dünn wie die eines fleischlosen Toten. Als Nuatafib die Finger um die Gaben krümmte, knackten die Knoten an seinen Gelenken.

»Getrocknetes Fleisch vom Hasen, Datteln und sogar Wein«, sagte Gontas. »Das gibt es nicht in dieser Gegend.«

»Du hast recht, es gibt keine Datteln hier.« Der Alte kicherte und verbarg die Geschenke rasch in einem dunklen Winkel zwischen den Steinen. »Aber es gibt andere Dinge hier. Die Geister raunen in den Felsen. Und es gibt Harz, das beste Harz. Der Wind und die Bienen tragen es durch die Lüfte zu mir.«

Er bedeutete Gontas, sich ihm gegenüber auf den Boden zu setzen. Dann entfachte Nuatafib ein Feuer aus dürren Zweigen, so schnell, dass Gontas kaum erkennen konnte, wie der Alte es zuwege brachte. »Es ist gut, dass du zu mir gekommen bist«, sagte Nuatafib, »denn deine Geschenke erfreuen mich.«

Unvermittelt hielt der Alte einen Beutel in den Händen, und mit ausholender Geste warf er etwas in die Glut. Es knisterte, Holz barst. Die Rauchschwaden wurden dünner, aber sie bissen in Augen und Nase wie boshafte Schlangen. Ein Zischen stieg von den Flammen auf. Gontas spürte ein Prickeln hinter der Stirn, er sah Umrisse in dem Qualm, verfolgte, wie die kräuselnden Rauchfäden sich zu dünnen Schemen vereinten, verdrehte Formen, die beinahe menschlich anmuteten.

»Jaaa ...« Der Wahrsager auf der anderen Seite des Feuers keuchte verzückt. »Kommt, Geister! Erzählt mir eure Geschichte. Nuatafib hört euch, Nuatafib ist weit offen ...«

Gontas schreckte auf. »Meine Fragen. Ich habe meine Fragen noch gar nicht gestellt!«

Nuatafib brachte ihn mit einem Blick zum Verstummen, mit einem Blick aus blinden weißen Augen, in denen das Feuer tanzte. Es sah so aus, als wäre der Greis größer geworden. Haut und Haar verschwammen, und er schien selbst in dem Rauch aufzugehen, der ihn umgab. Er wand sich in Ekstase.

»Jaaa ... Ich sehe etwas!«

Wie aus weiter Ferne drang seine Stimme zu Gontas.

»Ich sehe – einen alten Mann. Sein Bart ist weiß. Er trägt einen Kittel aus ungefärbtem Leinen. So würdevoll, würdevoll sitzt er in der Zitadelle am Ende der Welt, und sein Name, sein Name ist Israel.«

Mit einem lang gezogenen Seufzer sank Nuatafib in sich zusammen. Binnen weniger Augenblicke erlosch das Feuer zu lebloser Asche, so grau und ausgebrannt wie der Hexenmeister, der es heraufbeschworen hatte.

Gontas blinzelte. Er regte sich. Er fühlte sich, als wäre er aus einem Tagtraum gerissen worden, und er konnte nicht sagen, wie viel Zeit vergangen war.

»Nuatafib?«, fragte er nach einer Zeit, die sich endlos dehnte.

Der Alte hob den Kopf, aber er blieb stumm. Gontas spürte, wie Ärger in ihm aufstieg.

»Das war alles?«

»Das ist alles, was die Geister zu sagen haben – zu dir und zu deinem kleinen Mädchen.«

Er grinste. Ein Lichtstrahl vom Hubal, der als Halbmond am Himmel stand, färbte seine Zähne rot wie Blut.

Gontas sprang auf. Er wich zurück, spürte, wie er mit der Ferse auf die Kante des schmalen Felsvorsprungs geriet, und wäre um ein Haar nach hinten gekippt. Doch er fing sich wieder. Es erschreckte ihn, was dieser Hexer über ihn wusste. Dabei hatte er nicht einmal Gelegenheit bekommen, etwas über den Grund seines Besuchs zu erzählen.

Oder hatte er das doch getan, in jenem dämmrigen Bad im Kräuterrauch, in dem schwer fassbaren Augenblick zwischen Tag und Traum?

»Aber was bedeuten die Worte der Geister?«, stieß er hervor.

»Du suchst Erklärungen?« Nuatafib kicherte, dann spie er verächtlich hervor: »Wenn du danach suchst, so schau bei den Menschen von Khâl danach. Sie schreiben dicke Bücher, so heißt es, in denen sie erst die ganze Welt erklären und dann auch noch das, was sie dazu geschrieben haben. Oder du magst nach Modwinja reisen, wo sie Erklärungen und Lügen gleichermaßen sammeln, weil ihnen das eine so viel zählt wie das andere. Bei mir findest du nur die Wahrheit, und die schert sich nicht um das Verstehen der Menschen. Das Leben selbst wird sie dir deuten.«

»Wer ist dieser alte Mann, den deine Vision dir gezeigt hat?« Gontas drang weiter in ihn.

»Der Name ist ein fremdes Wort.« Nuatafib machte eine Geste, als wäre das alles ohne Bedeutung. Seine Stimme klang gleichgültig. »Es bedeutet ›Streiter gegen Gott‹. Oder ›Streiter für Gott‹, wer mag diesen feinen Unterschied erkennen?

Wie ich sagte, man kann vieles erklären und wird doch nicht klüger dadurch.«

»Ich hatte gehofft, du hättest einen Rat für mich«, sagte Gontas. »Einen Rat, was ich tun soll!«

»Ach?« Nuatafib legte den Kopf schräg. »Warum sagst du das nicht gleich. Ich dachte, du suchst nach Erkenntnis und nicht nach moralischer Anleitung. Nun, was du tun sollst, ist leicht gesagt: Du sollst das Tor der Zitadelle schließen! Aber das wird dir nicht so leicht gelingen.

Nun geh, geh heim zu deinem Stamm und eile dich. Ich habe dir die Wahrheit enthüllt.«

»Aber ich verstehe nicht ...«, stammelte Gontas.

»Es ist nicht so schwer.« Die Stimme des Alten klang milde. Er verschmierte mit dem Finger die Asche auf dem Fels zu einem Muster, das man im Schein der Monde nicht erkennen konnte. »Die Erkenntnis kommt von selbst, ein Schritt um den anderen. Wenn du bei den Zelten deiner Sippe bist, wirst du erkennen, wohin dein Weg dich als Nächstes führt. Und im Lichte des Styx wirst du schließlich das letzte Tor erblicken.«

Gontas wandte sich ab. Nuatafib war verrückt, das wusste jeder – der verrückte Hexer vom Stamm der Cyriaten. Was hatte er von dem Besuch erwartet?

Er verließ das schroffe Hügelland und wandte sich heimwärts. Doch in den Worten war etwas gewesen, Gontas wusste nicht was, das ihn zur Eile trieb. Er lief die Nacht durch und schlief wenig in der nächsten, und er brauchte nur zwei Nächte und einen Tag für den Weg zurück.

Aber als er bei den Zelten seiner Sippe ankam, war Halime fort.

2.

Gontas riss zornig die Plane beiseite und stapfte in Ochos' Zelt. Von dem Ältesten war nichts zu sehen. Nur seine jüngste Tochter hockte dort im Vorraum und legte Rauschbartsamen in Tonkrügen ein.

»Wo ist das Mädchen?«, fuhr Gontas sie an. »Wo steckt dein nichtsnutziger Vater?«

»Beleidige mich nicht.« Ochos trat hinter ihm ins Zelt. »Das habe ich nicht verdient. Ich war bei den Herden und habe die Tiere gezählt. Als ich hörte, dass du wieder da bist, bin ich sogleich gekommen.«

»Du hättest besser die Menschen gezählt. Wo ist Halime? Ich hatte dir das Mädchen anvertraut.«

Ochos wies auf einen Hocker. »Ich werde dir alles erklären. Es ist viel geschehen in den letzten Tagen, Gontas. Setz dich.«

»Ich bleibe stehen«, sagte Gontas. »Fasse dich kurz. Wenn du meinem Gast etwas angetan hast, weil wir Streit hatten ...«

Ochos hob die Hände. »Wir haben uns ausgesprochen. Wir waren uns einig. Ich hätte niemals gegen meine Pflichten verstoßen. Aber heute bei Sonnenaufgang kamen fremde Krieger in unser Lager. Sie saßen auf Tieren, auf Pferden, und sie waren dunkel gekleidet.«

»Auf Pferden?« Gontas war überrascht. Das Buschland war voll von Rankengewächsen, die jedes Pferd zum Straucheln brachten. Die wenigen freien Pfade waren Fremden nicht bekannt. Es kam selten vor, dass Reiter sich zu den Zelten der Cefron verirrten, und nur hier, so nah bei der Steppe, konnte es überhaupt geschehen.

»Sie haben nach dem Kind gefragt«, fuhr Ochos fort.

»Bewaffnete Fremde kamen in unser Land, zu unseren Zelten gar, und ihr habt sie unbehelligt ziehen lassen?«

»Auch Halime kam als Fremde zu uns«, rief Ochos ihm in Erinnerung. »Ich mochte diese Reiter nicht. Aber was, wenn es Halimes Verwandte sind, die nach dem Mädchen suchen? Da hätten wir deinem Schützling schlechte Gastfreundschaft erwiesen, wenn wir ihre Familie erschlagen.«

»Du hattest Angst vor einem Kampf«, stellte Gontas fest.

Ochos zuckte die Achseln. »Es waren ein halbes Dutzend Fremde, und sie waren gut bewaffnet. Es hätte Blut gekostet, sie aufzuhalten. Solange sie höflich blieben und nur Fragen stellten, gab es keinen Grund, einen Kampf anzufangen.«

Gontas schnaubte. »Aber ihr habt ihnen Halime nicht ausgeliefert.« Er kannte die Antwort auf diese Frage schon, denn andernfalls hätte Ochos genauer zu sagen gewusst, wie die Reiter zu dem Mädchen standen.

»Nein, bei Stein und Strauch! Wir hätten deinen Gast niemals in fremde Hände gegeben. Nicht bevor du zurückgekehrt wärst, egal, was diese Männer uns erzählten. Wir wissen, was Ehre und Sitte von uns verlangen.«

»Wo ist sie also?«, fragte Gontas.

»Sie war bereits fort, als die Fremden kamen.«

»Fort?«, rief Gontas aus. »Ochos, was verschweigst du mir noch?«

»Sie war gestern Morgen schon fort. Sie muss in der Nacht davongelaufen sein. Wenn diese Reiter nicht ihre Freunde sind, hat sie womöglich geahnt, dass sie kommen, und ist geflohen …«

Gontas ballte die Fäuste. »Wie hätte sie etwas ahnen können, wenn selbst die Späher unseres Stammes nichts von den Fremden bemerkt haben? Ochos, ich habe meinen Gast in deine Obhut gegeben. Du sagst, du hättest Halime nicht den Fremden ausgeliefert. Aber ist es besser, ein Kind zu *verlieren*?«

»Wir haben nach ihr gesucht, gestern, den ganzen Tag.« Der Älteste senkte den Kopf. »Aber bis zum Abend haben wir nicht mehr von ihr gefunden als Spuren, die nach Norden führen. Und dann, heute Morgen, kamen schon diese Reiter, und da musste ich mich vergewissern, dass unsere Herden sicher sind.

Gontas, dein Mädchen läuft gerade und zielstrebig davon und bewegt sich gar nicht wie ein verirrtes Kind!«

»Und dennoch«, sagte Gontas, »ist sie eines.« Er schüttelte den Kopf. »Ich hätte niemals diesen verrückten Wahrsager aufsuchen sollen. Er hat mir nur Unsinn erzählt. Wäre ich geblieben, so hätte ich von den Fremden all die Antworten bekommen, die ich gesucht habe. Oh ja, ich hätte mir die Antworten geholt!«

Ochos legte ihm eine Hand auf den Arm. »Vielleicht ist es besser so. Das Mädchen hat Unruhe in den Stamm getragen, und noch mehr Unruhe folgt ihr.«

Gontas fühlte, wie seine Muskeln unter den Fingern des Alten vibrierten. »Ein kleines Kind allein im Buschland. Was soll daran besser sein?«

»Sie hat allein ihren Weg zu uns gefunden«, erwiderte Ochos.

Gontas wandte sich brüsk ab. »Weißt du was, Ochos? Ich werde ihr folgen.«

»Ich weiß«, sagte Ochos unglücklich.

Am nächsten Morgen rüstete sich Gontas zum Aufbruch. Er wusste nicht, wie lang er unterwegs sein würde, also bereitete er sich auf einen weiten Weg vor. Er trug eine Hose aus Leder und weiche Stiefel, dazu einen weiten Umhang mit Kapuze für die Nacht und als Schutz gegen die Sonne. Er steckte seine beiden Äxte hinten in den Gürtel und hängte sich eine kleine Tasche und einen Wasserschlauch über die Schulter. Dann brach er auf.

Die Spuren der Reiter fand er als Erstes. Sie folgten den breiten Pfaden durch das Buschland, und die Hufe der Pferde hatten scharfe Abdrücke in den Boden gestanzt. Ob die Fremden ihn zu Halime führen würden?

Nein. Gontas wollte das Mädchen vor ihnen finden.

Doch so leicht er die Spuren der Reiter entdeckt hatte, so schwer war das bei Halime. Ein barfüßiges Mädchen, das nicht auf die Wege angewiesen war, sondern überall zwischen den

Kriechranken laufen konnte – selbst der beste Jäger hätte Mühe gehabt, auf dieser Fährte zu bleiben.

Gontas wandte sich in die Richtung, wo seine Leute am Vortag die letzten Spuren von ihr entdeckt hatten. Von dort aus folgte er kreuz und quer den Pfaden, die in nördliche Richtung führten. Er wusste, wo die Sippen der Cefron im Jahreslauf wanderten. Unfehlbar fand er ihre Lager, alle zwei, drei Tage ein anderes, und tatsächlich war hier und dort ein fremdes Mädchen gesehen worden, hatte Essen erbettelt und war weitergezogen.

Gontas lief ausdauernd. Immer wieder stieß er auf ihre Spur, aber er kam Halime nicht näher. Solange er sich auf dem Land der Cefron bewegte, genoss er zumindest in jedem Lager Gastfreundschaft. Die Sippen waren untereinander verwandt, und Gontas war hoch angesehen.

»Ein fremdes Kind allein in der Wildnis«, fragte er eines Abends den Sippenältesten, in dessen Zelt er aufgenommen worden war. »Warum lasst ihr es einfach weiterlaufen?«

Der Älteste zuckte die Achseln. »Sie ist nicht von unserem Blute. Sie ist keine Bedrohung und hat nicht um Gastfreundschaft gebeten. Ein streunendes Tier im Buschland – warum sollten wir ihr Aufmerksamkeit schenken?«

»Außerdem war sie eigenartig«, warf seine Frau ein. »Sie wollte in den Norden, wie ein verirrter Steppengeist!«

Der Älteste blickte verlegen drein. »Nicht dass ich so etwas glauben würde. Aber Vorsicht schadet nie, wenn man es mit Geistern zu tun haben könnte. Man erzürnt sie nicht, aber man hält sie fern von den Zelten. Und das Mädchen war nicht so wie wir.«

Ja. Eigenartig. Das war Halime ohne Frage. Je länger Gontas hinter ihr herlief, umso mehr bewunderte er sie. Das Kind überlebte nicht nur allein im Buschland, es spürte auch noch die Menschen auf, die hier weit verstreut lebten. Sie blieb nicht stehen und ging immer weiter, und dabei hielt sie zielstrebig eine Richtung ein: nach Norden, dem Steinland zu!

Halime war ein Rätsel, und Gontas wollte es ergründen.

Doch mit jedem Tag, der verstrich, schlich die Frage tiefer in sein Herz, ob die abergläubischen Alten nicht doch recht hatten. Folgte er wirklich einem Steppengeist, der ihn in das Nichts und ins Verderben lockte?

Aber ob Halime ein Geist war oder ob es andere Gründe gab: Irgendwo lauerte eine Gefahr! Gontas spürte es tief in seinem Inneren, und ihm gefiel dieses Gefühl. Zudem war es besser, dieser unbekannten Bedrohung hier draußen nachzujagen, als im Lager seiner Sippe Nacht um Nacht von Blut zu träumen. Halime hatte ihn aus einer Gefangenschaft befreit, die er zuvor nicht einmal richtig bemerkt hatte, weil alle anderen sie »Frieden« nannten.

Gontas folgte Halimes Spur zehn Tage lang, zwanzig Tage, und die Landschaft, durch die er lief, wurde trockener. Das Kriechgras wuchs spärlicher, und bald folgte Gontas keinen schmalen Pfaden mehr, sondern wanderte über weite Ebenen, die fast kahl wirkten. Nur vereinzelte dürre Sträucher standen noch mitten in der Einöde. Die Lager der Menschen rückten weiter auseinander, und es waren keine Cefron mehr, die auf diesem Land lebten. Gontas musste von seinen Vorräten zehren.

Er hatte die Steppe erreicht, die sich als schmaler Gürtel um das wüste Steinland zog. Hier lebten nur Verbannte, Verstoßene der Stämme oder Flüchtlinge aus den Städten, die in der Einöde neue Sippen gegründet hatten und am Rande der Stammesgebiete ein armseliges Dasein fristeten, furchtsam und nur geduldet.

Die Pflanzen ernährten kaum die mageren Herden, kein Grashalm schob seine Spitze über die Steine hinaus, die überall auf dem kargen Boden lagen. Was hier wuchs, war kahl und grau. Es mochte tot sein oder dämmerte im Todesschlaf, bis der nächste Regen es weckte – wer vermochte das zu sagen?

Gontas fand ein letztes Lager inmitten eines Landstrichs, der schon halb vom Sand verschlungen war. Die Zelte waren nur zerfetzte Planen, notdürftig über einige Latten gelegt. Die Geister allein mochten wissen, woher die Menschen das Holz dafür nahmen. Ein paar Tiere schlichen um das Lager, abgemagert bis auf die Knochen. Sie musterten Gontas aus entzündeten Augen, die aus den knochigen Schädeln hervorquollen.

Die Hirten, die dabeistanden, musterten Gontas ebenfalls, als würden sie befürchten, dass der Cefron ihnen noch den wenigen Besitz raubte. Bevor Gontas die Zelte erreichte, war er von hageren Gestalten umringt. Neben dem muskulösen Buschläufer glichen diese Menschen Figuren aus dürrem Reisig. Gontas hätte sie zerbrechen können, ohne die Äxte aus seinem Gürtel zu ziehen. Er verzog abschätzig den Mund.

»Ich suche ein Kind«, rief er. »Ein kleines Mädchen.«

Die Zunge der Steppenbewohner war schwerfällig, ein Kauderwelsch vielerlei Ursprungs. Gontas hatte Mühe, ihrem Geplapper zu folgen. Aber ein zahnloser Alter, unglaublich dürr und mit ein paar wenigen weißen Strähnen auf dem Kopf, ergriff das Wort. Er gebrauchte die Sprache der Buschläufer, so gut er es eben vermochte.

»Eh, is hier gewesen, ja.«

Gontas bemerkte, wie ein paar Männer zu ihren Waffen griffen. Stöcke und rostige Klingen, oder das eine an dem anderen festgebunden. Gontas grinste. Er ließ den Riemen seiner Tasche ein wenig über die Schulter hinabgleiten, sodass er sie rasch abschütteln konnte.

»Is wieder weg jetzt«, fuhr der Alte fort. »Sonne is nicht weit gekommen seitdem.«

Der Alte machte eine Handbewegung. Gontas' Blick folgte der Geste. Tatsächlich entdeckte er eine Linie auf dem sandigen Boden, die schnurgerade vom Lager fortführte, nach Norden, wo hinter diesem Lager nichts weiter kam als die Wüste.

Gontas stand zu weit entfernt, um die einzelnen Abdrücke zu unterscheiden.

»Viele suchen das Kind«, sagte der Alte. »Reiter kommen vorbei und fragen. Gehörst du zu ihnen?«

Gontas fuhr herum. Er musterte den Alten. »Reiter? Was sind das für Männer?«

»Eh, weiß nicht. Keiner kennt sie.« Der Alte zuckte die Achseln. »Aber kommen immer wieder, schon seit Wochen. Kommen sicher bald wieder.« Ein weinerlicher Ton schlich sich in seine Stimme. »Weiß nicht, ob wir die Fährte verwischen sollen. Die Reiter gefallen uns nicht. Glaub nicht, dass sie 'n Lohn für uns übrig haben, wenn wir ihnen sagen, dass das Mädchen hier langgekommen ist. Wollen vielleicht gar nicht, dass sonst noch jemand weiß.

Besser wär's, wenn das Balg sie gar nicht in die Nähe unserer Zelte führen tät. Aber was sollen wir tun? Is nicht leicht für uns armes Volk.«

Er sah Gontas an, mit einer Aufforderung im Blick. Gontas wandte sich ab. Zwei der Steppenleute, die ihm im Weg standen, schob er einfach beiseite und lief auf die Spur zu.

Die erbärmlichen Unterkünfte blieben hinter ihm zurück, und bald war Gontas allein mit der Spur, der er folgte. Er ging in die Hocke und betrachtete die Fährte. Die kleinen Fußabdrücke eines Kindes waren deutlich zu erkennen.

Nachdenklich hielt er inne. Sollte er der schmalen Linie eine zweite hinzufügen? Gontas beschloss, so genau wie möglich in Halimes Abdrücke zu treten und sie mit seinen Stiefeltritten auszulöschen. Wenn die Männer auf ihren Pferden nachlässig auf den Boden sahen, konnte er sie vielleicht täuschen. Sie würden nur die Spur eines erwachsenen Mannes sehen, die ohne Bedeutung für sie war.

Er folgte der Fährte über eine Düne und durch ein Tal aus feinem Sand. Die Körner brannten heiß auf seiner bloßen Haut und kratzen unter dem Leder seiner Hose. Wie weit konnte er in die Wüste gehen? *Nun, gewiss weiter als ein kleines Kind ohne Vorräte.*

An einem weiteren Hügel endete der Sand, und dahinter erstreckte sich, so weit das Auge reichte, eine wellige Ebene. Der Boden war so hart wie Stein, und viele kleine Steine bedeckten ihn bis zum Horizont. Die Luft flimmerte vor Hitze.

Halimes Spur endete auf der letzten Sandzunge, die den Hang hinableckte. Gontas beschirmte die Augen und richtete den Blick dorthin. Da, kaum hundert Schritt vor sich, sah er sie. Er hatte das Mädchen fast eingeholt!

Halime saß im Schatten eines Baumes, eines einstmals gewaltigen Baumes, der einsam aus der dürren Landschaft aufragte. Der Stamm war zerfurcht, die Rinde selbst so grau wie der Stein, der ihn umgab. An vielen Stellen stach das blanke Holz hervor, schwarz und grau, die Farbe von Asche. Einst mochte der Baum so hoch gewesen sein, wie der dicke Stamm es nur vermuten ließ. Jetzt aber war er ein paar Schritt über dem Boden abgebrochen, ein kahler Stumpf, dem nur die dicksten Äste geblieben waren. In hilfloser Drohung streckte der Baum sie der Sonne entgegen, die ihm den Tod gebracht hatte.

Gontas verstand nicht, wie überhaupt je ein Baum die Kraft gefunden hatte, in dieser leblosen Landschaft zu solcher Größe heranzuwachsen. Und das Mädchen, das er suchte, saß an den Stamm gelehnt da und weinte.

Behutsam trat Gontas näher. Er hörte Halime murmeln, die Worte kamen unverständlich von den sandverkrusteten Lippen, aber es waren die ersten Worte, die Gontas in der ganzen Zeit überhaupt von ihr gehört hatte. Er wollte sie tröstend in die Arme nehmen, aber ihr Geist schien weit fort und verloren, ihr Blick war nach innen gekehrt.

Gontas setzte sich ihr gegenüber unter den toten Baum. Er räusperte sich.

»Halime«, sprach er sie schließlich an. »Wo willst du nur hin?«

Das Mädchen blickte auf. Die dunklen Augen wirkten überraschend klar.

»Die Zitadelle«, sagte sie. »Ich muss dorthin.«

Gontas fuhr zurück, so überrascht war er, dass das Mädchen plötzlich mit ihm redete. Sie gebrauchte den Zungenschlag der Cefron, fehlerlos, und dennoch war sie eine Fremde! Konnte sie das gelernt haben in der kurzen Zeit, die sie schweigend bei Gontas' Sippe verbracht hatte? Gontas wollte schon daran zweifeln, dass er wirklich etwas gehört hatte.

»Was?«, fragte er zaghaft, voller Angst, dass das Wunder enden könne. »Was für eine Zitadelle?«

»Ich weiß es nicht«, sagte Halime. Sie wies nach Norden. »Aber die Zitadelle liegt dort, und das Ende der Welt wartet in ihrem Inneren. Nur ich kann es aufhalten.«

Manches was sie sagte, kam Gontas vertraut vor. Nuatafibs Worte. Aber es klang nicht weniger wirr als die Visionen des wahnsinnigen Einsiedlers.

»Woher weißt du das alles?«, fragte er. »Was bedeutet es?«

»Die Träume«, sagte Halime. »Ich träume jede Nacht von der Zitadelle, und oft auch am Tag. Ich weiß nicht einmal, ob ich jetzt wach bin. Aber ich weiß, etwas Furchtbares wird geschehen, wenn ich nicht dort bin. Ich muss die Tore der Zitadelle versiegeln!«

»Also gut.« Gontas wog Halimes Worte ab. Die Träume eines Kindes – das klang nicht nach einem Stern, dem man leichten Herzens folgte. Aber, Nis sei Dank, wenigstens sprach sie jetzt! Er konnte ihr Geheimnis ergründen und dann entscheiden, was zu tun war. »Jedenfalls musst du deinen Weg nicht allein gehen«, sagte er.

Halime schüttelte heftig den Kopf. »Doch, das muss ich! Nur ich allein kann die Tore der Zitadelle entriegeln.«

»Aye«, sagte Gontas. »Dein Traum hat dir das gesagt.« Er erinnerte sich an etwas und fügte hinzu: »Aber mir hat ein weiser Mann gesagt, dass es meine Aufgabe sei, die Tore zu schließen.«

Und dass es mir nicht so leicht gelingen wird ...

Gontas schob diesen Gedanken beiseite.

»Wer bist du?«, fragte er Halime. »Wo kommst du her?«

Halime runzelte die Stirn, was viel zu erwachsen aussah in dem kindlichen Gesicht, sodass Gontas schmunzeln musste. »Im Traum oder in der Wirklichkeit? In meinen Träumen gehöre ich in die Zitadelle, aber in Wirklichkeit ...«

Jäh legte sich eine raue Schlinge um Gontas' Hals. Mit einem Ruck zog sie sich zu. Er wurde nach hinten fortgerissen, fort von dem Baum und fort von dem Kind.

Seine Hände fuhren an die Kehle. Gontas versuchte, den Zug der Schlinge zu lockern. Aber wer auch immer hinter ihm daran zog, er hielt das Seil straff und sorgte dafür, dass Gontas nicht auf die Füße kam und sich nicht einmal umdrehen konnte.

Von der Seite her sah Gontas einen Reiter herankommen, in dickes, abgewetztes Leder gehüllt und mit einem losen Umhang darüber. Er trabte auf den Baum zu. Das war einer der fremden Krieger, die nach Halime suchten! Gontas fluchte.

Das Mädchen sprang auf und sah sich gehetzt um. Es lief davon, aber es kam nicht weit. Der Reiter beugte sich im Sattel vor und packte das Kind. Halime zappelte, aber der Fremde legte sie kurzerhand bäuchlings vor sich über den Rücken des Pferdes und trabte davon. Für Gontas hatte er nicht einmal einen Blick übrig.

Gontas raste vor Zorn. Das Blut rauschte ihm in den Ohren. Er hatte die Finger unter die Schlinge um seinen Hals geschoben, damit die ihn nicht erdrosselte, und nun hing er mit den Händen darin fest und konnte nicht nach seinen Waffen greifen. Der zweite Angreifer in seinem Rücken zerrte ihn fort.

Dann, gerade als der Reiter vor ihm das Mädchen sicher hatte, spürte Gontas eine Bewegung hinter sich, ein leichtes Nachlassen der Spannung – ein Moment der Unaufmerksamkeit!

Gontas stieß ein Brüllen aus.

Er fuhr herum, riss die Hände aus der Schlinge und sprang auf die Füße. Sein Bewacher, ebenfalls auf einem Pferd und ganz ähnlich gekleidet wie Halimes Entführer, hatte nicht aufgepasst. Er war zu nah an Gontas herangekommen und konnte den Strick nicht schnell genug wieder straffziehen.

Er stieß seinem Pferd die Fersen in die Flanken, und das Seil spannte sich wieder. Gontas hockte halb am Boden. Seine Hände fuhren hoch und schlossen sich um den Strick. Der Reiter zog, und Gontas stemmte sich dagegen.

Er sprang auf seinen Feind zu.

Der Reiter griff nach seiner Waffe, aber Gontas bekam seinen Arm zu fassen und riss daran. Er hebelte seinen Gegner vom Rücken des struppigen kleinen Pferdes, schleuderte ihn über die Schulter, ging in die Hocke und ließ den Feind geradewegs auf sein aufgestelltes Knie krachen.

Er hörte, wie das Rückgrat des Fremden brach. Ein kurzer Schmerz in seinem Knie, die frische Luft, die er in die Lungen sog, alles vermischte sich zu einer einzigen Woge des Hochgefühls, die in einem Triumphschrei brach.

Der zerschmetterte Leib seines Feindes rutschte zu Boden. Gontas sprang auf und sah sich um. Ein dritter Reiter floh in die Wüste, hinter dem Mann her, der Halime mitgenommen hatte. Keiner der beiden kümmerte sich um Gontas, keiner um den Kameraden, der überwältigt worden war.

Gontas' Hand fuhr zum Griff seiner Axt, die im Gürtel steckte. Er wollte schon hinter den Reitern herlaufen, da besann er sich eines Besseren. Ein Bogen lag neben dem Gestürzten, und die Pfeile waren überall auf dem Boden verstreut. Gontas hob die Waffe auf. Er legte einen Pfeil auf die Sehne, zielte ... Der gekrümmte Hornbogen knirschte, als Gontas ihn bis zum Äußersten spannte. Er ließ den Pfeil schnellen.

Einen Moment lang sauste das Geschoss über die vor Hitze flirrende Ebene, vorbei an dem dritten Reiter, und es traf den Mann, der Halime bei sich hatte.

Ein weiterer Triumphschrei erstickte in Gontas' Kehle. Der fallende Feind krallte die Finger in Halimes Gewand, ein krampfhafter Griff, und im Tode riss er das Kind mit sich hinab.

Erschrocken ließ Gontas den Bogen sinken.

Der Mann stürzte zuerst, Halime fiel auf ihn. Sein Leib dämpfte ihren Fall. Schon stand sie wieder auf den Beinen und taumelte benommen von dem Krieger fort.

Gontas atmete auf. Er lief auf das Mädchen zu.

Der letzte Reiter wendete sein Pferd. Er ritt zu Halime, beugte sich tief aus dem Sattel und packte sie. Nach einer weiteren Kehre ritt er davon. Er hielt das Kind unter den Arm geklemmt, fest an den Leib gepresst, und Gontas wagte es nicht, noch einmal zu schießen. Er hörte Halime schreien.

»Nein!«, brüllte Gontas. Er rannte schneller. Aber der Reiter trieb sein Tier an, und sein Vorsprung wuchs. Halimes Schreie wurden leiser.

Gontas blieb stehen. Seine Lungen stachen, und sein Hals brannte. Er war immer noch außer Atem von der Würgeschlinge, und er konnte nicht schnell laufen. Hilflos sah er dem Reiter nach. Er warf den Bogen hin und trat wütend darauf, eine Schicht Horn brach, und sein Fuß schmerzte.

Er fluchte und schimpfte hinter dem Reiter her. »Du Hund! Ich reiß dir die Gedärme aus dem Leib und steck sie dir beim Arsch wieder rein! Die Zähne tret ich dir ein! Ich verfüttere dich lebend an die Vögel, hörst du? Bring mir das Mädchen zurück, du Schwein, oder ich finde dich, egal, wo du hinreitest!«

Der Reiter wurde zu einem kleinen Fleck in der Wüste, und Gontas' Drohungen verhallten ungehört.

Er blickte auf seine Hände, öffnete und schloss die kräftigen Finger, mit denen er Halime nicht hatte helfen können. Der Zorn, der seinen Geist vernebelt hatte, zog davon, und jetzt schalt er sich selbst.

Wie hatte er nur zulassen können, dass die Reiter unbemerkt herankamen? Sie waren über den Sandstreifen geritten, und der weiche Untergrund hatte die Tritte ihrer Tiere gedämpft. Dennoch, er hätte sie hören müssen, wäre er nicht so gebannt gewesen von Halimes Stimme.

Gontas wandte sich um. Er betrachtete die gefallenen Feinde. Sie waren beide tot. Sein Stoß mit dem Knie hatte mehr zerschmettert als das Rückgrat. Blut quoll dem Toten aus Mund und Nase, das Gesicht war dunkel und angeschwollen, und sein Rumpf lag unnatürlich verkrümmt da.

Gontas durchsuchte die beiden Toten. Er steckte ihre Geldsäckchen ein – die mochten ihm nützlich sein, wenn sein Weg ihn in die Städte führte. Er nahm auch den Hornbogen des zweiten Reiters mit. Beide trugen ein Amulett um den Hals, eine kleine Scheibe von roter Bronze mit einer erhabenen Mondsichel auf der einen Seite. Diese Münzen gefielen Gontas nicht, und er ließ sie den Toten.

Sonst fand er nichts bei ihnen, was auffällig gewesen wäre. Alles, was sie bei sich trugen, gab es in den Städten der Khâl, aber es war nichts dabei, was auf eine bestimmte Stadt verwiesen hätte. Die Krieger mochten sogar einem ganz fremden Volk angehören, doch am ehesten hielt Gontas sie für Söldner, die weit herumkamen und ihre Ausrüstung hier und dort besorgten, auch wenn sie unter den Farben eines festen Hauptmanns dienten.

Die Pferde der beiden Toten waren davongeprescht. Gontas beschloss, ihnen nicht zu folgen. Er war ohnehin kein sicherer Reiter. Stattdessen eilte er auf der Fährte des dritten Soldaten dahin. Er musste zumindest versuchen, Halime noch einzuholen.

Doch es dauerte nicht lange, da verlor er die Spur auf dem steinigen Boden. Er lief in weiten Bögen, vage in die Richtung, die der Reiter eingeschlagen hatte. Aber wer wusste schon, ob nicht auch sein Feind einen Bogen geschlagen hatte, um seinen Verfolger zu täuschen? Er mochte längst unterwegs sein zur Küste oder ganz woanders hin.

Gontas lief trotzdem weiter nach Norden. Das war der Weg, auf dem er den Reiter zuletzt gesehen hatte, und dorthin war auch Halime selbst unterwegs gewesen: tiefer hinein in die Wüste.

3.

Der Nachmittag schritt voran, das Steinland wurde zerklüfteter. Tiefe Rinnen im Boden zwangen Gontas zu Umwegen, die er nicht gehen wollte. Erschöpft hielt er inne und sah sich um. Die Sonne sank. Die letzten Strahlen warfen verzerrte Schatten über das Land, und es war lange her, dass er das letzte verdorrte Grün gesehen hatte.

Es war an der Zeit, aufzugeben.

Gontas suchte sich einen schmalen Spalt, der für die Nacht Schutz versprach. Dort kauerte er sich zusammen und zog den Mantel fester um sich. Es wurde beißend kalt, sobald die Sonne hinter dem Horizont versank. Oben knackten die Steine, noch erfüllt von der Hitze des Tages, doch in den Spalten, die bereits länger im Schatten lagen, war schon alles abgekühlt.

Holz für ein wärmendes Feuer gab es nicht in dieser Einöde. Über Gontas wölbte sich ein sternklarer Himmel, und nur die schmale Sichel des Sin schwebte in der samtenen Schwärze. Es war eine ungewohnt dunkle Stunde, zu der sich kaum einer der vielen Monde sehen ließ.

Gontas fühlte sich bedrückt, so als ob das Gewicht des Himmelszeltes auf seinen Schultern lastete. Er lauschte den abendlichen Geräuschen. Sein Herz pochte rascher. Sein Instinkt bestürmte ihn. Etwas stimmte nicht!

Vorsichtig schob er den Kopf über den Rand seiner Zuflucht. Er hielt Ausschau nach Reitern, nach Feinden, und sein Blick suchte die Dunkelheit zu durchdringen. Alles schien still.

Weiche Schatten glitten über den Boden.

Gontas umfasste den Schaft seiner Äxte und spannte sich an. Da war nichts, kein Anzeichen für Mensch oder Tier, außer dieser verstohlenen Bewegung dicht über dem Grund, viel zu geschmeidig für einen kriechenden Feind. Eine Bewegung wie am Rande des Blickfelds wahrgenommen, selbst dann, wenn Gontas gerade daraufschaute. Und je länger er hinsah, umso mehr fühlte er sich eingekreist. Die verstohlenen Schatten huschten näher, bewegten sich wie in einem Strudel, dessen Mitte Gontas war.

Was auch immer da auf ihn zukam, Menschen waren es nicht. Zumindest musste er keine Pfeile fürchten, und er wollte den Angreifern nicht eingezwängt in der Spalte begegnen. Er riss die Äxte aus dem Gürtel und sprang heraus.

Keinen Augenblick zu früh!

Ein Schatten löste sich schräg hinter ihm vom Boden. Gontas sah es aus den Augenwinkeln. Er duckte sich, schlug mit den Äxten zu und traf mit der flachen Seite des Blatts.

Doch er spürte nicht, wie Stahl auf Fleisch traf; da war nicht viel mehr Widerstand, als hätte ein Windstoß die Beile getroffen. Hatte er den schattenhaften Angreifer doch verfehlt?

Dicht an Gontas' Schulter glitt der springende Schatten vorüber, kam wieder am Boden auf und verschmolz dort mit der Dunkelheit.

Weitere Angreifer stürmten nun offen auf Gontas zu. Hunde waren es, schwarze Hunde mit lang gestrecktem Körper und mit kurzen Beinen. Der Leib erinnerte an einen struppigen Wolf, die Umrisse verschwammen vor dem Sternenhimmel. Sie wirkten auf eine unwirkliche Weise flach, und wenn Gontas in einem bestimmten Winkel daraufschaute, war ihre Gestalt so verzerrt wie ein Nebelstreif.

Er schlug zu und wich aus und dachte an nichts anderes. Wann immer die Hunde nach einem Sprung wieder auf dem Boden aufkamen, verschwanden sie im Schatten. Gontas spürte, wie sie ihn umschlichen. Er konnte sie kaum sehen, doch instinktiv reagierte er auf die Bewegung.

Wieder sprang ein Hund ihn von hinten an. Gontas wusste es, bevor er herumfuhr, und da hing ihm die Bestie fast schon an der Kehle. Ein schwarz klaffender Rachen, Silberfunken, wo die Augen sein sollten, kein Schimmern von Zähnen ...

Blitzschnell ging er in die Knie, bog den Kopf zur Seite. In weitem Bogen schwang er die Axt mit der Linken und hieb sie dem Hund gegen die Brust.

Gontas wappnete sich gegen den Aufprall, doch der Stahl glitt wie durch Wasser. Der Hund kippte zur Seite.

Erschrocken taumelte Gontas zurück. Traf einen weiteren Hund, als er die Axt zurückriss. Der Dorn, der an der Rückseite des Axtblatts saß, fuhr durch den Schädel des Tiers, abermals fast ohne Widerstand. Kein Blut tropfte auf seine Hände.

Gontas erschauerte. Er dachte an die Legenden über Dämonen der Wüste. Bei Sardik, gegen *was* kämpfte er hier?

Die Hunde kamen von allen Seiten. Sie sprangen nach seinem Hals, schnappten nach seinen Fersen. Gontas ließ die Äxte wirbeln, trat mit den Füßen. Seine Schläge zeigten Wirkung, auch wenn sie sich falsch anfühlten. Er spürte ein Reißen an seiner Wade, etwas Eisiges bohrte sich durch seine Haut.

Mit einem Kampfschrei setzte Gontas über die Schattenhunde hinweg und rannte auf einen mannshohen Felsen zu, zwanzig Schritte entfernt. Die Meute folgte ihm. Gontas hieb nach links und nach rechts.

Erst jetzt wurde ihm bewusst, wie still dieser Kampf blieb. Sein Schrei hatte scharf das Schweigen der Nacht durchstoßen, und er selbst war es, der beim Kampf knurrte und japste. Kein Laut, kein Atemzug war von den Hunden zu hören.

Gontas sprang hoch, er stützte sich mit den Unterarmen ab und stieß sich höher. Ein Schattenhund thronte über ihm auf dem Fels. Er schnappte nach Gontas' Gesicht. Der schwang sein Bein vor, als er über die Kante kam, und fegte den Hund hinab. Die Berührung war kalt und so weich, dass Gontas kaum etwas von seinem Schwung verlor. Der Hund verschwand aus seinem Blick, und als Gontas oben auf dem Felsen hockte, war er allein.

Er richtete sich auf. Die Meute schlich um den Steinbrocken herum und suchte einen Weg hinauf. Doch Gontas wehrte sie ab. Er sprang von einer Seite des Felsens zur anderen und schwang seine Äxte, und keiner der Hunde schaffte es über die Kante des Steins.

Weitere Monde gingen auf. Langsam kroch der Styx über den Horizont, beinahe voll, doch von so schwerem Rot, dass sein Licht wie ein blutiger Schatten aussah. Die gelbe Zoraia folgte ihm, der rote Hubal, die weiße Selene, die rötliche Phoibe und der weiße Bendis.

Jeder Mond, dessen Licht erstrahlte, ließ das nächtliche Steinland heller werden. Die schweren Schatten hoben sich und wurden lichter, sie wichen in die Spalten zurück oder rückten nah an die Steine. Die Hunde mieden das Licht, sie fanden immer weniger schwarze Stellen, an denen sie sich heranpirschen konnten. Die Angriffe ließen nach.

Dann, gegen Mitternacht, als alle Monde in den unterschiedlichsten Phasen am Himmel standen, hörte es auf. Nichts regte sich mehr zu Gontas' Füßen in der Ebene, und er war allein.

Misstrauisch blieb er wach. Er stand da und starrte in die Wüste hinaus, er ging auf der winzigen Fläche des Felsens auf und ab, bis im Osten der Morgen graute. Die Sonne schickte ihr Licht über den Himmel und löschte die Monde aus. Die Hitze kehrte zurück.

Erschöpft setzte sich Gontas auf die Kante. Von den Hunden war nichts mehr zu sehen, weder lebend noch tot. Die Wüste lag leer und leblos unter ihm. Da war kein Blut an seiner Axt und keine Wunde an seiner Wade, auch wenn der Muskel dort schmerzte.

Hatte er gegen Tiere gekämpft oder gegen Geister? Oder schlicht gegen Traumgesichte, die einen einsamen Wanderer im Steinland heimsuchten? Er wusste es nicht.

Er musste eine Entscheidung treffen.

Er wusste nicht, woher die Reiter kamen. Er wusste nicht, wohin sie das Kind brachten. Alles, was er hatte, war Halimes Geschichte von einer Zitadelle auf der anderen Seite des Steinlandes. Eine Kindergeschichte. Und selbst wenn sich darin ein Hinweis verbarg auf das, was Halime zugestoßen war, so war Gontas doch schlecht dafür gerüstet, allein durch das Steinland zu gehen.

Niemand durchquerte das Steinland!

Er dachte an die Städte von Khâl. Apis konnte er in drei Tagen erreichen, wenn er stramm lief. Viele Spuren führten dorthin. Und alles Fremde, alles, was durch die Wüste zog und durch die Welt reiste, sammelte sich früher oder später in den Städten.

Wenn er Halime oder ihre Entführer dort nicht antraf, so mochte er zumindest einen Hinweis finden, der ihn weiterführte.

Die Häuser von Apis sahen aus wie braune Würfel, die ein achtloser Riese wild übereinandergeworfen hatte. Oft ragten sie mehrere Stockwerke hoch auf und neigten sich über die schmalen Gassen darunter, sodass bei Nacht das Licht der vielen Monde nie bis zum Boden drang.

Ein Schrei hallte durch das finstere Labyrinth verwinkelter Gassen.

Raues Gelächter antwortete darauf.

»Hei, komm schon, kleine Schneppe. Hast uns heiß genug gemacht mit deiner Lauferei.«

Ein Handgemenge war im Dunkeln zu hören, ein schmerzerfülltes Ächzen, ein Scharren und ein dumpfer Schlag.

Drei Männer hatten in der Gasse eine Frau in die Enge getrieben. Alle vier Gestalten sahen gleichermaßen heruntergekommen aus. Sie trugen fast die gleichen ungefärbten, sackartigen Tuniken – Straßenratten, der Abschaum von Apis.

Zwei der Männer pressten die magere Frau gegen eine Hauswand und hielten sie jeder an einer Schulter fest. Die Frau wehrte sich, sie wand sich und trat nach ihnen. Aber sie schrie nicht mehr, und eine leere Hoffnungslosigkeit stand in ihren Augen. Sie wirkte ausgemergelt und hungrig, mit einem derben Gesicht, aber wenn man wusste, was das Leben auf der Straße aus den Menschen machte, konnte man zu dem Schluss kommen, dass sie jünger sein musste, als sie aussah. Fast noch ein Mädchen.

Der Mann vor ihr riss den Saum ihrer Tunika hoch, einer seiner Kumpane hielt das Gewand fest. Dann rammte der Bursche seinem Opfer das Knie in den Unterleib. Die Frau wimmerte und krümmte sich, doch die beiden Männer neben ihr hielten sie aufrecht. Der dritte schob ihr nun mühelos die Beine auseinander. Er trat näher heran, hob den Kittel und nestelte an seiner Unterwäsche.

»Ah«, sagte er. »Da war was verflucht Dickes eingeklemmt, weißt du das, Schwälbchen?«

Er schob das Becken vor, bewegte sich. Die Frau gab leise, abgehackte Laute von sich. Die beiden Männer neben ihr sahen grinsend zu, einer leckte sich die Lippen.

Der erste Mann beugte das Gesicht vor, ganz nah vor das seines Opfers. »Weißt du«, raunte er ihr keuchend zu, »kannste stolz drauf sein, Pfläumchen. Hat mich schon lang keine mehr so hart gemacht.«

Einer seiner Kumpane lachte auf.

»Hm, ja«, warf eine Stimme hinter ihm ein. »Ist echt ein Wunder, du, dass jemand den leprösen Schwanz noch mal hart gekriegt hat. Aber ich wette, der Bursche hat nachgeholfen und vorher 'nen Stock reingeschoben.«

Mit einem Fluch fuhr der Mann herum und ließ von der Frau ab. Sein Kittel rutschte herab und verdeckte gnädig das blasse Geschlechtsteil, das von einem Moment zum anderen so schlaff wurde wie ein angestochener Wasserschlauch.

»Was willst du?«, stieß er wütend hervor. »Kannste's nicht erwarten, bis wir dich abstechen?«

Auch seine beiden Begleiter ließen die Frau los, sodass sie an der Mauer herunter zu Boden glitt, und blickten links und rechts an ihm vorbei auf die Gestalt, die zu ihnen in die Gasse getreten war.

Der Neuankömmling wirkte schlank und hochgewachsen und war vom Hals bis zu den Stiefeln in eng sitzendes, dickes Leder gekleidet. Überall glänzten Schnallen und Beschläge in den wenigen Lichtstrahlen, die sich doch in die dunkle Gasse verirrten. Die Haare waren kurz geschoren und standen stoppelig vom Kopf ab, und erst auf den zweiten Blick war zu erkennen, dass die Gestalt mit den breiten Schultern eine Frau war.

Der Mann grinste. »Aye, Fötzchen. Warte, bis wir mit der hübschen Dirne fertig sind. Dann kriegst du auch noch was ab.«

»Aber nein«, säuselte die ledergekleidete Frau. »Ich kann nicht warten. Ich will *jetzt* schon ein Stück von dir!«

Sie hob den rechten Arm, den sie bisher locker hatte herabhängen lassen. Dabei wurde sichtbar, was sie vorher hinter der Hüfte verborgen hatte: ein sichelförmiger Haken mit einer messerscharfen Schneide, doppelt so lang wie eine Hand. Im schwachen Licht der Gestirne schimmerte sie so kalt wie das Lächeln der Frau, die sie dabeihatte.

»Was zum …«, entfuhr es dem Burschen. Seine Hand verschwand durch einen Schlitz in seinem Gewand und suchte nach dem Messer, das er darunter trug.

Die Sichelklinge schnellte vor, in einem Schlag von unten nach oben. Der Gauner fuhr zurück, aber schon steckte der Haken hinter seinem Rippenbogen. Mit einem kraftvollen Ruck zog die Frau ihn zu sich heran. Der Mann schrie gellend und hing fest wie an einem Fleischerhaken. Seine Hand war immer noch unter der Tunika verheddert.

»Ich glaube, du suchst an der falschen Stelle deiner Unterwäsche«, sagte sie sanft. Sie kratzte ein wenig mit der Sichelspitze über seine Knochen, von innen, und dann hielt sie in der Linken plötzlich einen langen, geraden und ungemein schmalen Dolch. Der Mann, der an ihrem Haken hing, verstummte. Mit weit aufgerissenen Augen starrte er die Waffe an. Die Frau ließ die Klinge um ihre Finger wirbeln und stieß sie ihm von oben in die Mulde unter der Kehle. Der Dolch fuhr an den Knochen vorbei tief in den Brustkorb.

Mit einer Bewegung riss die Kriegerin beide Klingen wieder aus dem Körper des Mannes. Der brach zusammen und sank über die Beine seines früheren Opfers.

Die beiden Männer zuckten zusammen, als der Kopf ihres Freundes am Boden aufschlug. »Du verfluchte *Hure*!«, brüllte einer von ihnen. Beide zogen ihr Messer.

Die erste Frau schrie auf. Sie versuchte, den Kerl, der auf ihr lag, von ihren Beinen herunterzutreten. Der Sterbende gab Geräusche von sich wie ein gerissener Blasebalg, und aus seinen Wunden floss das Blut auf die zerfetzte Tunika des Straßenmädchens.

Einer der Männer richtete drohend sein Messer gegen die Angreiferin. Der andere versuchte, sich hinter die Frau zu schleichen.

»Dir schlitz ich den Bauch auf«, knurrte der erste Herumtreiber. Aber die Klinge in seiner Hand zitterte.

Die Frau mit der Sichel lachte. Sie sprang über ihr erstes Opfer und über die Beine der anderen Frau hinweg und stieß mit dem langen Dolch nach dem Gesicht des Mannes. Der wich aus – und übersah die Sichel.

Die gebogene Klinge senste von links nach rechts und schlitzte ihm mit einem vernehmlichen Reißen die Tunika und den Unterleib auf. Der Mann taumelte bis an die Hauswand zurück. Er schrie, ließ das Messer fallen und presste beide Hände auf die klaffende Wunde. Blut, Schleim und Kot quollen ihm zwischen den Fingern hervor. In der schmalen Gasse stank es mit einem Mal wie in einer Kloake.

Die Frau mit der Sichel fuhr zu dem letzten Burschen herum. Der rannte davon.

Mit einem Sprung setzte die Frau ihm nach. Sie schlug ihm den Haken in die Schulter, und die stählerne Klinge blieb hinter dem Schlüsselbein stecken. Die Beine des Mannes liefen weiter, doch der Oberkörper konnte nicht folgen. Er kippte nach hinten, geradewegs in ihren gezückten Dolch.

Die schmale Klinge glitt zwischen den hinteren Rippen hindurch ins Herz. Dann löste die Frau geschmeidig beide Waffen aus dem Leib. Eine einzige Bewegung, ausgeführt in einem Wimpernschlag, so akkurat wie ein tausendmal einstudierter Tanz.

Der tote Körper klatschte schwer auf den harten Lehmboden.

Zuletzt ging die Frau zu dem schreienden Verletzten an der Hauswand. Sie zog ihm die Sichel durch die Kehle, und er verstummte. Geschickt wich sie dem Blut aus, aber eine Fontäne aus der Halsschlagader traf das geschändete Mädchen, das verstört auf dem Boden hockte, und zeichnete eine dunkle Linie quer über deren Brust. Jeder Herzschlag des Getroffenen fügte eine weitere dünne Tröpfchenlinie hinzu, bis der Mann zusammenbrach. Es wurde still in der Gasse. Vier schattenhafte Gestalten am Boden, die ledergerüstete Kriegerin mit den blutbesudelten Waffen dazwischen.

Die Kriegerin beugte sich hinab und wischte ihre Klingen an den sauberen Stellen der Tuniken ihrer Opfer ab. Dann schob sie den Dolch in eine Scheide an ihrem Wams und nestelte ungeschickt an einem Beutel unter ihrer Brust. Es klimperte, und die Kämpferin schnaubte gereizt.

Die andere Frau, das ursprüngliche Opfer der Straßenratten, saß immer noch an die Wand gelehnt da. Sie hatte den Toten zur Seite geschoben, der auf ihr gelegen hatte. Ihre zerrissene Tunika war über und über mit Blut beschmiert. Sie hielt die Beine eng an den Leib gezogen und die Fäuste geballt. So starrte sie auf die düstere Gestalt ihrer Retterin.

Erst jetzt, wo die Kriegerin eine Waffe fortgesteckt hatte und mit einer Hand in ihrer Ausrüstung wühlte, bemerkte das Straßenmädchen, dass die Frau keineswegs eine Sichel in der rechten Hand hielt. Der lange, scharf geschliffene Haken wuchs ihr geradewegs aus dem Armstumpf!

Die Frau in dem blutverschmierten Kittel wimmerte und kauerte sich noch mehr zusammen.

Die Kriegerin trat auf sie zu. Sie setzte den Stiefel auf die Knie des Straßenmädchens und drückte die Beine nach unten, bis sie ausgestreckt auf dem Boden lagen. Dann ließ sie eine einfache Bronzemünze in den Schoß fallen.

»Hm, da. Kauf dir ’nen neuen Kittel dafür. Der da hat’s durch, du.«

Sie trat einen Schritt zurück.

Ein Klatschen ertönte aus einem finsteren Winkel am Ende der Gasse, und die Kriegerin wandte sich um. Ein trotziger Zug spielte um ihre Mundwinkel.

Der leise Beifall verstummte. Stattdessen war ein Schleifen zu hören. Es begann tief in der Dunkelheit und kam immer näher. Eine weitere ledergekleidete Gestalt erschien, ein hagerer Mann mit einer Augenklappe. Sein Lederzeug war ein wenig heller als das der Frau. Es war übersät von kleinen Furchen und Rissen, aber es wirkte auch hart und doppelt so dick wie das der Kriegerin. Eine wahrhafte Rüstung.

Der Einäugige hielt eine Armbrust in der einen Hand, mit der anderen zerrte er einen leblosen Körper hinter sich her.

»Tori, Tori«, sagte er. Tadel lag in seiner Stimme. »Spielt hier die Heldin. Aber wenn ich nicht hinter dir aufräumen tät, wär dein Spiel bald vorbei, mein Kindlein.«

Tori, die Kriegerin mit der Hakenhand und den kurz geschnittenen Haaren, schob die Unterlippe vor.

»Spiel dich nicht auf, Mart. Mit 'nem Rudel Straßenratten werd ich schon allein fertig.«

Mart zog die Leiche ein Stückchen hoch und ließ sie wieder fallen. Dann warf er die Armbrust obendrauf. »Den da hab ich im Schatten erwischt, und schau, womit er auf dich gezielt hat.«

»Scheiße.« Tori trat näher. »Wie kommt so 'ne erbärmliche Ratte an eine Armbrust?« Sie kniff die Augen zusammen. »Hm, Schrott. Geklaut und verkommen lassen. Damit hätt er sich nur selbst den Bolzen ins Auge geschossen.«

Sie schaute auf Marts Augenklappe und grinste. Der runzelte die Stirn. »Darauf willst du dein Leben wetten? Und nachgedacht, wen das ganze Geschrei anlockt, das hast du auch nicht?«

»Wir sind inner Lehmstadt«, antwortete sie. »Da läuft keiner hin, wenn wer schreit.«

»*Du* bist hingelaufen«, erinnerte Mart seine Gefährtin. Er senkte die Stimme. »Denk dran, wir sind Söldner in einer fremden Stadt. Wenn die Wache uns hier mit roten Händen erwischt, können wir nicht auf Milde hoffen. Keiner von den Einheimischen gibt ein Haar auf uns. Und wer weiß, wie viele Ratten in den Schatten lauern?«

Tori hob ihre lange Sichelklinge bis unter das Kinn ihres Gefährten. »Seit wann fürchtet der Jaguar die Ratten? Außerdem ist Apis meine Heimatstadt. Ich kenn die Gerichtsbarkeit hier.«

Er schlug ihren Armstumpf beiseite. Seine Stimme klang leise und zornig. »Ich sag nur, sei vorsichtig, Tori. Ich werde nicht immer da sein, um dich rauszuplotzen.«

Er blickte sich in der Gasse um, wo die Gerüche der Unterstadt sich mit dem Gestank des Gemetzels vermischten. »Und jetzt«, sagte er laut, »gehen wir. Wir sind Söldner. Wir töten für Geld, nicht aus Mildtätigkeit.«

Tori stapfte auf das Straßenmädchen zu, das immer noch am Boden kauerte und sich nicht zu regen traute. Sie pflückte ihr die Bronzemünze vom blutigen Kittel, die sie selbst erst vor wenigen Augenblicken dorthin geworfen hatte. »Tut mir leid«, sagte sie. »Hast ihn gehört.« Sie warf Mart die Münze zu. »Zufrieden, Einauge? Jetzt hat sie für unsere Dienste bezahlt.«

Mart blickte wütend drein, aber die Münze fing er trotzdem auf. Brüsk wandte er sich ab und ging davon.

Tori ging ihm nach. »Aber wie das Mädel jetzt rumläuft, das ist dir gleich, hm?«

Mart prustete. »Komm mir nicht so, Hakenhand. Meinetwegen kann sie nackt rumlaufen. Da wird sie schon jemanden finden, der ihr 'n neuen Kittel bezahlt.«

»Aye.« Tori wies mit dem Haken über die Schulter zurück. »Das Problem sind bloß die Schnorrer, denen sie dabei begegnet und die nicht bezahlen wollen.«

»Was geht mich das an?«, fragte Mart gereizt. »Soll ich vielleicht Dirnenzieher werden und hinterm Geld der Freier herrennen?«

Sie ließen die verwinkelten Seitengassen hinter sich und kamen auf eine der Hauptstraßen der Unterstadt, die wegen der unbefestigten Wege auch als »Lehmstadt«, bekannt war. Bei Regen verwandelte sich das ganze Viertel in eine Schlammsuhle, aber es regnete selten in Apis.

Die staubige Straße, in die sie einbogen, war gerade und breit genug für Karren. Sie war auch breit genug, um das Licht der Monde einzulassen, und mit den tranigen Laternen, die über mancher Tür hingen und die Geschäftsschilder beleuchteten, oder die lebenden Angebote, die vor den Häusern ihre Reize zur Schau stellten, war es hier fast schon hell zu nennen und halbwegs sicher.

Bis tief in der Nacht ging es hier lebhaft zu, und in jedem der klobigen Lehmhäuser am Straßenrand verbarg sich ein Geschäft – eine Kaschemme, Hurenhäuser oder Badehäuser, Barbiere, Furunkelschneider, Kräuterhexen, Quattstuben, Wahrsager und was sich der Geschäftssinn der untersten Schicht von Apis sonst noch ausdenken mochte.

Auf der Straße flanierten auch viele Besucher, die nicht in das Viertel passten: bessergestellte Bürger, Handwerker, Kaufleute, womöglich der ein oder andere Edle, der sich verkleidet auf die Suche nach Zerstreuung und Nervenkitzel machte. Die Reichsten waren mit bewaffneten Begleitern unterwegs. Als Führer und Leibwache auf den belebteren Straßen der Lehmstadt zu dienen war durchaus ein bequemer, wenn auch nicht sehr reizvoller oder einträglicher Erwerb für Söldner.

Aber Tori hatte etwas anderes im Sinn, als sie neben Mart über den hart getretenen Boden trottete.

»Wär vielleicht keine schlechte Idee, du.«

»Was?«

»Hm, Zuhälterei. Muss ziemlich einfach sein. Leben wie ’n Meckeshirte. Sitzt da, trinkt sein Soff und schaut zu, wie die Herde den Gewinn einbringt.«

»Danke nein«, sagte Mart. »Is ’n schmutziges Geschäft, mehr Zacken von hinten als von vorn. Außerdem will ich auch mal die Sonne sehn bei der Arbeit, und ständig zwischen muffigen Stadtmauern stecken ist auch nichts.«

»Hm, dacht ja nur«, sagte Tori. »Hätt ich vielleicht Talent dafür. Sah nicht schwer aus, dahinten in der Gasse.«

Mart lachte laut auf.

»Was?«, fragte diesmal Tori.

»Ich stell mir das vor«, sagte Mart. »Du ein Talent als Dirnenzieher.« Beiläufig wies er auf die Sichel an ihrem Arm. »Glaub mir, Musche, da hätt gewiss kein Freier Lust drauf, seinen Rothäubling wachsen zu lassen, wenn er mal 'nen Blick auf deine Erntehilfe geworfen hat.«

Tori brummte. »Hab nur an dich gedacht, Einauge. Bist nicht mehr der Jüngste. Zeit, für dich 'n Altenteil zu suchen.«

Mart presste die Lippen aufeinander. »Vielen Dank«, presste er hervor. »Aber noch reicht's bei mir für einen anständigen Kontrakt. Deswegen gehen wir jetzt ins Eisenschwein und hörn uns an, was der Schwemmer da zu sagen hat.«

Das »Eisenschwein« war eine Taverne am Rande der Lehmstadt, die gern von Söldnern besucht wurde. Sie bestand aus einem sehr weitläufigen Saal, wie man ihn selten fand in einer Stadt, die Lehmziegel bevorzugte.

Erkauft war die große Fläche mit einem Gewirr tief liegender Deckenbalken, unter denen Mart oft schon den Kopf einziehen musste. Der Raum war voll mit lärmenden Männern, einigen leicht bekleideten, schrill lachenden oder kreischenden Damen; Rufe, grölende Gesänge, das Summen von Gesprächen erfüllte eine Luft, die schwer war und dunstig und die nach Schweiß, saurem Bier, fauligem Atem und fettigem Essen roch.

An einem Ende des Raums gab es eine Theke mit Fässern und robusten Schankmaiden dahinter. Doch was die Söldner vor allem im Eisenschwein zusammenbrachte, das waren die Aufträge. Hier kam hin, wer ein paar handfeste Burschen gegen Münzen anwerben wollte. Und darum schaute hier auch jeder vorbei, der einen Kontrakt suchte.

Mart schob sich durch die Menge und achtete darauf, dass Tori mit ihrem Haken nicht irgendwo hängen blieb. Er hatte keine Lust, heute Nacht noch eine fruchtlose Schlägerei anzufangen.

Am Rand des Wirtssaals ragten kleine Trennmauern in den Raum. Das Eisenschwein war auch darum so gut geeignet, Geschäfte anzubahnen, weil die Geräusche im Hintergrund es fast unmöglich machten, dass man ein Gespräch belauschte. In den durch Mauern abgetrennten Nischen konnte man so vertraulich reden wie hinter den Wänden des Stadtpalasts. Sobald ein Wort den Tisch verließ, verlor es sich in den anderen Gesprächen des Saals wie ein Schlag ausgelassenes Fett in einem Eintopf voll Gemüse.

Üblicherweise waren die Tische am Rand den Werbern vorbehalten. Im Rest des Raums drängte sich das Kriegsvolk, ehemalige Soldaten und Freischärler, einheimische Glücksritter neben wilden Kriegern aus dem Buschland oder von noch weiter her.

In einer der Nischen saß ein schwarz gekleideter Mann, der selbst wie ein Krieger aussah. Er hatte ein wettergegerbtes Gesicht, und über einem Wams aus schwarzem Tuch trug er einen polierten Brustpanzer aus ebenso schwarzem Eisenholz. Ein Krug mit gelblicher Schaumkrone stand vor ihm, und er blickte mit wachen Augen in den Raum. Er hätte ein Söldner sein können wie die meisten hier, aber seine Kleidung wirkte ein wenig zu neu, seine Ausrüstung zu unbenutzt.

Mart setzte sich ihm gegenüber. »He, Arri, alter Schwemmer! Man sagt, dein Herr will sein Lob ausnahmsweise mal mit echten Kämpfern teilen.«

Arri lächelte. Es war das Lächeln eines Händlers. »Mart, grauer Wolf. Und seine bezaubernde Gefährtin Tori Hakenhand. Wenn ich da nicht das legendärste Liebespaar von ganz Khâl vor mir sehe!« Er nickte Tori zu, die neben Mart Platz nahm. Dann sprach er wieder den älteren Söldner an. »Komm, ich geb euch einen aus.«

»Hartes Silber seh ich lieber als flüssiges Gold«, sagte Mart.

»Aye«, antwortete Arri. »Aber hartes Silber muss man sich verdienen. Hartes Gold noch viel mehr!«

Auf seinen Wink hin brachte eine Schankmaid noch zwei Krüge. Als sie fort war, senkte Mart die Stimme.

»Also, worum geht es? Ich habe gehört, du setzt ein Kopfgeld?«

»Aye, auf einen nackten Wilden. Einen Buschläufer. Sollte ein leichter Fang sein für zwei wie euch.«

Mart spähte misstrauisch über die Schulter. Viele junge Buschläufer zog es für ein paar Jahre in die Städte, für Ruhm, Münzen oder für den Tod. Nach dem Krieg der Stämme waren es noch mehr geworden. Manche taten sogar in der Stadtwache Dienst, viele waren verstädtert und auf den ersten Blick gar nicht mehr zu erkennen.

Mart ging davon aus, dass in dieser Kneipe einige Männer saßen, die gern eine Axt ins Gespräch werfen würden, wenn sie hörten, wie Arri von Buschläufern als »Wilden« redete.

Tori legte den Armstumpf mit dem scharf geschliffenen Haken auf den Tisch, sodass die Spitze fast schon auf Arris Hälfte der Platte lag. Die stinkenden Tranfunzeln unter der Decke verbreiteten mehr Qualm als Licht, dennoch war es im Eisenschwein heller als auf der Straße, und man sah die kaum getrockneten dunklen Spritzer auf dem Stahl.

»Wenn das so einfach ist«, sagte Tori, »warum macht ihr dann keinen öffentlichen Aushang, sondern sprecht nur die Besten an?«

»Ah«, erwiderte Arri. »Deine *rechte Hand* hat eine hohe Meinung von ihren Talenten. Gefällt mir, wenn eine Frau ein bisschen keck auftritt.«

Mart schob unauffällig Toris Haken vom Tisch. »Lenk nicht ab, Arri«, sagte er. »Sag uns lieber, was es mit dem Buschmann auf sich hat.«

Der Werber zuckte die Achseln. »Was soll ich sagen? Der Fiesel kommt aus der Wildnis, und *vielleicht* kommt er hierher. Er sucht nach einem kleinen Mädchen und wird Fragen stellen. Wenn ihr über den Kerl stolpert, sorgt dafür, dass die Fragen aufhören. Und dafür gibt es so viel Geld, dass du deiner Freundin ein tägliches Bad in Duftöl und längere Haare kaufen kannst – und was immer du sonst noch vermissen magst. Musst du da noch mehr wissen?«

Mart spürte, wie Tori neben ihm sich anspannte. Beruhigend legte er ihr die Hand auf den Oberschenkel. Das glatte Leder fühlte sich gut an unter seinem Griff, und unwillkürlich atmete er aus.

Dann erinnerte er sich an das, was Arri gesagt hatte. Er funkelte den Werber an. »Fang nicht so an, Arri«, sagte er. »Da gibt's 'ne Menge, was ich noch gern wüsste. Zuerst einmal, warum will Tarukan den Fiesel tot sehen, und warum schickt er nicht seine eigenen Männer dafür?«

»Wer sagt, dass der Hauptmann selber ihn tot sehen will? Wir sind alle Söldner und nehmen Aufträge von vielen Seiten an. Manchmal lohnt es sich eben, so einen Auftrag an andere Hände weiterzugeben, wenn das eigene Fähnlein gerade beschäftigt ist.«

»Gewiss, gewiss«, sagte Mart. *Was für ein Schwätzer,* dachte er. »Aber habt ihr vielleicht auch eine *etwas* genauere Beschreibung? Wird nicht der einzige Buschläufer sein, der sich hier rumtreibt.«

»Wie viele Buschläufer suchen nach einem fremden Kind?«, gab Arri zurück. »Aber wenn ihr noch eine Beschreibung braucht: Er kommt geradewegs aus der Savanne. Trägt also keine anständige Kleidung, und mit 'nem Buschläufer-Söldner aus der Stadt verwechselt ihr den bestimmt nicht. Außerdem hat er Muskeln wie prall gefüllte Wasserschläuche und Arme und einen Brustkorb wie ein Berggorilla, 'ne Nase wie ein Faustkämpfer, und er sieht überhaupt so aus, als würd er gern Leute in Stück reißen. Was er übrigens auch tut.«

Tori prustete bei der Beschreibung. »Klingt so, als würd er das Kind fressen, wenn er's findet, hm.«

Arri grinste. »Die Beschreibung haben wir von einem unserer Männer, der vor dem Kerl davongerannt ist. Weiß also nicht, wie zuverlässig das ist. Jedenfalls könnt ihr euch denken, warum wir ein paar handfeste ... ähm, Leute für die Jagd suchen und nicht jede Straßenratte drauf ansetzen. Woll'n ja nicht, dass sich erst mal ein paar Strohpuppen an ihm versuchen, die nichts weiter erreichen, als dass er vorgewarnt ist.«

Mart wechselte einen Blick mit seiner Begleiterin. Er fragte sich, ob sie vor ihrem geistigen Auge dasselbe sah wie er: große Weidenkörbe voll mit den Köpfen kräftiger Buschleute!

Bei dem Goldbetrag, um den es hier ging, ließ es sich gar nicht vermeiden, dass bald jeder unbeschäftigte Glücksritter Jagd auf den Mann machte. Die Beschreibung war mehr als dürftig. Einem Toten sah man nicht an, ob er zu Lebzeiten nach einem Kind gefragt hatte. Genau genommen sah man auch einem Kopf nicht mehr an, ob er gerade erst aus der Steppe kam oder bei seinem Tod in einem Gardehelm gesteckt hatte.

Mart ging davon aus, dass Tarukans Sekretär bald jede Menge tote Buschläufer zu sehen kriegen würde, und Gauner, die die Belohnung einforderten. Er fragte sich, wie lange dieses schwachsinnige Angebot wohl gültig bliebe.

»Wie sieht es mit 'nem Vorschuss aus?«, fragte er.

Arri schüttelte den Kopf.

»Wir haben Aufwand, wenn wir nach ihm suchen sollen«, beharrte Mart.

»Kein Aufwand«, sagte Arri. »Ihr sollt nur nebenbei die Augen offen halten. Wir wissen ja gar nicht, wo der Kerl überhaupt auftaucht. Das ist ein ungezielter Pfeilregen. Wir verbreiten die Nachricht im ganzen Land, und wer ihn zuerst sieht, hat Glück. Müssten wir allen, die suchen, einen Vorschuss zahlen, wär die Kasse bald leer.«

Mart knurrte unwillig.

Arri beugte sich vor. »Sieh es einfach wie eine Lotterie an«, sagte er. »Nur einer gewinnt – aber der trägt ordentlich was nach Hause.«

»Ich weiß nicht, sagte Mart. »Glücksspiel ist nicht mein Ding. Kannst du mir wenigstens zeigen, was du hast? Damit wir sehen, dass du es ernst meinst und nicht nur 'n paar Dumme ködern willst mit Füchsen, die's gar nicht gibt?«

Arri sah sich in der Kneipe um. Dann holte er unter seinem Harnisch einen kleinen Lederbeutel hervor. Er zog die Schnur auf, legte das Säckel auf den Tisch. Dutzende kleiner Goldmünzen funkelten aus der Öffnung. »Reicht das?«

Mart grinste, dass man seinen abgebrochenen schwarzen Eckzahn sah. »Allerdings«, sagte er. »Für so 'ne Löhnung würde ich sogar einen Mord begehen.«

II. Teil:

Der weisse Turm

4.

Gontas spürte den Atem der Stadt, lange bevor er Apis erreichte. Das Gras wurde dichter, dann kamen Wege hinzu. Kleine Katen standen in der Landschaft. Ziegenhirten weideten ihre Tiere. Gontas sah bald so viele von ihnen, wie selbst im fruchtbarsten Buschland nicht.

Er folgte den Wegen, die von hier aus alle auf die Stadt zuführten. Aus den Katen wurden Dörfer, schmutzige kleine Weiler mit Lehmhütten. Gontas hätte niemals sein Zelt gegen so einen Erdhügel eintauschen wollen. Anstelle der Hirten sah er Bauern auf ihren mageren Feldern mit den Bewässerungsgräben. Die meisten trugen nicht mehr als einen Lendenschurz, und alle sahen von der Arbeit auf und äugten zu dem einsamen Wanderer, der aus einer so ungewöhnlichen Richtung kam.

Zuletzt erblickte Gontas die Stadt selbst. Er marschierte durch die schäbigen Vorstädte, die sich kaum von den erbärmlichen Lagern der Vagantenstämme am Rande des Steinlands unterschieden. Unter die festen Häuser, die selbst kaum mehr waren als Verschläge, mischten sich windschiefe Zerrbilder von Nomadenzelten, mit Stangen aus krummem Holz und mit Lumpen behangen. Nackte Kinder liefen lachend ein Stück hinter ihm her.

Gontas überholte andere Fußgänger und Karren, die noch langsamer unterwegs waren. Gelber Staub wolkte von der Straße auf und legte sich über alles.

Gontas ging auf die Stadtmauer zu, die hinter den Gebäuden aufragte. Es war das größte Bauwerk von Menschenhand, das Gontas kannte, mehr als viermal so hoch wie ein Mann und aus braunen Ziegeln gefügt. Doch wenn Gontas dieses Werk mit den Bewohnern verglich, kam er zu dem Schluss: je härter die Mauern, umso weicher die Menschen.

Gleich vor dem Tor kam er am Richtplatz vorüber. In der

Mitte stand eine große Bühne, gleichfalls gemauert, mit einem festen Galgen, Richtblöcken, Schandpfählen und ausgeklügelten Gerüsten, an denen die Städter ihre Mitbürger quälten. Oben auf dem Podest waren immer ein paar Menschen zu sehen, wie Gontas von seinem letzten Besuch wusste, Tote, Gepeinigte und ihre Wachen.

Darum herum gab es viel freien Platz. Hier standen keine Hütten, dafür hatten sogar ein paar karge Büsche und dürre Bäume auf der Fläche wurzeln können. Die einzige Straße in diese Stadt führte gleich unter der Bühne vorbei, und in dem Gedränge der Händler, der Bauern und Tagelöhner, die nach Apis strömten, der Söldner, Reisenden und Marktbeschicker erkannte man die regelmäßigen Besucher daran, dass sie nicht mehr den Kopf hoben und neugierig zur Richtstätte starrten.

Es war spät am Nachmittag, und immer noch drängten viele Menschen nach Apis hinein. Das sechs Schritt breite Tor wirkte fast zu schmal für die Massen, die um diese Tageszeit in beide Richtungen unterwegs waren. Gontas zog seine Umhängetasche nach vorn und bahnte sich mit beiden Armen einen Weg.

Der Außenwall von Apis war ebenso dick wie hoch, was den Tordurchgang zu einem wahrhaften Tunnel machte. Nach wenigen Schritten stand Gontas im Schatten, eingepfercht zwischen den Menschen und mit Mauern neben und über sich. Er fühlte sich gefangen. Er packte einen rundlichen Mann, der vor ihm ging, und schob ihn grob zur Seite. Dann spürte er eine Hand an seiner Hüfte, packte blitzschnell zu, ohne hinzusehen, und verdrehte den Arm, den er zu fassen bekam. Etwas knackte unter seinem Griff, und Gontas fühlte sich einen winzigen Augenblick lang erleichtert.

Mit beiden Händen schaufelte er sich seinen Weg aus dem Gedränge in die Stadt und ließ einen Strudel von Schmerzenslauten, empörten Rufen und übereinanderstolpernden Gestalten hinter sich zurück.

Dann schien die Sonne wieder auf ihn. Der Tunnel spie die Menschenmenge auf den Torplatz, wo immer noch ein munteres Treiben herrschte, wo es aber auch genug Raum dafür gab.

Die Menschen verliefen sich. Gontas trat an die Seite und holte Luft. Er hatte ganz vergessen, wie verdammt eng alles war in dieser Stadt!

Noch immer schlug sein Herz wild, und er hatte das unbestimmte Bedürfnis, um sich zu schlagen. Zwei Stadtwachen, die den Menschenstrom im Auge behielten, waren auf ihn aufmerksam geworden. Unschlüssig umfasste der eine den Hartholzschaft seiner Lanze. Sie sahen Gontas an, er sah sie an.

Dann wandten sie sich einem alten Bauern zu, der eine Kiepe auf dem Rücken trug. Sie zogen ihn aus dem Strom heraus und überprüften seine Ware.

Gontas ging weiter.

Wohin sollte er sich wenden? Wo war er letztes Mal gewesen, als er Apis besucht hatte, mit einem Haufen treuer Begleiter, um Kriegsbeute gegen Waffen zu tauschen?

Seine Erinnerungen an diesen Besuch waren eine wirre Folge unzusammenhängender Bilder, und allmählich dämmerte ihm wieder, warum das so war. Alles kam in der Stadt zusammen, irgendwo hier musste es Leute geben, die Antworten auf seine Fragen hatten.

Aber Gontas fragte sich inzwischen, ob es nicht einfacher war, Halime und ihre Entführer im menschenleeren Steinland zu finden als in diesem Ameisenhaufen. Er schob die Tasche auf seiner Schulter zurecht.

Das war der Augenblick, da er bemerkte, dass die beiden Äxte verschwunden waren, die hinten in seinem Gürtel gesteckt hatten.

Grimmig stapfte Gontas durch die Stadt. Warum war er nur hiergekommen? Händler für Sklaven, für Tiere, für Waffen und Schmuck – die fand man rasch, wenn man einfach nur durch die Straßen lief. Aber wen, bei Tombar, sollte man ansprechen, wenn man ein ganz bestimmtes Mädchen suchte? Wer konnte ihm sagen, was es mit den schwarzen Kriegern auf sich hatte?

Er kam an einem Laden mit bemalter Tür vorbei, und aus

den Symbolen schloss er, dass dahinter ein Sterndeuter zu finden war. Gontas dachte an Nuatafib. Nein, er würde seine Zeit nicht noch einmal an einen Wahrsager verschwenden; und nachdem er ein paar Straßen weitergegangen war, musste er sich eingestehen, dass er in diesem Irrgarten den Sterndeuter ohnehin nicht wiederfinden würde und dass es zu spät war, um sich anders zu entscheiden.

Im Vorübergehen hielt er vergebens nach seinen Waffen Ausschau. Verfluchte Diebe. Verfluchte Stadt! Unter den Cefron wäre ihm das nicht passiert. Selbst wenn es dort jemand gewagt hätte, ihn zu bestehlen, so hätte der Dieb seine Beute kaum unbemerkt durch das Lager tragen können.

Aber diese Stadt, das insektenhafte Gewimmel, die vielen Menschen und Dinge, das musste für jeden feigen Langfinger eine Einladung sein, sein Glück zu versuchen.

Gontas beäugte jeden Mann auf der Straße mit großem Misstrauen und hielt seine Tasche fest. Er lauerte regelrecht darauf, dass ein weiterer Dieb sein Glück bei ihm versuchte, damit er seinem Zorn endlich Luft machen konnte. Aber die meisten Männer, die ihm entgegenkamen, schlugen einen Bogen um ihn, und niemand forderte ihn heraus.

Bis er den Mann mit der Augenklappe sah.

Der Einäugige lehnte an einer Ecke und musterte Gontas mit derselben Eindringlichkeit wie der ihn. Der Mann war einen halben Kopf größer als Gontas, aber es war ein hagerer Bursche. Doch Gontas ließ sich nicht täuschen: Die Haltung des Mannes, die sehnigen Muskeln am Hals und an den harten Händen, all das verriet den geübten Kämpfer. Er trug eine abgenutzte Rüstung aus fingerdickem gehärtetem Leder, dazu ein breites Schwert und mehrere kleine Klingen am Waffengurt. Er musste über vierzig sein, schätzte Gontas. Die tiefe Narbe, die unterhalb der Augenklappe weiterverlief und quer über die Wange in das Gewirr von älteren Linien schnitt, bevor sie zwischen den Bartstoppeln verschwand, bestätigte den Eindruck.

Das war kein Dieb, entschied Gontas, sondern ein Krieger wie er.

Das Haar, das dem Fremden an den Seiten bis zur Wange fiel, mochte einmal schwarz gewesen sein. Jetzt zeigten sich graue Strähnen darin, die zu den Spitzen hin heller wurden, und auch das verbliebene Auge glitzerte grau unter den buschigen Brauen. Das war ungewöhnlich südlich des Steinlands.

Der Blick des Fremden war nicht beiläufig, sondern durchdringend – der Blick eines Jägers, der seine Beute beobachtet. Gontas lockerte seine Arme und setzte bewusster einen Fuß vor den anderen. Er bereitete sich auf einen Angriff vor.

Was wollte der Fremde von ihm? Gontas forschte in seinem Gedächtnis, ob er den Mann kannte. Er überlegte kurz, ob es einer von Halimes Entführern war. Aber die hatten alle ähnliche schwarze Rüstungen getragen, während die des Fremden von eher lichtem Braun war.

Der Krieger macht die Waffe, nicht die Waffe den Krieger.

Gontas schärfte sich diese Weisheit ein. Doch er hatte überhaupt nichts mehr, was sich zur Waffe machen ließ.

Bald war er auf Höhe der Gasse, an deren Einmündung der Fremde stand. Dann war er vorbei, und nichts war geschehen. Gontas spitzte die Ohren und lauschte auf ein Knarren der Rüstung, das ihm verraten hätte, ob der Mann hinter ihm herkam.

Stattdessen schnitt ein leiser Pfiff ihm in die Ohren.

Gontas fuhr herum. Hatte der Mann mit diesem Pfiff seine Kameraden alarmiert?

Der Einäugige stand immer noch an der Einmündung. Er betrachtete Gontas, ganz so, als hätte der nach *ihm* gepfiffen.

»Was?«, fuhr Gontas ihn an.

»Du suchst ein Mädchen?«

Gontas stutzte. »Bist du ein Mädchenhändler, he?«

»Ein *kleines* Mädchen!«, sagte der Fremde.

Gontas spannte sich an. Er hatte in der Stadt nach Halime fragen wollen, aber bisher hatte er mit niemandem darüber gesprochen. Woher also wusste dieser Mann …?

»Nicht hier«, sagte der Einäugige. Mit raschem Schritt verschwand er hinter der Ecke und in der Seitengasse.

Gontas wollte hinter ihm herstürmen, doch dann besann er

sich anders. Das roch nach einer Falle. Aber wer war dieser Mann, und warum sollte er ihm, Gontas, auflauern wollen?

Egal.

Gontas hatte Fragen, und dieser Fremde konnte ihm vielleicht Antworten geben. Er nahm den Riemen seiner Tasche locker in die Hand und trat in die Seitengasse. Von dem Einäugigen war nichts zu sehen.

Gontas folgte dem schmalen Weg zwischen den Häusern. Es gab keinen Abzweig, also musste der Mann noch vor ihm sein. Allerdings gab es Hauseingänge, Nischen und Biegungen, und Gontas konnte zwischen alldem Mauerwerk immer nur wenige Schritte vor sich klar überblicken. Balken mit eingeschnittenen Tritten führten zu den flachen Dächern hinauf – so viele Verstecke, wo ein Feind auf ihn lauern mochte.

Dann bog Gontas um eine Ecke, und der Einäugige stand da, ein Stück entfernt an die Wand gelehnt, und grinste. »Ich hatte gehofft, dass du hinter mir herkommst.«

Gontas ging auf ihn zu. Die Tasche ließ er zu Boden gleiten. Er öffnete und schloss die kräftigen Finger. »Du solltest vorsichtig sein mit deinen Hoffnungen. Was weißt du über das Mädchen?«

»Hoho!« Der Einäugige hob die Hände. »Warum so grimmig? Ich wollte nur mit dir reden. Ein Austausch von Informationen.«

Gontas blieb vor dem Mann stehen. »Was weißt du?«

»Über das Mädchen? Nichts. Ich weiß nur, dass ein paar Kerle nach 'nem kräftigen Buschläufer Ausschau halten, der nach 'ner kleinen Musche sucht. Sie haben ein Kopfgeld ausgesetzt. Die Beschreibung passt auf dich. Ich dachte mir, das sollte dich so weit interessieren, dass wir ins Geschäft kommen.«

»Geschäft?«

»Nur Geduld. Wenn wir länger plaudern, solltest du dir vorher was überziehen.« Er tippte Gontas mit einem Finger gegen die Brust, und der wich knurrend zurück. »Viel zu kurze Lederbuxe, nackter Oberkörper und ein offener Mantel, damit schreist du's förmlich in die Stadt hinaus: ›Buschläufer, frisch eingetroffen!‹ Bei dem Gold, das für deinen Kopf geboten wird, solltest du nicht so auffallen.«

»Obwohl«, sagte eine Stimme hinter Gontas, »du schon 'ne Menge zum Anschaun bietest.«

Gontas fuhr herum und machte zugleich einen Satz von dem Einäugigen weg. Er stellte sich mit dem Rücken gegen die Hauswand, sodass er die beiden Fremden links und rechts von sich hatte und beide im Auge behalten konnte.

Der Neuankömmling war eine Frau. Sie war kräftig gebaut; unter den eng anliegenden schwarzen Ledersachen war kaum eine weibliche Rundung zu sehen, und die braunen Haare waren so kurz geschoren, dass sie in Stoppeln vom Kopf abstanden. Trotzdem, die Stimme, die Hüften, die Andeutung von Brüsten zwischen den Gurten und Riemen, die überall über ihre Kleidung liefen, all das ließ kaum einen Zweifel zu.

Gontas entspannte sich. Wer brachte eine Frau mit, wenn er ernsthaft kämpfen wollte? Also meinte der Einäugige es doch ehrlich mit seinen friedlichen Worten, oder er war kein so ernst zu nehmender Krieger, wie Gontas geglaubt hatte.

Die Frau trat vor Gontas hin und zeigte ein schmales Lächeln. Sie trug einen Mantel über dem rechten Arm. Mit der Linken fasste sie nach Gontas' Unterarm, folgte mit der Fingerspitze einem Muskelstrang und sagte mit kokettem Augenaufschlag: »Is 'ne Schande, das zu verhüllen. Aber wer weiß, hm. Wenn du deine Reize nicht ständig zeigst, sondern zur rechten Zeit auspackst, macht's das vielleicht noch wertvoller.«

Sie hielt ihm den Mantel hin.

»Er ist schon wertvoll genug«, knurrte der Einäugige. »Mit dem Gold, das auf seinen Kopf ausgesetzt ist, kann man in der Straße des Südens ein ganzes Dutzend kräftiger Jünglinge kaufen. Mit glatter Haut.«

Gontas' Kopf fuhr herum. Fast hätte er den Mann vergessen. Er durfte sich nicht ablenken lassen!

Dabei waren die Reize dieser Frau kaum geeignet, seine Aufmerksamkeit zu fesseln. Sie war nicht mehr jung, vielleicht sogar älter als er selbst. Auch sie hatte Narben im Gesicht, wenn auch nicht so tiefe wie ihr Gefährte. Ihre Züge waren hart, und in ihren braunen Augen lag, als sie ihm so nah kam, die Andeutung eines grünen, kalten Schimmers, der ihn frösteln machte. Er fühlte sich unbehaglich in ihrer Nähe.

»Hm, Mart.« Sie lächelte Gontas immer noch an. »Weiß nicht, du. Klang nach 'ner schweren Miete für 'n einzelnen Mann, is wahr. Aber wenn ich den Mann jetzt sehe ... Da ist schon mehr dran, als ich sonst so gewohnt bin.«

Bei diesen Worten blickte sie jedoch nicht auf Gontas, sondern an ihm vorbei. Gontas blinzelte verwirrt, dann ging ihm auf, dass sie auf den Einäugigen seitlich neben ihm starrte. Mit einem Mal war er sich nicht mehr so sicher, ob der zufriedene Zug um ihren Mund tatsächlich dem galt, was sie bei Gontas sah – oder ob es ihr nicht vor allem um das ging, was die Worte ihrem Begleiter antaten.

»Du lässt den Scheiß sein, Tori«, fuhr der Einäugige sie an. »Sofort. Ich hab diesen Wil... diesen Buschläufer nicht von der Hauptstraße geholt, damit du in der Seitengasse mit ihm turtelst.

Und du, Mann, zieh dir endlich den Kapuzenmantel über und hör nicht auf die Schlampe. Dann können wir uns 'ne ruhige Kneipe suchen und ernsthaft reden.«

Zögernd griff Gontas nach dem Umhang. Als er den Stoff vom Arm der Frau herunterzog, kam keine Hand zum Vorschein, sondern eine schmale, fast unterarmlange Klinge. Sie war gebogen wie ein Haken und an der Innenseite scharf geschliffen.

»Sardik, was ...« Gontas zuckte erschrocken zurück. Dann machte er einen Satz und wich auf die andere Seite der Gasse aus.

Keuchend blieb er stehen.

Die Frau hob die bläulich glänzende Sichel an ihr Kinn. Sie grinste.

Der Einäugige schüttelte den Kopf. »Sie mag solche Spielchen. Beachte sie gar nicht. Komm.«

Er wies die Gasse entlang. Gontas traf eine Entscheidung.

Wenn das tatsächlich ein Hinterhalt war, dann wäre eben der beste Zeitpunkt für einen Angriff gewesen. Der Einäugige hätte ihm eine seiner vielen Klingen in den Rücken stoßen können, aber er hatte es nicht versucht.

»Gut«, sagte Gontas. »Ich gehe mit. Und du wirst meine Fragen beantworten.«

Er warf sich den Mantel über und zog sich die Kapuze ins Gesicht. Als er dem Einäugigen folgte, sah er nicht, wie das Grinsen aus Toris Gesicht verschwand. Sie senkte den Arm mit der Klinge, sah darauf hinab, und ein trauriger Zug erschien um ihre Augen. Dann schüttelte sie wütend den Kopf, ballte die Linke zur Faust und folgte den beiden Männern.

»Wie ist das also mit dem Gold, das auf meinen Kopf ausgesetzt ist?«, fragte Gontas.

Sie saßen in einer winzigen finsteren Kaschemme, die um diese Stunde so gut wie leer war. Das einzige Licht sickerte durch Mauerritzen von außen herein. Der Akir, der in einer Schale vor Gontas stand, schmeckte wie Pisse. Er wusste jetzt, warum die beiden Söldner etwas anderes bestellt hatten, irgendeinen schaumigen Trunk, den die Städter womöglich besser zu bereiten verstanden.

»Oh nein«, sagte Mart. »Erst du. Was willst du in der Stadt? Was hat es mit dem Mädchen auf sich?«

Die beiden Männer schauten sich an. Keiner sagte etwas. Die Frau, die, wie Gontas inzwischen erfahren hatte, Tori hieß, kratzte mit ihrem Haken auf dem Tisch herum. Plötzlich hielt sie inne und rief: »He, Jungs! Hier! Schaut mich an, ich bin gut im Niederstarren! Lasst mich mitspielen!«

Mart grunzte unwillig und stieß ihr den Ellbogen in die Seite. »Also gut«, sagte er. »Werfen wir abwechselnd in den Topf, was wir wissen. Am Ende schauen wir, ob sich aus dem, was zusammenkommt, ein Geschäft machen lässt.«

»In was für einen Topf?«, fragte Gontas.

»Eine Redensart«, sagte Tori. »So wie *sich 'n ganzen Mann angeln.* Also einen mit allen Gliedmaßen und zwei Augen.«

Sie lächelte. Mit kleinen scharrenden Hüpfern bewegte sich ihr Haken auf Gontas' Seite des Tisches.

Mart zog die Augenbrauen zusammen. Wieder stieß er Tori

den Ellbogen in die Seite, und diesmal stieß sie einen leisen Schmerzenslaut aus. »Frau«, knurrte er, »irgendwann fängst du dir was, das zu hart für dich ist.«

»Keine Ahnung, wie sich *das* anfühlt«, murmelte sie.

»Die Sache ist die.« Mart sah wieder Gontas an. »Tarukan hat 'nen Beutel mit Goldfüchsen auf deinen Kopf ausgesetzt. Dreißig von den Münzen, wie er sie prägt, und das ist schon was. Ich hab gehört, das hat er nicht nur hier getan, sondern in allen Landen der Khâl. Also, was hast du ihm getan, dass du diesen Einsatz wert bist?«

»Tarukan?« Gontas runzelte die Stirn. »Ich kenne diesen Mann nicht mal.«

»Er ist ein Söldnerhauptmann.«

»Der größte«, warf Tori ein. »Das is mal 'n Mann aus unserm Gewerbe, der's zu was gebracht hat, hm.«

Mart bedachte sie mit einem grimmigen Blick. »Er war vorher schon ein Edler und hat sich nie die Finger als einfacher Söldner schmutzig gemacht. Aber inzwischen befehligt er eine ganze Armee und ist bei jedem Krieg in der Gegend dabei. In allen großen Städten hat er Verbindungsleute, die seine Interessen vertreten.«

»Nur nich in Apis«, fügte Tori hinzu. »Hier vertritt ihn niemand mehr.«

»Ich habe noch nie von ihm gehört«, sagte Gontas.

Mart zuckte die Achseln. »Vielleicht war er beim Krieg von den Buschleuten dabei und hat sich nur nicht in jedem Lager vorgestellt. Wenn jemand von außen bei dem Krieg mitgemischt hat, dann hat Tarukan jedenfalls auch dran verdient, so viel ist sicher. Und irgendwann müssen sich eure Wege gekreuzt haben. Er bietet nicht umsonst so 'ne schwere Löhnung für deinen Tod.«

»Womöglich hat es etwas mit diesen Reitern zu tun …«, überlegte Gontas.

»Reiter?«

Gontas erzählte den Söldnern von dem, was er in den letzten Wochen erlebt hatte, von dem fremden Kind, das zu den Zelten der Cefron gekommen war, bis hin zu seiner Begegnung mit ihren Entführern.

»Wisst ihr, was es mit dem Mädchen auf sich hat?«, fragte er. »Ich hatte mir überlegt, sie kommt vielleicht aus den Städten.«

Mart schüttelte den Kopf. »Es gibt viele Städte, und viel Land dazwischen. Da müsst es schon mit der Hölle zugehn, wenn ausgerechnet dieses Schrapf mir mal über 'n Weg gelaufen wär.

Aber die Reiter, die kenn ich. Tarukans Männer tragen Schwarz und Panzer aus Eisenholz. Ich möchte wetten, deine kleine Musche ist jetzt bei ihm.«

»In der Wüste haben sie nicht versucht, mich zu töten«, sagte Gontas. »Nicht ernsthaft, jedenfalls. Sie wollten nur Halime. Warum bietet Tarukan jetzt also Gold für meinen Kopf?«

»Das muss erst danach entschieden worden sein.« Mart zupfte nachdenklich an seiner Augenklappe. »Sie haben sich erst für dich interessiert, als sie gemerkt haben, dass du hinter dem Kind her bist. Als sie damit rechnen mussten, dass du nicht aufgibst.«

»Und sie haben es schnell entschieden«, bemerkte Tori. »Wir haben vorgestern zum ersten Mal davon gehört. Und selbst wenn ein berittener Bote schneller in die Stadt kommt als ein Buschläufer ...«, sie wies mit dem Haken auf Gontas, »... dann hat Tarukan doch erst von der Begegnung erfahren müssen, bevor er das Geld ausgesetzt und die Botschaft verbreitet hat. Verdammt schnell.«

Mart runzelte die Stirn. »Wir hätten Arri weiter befragen sollen.«

»Wer ist Arri?«, fragte Gontas.

»Der Mann, der in Tarukans Namen die Füchse hingelegt hat«, sagte Tori.

»Dann gehen wir zu ihm und fragen ihn *jetzt*!« Gontas schlug mit der Faust auf den Tisch und sprang auf.

Mart zog ihn rasch wieder auf die Bank zurück. »Das geht nicht. Arri ...«, er sah sich gehetzt um, »... ist, ähm, nicht mehr in der Stadt.«

Tori prustete los.

Gontas beäugte die beiden misstrauisch. »Warum sitzen wir

überhaupt hier? Dieser Tarukan bietet euch jede Menge Gold für meinen Kopf, und ihr wollt mir erzählen, dass ihr das nicht einstecken wollt?«

Mart winkte ab. »Dümmere Söldner mögen da auf den schnellen Gewinn aus sein. Aber ich denke weiter. Warum bietet Tarukan fremden Kriegern so viel Gold an? Warum schickt er nicht seine eigenen Männer?«

»Eh!« Gontas schmunzelte. »Das hat er doch versucht. Zwei von denen hab ich erschlagen, der dritte ist abgehauen, als wär ihm der Geist des Krieges selbst auf den Fersen.«

Mart wischte den Einwand beiseite. »Tarukan hat eine Menge Leute, die er versorgen muss, und weit und breit ist kein Krieg in Sicht, bei dem er genug verdienen kann für seine Armee. Der muss dankbar sein für jeden Fiesel, der bei der Suche nach dir erschlagen wird.«

»Is 'n knickriger Schwemmer, der Tarukan«, fügte Tori hinzu. »An Freie wie uns verschenkt der nichts. Der will alles an sich ziehen, und wer nicht seine Farben trägt und vor ihm rumkriecht, den drängt er gern aus dem Geschäft.«

Mart nickte. »Genau. Und wenn er jetzt so viel lockermacht für einen Kontrakt, kann das nur eins bedeuten: Seine eigenen Männer sind an einer Sache dran, von der er sich noch mehr verspricht. Aber was? Verstehst du, wenn wir herausfinden, was für einen Brunnen er da angraben will, dann können wir uns gleich an der Quelle bedienen. Da muss mehr rausspringen als die paar Krümel, die Tarukan von seinem Tisch runterfallen lässt.«

»Und Einauge braucht dringend 'n Batzen Geld für sein Altenteil, weiß du«, fügte Tori hinzu. »Wird allmählich zu langsam fürs Gewerbe.«

Mart strich sich gereizt über die Augenklappe. Er sah Gontas erwartungsvoll an.

»Trotzdem«, sagte der. »Soll ich glauben, dass ihr einen Beutel Gold sausen lasst, nur weil dahinter vielleicht ein größerer Sack liegt? Ich trau euch Söldnern nicht. Ihr hört euch an, was ich zu sagen habe, und dann fallt ihr mir in den Rücken und kassiert *beide* Prämien.«

»Wer sagt, dass wir die stummen Schwemmer haben sausen lassen?« Tori zog grinsend den Haken über den Tisch. Ein langer Holzspan ringelte sich unter der Spitze.

»Was?« Gontas spannte sich an.

Mart räusperte sich.

Tori flüsterte verstohlen. »Ich sag's mal so: Tarukans Schniegel hat sich sehr drauf verlassen, dass der Name von seinem Herrn ihm seine Geldkröte schützt. Und mein Kumpel Einauge war vielleicht 'n bisschen gieriger, als gesund für uns war.

So 'n Beutel Gold, den wir uns gleich von 'm Arschhocker abholen können, der zählt mehr als ein Beutel, den wir *vielleicht* kriegen, wenn wir so 'nen unbekannten Brecher aus der Steppe stellen. So hat der Mart sich das gedacht.«

Gontas blinzelte und ließ die Worte sacken. »Ihr habt ... den Boten von diesem Tarukan ausgeraubt?«

Tori grinste.

Mart wedelte verstohlen mit den Händen. »Pst«, sagte er. »Muss nicht jeder hören. Tarukans Münzen und Tarukans Mann ... Hat schon recht gehabt, der Arri, da traut man sich nicht leichtherzig ran. Aber, Mann, dreißig Füchse!«

Tori fiel ihm ins Wort. »Was mein einäugiger Kumpel sagen will: Mit Tarukans Angebot sind wir durch. Und wenn wir bald aus der Stadt rauskommen, mit 'm weiteren kräftigen Kerl an der Seite, dann käm uns das sehr gelegen. Siehst also, Kamerad, kannst uns ruhig trauen.« Sie lächelte Gontas an.

Gontas strich sich über die Kapuze. »Aber ich weiß nichts über diesen Tarukan. Und ihr, so wie's aussieht, wisst gar nichts über mein Mädchen. Ich denke also, da trennen sich unsere Wege schon wieder.«

Mart schüttelte den Kopf. »Nicht so flott. Tarukan hat 'ne große Sache am Laufen. Und er hat jede Menge Gold für dich übrig. Ich glaube nicht, dass er zufällig über zwei fette Geschäfte zugleich gestolpert ist, also muss das eine mit dem andern zu tun haben.

Darum, wenn wir mehr über dein Mädchen herausfinden, dann wissen wir auch, was Tarukan vorhat. Und wenn wir erfahren, was Tarukan vorhat, finden wir dein Mädchen. Also können wir unsere Klingen gleich zusammenwerfen.«

»Nein, das glaub ich nicht«, gab Gontas zurück. »Ich wollte mir in der Stadt ein paar Leute suchen, die was wissen. Was soll ich mit ein paar Leuten, die auch Fragen haben?«

»'n bisschen was wissen wir schon, du«, sagte Tori.

»Diese Zitadelle zum Beispiel«, sagte Mart, »davon hab ich gehört.«

»Du weißt, wo sie ist?« Gontas horchte auf. »Halime wollte dahin. Vielleicht dieser Tarukan auch.«

»Klar wiss'n wir, wo das Luftschloss ist.« Tori lachte. »In Wolkenmärchenheim, du!«

Gontas sah sie verwirrt an.

»Die Zitadelle der Götter«, erklärte Mart. »So heißt sie bei den Fahrenden. Aber Tori hat recht, es ist nur eine Legende. Man hört immer wieder mal von Burschen, die fest davon überzeugt sind, dass sie wissen, wo das Ding liegt. Aber gefunden hat sie noch keiner, und ein paar, die danach gesucht haben, sind auch schon verloren gegangen.«

»Is 'n Schwindel für leichtgläubige Fiesel«, fügte Tori hinzu. »Die zu viel Soffes gekippt ha'n und gleich loslaufen, wenn jemand 'ne Karte vor ihrer Nase schwenkt.«

»Aber diese Zitadelle soll voll sein mit Schätzen.« Mart strich sich nachdenklich über die Bartstoppeln. »Auch voll mit Gefahren, klar, aber wer da reinkommt, ist ein gemachter Mann. Hab ich auch immer für 'n Märchen gehalten, aber wenn jetzt das Mädchen und der Hexer der Buschleute davon gesprochen haben ...«

»Du weißt also nicht, wie man dorthin kommt«, stellte Gontas fest. »Du weißt gar nichts. Nein, mir leuchtet immer noch nicht ein, warum ich mit euch beiden zusammen durch die Gegend irren soll.«

»Wir wissen immerhin, wo Tarukan lebt«, sagte Mart.

Gontas sprang auf. Die Getränke schwappten aus den Bechern. »Das Schwein!«, brüllte er. »Wir gehen hin, und wenn Halime dort ist ...«

Mart hielt ihn wieder zurück. »Tarukan ist viel unterwegs. Ich glaub nicht, dass wir ihn zu Haus antreffen. Aber sein Briske, sein kleiner Bruder hält dort die Stellung, auf dem Landsitz ihrer Familie. Der muss wissen, was Tarukan treibt. Wir müssen einen Schritt um den anderen tun, wenn wir an Tarukan rankommen wollen.«

Später am Abend, die Sonne war längst untergegangen, trat Gontas hinaus auf das flache Dach seiner Unterkunft. Stundenlang hatte er bei seinen neuen Verbündeten gesessen und Pläne geschmiedet. Dennoch wusste er immer weniger, wohin seine Reise am Ende führen würde.

Er musste sein Augenmerk auf das Wesentliche richten, auf seine Suche nach Halime!

Aber Halime war genauso undurchschaubar wie der Styx.

Gontas sah zu den Sternen hinauf, die am schwarzen Firmament standen wie blasse Diamantsplitter; zu den Monden, die in ihren gewohnten Farben und Formen über die finstere Silhouette der Stadt hinwegzogen. Nur der Styx war in jeder Nacht neu, ungreifbar in seiner Gestalt. Heute stand er als orange Scheibe am Himmel, verhangen von einem wogenden Schleier aus klarem Blau. Doch was der Mond des Styx in der nächsten Nacht bringen würde, das wusste niemand.

Er zog dahin, so wandelbar wie das Schicksal selbst, so wandelbar, dass selbst die Sterndeuter von Modwinja glaubten, so hieß es, sie könnten aus der Form des Styx allein das Schicksal der ganzen Welt deuten.

Was für ein Schicksal hatte Halime ihm gebracht, als sie vor wenigen Wochen in sein Zelt getreten und wieder verschwunden war? Zumindest würde er bald im Haus seines Feindes stehen und diesem Tarukan zeigen können, was es bedeutete, ihn, Gontas, zu bestehlen.

5.

Es ging auf Mitternacht zu. Swetjana dewa Jerigin stand an ihrem Pult in dem kleinen Observatorium, das seit Jahrhunderten den höchsten Turm auf dem Anwesen ihrer Familie krönte.

Das Dach ließ sich in breiten Abschnitten zur Seite klappen, und heute hatte Swetjana jenen Teil geöffnet, der den Blick auf den Styx freigab. Sie schaute zu dem Mond empor, mal durch ein silbernes Teleskop, das auf einem glänzend polierten Gestell ruhte, mal mit bloßem Auge. Sie zog Farbtabellen zurate, huschte wieder zum Pult, um neue Berechnungen anzustellen, und lief dann abermals zu ihrem Aussichtspunkt.

Die Sterndeuterei war seit Generationen eine Leidenschaft der Jerigins. Swetjana war erst siebzehn, aber sie war mit der Sternenkunde aufgewachsen und hatte schon als kleines Kind auf dem Schoß ihres Vaters durch das Teleskop die Gestirne betrachtet. Inzwischen war sie meist allein hier oben. Der Vater besuchte, seit die Mutter gestorben war, das Observatorium nur noch, wenn er seine Tochter sehen wollte. Das Interesse an den Sternen hatte er verloren.

»Sie konnten mich nicht warnen, als Wanja starb«, pflegte er zu sagen. »Sie konnten mir nicht verraten, wie ich sie rette. Die Gestirne sind wundervolle Edelsteine, mein Kind, aber sie ziehen dort oben so kalt ihre Bahn. Ich glaube nicht mehr, dass die Sterne sich um das Los von uns Sterblichen kümmern, und wir wären närrisch, würden wir ihnen mehr Aufmerksamkeit schenken als sie uns. Wir sollten uns dem zuwenden, was hier bei uns ist, warm und lebendig. Sonst ist es eines Tages fort, und wir merken erst dann, dass wir allein sind unter den Sternen.«

Aber Swetjana erinnerte sich an das stille Glück jener Stunden, die sie hier oben mit dem Vater verbracht hatte, daran, wie ruhig und geduldig er hier immer gewesen war, während er sonst nur durch das Haus gestreift war wie ein flüchtiger Besucher und nie bei ihr stehen blieb, wenn sie ihn anderswo traf.

Daran dachte sie, wenn er heute so gleichgültig von seiner damaligen Leidenschaft sprach, und sie fühlte sich umso mehr dazu ermuntert, ihm das Gegenteil zu beweisen.

Denn die Sterne waren ewig und doch berechenbar, in der Vergangenheit wie in der Zukunft. Sollten die Gestirne mit dem Leben hier unten zusammenhängen, dann wäre das so, als würde alles, was je hier unten war, dort oben für immer weiterleben. Wenn sie ihrem Vater das nur zeigen könnte, dann würde er in das Observatorium zurückkommen, und durch jene Pforten, welche die Mathematik der Gestirne den Menschen eröffnete, könnten sie zurückreisen in jene Zeit, als ihre Familie vereint und sie alle glücklich gewesen waren.

So hatte sich ihre Neugier im Laufe der Jahre immer mehr auf den Styx gerichtet, den geheimnisvollsten aller Himmelskörper, der sich der Mathematik selbst zu entziehen schien. Dem Styx schrieb man darum den größten Einfluss auf das Schicksal der Sterblichen zu, und wenn sie es schaffte, diese Zusammenhänge zu durchschauen – davon war Swetjana überzeugt! –, dann hatte sie ihr Ziel erreicht. Sie hätte die Chiffre der Sterne entschlüsselt und würde ihren Vater zurückholen können.

Doch die Sprache der Sterne raunte nicht allein von den tröstlichen Momenten der Vergangenheit. Ebenso gut mochte sie auch ein Tor in die Zukunft aufstoßen, und niemand wusste im Vorhinein zu sagen, ob ihm gefiele, was es dahinter zu sehen gab.

Und allmählich war aus Swetjana dewa Jerigins leidenschaftlichem Forschen am Himmel ein fiebriger Eifer geworden. Ihre Nächte im Observatorium wurden länger, ihre Berechnungen und Tabellen füllten lange Rollen von Papier. Ephemeriden aus verschiedenen Zeitaltern lagen überall aufgeschlagen, Swetjanas rotblonde Locken klebten ihr an der schweißfeuchten Stirn. Sie wusste, ihr blasses Gesicht musste so gerötet sein vom vielen Hin-und-her-Laufen und von der Aufregung, dass ihre drei Sommersprossen neben der Nase gewiss schon ausgelöscht waren.

Aber sie konnte, konnte nicht aufhören, sie konnte nicht zur Ruhe kommen!

Der Türknauf aus Bergkristall drehte sich, ihr Vater trat in den kreisrunden Raum.

»Vater!« Swetjana knickste flüchtig zur Begrüßung, dann widmete sie sich wieder der Forschung.

Juvanov, der Deveni von Jerigin – einer Domäne nahe der Stadt Swerjanja –, war ein großer Mann gewesen. Heute wirkte er hager und wie geschrumpft. Es war nicht so, dass er sichtlich gebeugt gehen würde, vielmehr war es eine fühlbare Bedrückung des Gemüts, die ihn kleiner erscheinen ließ, als er war. Er hatte braune Haare, einen gepflegten Schnurrbart und trug zu dieser späten Stunde einen braunen Morgenrock, aus dessen Brusttasche der Zipfel eines weißen Schnupftuchs lugte.

Er schaute seiner Tochter eine Weile zu, dann sagte er: »Swetja, willst du denn wieder die ganze Nacht hier verbringen?«

Swetjana lächelte. »Vater, Ihr wisst es doch: Die Gestirne kann man nicht bei Tag studieren.«

Dew Juvan seufzte. »Ich weiß. Ich wünschte nur, meine hübsche Tochter würde ihr Gesicht nicht immerzu in der Dunkelheit verbergen. Als ich meine Nächte noch hier oben verbracht habe, war das kein so großer Verlust für die Welt.«

»Ach Vater!« Sie ging zu ihm hin und umarmte ihn. »Sagt doch nicht so einen Unsinn!«

»Es ist wahr, Swetja. Wir haben Frühling, du bist jung. Es ist nicht gesund, wenn du dich die ganze Zeit hier oben verkriechst.«

Swetjana schnaubte. »Ihr übertreibt, Vater. Ich verschlafe ja nicht den ganzen Tag. Aber gerade jetzt ... kann ich nicht ...« Sie schaute zum offenen Dach hinauf, durch das der Styx schwer und kalt hereinstrahlte.

Ihr Vater folgte ihrem Blick. Er schüttelte den Kopf. »Nein«, sagte er. »Doch deine Tage verbringst du genauso hier oben wie die Nächte. Ich sage ja nichts, mein Kind, solange du zufrieden bist. Aber sieh dich an! Du siehst nicht gesund aus in den letzten Tagen, und dieses Licht ...« Er hielt kurz inne und schaute wieder zum Styx empor. »Dieses Licht, es tut dir nicht gut.«

»Vater ...« Sie wollte es nicht sagen, aber es brach aus ihr heraus. »Ich glaube ... Kann es sein, dass der Mond des Styx sich rundet?«

Juvan sah sie an, mit so viel Schwermut im Blick. Nach einer langen Stille flüsterte er: »Nein. Nicht meine Tochter ... auf *diesem* Weg!«

»Was, wenn die Astrologen seit Jahrtausenden den Styx falsch gedeutet haben?« Swetjana umklammerte trotzig ihre Papiere und Unterlagen. Sie hatte *Berechnungen*! Die konnte ihr Vater nicht einfach beiseiteschieben. »Ist es dann nicht möglich, in derselben Sache zu besseren Ergebnissen zu kommen, wenn man es *richtig* macht?«

»Ja, schon«, murmelte Juvan. Verlegen sah er zur Seite.

Swetjana wusste genau, was er nicht laut aussprach: *Warum solltest ausgerechnet du dann nach all diesen Jahrtausenden die richtige Berechnung gefunden haben?*

»Sie haben alle in der falschen Richtung geschaut«, erklärte sie eifrig. »Die übrigen Monde wechseln ihre Phase nach einem festen Zyklus: Auf Neumond folgt die Sichel, auf die Sichel das Viertel und immer so fort. Wenn man sieht, in welcher Phase der Mond steht, und wenn man den Ablauf kennt, dann weiß man, welche Phase man als Nächstes zu erwarten hat.

Und weil alle Monde so sind, dachten alle Gelehrten bisher, der Styx müsste genauso sein. Komplizierter zwar, aber im Prinzip genauso. Also haben sie Listen geführt mit Beschreibungen des Styx und darauf gewartet, dass der Zyklus sich irgendwann wiederholt.

Was aber, Vater, wenn das, was wir vom Styx sehen, in Wahrheit das Zusammenspiel ganz unterschiedlicher Rhythmen ist? Wie die Musik in einem Konzert. Wir hören *eine* Melodie, aber in Wahrheit spielt jedes Instrument sein eigenes Stück, und was wir hören, ist nur die Summe des Ganzen.

Um den Styx zu verstehen, müssten wir seine ›Instrumente‹ kennen. Wir müssen die einzelnen Schwingungen unterscheiden, von denen jede ihrem eigenen Muster folgt und von denen wir nur die Überlagerung beobachten können.«

»Hm.« Juvan sah wieder empor zum kalt dräuenden Styx, der durch die Dachluke schien. »Das ist gewiss eine interessante Theorie. Doch wie eine solche Berechnung zu alten Legenden und Aberglauben führt, das will mir nicht in den Kopf.«

»Ich habe die früheren Phasen des Styx berücksichtigt, und die gegenwärtigen«, sagte Swetja. »Und wenn ich das in mein neues Modell einfüge und weiterrechne ... dann deutet manches darauf hin ... dass es auf den Kataklysmus zusteuern könnte!«

Jetzt war das Wort ausgesprochen.

Kataklysmus.

Alte Schriften waren voll mit Prophezeiungen, was geschehen würde, wenn der Mond des Styx sich »rundete«. Wenn das geschah ... würde eine Flut das Land verschlingen, würde Feuer vom Himmel regnen oder aus der Erde schießen, würden die Pforten der Hölle sich öffnen und Dämonen ausspeien oder die Geister der Toten, oder Krankheit und Hungersnot, das neue oder das alte Volk oder der Zorn der Götter würden die Menschheit vom Antlitz der Welt tilgen.

Die Prophezeiungen, was im Mond des Styx geschähe, waren so zahlreich wie die Phasen des Styx selbst, und alle paar Jahre kamen neue dazu, wann immer ein Prediger sich genötigt sah, seine Vision zu ergänzen. Niemand wusste, wie die älteste Vorhersage lautete, welche die richtige war, falls es denn eine richtige gab. Niemand wusste überhaupt, wie man diesen Tag erkennen sollte. Der Styx rundete sich immer wieder einmal, strahlte mal heller, mal dunkler – und all diese kleineren Vollmonde waren ohne Bedeutung. Es zählte nur der Tag, an dem der Styx in seiner größten Form am Himmel stand und so hell strahlte, wie es nur möglich war, und im reinsten Rot ... Doch wie groß, wie hell und wie rot konnte der Styx werden? Wann immer der Styx ein wenig größer und röter erschien, sah irgendwo ein Eiferer schon das Ende heranziehen.

Denn nur in einem stimmten all diese Prophezeiungen überein: Im Mond des Styx würde die Welt, so wie sie war, ein Ende finden. Und darum trug das Ereignis, wie immer es auch aussehen mochte, stets denselben Namen: der Kataklysmus.

»Du kannst die Phasen des Styx vorhersagen?«, fragte Juvan überrascht.

»Noch nicht. Aber ich sehe eine Richtung. Und ich verbessere meine Formeln laufend.«

»Aber das ist es ja gerade«, sagte Juvan. »Wenn du vor dem Weltuntergang warnst und hast nicht mehr vorzuweisen als eine Formel, die du jeden Tag änderst, dann machst du dich nur zum Gespött so wie jeder andere Verrückte, der vor dir den Kataklysmus angekündigt hat.«

»Nicht, wenn er eintritt.« Sie grinste.

Juvan lächelte matt zurück. »Nicht, wenn er eintritt«, räumte er ein. »Aber dann könntest du deinen Triumph auch nicht mehr auskosten.«

Er ging quer durch das Observatorium und ließ sich auf einen Stuhl beim Teleskop fallen.

Swetjana lief zu ihm und nahm seine Hand. »Aber wenn ich recht habe«, sagte sie, »muss ich dann nicht die Menschen vor dieser Gefahr warnen? Man könnte versuchen ... sich vorzubereiten!«

»Davon«, antwortete dew Juvan, »ist in den Prophezeiungen nie die Rede.« Sein Blick ging ins Leere. »Unheil, das ist es, was die Sterne uns bringen. Wie man sich darauf vorbereitet, wie man sich schützt, das verrät niemand. Wie eigentümlich, nicht? Wie ... typisch!«

»Vater!«, rief Swetja aufgebracht.

Er tätschelte ihr die Hand. »Es ist gut, mein Kind. Aber denken wir darüber nach, bevor du der Welt deine Erkenntnis verkündest. Womöglich irrst du dich, womöglich kündigst du tatsächlich ein Unheil an, das niemand aufhalten kann. Es gibt aber auch noch eine dritte Möglichkeit, die wir erwägen sollten: dass du nämlich recht hast und in der Tat jene Phase des Styx herankommt, die man als ›Sich-Runden‹ bezeichnet – dass sie aber vorübergehen wird so wie jede andere Phase im Zyklus auch.

Denn bedenke, mein Kind: Die Phasen des Styx zu berechnen und vorherzusagen, das mag ernsthafte Sternenkunde sein. Aber die Geschichte vom Kataklysmus könnte dennoch ein bloßer Aberglaube bleiben, der dieser Mondphase eine Bedeutung zuschreibt, die sie in Wahrheit gar nicht hat. Dann wäre eben das, was geschieht, wenn man den Kataklysmus ankündigt – die Angst, der Aufruhr –, das einzige Unheil, das der Styx bringt. Und dann könnte man es am besten vermeiden, indem man schweigt.«

Swetjana richtete sich wieder auf. »Ich weiß ja, Vater«, fing sie zögernd an. »Aber da ist noch mehr. Meine Formeln ... mein Gefühl ...« Sie senkte die Stimme, als sie weitersprach: »Vater, wisst Ihr, ich habe in meinem Modell mit verschiedenen Reihen gearbeitet. Aber die besten Ergebnisse habe ich erzielt, wenn ich das, was den Rhythmen zugrunde liegt, nicht als Abfolge darstelle, sondern als Schwingung. Als eine abebbende Welle, die sich mit vielen anderen überlagert.

Ich weiß ja, das klingt dumm und ich interpretiere mehr hinein, als die Berechnungen hergeben. Aber immer wenn ich versuche, mir das, was ich da rechne, anschaulich zu machen, dann habe ich das Bild eines Sees vor Augen. Und das Sich-Runden, der Kataklysmus, das ist der ruhige Wasserspiegel. Was wir heute beim Styx beobachten, das wäre dann so, als hätte vor Äonen jemand eine Hand voll Steine ins Wasser geworfen, und wir sehen immer noch das Gekräusel, die Verwirbelung, die daher kommt.

Aber der Wellenschlag ebbt ab. Und was dann kommt, ist nicht nur eine Phase, es ist das Ende ... Das Ende jedenfalls für die Zyklen des Styx, wie wir sie seit Jahrtausenden kennen.«

Juvan versuchte sich an einem Lachen. Aber er krauste auch die Stirn und blickte besorgt auf seine Tochter. »Hm, in der Tat. *Sehr* anschaulich.«

»Nicht wahr?« Sie lachte ebenfalls kurz auf. »Und es wäre ganz anders als alles, was wir sonst über die Gestirne wissen. Das ist es, was mich beunruhigt. Ich fühle ... etwas Fremdes am Mond des Styx. Etwas, das mehr ist als meine unvollständigen Formeln. Es lässt die alten Prophezeiungen fast lebendig erscheinen.«

Swetjana holte tief Atem. »Vater«, fuhr sie entschlossen fort.

»Du hast recht, was das Volk betrifft. Aber ich dachte mir, beim Ball zum Sommeranfang in Wajdaka, da kommen auch die bedeutendsten Sterndeuter des Landes zusammen. Ihnen könnte ich meine Berechnungen vorlegen. Ich mache auch gar keine große Sache daraus und werde gewiss nicht anfangen, vom Kataklysmus zu sprechen. Ich stelle nur ein Modell vor, um die Phasen des Styx zu berechnen, und die Gelehrten können meine Formeln prüfen, und wir warten ab, was sie dazu sagen.«

»Ah, der Ball in Wajdaka.« Juvan räusperte sich. »Ich hatte mir überlegt, dass wir in diesem Jahr gar nicht dorthin reisen. Man hört beunruhigende Gerüchte aus der Hauptstadt ...«

»Vater!« Swetjana schlug erschrocken die Hände vors Gesicht. »Du weißt doch, die Königin mag es gar nicht, wenn einer ihrer Deveni nicht zum jährlichen Kronrat erscheint.«

»Ja«, sagte Juvan. »Aber weißt du, wenn die Königin zornig ist, sind wir hier immer noch sehr weit weg von ihr. Wir denken uns eine hübsche Entschuldigung aus, und sie wird gewiss nicht hinter uns herlaufen, um uns zu bestrafen. Wir werden auch kaum die Einzigen sein, die verhindert sind.«

Er betrachtete seine Tochter. Die starrte ihn entsetzt an. Er lachte traurig auf. »Ach, schau nicht so, Swetja. Es war nur so ein Gedanke. Aber weißt du was, meine Liebe? Wenn wir schon die Reise nach Wajdaka unternehmen, dann will ich auch, dass du ein wenig Spaß dabei hast. Du kannst mit den Astrologen reden. Aber versprich mir, dass du den Hofball darüber nicht vergisst!«

Er stand auf und küsste seine Tochter auf die Stirn. »Denk an all die Lichter und die Kleider und die Junker beim Sommerfest und vernachlässige nicht die Welt, auf der du wandelst.«

Mit diesen Worten verließ er das Observatorium. Swetjana war wieder allein. Unschlüssig stand sie da, dann ging sie zu ihrem Pult und zog ein abgegriffenes kleines Buch mit einem Einband aus braunem Leder unter einem Stapel hervor. Sie schlug die Stelle auf, wo ein grünes Band als Lesezeichen steckte.

Der Styx ist nicht wie die übrigen Monde. Er ist ein Tor zur Unterwelt, auch wenn er über unseren Köpfen schwebt. Er ist ein finsterer Brunnenschacht. Und wenn die Wasser darin zur Ruhe kommen und man die blutige Glut in der Tiefe sieht, dann wird das alte Volk hervorkommen und die Herrschaft über die Welt zurückverlangen. Die Menschheit wird ihnen bloß Vieh und Esel sein, so wie einst, und im Streit der alten Götter wird das Menschenblut fließen.

Noch eine von den alten Prophezeiungen um den Kataklysmus. Sie mochte so gut oder so schlecht sein wie alle anderen, aber sie war es, die Swetjanas Aufmerksamkeit ganz besonders fesselte – vermutlich wegen des Bildes vom Brunnen und dem aufgewühlten Wasser darin, das so gut zur ihrer eigenen Vorstellung passte. Die Beschreibung des Styx fühlte sich einfach *richtig* an, auf eine Weise, die Swetjana frösteln ließ.

War es möglich, dass vor langer Zeit schon einmal ein anderer Sterndeuter dieselben Gedanken zum Wesen des Styx gehabt hatte wie sie, verschlüsselt niedergeschrieben in dieser mystischen Prophezeiung? Der Gedanke berührte sie wie eine Hand, die sich über den Abgrund der Zeit ihr entgegenstreckte.

Swetjana erschauerte und klappte das Buch wieder zu.

Ihr Vater hatte recht: Sie war dumm, wenn sie ihre Gedanken auf so etwas verschwendete.

Der Sommeranfang in Wajdaka war das größte gesellschaftliche Ereignis in ganz Modwinja. Der gesamte Adel des Landes kam in der Hauptstadt zusammen. Bei Tage trafen sich die Großen im Rat der Königin. Gegen Abend feierten die Deveni und deren Familien im kristallstrahlenden Königspalast.

Es gab Speisen und Tanz bis spät in die Nacht; schneidige Offiziere und die jungen Kavaliere aus den besten Familien. In diesem Jahr würde sie womöglich ihren Bräutigam kennenlernen. Als Erbtochter ihres Vaters musste sie nicht befürchten, Güter und Heimat zu verlieren und mit der Heirat in der Fremde neu anzufangen. Ihr künftiger Galan würde hierherkommen müssen, und so konnte sie Aufmerksamkeiten und die Tändeleien beim Hofball ohne Bitterkeit genießen und Ausschau halten nach dem, was sich bot.

6.

»Verflucht.« Mart fuhr mit der Hand über die weiße Oberfläche. Sie erinnerte an Elfenbein, doch sie fühlte sich härter an und kälter. So glatt wie Glas, mit einem schwachen Muster aus geometrischen Linien, die unter einer klaren Oberfläche lagen. »Das dürfte hier gar nicht sein.«

Tori legte den Kopf in den Nacken. »Hm, auch hinter der Mauer sieht's nich so aus, wie du uns erzählt hast!«

Mart hatte in Apis einen Handwerker ausfindig gemacht, der als Kind auf dem Gut von Tarukans Familie gelebt hatte. Von diesem Mann hatte er sich beschreiben lassen, was sie finden würden. Aber jetzt, nachdem sie drei Tage lang nach Süden gewandert waren, sah der Ort ganz anders aus.

Die weiße Mauer aus dem eigentümlichen Material war mehr als mannshoch und erstreckte sich fugenlos so weit sie sehen konnten. Dahinter gab es anstelle der Felder, die sie erwartet hatten, einen dichten Urwald, dessen Bewuchs sich dräuend über der Mauer erhob.

Sie folgten dem Wall eine Weile. Gontas hatte das Gefühl, als würde der Weg, der außen an der Mauer entlangführte, einen leichten Bogen beschreiben. Aber ein Ende fanden sie nicht.

»Sieht so aus, als hätte Tarukan das Ding um seinen ganzen Landsitz rumgezogen. Keine Ahnung, wie lang das ist und woraus er es gebaut hat. Er muss mehr Geld gescheffelt haben, als wir dachten.«

»'s ist größer als die Stadtmauer von Apis«, stellte Tori fest. Sie klang ehrfurchtsvoll, und ihr Blick schweifte über die glänzend weiße Oberfläche.

Mart spuckte aus. »Länger vielleicht. Aber ich kann mit den Händen an die Mauerkrone fassen. Das Ding hält uns nicht auf.«

Spielerisch legte er die Hand darauf, doch er zog sie schnell wieder zurück. Über die Innenfläche seines Lederhandschuhs verlief ein deutlich sichtbarer Schnitt.

»Zamar und Kikil!«, rief er aus. »Die Oberkante ist scharf wie 'ne Messerklinge!«

Er ließ sich von Gontas ein Stück hochheben, und sie stellten fest, dass die Mauer nach oben hin schmal zulief und tatsächlich eine scharfe Kante hatte.

»Wenn wir da rüberklettern, laufen wir bald alle mit Hakenhänden herum«, sagte Mart.

»Ich kann dich rüberwerfen«, sagte Gontas.

»Lass uns lieber 'n Tor suchen, hm«, schlug Tori vor.

Sie gingen weiter. Jenseits der Mauer hörten sie nur die Geräusche des Urwalds, laute Vögel, das Kreischen von Affen. Es klang fremd in diesem Teil des Landes.

Auf ihrer Seite gab es kleinere einheimische Wälder, trocken und dünn gewachsen. Dazwischen erstreckten sich Felder und Weiden, gelegentlich ein Dorf. Viele der Weiler waren verlassen, die Felder lagen brach.

»Tarukan scheint sich nicht viel um die Wirtschaft zu kümmern«, bemerkte Mart.

»Wozu auch?«, sagte Tori. »Hat 'n andres Geschäft, hm.«

»Trotzdem ...«

Die Mauer musste länger sein als alles, was Menschen jemals errichtet hatte, und das Gelände, das sie umschloss, war riesig. Wenn Gontas den Weg abschätzte, den sie außen herum zurückgelegt hatten, dann ging er davon aus, dass selbst der Durchmesser des Landes darin mehrere Wegstunden betrug.

»Die Bäume da drin sind dreißig Schritt hoch«, stellte Mart fest. »Ich weiß nicht, wie die überhaupt hier in die Gegend kommen. Aber noch mehr frag ich mich, wie sie in so kurzer Zeit so hoch wachsen konnten.«

»Hm«, sagte Tori. »Haben wir uns wohl verlaufen, was meinst du, Mart? Doch kein so guter Pfadfinder, was?«

»Unsinn«, sagte er.

Sie kamen an einem Tor aus Eisen vorbei, das mit langen Spitzen bewehrt war. Gleich vor dem Tor lag ein größeres Dorf, und ein Posten mit bewaffneten Wachen war am Dorfrand stationiert. Misstrauisch beäugten die Krieger die Wanderer, die einfach weitergingen, als wären sie nur auf der Durchreise.

Tori schwieg, bis sie ein Stückweit weg waren. »Hm, sieht nich aus, als ging's da leichter rein«, sagte sie dann.

»Gehn wir 'n Stück weiter«, gab Mart zurück. »Suchen wir uns 'nen netten Weiler, wo wir einen Tag bleiben und Gerüchte aufschnappen können. Dann kommen wir nachts mit 'nem Plan wieder zurück.«

Viele Stunden später erreichen sie ein zweites, kleineres Tor in der Mauer um das überwucherte Gelände. Auch vor diesem lag ein Dorf und ein befestigter Posten mit Söldnern, aber alles war ein weniger bescheidener angelegt als bei dem großen Tor. Es gab auch ein Gasthaus, in dem die drei Wanderer einkehrten. Sie saßen an einem Tisch, während der Schankraum sich allmählich füllte, mit einheimischen Bauern und mit den Söldnern des Stützpunktes.

Gontas beäugte sie finster, bis einer der Bewaffneten auf sie zukam und an ihren Tisch trat.

»Was wollt ihr hier?«, herrschte er sie unfreundlich an.

Gontas' Hand tastete an den Gürtel, doch er hatte keine Äxte mehr. Ein plumper Stab mit einer etwas mehr als dolchlangen Klinge war seine einzige Waffe für den Nahkampf. Diese Stabklinge konnte man wie einen Säbel führen, wenn man davon absah, dass der Griff zwei Drittel der Länge ausmachte, oder als kurzen Stoßspeer mit einer Schneide auf der einen und gezackten Widerhaken auf der anderen Seite der Klinge. Aber vor allem war diese Waffe billiger gewesen als ein richtiges Schwert oder ein Paar gut ausgewogener Äxte. Es war das Beste gewesen, was Gontas sich hatte leisten können.

Mart lächelte den Söldner an und wies einladend auf die

Bank neben ihnen. »Setz dich, Briske. Kannst uns vielleicht was helfen. Wir sind Söldner, genau wie ihr, und wir suchen Arbeit. Haben gehört, Tarukan ist der beste Hauptmann, aber wie's scheint, hat er 'ne Mauer um sein Haus gezogen. Wo meldet man sich an, wenn man zu eurer Truppe stoßen will?«

»Hier nicht.« Der Mann klang immer noch abweisend, aber Marts Geschichte klang glaubwürdig. »Tarukan ist unterwegs. Er nimmt keine neuen Männer auf.«

Mart zuckte die Achseln. »Vielleicht doch«, sagte er. »Wir sind gut. Können ihn vielleicht umstimmen.«

»Hier herrscht jetzt Sarjat, der Zauberer«, rief ein junger Söldner vom Nebentisch herüber. »Versucht's bei dem ... wenn euch seine Lieblinge nicht vorher fressen.«

»Halt's Maul, Ket«, fuhr der Söldner seinen Genossen über die Schulter hinweg an.

»Hm, interessant«, mischte Tori sich ein. »'n Finckelbruder hat's Kommando übernommen? Auf Tarukans eignem Land? Haben wir nichts von gehört bis jetzt.«

»Hört nicht auf den Jungen«, sagte der Söldner. »Sarjat ist Tarukans Zauberer. Keine Ahnung, wo der Hauptmann ihn aufgegabelt hat, aber jetzt wohnt der in Tarukans hübschem neuen Turm, das ist wahr. Tarukan ist immer noch der große Kier hier, nur ist er grad im Norden unterwegs. Sucht ihn da, wenn euch danach ist. Aber wenn ihr meinen Rat annehmt, dann spart ihr euch die Mühe.«

»Aber dieser Sarjat«, sagte Mart, »der vertritt ihn solange?«

Der Söldner sah sich unbehaglich um. Er kratzte sich am Kopf und senkte die Stimme. »Spielt sich auf jeden Fall so auf, das ist wahr. Bin froh, dass wir hier draußen im Weiler Wache halten. Drin auf'm Grund hat er ein paar seltsame Leute um sich versammelt. Leute und ... Dinge. Wenn ihr meinen Rat annehmt, da wollt ihr erst recht nicht um 'nen Kontrakt anfragen.«

»Warum?«, fragte Tori. »Denkst du, wir haben die Hosen voll vor so 'm Hexenpopanz, hm?«

Der Söldner funkelte sie an. »Hexerei oder nicht, er hat genug Wachen, aber er sucht immer noch Opfer für seine Finckeleien. Könnt gern euer Glück versuchen und euch zum Knochenturm bringen lassen, wenn seine Männer das nächste Mal Sklaven und Vorräte am Haupttor abholen. Aber rechnet nicht damit, dass euch am Ende ein ehrbarer Kontrakt als Söldner erwartet.«

Er wandte sich ab und stapfte zurück zu seinen Männern.

»Uiuiui«, sagte Tori spöttisch. »Knochenturm. Klingt ja gruselig, hm, was Tarukan sich da hat bauen lassen.«

Mart musterte sie tadelnd. »Vielleicht hätten wir mehr erreicht, wenn du was freundlicher geblieben wärst«, flüsterte er ihr zu.

»Freundlicher, hm? Soll ich die Fiesel mit meinen Reizen betören und um 'n Haken wickeln?« Sie machte einen Kussmund hinter der erhobenen Waffe. »Hab'n die grad drauf gewartet, nehm ich an.«

»Du musst es uns nur nicht schwerer machen«, sagte Mart. »Ich muss es am Ende immer für dich geradebiegen, denk dran.«

Gontas schnaubte. »Wir schaffen es auch so«, sagte er. »Ohne mit Tarukans Männern schönzutun.«

Die Söldner am Nebentisch plauderten nicht über die Geheimnisse ihrer Herrschaft, und sie ließen sich auch nicht aushorchen über die Wachen und die Befestigungen auf dem Grundstück. Dennoch erfuhren die drei Reisenden an diesem Abend einiges. Met und Branntwein flossen reichlich, und ganz von selbst kreisten die Gespräche um Tarukans Zauberer und seinen unheimlichen Garten. Trunkene Andeutungen, nicht mehr, geflüsterte Mutmaßungen unter Söldnern und Dorfbewohnern gleichermaßen. Aber Mart und Tori hielten die Ohren offen, und nach und nach machten sie sich ein Bild von der Lage.

Wie es den Anschein hatte, war das ganze Land vor wenigen Jahren noch wohlbestellt gewesen. Fruchtbare Äcker und Weiden gab es dort, wo heute der Urwald hinter dem Elfenbeinzaun wucherte. Ganze Dörfer waren binnen weniger Wochen verschlungen worden, und ihre Einwohner verschwanden spurlos. Die Mauer war bei Nacht gewachsen, überwacht von Tarukans vertrauenswürdigsten Männern, und im Dorf munkelte man, sie wäre dem Boden selbst entsprossen, gedüngt von den Gebeinen der Toten. Dasselbe erzählte man über Tarukans neues Herrenhaus, den weißen Turm, der inmitten des umfriedeten Geländes lag.

Niemand wusste, warum Tarukan einen guten Teil des Landes seiner Väter mitsamt den Bauern auf diese Weise geopfert hatte. Und es zweifelte auch niemand daran, dass der Magier Sarjat bei dem Ganzen nachgeholfen hatte. Die Söldner vermuteten, dass das ganze Gebiet eine Festung darstellte, eine Festung, deren Wall mehr noch aus dem Wald bestand als aus der Mauer darum herum. Selbst Sarjats Wachen bewegten sich dort nur auf den befestigten Wegen, und namenlose Schrecken lauerten im finsteren Dickicht abseits davon. Tarukans Urwald war kein Park, es war eine tödliche Falle für jeden Eindringling ... wenn man den Gerüchten glauben wollte.

»Es sind Söldner«, bemerkte Mart. »Klar, dass sie in jedem Bau eine Festung sehen, wenn sie nichts weiter drüber wissen.«

»Und Tarukan wär's nur recht, wenn's Volk draußen die Buxe vollhat«, fügte Tori hinzu. »So 'n paar schlimme Gerüchte über allerlei Schrecken im Gebüsch, das ist die billigste Befestigung, die man sich bauen kann.«

Gontas zuckte die Achseln dabei. Er wollte die Gerüchte nicht so auf die leichte Schulter nehmen. Tarukan hatte Wachen auf seinem Anwesen, und womöglich einen Zauberer.

Aber aufhalten, das schwor sich Gontas, würde ihn das nicht.

7.

Gontas erstarrte. Stimmen!

Zur Mitternacht hatten er und seine Kameraden eine harte Matte über die messerscharfe Mauer gelegt und waren hinübergeklettert. Gontas hatte sich erboten, durch den Wald zu gehen und die Wachen vom Pfad fortzulocken, damit seine Gefährten dort entlangschleichen konnten. Gontas war kein Bewohner des Waldes, aber er war den dichten Bewuchs des Buschlandes gewohnt, und so war es vernünftig erschienen, dass er durch das Dickicht schleichen sollte.

Jetzt hockte er in den Büschen und beobachtete drei Gestalten, die den Waldweg entlangkamen: zwei Menschen – ein Mann und eine Frau, mit krummen Klingen am Gürtel und metallbeschlagenen Armbändern und geflochtener Lederweste als Schutz. Das dritte Wesen war ganz mit Fell bedeckt, und auf dem menschlichen Leib saß der Kopf eines Raubtiers. Das Geschöpf war größer als ein Mensch, doch es bewegte sich mit katzenhafter Geschmeidigkeit. Das fast schwarze Fell war unregelmäßig gefleckt und ließ die Umrisse der Kreatur vor dem dämmrigen Wald verschwimmen. In einem knappen, engen Lendenschurz steckte ein einziges breites Messer aus geschwärztem Stahl.

Was war das für eine Bestie? Gontas drückte sich tiefer ins Unterholz. Er kauerte hinter einem Riesenfarn und hielt den Atem an. Die Menschen plauderten sorglos miteinander. Gontas war überzeugt, dass er an den gewöhnlichen Söldnern mühelos vorbeischleichen konnte. Aber das Katzenwesen verhielt den Schritt. Es blickte in seine Richtung, witterte ...

Da schlug der Krieger neben der Kreatur der Länge nach hin. Die Frau legte die Hand an den Schwertgriff und sprang in die Deckung des Waldes, aber der Gestrauchelte stemmte sich hoch und fluchte.

»Stinkende Fäulnis!«

»Was ist passiert?«, fragte die Kriegerin wachsam.

»Da!« Der Mann hockte sich auf die Fersen und fuhr mit der Hand durch das Blattwerk und die dürren Zweige, die den Trampelpfad bedeckten. »Da, schau dir das an!«

Er hob etwas hoch, was Gontas aus der Ferne nicht erkennen konnte. Das Laub raschelte, als würde es von einem dünnen Seil an vielen Stellen bewegt. »Mitten auf dem Weg!«, schimpfte der Söldner. »Diese Drecksviecher! Was haben die auf dem Weg verloren? Der Weg soll sicher sein, heißt es!«

Das Katzenwesen trat einen Schritt zurück und wandte sich zu seinen Gefährten hin. Er schnurrte leise und entblößte lange Reißzähne hinter den Lefzen. Es mochte die Nachahmung eines menschlichen Grinsens sein, aber es lag nichts Freundliches darin.

Gontas nutzte die Ablenkung und wich tiefer in den Wald zurück. So behutsam und vorsichtig wie möglich schlich er weiter, aber er war keine Katze, nicht einmal ein Bewohner des Waldes. Der zweibeinige Panther könnte ihm womöglich folgen und über ihn herfallen, ohne dass Gontas ihn vorher noch einmal bemerkte. Der Buschläufer zuckte zusammen bei jedem Rascheln, das er selbst mit einer ungeschickten Bewegung verursachte.

Als er seine Begleiter zurückgelassen hatte, war es ihm in Wahrheit vor allem darauf angekommen, dass er allein gehen konnte. Die beiden Städter hätten ihn mit ihrer schweren Ausrüstung beim Schleichen zwischen den Bäumen gewisslich verraten. Jetzt, wo er den Panthermann gesehen hatte, wollte Gontas den Geistern danken, wenn er selbst unentdeckt blieb.

Er würde sich von dem Weg fernhalten, quer durch den Wald bis zur Mitte des Dschungels vorstoßen und einfach versuchen, so wenig Aufmerksamkeit wie möglich zu erregen. Wer wusste, was für Kreaturen der Zauberer sonst noch hier herumstreifen ließ?

Gontas bewegte sich vorsichtig. Schlingpflanzen wanden sich um Urwaldriesen mit faltigen Stämmen; dorniges Gestrüpp wucherte in lichteren Schneisen, wo die Strahlen der Monde als fahle Lichtlanzen bis zum Boden stießen. Dazwischen gab es freie Stellen, über denen sich schattig dicht verwobene Baumkronen spannten. Gontas folgte diesen dunklen Pfaden, wo die Pflanzen nur kniehoch standen. Das dichte Buschwerk mied er, denn schon ein Schritt Abstand mochte über Tod und Leben entscheiden und ihm einen Moment der Warnung verschaffen, wenn dort etwas lauerte. Das Gesträuch mochte selbst schon gefährlich genug sein. Gontas kannte die trügerischen Ranken und die giftigen Dornen vom Buschland her, und wenn der Zauberkundige, der hier lebte, seine Wachen aus Menschen und Raubkatzen mischte, wer konnte dann wissen, was er mit den Pflanzen gemacht hatte?

Vorsichtig setzte Gontas einen Fuß vor den anderen und behielt auch das unscheinbare Grün auf seinem Weg achtsam im Blick. Mitunter raschelte es verstohlen zwischen den Farnen. Abgestorbene Stümpfe wölbten das dornige Rankenwerk, windbewegte Baumwipfel sandten knisternde Erschütterungen in den Bewuchs am Boden und flößten Gontas Furcht ein vor verborgenen Bedrohungen. Er hielt seine Waffe bereit, den langen Holzschaft in der Hand und die Klinge auf die Schulter gelegt.

Der Waldgürtel war nicht dick, es konnte nicht weit sein bis zum weißen Turm. Aber Gontas konnte die Monde über den Bäumen nicht sehen, das Licht stach trügerisch aus verschiedenen Richtungen durch das Blattwerk, und das hellere Laub warf es zurück und verfremdete es. Unruhig suchte sein Blick das Dickicht zu durchdringen. War er noch auf dem richtigen Weg?

Mit einem Mal brach der Boden unter seinem rechten Fuß ein.

Gontas ließ die Stabklinge fallen und stolperte nach vorn. Seine Hände griffen ins spärliche Unterholz. Ein Loch im Boden! Es war nur knietief, und fast sofort stieß sein rechtes Bein auf festen Grund. Halb kniend kauerte Gontas da und lauschte. Schließlich zog er behutsam den Fuß aus der Grube.

Doch er kam nur einige Handbreit weit, dann hing er fest. Schlingen aus feiner Schnur zogen sich mit jeder Bewegung enger um sein Bein. Das war kein Loch, das war eine sorgsam angebrachte Falle!

Gontas tastete umher. Links und rechts gab der Boden nach. Unter einer dünnen Schicht aus Blättern und totem Holz verlief ein Graben, angefüllt mit dem seltsamen Geflecht. Gontas scharrte den Waldboden beiseite, bis er sein Bein sah. Dann erstarrte er.

Ein weißes, durchscheinendes Netz aus biegsamen Fasern umschloss seinen Unterschenkel.

Er stieß scharf die Luft aus. Ganz von selbst tasteten seine Finger nach der Stabklinge, die neben ihm zwischen den Pflanzen lag. Alles war still, trotzdem ging sein Atem schneller.

Er stieß die Klinge dicht bei seinem Bein in den Boden. Er spürte, wie die harten Fasern beiseiteglitten, fühlte den Widerstand, als die feinen Schlingen an den Widerhaken der langen Metallspitze Halt fanden. Gontas hebelte hin und her, spannte die Muskeln an, aber die Schlingen schlossen sich nur noch fester. Mit jedem Fingerbreit, den er das Bein hochziehen konnte, verlor er an Bewegungsfreiheit. Auch seine Stabklinge steckte nun fest. Gehetzt blickte er sich um.

Nichts war zu sehen außer dem fremden, unheimlichen Urwald, der ihn umgab.

Der kurze Augenblick brachte ihn zur Besinnung. Furcht konnte ihn genauso fesseln wie die feinen, harten Schnüre im Boden. Aber die Furcht konnte er beherrschen.

Er drehte die Stabklinge behutsam und nutzte den Spielraum, den die Spitze noch hatte. Mit dem langen hölzernen Schaft führte er die Klinge zum Fuß. Dort schob er sie unter die Fäden. Die Fasern konnte er nicht durchschneiden, aber mit sparsamen pumpenden Bewegungen schnitt er seinen leichten Lederstiefel an der Seite auf. Ein stechender Schmerz verriet ihm, dass er nicht nur das Leder erwischte, aber er konnte den Fuß wieder etwas bewegen. Als der Stiefel nur noch locker um sein Bein lag, nahm Gontas den Hornbogen von der

Schulter, den er dem toten Söldner im Steinland abgenommen hatte.

Er hatte die Waffe gespannt und am Köcher befestigt, bevor er in den Wald von Tarukans Hexer gegangen war. Nun, in seiner eingezwängten, kauernden Stellung, war es sehr schwierig, die Sehne wieder abzunehmen. Als Gontas das geschafft hatte, schnürte er seine Hose auf und schob den Bogen am Hosenbein hinab. Die Hose verhinderte, dass der Bogen sich in den Schlingen verfing so wie seine Klinge und sein Bein.

Gontas stieß das Bein wieder in das Loch. Dann drückte er den Bogen in den aufgeschnittenen Stiefel, sodass er sein Bein langsam herausziehen konnte. Die tückischen Schlingen blieben zurück und umklammerten das leere und faltige Leder. Mit nur einem Stiefel und ganz ohne Waffen richtete Gontas sich auf. Er zerrte den Bogen aus seinem Hosenbein und spähte umher.

Er war immer noch allein.

Also legte er den Hornbogen weg und zog nun mühelos die Stabklinge zwischen den Schlingen hervor, die nun locker um die Lücke lagen, die sein Bein hinterlassen hatte. Er rückte die Hose zurecht und fasste die Waffe fester. Den aufgeschnittenen Stiefel musste er in dem Loch liegen lassen. Es gefiel ihm nicht, mit nur einem Schuh und einem bloßen Fuß durch diesen Wald zu laufen, ohne zu wissen, in was er als Nächstes treten mochte.

Er richtete sich wieder auf.

Zwei Augen funkelten ihm kalt entgegen, und Gontas' Herz wurde zu Eis.

Eine riesige Spinne saß auf der Lichtung, kaum vier Schritt von ihm entfernt. Sie musterte ihn aus ihren schwarzen Knopfaugen, jedes so groß wie Gontas' Kopf.

Gontas verharrte reglos, den Blick unverwandt auf den Gegner gerichtet. Seine Muskeln verkrampften sich augenblicklich, und das lag nicht allein an seiner Haltung. Er hatte gegen Männer gekämpft und gegen die Tiere des Buschlandes. Er konnte sich sogar vorstellen, gegen den Raubtiermann anzutreten, den er auf dem Weg gesehen hatte.

Aber diese Spinne schien nach seiner Seele selbst zu greifen, und Gontas spürte die Angst tief in seinen Eingeweiden. Es musste Hexerei sein, denn kein Wesen hatte ihm bisher ein so namenloses Grauen eingeflößt.

Die Spinne bewegte sich nicht. Die beiden behaarten und verkümmerten Beinchen vor ihrem Kiefer zucken nervös. Ihr Leib war so lang wie zwei Männer und von dunklem Braun mit einem leichten Tigermuster.

Dann setzte sie eins ihrer Beine in seine Richtung vor. So langsam, als hätte die Zeit selbst den Atem angehalten. Und ebenso langsam, wie die Riesenspinne sich auf ihn zubewegte, veränderte Gontas seine Haltung.

Die Spinne war schnell, aber Gontas wartete ihren Angriff nicht ab.

Er täuschte mit der Stabklinge in die eine Richtung und sprang selbst in die andere. Die Spinne tat einen Satz, dorthin, wo Gontas eben noch gestanden hatte, so flink, dass der Buschläufer nur ein wirbelndes Muster zu seiner Rechten sah.

Dann hielt das Tier inne. Gontas spürte ein haariges Bein an der Seite und fuhr herum. Seine Klinge sauste auf ein Gelenk nieder. Gontas hielt den Schaft am äußersten Ende und legte alle Kraft in den Schlag. Ein berstendes Geräusch, seine Handgelenke schmerzten, als hätte er sich selbst die Hände abgetrennt. Doch was zu Boden fiel, war ein Bein seines Gegners, und ein wenig trübes Spinnenblut tropfte herunter …

Die Spinne würde sich nun langsamer drehen können, behindert durch das fehlende Glied. Gontas lief am gepanzerten Vorderleib vorbei zum weichen behaarten Hinterkörper. Ein dünnes Zwischenglied verband die beiden Teile, womöglich die einzige Schwachstelle, wo er dem Tier einen tödlichen Streich versetzen konnte.

Doch Gontas widerstand der Versuchung. Ein solcher Sieg mochte sich als trügerisch erweisen. Gontas hatte im Buschland viele große Kriechtiere gesehen und wusste, wie zäh sie waren. Selbst mit abgetrenntem Hinterleib konnte das Wesen lang genug überleben, um ihn in Stücke zu reißen, und in diesen letzten Augenblicken würde es sich umso rascher bewegen. Gontas musste seinen Feind erst wehrlos machen, indem er die schwächer gepanzerten Beine angriff.

Die Spinne fuhr zu ihm herum.

Gontas schaffte es nicht auf die andere Seite. Auf Höhe des Hinterteils strauchelte er. Die klackernden Kiefer des Spinnenwesens schossen auf ihn zu – da spürte Gontas, wie er an den Füßen gepackt wurde und eine gewaltige Kraft ihn von den Giftklauen fortriss.

Die Spinne sprang wild umher und versuchte, an ihren Gegner heranzukommen. Doch bei jedem Angriff wurde auch Gontas durch die Luft gewirbelt, so schnell und so brutal, dass er nicht wusste, wie ihm geschah. Er verlor seine Klinge. Die Spinne bekam ihn nicht zu fassen, aber Gontas wurde gegen einen Baum geschleudert und dann so heftig auf den Boden, dass ihm der Atem aus der Brust gedrückt wurde.

Gontas ruderte mit den Armen, zappelte, dann erkannte er, dass er wieder mit den Füßen festhing, diesmal in dem Sicherheitsfaden, den die Spinne hinter sich herzog. Sie selbst war es, die mit ihrer eigenen Kraft den Menschen zur anderen Seite fortschleuderte, immer wenn sie sich zu ihm umdrehte. Sie ließ ihn gegen Bäume prallen und zog ihn durch stachelige Sträucher. Gontas rollte über seinen Köcher. Er spürte Holz brechen.

Allmählich erlahmte die Wucht, mit der er über den Boden geschleift wurde. Die Spinne ermüdete rasch und ließ mit jeder Bewegung mehr Faden hinter sich. Der Griff um Gontas' Knöchel lockerte sich.

Gontas fühlte sich wie geprügelt von hundert Fäusten, doch die Furcht vertrieb die Schmerzen. Er griff an seine Füße und streifte die Reste des Fadens ab, bevor die Spinne wieder Kraft sammeln konnte. Mit einem Schwung vergrößerte er die Schlaufe aus Spinnenseide und breitete sie auf dem Boden aus. Dann lief er los. Den Faden ließ er dabei durch seine Hand gleiten.

Als das Tier hinter ihm hersprang, bereute er, dass er den Angriff auf die schlanke Körpermitte nicht gewagt hatte.

Er warf sich zur Seite und rollte sich hinter einen Baum, immer noch mit dem Faden in der Faust. Dann zog er daran, so kräftig er konnte. Die Schlinge schloss sich, umschlang zwei Beine der Spinne und band sie aneinander. Das Tier strauchelte und fiel platt auf die Kiefer. Gontas rannte um den Baum herum, fing ein weiteres Bein in einer Schlaufe und wickelte den verbliebenen Faden um einen dicken Ast.

Die Spinne kämpfte gegen die Fessel an und versuchte gleichzeitig, nach ihrer Beute zu schnappen. Aber das Seil lief um den Stamm herum, und der Urwaldriese fing die Kraft der Riesenspinne ab. Sie kam nicht heran an ihren Gegner.

Gontas wich ein Stück zurück und überschaute die Lage. Die Spinne war mit ihrem eigenen Faden an den Baum gebunden. Die Fessel war so dünn wie Seidengarn, aber sie wirkte vollkommen reißfest. Die Spinne wankte auf ihren vier freien Beinen umher, erreichte damit aber nur, was Gontas zuvor selbst hatte erfahren müssen: Mit jeder Bewegung verstrickte sie sich mehr.

Er entspannte sich ein wenig. Sein ganzer Körper schmerzte von Prellungen. Er holte tief Luft und versuchte, seinen keuchenden Atem zu beruhigen. Am liebsten hätte er sich auf den Boden fallen lassen und sich ausgeruht, aber das Ungeheuer war noch immer gefährlich, und in der Umgebung mochten weitere Gefahren lauern. Gontas suchte im Unterholz nach seiner Stabklinge.

Da fuhr ihm ein brennender Schmerz über den Rücken.

Hatte die Spinne sich so schnell befreien können?

Der Gedanke zuckte ihm durch den Kopf, während er dastand und auf die Schwärze wartete. Aber der Schmerz blieb, und er fühlte, wie sein Blut warm den Rücken hinabrann. Erst allmählich wurde ihm bewusst, dass es nicht die Spinne war, die ihn gebissen hatte.

Gontas fluchte stumm und fuhr herum. Er hatte zu langsam reagiert, viel zu langsam.

Der Urwald hinter lag still da, das dunkle Dickicht war undurchdringlich. Ein gutes Stück entfernt wand sich die Spinne noch immer in ihren Fesseln. Sie knackte mit den Gliedern und wirbelte Ranken und Blätter beiseite.

Gontas kauerte sich zusammen, angespannt und bereit, loszuspringen.

Eine neue Gefahr, und er war völlig unbewaffnet. Die Stabklinge war verschwunden, irgendwo zwischen Farnen und abgerissenen Ästen auf dem vom Kampf zerwühlten Boden. Sein Bogen lag bei dem Netz, in dem er sich ganz zu Anfang verfangen hatte. Die Pfeile in seinem Köcher waren abgeknickt, nutzlos.

Er lauschte, spähte.

Aus den Augenwinkeln sah er die Bewegung.

Er sprang nach rechts und wandte sich mit einer Vierteldrehung dem Angreifer zu. Wieder zu langsam. Erneut brannte der Schmerz, zuckte diesmal flammengleich über Gontas' Oberarm. Seine Hand fuhr durch die Luft, ohne auf einen Widerstand zu stoßen.

Der Angreifer war bereits zwei Schritte weit fort. Er huschte zwischen dem Menschen und der gefesselten Spinne hindurch bis zum Saum eines Gestrüpps.

Es war das zweibeinige Raubtierwesen, das Gontas auf dem Pfad gesehen hatte.

Das katzenhafte Geschöpf hatte seine Waffe nicht gezogen. Stattdessen leckte es genüsslich Blut von seinen Fingern und starrte Gontas an. Erst jetzt bemerkte der, dass die Hände der Kreatur in langen Krallen ausliefen, genauso gefährlich wie die Reißzähne und das Messer am Gürtel. Drei blutige parallele Schnitte liefen über Gontas' Arm.

Das unnatürliche Geschöpf war hochgewachsen, Muskeln spielten unter seinem Fell. Sein Körper selbst war eine Waffe. Es bewegte sich lautlos im Urwald und war weit schneller als Gontas, das hatte es eben bewiesen. Ein furchtbarer Gegner, der den Buschläufer mühelos hätte töten können.

Aber offenbar spielte das Wesen gern mit seiner Beute!

Gontas duckte sich leicht und setzte einen Fuß vor. Er wappnete sich gegen den Angriff.

»Eh, du hässliche Missgeburt«, knurrte er. »Komm her, damit ich dich zurück in die Hölle schicke, aus der Sarjat der Hexer dich herausgezerrt hat.«

Mit seinen Beschimpfungen mochte er die Kreatur zu einer Unaufmerksamkeit verleiten – oder er reizte sie so sehr, dass sie dem Kampf schnell ein Ende machte.

Das Katzenwesen starrte ihn aus kalten ausdruckslosen Augen an.

»Sarjat nimmt schwaches Mensch.« Das Geschöpf sprach mit undeutlicher, schnurrender Stimme. Gontas erkannte, dass sein Gegner weiblich war, was auch immer das bei dieser Bestie für einen Unterschied machte. »Formt Krieger. Macht stark!« Die Pantherfrau hob die Krallen.

»Macht hässlich.« Gontas spuckte aus. »Du warst ein Mensch, und Tarukans Hexer hat dir das angetan? Du solltest ihm die Kehle ausreißen. Was willst du hier draußen?«

»Arrah hört Kampf. Riecht Blut.« Die Pantherfrau zeigte die Zähne. »Findet gute Jagd!«

Lauernd umschlich sie den unbewaffneten Buschläufer. Gontas erwiderte den Blick der gefühllosen Katzenaugen so kühl, wie er nur konnte, aber seine Gedanken rasten fieberhaft. Sie war größer als er, hatte die bessere Reichweite, und schneller war sie sowieso. Gontas sah, wie sie sich bewegte, und mit einem Mal zweifelte er daran, dass er sie selbst mit seiner Waffe hätte besiegen können. Vermutlich konnte der Panthermensch ihm im Urwald bei lebendigem Leib mit Prankenhieben die Haut abziehen. Hatte der Zauberer, als er der Frau einen Raubtierkopf auf die Schultern setzte, auch ihren Verstand beeinträchtigt, oder fiel ihr nur das Sprechen schwer? Sein Leben mochte davon abhängen, dass er sie mit einer List überwältigen konnte.

Und wo waren ihre menschlichen Begleiter geblieben?

Die Pantherfrau griff wieder an. Gontas wehrte ihren Prankenhieb mit der Rechten ab. Sie schlug ihm die Klauen in die Handfläche und drehte sie, sodass dem Krieger die Tränen in die Augen schossen. Mit der anderen Hand griff er nach dem Handgelenk der Gegnerin. Vielleicht war er im Ringkampf der

Stärkere. Doch mit einer eleganten Bewegung ihres Arms drehte die Pantherfrau die Krallen erneut so, dass Gontas hineingriff. Auch seine zweite Handfläche wurde blutig gerissen. Die Kreatur tänzelte davon und schlug spielerisch mit dem Schwanz. Gontas krümmte die halb gelähmten Finger um die brennenden Wunden.

Es waren nur Kratzer bisher, aber die Absicht war klar. Sie wollte ihm Schmerzen zufügen, bevor sie tötete!

Er verlor seine Gegnerin kurz aus den Augen, als er sich mit dem Unterarm über das Gesicht wischte. Und dann war sie verschwunden. Unruhig drehte er sich um die eigene Achse. Aus welcher Richtung würde der nächste Angriff kommen?

Gontas zog sich den Riemen seines eingedrückten Köchers über den Kopf. Fest schloss er die verwundete Hand um das Lederband.

Die Pantherfrau griff an. Gontas hatte damit gerechnet, doch es machte keinen Unterschied. Noch bevor er die Hand heben konnte, spürte er bereits die Krallen in seiner Seite. Behände huschte die Kreatur wieder davon.

Aber Gontas schwang den Köcher hinter ihr her, und der Riemen war lang genug, dass er seine Gegnerin am Hinterkopf traf. Der Lederköcher war nicht hart, doch er prallte mit Schwung dagegen, und Gontas spürte befriedigt den satten Aufschlag.

Die Katzenfrau kreischte überrascht auf, dann wurde ein wütendes Fauchen daraus. Gontas war schon auf den Füßen und lief. Er rannte den Weg entlang, auf dem die Spinne ihn vorher hinter sich hergeschleift hatte. Er rannte, so schnell er konnte, das wütende, raue und atemlose Fauchen seiner Verfolgerin hinter sich.

Fast glaubte er, ihren Atem im Nacken zu spüren. Die Pantherfrau holte mit langen Sätzen auf, und sie war wütend und nicht mehr aufgelegt zum Spielen.

Gontas konzentrierte sich auf seine Schritte. Ein Fehltritt war tödlich. Er schätzte den Verlauf der Mulde unter dem Waldboden ab und machte einen wilden Satz nach vorn. Als er aufkam, fiel er auf die Knie, rollte sich ab und riss kampfbereit die Arme hoch.

Seine Verfolgerin kam nicht hinterher.

Einen Schritt von ihm entfernt steckte diesmal die Pantherfrau in dem tückischen Gespinst fest, mit dem die Spinne ihre Behausung ausgelegt hatte. Sie waren nicht weit weg von der Stelle, wo Gontas zuvor in dieselbe Falle geraten war.

Das Katzenwesen fauchte, es zappelte mit den Beinen und schlug wütend in Gontas' Richtung. Doch der blieb gerade eben außer Reichweite.

»Arrah wird dein Fleisch kosten«, drohte sie.

Aber wie Gontas zuvor verstrickte sie sich mit jeder Bewegung fester in dem zähen Gewebe. Sie griff nach dem Messer an ihrem Gürtel.

Gontas wartete nicht ab, ob seine Gegnerin sich damit befreien konnte. In einem Bogen eilte er um sie herum, kam zu der Stelle, wo immer noch ein lebloses Spinnenbein auf dem Boden lag. Dort kroch er zwischen den Büschen und Farnen herum. Wenn er seine Stabklinge fand, waren die Chancen ausgewogener. Wenn er die Stabklinge fand, solange die Katzenfrau festhing und einem Angriff kaum ausweichen konnte, dann waren die Chancen vielleicht sogar mehr als ausgewogen. Jetzt war es ein Kampf gegen die Zeit!

Endlich schloss er die Finger um den Griff der Stabklinge. Der glatte, kühle Schaft schmerzte in den Handflächen, aber Gontas fühlte nichts als Erleichterung. Langsam richtete er sich auf.

Argwöhnisch hob er den Kopf.

Etwas stimmte nicht!

Es war still geworden im Wald. Die wütenden Laute seiner Gegnerin waren verstummt.

Hatte sie sich bereits befreit? Gontas verharrte unschlüssig. Er fuhr herum, ging ein Stück weg von Stämmen und Büschen, die einem Feind Deckung bieten mochten.

Nach einigen Augenblicken schlich er vorsichtig auf die Stelle zu, wo er das Katzenwesen zurückgelassen hatte. Die Waffe hielt er dicht am Körper, um mit der breiten Spitze rasch nach jeder Seite zustoßen zu können.

Leise, gleichmäßige Geräusche klangen vor ihm durchs Unterholz. Zunächst konnte er sie nicht einordnen. Es raschelte, und da war ein Knistern wie von kleinen brechenden Zweigen.

Mit der Klinge teilte er den Farn, duckte sich und spähte auf die Schneise. Er erstarrte.

Dort, genau vor ihm, eine Spinne – die Spinne! Mit dem verbliebenen Vorderbein hielt sie den reglosen Leib der Pantherfrau umklammert, während ihr Kopf immer wieder zu dem Gespinst im Boden hinabstieß.

Wie hatte die Spinne sich aus den Fesseln befreien können?

Gontas erkannte, was das Tier tat: Mit den Kiefern biss es in die Wände der Wohnröhre und fraß die Fäden, die seine Beute hielten. Natürlich! Spinnen konnten ihre eigenen Fäden verzehren, und so hatte das Spinnenwesen die Fesseln gelöst, sobald es zum ersten Mal auf die Idee gekommen war, nach den Fäden zu schnappen, die seine Beine banden.

Leise umfasste Gontas die Stabklinge ganz am Ende. Er biss die Zähne zusammen und unterdrückte jeden Laut. Dann, mit einem Schrei, sprang er vor und trennte das hintere Bein der Spinne am Gelenk ab.

Die Spinne drehte sich über dem abgetrennten Glied, immer noch schnell, viel zu schnell. Gerade rechtzeitig brachte Gontas sich vor den spitzen Kieferklauen in Sicherheit. Er schaffte es nur, weil die Riesenspinne die Katzenfrau noch immer umklammerte und sich damit selbst behinderte.

Gontas erstarrte und wagte keine Bewegung mehr.

Er stand einen Sprung entfernt von der Spinne. Er konnte nicht ausweichen. Er konnte sich nicht bewegen, ohne einen Angriff zu provozieren.

Unmittelbar vor ihm glänzten die großen schwarzen Kugelaugen, blanke Spiegel, die nichts reflektierten. Eines der beiden verkümmerten Vorderbeine wischte mit einer winkenden Bewegung über die Augenflächen, wie ein Gruß, wie eine Aufforderung. Dann wich die Spinne langsam zurück und zog ihre Beute mit sich.

Gontas blieb stehen. Er starrte seinen beiden Feinden nach. Sollte er der Spinne folgen und versuchen, sie zu töten? Womöglich würde sie ihm sonst bald wieder auflauern.

Nein, befand er schließlich. Das Tier hatte zwei Beine verloren, es war langsamer und nicht mehr so geschickt. Vermutlich konnte die Spinne gar nicht mehr springen. Gontas hatte gehört, dass ihre kleineren Verwandten solche Verletzungen ausheilen konnten, aber das brauchte Zeit. Bis dahin würde sie sich vermutlich mit ihrem Fang verkriechen und erst wieder hervorkommen, wenn Gontas längst weitergezogen war.

Er schaute sich um und lauschte. Das seltsame Katzengeschöpf war durch den Kampfeslärm hergelockt worden. Ihre Begleiter mochten zu furchtsam gewesen sein, um ihr zu folgen. Aber sie würden mit Verstärkung zurückkommen und nach ihrer Gefährtin suchen und nach dem Eindringling.

Gontas konnte nicht mehr darauf hoffen, unbemerkt durch den Wald zu schleichen, jetzt wo alle Wachen alarmiert waren. Er konnte aufgeben – oder hier im Urwald ein Versteck suchen und abwarten, bis die Unruhe sich gelegt hatte.

8.

Vorsichtig tastete Gontas sich zu dem Schnitt zurück, durch den er in die Röhre der Spinne hineingekrochen war. So tückisch das Gespinst war, wenn man die Außenwand durchstieß, so glatt war es auf der Innenseite. Es hatte ihn bereitwillig aufgenommen und ihm Schutz geboten.

Im Laufe des Tages war das Licht milchig weiß und fleckig in sein Versteck gesickert, und Gontas hatte gehört, wie die Schergen des Hexenmeisters an der Oberfläche nach ihm suchten. Jetzt war es dunkel geworden, und dunkel blieb es, als Gontas den Kopf durch die Öffnung steckte und die kühle Nachtluft über sein Gesicht strich.

Stille hatte sich über den Wald gelegt. Nur das Laub raschelte, kleine Tiere keckerten gedämpft zwischen den Bäumen. Gontas kroch ganz aus dem Spinnenbau heraus. Er kauerte am Boden und ließ seine Sinne schweifen.

Die Verfolger hatten ihre Suche offenbar aufgegeben. Vielleicht glaubten sie, der Eindringling und die Pantherfrau seien beide Opfer der Spinne geworden. Vielleicht hatten sie auch statt seiner die beiden Söldner erwischt und wussten gar nicht, dass noch jemand in ihrem Wald herumschlich. Die sechsbeinige Spinne sollte jedenfalls keine Bedrohung mehr darstellen, und wenn er weiteren Fallen ausweichen konnte, würde er in dieser Nacht hoffentlich unbemerkt zum Turm gelangen.

Gontas kam zu einer kleinen Lichtung. Selene, einer der größeren Monde, stand voll am Himmel, und in ihrem geisterhaften Schein prüfte er seine Ausrüstung. Bei dem wilden Kampf waren die Pfeile im Köcher zerbrochen, alle, bis auf einen. Er konnte nur hoffen, dass er sie nicht brauchen würde. Dennoch zog er die Sehne auf und hängte sich Bogen und Köcher über die Schulter.

Behutsam löste er die Reste der Spinnweben, die er als Verband benutzt hatte, von seinen Handflächen. Die Verletzungen dort bluteten nicht mehr, aber sie waren empfindlich gegen Berührung. Vielleicht würden sie wieder aufgehen, wenn er die Hände zu sehr belastete. Dennoch war Gontas überrascht, wie gut sie innerhalb eines Tages verheilt waren. Die Macht, die im Netz der großen Spinne wohnte, musste wahrhaft die Heilkraft ihrer kleineren Brüder im Buschland noch übertreffen.

Gontas umfasste locker den Schaft seiner Klingenwaffe und marschierte los. Den zerschnittenen Stiefel hatte er im Spinnenbau zurückgelassen.

Mit der stählernen Spitze tastete er den Boden vor sich ab. Nur allzu sehr war er sich seines ungeschützten Fußes bewusst. Giftiges Getier mochte zwischen den Farnen lauern, oder giftige Pflanzen. Dennoch zog Gontas nach wenigen Schritten auch den zweiten Stiefel aus, denn das Gehen mit nur einem Schuh war beschwerlich und ließ seine Muskeln steif werden.

Kurz darauf sah er sein Ziel vor sich: Inmitten des Urwaldes lag eine große, kreisförmige Schneise, und auf einer Anhöhe erhob sich der Turm des Zauberers.

Gontas verharrte einen Moment am Rande der Lichtung und spähte über die freie Fläche. Der Turm war schlank und ragte hoch auf. Er sah aus wie gewachsen und schien aus demselben glasartigen Material zu bestehen wie die Mauer, die sich rings um den Wald zog. Im fahlen Licht der Selene schimmerte das Bauwerk wie ein Mondenstrahl, der sich senkrecht in die Erde gebohrt hatte. Es fiel Gontas schwer, die Umrisse und Einzelheiten des Gebäudes zu erkennen. Erst allmählich, während seine Augen sich an die Lichtverhältnisse gewöhnten, schälten sich Simse, Erker, Fenster und Balustraden aus dem organischen Bau.

Er verließ sich darauf, dass er vor dem dunklen Saum des Waldes beinahe unsichtbar sein musste, und ging ein Stück um die Lichtung herum. Wolken wälzten sich über den Himmel, enthüllten die schmaleren Sicheln der anderen Monde und verschlangen sie wieder. Schon kroch im Nordosten der Styx über die Baumwipfel, in einem fetten Orange wie von einem fernen

Waldbrand. Da entdeckte Gontas einen Zugang zum weißen Turm, mehr als eine Mannshöhe über dem Boden. Eine schmale Treppe wand sich an der Außenmauer dorthin empor, und zwei Söldner standen in gut geschützten Nischen Wache. Auf diesem Wege würde es ihm kaum gelingen, unbemerkt einzudringen, und er konnte seine Gegner auch nicht ausschalten, bevor sie Alarm gaben.

Er schlich zur Rückseite und trat auf die Lichtung. Dort lief er über die Wiese die Anhöhe hinauf. Das Gras war kurz und fühlte sich feucht und fleischig an unter seinen bloßen Füßen. Das war keine der trockenen Wiesen und Weiden, wie er sie vor der Mauer gesehen hatte und wie sie bis vor Kurzem noch an dieser Stelle gewachsen sein mussten. Auch diesen Pflanzenwuchs hatten Zauberkräfte zu Zerrbildern gestaltet. Gontas empfand Abscheu vor der widernatürlichen Vegetation, die er hier berührte. Die dicken Halme fühlten sich an wie Würmer, die ihre blinden Köpfe aus feuchter Friedhofserde reckten. Ihre Farbe war so dunkel, dass die Wiese im nächtlichen Zwielicht schwarz aussah, ein scharfer Kontrast zum nebelhaft schimmernden Turm in der Mitte.

Gontas legte die Hand auf den Sockel des Turms und war fast überrascht, als er hart und fein konturiert gegen seine Haut drückte. Das weiße Material war ungemein kunstvoll verarbeitet; selbst an den scheinbar glatten Flächen zeichneten sich verschlungene Muster ab. Gontas blickte empor bis zu einem hohen Fensterbogen, zehn Armlängen über ihm.

Die leicht von ihm weggeneigte Wand sollte zu erklimmen sein. Gontas fasste beherzt nach einem festen Halt und zog sich empor. Wenn er sich mit dem Körper dicht an die Mauer presste, protestierten seine Muskeln an Schultern und Oberschenkeln, aber er entlastete damit seine geschundenen Handflächen, weil die Schräge einen Großteil seines Gewichtes trug. Es dauerte nicht lange, dann zog er sich über einen Sims in einen schmalen Gang. Als er dort angelangt war, streckte er prüfend die Finger. Seine Hand schmerzte, aber die Wunden waren nicht wieder aufgegangen. Gontas leistete der Spinne im Stillen Abbitte; am Ende hatte sie ihm doch mehr geholfen, als dass sie ihn behindert hatte.

Der Buschläufer schlich sich tiefer in das Bauwerk hinein. Der Gang, in dem er stand, verlief an der Außenwand entlang spiralförmig nach oben. Immer wieder kam Gontas an Fensteröffnungen vorüber, durch die dünn das Mondlicht fiel. Tausendfach von den glänzenden Flächen gebrochen, war es immer noch hell genug, um den weißen Turm mit einem unwirklichen Leuchten zu erfüllen. Wenn Gontas' Blick zufällig auf die Hand fiel, mit der er den Weg ertastete, erschien ihm sein Fleisch wie ein fauliges Geschwür auf der leichenhaften Blässe des Gebäudes. Er fühlte sich von dem Bauwerk zurückgewiesen, so fremd waren ihm die Bauweise und das Material.

Er kam an unregelmäßigen Öffnungen vorbei, die tiefer in den Turm führten. Obwohl die Wände undurchsichtig waren, gelangte Mondschein in die inneren Räume und vermittelte einen unbestimmten Eindruck von den Umrissen. Doch die scheinbare Helligkeit trog, denn das schwache Licht war nur ein kalter Schimmer auf den perlglänzenden Wänden, der nichts mehr erhellen konnte. Und die ausgeprägten, verspielten Ornamente waren auch hier, im Inneren des Bauwerks, allgegenwärtig und ließen die Umrisse der Räume verschwimmen. Gontas wusste nicht, wie er die Orientierung behalten sollte, wenn er den Wandelgang verließ. Also folgte er weiter dem Weg, der ihn nach oben führte.

Mit einem Mal hallten klackende Fußtritte aus dem Inneren des Turms zu ihm. Gontas hielt Ausschau nach einem Versteck. Er konnte links oder rechts den Gang entlang flüchten, aber wenn jemand hier an die Außenwand des Turms trat und seine Schritte hörte, würde man ihn in dem unübersichtlichen Gewirr der Kammern rasch in die Enge treiben.

Der Buschläufer legte den Kopf in den Nacken. Die Decke wölbte sich eine halbe Mannslänge über ihm. Ohne zu zögern, schob Gontas sich die Stabklinge hinter den Gürtel und fixierte sie zusätzlich noch mit dem Gurt seiner Tasche. Er sprang hoch und umklammerte zwei bauchige Windungen in der Deckenverzierung. Ein reißender Schmerz fuhr ihm in die Handflächen, aber Gontas biss die Zähne zusammen. Er spannte die Muskeln an und zog sich höher, winkelte die Beine an den Körper und hob sie zur Decke. Seine bloßen Zehen fanden Halt in den Spalten der reliefverzierten Oberfläche. Mit Händen und Füßen klammerte er sich fest. Er war froh, dass er seine Stiefel hatte zurücklassen müssen.

Gontas war stark, aber diese Last war anders als alles, was er bisher getragen hatte – die Last seines eigenen Körpers in einer ganz ungewohnten Stellung. Bald zitterten seine Muskeln unter der mörderischen Anspannung. Der Schmerz in den Händen verschwand im Nu und wich einer tauben Gefühllosigkeit. Nur mit seinem Willen hieß Gontas die Finger fester fassen und wusste selbst nicht, ob sie seinem Befehl noch gehorchten oder ob er im nächsten Moment hilflos zu Boden fallen würde, vor die Füße seiner Verfolger.

Er versuchte, sich abzulenken. Er dachte an die Insekten, die stundenlang, tagelang reglos an der Unterseite eines Blattes oder einer Zeltplane sitzen konnten, ohne sichtbare Anstrengung. Er würde das doch zumindest einige Augenblicke durchhalten. Vorsichtig drehte er den Kopf, lauschte durch die Türöffnung. Die klackernden Schritte kamen näher.

Aus den Augenwinkeln sah er noch etwas anderes: Seine Ledertasche und der Köcher mitsamt Bogen baumelten von seinem Rücken herab. Sie schwangen sanft unter ihm und dicht oberhalb der Türkante. Diese Bewegung musste sein Versteck verraten!

Der Schweiß trat ihm auf die Stirn. Er drehte den Kopf so, dass die Tropfen ihm in die Haare liefen und hoffentlich nicht zu Boden perlten. Wenn die Neuankömmlinge nur einmal nach oben blickten, würden sie ihn unweigerlich entdecken. Er klebte an dem weißen Material wie ein dunkler Schatten.

Die Fußtritte erreichten den angrenzenden Raum. Es war etwas Fremdartiges daran. Gontas hielt den Atem an. Dann kamen sie durch die Türöffnung: zwei hohe, schlanke Silhouetten in sich überlappenden Panzerplatten. Gontas brauchte einen Moment, bis er erkannte, dass er nicht zwei Männer in schwerer Rüstung sah, sondern dass diese Panzer gewachsen waren. Was unter ihm durch die Tür trat, waren zwei Kreaturen, die aussahen wie Ameisen – aber sie gingen aufrecht, und sie waren riesig!

Wie viele seiner Wachen hatte der Hexenmeister auf so unnatürliche Weise verzerrt? Die beiden Ameisenmänner sahen noch fremdartiger aus als die Pantherfrau, und auch ihre Bewegung hatte nichts Menschliches mehr an sich.

Gontas' Herz schlug rascher. Er dachte an die empfindlichen Sinne der echten Insekten, an Mücken, die sogar in der Nacht umherflogen und unfehlbar jeden Menschen aufspürten. Sie mussten die Wärme eines menschlichen Leibes spüren, sie mussten ihn riechen. Wie konnte Gontas hoffen, sich vor ihnen verstecken zu können?

Dennoch hing er da wie erstarrt. Seine überbeanspruchten Muskeln waren vergessen. Er hielt seine Stellung wie von selbst, es war ganz undenkbar, in diesem Moment eine Bewegung zu wagen, gar herabzufallen.

Die beiden Ameisenwesen schritten gleichmütig unter ihm dahin, unter seiner schwingenden Tasche und dem Köcher hindurch. Sie waren hochgewachsen, aber zierlich gebaut. Gontas sah nur ihre Panzerplatten, hart und grau und fast so hell wie die Mauern des Turms. Die Riesenameisen trugen keine Kleidung, doch sie hielten Waffen in den Armen – und davon hatten sie vier.

Ihre Augen bedeckten den halben Kopf. Gontas sah sein eigenes, schemenhaftes Abbild tausendfach gespiegelt in unzähligen Facetten, die sich unter ihm aufwölbten.

Und dann waren sie vorüber.

Sie hatten nicht einmal gezögert oder zu ihm aufgeblickt. Dennoch ... wie konnte das sein? Die Augen waren riesig gewesen, sie waren genauso nach oben gerichtet wie nach vorn und zu den Seiten. Wie hatten sie ihn übersehen können?

Aber Insekten nahmen die Welt anders wahr als ein Mensch. Das mochte ein Vorteil sein. Womöglich sahen diese Augen nur das, was sich bewegte, während einfache Umrisse in den Spiegelscherben ihrer facettierten Augen verloren gingen.

Aber Tasche und Köcher hatten sich doch bewegt unter ihm! Oder hatte Gontas sich das nur eingebildet in seiner Sorge?

Die Ameisenmenschen verschwanden hinter der Biegung des Ganges.

Der Buschläufer atmete tief ein. Er wartete einige Augenblicke und ließ sich dann lautlos zum Boden hinab. Seine Arme und die Hände wehrten sich gegen die Anstrengung, der Schmerz kehrte zurück. Gontas zwang dem Körper seinen Willen auf. Wenn er sich einfach fallen ließe, konnten die Insektenwesen diese Erschütterung gewiss im ganzen Turm spüren. Er hatte sein Glück bereits bis zum Äußersten herausgefordert, als er diesen beiden Wachen entgangen war.

Seine Hände waren taub, die Finger hingen erstarrt an den brennenden Handflächen. Gontas sah unter der Decke blutige Abdrücke, wo er eben gehangen hatte. Er konnte seine Stabklinge nicht festhalten und drückte sie mit dem Unterarm gegen den Körper. Dann hastete er weiter den Gang entlang, nach oben, in die entgegengesetzte Richtung zu den beiden Insektenmännern.

Der Weg wendelte sich den Turm hinauf, mitunter durchbrochen von kleinen Treppen, meist aber so eben, dass man die Steigung kaum wahrnahm. Nur der Blick aus dem Fenster verriet Gontas, wie der Urwald allmählich unter ihm zurückblieb. Es wurde heller in dem Turm. Der Styx nahm seinen Platz am Himmelsgewölbe ein, und sein orangerotes Leuchten ließ das Bauwerk erglühen wie eine Flamme.

Gontas stieß nicht mehr auf weitere Wachen. Immer wieder hielt er inne und lauschte in die inneren Gewölbe des Turms, die von einem trügerischen Licht erfüllt schienen. Nichts verriet ihm, ob sie bewohnt waren, und daher blieb er auf dem äußeren Gang und bei den Fenstern.

Er würde zunächst den oberen Teil des Turms durchsuchen

und darauf hoffen, dass alles, was von Bedeutung war, nicht irgendwo in dem Gemäuer versteckt war, sondern an einem hervorgehobenen Ort … und dass das, was für die Bewohner des Turms von Bedeutung war, auch ihm weiterhalf. Halime, einen der Anführer aus Tarukans Sippschaft oder auch nur Hinweise zu den Plänen des Söldnerhäuptlings – Gontas hoffte, wenigstens irgendetwas zu finden, was diese Reise wert war.

Er glaubte, den Boden unter seinen bloßen Füßen beben zu fühlen. Gontas verharrte. Feine Rillen gaben seinen Sohlen auf dem glatten Material Halt, und alles wirkte fest und unerschütterlich. Unter ihm rauschte der Urwald. Womöglich war der Turm so hoch, dass er an der Spitze ein wenig wankte wie ein großer Baum; womöglich hatte Gontas sich die Bewegung auch nur eingebildet, berauscht von einem Blick aus dem Fenster und von der Tiefe, in die sein Blick dahinter fiel. Er ging weiter.

Nach wenigen Schritten verharrte er erneut. Vor sich hörte er Stimmen!

Gontas bemühte sein Gehör bis zum Äußersten. Die Stimmen klangen menschlich. Leise setzte Gontas einen Fuß vor den anderen, und er fühlte sich erleichtert, als er die ersten Worte unterscheiden konnte.

»Ist wieder so 'ne Nacht«, knurrte ein Mann im Zungenschlag der Khâl. »Da wird der Hexer wieder nach dem Mond lecken lassen.«

Ein zweiter Mann antwortete. Gontas nahm den Schauder wahr, der in der Rede mitschwang. »Kannste mir glauben, dass ich die Tür heute zulasse. Ist auch 'ne halbe Menagerie in den restlichen Gängen. Wünsch mir, Tarukan hätt uns mit in den Norden genommen, mit den anständigen Menschen. Wer weiß schon, was dem Finckler hier noch alles einfällt.«

Behutsam hob Gontas den Klingenstab. Zoll um Zoll schob er sich an der Wand entlang.

»Is selbst aus 'm Norden, der Hexer«, sagte die erste Stimme. »Will nicht wissen, was der Hauptmann dort noch aufstöbert. Is besser, beim Freundlichen Abschaum im Turm zu hocken, als draußen mit fremdem zu kämpfen, eh?«

Gontas schob den Kopf vor und zuckte zurück. Der Gang vor ihm drehte sich einwärts und endete vor einem großen Portal. Die beiden Türflügel waren dunkel, mit Einlegearbeiten versehen, und zwei Posten standen davor. Es waren ganz gewöhnliche Menschen, keine Katzen, keine Ameisen. Sie trugen sogar die ganz gewöhnliche Rüstung aus Leder und Eisenholz, die Gontas schon bei den Reitern im Steinland gesehen hatte.

Er grinste.

Mit diesen Gegnern war er vertraut. Zwei von der Sorte hatte er schon getötet. Als sie ihm Halime geraubt hatten ...

Zorn brodelte in ihm auf, als er sich an diesen Tag erinnerte. Er stürmte los.

Die beiden Wachen sahen ihm entgegen, als er auf sie zukam. Einen Moment lang standen sie erstarrt da. Schon rammte Gontas dem einen die Schulter gegen die Brust, sodass der Kopf des Söldners gegen den Türflügel schlug. Es klang so laut wie ein Glockenschlag, und benommen taumelte der Wächter zur Seite. Gontas packte die Stabklinge fest und stieß sie dem zweiten Söldner in den Hals, über dem oberen Rand des Panzers, am Schlüsselbein vorbei und tief in den Brustkorb. Er fuhr herum und riss die Waffe wieder heraus. Gontas zerrte den Verletzten halb hinter sich her, bis die Klinge frei war. Fetzen von Fleisch hingen an den Widerhaken auf der Rückseite. Der Söldner stolperte nach vorn und brach in einem Schwall von Blut zusammen.

Der zweite Mann zückte sein Schwert. Gontas schwang die Stabklinge in seine Richtung, der Söldner stolperte von der Klinge fort. Gontas trat ihm die Füße unter dem Körper weg und spießte ihn auf, als er fiel. Der Mann schrie kurz auf, und Gontas brachte ihn mit einem Tritt zum Verstummen. Beide Männer taten ihre letzten schwachen Atemzüge, als Gontas sich der Tür zuwandte.

Die Einlegearbeiten waren aus Bronze, und das zweiflügelige Portal wirkte schwer und massiv. Gontas zögerte kurz. Das Gepolter im Korridor und der Lärm des kurzen Kampfes waren hinter der Tür gewiss gehört worden. Gontas wusste nicht, was ihn erwartete, nicht einmal, ob die Tür überhaupt offen war.

Er hörte einen Laut von der anderen Seite, packte den Griff und zog an einem Türflügel.

Das Portal war nicht verriegelt. Aber gleich dahinter sah er einen Mann, der die Hand gerade nach dem Türflügel ausstreckte. Gontas stieß die Stabklinge durch den Spalt wie einen Speer. Die Spitze traf auf Widerstand, nachgiebig, aber zäh und undurchdringlich. Erst in diesem Moment sah Gontas, dass sein Gegner ein Gewand aus verschlungenen Eisenringen trug.

Der Stich traf den Mann am Bauch, konnte aber das Panzerhemd nicht durchdringen. Trotzdem krümmte der Mann sich unter der Wucht des Hiebes, und das Schwert, das er in der anderen Hand gehalten hatte, fiel zu Boden. Gontas wirbelte seine Waffe in der Hand herum und schlug dem Mann die Klinge in den Nacken. Er sah eine Bewegung aus den Augenwinkeln. Blitzschnell warf er den Türflügel wieder zu. Ein Schlag von der anderen Seite ließ das Holz erzittern, und Gontas riss das Tor wieder auf. Ein Speer steckte darin.

Gontas sprang in den Raum hinein und über den gefallenen Gegner hinweg, der gleich hinter der Türe lag. Die Männer hier drin waren anders gekleidet als Tarukans Söldner, denen er im Steinland und draußen im Korridor begegnet war. Sie trugen Gewänder und Stoffe, die teuer aussahen und ein wenig zu fein und zu glänzend wirkten für eine Schlacht, trotz der eisernen Panzerhemden, die Gontas bei dem ersten Gegner und bei einem seiner Gefährten erblickte. Außer dem Mann, den er bereits erschlagen hatte, waren noch zwei weitere Feinde in dem Raum. Der Mann, der den Speer geworfen hatte und der ebenfalls ein Eisenhemd trug, zog ein Schwert.

Gontas sprang auf ihn zu und holte aus zu einem Hieb, der seinem Gegner den Kopf von den Schultern trennen sollte.

Doch der fremde Krieger war schnell. Er riss sein Schwert hoch und parierte. Gontas' Stabklinge traf auf die andere Waffe und glitt daran hinab, der Stahl lenkte die Wucht seines Hiebes zur Seite. Im selben Moment zog der Gegner sein Schwert zurück und schlug selbst zu. Gontas brachte sich mit einem Sprung in Sicherheit.

Der Söldner setzte ihm nach, und Gontas wurde zur Tür zurückgedrängt. Seine Stabklinge war kaum länger als das Schwert seines Gegners, aber viel empfindlicher. Er stand zu dicht bei der Wand und hatte nicht viel Platz zum Kämpfen. Hinter ihm lag der Tote, über den er stolpern konnte.

Gontas versuchte, seinen Gegner von der Seite her anzugreifen.

Der hieb mit dem Schwert nach ihm.

Gontas parierte nicht. Er ging tief in die Knie, sodass der scharfe Stahl dicht über seinen Kopf hinwegsauste. Gleichzeitig packte er seine Stabklinge am äußersten Ende. Er führte die Waffe wuchtig wie eine Axt. Sein Gegner sprang zurück, aber er kam nicht aus der Reichweite von Gontas' Arm und der Waffe. Der größere Abstand verlieh dem Schlag nur noch mehr Wucht.

Gontas trennte seinem Gegner beide Beine ab, die Klinge fuhr durch die Knie wie ein Beil durch einen Baum. Der Söldner fiel zu Boden und schrie, und Gontas stach ihm die Spitze der Stabklinge in den Nacken.

Nun war kein Gegner mehr in seiner Nähe. Erst jetzt fand Gontas die Zeit, sich in dem großen Turmzimmer genauer umzusehen.

Es war eine Halle, die fast kreisrund wirkte und das gesamte Geschoss des Turms einnahm. Genau in der Mitte des Raumes gab es ein kunstvolles Gittergeflecht, das an die Einfassung eines Pavillons erinnerte. Es bestand aus demselben Material wie die Wände des Turms und war durchbrochen von Öffnungen, die geformt waren wie große Bogenfenster. Es reichte vom Boden bis zur Decke wie eine Säule und umschloss einen Schacht. Im Licht der vielen Monde sah Gontas glänzendes Metall und lange Schatten – Schnüre und Ketten, die im Inneren des gitterartigen Mauerwerks herabhingen wie die Stricke an der Winde eines Brunnens.

Neben dieser hohlen Mittelsäule, ein gutes Stück von der Tür entfernt, sah Gontas einen großen bogenförmigen Tisch. Er war übersät mit Papieren; Bücher und Schriftrollen stapelten sich am Rand, und ein riesiges Pergament lag darauf ausgebreitet. Der dritte Mann, der sich in dem Raum aufgehalten hatte, stand hinter dem Tisch. Er hatte sich nicht bewegt, seit der Buschläufer hereingestürmt war. Der Mann hatte schwarzes, lockiges Haar und trug eine Weste aus weichem, ockergelbem Leder, ein Wams, eine kurze Pluderhose aus violettem Samt und lange, dunkle Strümpfe. Er wirkte viel jünger als die beiden Krieger, die Gontas erschlagen hatte, vielleicht sogar ein wenig jünger als Gontas selbst. Er stützte sich mit beiden Händen auf den Tisch, und sein spitzer Schnurrbart erzitterte, als seine Lippen sich zu einem Lächeln verzogen.

»Ein beeindruckender Auftritt ... für einen plumpen Wilden.«

Der Mann richtete sich auf. Er legte die Hand an einen lächerlich zierlichen Schwertgriff an seiner Hüfte.

Gontas grinste verächtlich. Er drehte sich um, zog die Tür zu und legte einen Riegel vor, den er neben dem Portal an die Wand gelehnt fand. Dann wandte er sich dem Stutzer hinter dem Tisch zu.

»Sarjat, der Hexenmeister«, sagte er. »Du hättest lieber deine Tür verschlossen halten sollen, anstatt dich auf deine Wachen zu verlassen. Jetzt sind wir allein, und wir werden es bleiben, bis du mir gesagt hast, was ich wissen will.«

Der Mann hatte sich nicht gerührt, als Gontas die Tür verschlossen hatte, er hatte nicht einmal seine Waffe gezogen. Er stand nur da und musterte den Eindringling mit einem überlegenen Ausdruck auf dem Gesicht, als könne ihm gar nichts geschehen.

Bei Gontas' Worten allerdings verzerrte sich sein Antlitz. Mit einem Satz sprang er über den Tisch. Im Flug riss er sein Schwert heraus – eine Klinge, so lachhaft wie der Griff, dünn wie die Stopfnadel eines Weibes.

»Sarjat!«, brüllte der Mann. »*Den* erwartest du hier oben zu finden? Du dreckiger Buschläufer. *Ich* herrsche auf dem Gut meiner Familie, auch wenn dir die dummen Söldner und die abergläubischen Bauern außerhalb der Mauern etwas anderes weismachen wollten.«

Gontas betrachtete den kleinen Mann abschätzig, der vor ihm stand und vor Zorn zitterte. »Eh, und wer bist du? Tarukan selbst?«

»Ich bin Sarkan.« Der Mann schob die Brust vor. »Tarukans *Bruder. Mir* hat er seinen Besitz anvertraut, solange er fort ist, und Sarjat ist nichts als ein heimatloser Hund, den er aus der Steppe mitgebracht hat und den wir im Keller hausen lassen, solang er uns treu die Füße küsst und unseren Befehlen gehorcht.«

»Tarukans Bruder, eh.« Gontas zuckte die Schultern. »Soll mir recht sein. Dann hol ich mir halt vom kleinen Bruder, was der große mir geraubt hat. Also, wo verkriecht sich das Schwein? Oder hat er seine Beute hierher verschleppt? Gib mir, was ich will, und ich lasse dich vielleicht am Leben.«

Sarkan hielt Gontas seine nadeldünne Klinge entgegen. »*Kleiner Bruder.* Wenn du das glaubst, dann hol dir doch, was du haben willst. Du wirst feststellen, dass du keinen altersschwachen Zauberer in diesem Turm gefunden hast. Ich werde dich durchlöchern, bis dein Blut hinunter in Sarjats Brunnen tropft.«

Mit einer beiläufigen Bewegung der Klinge wies er auf den umrankten Schacht in der Mitte des Raumes. Gontas hieb nach ihm – mit der flachen Seite der Stabklinge, denn er wollte ihn lebend haben.

Sarkan bog den Oberkörper zur Seite, so schnell und gewandt wie einer der Gaukler, die Gontas einmal auf dem Markt von Apis gesehen hatte. Der Schlag ging ins Leere. Sarkans feine Klinge wedelte in Gontas' Bewegung hinein und darunter hindurch und ritzte ihm eine blutige Wunde über das Bein.

Wütend fuhr Gontas herum. Die Stabklinge sauste durch die Luft, ohne Rücksicht jetzt.

Sarkan duckte sich, die Klinge sauste über seinen Kopf hinweg, und sein schmales Schwert zog einen blutigen Strich über Gontas' Bauch. Sarkan schnaubte belustigt.

»Komm, komm, Buschlandaffe. Das kannst du besser. Wie willst du Tarukan je zu fassen kriegen, wenn du nicht mal mit seinem *kleinen Bruder* fertig wirst?«

Einen Moment lang standen sie einander gegenüber und belauerten sich. Dann stürmte Gontas wieder vor. Sarkan wich aus, gewandt wie eine Schlange, und ließ ihn ins Leere laufen. Er fuhr mit der Klinge über Gontas' Rücken, zweimal, dreimal, bevor dieser sich wieder herumdrehen konnte.

Die Schnitte brannten wie Feuer.

»*Kleiner Bruder.* Ich werde dir die Haut abziehen wie mit einer Sklavenpeitsche für deine Beleidigungen«, zischte der junge Khâl. »Ich zeige dir, wer ein richtiger Mann ist. Du wirst noch zu spüren bekommen, wer der Herr in diesem Turm ist, bevor du stirbst.«

Gontas fühlte, wie der Zorn heiß in ihm brannte. Doch sein Geist wurde kalt. Dieser kleine Mann war tatsächlich ein ernsthafter Gegner, und Gontas wusste, er konnte verlieren, wenn er sich mitreißen ließ. Er kämpfte vorsichtiger.

Die Stabklinge war schwerfällig.

Sarkan wich Gontas' Angriffen aus. Wann immer Gontas die Reichweite seiner Klinge ausspielte und den Khâl mit weiten Schwüngen auf Abstand hielt, unterlief Sarkan seine Hiebe und kam nah genug für einen raschen Stich, einen leichten Schlag, bevor Gontas seine schwere Waffe wieder für einen neuen Angriff oder eine Parade herumgerissen hatte.

Wenn Gontas die Stabklinge nah am Körper hielt und sie nur für rasche Stiche und kurze Hiebe gebrauchte, dann konnte er sich Sarkan nicht vom Leib halten. Sarkans federleichte Klinge zuckte an seinen Bewegungen vorbei und traf seine Haut, und wenn Gontas den Hieb erwiderte, war sein Gegner schon wieder fort.

Sie teilten einige Schläge aus, dann hielten sie inne. Gontas keuchte. Er blutete aus einem Dutzend kleiner Wunden. Jede davon war unbedeutend, die Schmerzen stachelten ihn nur noch weiter an. Aber Sarkan lächelte immer noch überlegen und atmete nicht einmal schwer, und Gontas wusste, dass die Zeit gegen ihn arbeitete.

Es polterte gegen die Tür. Von der anderen Seite hörte er aufgeregte Rufe.

»Hm«, sagte Sarkan. »Hat ziemlich lang gedauert. Nichtsnutze.« Er trat einen Schritt von Gontas weg und blieb wachsam. »Bleibt draußen«, rief er laut, »und macht mir die Tür nicht kaputt. Ich lass euch rein, wenn ich dem Wilden hier eine Lektion erteilt habe.«

Er wandte sich wieder Gontas zu. »Ein Wunder, dass noch keine Myrmoi aufgetaucht sind. Und ein Glück für uns beide. Die hätten mir das teure Portal ohne Mühe zerlegt, glaub mir das.«

»Myrmoi?« Gontas sah seinen Gegner misstrauisch an.

»Sarjats Ameisen. Wenn das hier vorbei ist, werde ich nicht vergessen, dass nur meine menschlichen Wachen gekommen sind. Ich brauche zwar keine Hilfe gegen einen einzelnen Eindringling, trotzdem weiß ich jetzt, wie wenig man Sarjats Kreaturen wirklich trauen kann.«

Gontas fletschte die Zähne. »Ameisen. Panther. Ich habe gesehen, was euer Hexenmeister aus Menschen macht.«

»Oh«, sagte Sarkan. »Nicht bei den Myrmoi. Die sind ihm aus dem Steinland gefolgt, er hat sie nicht selbst erschaffen.«

Er kam wieder auf Gontas zu. Er prüfte Gontas' Deckung mit seiner schmalen Klinge.

Der Buschläufer wehrte die spielerischen Hiebe ab. Er wich aus. Womöglich war das eine Lösung? Wenn er selbst nicht angriff, sondern seinen Gegner kommen ließ und zu waghalsigen Manövern zwang, bis der sich womöglich eine Blöße gab ...

Sarkans feine Klinge zeichnete ein glänzendes Muster in den mondhellen Raum. Mal zuckte sie links, mal rechts an Gontas' träger Stabklinge vorbei, sie erreichte die Arme, die Hüften, wenn Gontas sich nicht rasch genug drehte.

Nein.

Sein Gegner war zu schnell. Gontas konnte ihn nicht hinhalten, er durfte nicht auf einen Fehler hoffen.

Gontas sprang wieder vor und stieß mit der Stabklinge zu. Sarkan wich leichtfüßig aus. Seine Klinge fuhr auf Gontas zu, und der riss die Stabklinge hastig zurück. Mit der Linken balancierte er die Drehung aus, und einen Augenblick lang war sein linker Arm ganz ungeschützt, eine Blöße in seiner Deckung, wie Gontas sie sich in diesem Kampf noch nicht erlaubt hatte.

Sarkan nutzte sie sofort.

Er stieß zu und trieb die dünne Klinge mit Wucht in Gontas' Oberarm. Der Stahl bog sich, grub sich in die Muskeln und trat auf der anderen Seite wieder aus. Ein tiefer Treffer. Sarkan drehte sich zur Seite und zog an der Klinge.

Da spannte Gontas die Muskeln an.

Der Schmerz war scharf, heftig, schlimmer als Gontas erwartet hatte. Die Klinge in seinem Arm schien zu glühen. Aber sie steckte fest. Gontas spürte den Zug an dem Stahl, Sarkans Augen weiteten sich, als er seine Waffe nicht mehr freibekam.

Er zog er weiter daran, und Gontas zog in die andere Richtung und brachte Sarkan aus dem Gleichgewicht. Wuchtig schlug er mit der Stabklinge zu.

Sarkan ließ den Griff zu spät los. Von der eigenen Waffe behindert, konnte er nicht mehr ausweichen, und Gontas' Klinge fuhr ihm in die Stirn. Knochen knirschten, Sarkan brach zusammen. Er riss Gontas' Waffe mit sich, die eine Handbreit tief in seinem Kopf steckte. Sarkans Augen waren starr und auf Gontas gerichtet, der ungläubige Ausdruck darin wie eingefroren.

Keuchend stand Gontas da, über den gefallenen Gegner gebeugt. Er legte diesem die Hand auf den Arm.

»Glaubst du, du kannst mich verletzten mit deinem Spielzeug?«, stieß er hervor. »Glaubst du, deine Stecknadel hält mich auf? Pah!«

Er spuckte auf Sarkan. Dann umfasste er das dünne Schwert seines Gegners. Die Klinge steckte immer noch in seinem Arm, und Gontas konnte die Muskeln nicht mehr lockern. Sein ganzer Oberarm war hart, ein Krampf zog ihn zusammen, und der Schmerz tobte darin.

Gontas atmete zischend aus, einmal, zweimal. Er strich über die Haut, konzentrierte sich. Langsam wurden die Muskeln weicher. Zoll um Zoll löste er die schmale Klinge aus dem Fleisch und ließ sie endlich zu Boden fallen. Ein feines Rinnsal Blut lief aus den beiden Wunden an seinem Arm, und Gontas fühlte sich am ganzen Körper zerschunden.

Er trat zu Sarkan und sah, dass der noch lebte. Die Klinge steckte ihm mitten in der Stirn, die Augen blickten starr und leer, aber die Brust hob und senkte sich in heftigen Atemzügen. Sarkan wand sich langsam auf dem milchig glatten Boden.

»Du hältst mich nicht auf.« Gontas packte seine eigene Waffe, hebelte sie aus dem Schädel seines Gegners und ließ sie zu Boden fallen. »Und dein Bruder wird es auch nicht schaffen. Ich hole mir, was mir gehört, und euer Leben hol ich mir dazu. Hörst du mich?«

Er packte den Mann bei der Lederweste und riss ihn hoch. Blut und Schleim und Knochensplitter spritzten von der klaffenden Kopfwunde. Gontas schleppte den Verletzten zu dem elfenbeinartigen Gitter rings um den Schacht, der mit zwei Mannslängen Durchmesser nach oben bis zur Turmspitze reichte. Gontas sah den Sternenhimmel und die gelbe Zoraia dort oben, dann die Umrisse eines Gerüstes, von dem Ketten und Lederschnüre in die Tiefe hingen. Durch ein Loch im Boden ging der Schacht weiter hinab. Gontas vermeinte, weit unten ein feuriges Leuchten zu erkennen.

Er wuchtete Sarkans Körper durch eines der bogenartigen Fensteröffnungen im Gitterwerk. »Fahr zur Hölle, Wiesel«, knurrte er. »Deinen Bruder schick ich dir bald hinterher.«

Er ließ los, und Sarkan stürzte stumm und verschwand in der Dunkelheit. Die Ketten klirrten, als der halb tote Körper im Fallen dagegenschlug und sie zum Schwingen brachten. Gontas wandte sich ab und lehnte sich gegen die Einfriedung. Er atmete schwer, dann beruhigte er sich langsam.

Im Korridor vor der Tür war es stiller geworden. Niemand hämmerte mehr gegen das mit Bronze beschlagene Holz, aber Gontas hörte die aufgeregten Stimmen der Söldner. Wie lange würde der letzte Befehl ihres Herrn sie zurückhalten?

Und wohin sollte er in der Zwischenzeit fliehen?

Gontas schritt unschlüssig durch das große Turmzimmer. Er hob seine Stabklinge auf, trat zu den beiden Leichen von Sarkans Leutnants, die er so mühelos erschlagen hatte. Alles tat ihm weh, aber außer dem Stich im Arm hatte er nur Kratzer davongetragen. Und wie schlimm konnte es schon sein, der Stich mit so einem *Spielzeug*?

Wütend hob Gontas Sarkans Waffe auf. Er bog die dünne Klinge, aber sie brach nicht. Gontas schleuderte sie hinter dem Besitzer drein in die Tiefe. Dann dachte er darüber nach, ob er eine andere Waffe mitnehmen sollte. In den richtigen Händen taugten die Schwerter von Sarkans Söldnern sicherlich mehr als die Waffe, die er derzeit führte ...

Nein.

Die Stabklinge hatte ihm bisher gut gedient, und hier im Turm hatte er weder die Zeit, sich an die Eigenheiten einer neuen Waffe zu gewöhnen, noch wollte er nutzloses Gewicht mit sich herumschleppen. Er würde bei der Waffe bleiben, mit der er sich in den letzten Tagen vertraut gemacht hatte.

Er trat an den großen Tisch, wischte einmal über die Papiere. Das große Pergament, das ausgebreitet dalag, war eine Karte. So viel konnte Gontas erkennen, auch wenn er die Karten der Khâl nicht lesen konnte. Er rollte und knüllte das Pergament zusammen und stopfte es in seine Tasche. In einer halb offenen Schublade sah Gontas mehr von den Münzen, wie die Reiter im Steinland sie getragen hatten: rote Bronze mit einem aufgeprägten Mond und einem Loch, damit man sie als Anhänger um den Hals tragen konnte.

Womöglich hatten sie eine Bedeutung. Er nahm eine Hand voll und packte sie ebenfalls ein. Unschlüssig sah er zur Tür und erwog, ob er sich den Weg freikämpfen sollte. Es gab keinen anderen Ausgang aus dem Turmzimmer, außer ...

Langsam wanderte sein Blick wieder zu dem Schacht, der in die Tiefen des Turms führte. Die Ketten und Seile, die dort hingen, schwangen leicht hin und her und schienen zum Klettern einzuladen.

9.

Als er sich ein Stück weit in den Schacht hinabgelassen hatte, fand Gontas sich in einer merkwürdigen Dunkelheit wieder. Hier unten war der Schacht ringsum geschlossen. Die weißen Wände warfen das Mondlicht zurück, das aus dem Raum darüber hereinfiel, aber das Licht blieb schwach und trügerisch. Gontas konnte die Entfernungen nicht abschätzen. Sein eigener Schatten huschte an den seltsamsten Stellen an ihm vorüber, bis er nicht mehr wusste, ob er sein Spiegelbild sah, seinen Schatten – oder ob die Dämonen des Hexenmeisters den Schacht emporkamen und ihm das Geleit gaben auf seinem Weg hinab in den Abgrund.

Er hangelte sich an dem Lederseil hinab, eine Hand unter die andere setzend. Kettenglieder klirrten neben ihm, ein beruhigender Laut, der ihm immerhin versicherte, dass er noch an einem wirklichen Ort war und nicht entrückt. Die Finger taten ihm weh, der durchbohrte Oberarm war steif und gehorchte nur widerstrebend seinem Willen. Gontas biss die Zähne zusammen und rutschte weiter abwärts. Er versuchte, nicht daran zu denken, was unten auf ihn warten mochte. Er musste einfach durchhalten, bis er einen sicheren Ausstieg fand.

Die Stabklinge, die er sich auf den Rücken gebunden hatte, schlug gegen die glasharte Wand, und der Laut hallte hell durch den Schacht. Gontas hielt den Atem an, aber nichts geschah, nicht einmal ein Echo kam aus der Tiefe zu ihm zurück.

So unwirklich spielten Helligkeiten und Schatten um ihn her, dass Gontas eine Weile brauchte, bis er die Veränderung bemerkte. Das Licht wurde greifbarer, echtes Licht, das schwer und rötlich auf ihn herniederfiel. Gontas sah seine Hände, wie sie die geflochtenen Lederriemen umfassten, und sie sahen aus wie in Blut getaucht.

Er schaute nach unten. Das Glühen in der Tiefe war näher gekommen, ein unruhiger Feuerschein, der ihm anzeigte, dass der Schacht dort in einem Raum mündete. Doch dieser Ausgang war noch zu weit weg, und der Schein aus der Tiefe erreichte ihn kaum.

Erst als er den Kopf hob, sah Gontas, woher das Leuchten kam, das ihn umgab: Der Styx schob sich über den Rand der Öffnung ganz oben in der Turmspitze. Ein schmaler Streifen des vollen Mondes war zu sehen. Der Styx leuchtete orange, und rote Streifen bewegten sich zitternd auf seiner Oberfläche wie Schleier von Blut.

Der Buschläufer ließ sich rascher an den Lederschnüren hinab, die feucht wurden unter seinen aufgerissenen Händen.

Der Schacht verlief schließlich durch die Decke eines großen Gewölbes, kreisrund und zwölf Schritt im Durchmesser. Unten im Boden des Raumes setzte er sich fort, ein klaffendes Loch, dessen Tiefe nicht einmal zu erahnen war. Der kunstvolle Turm aus dem glasglatten Stein ruhte auf einem Fundament aus gewöhnlichen Felsquadern. Die Halle, in die Gontas hinabstieg, bestand aus grauen Blöcken. Sie strahlten eine trockene Kälte aus, die der schwülen Wärme des unnatürlichen Regenwaldes an der Oberfläche Hohn sprach.

In regelmäßigem Abstand gab es Mulden im Mauerwerk. Schalen mit Öl standen darin, in denen jeweils ein glimmender Docht schwamm und einen sanften Schein verbreitete. Aber das Loch zu seinen Füßen blieb dunkel. Der matte Stein darin warf nicht einmal den trügerischen Schimmer zurück, der Gontas bislang begleitet hatte, und selbst das Mondlicht fiel nicht bis in die Tiefe. Unterhalb des Gewölbes führte der Schacht in den Schoß der Erde selbst.

Gontas beschloss, ihn hier zu verlassen und sein Glück in der erleuchteten Halle zu versuchen. Es war der einzige Ausweg aus dem Schacht, den Gontas seit dem Turmzimmer gesehen hatte, womöglich der einzige überhaupt.

Er ließ sich ein Stück tiefer hinab, bis er den Raum gut überblicken konnte, und sah sich um.

Gontas war allein. Von dem Loch in der Mitte aus erstreckte sich der Boden der Halle mehrere Schritt weit bis zu den grob gemauerten Wänden. Das rötlich blakende Licht der Feuermulden enthüllte zwei offene Durchgänge, die einander gegenüberlagen. Die Ketten und Lederseile, an denen Gontas hing, reichten noch ein kurzes Stück tiefer in den Raum und endeten dann. Fleischerhaken baumelten am Ende der Ketten; sie waren mit dunklen Flecken besudelt, mit geronnenem Blut vielleicht, das im schwachen Flammenschein schwarz aussah. Die Lederriemen daneben waren in gleicher Höhe zu einem Gurtzeug geflochten.

Neben einem der Ausgänge gab es ein Rad an der Wand. Von dort liefen Ketten und Stricke, ganz ähnlich jenen, an denen Gontas hing, zur Decke des Raumes und verschwanden in Öffnungen an der Seite des Schachts. Zwischen dem Loch und der Wand, nicht weit von der Winde, erblickte Gontas einen eisernen Käfig, der unter der Decke hing. Eine halb verweste Leiche saß darin. Der Kopf war nach vorn gesunken; lange schmierige Haare verdeckten das Gesicht; die nackten, graufleckigen Beine hingen zwischen den Streben hindurch aus dem Käfig. Gontas sah Spiegel und Linsen aus klarem Kristall, die am Schachtrand, an der Hallendecke und oben an den Wänden angebracht waren.

Er ließ sich ein Stück weiter hinab, fast bis an das Ende der herabhängenden Ketten und Seile. Dort schwang er hin und her und sprang. Er rollte sich auf dem Steinboden ab, stand auf und riss sogleich die Stabklinge von seinem Rücken.

Alles blieb still, nur die Ketten hinter ihm klangen leise.

Gontas wartete einige Augenblicke wachsam ab, dann atmete er auf. Er nahm auch den Bogen von der Schulter und zog den letzten Pfeil aus dem Köcher. So gerüstet, spähte er in beide Durchgänge. Lange Flure mit niedrigen Decken führten dahinter tief in die Fundamente des Turms, gemauert und ebenso mit Feuermulden erhellt wie das Gewölbe, in dem er stand. Gontas konnte nur ein paar Schritte weit sehen. Er schnupperte, doch er roch nichts als eine leichte Fäulnis in der Luft, den Gestank nach Exkrementen, der in dem zugigen Raum rasch verwirbelt wurde.

Er lauschte, und aus dem einen Gang vermeinte er, ferne Schreie zu hören. Der Laut wiederholte sich nicht. Doch nun vernahm er ein Geräusch hinter sich, wie das Rascheln trockener Tücher. Gontas fuhr herum. Es schien aus der Tiefe gekommen zu sein, aus der Öffnung im Boden. Gontas ging behutsam darum herum, doch er hörte nur das Echo seiner eigenen zögernden Schritte.

Gontas konnte den Blick nicht mehr von der Öffnung wenden. Blutroter Flammenschein spielte über die Steinplatten am Rand. Mühsam löste er sich von der hypnotischen Kraft der Tiefe.

»Sieh an!« Eine fröhliche Stimme von der anderen Seite des Schachts ließ Gontas hochfahren. »Nachschub, und gerade zur rechten Zeit!«

Durch einen der Zugänge trat ein Mann in das Gewölbe. Er mochte mittleren Alters sein, aber sein Gesicht war so ausdruckslos wie eine Steinfigur. Er trug einen silbernen Reif um die Stirn mit einem einzelnen großen Stein daran, dessen Form und Maserung nicht nur an ein Auge gemahnte, sondern der bei jeder Bewegung des Kopfes auch noch zu zwinkern schien. Das weiße Gewand mit dem reichen Faltenwurf fing das Licht auf absonderliche Weise ein und zeigte rote und orange Flecken, durchsetzt von dunklen Schattenrissen. Er gebrauchte die Sprache der Städter, doch mit einem Akzent, den Gontas nicht zuordnen konnte.

An der Seite des Mannes standen zwei der ameisenartigen Myrmoi – dieselben, die Gontas zuvor im Turm gesehen hatte, oder andere, wer vermochte das zu sagen? Sie hielten Waffen mit sichelförmigen Klingen locker im oberen Paar der vier Gliedmaßen, die ihnen als Arme dienten. Mit dem zweiten Armpaar schleiften sie einen schlaffen Körper hinter sich her. Ihre Facettenaugen musterten die Szenerie gleichmütig, und sie reagierten mit keiner Bewegung auf das, was sie sahen.

Gontas sah genauer hin. Er kannte die Gestalt, die reglos zwischen den riesigen Insekten hing! Es war das dunkle Lederzeug der Söldnerin Tori, das er an der Gestalt sah. Sie hatte ihren Haken verloren, und ihr Armstumpf lag bloß und wund in den Klauen der Ameisen; ihr kurzes Haar klebte von getrocknetem Blut, und was Gontas von ihrem Gesicht erkennen konnte, sah zerschrammt aus und zerschunden.

Er riss seinen Bogen hoch und legte geschmeidig den Pfeil auf die Sehne. Der Mann mit dem Stirnreif wollte gerade weitersprechen und konnte auf Gontas' rasche Bewegung nicht reagieren. Der Buschläufer ließ den Pfeil fliegen, noch bevor seine Stabklinge, die er für den Schuss losgelassen hatte, den Boden berührte.

Mit einem dumpfen feuchten Laut fuhr die gezahnte Spitze in die Brust des Mannes. Der taumelte ein wenig zurück, bis der Ameisenmensch neben ihm einen Arm ausstreckte und ihn auffing. Lautlos bewegte er die Lippen – aber im selben Moment drang aus dem Käfig mit der leblosen Gestalt unter der Decke ein gurgelnder, erstickter Schrei, der Gontas erstarren ließ. Sein Arm mit dem nutzlosen Bogen sank herab.

Der Mann mit dem Stirnreif schüttelte sich unwillig. Er löste sich aus dem Griff seines insektenhaften Begleiters. Wieder bewegte er die Lippen, doch er brachte nur ein gurgelndes Zischen hervor. Gontas' Pfeil steckte in der Lunge. Doch das schien ihn kaum zu beeindrucken. Er umschloss den Schaft mit den Fingern und zog die zackenbewehrte Spitze heraus. Blut durchtränkte sein Gewand, Fetzen des Gewebes blieben am Stahl hängen, doch die erstarrte Miene des Mannes zeigte keinen Schmerz.

Stattdessen erklang wiederum ein Stöhnen und Winseln aus dem Käfig, leise und hohl, aber von einem Leid erfüllt, das weit über den Schmerz des Augenblicks hinausging.

Gontas sah, wie die scheinbar tote Gestalt in dem Käfig sich regte. Ihre Beine zuckten. Sie fuhr sich mit den dürren Armen an der Brust entlang und wand sich hinter den Gitterstäben.

Endlich hielt der Mann den Pfeil in der Hand. Er warf einen nachdenklichen Blick darauf und schleuderte ihn zur Seite.

Dann holte er tief Atem und sprach, als wäre nichts geschehen.

»Armselig. Aber natürlich konntest du nicht wissen, dass ich die Beschränkungen meines sterblichen Leibes längst hinter mir gelassen habe. Andererseits, womöglich wirst du bald schon die Magie kennenlernen, die mir das ermöglicht hat …«

»Sarjat«, sagte Gontas. »Du bist Tarukans Hexenmeister. Ich habe den jungen Burschen oben im Turm erschlagen, der sich dein Herr nannte, und ich finde auch einen Weg, um mit dir fertig zu werden.«

»Unwahrscheinlich.« Der Zauberer zuckte die Achseln. »Und was der junge Mann dort oben treibt oder nicht mehr treibt, bekümmert mich wenig – Sarkan war sein Name? Doch was dich angeht, habe ich da nicht den Funken eines Erkennens bemerkt, als dein Blick auf meine Besucherin fiel?«

Sarjat streckte den Arm zur Seite. Seine Hand glitt ab, als er Toris kurze Haare zu greifen versuchte. Er zog den Kopf der Söldnerin am Ohr nach oben, sodass Gontas ihr Gesicht sehen konnte.

»Sie und ihr Begleiter wurden gestern in meinem Wald aufgegriffen. Als ich gerade in den Kerkern war, um einen Helfer für das heutige Ritual auszuwählen, da war sie so laut und voller Leben. Das weckte meine Aufmerksamkeit. Jetzt bin ich froh, dass ich sie mitgebracht habe, denn ich vermute sehr, dass ich damit ein Wiedersehen möglich gemacht habe. Ihr seid gemeinsam zum Turm des Wurms gekommen, nicht wahr?«

Er musterte Gontas aufmerksam und schnippte mit den Fingern. Einer der Myrmoi ließ Tori los und bewegte sich um die Öffnung im Boden herum. Gontas ließ den Bogen fallen und hob die Stabklinge wieder auf. Er wich zwei Schritte von dem Loch zurück, um Platz zu haben, wenn es zum Kampf kam.

Aber das Insektenwesen kümmerte sich nicht um ihn. Es trat an die Winde, legte einen Hebel um und senkte langsam und klirrend den Käfig auf den Boden. Dann klappte es eine Tür auf und zerrte den Körper heraus, den Gontas anfangs für tot gehalten hatte. Es schien eine Frau zu sein. Die Arme und Beine hielt sie nun eng an den Körper gezogen, die Haut sah verschrumpelt und faltig aus; die schimmligen Fetzen einer Tunika waren tief in das faulige Fleisch eingewachsen, der Kopf war teigig aufgequollen, und ölige Haarsträhnen klebten im Gesicht wie vorstehende Aderstränge. Dennoch lebte sie noch. Sie wandte das Gesicht zu Gontas hin, als der Ameisenmann die Frau hochhob. Tote Augen sahen auf den Buschläufer herab, unnatürlich belebt von unruhigem Fackelschein, der sich in eitrigem Sekret spiegelte.

Der Insektenkrieger trug das verfaulende Bündel auf den Rand der Öffnung zu. Ein modriger Pesthauch stieg Gontas in die Nase. Der Myrmoi packte die beiden Ketten, die über dem Abgrund baumelten, und stach die Fleischerhaken unter das Schlüsselbein. Dann ließ er los, und die Frau schaukelte langsam über dem Loch. Die Haken rissen an ihrem untoten Fleisch, und wieder stieß das formlose, schmutzige Bündel, das einst ein Mensch gewesen war, schmerzerfüllte und erstickte Klagelaute aus. Die Laute eines Folterkellers hallten von den Mauern des Gewölbes wider.

Gontas spürte, wie ihm die Übelkeit in die Kehle stieg.

»Du kommst zur rechten Zeit«, sagte der Hexenmeister. »Sie war fast schon verbraucht, und es ist an der Zeit, dass der Wurm unter dem Mond des Styx ein neues Opfer küsst. Noch kannst du deine Gefährtin vor diesem Schicksal bewahren.«

Auf eine Geste des Zauberers hin hob der zweite Ameisenmann Tori hoch. Die Söldnerin regte sich. Sie schlug die Augen auf und stammelte verwaschene Silben.

Gontas schnaubte. »Gefährtin. Sie ist nur eine Söldnerin, die ich erst vor einer Woche in Apis getroffen habe. Wer sagt, dass sie mir etwas bedeutet?«

»Man wird sehen, man wird sehen ...« Zum ersten Mal zeigte das Antlitz des Zauberers so etwas wie eine Regung: Neugierige Erwartung lag in dem Blick, der auf dem Buschläufer ruhte. »Du kannst sie retten, aber nicht mit deinen Muskeln und dem Hahnentanz, den du hier aufführst. Dass du mich nicht verletzen kannst, hast du gesehen, und mit meinen Myrmoi wirst du ohnehin nicht fertig. Sie sind so stark wie zwölf Männer, und auch schneller, wenn es sein muss.

Aber ich gebe dir die Möglichkeit, den Platz deiner Kameradin einzunehmen.« Sarjat wies auf das Ledergeschirr, das neben der lebenden Leiche über dem Abgrund hing. »Willst du an ihrer statt über dem Turm mit dem Wurm tanzen? Dann lege deine Waffen nieder, und sie wird leben. Für eine kleine Weile.«

»Du bist verrückt, Zauberer.«

Gehetzt sah Gontas sich in dem Gewölbe um. Der Weg hinter ihm schien frei zu sein, er konnte durch den zweiten Tunnel fliehen, wohin auch immer der ihn führen mochte. Aber noch hatte er nicht aufgegeben. Dieser Zauberer musste eine Schwäche haben ... Gontas wog seine Chancen ab. Was, wenn er einfach über das Loch sprang und den Hexenmeister niederstreckte? Aber da waren immer noch die beiden Ameisenmänner, und damit waren es gleich drei Gegner um ihn herum.

Keine guten Aussichten, selbst wenn der Zauberer nicht vollkommen unverwundbar war.

Sarjat folgte Gontas' Blick. »Lauf nur«, sagte er. »Meine Kreaturen werden dich ohnehin einholen, nun, da wir wissen, dass du da bist. Du wirst in meinen Lagerkeller wandern und so oder so irgendwann den Platz dieser Frau einnehmen. Dir bleibt nur die Wahl, ob du es jetzt tust und dein Leben für sie gibst oder irgendwann für gar nichts ...

Aber sind nicht alle Menschen eigennützig, solange die Götter fern von uns weilen?«

Er winkte dem Myrmoi, der neben ihm stand.

Der hob Tori mühelos mit einem Arm in die Höhe, mit dem zweiten Arm zog er die Ledergurte heran und schirrte die Söldnerin fest.

Der Hexenmeister schien für den Augenblick jedes Interesse an Gontas verloren zu haben. Er trat an den Rand des Lochs und murmelte beschwörende Silben. Gontas huschte ein Stück zur Seite und stand auf halbem Weg zwischen dem Loch und dem Ausgang. Er hielt die Stabklinge kampfbereit erhoben, aber er wusste nicht, was er tun sollte.

Tori schüttelte langsam ihre Benommenheit ab. Mit fahrigen Bewegungen wehrte sie sich gegen die Fesseln. »Was ...«, murmelte sie, »was ...?«

Sarjat hielt inne und schürzte verblüfft die Lippen. »Er ist träge heute, der Bote unserer Götter. Man könnte meinen, er hätte sein Futter bereits bekommen.«

Er zog einen Dolch aus den Falten seines Gewandes und hielt die Hände über den Abgrund. Dann zog er sich selbst die Klinge über die linke Handfläche, und unter beschwörenden Gesängen ließ er sein Blut in die Dunkelheit tropfen.

Gontas' Blick fiel auf die lebende Leiche, die neben der keuchenden Söldnerin an den Ketten hing. Er sah ein fadendünnes Rinnsal von wässrigem Schwarz, das von der Linken des Geschöpfs herabrann und zusammen mit dem Blut des Zauberers in der Tiefe verschwand. Er sah einen dunklen tintigen Fleck an der verrotteten Tunika, auf Höhe der Brust – genau dort, wo sein Pfeil den Zauberer getroffen hatte.

Gontas holte mit der Stabklinge aus, und mit einem Schrei sprang er vor und an dem Loch vorbei.

Sarjat wich zurück und rief seinen Myrmoi einen Befehl zu. Ein Insektenwesen trat vor – aber Gontas beachtete den Hexenmeister nicht. Er schwang die Stabklinge und schlug sie in das halb tote Geschöpf, das über dem Loch hing.

Die Klinge fuhr in das Bündel, und eine Wolke von Fäulnis verbreitete sich in dem Raum. Der Stahl schnitt durch Fleisch, das sich viel zu weich anfühlte. Gontas spürte, wie knirschend Knochen brachen. Seine Klinge kam wieder frei, und der Unterleib mit den Beinen der Untoten fiel abgetrennt in die Tiefe. Schwärzliche Gedärme rutschten hinterher; die Kreatur wand sich an ihren Haken und hing dann still da.

Tori würgte, ihr Kopf fuhr hoch, und sie wehrte sich gegen ihre Fesseln. »Gontas? Was ... wo hast du gestern gesteckt? Was treibst du da – ich hab den ganzen *Schmodder* an den Beinen!«

Gontas lief zwei Schritte von dem Loch weg und führte seine Waffe hinter den Rücken, bereit zum Zustoßen.

Der Myrmoi, der auf den Befehl seines Meisters hin vorgetreten war, stand abwartend da. Er hielt die Sichelklingen gesenkt in den oberen Gliedmaßen und machte keine Anstalten, den Buschläufer anzugreifen. Aber er stand zwischen Gontas und dem Zauberer, so wie sein Gefährte schützend hinter Sarjat Stellung bezogen hatte.

Der Hexenmeister sah die Leiche an, die nun wirklich tot an den Ketten hing; er schaute auf Tori, die daneben zappelte und versuchte, das Ding an den Haken so weit wie möglich von sich fortzustoßen. Ein Anflug von Unsicherheit huschte über sein Gesicht.

»Gleichgültig«, sagte er. »Immerhin hat das den Wurm geweckt – hörst du ihn schon, Barbar?«

Gontas vernahm ein Knistern aus dem Schacht, das langsam näher kam.

Sarjat winkte den Ameisenmännern. »Erledigt ihn – und zieht die Frau nach oben!«

Gontas' Augen hefteten sich auf den Myrmoi, der vor ihm stand. Der Schaft seiner Stabwaffe zitterte leicht, als er den Angriff erwartete und sich auf seinen Gegenstoß konzentrierte. Das riesige Insekt vor ihm regte sich nicht. Und fast hätte er die andere, rasche Bewegung weit dahinter übersehen.

Über dem Zauberer blitzte Stahl auf wie eine Flamme. Mit einer flinken Bewegung schlug der Myrmoi hinter Sarjat seinem Herrn die gebogene Klinge in den Hals. Der Kopf löste sich vom Rumpf, prallte auf den Boden und rollte in den Abgrund. Sarjats Körper blieb einen Augenblick aufrecht stehen, dann sackte er einfach in sich zusammen.

Gontas stand da wie erstarrt. Er wechselte einen Blick mit dem Insektenwesen, das reglos vor ihm verharrte, aber er sah nur sein eigenes Spiegelbild in den fremdartigen Augen. Dann nickte der Myrmoi, sodass seine Antennen wippten. Er ging hinüber zu seinem Gefährten, und gemeinsam beugten die beiden sich über die Leiche. Sie stießen ihren toten Herrn mit den

Füßen an und berührten sich gegenseitig mit ihren Fühlern. Eine stumme Zwiesprache fand dort statt, auch wenn Gontas nichts verstand – so wenig, wie er verstand, was eigentlich geschehen war.

Der Zauberer blieb auf dem Boden liegen und machte keine Anstalten, wiederaufzuerstehen. Was auch immer das Band war, mit dem er seine Lebenskraft erneuert hatte, Gontas' Angriff auf die untote Kreatur hatte es durchtrennt.

Einer der Myrmoi trat gleichmütig von der Leiche seines Herrn fort und auf die Winde zu. Wieder legte er einen Hebel um, und dann kurbelte er. Der verstümmelte Torso der Toten stieg langsam nach oben.

Das Rauschen und Knistern aus der Tiefe wurde lauter.

»Gontas!« Toris Stimme war voller Angst. »Mach was, Briske, aber mach es schnell!«

Gontas sah zu ihr hin. Die Söldnerin strampelte und zerrte an ihrem Ledergeschirr, aber ihr Blick war hinab in die Tiefe gerichtet. Gontas sprang an die Kante der Öffnung, er streckte die Stabklinge aus und hakte die Zacken an der Rückseite in die Lederschnüre. Er zog Tori zu sich heran.

Keinen Augenblick zu früh.

Gontas sah eine unklare Regung in der Tiefe. Im nächsten Moment quoll es schon aus dem Loch heraus – eine weißliche segmentierte Gestalt, wie eine Made, ein riesiger Wurm, der den Schacht ganz ausfüllte. Ein rosettenförmiger Mund am spitz zulaufenden Ende öffnete und schloss sich wie im Zerrbild eines grausigen Kusses. Der Leib wand sich, der Kopf neigte sich wie suchend zur Seite. Gontas sah keine Augen, aber kleine dicke Borsten wuchsen in kranzförmigen Büscheln überall an der Seite des kränklich grauen Leibes. Sie zuckten. Sie knisterten. Sie bewegten sich wie Spinnenbeine, und tatsächlich schienen es diese Borsten zu sein, die sich an den Steinboden klammerten und die den Riesenwurm vorwärtsbewegten.

Der Rosettenmund tastete nach Tori, und Gontas zog sie weiter fort. Die Söldnerin schrie und trat nach dem Ungeheuer. Der Myrmoi an der Kurbel drehte in die andere Richtung, der verstümmelte Leichnam kam herab und traf klatschend auf den Rücken des Wurms.

Dann schoss er wieder empor. Der Ameisenmann drehte die Winde so schnell, dass man der Bewegung kaum folgen konnte.

Der Wurm streckte sich nach dem Aas. Er richtete sich auf und bewegte sich auf das Loch in der Decke zu, folgte der klirrenden Kette. Gontas hielt Tori mit der Hand fest und löste seine Waffe aus den Lederschnüren. Unsicher verharrte er, doch er wagte es nicht, seine Waffe in die Flanken des Wurms zu schlagen, aus Furcht, dass er damit dessen Aufmerksamkeit wieder auf sie lenken könnte.

Der Wurm stieß die Schnüre beiseite, an denen Tori hing, und fast hätte er auf seinem Weg nach oben die Söldnerin aus Gontas' Griff gerissen. Dem Buschläufer wurde bewusst, dass kaum Platz war zwischen dem Wurm und den Seitenwänden des Schachts, der weiter hinaufführte. Es war nur eine Frage der Zeit, bis das Ungeheuer die Lederschnüre, an denen Tori hing, mit sich reißen und die Söldnerin zwischen sich und dem Mauerwerk zerquetschen würde.

Gontas holte mit der Klinge aus und hieb nach den Stricken. Der Myrmoi an der Winde kurbelte weiter. Immer mehr von dem Wurm kam aus der Tiefe, und sein Leib schien kein Ende zu nehmen.

Gontas' Klinge verhakte sich im Leder. Der Wurm riss Tori nach oben, Gontas hielt sich mit der Linken am Gurtzeug fest. Er wurde zur Decke hochgerissen und säbelte mit der anderen Hand weiterhin verbissen an den Schnüren.

Dann gaben sie nach. Gontas stürzte rücklings zu Boden, und Tori landete auf ihm.

Sie würgte und übergab sich dicht neben ihm, aber ihr Magen war offenbar leer, und nur Galle tropfte auf die Steine. Gontas schob sie zur Seite und setzte sich auf. Er reckte prüfend die Glieder und spürte keine Verletzungen als die, die er vor dem Sturz schon gehabt hatte.

»'schuldige, du.« Tori klang leise und kleinmütig, so wie er sie noch nie gehört hatte. »Is übel. Scheißfinckler hat seinen Käfer mich auf 'n Kopf hauen lassen, als ich nicht mitkommen wollte. Warum haben sie den Dreckskerl jetzt erschlagen? Was 'n überhaupt los hier?«

Gontas zuckte die Achseln. Er tastete auf dem Boden neben sich nach seiner Waffe, doch wenn Sarjats Myrmoi ihn hätten angreifen wollen, hätten sie es längst getan. Der eine von ihnen stand vier Schritt von ihm entfernt und hatte sich nicht mehr gerührt, seit er zu seinem früheren Meister getreten war. Und der andere hatte inzwischen aufgehört zu kurbeln und wartete ebenfalls ab.

Das Hinterteil des Wurmes kam aus dem Loch im Boden und verschwand zappelnd und pulsierend in der Deckenöffnung. Gontas spürte, wie der Turm bebte.

Gontas rappelte sich auf.

»Warum habt ihr mir geholfen?«, fragte er die Ameisenmänner, ohne dass er eine Antwort erwartet hätte. »Warum habt ihr euch gerade jetzt gegen euren Herrn gestellt?«

Aber die Myrmoi standen so still da, als wären sie Statuen. Ihr gepanzerter Leib sah genauso leblos aus wie der glasartige Stein, aus dem der Turm bestand. Gontas sah ihre vorspringenden Insektenkiefer – und wandte sich ab.

Er hielt Tori die Hand hin und zog sie hoch. »Steckt Mart auch dahinten?«, fragte er und wies auf den Tunnel, aus dem Sarjat sie hatte herschaffen lassen.

Tori nickte.

»Dann holen wir ihn und sehen zu, dass wir einen Weg rausfinden.«

Bei Sonnenaufgang standen sie wieder am Rande des unnatürlichen Waldes und vor dem gläsernen Wall, der ihn umgab. Sie waren niemandem begegnet auf ihrer Flucht. Zwar hatten sie Lärm und aufgeregte Rufe vernommen, der weiße Turm war so aufgeschreckt gewesen wie ein Bienenstock. Aber die Unruhe hatte sich auf die oberen Stockwerke beschränkt. Nachdem Gontas und seine Gefährten auf einer Wendeltreppe aus dem

Keller herausgefunden hatten, konnten sie das Gebäude ungestört durch ein Fenster verlassen, auf demselben Weg, auf dem Gontas hereingekommen war.

Davor hatten sie Mart aus dem Kerker befreit. Sie hatten sogar die Ausrüstung der beiden Söldner in einem kleinen Lagerraum vor den Zellen wiedergefunden: Toris Sichelklinge, Marts Rüstung und alles Übrige. Dennoch war Mart nicht zufrieden.

»Wo warst du eigentlich gestern Nacht?«, fragte er Gontas, als sie vor der Umfriedung standen und Atem holten. »Ich dachte, du wolltest die Wachen ablenken. Stattdessen sind sie über uns hergefallen, als hättest du sie genau in unsere Richtung gescheucht!«

»Ich dachte, ihr seid Krieger«, gab Gontas zurück. »Keine Kinder, die ich bei der Hand nehmen und durch den Wald begleiten muss. Seid froh, dass ich euch wieder rausgeholt habe.«

»Froh sein.« Mart grummelte. »Wir ziehen mit leeren Händen und eingekniffenem Schwanz wieder ab.«

»Ha!«, sagte Gontas. »Wir haben Tarukans Hexer an den Wurm verfüttert. Und Tarukans kleinen Bruder gleich dazu!«

Mart stieß die Luft aus und wischte sich über die Stirn. »Großartig, das macht's besser. Also zieh'n wir ab mit jeder Menge Ärger an den Hacken. Wir wollten keine Blutfehde austragen, sondern rausfinden, was Tarukan für ein Geschäft an der Angel hat ... oder wenigstens selbst was Beute aus seinem Haus fegen.«

»Na, ein bisschen was hab ich mitgenommen.« Gontas nestelte das große Pergament aus seiner Ledertasche und die Münzen. Dabei erklärte er, was er in der oberen Turmkammer erlebt hatte. »Und das lag auch herum«, schloss er. »Vielleicht könnt ihr es lesen.«

Mart ließ die Bronzemünzen durch die Hand gleiten. »Alles Blech«, sagte er. »Wenn du wenigstens Tarukans Schatulle mit den Goldfüchsen gefunden hättest ...«

»Ich denke, das sind Amulette«, erwiderte Gontas. »Die helfen uns vielleicht, wenn wir ihm ins Steinland folgen. Da ist

Tarukan nämlich, wenn ich seinen Bruder richtig verstanden habe, und Tarukans Krieger haben dort auch solche Dinger um den Hals getragen.«

Ungeschickt faltete er die große Karte auseinander und strich sie glatt. Mart half ihm, und gemeinsam breiteten sie das große Pergament von Sarkans Schreibtisch an der Mauer aus. Mart studierte die Zeichen und Linien darauf.

»Das ist jedenfalls 'ne Karte vom Steinland, stimmt«, stellte er fest. »Da ist Apis, da das verfluchte Arraz, und das da ... der Fleck sieht aus wie ein See, mitten im Nirgendwo.« Er kratzte sich am Kopf. »Jedenfalls, da seh ich Symbole für Krieger und für Lager. Ich wette, wenn wir die Karte genauer anschauen, dann finden wir heraus, wo Tarukan sich verkriecht.« Er sah Gontas an.

»Also sind wir noch im Rennen, hm«, warf Tori mit schwerer Zunge ein. Sie hielt sich den Kopf und lehnte sich gegen einen Baum.

»Klar«, sagte Mart. »Und vor allem sollten *wir* rennen und sehn, dass wir wegkommen.«

Gontas nickte in Toris Richtung. »Dein Weib da kann nicht weit laufen. Sie hat einen Schlag auf den Kopf bekommen.«

»Natürlich kann sie.« Mart schnaubte abschätzig. »Sie will ja immer eine von den ganz Harten sein. Ich sorg schon dafür, dass sie uns nicht aufhält, und wenn sie sich unterwegs die Eingeweide rauskotzt.«

Er strich ihr über den Kopf, und Tori fegte seine Hand weg. »Mach hier nich 'n Brecher, Einauge. Wo du hinläufst, komm ich lange mit.«

Sie überwanden die scharfkantige Mauer, schwerfälliger als auf dem Hinweg, und ließen Sarjats Urwaldoase hinter sich: Bäume mit dichten Kronen, fleischige Blätter und üppig wucherndes Unterholz. Die ersten Anzeichen des Zerfalls, die sich schon zeigten, gelbe Blätter, sandige Stellen am Boden, das alles sahen sie nicht. Sie sahen nicht, wie das Grün verdorrte, wie die glasharte Mauer und der Turm Risse bekamen, als Sarjats Magie daraus wich. In wenigen Tagen und Wochen sollte das Werk des Hexenmeisters zerfallen, so schnell, wie er es geschaffen hatte. Die Bäume verloren ihren Halt im Boden und stürzten um. Die fremdartigen Tiere zogen fort.

Zuletzt, mehr als einen Monat nach Sarjats Tod, kämpfte sich eine große Spinne aus der Schicht verfallender Vegetation. Glänzende schwarze Knopfaugen spähten über das karge Acker- und Weideland, das sich rings um Tarukans Landgut erstreckte. Neu gewachsene Beine scharrten zwischen trockenen Blättern. Empfindsame Haare lauschten auf die Anwesenheit von Feind und Beute.

Dann setzte die Spinne sich in Bewegung, um eine neue Heimat zu suchen, frei von ihrem Herrn und Schöpfer.

Und die Natur holte sich Wald und Turm des weißen Wurmes zurück.

III. Teil:

Die Ruinen von Kar Ombos

10.

Sie kehrten nach Apis zurück und statteten sich für einen Reise durch die Wüste aus. Gontas hatte diesmal keine Skrupel, sich vom Gold seiner Kameraden zwei neue Äxte zu kaufen und auch sonst das meiste, was er an Ausrüstung brauchte. Im weißen Turm hatte er ihnen den Arsch gerettet, und damit stand ihm im Grunde alles zu, was sie besaßen!

Er kümmerte sich auch um das Übrige, was sie für die Reise brauchten. Zwar war er nur ein Buschbewohner, kein Bewohner der Wüste, trotzdem kannte er die Wildnis besser als ein Söldner aus den Städten.

Gontas suchte die Dromedare aus, die Vorräte, Kleidung und Zelte. Mart ging nur mit, bezahlte und fluchte die ganze Zeit. Er war unzufrieden mit allem und jammerte wie ein Klageweib.

»Ich hoffe, das lohnt sich am Ende. Das ganze Gold, das wir eingesteckt haben, geht jetzt schon für die Reise drauf.«

»Bleib hier«, sagte Gontas. »Such dir Söldnerarbeit, für die jemand zahlt, anstatt deinen eigenen Raubzug auszurüsten.«

»Ha«, rief Mart. »Das hättste gern! Du hast ja alles von uns bekommen, was du brauchst. Die Landkarte, die Packtiere, und jetzt sollen wir dich allein losziehen lassen, damit du die Beute am Ende nicht teilen musst?«

Gontas zuckte die Achseln. »Ich suche Halime. Du bist derjenige, der auf Beute hofft.«

»Hm, bleiben können wir auch nicht.« Tori hatte am Platz der drei Deichseln gewartet, während die Männer eingekauft hatten. Dort saß sie auf dem Brunnenrand, kratzte gelangweilt mit ihrem Haken auf den Steinen herum und passte auf alles auf, was ihre Begleiter abluden. Inzwischen waren die Einkäufe abgeschlossen, und alle drei waren wieder beisammen.

Mart stimmte seiner Gefährtin zu. »Recht hat sie. Zur Hölle

und beim Arsch des Kindes, das ist so scheiße gelaufen, wie's nur laufen konnte!«

»Pah«, sagte Gontas. »Es ist gut gelaufen.«

Er wog seine beiden neuen Beile in der Hand. Sie sahen fast so aus wie seine alten, fühlten sich aber noch etwas ungewohnt an. Er würde sich erst daran gewöhnen müssen. Die Äxte waren klein und handlich, aber schwer genug, um Schaden anzurichten, mit einem schmalen Blatt vorn und einem spitzen Dorn auf der anderen Seite. Man konnte sie als Werkzeug verwenden oder damit zuschlagen, aber der leicht gekrümmte Schaft eignete sich auch zum Werfen.

Gontas wählte eine Haustür am Rande des Platzes und holte aus.

»Wir haben aus dem Turm geholt, was wir brauchen«, fuhr er fort. »Unsere Feinde sind tot. Was willst du mehr?«

Gontas dachte daran, wie er Mart und Tori aus dem Kerker des Zauberers geholt hatte. Vielleicht war es verständlich, dass die beiden ein etwas anderes Bild von der Unternehmung hatten.

Gontas grinste und ließ die erste Axt fliegen.

»Sie haben uns gesehen«, sagte Mart. »Zu viele haben uns gesehen. Ist nur eine Frage der Zeit, bis sich rumspricht, wer Tarukans Bruder gefickt hat.«

Die erste Axt flog fünfzehn Schritt weit und blieb stecken. Allerdings nur mit dem Dorn, und sie hing schief im Holz. Die zweite Axt kam mit dem Kopf auf und prallte ab.

»Ich war das mit Tarukans Bruder«, sagte Gontas. »Und ich hab ihn nicht gefickt. Ich hab ihm den Schädel gespalten und ihn zu seinem hässlichen Wurm in das Loch geworfen.«

Er rannte los, holte die Beile zurück und stellte sich wieder hin.

»Du weißt, was ich meine«, knurrte Mart. »Ich und Tori sind das Paar mit der Augenklappe und der Hakenhand. Jetzt rate mal, an wen sich alle erinnern werden.«

Gontas warf erneut. Die erste Axt bohrte sich in die Tür. Die zweite drang noch tiefer ein, und mit lautem Krachen barst eine der alten Bohlen. Ein grauhaariger Mann schob die Tür auf und steckte den Kopf heraus. Gontas wurde wütend.

»He, du verdammter Khâl'scher Dieb!«, brüllte er. »Lass bloß die Finger von meinen Äxten, sonst schieb ich dir das Blatt quer durch den Arsch!«

Der Alte schlug die Tür wieder zu. Gontas wandte sich an Mart. »Ist mir egal, ob Tarukan uns sucht. Wir suchen ihn. Spart uns den Weg, wenn er uns zuerst findet.«

Mart hob hilflos die Hände. »Heilige Einfalt. Wenn er uns findet, schickt er uns einfach seine Fiesel auf den Hals und versteckt sich selbst umso besser, du Dickschädel von einem Cefron. Wir sollten aus der Stadt raus, heute noch, wenn wir auch nur eine Stunde Tageslicht übrig haben. Wenn ich daran denke, wie viel Mühe wir uns gegeben haben, damit niemand uns Arris Tod anhängen kann ...«

»Aye«, warf Tori hinter ihnen ein. »Und wenn wir Tarukan finden, sollten wir achtgeben, dass wir ihn auch zum Knöchler schicken. Solang er lebt, finden wir keinen sicheren Ort mehr, wo wir unsre Miete ausgeben können.«

Gontas holte seine Äxte wieder.

Tori blickte über die Packtiere und die Ausrüstung hinweg, die sich neben dem Brunnen stapelte. Dann wanderte ihr Blick zu Gontas, der gerade wieder an den Brunnen trat.

»Du willst echt weiter so rumlaufen, hm?«, fragte sie. »Wir wär's mit 'm feschen Eisenhemd, du?«

»Hör bloß auf, Weib«, knurrte Mart. »Der liegt uns sowieso schon mit allem auf der Tasche.«

Gontas rümpfte die Nase. »Eisen ist nicht gut im Steinland. Ich schärf mir lieber Zähne und Krallen, als dass ich mich in einem Panzer verkrieche wie eine Schildkröte.« Er schaute über den Platz. »Was sind das eigentlich für zwei Kerle?«, fragte er. »Die immer zu uns rüberglotzen?«

»Was?« Mart zuckte zusammen. »Wer?« Er fuhr herum, seine Hand flog an den Griff seines Schwerts. Dann entspannte er sich. »Ach die. Stadtgarde«, antwortete er. »Lampenträger. Sollen für Ordnung sorgen. Ha'n dich wohl auf'm Kieker wegen der Tür.«

»So?« Gontas kniff die Augen zusammen und wog die Beile in den Händen.

»Keine Sorge«, sagte Mart. »Die wissen genau, wenn die sich mit uns anlegen, fließt Blut. Das tun die nicht, solang du nicht erheblich mehr Ärger machst oder 'nem feinen Kier auf die Füße trittst. Für die Hungerleider im Viertel tragen die Stadtputzer nicht ihre Haut zu Markte.«

Gontas schnaubte. Dann fuhr er herum, holte aus, brüllte und warf beide Äxte zugleich. Die Beile wirbelten durch die Luft, fast zwanzig Schritt weit, dann krachten sie links und rechts von einem der Stadtsoldaten in die Hauswand. Die Klingen zerschmetterten die Lehmziegel und gruben sich ins Mauerwerk.

Gontas ging langsam auf die Soldaten zu. Er lockerte die Arme.

Mart stöhnte und hielt sich die Hand vor sein verbliebenes Auge. »Ich seh einfach zu auffällig aus für so einen Scheiß«, murmelte er.

Der Stadtgardist, den Gontas beinahe getroffen hätte, stand totenbleich da. Sein Kamerad riss die Lanze hoch und streckte sie kampfbereit vor. Der Gardist, der zwischen den Äxten stand, tat es ihm schließlich gleich, aber er bewegte sich langsam und fahrig und sah Gontas an wie ein Kaninchen die Schlange.

Gontas überwand die Lücke zu den Soldaten mit einem Satz. Er stieß einen Kampfschrei aus und packte beide Lanzen dicht unter den Spitzen, schneller, als die beiden Wachen reagieren konnten. Mit der Rechten stieß er den einen Lanzenschaft in die Wand, die durch die beiden Äxte schon brüchig geschlagen war. Das Holz fuhr drei Handbreit tief in die Lehmmauer.

Der andere Soldat versuchte, Gontas die Waffe zu entreißen. Mit beiden Armen drückte er die Spitze in Gontas' Richtung, aber der hielt sie ohne sichtbare Anstrengung mit der Linken fest. Die Waffe bewegte sich keinen Fingerbreit.

Gontas spannte die Muskeln am rechten Arm an und schob die andere Lanze zur Seite. Der Schaft, der in der Mauer streckte, bog sich. Die Muskelstränge an Gontas Unterarm traten hervor.

Der Schaft bog sich weiter – und splitterte. Nur an einigen Fasern hielt das Holz noch zusammen.

Der zweite Stadtgardist ließ seine Lanze los und zog sein Kurzschwert. Gontas schwang die Lanze herum, die er nun allein in der Hand hielt, und legte den Schaft auf seiner Schulter ab. Als der Gardist das Schwert gezogen hatte, hielt Gontas die erbeutete Lanze schon stoßbereit. Die Spitze zielte auf die Kehle des Soldaten. Der erstarrte. Sein Gefährte war bereits bis an die Mauer zurückgewichen, legte die Hand auf den geborstenen Schaft seiner eigenen Waffe und regte sich nicht.

Die drei Männer beäugten einander schweigend.

Schließlich ergriff Gontas das Wort. »Hört zu, Freunde«, knurrte er. »Greift mich an und kämpft mit mir. Auf Leben und Tod. Oder verschwindet. Aber ich mag es nicht, wenn man mich anglotzt.«

Der Mann mit dem Schwert schaute auf Gontas' Arm, der dicker war als sein Bein, dann wanderte sein Blick weiter zur Speerspitze. Als sein Gegner auf die Waffe sah statt auf den Mann dahinter, da wusste Gontas, dass es keinen Kampf geben würde. Der eine Gardist steckte sein Schwert in die Scheide und schob sich seitlich von Gontas weg. Sein Kamerad folgte ihm.

»Richtet eurem Freund Tarukan aus«, rief Gontas den abziehenden Stadtwachen nach, »dass Gontas ihn holen wird. Ich habe seinen Bruder erschlagen, und ich erschlage ihn. Und seine ganze verdammte Sippschaft, wenn es noch mehr von ihnen gibt. Das ist es, was Gontas von den Cefron mit denen tut, die nehmen, was ihm gehört. Für das Mädchen wird er mit Blut bezahlen, und er hat nicht genug Männer, um den Preis zu entrichten, den ich von ihm fordere!«

Bei diesen Worten verbarg Mart das Gesicht in den Händen.

Gontas hebelte seine Äxte wieder aus der Mauer heraus, und das dauerte länger als die ganze Auseinandersetzung davor. Das Stroh, das in der Lehmwand verbacken war, hielt die Klingen fest. Als Gontas zu seinen Gefährten am Brunnen zurückkam, hatten sich viele Schaulustige am Rand des Platzes versammelt und beobachteten sie.

»Du suchst wohl den Tod«, begrüßte ihn Mart bei den Dromedaren.

»Wenn ich sterbe, dann sterbe ich«, gab Gontas zurück. »Aber bis dahin werde ich leben und mich nicht verkriechen. Und die beiden Burschen da sind bestimmt nicht die Männer, die mich töten werden.«

»Ja«, sagte Mart. »Aber wo die herkommen, gibt's noch mehr. Und sie haben nichts mit Tarukan zu tun. War also völlig unnötig, deine Herausforderung durch die halbe Stadt hinter ihnen herzubrüllen.«

»Du hast gesagt, Tarukan ist mächtig in der Stadt«, erwiderte Gontas. »Er wird von der Herausforderung erfahren.«

»Ja, das fürchte ich auch.« Mart seufzte.

Tori kräuselte die Lippen. »Männer«, warf sie ein, so süffisant, als ginge sie die ganze Angelegenheit kaum etwas an. »Also, ha'm wir alles, hm? Ich glaub, wir wollen gern sofort los.«

Die Wachen am Tor tuschelten, als die drei die Stadt verließen. Mart spannte sich an. Aber ganz vorn standen zwei Söldner aus dem Buschland, die fremdartig aussahen unter den städtischen Helmen. Sie grüßten Gontas ehrerbietig.

Marts Gesicht hellte sich auf.

Als sie den dunklen Torgang hinter sich hatten, sagte er zu Gontas: »Gut zu sehen, dass du auch Freunde bei den Stadtputzern hast.«

Gontas schüttelte den Kopf. »Die gehören nicht einmal zu meinem Stamm. Sie kennen und sie achten mich, aber sie würden gegen mich kämpfen, wenn ihr Kriegshäuptling es ihnen befiehlt. Auch wenn sie wissen, dass sie dabei sterben würden.«

»Na, freun wir uns, dass sie keinen Befehl von ihrem Häuptling hatten«, brummelte Mart.

Sie zogen mit ihren Tieren durch die erbärmlichen Vorstädte. Mart hatte die Führung übernommen, ohne dass sie darüber sprachen, Gontas folgte ihm und Tori kam als Letzte. Sie kämpfte sehr mit ihrem störrischen Dromedar, das sie an einer langen Leine hinter sich herführte.

»Komm schon, stinkender Sohn eines Esels und einer Schlange«, hörten die beiden Männer sie fluchen.

Mart hielt sein Tier zurück, bis Gontas neben ihm ging. Leise sagte er: »Wir bleiben auf der Straße nach Süden, bis die Stadt außer Sicht ist. Muss nicht jeder gleich wissen, wohin wir gehn.«

Die Besiedlung wurde dünner. Apis lag am Rand der Steppe, wo das Land schon trocken wurde, und sie kamen nur an wenigen kargen Hirsefeldern vorbei.

Mart verließ die Straße und bog auf Seitenwegen nach Osten ab. In einem großen Bogen schwenkten sie dann nordwärts und auf das Steinland zu. Mart suchte nach Abzweigen, wo kein Beobachter in der Nähe war.

An diesem ersten Nachmittag kamen sie nicht weit, und sie übernachteten unter freiem Himmel in einer öden Senke, wo Kriechgras und Ölbäume um die Vorherrschaft stritten. Mart bestand darauf, dass immer einer Wache hielt. Tori beschwerte sich, dass sie auch ein Gasthaus suchen könnten, solange sie nicht in der Wildnis waren.

»Halb Khâl ist hinter uns her«, schimpfte Mart. »Du bist so 'ne weiche Musche, das wird uns noch 'n Kopf kosten.«

»Und du bist so 'n feiger Fiesel, dass 's mich wundert, wie du dich überhaupt noch hinterm Herd vortraust, du«, gab sie zurück.

Als sie die Wege rings um Apis hinter sich ließen, übernahm Gontas die Führung. Es dauerte noch einen weiteren Tag, und sie waren im Steinland angelangt. Der hart gebackene Boden erstreckte sich bis zum Horizont, übersät von Steinen wie eine Haut voll knotiger Warzen. Die Sonne schien gleich viel heißer zu brennen als noch wenige Wegstunden weiter südlich, und das Licht gleißte vom hellen Boden so grell wider wie vom Himmel.

Tori löste die Schnallen an ihrer Lederkleidung, eine nach der anderen. Mart fiel zurück und schleppte sich in seiner schweren Lederrüstung ächzend dahin, bis er sogar noch hinter Tori ging.

Gontas holte einen leichten weißen Burnus von seinem Dromedar und streifte ihn sich über. Dann befestigte er ihn mit einem Lederriemen um seinen Kopf.

Mart nutzte die Pause. Er schöpfte Wasser aus dem Fass an seinem Packtier und ließ es über sein krebsrotes Gesicht rinnen. »Ich glaub's nicht«, stieß er hervor. »Wir gehn kaputt, und der Schniegel zieht sich 'n Mantel über.«

»Es hilft gegen die Sonne«, sagte Gontas. Er wies auf Tori, die ihr schwarzes Lederwams inzwischen geöffnet hatte und die immer noch schwitzte und keuchte. »Solltest du auch überwerfen.«

Die beiden Söldner folgten seinem Rat. Mart schälte sich vorher aus seinem Brustpanzer und legte ihn auf das Dromedar. Tori löste ihren Haken. Die Haut unter dem Geschirr war geschwollen und entzündet.

Gontas schüttelte den Kopf. »Keine gute Idee, hier abzurüsten.«

»Warum?«, fragte Mart. Er wies zum weiten Horizont. »Wenn hier jemand auf uns zukommt, sehn wir den 'ne Wegstunde weit.«

Gontas trug unter seiner Kleidung eins der Amulette, die er aus Tarukans Turm mitgenommen hatte. Bei Marts Worten fuhr seine Hand an das Schmuckstück, aber er sagte nichts mehr.

Sie zogen weiter. Das Steinland war trocken, und es war still. Nur der Wind pfiff zwischen den Felsen, sonst hörten sie nichts als ihren eigenen Atem, das Knirschen der Taschen und Riemen, die gelegentlichen Laute der Dromedare. Ihre Augen tränten.

Als der Abend dämmerte, wurde Gontas unruhig. Er dachte an die Hunde und spielte immer wieder mit der Mondmünze, so auffällig, dass auch die Söldner darauf aufmerksam wurden.

»He, du«, spottete Tori. »Haste Angst, das so 'n Jammer im Steinland umgeht und dich holt?«

Aber Gontas bemerkte, dass die beiden Städter inzwischen selbst ihr Amulett trugen.

Die Nacht war kalt, aber sie verstrich ereignislos.

Am nächsten Tag brachen sie wieder auf. Die Söldner trugen den Burnus über leichterer Kleidung. Tori beließ auch ihren Haken beim Gepäck. Sie ging in der Mitte des Zuges und schimpfte mit ihrem Dromedar, das sie »Meckes« genannte hatte – was im Jargon der Söldner, wie Gontas erfuhr, »Ziege« bedeutete.

Gegen Mittag legten sie eine längere Rast ein, und im Laufe des Nachmittags schloss Tori zu Gontas auf, bis sie schließlich fast neben ihm ging.

»Hm, warst forsch mit den Stadtputzern«, begann sie. »Und deine Leute haben Respekt vor dir. Bist 'n Brecher, du, was?«

»Was?«, fragte Gontas.

»Lässt dir von keinem was sagen.«

Gontas schüttelte den Kopf. »Ich bin Gontas, der Kriegshäuptling der Cefron. Ich habe mein Volk zum Sieg geführt. Ich war es, der für die Cefron stand, als die Stämme uns in den Bergen von Raib den ersten Platz im Rat zuerkannten. Von zwei Zeltwächtern in der Stadt lass ich mir jedenfalls nichts sagen.«

»Der Krieg der Buschleute«, sagte Tori. »Das ist jetzt drei Jahre her, hab ich gehört.«

»Zwei«, erwiderte Gontas. »Was sind zwei Jahre? Der Krieg hat dreißig gedauert... oder zwanzig, wer zählt das so genau?«

»Hm.« Tori lachte leise. »Die meisten hohen Kiers, die ich kenne, wissen genau, wie lang sie Krieg führen. Es gibt da zwei alte Familien von Khâl, die Meredi von Sârkhez und die Markentes von Arrapâ, die führen seit zweiundsiebzig Jahren Krieg und haben Generationen von Söldnern ernährt. Mitunter vergessen sie für Jahre das Kämpfen, aber sie vergessen nie, die Jahre zu zählen, die ihr Krieg schon dauert.« Sie zwinkerte Gontas zu. »Und jeder, der schon mal für sie gekämpft hat, vergisst das auch nicht, weil man die Zahl bei jeder Ansprache zu hören kriegt.«

»Die Buschläufer zählen nicht so viel«, sagte Gontas. »Aber sie kämpfen immerzu. Stammesfehden, kleine Raubzüge unter Freunden – keiner weiß genau, wann daraus der große Krieg geworden ist.

Ich war sechs, als die Cyriaten das Lager meiner Sippe überfielen. Meine Eltern starben, meine Geschwister, die meisten aus dem Lager. Ich war bei den Alten versteckt in den Kriechranken. Das ist mehr als zwanzig Jahre her, und keiner kann mir sagen, ob das schon zum Krieg gehörte oder nur ein zufälliges Scharmützel war.

Aber *mein* großer Krieg, der begann an diesem Tag. Es heißt, der alte Ochos musste mir auf den Kopf hauen, damit ich nicht zu den brennenden Zelten zurücklaufe und kämpfe.«

»Hm. Hm.« Tori suchte nach Worten. »Tut mir leid, du.«

Sie ließ ihr Tier zurückfallen. Die Lust an dem Gespräch war ihr wohl vergangen.

Aber Gontas winkte sie wieder heran. »Warum?«, fragte er. »Die Zeit der Trauer ist schon lange vorbei. Ich habe seitdem viele Sippen und Lager der Cyriaten überfallen, fast zwanzig Jahre lang. Was bedeutet da ein einziger Überfall, der uns getroffen hat?

So ein Überfall ist wie schäumender Akir. Ich habe es schnell gelernt. Wie ein großes Fest. Ich trage den Cyriaten nichts nach, wir haben ja Frieden geschlossen am Berge Raib. Als ich ein Kind war, haben *sie* gefeiert, und später war meistens ich es, der gefeiert hat. Ich bin in ihr Lager geschlichen, mit meinen Waffenbrüdern, und wir haben die Zelte der Cyriaten angezündet und ihre Krieger erschlagen. Ihre Frauen, die habe ich nie getötet. Ich glaube, die meisten meiner Söhne sind Cyriaten. Wie also könnte ich diesem Stamm etwas nachtragen?« Gontas lachte.

Tori sah ihn an. Sie wollte den Burnus zurechtziehen, aber mit der einen Hand musste sie das Packtier halten, und so konnte sie nur mit dem Stumpf über den Stoff streichen.

»Das war der große Krieg«, fuhr Gontas fort. »Zwanzig Jahre Kampf und Überfälle. Rausch und Schmerz und Lust und so viele Momente … *lebendige* Momente, neben denen die Welt dazwischen matt bleibt. Niemals Zeit für schwere Gedanken.

Als die Cyriaten um Frieden bettelten, da dachte ich, das wäre der Sieg, die große Freude. Stattdessen war es ein Palaver, ein bisschen trinken, viel herumsitzen. Jeder Zweikampf, in dem ich einen Feind mit meinen bloßen Händen erwürgen konnte, fühlte sich mehr nach einem Sieg an als dieser Rat am Raib.«

Gontas seufzte. »Am Ende, als der Friede geschlossen war, da schlugen manche vor, wir sollten ihn auf andere Weise feiern. In die Lande der Khâl ziehen, ihre Städte plündern, eine nach der anderen, so wie unsere Vorfahren es gemacht haben. Jetzt, da alle Krieger des Buschlandes versammelt und kampferprobt waren.«

»Aye«, sagte Tori. »Ich erinnere mich an die Zeit. Die Städte haben verdient am Krieg der Buschleute. Da ging schwere Löhnung durch viele Taschen. Sklaven gegen Waffen. Aber immer gab's die Sorge, der Bogen könnte zurückschnellen. Dass die Buschleute ihre Waffen in die andere Richtung tragen. Doppelter Schutz für jede Karawane. Dreifache Wachen auf jedem Herrensitz. Und dann war's vorbei.«

»Aye«, bestätigte Gontas. »Dann war's vorbei. Die Alten haben mir zugeredet. Sie wollten keinen Krieg mehr. Ich habe mich einlullen lassen von ihren Worten, und ich glaubte, man könnte die Früchte des Sieges in seinem Zelt genießen. Schließlich saß ich in meinem Zelt und war gefangen wie der Löwe in einer Grube. Und mit jedem Monat wurden die Krieger mehr zu Hirten, und die Worte der Alten gewannen an Gewicht, und die Gelegenheit war verstrichen.

Bei Sardik! Ich wünschte wirklich, ich hätte den anderen Weg gewählt. Die Stämme vereint und den Westen gestürmt. Wir hätten Blut in Strömen vergossen, alle Reichtümer wären zurückgeflossen in unsere Zelte, und die Krieger hätten noch mal zwanzig Jahre feiern können, den Akir genießen zwischen den brennenden Häusern der Khâl und neue Frauen in jeder Nacht ...«

Er sah Tori in die Augen. Dann schüttelte er den Kopf. »Ich dachte, du kannst das verstehen«, sagte er. »Eine Frau, die sich auch gern die Hände blutig macht, wie dein alter Wolf immer behauptet. Aber ich glaube ... nein.«

»Manchmal verstehe ich es«, sagte sie leise. »Ich kenne den

Rausch, aber der Kater am Morgen tut weh. Vor allem, wenn man neben so 'nem einäugigen Krüppel aufwacht, hm, Mart?«

Sie wandte sich zu ihrem Gefährten hin. Der war während des Gesprächs zu ihnen gekommen und trottete missmutig neben ihnen her. Sie gingen jetzt fast in einer Reihe nebeneinander. Marts Auge funkelte unter der Kapuze, als er aufblickte.

»Das sagst du ausgerechnet zu dem Mann, der immer neben 'ner Schlampe aufwacht, bei der er Angst haben muss, dass sie aus Versehen mal die falsche Hand nimmt, wenn sie ihm einen runterholt?«

Er sah Gontas an und fügte hinzu: »Und du, Kamerad, du träumst. Die Stämme gegen die Städte führen? Ich kann dir sagen, wie das ausgeht. Wie es immer ausgeht. Ihr hättet euch vor den Mauern den Arsch platt gesessen und zwischendurch die kleineren Weiler auf dem Land niedergebrannt, so lange, bis es den Kiers in ihren gut geschützten Palästen zu unbequem geworden wär.

Dann hätten die's Landvolk noch mehr ausgepresst und euch 'n Tribut angeboten, bis deine eigenen Krieger zu dem Schluss gekommen wär'n, dass sie jetzt so viel Beute haben, wie sie nur heimtragen können, und dass es sich nicht mehr lohnt, länger mit 'm Kopf gegen 'n Stadtwall anzurennen. So wär er versickert, Briske, dein großer Angriff auf die Städte der Khâl, wie 'n Fluss in der Wüste.

Keine brennenden Städte, keine zwanzig Jahre Kampf. Nur 'n paar arme Schweine auf dem Land, die die Zeche zahlen, ein paar Söldner, die volle Geldkröten heimtragen, ein paar Söldner, die tot liegen bleiben. Und ein Haufen Wilde, die fett und zufrieden ein paar magere Kühe ins Buschland treiben. Und sich da in ihren Zelten verkriechen, damit sie später ihren Enkeln erzählen können, wie sie die reichen Städte im Westen überfallen und den Reisnasen hinter ihren Mauern mal gezeigt haben, wo der Buschmann die Axt hängen hat.

Du hättest nur ein Jahr später genauso unzufrieden bei deiner Sippe gehockt, wie du's jetzt auch getan hast. Wenn du wirklich dein Leben lang kämpfen willst, musst du Söldner werden. Oder früher sterben. Oder vermutlich beides.«

Gontas sah den alten Söldner an. Er dachte über die lange Rede nach und versuchte zu verstehen, was Mart damit sagen wollte. Die übliche Klage der Alten über die sinnlose Kampfeslust der Jugend? Prahlerei über seinen Stand? Oder eine Herausforderung und eine Beleidigung der Stämme der Buschläufer?

Die Tiere wurden unruhig. Toris Dromedar brach zur Seite aus.

»Zur Hölle, halt endlich dein Vieh ruhig!«, fuhr Mart sie an.

Im selben Augenblick bewegte sich eine Reihe von Steinen vor ihnen und wurden zu den höckrigen Panzerplatten auf dem Rücken eines Tieres. Ein Schwanz mit einer Giftklaue schoss aus dem Boden empor.

11.

Der große Ball in Wajdaka. Swetjana sah sich aufgeregt um. Sie trug ein himmelblaues Ballkleid aus schimmerndem Seidentaft mit einem weißen Spitzenbesatz an der Brust, der den Ausschnitt des Kleides ein wenig verbarg – ein Kompromiss, auf den sie sich mit ihrem Vater geeinigt hatte. Um den Hals trug sie eine Perlenkette ihrer Mutter, eine weitere Perlenschnur hatte sie sich um die hochgesteckten Haare gewunden. Dennoch, als sie jetzt die Garderobe der edlen Damen aus allen Ecken Modwinjas neben sich sah, wurde ihr Herz ganz flittrig. Vor allem im Vergleich zu den Hofdamen, die ständig in der Hauptstadt wohnten, kam sie sich regelrecht bäurisch vor.

Alle Gäste standen im prachtvollen neuen Ballsaal aufgereiht für die Königin. Kristalllüster schimmerten unter der Decke, Wände und Parkett waren aus glänzendem Holz. Dem Eingangsportal gegenüber auf der anderen Seite der weitläufigen Halle, verlief eine Fensterfront über die ganze Wand. Sie gab den Blick frei auf den Park. Es waren große, klare und glatte Fenster, die für sich schon eine Kostbarkeit darstellten. Aber der Park versank bereits im Dämmerlicht, sodass man in den Fenstern vor allem die prunkvollen Lichter des Ballsaals gespiegelt sah.

Die Damen standen links vom Portal, die Herren rechts. Im Hintergrund warteten livrierte Diener darauf, dass die Königin die Doppelreihe abgeschritten hatte und das Fest seinen Anfang nahm. Swetja hatte sich einen guten Platz in der Mitte der Reihe sichern können – nicht ganz vorn unter den Fürsten, aber auch nicht hinten unter den zweiten oder dritten Töchtern. Sie musterte die Herren, die ihr gegenüberstanden. Ihr Vater wartete ein Stück näher am Eingang. Swetja konnte noch sein braunes Haar und den gepflegten Schnurrbart ausmachen. Ihr gegenüber stand ein junger Mann, der die Uniform der Dragoner trug. Sie versuchte sich zu erinnern, wer der Offizier war. Vorsichtshalber lächelte sie ihm zu.

Da kündigte ein Fanfarenstoß den Auftritt der Königin an.

Die Monarchin von Modwinja schritt durch das mit Elfenbeinblüten geschmückte Portal. Huldvoll blickte sie nach links und nach rechts, während die Damen vor ihr knicksten und die Herren sich verneigten.

Königin Jeliseta war keine alte Frau. Trotzdem war ihr lockiges Haar weiß, eine Perücke, ohne Frage. Sie trug die Krone, seit ihr Bruder kinderlos gestorben war, und niemand wusste, wie es mit der Dynastie weitergehen sollte, wenn die unverheiratete Monarchin eines Tages die Herrschaft abgeben würde. Aber das waren Sorgen für die Zukunft. Jeliseta war erst in den Dreißigern, sie hatte sich mehr Autorität verschafft als viele ihrer Vorgänger, und in Modwinja herrschte Frieden.

Links von der Königin ging die erste Zofe, wie das Protokoll es gebot. Schemenhaft sah Swetja allerdings einen weiteren Kopf hinter der rechten Schulter der Königin. Wer ging da auf einer Position, die womöglich einem Prinzgemahl zustand?

Swetja reckte sich, zugleich errötete sie bei dem Gedanken, wie unziemlich ihre Neugier war.

Doch die Königin kam näher, und Swetjas Neugier schlug um in Befremden, schließlich in Beunruhigung. Was ging da vor?

Sie erkannte, dass das Gesicht hinter der Königin zu einer weiblichen Begleitung gehörte. Bald sah sie es deutlicher, und der Anblick flößte ihr Grauen ein. Es war eine Frau mit langen schwarzen Haaren, die strähnig und fettig herabhingen. Das Antlitz war bleich, fast weiß, und es schluckte den Schein der Kandelaber ohne jeden Glanz. Die Züge der Frau waren starr, so als trüge sie eine Larve aus Porzellan. Ihre Augen waren halb geschlossen, und der Blick, den Swetja unter den Lidern zu erahnen meinte, hatte etwas Lebloses an sich. Die Fremde hinter der Königin sah aus wie eine Tote oder wie eine lebensgroße Puppe. Sie ging so dicht bei der Monarchin, dass ihr Gesicht fast wirkte wie ein zweiter Kopf auf Jelisetas Schulter.

Wieder schlug Swetjas Herz schneller, diesmal vor Entsetzen.

Was war das für eine Person, die die Königin mit auf den Ball brachte? Und warum zeigte sich sonst niemand unter den Anwesenden befremdet über diese Erscheinung? Swetja zweifelte immer mehr, ob das, was sie sah, wirklich war. Schlief sie etwa und es war nur ein Albtraum, der sie plagte?

Noch etwas Merkwürdiges fiel ihr auf, als die Königin herankam: Wann immer die Dame, die in der Reihe der Höflinge ihrer Monarchin am nächsten stand, knickste, wann immer die Königin dazu nickte, fand ein Austausch statt. Etwas sprang über ...

Swetja blinzelte, aber es war immer noch da.

Bei jedem Knicks strahlte ein feiner blauer Bogen in der Luft auf, der von der Königin zur jeweiligen Edlen führte. Das geisterhafte Leuchten blieb eine Weile bestehen, und jede Dame, an der die Königin vorüber war, stand danach ein wenig steifer da als zuvor. Das Rascheln der Kleider und die unruhigen Atemzüge von der Stirnseite der Halle verstummten. Im Gefolge der Königin zog eine Stille durch die Reihen, als würde die unheimliche Gestalt, die an Jelisetas Seite ging, jedem, an dem sie vorüberkam, das Leben aussaugen.

Swetja schaute wieder zu den Herren hinüber. Der Blick des Offiziers ihr gegenüber war leicht abgewandt und starr auf die Königin gerichtet. Die Herren im Saal regten sich nicht mehr, und Swetja sah nun auch dort das geisterhafte blaue Leuchten. Kaum merklich umspielte es die Silhouetten der Männer, dann und wann stoben Funken auf und flogen auf die Königin zu, auch von den Deveni, bei denen Königin bisher noch gar nicht gewesen war.

Mit Unbehagen dachte Swetja daran, dass die Königin mit den Männern bereits den ganzen Tag gemeinsam im Kronrat verbracht hatte. Genug Zeit, um mit ihnen geschehen zu lassen ... was auch immer hier geschah.

»Vater«, hauchte Swetja ängstlich.

Sie schaute zu dew Juvan hinüber, aber auch der hatte nur Augen für die Königin. Als Jeliseta bei ihm war, verbeugte er sich. Nicht ein einziges Mal wandte er sich seiner Tochter zu.

Swetja war allein in diesem Saal mit all den Menschen. Warum bemerkte niemand sonst, was sie bemerkte?

Ein Wimmern stieg aus ihrer Kehle. Sie konnte es nicht zurückhalten. Was sollte sie tun? Unruhig scharrte sie mit den Füßen. Die Frau links neben ihr sah missbilligend zu ihr hin.

Swetja fühlte, wie ihr die Hitze ins Gesicht stieg, während ein eisiger Schauder ihr in die Knochen fuhr. Sie bekam kaum noch Luft. Ihr Mieder schnürte sie viel zu sehr ein. Fast wünschte sie, sie würde in Ohnmacht fallen, aber dieser Fluchtweg bot sich ihr nicht.

Stattdessen, als sie das nächste Mal in Richtung der Königin blickte, sah deren Begleiterin sie geradewegs an. Die schlaffen Lider in dem blassen Gesicht hoben sich ein klein wenig, die Augen darunter waren schwarz.

Swetja konnte es nicht länger ertragen. Mit einem Aufschrei fuhr sie herum. Sie trat aus der Reihe und lief auf die Fensterfront zu. In ihren Ballschuhen bekam sie nur tippelnde Schritte zustande, und sie streifte sie im Laufen ab und rannte barfuß weiter.

In der deckenhohen Glasfront gab es Türen, die in den Park führten. Swetja entriegelte eine davon. Sie hörte die Unruhe hinter sich und drehte den Kopf. Die Damen am Ende der Reihe schauten in ihre Richtung. Sie tuschelten.

»Was denkt die sich denn?«, rief eine empörte Stimme.

Aber Swetja sah noch mehr. Die Damen, an denen die Königin schon vorbeigeschritten war, schienen unberührt von dem Vorfall. Auch die Herren im Saal regten sich nicht. Dann, wie an einer Schnur gezogen, wandten alle das Gesicht zur Fensterfront und starrten Swetja schweigend an. Doch im selben Augenblick löste sich die unheimliche Frau aus dem Schatten der Königin. Sie stürmte los, geradewegs aufs Swetja zu!

Swetja stieß die Glastür auf und floh hinaus in die Dämmerung.

Vor dem Ballsaal lag eine schmale Terrasse, gleich dahinter ein gepflegter Rasen. In der Ferne drohten Schattengestalten. Swetja erstarrte. Sie wandte sich um und blickte genau in das fahle Puppengesicht, um das die strähnigen Haare flogen wie lebende Schlangen. Die Fremde lief auf sie zu, in langen Sätzen, die so ungelenk wirkten, als wäre sie tatsächlich eine Marionette.

Swetja wandte sich ab und lief weiter.

Sie wich den Schatten auf der Wiese aus, bis sie zu zwei Silhouetten kam, die dicht beieinanderstanden und ihr den Weg versperrten. Swetja zog den Kopf ein und huschte dazwischen hindurch. Im Vorüberlaufen erkannte sie zwei ganz gewöhnliche Bäume, die von den Gärtnern zu fantasievollen Formen geschnitten waren – der eine mochte ein Fisch sein, der andere vielleicht ein Vogel.

Swetja atmete auf. Sie erkannte jetzt, dass der dunkle Streifen, der sich vor ihr erhob wie ein Wall, der Rand eines Waldes sein musste. Dort würde sie vielleicht ein Versteck finden.

Es war eine Hecke.

Swetja blieb unvermittelt stehen. Aber das Hindernis vor ihr war nicht dicht zugewachsen, sondern bestand aus verspielten kleinen Büschen, und Swetja floh durch eine Lücke in ein Labyrinth. Sträucher und Gruppen von Buschwerk bildeten abgeschiedene Winkel, oft mit einer Bank, manchmal um eine kleine Statue, eine Vogeltränke oder ein Brunnenbecken herum.

Es war dunkel, und es war still. Ein einsamer Vogel sang in der Abenddämmerung, und der friedliche Laut wollte gar nicht zu Swetjas unwirklicher Flucht passen. Wieder fragte sie sich, ob sie noch schlief und ob das alles ein Albtraum war. Würde sie aufwachen und am nächsten Tag den Ball der Königin besuchen, als wäre nichts geschehen? Oder hatte sie den Verstand verloren?

Was mochte ihr Vater denken?

Swetja zögerte, doch sie konnte nichts tun gegen das Drängen des Augenblicks. Sie konnte nicht aufhören zu laufen, sosehr sie auch wünschte, sie würde träumen und vor allem *aufwachen*!

Überall standen Büsche. Ein kurzer Schwenk, und sie könnte

in einen der finsteren Winkel eintauchen ... Konnte sie so ihre Verfolgerin abschütteln?

War diese unheimliche Frau überhaupt noch hinter ihr?

Swetja spürte die Gefahr wie einen bohrenden Schmerz zwischen den Schulterblättern. Sie konnte nicht stehen bleiben, um sich zu verstecken, sie durfte nicht einmal langsamer werden, um sich zu vergewissern. Nackte Angst trieb sie vorwärts, obwohl der Atem in ihrer Lunge brannte, obwohl sie schon benommen wurde und ihr Kleid sich anfühlte, als wollte es alles Leben aus ihr herauspressen.

Die Hecken lagen hinter ihr. Jetzt lief sie tatsächlich durch einen Wald. Es waren zierliche, schlanke Bäume. Die Zweige wuchsen hoch, das Laub war nicht dicht, und die Stämme standen weit auseinander. Kein düsterer Forst, sondern ein Wäldchen zum Lustwandeln. Das milde Licht der Monde, die bereits über dem Horizont standen, ließ die weißen Stämme schimmern.

Swetja wurde langsamer. Ihr Herz hämmerte. Sie konnte nicht mehr.

Da hörte sie ein Geräusch hinter sich. Sie taumelte zur Seite, aber da fühlte sie Finger wie Klauen auf ihren Schultern. Swetja wurde herumgerissen und sah das totenbleiche Antlitz der Fremden dicht vor sich. Die Augen waren wie dunkle Brunnen.

Swetja versuchte, die Hände der Frau abzuschütteln. Aber mit einem Mal war sie so schwach, dass sie kaum mehr die Arme heben konnte. Die Knie wurden ihr weich, ihre Beine gaben nach. Die Hände der Fremden an Swetjas Schultern waren das Einzige, was sie noch aufrecht hielt.

Die Miene der Frau war immer noch genauso ausdruckslos wie im Ballsaal.

Sie trug ein Kleid, das dem der Königin glich, nur war es von trübem Grau statt von strahlendem Silber. Die Fremde zog Swetja zu sich hin, und die Falten ihres Gewandes wallten nach vorne. Das Kleid zerfloss wie Nebel, es schloss sich um Swetja wie ein Schleier. Sie schrie auf, aber der Nebel drang in ihren Mund und erstickte den Laut in ihrer Kehle.

Doch unvermittelt war sie wieder frei.

Sie keuchte und blickte auf, und sie sah, wie die fremde Frau mit einer anderen Gestalt rang.

Es war ihr Vater!

Dew Juvan hatte die bleiche Frau von hinten gepackt und von Swetja fortgerissen. Im nächsten Augenblick stieß er sie von sich und schlug ihr ins Gesicht. Die unheimliche Fremde stürzte und rührte sich nicht mehr.

»Vater!« Swetja streckte die Arme nach Juvan aus.

Er beugte sich zu ihr nieder und hielt sie fest. Sie lehnte den Kopf an seine Schulter. Juvan beruhigte sie mit tröstenden Lauten. Hinter ihnen drangen Stimmen durch den Wald. Sie kamen näher.

»Was ... was ... ist das?«, stammelte Swetja. Sie löste sich von ihrem Vater. Dabei fiel ihr Blick auf ihre Hände, und sie schrie wieder auf. Das waren nicht ihre Hände!

Sie waren ganz dünn und faltig – nicht wie die Hände einer Siebzehnjährigen, sondern wie die einer siebzigjährigen Greisin!

»Vater!« Ihre Stimme klang schrill. »Was ist mit mir?«

Sie fuhr sich durchs Haar. Die Frisur hatte sich gelöst, und die Locken, die ihr auf die Schultern fielen, waren weiß.

»Pssst ...«, sagte Juvan. Er klang abwesend. Tatsächlich bemerkte Swetja, dass er an ihr vorbeiblickte. »Alles wird wieder gut ... glaube ich. Du wirst dich erholen.«

»Aber was ist mit *dir*?«, fragte Swetja. Sie kämpfte mit den Tränen. »Was passiert hier eigentlich? Bitte, lass mich aufwachen!«

»Swetja.« Juvan sah sie an. Mit einem Mal wirkte er hellwach und eindringlich. »Hör mir zu. Du musst fort von hier. Und zwar gleich.«

»Wohin?«, fragte sie.

»Ich weiß es nicht ...« Der Klang seiner Stimme verlor sich, sein Blick irrte ab. »Vielleicht musst du einen Zauberer suchen, aber ich weiß nicht, wer sonst noch widerstehen kann. Womöglich ist Swerjanja noch sicher. Das liegt sehr weit weg von der Hauptstadt ...«

Er schwieg, und seine Hände schlossen sich beunruhigend fest um Swetjas Arme.

»Ich glaube, du hattest recht«, murmelte er. »Der Mond des Styx ... zu spät ... zu spät.«

Swetja schaute ihn erschrocken an.

Plötzlich sprang Juvan auf. »Lauf!«, rief er. »Lauf los! Ich halte sie auf, solange ich kann.«

Er sprang an einem Baum hoch, packte den untersten dünnen Ast und brach ihn ab. Dann hob er ihn wie eine Keule in die Höhe und wandte Swetja den Rücken zu.

»Lauf«, sagte er. »Und leb wohl, mein Kind.«

Gestalten liefen durch den mondlichttrunkenen Wald auf sie zu.

»Die Königin!«, rief eine Stimme. »Er hat die Königin geschlagen!«

Unwillkürlich wanderte Swetjas Blick zu der fremden Frau am Boden. Aber dort sah sie nicht die Fremde mit dem larvenhaften Gesicht, dem strähnigen schwarzen Haar und dem nebelgrauen Kleid. Die Haare, die sich um den Kopf der Gestürzten ausbreiteten, waren weiß, und sie lag in einem Meer von Silber, das im Sternenlicht funkelte – die Falten eines ausladenden Ballkleides.

Das Kleid der Königin.

Swetja biss in ihre Faust, um einen Schrei zu unterdrücken. Sie lief wieder los, wandte sich ab von diesem Ort des Wahnsinns und dachte an nichts anderes mehr als an Flucht. Halb blind vor Tränen ließ sie den lichten Wald hinter sich und rannte einen sanften Abhang hinab. Ein Weg durchschnitt hier das Palastgelände, und als sie über die Schulter zurückblickte, rannte Swetja gegen ein Hindernis.

Es war weich und warm, und Swetja sah im Licht der schimmernden Zoraia rote und blaue Farben. Die Farben einer Uniform!

Jetzt hörte sie auch das Schnauben von Pferden, das Klirren von Metall ... Es war ein Trupp Kavallerie, der auf der Straße stand, als hätte er auf sie gewartet.

Swetja schrie auf. Sie wich zurück und schlug blind um sich. Aber zwei kräftige Arme schlossen sich um ihren Oberkörper, und der Soldat, in den sie hineingelaufen war, zog sie dicht an sich und erstickte so ihren Widerstand.

»Ho, meine Gute«, redet er beruhigend auf sie ein, als wäre sie eins seiner Pferde. »Nun mal ruhig. Und wenn Ihr wieder bei Sinnen seid, müssen wir schauen, dass wir Euch von hier wegbekommen.«

12.

Die Umrisse eines riesigen Skorpions zeichneten sich vor Mart im Wüstengrund ab, und im nächsten Augenblick brach das Tier auch schon aus dem Boden hervor. Der Skorpion maß fast drei Mannslängen, der hoch erhobene Schwanz überragte Gontas. Das Tier war genauso hellgrau wie das Steinland selbst.

Mart fluchte und sprang zur Seite. Sein Dromedar zerrte in die andere Richtung. Fast hätte es ihn zu Boden gerissen. Toris Packtier brüllte, es riss sich los und lief davon.

»Meckes!«, rief sie. »Bleibst du wohl!«

In wilden Sprüngen galoppierte das Tier über den trockenen Boden. Dabei verlor es ein Stück Gepäck nach dem anderen.

Gontas griff mit beiden Händen nach der Führleine. Er zog den Kopf seines Packtiers nach unten und verhinderte so, dass es durchging. Aber es drehte sich wild auf der Stelle und zerrte den Buschläufer mit sich.

Der Skorpion schnappte mit den Scheren nach Mart.

»Die Leine«, rief Gontas. »Wirf mir die Leine zu.«

Tori war hinter ihrem Dromedar hergelaufen. Sie sah sich um, bemerkte, wie Mart gegen den Skorpion kämpfte, und kam wieder zurück.

Mart warf Gontas die Führleine zu, und Gontas fing sie aus der Luft. Dann lief er auf den Skorpion zu und wedelte mit den Armen. »Hier, hier, du Schnapper!«, rief er. Er warf sich zu Boden, gleich vor den klappernden Kiefern, und rollte unter einer der Scheren hindurch. Der Schwanz des grauen Skorpions peitschte nach vorn und zerriss Mart den Burnus. Der Söldner sprang wieder auf und hatte sein Schwert gezückt.

Die Schere schnappte nach ihm. Mart schlug sie mit dem Schwert zur Seite. Es klang so, als würde er einen Stein treffen, und die Klinge hinterließ nicht einmal eine Kerbe in dem Panzer.

Gontas hielt beide Dromedare fest. Die Tiere wollten davonrennen, aber Gontas zog ihre Köpfe mit den Leinen zueinander, sodass sie nur im Kreis laufen konnten. Langsam, wie in einem Tanz, drehten sie sich von dem Ungeheuer fort; Gontas war gefangen zwischen ihnen und drohte, unter die breiten Hufe zu geraten.

Er packte die Dromedare am Kopf und drückte sie nach unten. »Ho, sitzt!«, befahl er. »Ruhig, meine Kleinen.«

Er brachte sie tatsächlich zur Ruhe.

Tori näherte sich dem Skorpion von hinten. Mart lenkte ihn ab. Er führte rasche Angriffe mit dem Schwert gegen den Kopf des Tieres und schlug die Klinge einmal, zweimal von oben gegen die Stirn zwischen die punktförmigen schwarzen Augen. Es knallte, sonst geschah nichts. Die Wucht des Aufpralls prellte Mart fast den Griff aus der Hand.

Er wich dem giftigen Dorn aus, der nach ihm stach. Eine Schere erwischte ihn am Arm. Mit einem Schnappen schlug sie zu, aber sie konnte den Söldner nicht festhalten. Mart taumelte zurück. Sein Burnus färbte sich rot.

Da sprang Tori von hinten auf den Rücken des Tieres, unter den Schwanzbogen. Sie hatte einen Dolch in der Linken. Der Skorpion ließ den Schwanz zurückschnellen, aber Tori hatte einen toten Winkel gefunden. Der Stachel erreichte sie nicht. Ein Tropfen Gift löste sich von der Spitze und spritzte an ihr vorbei auf den Wüstenboden.

Gontas hatte inzwischen die Dromedare niedersitzen lassen. Mit fliegenden Fingern koppelte er ihre Beine zusammen, sodass sie nicht weglaufen, nicht aufspringen und sich auch nicht selbst verletzen konnten. Er zog jedem einen Sack über den Kopf.

Der Skorpion versuchte immer noch, Tori zu erwischen. Sein Schwanz zuckte. Klackernd stießen die Segmente aneinander und blockierten. Er kam nicht an den hinteren Teil seines Rückens heran.

Tori hockte sich dort nieder und rammte ihren Dolch in den Spalt zwischen zwei Panzerplatten.

Das Tier zuckte, es drehte sich im Kreis und bockte. Tori klammerte sich mit ihrer gesunden Hand am Griff ihres Dolches fest und versuchte, auf dem glatten Rückenpanzer des Riesenskorpions Halt zu finden. Aber mit der verstümmelten Hand konnte sie nicht greifen, und ihr Stumpf glitt hilflos ab. Aus der Wunde des Skorpions quoll gelber Schleim und machte den Dolchgriff schlüpfrig. Toris Hand glitt ab, und sie wurde hinabgeschleudert.

Sie kam hart auf dem Boden auf, die Steine zerfetzten ihren Burnus. Der Skorpion bewegte sich langsam auf sie zu.

»Ho!« Mart rannte um das Tier herum und schrie laut. Der Skorpion trippelte weiter zu Tori hin und hob die Scheren.

Mart holte mit dem Schwert aus, und brüllend und blind vor Wut hieb er auf ein Bein ein, wieder und wieder. Chitin platzte. Krachend splitterten Stücke vom Panzer ab, das Bein löste sich und blieb zuckend auf dem Boden liegen. Mart bemerkte es kaum. Er stieß die Klinge in den nässenden Stumpf.

»Verdammte Bestie!«, stieß er hervor. »Wirst du ... mich ... anschauen!«

Der Skorpion fuhr herum. Sein Schwanz zuckte vor. Eines der Beine stieß Mart zu Boden, und der giftige Dorn sauste durch die Luft, wo eben noch der Kopf des Söldners gewesen war. Der ließ sein Schwert los.

Auf der anderen Seite des Riesenskorpions rappelte Tori sich wieder auf.

Gontas hatte die Tiere sicher zusammengebunden. Jetzt riss er von seinem Gepäck einen Rundschild herunter, den er in Apis gekauft hatte. Er nahm ihn mit beiden Händen und lief auf den Skorpion zu.

»Lenk ihn ab!«, rief er Mart zu. »Lass ihn nicht los!«

Der Söldner lag halb unter dem riesigen Tier. Er klammerte sich an den vordersten Gliedmaßen fest und drückte mit den Beinen die malmenden Kiefer von sich weg. Zugleich ließ er sich mitschleifen und tat alles, um unter dem Kopf und in Reichweite der scharfen Kieferklauen zu bleiben – denn nur dort fand er ein wenig Deckung vor den Scheren und dem Schwanz.

»Na klar, du Spaßvogel!«, brüllte er zurück.

Der Skorpion zerrte ihn über den Boden, mit dem Rücken über scharfe Steine. Mart trat immer wieder gegen die Kiefer, die laut gegeneinanderschabten. Der Skorpion bekam einen von Marts Stiefeln zu fassen. Er riss ihn vom Fuß, zerbiss ihn und spie ihn aus.

Gontas rannte um das Tier herum. Kraftvoll schlug er mit der Kante des Schildes gegen das Hinterteil. Der Skorpion senkte den Schwanz und fegte ihn hinter sich über den Boden. Gontas riss den Schild hoch und ließ ihn wuchtig auf den Stachel krachen. Der gekrümmte Dorn verhakte sich in dem Holz.

Gontas drehte den Schild herum und drückte den Schwanz auf den Boden. Dann hielt er ihn mit einer Hand und mit einem Knie fest. Der Schwanz zuckte, aber er war zu schwach, um den Buschläufer anzuheben. Mit der freien Hand griff Gontas an den Gürtel und zog die Axt heraus.

Der Skorpion versuchte, Gontas mit den Scheren zu erreichen. Aber Gontas saß auf seinem Schwanzende, und das bekam der Skorpion nicht in die Nähe seines Kopfes, solange er es nicht anheben konnte. Gontas kniete auf dem Holz und wurde hin und her gezerrt. Er hob die Axt, schlug auf ein Verbindungsstück, und mit zwei harten Hieben hatte er ein Stück des Schwanzes abgetrennt. Der Skorpion war frei. Er wirbelte herum und sprühte schleimiges gelbes Blut aus der Schwanzspitze. Dorn und Giftdrüse und der Schwanzrest, der abgetrennt unter dem Schild und unter Gontas' Knie lag, zuckten noch.

Gontas sprang auf und zog mit der Linken die zweite Axt aus seinem Gürtel. Schon stand der Skorpion vor ihm, und die Scheren schnappten zu. Gontas bückte sich, er tauchte zwischen den Scheren hindurch und stand mit einem Schritt vor den Kiefern.

Der Ansatz der Scheren war mit einem Pelz feiner Sinneshärchen bewachsen. Gontas holte aus und stieß das stumpfe Ende der Beile mit aller Kraft gegen diese Tastorgane.

Das Tier zuckte. Die Scheren klackerten gegeneinander. Gontas duckte sich, er tat einen Schritt zur Seite und schlug mit den Beilen gegen ein Beingelenk. Der Skorpion drehte sich weg. Schleim troff aus seiner Beinwunde.

Klappernd huschte er davon.

Gontas blieb schwer atmend stehen. »Das ... war groß.«

Mart humpelte heran. Er hob seinen Stiefel auf und versuchte, ihn über den Fuß zu streifen. Er verzog das Gesicht. »Die Kleinen leben hier«, sagte er. »Es heißt, an der Küste gibt es welche, die sind so lang wie zwölf Männer. Denen will ich wirklich nicht über 'n Weg laufen.«

»Manchmal verirren sich welche ins Buschland«, sagte Gontas. »Aber die sind nur so.« Er zeigte die Größe zwischen Daumen und Zeigefinger.

»Hm, bist aber fertig geworden mit ihm. Hast es mit den Achtbeinern, wa?« Tori trat zu ihnen. »Soll'n wir hinterher?«

»Aye«, sagte Mart, »und zwar hinter deinem Dromedar, du Reisnomadin. Wir haben ein Drittel der Ausrüstung verloren, weil du nicht richtig zupacken kannst.«

»Aye«, sagte Tori. »Und der Skorpion hat uns mit nichts als 'm Fetzen Stoff am Oberkörper erwischt, weil jemand gesagt hat, hier in der Gegend sehn wir jeden Angreifer lang vorher. Beim nächsten Mal fragen wir besser wen, der was vom Sehen versteht!«

Sie deutete mit der Hand über dem Auge eine Klappe an.

»Mart hat recht«, sagte Gontas. »Wir sollten versuchen, das Tier zu finden.«

Er ging zu den beiden Dromedaren, die ihnen geblieben waren, und prüfte das Gepäck. Dann befestigte er seinen Schild wieder. Mart humpelte missmutig in seinem kaputten Stiefel herum, versuchte, den Schnitt zusammenzudrücken, und wickelte schließlich ein Seilende darum.

»He!« Tori wies auf seinen blutigen Arm. »Den kannst du auch gleich zubinden, bevor der letzte Saft aus dir rausläuft.«

»Sind nur 'n paar Kratzer«, sagte Mart. »Ich bin so weit.«

Gontas machte die Tiere los, und sie brachen auf. Mart hinkte immer noch.

Am Anfang war es leicht, der Spur des Dromedars zu folgen,

wegen der Gepäckstücke, die es abgeworfen hatte. Das Wasserfass sahen sie schon vom Kampfplatz aus. Es war geborsten, und nur ein paar nasse Bretter lagen auf dem allzeit durstigen Boden des Steinlandes. Sie fanden Toris Lederwams, das sie sich lose über die Schulter warf, und schließlich sogar ihren Haken. Das schien alles zu sein, was nachlässig befestigt gewesen war, denn sie fanden nichts mehr. Der Boden war so hart gebrannt wie die Lehmziegel von Apis, und nur selten hatte der Fuß des Dromedars einen Abdruck hinterlassen.

»Wie weit ist das Vieh bloß gerannt?« Mart stöhnte und beschirmte die Augen. Die Sonne stand vor ihnen am westlichen Horizont, und außer ihrem Gleißen sahen sie nichts.

»Meckes!«, rief Tori. »Komm, zurück, Meckes!«

»Hör bloß auf mit dem Scheißnamen, Frau!«, fuhr Mart sie an.

Sie hatten schon lange keine Fährte mehr, und Gontas ging vor ihnen her und suchte den Boden ab. Endlich blieb er stehen und schaute nachdenklich nach unten.

»Was ist?«, fragte Tori. »Eine neue Spur?«

Gontas schüttelte den Kopf und ging weiter. Als Tori an die Stelle kam, wo er innegehalten hatte, sah sie einen gelblichen Fleck am Boden.

»Na, das ist doch mal 'ne Spur.« Mart beschirmte wieder die Augen und spähte zum Horizont. »Wenn auch keine gute.«

Bald sahen sie in der Ferne die Geier kreisen und gingen schneller. Sie fanden das Dromedar am Boden liegend. Alles verbliebene Gepäck lag ringsum verstreut. Die Flanke des Tiers war aufgerissen, ein Hinterbein war aufgebläht und blauschwarz verfärbt.

»Oh Kikil!«, rief Mart. »Hat dieser verfluchte Skorpion das Dromedar vor uns erwischt?«

Tori lief auf den Kadaver zu. »Meckes!«, rief sie. »Oh, nein, du verfluchtes Rabenaas! Wie kannst du mir das antun?«

Sie kniete bei dem Tier nieder, hob den Kopf an und ließ ihn fallen. Eine Träne glitzerte in ihrem Auge.

Sie prüften das Gepäck und fanden jede Tasche, jede Kiste

aufgebrochen, den Inhalt verstreut. Es schien nichts zu fehlen, außer einigen Nahrungsmitteln, und der Rest der Vorräte war unbrauchbar. Auch von der sonstigen Ausrüstung war einiges beschädigt.

Mart fluchte. »Wenn das der Skorpion war ... Das Vieh hasst uns! Warum sollte ein Skorpion das Gepäck durchwühlen?«

»Vielleicht waren noch andere Raubtiere hier?« Gontas sah sich um, aber außer den Geiern über ihren Köpfen regte sich nichts. »Wir sollten hier nicht zu lange bleiben.«

»Aber was tun wir dann?«, fragte Mart. »Wir haben ein Drittel von unseren Sachen verloren.«

»Was wir brauchen können, laden wir auf die beiden anderen Tiere«, sagte Gontas. »Es reicht auch so. Ich habe genug Vorräte mitgenommen, damit wir das ganze Steinland durchqueren können. Aber unser Ziel erreichen wir schon nach der halben Strecke.«

»Genug Wasser fürs ganze Steinland?«, fragte Tori.

»Genug zu essen«, sagte Gontas. »Wasser müssen wir unterwegs auffüllen.«

»Ah ja, klar«, brummte Mart. »'s Steinland ist bekannt für seine reichen Quellen.«

Gontas holte die Karte aus der Tasche und schwenkte sie. »Du hast mir selbst diesen Riesensee in der Mitte gezeigt, genau da, wo wir hinwollen. Selbst wenn wir sonst kein Wasser finden, darauf habe ich mich verlassen.«

»*Wenn* dieser Fleck auf der Karte ein See ist«, sagte Mart. »Hab ich ja nur vermutet.«

»Was soll's sonst sein, Holzkopf?«, fauchte Tori ihn an. »Tarukan hat 'ne halbe Armee hier draußen. Die leben bestimmt nicht nur vom Sonnenschein.«

Sie luden Teile des Gepäcks um. Tori zog ihre leichte Lederrüstung wieder an und streifte den Burnus darüber. Sie schnallte sich auch den Haken wieder an den Armstumpf und steckte die Messer ein, die sie noch bei ihrem Gepäck fand.

Mart traf keine Anstalten, seine schwerere Rüstung anzulegen. Die meiste Zeit stand er nur zwischen den Dromedaren, starrte müde ins Leere und beugte sich ab und zu vor und stützte die Hände auf die Oberschenkel, als müsse er zu Atem kommen.

»Alles klar, du?«, fragte Tori. »Sollt'n uns doch deine Schnitte mal ansehen, glaub ich.«

»Nur Kratzer«, sagte Mart abweisend. Er nahm seinen Wasserschlauch zur Hand, aus dem er unterwegs schon öfter getrunken hatte, und ließ sich einen Teil des Inhalts über den Arm rinnen. Schmerzerfüllt verzog er das Gesicht. Gontas kam zu dem Schluss, dass die klare Flüssigkeit aus diesem Schlauch kein Wasser war.

»Was glotzt ihr so?«, fuhr Mart seine Begleiter an. »Ich kann 'nen Kratzer von 'nem richtigen Schnitt unterscheiden. Bin länger im Gewerbe als ihr zwei Setzlinge.«

Am Abend schlugen sie ihr Lager auf einem flachen Felsen auf. Mart stöhnte und rieb sich den aufgescheuerten Fuß. Dann zog er Lederlappen, Ahle und Nadel aus seinem Packen und machte sich daran, den Stiefel richtig zu flicken. Gontas machte ein Feuer aus mitgebrachtem Brennholz und aus den Resten uralter vertrockneter Bäume, die sie unterwegs gefunden hatten. Das weiße Holz fühlte sich an wie Stein und brannte wie Kohle.

Tori hatte ihren Burnus ausgezogen und trug nur noch ihre leichte Lederrüstung. Sie trat gegen jeden Kiesel im Umkreis und stellte sicher, dass sich nichts anderes darunter verbarg. Als sie zum Feuer zurückkam, saß Mart vor den Flammen. Er stand auf und fasste sie am Arm.

»He, Gontas«, rief er. Er zog Tori mit sich und löste die Schnallen, die ihren Haken am Stumpf festhielten. »Wir müssen dir dankbar sein. Zum zweiten Mal. Wird Zeit, dass ich mich erkenntlich zeige – du kannst meine Frau heut Nacht haben.«

»Was?« Tori funkelte ihn an. Sie riss sich los, und das Geschirr mit dem Haken blieb in Marts Händen zurück. Er warf es neben das Feuer und packte Tori wieder.

»Hör zu, Weib«, sagte er. »Bist frech geworden in letzter Zeit, aber du gehörst immer noch mir, vergiss das nicht. Und ich sage dir, du wärmst heut Nacht mein Briske das Lager!«

»Du bist wohl besoffen, du Schwein«, fuhr Tori ihn an.

Er stieß sie in Gontas' Richtung. »Gehorch mir endlich, verdammtes Gossenstück!«

Tori taumelte vom Feuer weg. Gontas hockte auf den Fersen, drei Schritt entfernt. Er hatte den Wortwechsel mit einem Stirnrunzeln verfolgt. Jetzt fragte er sich, ob er die Frau auffangen oder ob er ausweichen sollte. Die einarmige Söldnerin mit dem harten Gesicht war nicht gerade die fremdartige Schönheit, für die er sich schlagen würde. Und was sollte er von alldem jetzt halten? Da lief eine Menge zwischen seinen beiden Begleitern, was er nicht verstand, und er hatte keine Lust, sich als Puppe für ihre Spielchen benutzen zu lassen.

Aber Tori fing sich wieder, und Gontas blieb die Entscheidung erspart. Sie stand leicht gebeugt da und schaute von ihm zu Mart. Ihre Augen funkelten, ihre Lippen bewegten sich.

Mart stand mit drohend erhobener Faust am Feuer und fletschte die Zähne.

»Eh«, sagte Gontas. »Ich ...«

Tori riss den Kopf herum und sah ihn an. »Ssst«, zischte sie. Sie hatte die Rechte eng an den Körper gepresst und war nur eine schmale Silhouette vor den rot flackernden Flammen. Von ihrem Armstumpf war nichts zu sehen. Sie tat einen Schritt auf Gontas zu.

»Ich kleb nicht an dem alten grauen Wolf, weißt du, hm?« Sie ging vor Gontas in die Hocke. »Teil eh nur noch aus Mitleid das Lager mit ihm. Aber wenn er selber das so will, warum sollte ich mir nicht so 'n richtigen Kerl nehmen?« Ihre Stimme klang ungewöhnlich sanft, zu einem rauen Timbre gedämpft.

Gontas wollte etwas sagen, aber sie legte ihm den Finger auf den Mund. Er packte sie am Handgelenk und drückte ihren Arm weg.

»Tu das nicht«, knurrte er. »Ich bin kein Schoßhund, der sich das Maul zuhalten lässt.«

Er klang abweisend, aber er spürte, wie seine Lust wuchs. Gewalt lag in der Luft, und wenn er an Tori vorbei ihren Gefährten am Feuer sah, dann war die Frau vor ihm fast wie eine *Beute.* Der Hauch von Gefahr ließ die Söldnerin viel reizvoller erscheinen als noch kurz zuvor. Sein Blick folgte ihren Umrissen: der Rundung der Hüfte, die bei ihrer kräftigen Gestalt nur zu erahnen war; den Abdrücken ihrer festen kleinen Brüste unter dem dunklen Lederwams.

»Nein«, stimmte sie ihm zu. »Kein alter grauer Schoßhund.«

Sie drückte ihm einen Kuss auf die Lippen. Er ließ ihre Hand los. Sie löste die Schnallen und streifte das Lederwams ab. Dann zog sie sich geschickt mit der Linken den Kittel über den Kopf, den sie darunter trug, und kniete mit bloßem Oberkörper vor ihm.

Gontas berührte ihre Brust, er ließ die Hände an den Seiten über ihre Haut wandern, bis sie auf dem Bund der glatten Lederhose lagen. Toris Haut war hell, der Feuerschein umspielte sie wie eine Aureole. Gontas sah ein paar Narben, aber längst nicht so viele, wie er bei einer Schwertbraut erwartet hätte.

Sie rückte näher an ihn heran und hockte sich mit gespreizten Beinen über seine Oberschenkel. »Ein Mädchen muss sich beizeiten nach 'm neuen Kerl umschaun, wenn ihr alter Begleiter ein einäugiger Krüppel ist, der's nicht mehr lang machen wird.«

»Frau.« Gontas fasste sie bei den Hüften. Er hob sie ein Stück hoch und drückte sie rücklings auf seinen Burnus, der ausgebreitet über den Steinen lag. »Du wirst jetzt nicht von ihm reden!«

Er beugte sich über sie. Tori lachte, ihr Arm, ihre Hand strich über seine Hose. »Nein«, sagte sie. »Mein starker, mein *harter* Brecher. Warum reden?«

Sie nestelte an ihrem Gürtel. Gontas griff zu und half ihr aus der Hose. Dann zog er sich selbst aus. Es war schnell kalt geworden im Steinland. Toris Haut war warm, wo sie aneinanderlagen. Gontas streichelte sie, spürte die Berührung ihres Schamhaars unter seiner Hand. Toris Atem ging schneller. Ihre Finger wanderten über seinen Leib, und fast konnte er vergessen, dass es nur *eine* Hand war, die er spürte.

Er fühlte die Innenseite ihrer Schenkel an seinen Hüften, ihr Becken hob sich – und Gontas wandte den Blick zur Seite und sah Mart beim Feuer sitzen. Der Söldner führte den Wasserschlauch an die Lippen und beobachtete sie. Sein eines Auge funkelte rot neben der Glut, seine Miene war finster.

Und Gontas grinste, als er Tori nahm, nur einen Sprung entfernt von ihrem Gefährten.

13.

Der Offizier hob Swetja zu einem Dragoner in den Sattel.

»Wohin?«, fragte der Soldat.

»Der Weiße Wolf«, gab der Hauptmann zurück. »Da treffen wir uns alle später. Fejdor, du bleibst mit den anderen hier und lenkst die Verfolger ab.«

Der junge Fähnrich, der gemeint war, grinste breit. »Ablenken kann ich gut, Hauptmann.«

»Ich weiß«, sagte der Hauptmann. »Aber hier sollst ablenken und dich nicht ablenken *lassen.*«

Er stieg auf sein Pferd. Swetja folgte seinen drahtigen Bewegungen mit dem Blick. Der Hauptmann der Dragoner war ein hochgewachsener Mann in den Dreißigern. Kurz geschnittene schwarze Haare lugten unter dem hohen roten Dragonerhut hervor, und trotz der breiten Schultern und der kräftigen Gestalt wirkte er schlank. Ein Säbel baumelte an seiner Hüfte.

»Dewa«, grüßte er sie knapp, als ihre Blicke sich trafen. Dann schnalzte er mit der Zunge und sprengte im Galopp davon. Der Reiter, der Swetja vor sich im Sattel mitnahm, folgte ihm.

Sie preschten durch die Parkanlage. Swetja kannte sich hier nicht aus. Der Eingang, durch den sie gekommen war, lag auf der anderen Seite des Palastes. Sie lehnte sich gegen den Arm des Soldaten und ließ sich durch die Nacht tragen wie durch einen Traum. Was hier geschah, war ihr so unbegreiflich wie alles zuvor. Sie wartete immer noch darauf, dass sie erwachte und all das im Sonnenlicht zerstob.

Die Wiesen und die gepflegten Kieswege endeten an einem Wald, der viel dichter war als jener, in den Swetja sich zuerst geflüchtet hatte. Sie folgten einem schmalen Pfad. Äste knisterten an den Schultern der Reiter. Der Hauptmann zog seinen hohen Hut aus und legte ihn vor sich auf den Sattel.

»Wir können hier nicht Halt machen, Gordej«, sagte er, ohne sich umzudrehen. »Aber wir können auch nicht so in die Stadt. Wir machen einen Abstecher in den Sorchoj.«

»Aye, Hauptmann«, antwortete der Soldat hinter Swetja.

Sie zog den Kopf ein. So viele Fragen brannten ihr auf der Zunge, doch sie wagte nicht, sie auszusprechen und sich der Wirklichkeit zu stellen.

Solange ich es nicht anerkenne, ist es gar nicht passiert.

Swetja wusste selbst, wie unsinnig der Gedanke war. Aber in ihrem Inneren war sie noch erstarrt von dem, was geschehen war. Wenn sie sich eingestand, dass es mehr war als ein Traum, würde sie schreien und zusammenbrechen!

Also ritt sie mit den beiden Dragonern mit, aus dem Wald hinaus, der den Palast umgab, über Felder und Weiden. Bald sahen sie am Horizont einen schwarzer Streifen unter dem bunten Licht der Monde. Sie ritten auf den Forst zu, und auf einer Lichtung darin machten sie Halt.

Der Hauptmann stieg ab. Er reichte Swetja die Hand und half ihr vom Pferd. »Verzeiht die Unannehmlichkeit, Dewa«, sagte er. »Aber wenn Ihr im Ballkleid in der Stadt einreitet, werdet Ihr Aufmerksamkeit erregen. Wir müssen Euch also verkleiden, und leider haben wir dafür nichts anderes zur Verfügung als die Uniform des guten Gordej.«

»Was?«, rief der Soldat. »Soll ich in Unterwäsche zur Stadt zurück?«

Der Hauptmann grinste und blickte zu ihm auf. »Besser du als die Dame, nicht wahr?«

Grummelnd stieg der Dragoner auf der anderen Seite ab und löste die Knebelknöpfe und Schlaufen seiner Uniformweste. »Meinen Säbel bekommt sie aber nicht«, verkündete er. »Für den hab ich unterschrieben.«

»Ich glaube, wir kommen ohne den aus«, sagte der Hauptmann. »Auch wenn ein Reiter in Unterhose mit Säbel vermutlich mehr Blicke auf sich zieht als ohne.«

Er wandte sich Swetja zu und verbeugte sich. »Ich habe mich nicht vorgestellt: Hauptmann Borija von den 3. Dragonern, edle Dame. Ich entschuldige mich für die Zumutungen und hoffe, Ihr habt Verständnis. Auf der Flucht darf man nicht wählerisch sein.«

Swetja knickste. »Swetjana dewa Jerigin. Ich bedanke mich, dass Ihr mich herausgebracht habt – auch wenn ich noch immer nicht weiß, wovor wir eigentlich fliehen und warum Ihr mir helfen wollt. Was geht im Palast vor?«

Borija kratzte sich am Kopf. »Ich hatte gehofft, dass Ihr mir das erklären könnt. Oder besser gesagt, dass uns heute Abend jemand in die Arme läuft, der das kann.« Er kniff die Augen zusammen und musterte Swetja von der Seite. »Und Ihr scheint in der Tat ein wenig jünger zu sein, als ich zunächst angenommen hatte, wenn diese Bemerkung gestattet ist. Die hellen Haare und die Hetze des Augenblicks haben meine Sinne wohl getäuscht.«

Er zuckte die Achseln.

Swetja öffnete den Mund, als wollte sie etwas sagen, aber der Hauptmann hieß sie mit einer Geste schweigen. »Nein, nicht jetzt. Nicht hier. Wenn wir in der Stadt sind und feste Mauern um uns haben, dann ist Zeit für Erklärungen.

Auf jeden Fall ...« Er verbeugte sich noch einmal und hauchte einen Kuss auf Swetjas Handrücken. »... dürft Ihr nicht annehmen, dass ich lieber jemand anderen gerettet hätte. Genau genommen bin ich froh, wenn ich eine so reizende junge Dame in Sicherheit bringen darf anstelle einer weisen Frau oder einem dicken alten Sterngucker. Gordej!«

Der Dragoner warf seine Uniform über das Pferd. Hauptmann Borija fing sie auf und reichte sie an Swetja weiter. »Dort drüben hinter den Büschen könnt Ihr Euch umkleiden«, sagte er.

»Die Stiefel auch?«, fragte Gordej.

»Natürlich die Stiefel auch, Dummkopf«, raunzte Borija ihn an. »Soll ich sie als barfüßigen Dragoner durch die Gaststube führen? Lass dein Schuhwerk einfach da stehen und komm bloß nicht auf die Idee, das nach uns zu werfen.«

»Hauptmann ...«, flüsterte Swetja zaghaft.

»Was ist, dewa Swetjana?«, fragte Borija.

»Mein Kleid ...«, stammelte sie. »Die Schnüre!«

»Hehe«, rief Gordej. »Da kann ich helfen. Damit kenn ich mich aus!«

»Könnt dir so passen, Bengel«, knurrte Borija. »Die Huren, an denen du geübt hast, tragen bestimmt nicht das Ballkleid einer Dewa. Nimm dein Pferd und verschwinde. Du kannst in den Weißen Wolf kommen, wenn du eine passende Verkleidung für unseren Gast gefunden hast. Und wenn du selbst wieder was Anständiges anhast!«

Er wandte sich wieder Swetja zu. »Entschuldigt bitte.« Er drehte sie herum, löste die Schnüre an dem Kleid und lockerte sie ein wenig. »Das müsste reichen.«

Swetja lief eilig hinter die Bäume. Sie kämpfte sich aus dem Ballkleid und hatte Tränen in den Augen, als sie daran dachte, wie sie es angezogen hatte. Wie anders der Abend dann doch verlaufen war!

Jetzt war sie mit dem Hauptmann allein im Wald, und das war doch ein merkwürdiges Gefühl, obwohl Borija immer nur höflich zu ihr gewesen war.

Sie schlüpfte hastig in die Dragoneruniform, die ihr zu weit war und die eigentümlich roch. *Nach Männerschweiß,* dachte sie. Sie zupfte an dem Stoff herum und spürte, wie sie rot wurde.

Sie hatte niemanden, der ihr das Mieder aufschnürte, und allein schaffte sie das auch nicht. Aber unter der Uniform störte es erst einmal nicht ... sehr. Sie würde hoffentlich später eine Lösung finden.

Als sie fertig war, schaute sie auf ihre Hände, die so schmal und glatt aussahen wie eh und je. Sie fragte sich, was man in ihrem Gesicht sehen konnte – und was man dort gesehen hatte, kurz nachdem ihr Vater sie gerettet hatte. Im Augenblick jedenfalls erinnerten nur noch ihre Locken, die ihr weiß auf die Schultern hingen, daran, dass sie sich das alles nicht eingebildet hatte.

Swetja atmete einige Male tief durch und eilte zum Hauptmann zurück. Nachdem sie die Stiefel angezogen hatte, stieg

Borija als Erster auf sein Ross und zog Swetja dann hinter sich in den Sattel.

»Entschuldigt, dewa Swetjana«, sagte er. »Wenn ein Kavallerist einen anderen auf seinem Pferd mitnimmt, wird das kein Aufsehen erregen. Aber wenn ein Hauptmann seinen Soldaten wie ein Mädchen vor sich auf den Sattel nimmt ...«

Swetja nickte und sagte nichts. Sie hielt sich an Borijas Rücken fest, und der Hauptmann ritt los.

Er entschuldigt sich zu viel, dachte sie.

Das Gasthaus zum Weißen Wolf war eine verrauchte Kaschemme in der nördlichen Vorstadt. Ein modriger Geruch zog durch die offenen Fenster vom Fluss her in die überfüllte Gaststube und mischte sich mit dem Qualm, dem Gestank der Männer und dem Dunst von Alkohol. Es war ein Ort, den Swetja unter normalen Umständen niemals betreten hätte. Aber das, überlegte sie, war jetzt ein Vorteil: Es war ein Ort, an dem man sie nicht so schnell suchen würde.

Werde ich gesucht?

Es war dumm, etwas anderes zu glauben.

Hauptmann Borija führte sie zwischen lärmenden Gästen hindurch und durch eine Tür in die Diele. Swetja hielt den Kopf gesenkt. Sie hatte ihr üppiges Haar unter den Hut gestopft, den Borija ihr geliehen hatte. Niemand warf dem jungen Dragoner mit der zierlichen Statur und dem ungewöhnlich glatten Kinn einen zweiten Blick zu.

Borija winkte den Wirt heran und mietete ein Zimmer im Obergeschoss für sie an. Er begleitete sie die Treppe hinauf und bis vor die Tür.

»Gordej wird bald eine angemessene Garderobe bringen«, sagte er und fügte hinzu: »Hoffe ich jedenfalls. Dann könnt Ihr herunterkommen, und wir reden. Bis dahin schließt Ihr Euch am besten hier im Zimmer ein und öffnet niemandem.«

»Könnt Ihr mir ein Mädchen schicken, Hauptmann Borija?«, fragte Swetja. »Zum Umkleiden ... und zum Waschen?«

Borijas dunkle Augenbrauen zogen sich zusammen. »Ich weiß nicht, ob das klug ...«

»Bitte Hauptmann!« Swetja schaute zu ihm auf, und er gab nach.

»Ich werde sehen, was ich tun kann. Wenn Gordej wieder da ist, werden wir gewiss noch ein Hausmädchen finden, das Euch zur Hand geht. Aber sprecht mit niemandem über das, was heute geschehen ist, außer mit uns.«

Er ließ Swetja in dem winzigen Mietzimmer allein. Die betrachtete den Waschtisch, die Kommode, das Bett ... Es wirkte nicht unbedingt sauber, aber sie fand auch kein Ungeziefer. Sie hoffte, dass sie nicht lange hier bleiben musste.

Sie ließ sich auf dem Bett nieder und schluchzte. Sie konnte nicht einmal das verfluchte Mieder lockern, das ihr den Atem abschnürte!

Gordej kam bald und brachte ein einfaches Wollkleid mit, bei dem man nicht entscheiden konnte, ob es braun sein sollte oder orange. Es wurde vorn geschnürt, und Swetja wollte lieber nicht wissen, wo der Soldat es herhatte. Es war zu weit, natürlich, aber sie tauschte es trotzdem gern gegen die Uniform ein. Sie bekam ihr Zimmermädchen, und bald fühlte sie sich wenigstens so weit wieder hergerichtet, dass sie sich zur Unterredung mit dem Hauptmann wagen konnte.

Allerdings kam sie sich in dem Kleid vor wie eine Dienstmagd. Sie hoffte, dass ihr ärmlicher Aufzug seiner Höflichkeit keinen Abbruch tat.

Er empfing sie in einem ruhigen Hinterzimmer des Gasthauses. Nur ein halbes Dutzend Gäste verteilten sich dort auf drei Tische, und sie alle trugen die Farben der Dragoner.

»Hier können wir frei sprechen«, sagte Borija. »Sie sind alle eingeweiht.«

»Worin eingeweiht?«, fragte Swetja. »Ich weiß überhaupt nicht, was eigentlich vorgeht.«

»Aber Ihr habt etwas gesehen«, stellte Borija fest. »Oder etwas gefühlt? Gewiss seid Ihr nicht ohne Grund derart aufgelöst durch den Park geflohen.« Ein flüchtiges Lächeln zeigte sich auf seinen Lippen. »Ich gebe zu, so etwas kommt vor, wenn junge Damen den Ball von Wajdaka besuchen. Aber selten so früh am Abend.«

Swetja schüttelte den Kopf. Zögernd berichtete sie von ihren Erlebnissen. Sie schaute den Hauptmann an, jederzeit darauf gefasst, dass er sich abwandte und sie für verrückt erklärte. Aber Borija hörte aufmerksam zu; dabei konnte Swetja doch selbst kaum glauben, was sie da erzählte.

Nach und nach kamen die übrigen Soldaten im Raum zu ihnen an den Tisch, mit ebenso unbewegter Miene wie der Hauptmann. Als Swetja zum Ende kam, nickte Borija nur und erzählte seinen Teil der Geschichte.

»Uns ist bereits im Winter aufgefallen, dass etwas Merkwürdiges vorgeht in der Stadt. Wir königlichen Dragoner, die hier stationiert sind, tragen die Verantwortung für den Schutz von Wajdaka und dem Palast. Vielleicht gehen wir darum ein wenig aufmerksamer durch die Straßen als die meisten.

Einige von uns haben jedenfalls bemerkt, dass einzelne Bürger sich absonderlich verhielten. Sie hatten einen glasigen Blick und wirkten unaufmerksam oder im Gegenteil unnatürlich interessiert an Dingen, die ganz alltäglich sind. Keine Ahnung, wann die Ersten von uns darüber gesprochen haben. Das Unbehagen schlich sich langsam ein, und die meisten Fälle schienen für sich genommen bedeutungslos.

Zudem dauerten diese Vorkommnisse niemals lange und zogen weiter wie eine Krankheit. Der Krämer von nebenan, der sich am einen Tag bewegte wie ein Schlafwandler und seine eigenen Stammkunden nicht erkannte, war am nächsten Morgen schon wieder ganz normal. Da hat es schon eine Weile gedauert, bis der eine oder andere von uns ein Muster sah.

Dann aber fiel uns auf, dass diese Vorfälle in der Gesellschaft nach oben wanderten. Gestern mochte es der Bettler sein, der noch teilnahmsloser in der Gosse saß als sonst. Morgen war es dann der Minister, der wie ein Fremder wirkte. Zu dem Zeitpunkt, als wir sicher wussten, dass etwas vorgeht, da hatte das Übel schon den Hof erreicht.

Diejenigen von uns, die Fragen stellten ... Nun, es geschahen Dinge, die sie zum Schweigen brachten. Gute Offiziere starben oder sie verschwanden. Oder, was das Schlimmste ist, sie schienen plötzlich von demselben Übel befallen zu sein und bestraften die Untergebenen, mit denen sie gestern noch ihre Sorgen geteilt hatten, am folgenden Tag wegen ›aufwieglerischer Rede‹.

Zuletzt traf es den Obristen unseres Korps. Ein Reitunfall, hieß es. Aber es fühlt sich so an, als würde unser Land unterwandert von einer Macht, die man weder verstehen noch greifen kann. Und wir wenigen, die es ahnen, wir zerbrechen uns seitdem den Kopf, was wir dagegen tun können.«

»Ich weiß es auch nicht«, sagte Swetja niedergeschlagen. »Aber ... irgendetwas *muss* man doch tun können!«

Borija zuckte die Achseln. »Wir sind nicht viele Eingeweihte. Seit wir nicht mehr wissen, wem wir trauen können, wagt keiner mehr, über seine Befürchtungen zu reden. Nur wenn wir merken ... Wenn wir das sichere Gefühl haben, dass ein Kamerad unsere Sorgen teilt, dann sprechen wir ihn an. Eine Hand voll Verbündete haben wir auf diese Weise gefunden, aber es war ziemlich schwer, ein paar vertrauenswürdige Männer in einem Fähnlein zusammenzufassen, damit wir handlungsfähig sind.

Vielleicht gibt es noch andere Gruppen wie uns, aber jeder Versuch, das herauszufinden, sich außerhalb unserer kleinen Schar abzusprechen, ist gefährlich.«

Swetja sah die Soldaten an. »Wenn unser Land angegriffen wird, dann müsst Ihr ein Wagnis eingehen. Ihr müsst etwas tun!«

»Die Frage ist nur, *was*?«, erwiderte Borija. »Wir wissen nicht, wer unser Gegner ist, und wir können nicht gegen Zauberei kämpfen. Trotzdem sitzen wir nicht untätig herum. Wir haben dafür gesorgt, dass unser Trupp in der Ballnacht auf Streife ist. Denn die größten Sterndeuter des Landes sind unter den Deveni zu finden, und die waren alle zum Ball der Königin geladen. Wir haben darauf gehofft, dass einer von ihnen das Übel erkennen wird und wir dann in der Nähe sind, um ihm beizustehen.

Den Rest wisst Ihr, dewa Swetjana. Die einzige Seele unter all den Edlen des Reiches, die feinfühlig genug war, um etwas von der Veränderung zu bemerken, und stark genug, um ihr zu trotzen, das wart Ihr.«

»Und Ihr habt mir geholfen, Hauptmann.« Swetja schlug die Augen nieder. »Es tut mir leid, dass ich Euch einen Vorwurf gemacht habe. Ich hatte nicht das Recht dazu.«

Borija tat den Einwand mit einer Handbewegung ab. »Ihr habt recht. Wir müssen etwas tun. Wir haben etwas versucht, und wir hatten gehofft, dabei auf einen Zauberer zu stoßen, der uns sagen kann, wie wir diesen Feind bekämpfen können. Wenn Ihr darüber nichts wisst, müssen wir uns damit abfinden, dass unser Vorhaben ... nicht ganz den gewünschten Erfolg hatte.«

Er nickte Swetja zu und fuhr fort: »Wir brauchen also einen neuen Plan. Wir müssen davon ausgehen, dass jeder Deveni, der sonst noch auf dem Ball war, dem Einfluss unseres Feindes unterliegt. Sollen wir als Nächstes jeden Kundigen von Rang aufsuchen, der aus welchen Gründen auch immer nicht in der Hauptstadt war?

Allerdings können wir nicht davon ausgehen, dass diese Leute nur deswegen fehlten, weil sie von der Gefahr wussten. Und wenn wir den Falschen ansprechen, werden unsere Feinde erfahren, dass wir gegen sie arbeiten.

Ihr versteht unser Problem, dewa Swetjana? Wenn Ihr also einen Hinweis für uns hättet ... Ihr habt etwas gesehen, Ihr habt eine Gabe, und wir können jede Hilfe gebrauchen.«

»Mein Vater«, setzte Swetja an. »Mein Vater meinte, ich hätte recht gehabt. Wegen des Styx. Vielleicht ist das die Ursache von allem.«

Sie erzählte den Männern von ihrer Beobachtung der Gestirne und von der Theorie, die sie mit den anderen Sterndeutern hatte besprechen wollen.

Borija schüttelte langsam den Kopf. »Selbst wenn das so ist, verrät uns das nur, was wir ohnehin schon wissen: dass eine Gefahr droht. Es verrät uns nicht, wie wir sie abwenden können.

Oder gibt es auch dazu eine Prophezeiung? Können wir wenigstens sagen, was für eine Bedrohung genau der Styx uns ankündigt?«

»Nein«, sagte Swetja. »Aber irgendein anderer Sterndeuter weiß es vielleicht oder kann mehr herausfinden als ich. Ein älterer Gelehrter mit mehr Erfahrung.«

»Was uns zu unserer alten Schwierigkeit führt: Wen sprechen wir an? Wem können wir vertrauen?«

»Mein Vater!«, rief Swetja aus. »Er stand unter dem Bann dieser Macht, und er hat sie abgeschüttelt. Wenn wir zu ihm gelangen, kann er uns vielleicht helfen, jetzt, wo er meiner Warnung glaubt.«

»Vielleicht gibt es einen besseren Weg«, warf einer der Soldaten ein. »Diese *andere* Möglichkeit, über die wir gesprochen haben.«

»Das ist vor allem ein *weiter* Weg«, wandte Borija nachdenklich ein.

»Was?«, fragte Swetja.

Hauptmann Borija wandte sich wieder ihr zu. »Nun, natürlich haben wir bereits andere Pläne erwogen, falls der heutige Tag nicht das bringt, was wir uns erhofft haben. Falls wir in ganz Modwinja keinen Zauberer finden, der uns helfen kann.«

»Es gibt andere Länder«, sagte der Soldat. »Ältere Magie.«

Borija nickte. »Vielleicht. Wenn die Überlieferungen unseres Volkes der Wahrheit entsprechen, dann kamen unsere Vorfahren einst aus dem Osten, von jenseits der Wälder. Auch diese Prophezeiungen um den Styx und den Kataklysmus, von denen Ihr uns erzählt habt, dewa Swetjana – sie sind so uralt, sie müssen aus der Zeit stammen, bevor unser Volk die frühere Heimat verließ.

Wir hatten uns überlegt, wenn wir hier im Land keine Hilfe finden, ob wir sie dann nicht bei unseren Verwandten suchen sollten, die damals dortgeblieben sind. Wer weiß, wie viele alte Geheimnisse in der früheren Heimat viel sicherer bewahrt worden sind als bei uns.«

»Wer weiß, ob überhaupt etwas geblieben ist«, wandte Swetja

ein. »Ich habe nie davon gehört. Und keiner weiß, was auf der anderen Seite der Wälder liegt.«

»Oh«, sagte Borija. »Irgendjemand ist dortgeblieben, verlasst Euch darauf. Wir Soldaten verstehen nichts von Zauberei und von den Gestirnen, aber wir können Geschichtsbücher und alte Legenden lesen. Da haben wir einiges zutage gefördert, als wir nach Hinweisen auf diese Gefahr gesucht haben.

Ich schreckte bislang nur davor zurück, unsere Heimat in der Stunde der Gefahr zu verlassen und eine Reise von unbekannter Dauer anzutreten. Und mit ungewissem Ausgang. Aber jetzt, insbesondere nachdem Ihr selbst uns auf die Spur einer alten Prophezeiung gebracht habt ...«

Er wandte sich an die Männer am Tisch. »Vermutlich ist es an der Zeit, diesen Zug zu planen. Wir brauchen weitere Zusammenkünfte. Gebt den anderen Bescheid und bereitet alles vor. Wir werden mit so vielen Männern in den Osten ziehen, wie wir nur versammeln können.«

»Aber ...«, stotterte Swetja. »Wir haben hier doch noch gar nicht alles versucht.«

Sie fühlte sich überrumpelt. Diese Vorfahren im Osten, auf die Borija so bereitwillig alle Hoffnung setzte, waren doch kaum mehr als ein Gerücht!

»Es muss doch hier in unserem Land Gelehrte geben, in der Hauptstadt sogar ...«

»Nein«, entschied Borija. »Wer weiß, wie lange wir noch unbemerkt bleiben, nachdem wir Euch vom königlichen Ball gerettet haben. Je weniger Aufmerksamkeit wir hier noch erregen, umso besser auch für Euch, dewa Swetjana.«

»Aber was ist mit meinem Vater?«, rief Swetja. »Wer rettet ihn? Er hat mir geholfen, er hat der bösen Macht widerstanden, und niemand weiß, was mit ihm geschehen ist. Wir können ihn nicht einfach im Stich lassen.«

»Hm, darum geht es Euch.« Borija runzelte die Stirn. »Euer Vater hätte gewiss nicht gewollt, dass Ihr durch eine waghalsige Rettungsaktion den Erfolg dieser Flucht, die er ermöglicht hat, wieder gefährdet.«

Er lächelte Swetja an. »Aber keine Sorge, eine solche Reise, wie wir sie vorhaben, lässt sich nicht an einem Tag beginnen. Uns bleibt Zeit genug, dass wir uns noch um andere Dinge kümmern. Wenn ich herausfinde, wo Euer Vater ist, wenn er noch ... Ich meine, wenn es irgendwie möglich ist, dann werde ich auch ihn befreien.

Wenn alles gut geht, dewa Swetjana, werden wir gemeinsam mit Eurem Vater in den Osten aufbrechen.«

14.

Gontas erwachte am nächsten Morgen von einer leichten Berührung. Schlaftrunken streckte er die Hand aus, aber er lag allein unter seinem Burnus. Die Kälte stach durch den dünnen Stoff. Es war die graue Stunde vor Sonnenaufgang, und um diese Zeit konnte es eisig sein im Steinland.

»Tori?«, murmelte er. Ihre Wärme hing noch neben ihm, und er zog den Stoff fester um sich. Er verspürte eine unbestimmte Beunruhigung. Etwas war nicht so, wie es sein sollte.

Dann dämmerte ihm, was das war, und von einem Moment zum anderen war er hellwach. Er sprang auf. »Bei Nanas dunklem Arsch!«, fluchte er. »Wer hält Wache? Mart hat uns nicht geweckt!«

Er sah sich um. Alles schien ruhig zu sein auf ihrem kleinen Felsen. Tori hüpfte humpelnd zu ihrem Gefährten, während sie versuchte, im Laufen und mit nur einer Hand in die enge Hose zu schlüpfen. Sie hatte sich das Lederwams übergeworfen, ohne die Schnallen vorn zu schließen.

Sie beugte sich zu Mart hinab. Dann drehte sie ihn neben dem erloschenen Feuer auf den Rücken. Der Söldner bewegte sich nicht.

»Alle Geister der Hölle«, murmelte Gontas. Er schaute zu den beiden Dromedaren, aber die Tiere standen unversehrt neben dem Lager. »Ist er ...« Gontas brach ab und griff nach seinen Waffen. Dann ging er zu seinen beiden Begleitern.

»Mart?«, sagte Tori. Sie schüttelte ihn.

Der Söldner stöhnte.

»Verfluchter Graubart!« Gontas lachte. »Ist besoffen und schnarcht sich einen, während jeder Wüstenkobold seinen Gefährten die Kehle durchschneiden kann.«

Tori schüttelte den Kopf. Sie schlug Marts Burnus zurück. Ein Arm war dunkel angelaufen und geschwollen.

»Der Riesenkrabbler hat ihn nich nur mit der Schere erwischt.« Tori fuhr mit dem Finger über einen schwarz verfärbten Riss. »Der Giftschweif hat auch noch 'n Striemen gezogen.«

»Nur 'n Kratzer«, murmelte Mart. Er klang, als hätte er statt der Zunge ein Kissen im Mund. Seine Augen glänzten fiebrig.

»Halt's Maul, oller Eber, du.« Tori strich ihm die schweißfeuchten Haare aus der Stirn. »Hättest meine Hand aufheben sollen, als ich sie verloren hab, hm? Sieht aus, als könntste die bald brauchen, bevor wir hier wegkommen.«

»Verfluchter ungeschickter Städter«, knurrte Gontas. »Sollen wir jetzt etwa hierbleiben wie auf einem Teller und uns den ganzen Tag rösten lassen?«

Tori funkelte ihn an. Gontas schnaubte und wandte sich ab. Er sah nach den Tieren.

Sie blieben auf ihrem Lagerplatz. Tori säuberte Marts Wunden, sie fütterte ihn, hielt ihn warm und zog – widerstrebend – Gontas hinzu, wenn sie Rat brauchte oder wenn sie mit einer Hand nicht weiterkam.

Nach der vorangegangenen Nacht hätte Gontas eigentlich erwartet, dass Tori den alten Söldner lieber heute als morgen los wäre. Jetzt aber, nach all dem Streit und all den Beleidigungen, eilte sie doch wieder an Marts Seite.

Gontas verstand sie nicht, Gontas verstand sie beide nicht. Im Grunde konnte es ihm auch gleich sein, wie verrückt diese Städter waren, solange es den Erfolg ihrer Suche nicht behinderte.

»Wir sollten hier nicht zu lange warten«, sagte er.

»Warum, hm?«, fragte Tori. »Dachte, du hätt'st genug zum hacheln bei.«

»Unsere Vorräte brauchen wir vielleicht, wenn wir zur Zitadelle wollen«, antwortete Gontas. »Und hier gibt es kein Wasser.«

»Die Zitadelle«, lallte Mart von seinem Lager, halb im Fieberwahn. »Ha! Wir werden Tarukan seine Schätze ausfegen!«

Tori sah ihn an. Sie schüttelte den Kopf. »Es dauert so lange, wie's dauert. Wenn's dir zu lang ist, du, auf 'n Kamerad zu warten, dann nimm dir eins von den Viechern und zieh allein weiter.«

Gontas sah Tori an, die seinen Blick trotzig erwiderte.

»Ich kann auch beide Packtiere nehmen«, sagte er.

»Nur zu, du«, gab Tori wütend zurück. »Wenn's denn Sitte ist bei deinem Volk, die eigenen Kameraden zu filzen. Denn das sind unsere Tiere, alle beide! Von unsrem Gold gekauft für deine nebbichte Suche, Buschmann! Könnst schon was mehr Dankbarkeit zeigen für das alles.«

»Es ist nicht die Sitte meines Volkes, Gefährten im Stich zu lassen«, antwortete Gontas. »Das wisst ihr genau. Was ist mit der Dankbarkeit *dafür*?« Wütend zog er sich auf die andere Seite des Felsens zurück.

Mart erholte sich. Nach zwei Tagen konnte er wieder reisen, auch wenn er oft rasten musste auf dem Weg. Noch länger dauerte es, bis er seinen Arm wieder gebrauchen konnte.

Die meiste Zeit marschierten sie schweigend durch die Einöde, durch glutheiße Tage und eisige Nächte. Immer wieder zog Gontas die Karte zurate, die er im weißen Turm gefunden hatte. Ihr Ziel war darauf deutlich zu sehen: Zwischen Bergen und einem großen See lag mitten im Steinland der Ort, wo sie nach den Zeichen auf dem Pergament Tarukans Lager vermuteten.

Doch diesen Ort auch in der Wirklichkeit zu finden war schwieriger als erwartet.

Gontas war erfahren in der Wildnis, und er hatte einen untrüglichen Sinn für die Orientierung. Aber es fiel ihm schwer, die Karte mit dem, was er hier draußen sah, und mit der zurückgelegten Strecke in Einklang zu bringen. Mart und Tori auf der anderen Seite verstanden die Karte gut genug, aber sie waren nicht geübt darin, sich in der Wüste zurechtzufinden. Als Söldner waren sie selten in der menschenleeren Wildnis unterwegs gewesen, und wenn nötig, hatten ihre Auftraggeber für ortskundige Führer gesorgt.

Hier war ihr Führer Gontas, der knurrend vorausging, die Karte mal so, mal andersherum hielt, sie gegen die Sonne ausrichtete und an einem Tag diese, am nächsten jene Richtung daraus ablas.

Als es Mart besser ging, schloss er öfter zu Gontas auf. Sie schauten gemeinsam auf das Pergament und stritten sich. Tori trug ihr schützendes Ledergewand unter dem Burnus, den Haken an der Hand, und sie hielt Abstand von den Männern. Dabei behielt sie die Wüste im Auge.

Gontas ertappte sie oft, wie sie in seine Richtung schaute und sich rasch abwandte, wenn ihre Blicke sich kreuzten. Und einmal ertappte Mart ihn bei diesen verstohlenen Blickwechseln.

»Glaub bloß nich, dass solche Nächte zur Gewohnheit werden«, zischte er Gontas zu. »Ich hab dir Tori einmal überlassen, aber sie gehört zu mir. Ich werde sie niemals ziehen lassen.«

Gontas schüttelte unwillig den Kopf. »Aber du *hast* sie mir überlassen, für diese eine Nacht. Also hör auf, darüber zu grübeln und es mir vorzuhalten.«

»Hm.« Mart schnaubte. »Ich hab sie dir angeboten. Aber was für ein Kamerad nimmt so ein Angebot an?«

»Und was für ein Mann macht so ein Angebot, wenn er es nicht ernst meint?« Gontas gab sich keine Mühe, leise zu sprechen. »Hätte ich es ablehnen können, ohne jemanden zu beleidigen? Ich verstehe die Sitten von euch Städtern nicht.«

»Du hast es gar nicht versucht«, sagte Mart bitter.

»Es ist mir egal, was für Spiele ihr da treibt. Sie ist zu mir gekommen. Also komm klar mit deinem Hakenweib und mit deiner eigenen Klappe und lass mich in Ruhe damit. Ich weiß ja nicht mal, ob sie dein Weib ist oder deine Geliebte oder eine Waffengefährtin. Was ihr da macht, so was gibt es nicht bei den Cefron.«

»Was sie ist, he?« Mart schaute zu Tori, die ein Stück vor ihnen ging und den Weg auskundschaftete. »Sie ist, was ich aus ihr gemacht habe.« Er flüsterte wieder, und doch war der Stolz in seiner Stimme unüberhörbar. »Trotzdem steckt noch viel von dem in ihr drin, was sie früher mal war. 'ne Diebin und 'ne Gossenmusche. Man kann ihr nicht trauen, Gontas. Sie braucht straffe Zügel, sonst … wie auch immer. Wird 'n Buschmann eh nicht verstehen, wie man bei der die Fäden zieht. Lass es also, sie würd dich nur unglücklich machen.«

Gontas lachte leise. »Also, für mich hat sie sich gut genug angefühlt in dieser Nacht, als du am Feuer dein Fieber umarmt hast.«

Mart sah wütend drein.

Gontas hob beschwichtigend den Arm. »Ist schon gut. Ich will gar nicht mehr. In jedem Dorf, in jeder Stadt gibt's genug Frauen für die Nacht, die am nächsten Morgen keinen Ärger machen. Ich will keine Frau am Zügel führen, ich habe genug Arbeit mit dem störrischen Dromedar hier.« Er hob die Faust mit der Führleine.

»Ich …« Mart schaute zu Tori hin. Sein Blick wurde weit und versonnen. »Ich will sie behalten. Ich hab sie geliebt vom ersten Moment an, als ich sie gesehen hab. Hab sie aufgefangen, als man sie mit versiegeltem Armstumpf vom Richtplatz geworfen hat – die Diebin, die sie war. So 'n junges Mädchen. Ich hab mich um sie gekümmert, bis es ihr besser ging. Hab ihr alles beigebracht, was sie heute kann.

Ich lasse nicht zu, dass sie geht.«

Die Tage verrannen, die beiden Wasserfässer wurden leer. Es hatte nicht geregnet, seitdem sie ins Steinland gekommen waren, es gab nicht einmal einen feuchten Nebelhauch in der Luft während der kalten Stunden vor der Morgenröte, keinen Tau auf den Steinen. Sie fanden weder Wasserlauf noch Quelle.

Gontas gab es schließlich auf, die Karte zu deuten, und sie wanderten geradewegs nach Norden.

Als er fern am östlichen Horizont die Berge erblickte, wusste er, dass sie auf der falschen Seite dieser Landmarke angekommen waren. Die angebliche Stadt in der Wüste, die Tarukans Söldner in Besitz genommen hatten – Kar Ombos, so hatte Mart es entziffert –, lag laut Karte östlich der Berge.

Mart beschirmte sein Auge und spähte in die Richtung, die Gontas ihm wies. »Könnt auch 'ne Luftspiegelung sein«, sagte er. »Ein Trugbild, das uns in die Irre führt. Man hört so allerhand über die Wüste.«

Tori trat zu ihnen. Sie kniff die Augen zu Schlitzen zusammen und blickte angestrengt in die besagte Richtung. »Es könnten auch einfach die Berge sein«, stellte sie fest.

»Wir gehen dorthin«, entschied Gontas.

»Gehn wir im Süden drum rum?«, fragte Tori. »Oder sind wir schon zu weit im Norden und versuchen es dort?«

Gontas sah zu seinem Dromedar. »Wir gehen mitten hindurch«, sagte er. »Wir haben nicht genug Wasser für einen Umweg.«

»Der Weg über die Berge mag länger sein als der Weg außen herum«, gab Mart zu bedenken. »Wir wissen nichts über diese Gegend. Und die Karte hilft uns auch nicht weiter.«

»Vielleicht finden wir Wasser dort«, sagte Gontas. »Dann macht uns ein längerer Weg nichts aus. Mir sind die unbekannten Berge jedenfalls lieber als die Wüste, die wir kennen.«

An diesem Tag verbrachten sie die Nacht noch im freien Steinland, und am nächsten Morgen überstrahlte die Sonne die Berge vor ihnen. Die drei Wanderer marschierten mit gesenktem Haupt, die Kapuzen tief ins Gesicht gezogen. Als gegen Mittag die Sonne über ihren Köpfen stand, sahen sie die Umrisse der Berge deutlich vor sich.

»Tafelberge«, stellte Mart fest. Wieder schirmte er sein Auge gegen das Sonnenlicht ab und studierte die flachen Gipfel, die unregelmäßigen Einschnitte dazwischen und die kantigen Konturen der steilen Hänge.

»Sieht fast aus wie die Berge von Raib«, sagte Gontas. »Nur stehn die Berge hier gar nicht getrennt voneinander. Es scheint fast so, als wären sie zusammengewachsen.«

»Wohl eher umgekehrt«, sagte Mart. »Für mich sieht's aus wie ein einziger Berg, nur so angefressen und zerschnitten wie die Steinbrüche im Arraz.«

Je näher sie kamen, umso klarer traten die Einzelheiten hervor. Da gab es keinen allmählichen Anstieg, keinen langsamen Übergang in der Landschaft. Das Bergmassiv stieg jäh aus dem Steinland auf. Die Hänge waren schroff, fast senkrecht, durchzogen von scharf abgegrenzten Streifen aus Ocker, dunklem Braun und Rot. Der Fels war entlang dieser Schichten abgetragen, sodass die Berge fast wie in Stufen anstiegen, auch wenn diese Stufen viel zu hoch und unregelmäßig waren, um einen begehbaren Weg zu formen.

Die flachen Gipfel waren viele Hundert Schritt hoch. Die Täler dazwischen lagen alle in unterschiedlicher Höhe. Manch eine Kluft lag höher als anderswo die Gipfel, andere Talsohlen waren nur zehn oder zwanzig Schritt über dem Wüstenboden. Diese Einschnitte wirken zum Greifen nah, dennoch blieben sie unerreichbar, solange man einem Dromedar nicht beibringen konnte, an einer senkrechten Wand emporzusteigen.

Womöglich war das ganze Bergmassiv vor langer Zeit tatsächlich eine einzige Hochebene gewesen, von Wind und Wetter im Laufe der Zeit unregelmäßig abgetragen.

»Also doch drum rum, hm?«, befand Tori.

Gontas schaute zum nächsten Spalt hinauf. Der sah breit und gut begehbar aus, und die Menschen hätten in wenigen Minuten hinaufklettern können. »Wir können die Dromedare hierlassen«, sagte er. »Die schweren Fässer sind sowieso fast leer. Was sonst noch wichtig ist, können wir tragen.«

Mart gefiel der Gedanke gar nicht. »Eh, wer weiß, was noch wichtig sein wird? Außerdem, wie kommen wir ohne Packtiere wieder zurück?«

»Na, du sorgst dich doch bloß um die Füchse, die dir für die Viecher aus der Börse gelaufen sind, hm«, frotzelte Tori.

Aber Marts letzter Einwand überzeugte Gontas. »Also gut. Wir gehen erst mal am Fuß der Berge entlang. Vielleicht finden wir ja ein Tal, durch das wir mitsamt den Tieren auf die andere Seite gelangen.«

»Na, selbst wenn wir es in die Berge reinschaffen«, sagte Mart, »wer weiß, wie weit wir da kommen? Da erwartet uns doch nur ein Irrgarten aus lauter solchen Spalten.«

Sie studierten die Karte. Der Ort auf der anderen Seite lag genau in der Mitte der Bergkette, und das Massiv erstreckte sich in jede Richtung bis zum Horizont. Es bot sich kein Anhaltspunkt, welcher Weg der kürzeste war.

Gontas beschloss, im Norden nach einem Durchgang zu suchen, weil ihm der Gedanke nicht gefiel, in die Richtung zu gehen, aus der sie kamen. Es fühlte sich zu sehr nach einem Rückzug an.

Sie folgten dem Verlauf der Felswand. Zweimal versuchte Gontas, die Dromedare in die Berge zu führen, und zweimal scheiterte er beim Anstieg. Am Abend fanden sie unter einem Überhang eine Nische, fast schon eine Höhle. Es war der sicherste Lagerplatz, seit sie ins Steinland gekommen waren.

In dieser Nacht hörten sie ein Grollen aus den Bergen wie von einem fernen Steinschlag. Sie konnten nicht genau ausmachen, was es war, und am nächsten Morgen brachen sie früh wieder auf. Sie waren noch nicht lange unterwegs, da streckte Gontas die Hand aus. »Da!«

Vor ihnen lag ein begehbarer Taleinschnitt. Er reichte sogar tiefer als der Wüstenboden, und terrassenartige Stufen führten ein Stück hinab und zwischen die Berge. Das Tal lief wie ein Trichter auf einen Spalt zu, der keine vier Schritt breit war, aber der Weg dort wirkte so eben wie eine Straße.

Mart runzelte die Stirn. »Scheißdunkel da drin.«

Zu beiden Seiten des Hohlwegs ragten die Hänge der angrenzenden Tafelberge Hunderte Schritt auf, beinahe senkrecht und mitunter sogar überhängend.

»Die Berge sehen lang aus auf der Karte, aber nicht breit«, sagte Gontas. »Wenn ich das Pergament inzwischen richtig verstehe, können wir in einem Tag durch sein.«

»Wenn der Schlitz da noch 'n bisserl schmaler wird ...« Tori klang beklommen. »... dann stecken wir so fest wie 'n Modwinjerschwanz im Mäusearsch.«

»Unser Wasser reicht für einen Tag«, gab Gontas zu bedenken. »Für zwei, wenn wir's knapper einteilen. Wenn wir aus der Sonne rauskommen, können wir leichter darauf verzichten.«

Mart seufzte. »Also dann, in Anams Namen.« Er führte sein Dromedar auf den Einschnitt zu. Tori folgte ihm eilig, Gontas kam hinterher.

»Jetzt kann es dir wohl nicht schnell genug gehen!«, rief er.

»Wenn wir gleich entscheiden müssen, ob wir weitergehen, dann steh ich lieber vorn und bestimme selber, wo's langgeht«, gab Mart zurück.

Unvermittelt wurde es dunkel um sie. Sie waren zuvor schon im morgendlichen Schatten der Berge gewandert, aber als die Felswände sich um sie schlossen, tasteten sie sich eine Weile blind vorwärts, bis ihre Augen sich an die Veränderung angepasst hatten. Die Tiere sträubten sich, in den dunklen Schlund zu treten, und Gontas hörte Mart vor sich fluchen.

»Pass doch auf, du!«, rief Tori. »Dein Vieh zerquetscht mich fast. Wenn ich die Meckes noch hätte, aye, die war sanfter.«

»Klar«, knurrte Mart. »Was glaubste, wie sanft die jetzt da draußen im Steinland ruht.«

Die Tiere gewöhnten sich an die neue Umgebung, genau wie die Menschen. Gontas betrachtete prüfend die Streifen an den Felswänden. Sie wirkten so glatt und gleichmäßig, als hätten Riesen hier Steinplatten von unterschiedlicher Färbung aufeinandergestapelt. An manchen Stellen sah er Muster im Stein wie die Abdrücke von etwas Lebendigem. Gontas erkannte die Umrisse von Blättern und Gräsern und ein riesiges Schneckenhaus. Ein Umriss an der Felswand erinnerte ihn an den Stachel eines Skorpions.

Gontas erschauerte. Mit einem Mal schlich sich auch in alle anderen Formen die Ahnung von etwas Bedrohlichem. War das dort wirklich nur ein langes gewelltes Blatt, oder ... irgendetwas *anderes*? Das seltsame Muster darin womöglich nicht einfach nur Flecken, sondern die Überreste von kreisrunden Öffnungen mit Zähnen? Und die Grashalme an einer anderen Stelle, war das nicht in Wahrheit ein Bündel sich windender Würmer mit einem Dornenkranz obendrauf?

Gontas versuchte, die Abdrücke im Fels nicht länger zu beachten und seine Aufmerksamkeit auf den Weg zu richten. Die

Spalte, in der sie unterwegs waren, wand sich dahin, aber sie wurde nicht enger. Stattdessen mündete sie schließlich in einen schüsselförmigen Talkessel, ringsum von Felswänden umschlossen und ohne weiteren Ausgang.

Der Boden wurde zerklüftet. Unregelmäßige Felstreppen führten mal hinunter, mal hinauf. Dazwischen ragten Steingebilde auf, klein und flach wie Altäre oder dünn und himmelhoch wie verwitterte Säulen. Die drei Wanderer kämpften sich mit den Packtieren vorwärts, bis es nicht mehr weiterging.

»Kehren wir um«, sagte Mart.

Gontas nickte. »Dahinten habe ich einen Abzweig gesehen. Der sah besser aus.«

Mart grummelte etwas Unverständliches, aber nach dem Richtungswechsel ging Gontas wieder voraus, und die beiden Söldner folgten ihm.

Das Gewirr von Tälern und Spalten zwischen den Tafelbergen glich tatsächlich einem Irrgarten. Einmal blieben sie ganz knapp vor einem Abbruch stehen, der fünfzig Schritt in eine Schlucht abfiel. Sie wollten schon kehrtmachen, da wies Tori mit einem hellen Ruf über die Kluft und die dahinter liegenden Gipfel hinweg auf einen großen Tafelberg in der Ferne. Dunkelheit hüllte den flachen Gipfel ein, und wenn er genau hinsah, erkannte Gontas eine wabernde Bewegung darin wie von einem wallenden Vorhang, der sich sanft im Wind blähte.

»Da gießt es aber kräftig, da oben«, sagte Tori. »War 'n Schlauer, unser Buschmann. Es gibt Regen in den Bergen! Da muss es auch Wasser geben, hm?«

Sie standen eine Weile da und betrachteten das Unwetter in der Ferne. Schließlich setzten sie ihren Weg durch das Schluchtengewirr fort. Tori war zuversichtlich gestimmt und hielt nach Wasserlöchern Ausschau. Gontas schritt finster und angespannt einher und lauschte.

Eine neue Sorge hatte von ihm Besitz ergriffen: Wenn solche Regengüsse hier über den Höhen möglich waren, dann wusste niemand, durch welche der schmalen Schluchten das Wasser abfließen würde. Wie sollten sie hier in so einem engen Tal einer plötzlichen Flut ausweichen?

Bei der nächsten Rast wischte Mart sich erschöpft über die Stirn. »Ich würd am liebsten gleich ganz zurücklaufen und es doch außen rum um die Berge versuchen. Wenn ich den Weg noch finden tät.«

»Ich kenne den Weg«, sagte Gontas. »Wir kommen gut voran. Es gibt zwar keinen geraden Pass auf die andere Seite, aber wir halten unsere Richtung und werden so schneller am Ziel sein.«

»Vielleicht finden wir vorher schon Wasser«, sagte Tori fröhlich. »Wär mir nur recht, nach dem trocknen Marsch.«

Gontas wandte den Blick ab. »Aye«, sagte er. »Vielleicht gibt's vorher schon Wasser. Die Tiere werden es wittern. Hoffe ich.«

Am Abend erreichten sie einen weiteren Talkessel, so groß, dass sie die Grenzen kaum abschätzen konnten. Wenn sie diese Senke hinter sich ließen, mussten sie fast schon auf der anderen Seite der Berge sein. Vorausgesetzt natürlich, sie stießen auf einen Weg, der in der richtigen Richtung aus dem Tal hinausführte – doch daran mochte Gontas nicht zweifeln.

Für den Augenblick genügte es ihm, dass sie hier ein Nachtlager fanden. Das Tal war zu groß, als dass es bei einem Regenguss voll Wasser laufen könnte und sie ertrinken müssten.

Mart trat neben ihn. Er betrachtete die Landschaft, die sich vor ihnen auftat. Die Sonne war hinter den Bergen versunken, die steilen Hänge warfen tiefe Schatten über das Tal. Die Felsen darin verschmolzen in der Dunkelheit zu bedeutungsschweren Schemen. Man mochte die Umrisse von Drachen und Türmen und Torbögen erahnen, und dazwischen dräuten missgestalte Albtraumwesen, die der Geist des Betrachters zu immer neuen Formen zusammensetzte in dem Bestreben, dem, was man sah, einen Sinn zu verleihen.

»Gefällt mir gar nicht«, sagte Mart. »Schau mal da oben auf dem Felsen – da steht einer und linst zu uns rüber!«

Gontas spähte in die Richtung, die Mart ihm wies. »Das ist nur ein Stein«, stellte er nach einer Weile fest. »Der Umriss bewegt sich nicht. Und der Fels ist weit weg. Wenn das dort oben ein Wächter wäre, müsste es ein Riese sein.«

»Hm, musst schon entschuldigen, Briske«, warf Tori ein, mit leisem Spott in der Stimme. »Tut sich schwer mit Entfernungen, unser Mart.«

Sie suchten in der Dunkelheit nach einem Lagerplatz. Die bedrückenden Silhouetten mochten bloß Steine sein, aber sie standen dicht beieinander und verstellten die Sicht. Wenn es hier echte Gefahren gab, konnten die sich hinter den Felsformationen leicht verbergen.

Gontas wählte eine Stelle unter einer großen Felsbrücke, um die herum die Fläche ein wenig freier war. Der Steinbogen wölbte sich über ihnen und war fast zwanzig Schritt hoch. In der Breite maß er an der dicksten Stelle nur knapp einen Schritt, und er bestand aus deutlich voneinander geschiedenen Schichten wie alles hier. Viel Schutz bot diese Formation nicht, doch es schien der beste Platz zu sein, den sie finden mochten.

Als sie darauf zugingen, bückte Tori sich plötzlich. »Da!«, rief sie.

Gontas wollte schon zur Waffe greifen, doch dann bemerkte er, dass das nicht nötig war. Die Söldnerin klang nicht beunruhigt, sie war begeistert! Sie streckte den Männern die Hand entgegen. Eines der Dromedare wandte den Kopf und schnupperte, Gontas kniff die Augen zusammen. Dann erkannte er im schwachen Licht eine Blüte zwischen ihren Fingern.

»Ist inner Mulde gewachsen, hab ich gesehn.« Sie hielt die Blume an die Nase. »Is das erste Kraut, seit wir's Steinland betreten haben. Ich denk, wir finden auch Wasser hier. Das Schlimmste haben wir jetzt hinter uns, hm?«

Gontas schnaubte. Er betrachtete die Blütenblätter, die im Zwielicht blass und gesprenkelt aussahen. »Die erste Pflanze«, stellte er fest. »Und du hast sie ausgerissen.«

Aber nachdem er die Tiere angebunden hatte, sah er noch mehr Pflanzen. Sie wuchsen überall in den geschützten Nischen zwischen den Steinen: Blumen, karge Sträucher und sogar ein winziger verwachsener Baum. Aber Gontas kannte nichts von dem, was hier wuchs, und die Dromedare steckten nur lustlos das Maul in das matte Grün, schnoberten und wandten sich ab.

Mart sah derweil zum Himmel hinauf. Oben am westlichen Rand des Tals verblasste der letzte helle Streifen, und die Dunkelheit stieg vom Talgrund bis in den Himmel.

»Was ist?«, fragte Gontas. »Siehst du noch mehr Wächter?«

»Nein«, sagte Mart. »Ich seh gar nichts mehr. Keine Sterne.«

Gontas blickte auch nach oben. Eine bleierne Schwärze zog über das Firmament. Nach all den sternklaren Nächten in der Wüste war das ein ungewohnter Anblick.

»Das wird 'ne schwarze Nacht werden«, sagte Mart.

Der Regen kam um Mitternacht.

Erst wurden die Tiere unruhig. Gontas nahm beide Äxte und trat unter dem Felsbogen hervor, um nach ihnen zu sehen. Er spürte eine eisige Berührung in seinem Gesicht und brauchte eine Weile, bis ihm klar wurde, dass es winzige Wassertropfen waren, die seine Haut benetzten.

Im nächsten Augenblick hörte er auch schon ein Brausen vom Himmel, und der Regen prasselte ins Tal.

Mart und Tori schrien und fluchten. Sie sprangen auf. Der schmale Felsbogen über ihnen konnte nicht als Dach dienen. Das Wasser spritzte in Fäden durch die Furchen im Stein und ergoss sich auf die Köpfe der Menschen darunter.

»Oh, verdammt, bei Amans Segen – da hast du deinen Regen!«, rief Mart.

Tori lachte, während sie ihr Gepäck zusammensuchte. »Seh schon, kannst die Leut mit deinen Reimen beglücken, wennste als blinder Bettler mal dein Auskommen suchen musst, hm, alter Kater?«

Gontas wies in die Dunkelheit. »Da drüben standen ein paar große Steinhaufen. Vielleicht finden wir dort Unterschlupf. Ist aber kein so sicherer Fleck wie hier.«

»Macht nichts«, befand Mart. »Bei dem Wetter schleicht hier eh keiner rum.«

»Weiß echt nicht, wie du so alt werden konntest, du«, warf Tori ein. »Bei so ’nem dünnen Pelz.«

Sie nahmen die Tiere mit und tasteten sich durch die Nacht. Kein Stern, kein Mond lugte hinter den Wolken hervor, und die Wassermassen verdeckten alles, was man sonst vielleicht hätte erahnen können. Zudem löschte das Rauschen und Prasseln auch jeden anderen Laut aus und ließ die drei Gefährten hilflos umherirren. Gontas fühlte sich schutzlos.

»Passt auf und bleibt zusammen«, sagte er.

Sein Raumgefühl blieb ihm erhalten, und er fand unfehlbar die Felsformation, die er im Sinn gehabt hatte. Es war eine der höheren Steinsäulen, die mit ihren Vorsprüngen, Löchern und Graten im Dämmer des Abends fast wie ein Haus ausgesehen hatte.

Darin ertasteten sie einen Spalt, der sich trocken anfühlte. Er war zu eng, als dass alle drei sich hätten hineinlegen können, und die Dromedare fanden überhaupt keinen Platz. Sie banden die Tiere draußen im Regen wieder an.

»Hilfst du mir, Gontas?«, fragte Tori. Gemeinsam spannten sie Planen auf, um das Regenwasser in die Fässer zu lenken. Zuletzt kauerten sie alle durchnässt in dem Spalt. Sie zitterten vor Kälte und lauschten dem Regen. Gontas konnte die Dromedare nicht sehen, doch er behielt die Führleinen in der Hand. So dämmerten sie vor sich hin und warteten auf den Morgen.

Nach einigen Stunden hörte der Regen auf, der Himmel wurde klarer. Doch das Rauschen, Tropfen und Plätschern im Tal verstummte nicht. Dann fegte ein Wind durch die Felsen, und überall aus den Senken stiegen weiße Nebelfahnen auf. Einen Moment lang tanzten sie vor den Augen der drei Wanderer wie Geister, dann flossen sie zusammen.

Augenblicke später wogte der Nebel dicht und grau, und sie erahnten das Licht des heranbrechenden Morgens mehr, als dass sie es sahen. Die Umrisse der nahen Felsen wirkten wieder fremd und bedrohlich, und zwischen den wogenden Schwaden schien es gar so, als bewegten sie sich.

»Hm, pass auf, Mart – deine Jammer kommen dich holen!«, frotzelte Tori.

»Jammer?«, fragte Gontas.

»So nennen manche Söldner die Geister der Toten, die klagend über das Schlachtfeld ziehen«, erklärte Mart. »Schwachsinn.«

Er quälte sich wieder in seine Rüstung, und das ging in der engen Spalte nicht ohne Rempeleien ab. Gontas stand am Ausgang und spähte in den Nebel. »Geister«, sagte er. »Das gefällt mir nicht.«

Der Wind pfiff ein hohles Lied auf den Felsen des Tals, aber er zerriss den Nebel nicht. Das tropfende Wasser klang so dumpf wie Schritte.

»Können wir aufbrechen, du, bei dem Wetter?«, fragte Tori.

»Weiß nicht«, antwortete Gontas. »Wir könnten den richtigen Abzweig übersehen. Aber hier will ich nicht bleiben.«

»Na, ich geh nicht ohne Frühstück«, sagte Mart. »Scheiße, dass wir kein Feuer haben. Aber wenn wir mit dem Essen fertig sind, ist der verfluchte Morgennebel vielleicht davongeflogen.«

»Ich schau nach den Viechern«, sagte Tori. »Und nach 'n Fässern.«

An den Führleinen tastete sie sich in den Dunst hinaus. Fünf Schritte entfernt hielt sie inne, dort, wo sich die Umrisse der Dromedare noch blass durch den Nebel abzeichneten. Sie verharrte, und etwas an ihrer Haltung brachte Gontas dazu, seine Waffen zu ziehen.

Im Nu war Mart an seiner Seite.

Tori stieß einen unterdrückten Schrei aus.

Gontas und Mart sprangen zu ihr. Gontas holte zum Schlag aus – und dann sah er, wovor Tori sich erschreckt hatte. Die Tiere waren fort. Die Führleinen waren um zwei Steinhaufen gewickelt, die vage an den Rücken von Dromedaren erinnerten.

15.

»Alle Götter von Khâl«, stieß Tori hervor. Ihre Stimme klang schrill. »Wie kann das sein?«

»Diese Steinhaufen«, flüsterte Mart. »Die waren gestern noch nicht da.«

»Ich weiß nicht«, murmelte Gontas. »Es war dunkel letzte Nacht.«

Ein geschickter Dieb, der in der Dunkelheit ihre Tiere stahl, das war eine Sache. Aber dass er unbemerkt zwei Steinhaufen gleich neben ihrem Lager errichtete, das war unmöglich!

Gontas weigerte sich, das zu glauben.

Die beiden Männer stellten sich Rücken an Rücken. Sie hielten die Waffen halb erhoben und spähten in den Nebel hinaus.

Tori lief zurück zu dem Unterschlupf. »Mein Armgeschirr«, rief sie.

Gontas setzte einen Fuß auf die Steinhaufen. Es waren keine losen Steine, sondern eine massive Felsformation aus denselben zusammengewachsenen Schichten wie überall sonst in diesen Bergen. Unmöglich, dass jemand die hierhergebracht hatte.

»Da bewegt sich was«, flüsterte Mart.

Gontas blickte über die Schulter zurück. »Das ist nur …« Der Satz blieb ihm in der Kehle stecken. Der Schatten im Nebel war tatsächlich nur ein Felsen – aber er bewegte sich trotzdem!

Gontas sah, immer noch über die Schulter blickend, wie der verschwommene Umriss hinter den Dunstschwaden sich auseinanderfaltete, auf vier Beine erhob, einen Kopf ausstreckte. Der Fels wurde zu einer Bestie, die krachend und knackend auf sie zutrampelte.

»Alle Götter.« Mart presste die Worte zwischen den Lippen hervor. »Wir hätten außen um die Berge rumgehen sollen.«

Überall aus dem Nebel vernahmen sie jetzt den Lärm aufschlagender Steine. Ein hohler Laut schwebte in der Luft wie das Gähnen eines Riesen. Das ganze Tal geriet in Bewegung, halb verborgen hinter den grauen Schwaden.

Vor Gontas schälte sich eine weitere Silhouette aus dem Dunst. Sie hatte die Umrisse eines Menschen, und sie war dem Wächter nicht unähnlich, den Mart gestern auf der Felssäule gesehen zu haben glaubte – und sie war ebenso riesig.

Von hinten hörte er das vierfüßige Ungetüm heranstapfen.

»Auseinander«, rief er Mart zu. »Wir brauchen Platz zum Ausweichen.« Er rannte von dem Söldner weg und lief auf den Giganten vor sich zu.

»Tori!«, brüllte Mart. »Sei vorsichtig!«

Dann war der erste Gegner heran. Gontas warf sich zur Seite, und etwas stürmte an ihm vorbei. Das Wesen erinnerte vage an einen Drachen. Es machte kehrt und kam zurück.

»He, du hässlicher Abfall aus einem Steinbruch!« Mart schwang sein Schwert und lenkte die Bestie auf sich. Gontas presste sich flach auf den Boden, und das Ungeheuer lief wieder an ihm vorbei. Diesmal war es so nah, dass Gontas im Nebel Einzelheiten erkennen konnte. Es war tatsächlich ein Steinhaufen! Gontas sah die Schichten von Sandstein, jede in ihrer eigenen Farbe. Dennoch bewegte sich das Wesen, auf vier Beinen und mit Klauen an den Füßen. Dort, wo zwei Schichten aufeinanderstießen, bog sich die kantige Masse wie ein Gelenk.

Etwas stieß aus dem Dunst auf Gontas zu. Der steinerne Drache hatte mehr als einen Kopf!

Gontas rollte sich zur Seite. Steinerne Kiefer schnappten wenige Fingerbreit vor seinem Arm aufeinander, dann war das Ding vorüber.

Gontas wandte sich dem zweibeinigen Steinriesen zu.

Hinter sich hörte er Mart kämpfen. Stahl schlug auf Stein, der Söldner fluchte. Gontas versuchte, den zweiten Gegner wegzulocken. Gegen diese Steingiganten konnten sie sich nicht gegenseitig Deckung geben, sie brauchten Raum, um ihre Geschicklichkeit auszuspielen.

Er lief in einem weiten Bogen um den Riesen herum. Der zweibeinige Steingigant bewegte sich schwerfällig. Er drehte sich auf der Stelle, um Gontas im Blick zu behalten. Der sprang vor und schwang beide Äxte. Er zielte auf eine dünne Stelle des Riesenbeins, dort, wo die Steinsäule kaum dicker war als Gontas selbst.

Klirrend trafen die Äxte auf. Gontas spürte den Schlag bis in die Schultern. Splitter stoben auf, und zwei tiefe Kerben blieben im Stein zurück.

Gontas holte tief Luft zu einem Triumphschrei, da stürzten von oben zwei Schatten auf ihn nieder. Die Fäuste des Giganten kamen über ihn wie ein Steinschlag.

Er duckte sich, doch zu langsam. Eine steinerne Faust traf ihn an der Schulter und streifte seinen Kopf. Gontas wurde durch die Luft geschleudert und landete hart auf dem Boden, rollte weiter, schrammte über einen der kümmerlichen Büsche. Er hörte und er spürte ein Dröhnen hinter seiner Stirn.

Benommen richtete er sich auf. Er sah alles nur noch verschwommen! Ihm war zumute, als hätte der Riese ihm ein Loch in den Kopf geschlagen und den Nebel dort hineingelassen.

Gontas hörte Toris hellen Schrei, als die Söldnerin sich in den Kampf stürzte. Es klang seltsam fern und verzerrt. Wieder klirrte Metall auf Stein, der Kampf ging weiter. Gontas kam taumelnd auf die Beine und versuchte immer noch, seinen Gegner wiederzufinden.

Eine Axt hatte er verloren, die zweite hielt er immer noch umklammert, wie er erst jetzt merkte. Dunkle Flecken tanzten vor seinen Augen.

Am Boden glänzte etwas. Gontas bückte sich danach und tastete mit den Fingern ... ein wenig Wasser in einer Mulde, in dem sich das Licht brach. Für Gontas sah es aus wie ein schimmernder Kristall, der über der Pfütze in der Luft schwebte. Auch sonst nahm er nur noch verzerrte Schatten und verstreuten Lichtglanz um sich herum wahr.

Er schaute hoch und bemerkte eine tiefere Dunkelheit, die sich über ihm wölbte. Der steinerne Bogen, unter dem sie die erste Hälfte der Nacht verbracht hatten!

Der Bogen bewegte sich. Die schmale Steinformation richtete sich auf und zischte wie eine Schlange. Sie wand sich, verdrehte sich, und ein steinernes Schlangenmaul stieß auf Gontas herab.

Der schlug mit der Axt zu. Die Waffe prallte an der Steinschlange ab und wurde ihm aus der Hand geschleudert. Gontas klammerte sich an der Kreatur fest, und die bäumte sich wieder auf und riss ihn mit sich. Hoch in der Luft verlor Gontas den Halt und flog. Er prallte gegen eine Felswand, ruderte mit den Armen, rutschte ab, fiel tiefer ...

Er schlug am Boden auf und blieb liegen. Gontas kämpfte gegen die Schwärze an, die seinen Geist verschlingen wollte. Immer noch drangen die Geräusche eines Kampfes zu ihm, aber in seiner Nähe regte sich nichts. Auch Gontas bewegte sich nicht. Er dachte nach.

Sie hatten die ganze Nacht in dem Tal verbracht, ohne dass die Steine erwacht waren. Sie hatten sogar unter ebendiesem Bogen geruht, der Gontas zuletzt angegriffen hatte! Warum jetzt, warum nicht vorher?

Gontas fiel nur eine Erklärung ein: Die Steine waren nicht von selbst erwacht. Etwas war erst am Morgen von außen dazugekommen und hatte sie geweckt – etwas oder jemand! Jemand wie dieser Zauberer, den sie in den Landen der Khâl erschlagen hatten.

Tori zog die Schnallen an dem Geschirr fest, das den langen Sichelhaken mit ihrem Armstumpf verband. Sie hörte ihre Gefährten draußen vor dem Felsspalt schreien, aber sie erlaubte sich keine Hast. Ohne ihren Haken war sie kaum mehr als ein Krüppel, der Skorpion hatte sie daran erinnert. Eine Nachlässigkeit konnte ihren Tod bedeuten.

Dann war sie fertig und stürmte hinaus. Sie sah nichts von dem Kampf, nur verschwommene Schatten im Nebel. Aber sie hörte das Klirren von Waffen.

Sie nahm einen Umriss wahr, wie von einem Hund oder von

einer Raubkatze. Das Geschöpf war so groß wie ein Kalb, und es pirschte sich von der Seite an sie heran. Tori erstarrte. Angst perlte ihr den Rücken hinab.

Das Wesen bemerkte, dass sie es entdeckt hatte. Mit einem Satz sprang es auf Tori zu. Die wich geschmeidig aus und hob die Klinge. Stahl stieß auf Stein und prallte ab. Die Sichel blieb kurz an einem Vorsprung hängen, und der Ruck hätte Tori fast den Arm ausgerenkt.

Dann glitt die Spitze klirrend ab, und Tori war wieder frei. Sie fuhr herum.

Die grob gehauene Kreatur lief eine Armlänge entfernt an ihr vorüber. Die Form erinnerte an einen Löwen, und auch das Maul, als das Wesen den Kopf wandte und drohend seine Steinzackenzähne zeigte. Es sah aus wie ein Löwe, aber es war größer und viel, viel schwerer. Und härter.

Mit ihrer dünnen Klinge richtete Tori nichts aus.

Das Ding machte kehrt und wollte sich erneut auf sie stürzen. Tori straffte sich, mit dem Schwung einer stählernen Feder. Mit einem gellenden Schrei trat sie zu und traf das angewinkelte Vorderbein des Steinlöwen, das dieser gerade auf dem Boden aufgesetzt hatte, um sich zu drehen.

Sie stieß das Kniegelenk zur Seite, und das ganze Bein drehte sich unter dem Leib des Ungetüms. Es krachte und splitterte, dann brach es ab. Tori hatte das Bein ausgehebelt, bis der Sandstein das Gewicht des massigen Leibes nicht mehr tragen konnte.

Mit einem hohlen Winseln ging der Löwe zu Boden. Er rappelte sich auf drei Gliedmaßen wieder auf, humpelte auf Tori zu und schnappte nach ihr. Tori sprang hoch, schwang sich über den Kopf des Wesens und landete auf der Schulter der Kreatur.

Der Aufprall drückte das Geschöpf nach unten, und das zweite Vorderbein brach.

»Ha!« Tori lachte. »Weiß jeder Dummkopf, dass man solche Dinger nicht aus Sandstein klopft. Der trägt's einfach nicht, wenn du so 'nen Fassleib an so 'nem dünnen Beinchen hin und her schwenken willst!«

Sie stand auf der kantigen Löwenmähne und sprach zu dem Steintier hinab, als wollte sie es belehren. Der Löwe schlug mit den Hinterbeinen aus und wälzte sich herum. Tori sprang ohne Hast von seinem Rücken und blieb gerade so weit von der Bestie entfernt stehen, dass das Maul ins Leere schnappte.

»Hejo, Hakenhand«, rief Mart. Der Kampf hatte ihn inzwischen fast bis an Toris Seite geführt. Er rannte vor dem Steindrachen davon, der ihn verfolgte, hieb mit dem Schwert nach den drei schnappenden Köpfen. »Zeig mir mal, wie dein Trick bei dem da funktioniert!«Er sprang vor einem Drachenkiefer zurück, der von oben auf ihn herabstieß.

Tori wandte sich ihrem Gefährten zu. Der Steindrache, mit dem er rang, war gewiss dreimal so groß wie ihr Löwe. Die Beine und die Schlangenhälse waren so dick wie Säulen. Kaum vorstellbar, dass ein Tritt von ihr oder das Gewicht ihres Körpers da etwas ausrichten konnten.

»Wart mal, du. Muss eben 's Werkzeug aus'm Steinbruch holen.«

»Ha, witzig!« Mart schlug und sprang, er lief und er keuchte.

Tori sah eine Bewegung um seine Füße. Mindestens ein Dutzend steinerner Ratten umkreisten ihn und versuchten, Mart zu Fall zu bringen. Ab und zu sprang eine von ihnen aus dem dichteren Bodennebel hoch und schnappte nach seinen Knien. Mart trat eine Steinratte fort. Tori lief auf ihn zu und fing das Ding aus der Luft. Es war schwerer, als sie gedacht hatte, und es hätte sie fast von den Beinen gerissen. Der Steinbrocken, so groß wie ein Kopf, wand sich und kratzte mit winzigen Steinkrallen an Toris ledergeschütztem Unterarm.

»Eh, niedlich«, sagte sie. Sie wartete auf den nächsten Schritt des Riesenungeheuers und warf die Ratte unter dessen Pranken. Der Stein barst, kleine Brocken spritzten auf. »So wird man die kleine Pest los, du.«

Sie schlug nach den Steinratten, lockte sie hinter sich her. Dann lief sie seitlich an dem Drachen vorbei. Weitere Ratten wurden zerquetscht, und Tori suchte im Nebel nach anderen Gegnern. Überall im Tal dröhnte es, Schatten wankten durch die Dunstschleier, aber im Augenblick kam keine weitere Kreatur in ihre Nähe.

»Hey, wo ist 'n der Axtschwinger?«, rief sie.

Mart beschrieb einen weiten Bogen mit der Klinge, halb Schlag, halb Geste. Tori blickte in die Richtung und sah einen Steingiganten, der ziellos durch den Nebel stapfte. Er wirkte verwirrt.

Tori hatte eine Idee.

Sie lief auf den Riesen zu. Von Gontas war nichts zu sehen, er mochte zerschmettert in einem Nebelloch liegen, oder Mart hatte sich geirrt. Egal.

»Hey, du Brecher! Suchst 'n Gegner?« Sie wedelte mit der Sichel.

Der Koloss erstarrte und wandte sich dann in ihre Richtung. Tori hob einen Stein vom Boden auf, betrachtete ihn misstrauisch und schleuderte ihn dem Riesen an den Kopf. Ein knarzendes Brummen entrang sich dem Giganten, und er stampfte auf sie zu. Tori wich zurück. Sie führte Scheinangriffe gegen den Steinkoloss und lockte ihn in Marts Richtung.

»Was tust du, Frau?«, stieß der keuchend hervor. Er schlug immer noch vergebens auf den Steindrachen ein. Funken stoben von der Klinge auf, wenn sie traf. Die Kerben, die sie hinterließ, waren bedeutungslos zwischen all den natürlichen Rissen und Schrunden im Stein. »Such dir 'n eigenen Kampfplatz. Ich hab grad genug Gegner hier!«

Tori warf immer wieder einen hastigen Blick über die Schulter auf Marts Steindrachen. Sie versuchte, von schräg hinten an ihn heranzukommen.

»Halt ihn mal still, du«, rief sie.

»Tut – mir – leid«, gab Mart zurück. Die Worte flogen ihm stoßweise von den Lippen.

Tori wartete auf den rechten Augenblick. Sie wich den Füßen des Riesen aus und seinen Schlägen, und sie blieb außer Reichweite der Drachenmäuler.

Jetzt!

Tori duckte sich, holte Schwung und sprang rückwärts mit

einem Überschlag auf den Drachen zu. Sie hakte die Spitze ihrer Sichel in einen Felsvorsprung und zog sich rasch auf den Rücken der Bestie. Dort richtete sie sich auf.

Der Riese stand gleich vor ihr. Tori reichte ihm fast bis zur Brust, während der Drachenrücken unter ihr bockte und bebte. Der Riese holte aus und ließ seine Steinfaust von oben auf Tori herabsausen.

Die sprang von dem Drachen herunter. Ihr Haken scharrte über die Flanke der Kreatur; die Spitze der Sichel fand Halt und brach ab, und Tori rutschte zu Boden und landete auf dem Gesäß. Ein Schmerz fuhr ihr durch den Rücken bis hinauf in den Kopf.

Die Faust des Riesen traf den Drachenrücken und zersplitterte. Der Steindrache wurde nach unten gedrückt, ein Spalt platzte auf seinem Rücken auf. Ein Brocken sprang ihm aus dem Hinterbein, das nun bei jedem Schritt weiter zerbröckelte. Mit einem fast lebendigen Knurren fuhr der Drache herum.

Einer seiner Schlangenhälse stieß gegen das Bein des Riesen und barst. Der Kopf rollte davon und verschwand im Nebel. Auch der Riese strauchelte. Unwillig trat er den Steindrachen zur Seite. Er ruderte mit dem unversehrten Arm und zerschmetterte damit einen weiteren Drachenkopf. Dann fiel er langsam nach hinten und schlug mit lautem Getöse am Boden auf. Felsbrocken rutschen in sämtliche Richtungen davon, lagen still, und der Nebel verschluckte sie alle.

Der Drache wankte unter dem letzten Tritt. Er taumelte zu einer Seite, die Beine dort knickten ein. In diesem Winkel konnten sie den mächtigen Leib nicht tragen und brachen ab.

Tori fluchte. Sie kroch rückwärts, als der Felsrumpf langsam in ihre Richtung schwankte – dann kippte der Drachenkörper mit einem Mal zur anderen Seite, zerquetschte sein letztes unversehrtes Bein unter sich und regte sich nicht mehr. Aus dem Steindrachen war wieder ein bloßer Felsblock geworden.

Mart und Tori verharrten schwer atmend. Tori saß auf dem Boden, stützte sich auf die Ellbogen und suchte nach einer Haltung, in der die Schmerzen erträglich waren. Mart stand neben ihr, vorgebeugt und die Hände auf die Oberschenkel gestützt.

Eine Weile sagte keiner etwas.

»Scheiße«, brachte Mart schließlich hervor. »Respekt für die Steinhauer. Machen das jeden Tag. Wär nichts für mich.«

Tori grinste. »Hab ich's dir gezeigt, hm? Braucht man Stein, um den großen Stein zu brechen ... Übrigens, dein Schwert ist Schrott.«

Sie musterte die Klinge, die neben ihr auf dem Boden lag. Der Stahl war voller Scharten und sah aus wie angenagt.

»Scheiße, ja«, antwortete Mart. »Und mein Handgelenk tut weh. Sei froh, dass du keins mehr hast.«

»Hm, sehr komisch«, erwiderte Tori. »Wollt grad dasselbe über Arsch und Rückgrat sagen. Aber mein Haken hat auch 'ne Katsche weg.«

Sie hielt die Sichel hoch. An der Spitze fehlte ein Stück. Die Klinge war ein paar Fingerbreit kürzer, immer noch spitz und scharf genug, aber Tori wusste, dass sie diesem Haken nicht mehr ihr Körpergewicht anvertrauen würde.

»Pssst«, sagte Mart. »Was ist das denn?«

Sie verstummten. Tori kam auf die Füße, und sie starrten hinaus in den Nebel. Die Schwaden wogten. Wirbel tanzten über dem Boden und flossen langsam in ihre Richtung. Ein mahlendes und malmendes Geräusch war zu hören. Tori standen die Haare zu Berge.

Da erhob sich vor ihnen ein breiter steinerner Schlangenkopf aus dem Bodennebel und starrte auf sie herab.

Gontas kroch über den Boden. Seine Sinne waren immer noch verwirrt, aber allmählich erholte er sich. Er hatte Schmerzen im Kopf und in der Schulter. Er bewegte sich an der Felswand am Rand des Tals entlang und hielt den Kopf unten. So gelangte er zu der Stelle, wo er hinwollte: zu einem Felsvorsprung, der fünfzig Schritt über ihm wie ein Balkon aus der Steilwand herausragte.

Gontas presste sich dicht an die Wand und lauschte. Jedes Geräusch aus dem Tal hallte mit einem Echo in seinem Kopf wider. Er konnte nur mehr Licht und Schatten wahrnehmen, mit einer verschwommenen Aura darum herum.

Keine guten Voraussetzungen für einen Kampf. Keine guten Voraussetzungen zum Klettern. Aber seine Aussichten an der Felswand waren jedenfalls besser als hier unten im Tal und gegen die Steinmonster.

Gontas reckte sich. Mit den Fingerkuppen tastete er über den Stein, bis er Halt fand. Er zog sich hoch. Der Schmerz in seinem Kopf knirschte wie ein Eisblock, der im bitteren Frost einen Felsen sprengte. Gontas biss die Zähne zusammen und kletterte weiter.

Zoll um Zoll arbeitete er sich nach oben. Mit den Armen zog er sich weiter und drückte sich mit den Füßen ab, je nachdem, wie er mit seinen tastenden Fingern und Zehen Halt fand.

Der Nebel wurde dünner und blieb im Talgrund zurück, als Gontas höher stieg. Dann griffen seine Finger ins Leere und legten sich über die Kante des Plateaus. Gontas erstarrte. Er lauschte und wartete ab, in dem Winkel, wo der Vorsprung aus der Steilwand herauswuchs.

Behutsam schob er den Kopf über den Rand und schaute sich um.

Genau, wie ich gedacht habe!

Im blassen Morgenlicht, das vom Schatten der Felswand fast ausgelöscht wurde, erhob sich eine dunkle Gestalt. Sie stand am vorderen Ende des Plateaus. Das musste der Zauberer sein, der die Steinbestien zum Leben erweckt hatte!

Gontas sah kaum mehr als einen verschwommenen Fleck, zwei Silhouetten, die sich zu einem unscharfen Umriss vereinten. Dennoch hatte er das Gefühl, dass die Gestalt ihm den Rücken zuwandte und ins Tal hinabblickte, auf die Nebelbank, die unter ihm lag wie ein See aus Wolken und nur von den höchsten Felssäulen und Steinformationen durchstoßen wurde.

Gontas schob sich ganz auf den Sims. Er atmete flach. Schon ein kleiner Stein, gegen den er stieß, konnte ihn verraten. Er musste sich seinen Weg so langsam ertasten, dass nicht einmal ein loser Kiesel unter seiner Berührung erbebte. Mit jedem Augenblick, der verstrich, wuchs die Gefahr, dass sein Gegner sich zufällig umdrehte und ihn erblickte.

Er war noch acht Schritt entfernt, noch sechs – Gontas erwog seine Schwäche und schlich näher heran. Dann sprang er auf, seine Hände fuhren auf den Gegner zu. Der schien die Bewegung zu spüren und drehte sich um. Doch Gontas packte ihn bereits mit beiden Händen am Hals und drückte zu.

Die Gestalt umklammerte Gontas' Unterarme. Es war nur eine schwächliche Berührung. Gontas drückte fester zu, seine Finger gruben sich tiefer in den Hals, in Fleisch und Sehnen hinein. Das Genick seines Feindes knackte unter seinem Griff. Gontas riss seinen Gegner hoch wie eine Puppe. Der Zauberer zappelte und zuckte hilflos mit den Beinen.

Gontas fletschte die Zähne. Er wusste, er konnte diesem Wurm den Hals so leicht zerquetschen, als wäre es eine überreife Banane. Er musste gegen den Drang ankämpfen, es einfach zu tun.

Sein Geist watete durch den hämmernden Kopfschmerz und durch den Nebel, der seine Sinne gefangen hielt. Doch er behielt seinen Verstand und rang seine Instinkte nieder, die Lust, den Feind hier und jetzt mit bloßen Händen zu erwürgen.

Er löste den Griff so weit, dass der andere atmen konnte.

Mit einem gequälten Pfeifen sog die dunkle Gestalt Luft in die Lungen, mit einem Wimmern atmete sie aus.

»Gib auf«, sagte Gontas. »Ruf deine Ungeheuer zurück.«

»Nein.« Der Zauberer würgte seine Worte hervor. »Verfluchter Söldner!«

Gontas zerrte die dürre Gestalt dichter zu sich heran. »Doch«, zischte er ihr ins Gesicht. »Tarukans letzter Zauberer hat geschrien, bevor er starb. Du wirst das nicht können. Aber du wirst es wollen, wenn du mich zwingst, dich zu töten!«

»Tarukan!«, stieß der Zauberer hervor. »Verfluchter Söldner. Er hat uns alle getötet, außer den Verrätern, die bereit waren, ihm zu dienen. Ich will meine Rache!«

Gontas stutzte. Die Gestalt, die er festhielt war dürr, schien fast bis auf die Knochen abgemagert zu sein. Das Gesicht unter der Kapuze war für Gontas' benebelte Sinne nicht mehr als ein fahler Fleck. Aber die Stimme, so verzerrt und rau sie sich auch der geschundenen Kehle entrang, klang fast wie die einer Frau. Die Gestalt in seinem Griff war eine Hexe!

»Du dienst nicht Tarukan?«, fragte Gontas. »Dann beende den Kampf im Tal. Wir sind keine Söldner. Auch ich will mich an Tarukan rächen.«

Die Hexe gab ein gurgelndes Lachen von sich. »Wofür will ein Wilder wie du sich rächen?«

»Tarukan hat ein Mädchen entführt«, sagte Gontas. »Es stand unter meinem Schutz.«

Er spürte, wie die Hexe unter seinem Griff erschlaffte. Ein Augenblick der Stille folgte. Dann zischte sie: »Der Schlüssel!« Lauter fügte sie dann hinzu: »Gut, Barbar. Lass mich los. Ich werde die Steinbestien zähmen.«

Gontas überlegte. Er traute der Zauberin nicht, dennoch war er inzwischen davon überzeugt, dass sie auf derselben Seite standen. Und wie lang konnten seine Gefährten im Tal noch durchhalten, wenn er keinen Weg fand, die Steinkreaturen aufzuhalten? Womöglich war es schon zu spät. Es war ruhig geworden unter dem Nebel, und Gontas hörte keinen Kampfeslärm mehr.

Zögernd ließ er ihren Hals los, aber er blieb auf der Hut, um jederzeit wieder zuzupacken. Die Hexe trat an die Kante. Sie hob die Arme und sprach leise und abgehackt in das Tal hinein. Sie fasste sich an den Hals, räusperte sich und setzte erneut an. Schließlich taumelte sie zurück und sank erschöpft auf der Felsplatte nieder. Ihre Robe breitete sich um sie aus wie eine teerige Lache.

»Es ist getan«, krächzte sie. »Die Wächter schlafen.«

»Die Wächter?«, fragte Gontas.

»Die Wächter von Kar Ombos.« Die Hexe klang bitter. »Oh ja, sie haben uns gut beschützt, als Tarukan kam. Vor zwei Jahren schlich er im Morgengrauen am See entlang. Viele von uns hat er erschlagen, bevor wir ihn überhaupt bemerkt hatten. Verrat hat ihm den Weg gewiesen, und all unser Schutz war nutzlos.«

Gontas setzte sich der Frau gegenüber. Er sah von ihr noch immer nicht mehr als den blassen Umriss eines Gesichts und die Robe, die um sie fiel wie ein Schatten. Er strich sich mit der Handfläche über die Schläfen. Ob er sich von dem Schlag je wieder erholen würde? Oder war sein Unterfangen womöglich schon gescheitert und er wusste es nur noch nicht?

Drei Krüppel gegen Tarukan.

Ein bitteres Lächeln umspielte seine Mundwinkel. »Kar Ombos«, sagte er. »Ist das der Ort, wo Tarukan jetzt seinen Unterschlupf hat?«

Die Hexe zuckte die Achseln. »Mal ist er dort, mal anderswo. Aber wenn er das Mädchen hat, wird er weitergezogen sein.«

»Was weißt du von dem Mädchen?«, fragte Gontas. »Du hast von einem Schlüssel gesprochen ...«

»Ha, du nennst dich ihren Beschützer und weißt von nichts?«

»Ich weiß«, erwiderte Gontas, »dass Tarukans Männer sie entführt haben. Und dass ich sie zurückholen werde. Wenn du mir mehr verrätst, wird es mir leichter fallen. Aber wenn es nötig ist, schaffe ich es auch allein.«

Die Hexe senkte den Kopf. Ihre Stimme, die unter der dunklen Kapuze hervordrang, klang dünn. »Also gut. Du sollst wissen, was ich weiß, denn du willst Tarukan töten. Wenn du das vollbringst, werde ich feiern. Ich werde seine Leiche aus dem Grab holen und sie zu meinem Sklaven machen, damit ich ihn jeden Tag aufs Neue foltern und töten kann für das, was er uns angetan hat. Wenn du aber scheiterst ... dann stehe ich nicht schlechter da als jetzt. Aber sei gewarnt: Was ich über Tarukan weiß, habe ich erst nach meiner Flucht erfahren, erlauscht, oder es sind Gerüchte aus dritter Hand. Ich weiß nicht alles, und ich weiß nicht, was davon der Wahrheit entspricht.«

»Ja, ja«, sagte Gontas ungeduldig. »Red schon, Hexe, und mache nicht so viel Umschweife.«

Die Frau blickte auf. Gontas konnte das Grinsen auf ihrem Gesicht erkennen. »Geduld, mein wilder Freund«, sagte sie.

»Wenn ich dir von Tarukans Plänen erzähle, so tue ich das auf meine Weise. Es war mein Volk, das diesem Söldnerschwein zum Opfer fiel.

Unsere Vorfahren kamen vor Jahrtausenden an diesen Ort. Wir waren ... wir *sind* Zauberer und Priester. Wir gründeten Kar Ombos an den Ufern des Lethe, wo einst die große Schlacht der Götter geschlagen wurde.«

»Ich kenne diese alte Legende«, sagte Gontas. »Sardik, der große Geist des Krieges, führte die Krieger der Stämme und schlug die verfluchten Walaren zurück, die unsere Länder rauben wollten.«

»Es ist keine Legende«, widersprach die Hexe. Sie hielt kurz inne. »Nun, womöglich doch, so wie ihr sie erzählt. Jedenfalls sind die Ufer des Lethe ein machtvoller Ort, getränkt von alter Magie. Wir kamen hierher, um seine Geheimnisse zu enträtseln, und um die alten Götter anzubeten, die hinter den Sternen wohnen und die eines Tages unsere Welt und unsere Seelen zurückfordern werden.«

Gontas runzelte die Stirn. Die Hexe fügte rasch hinzu: »Das schweift in der Tat zu weit ab. Wichtig ist nur, dass wir lange Zeit abgeschieden hier lebten. Wir kümmerten uns nicht um das Treiben der Welt, und wir behielten unsere Geheimnisse für uns. Aber Tarukan hatte seine eigenen Pläne. Er kam hierher, weil er glaubte, dass unser Wissen ihm nützlich sein könnte.

Denn wisse, Barbar: Tarukan strebt nach einer Macht, die ihn über alle Völker erhebt. Und leider ist er damit nicht allein. Einige unserer eigenen Leute waren es gleichfalls nicht zufrieden, friedlich in dieser Stadt zu leben, die von Generation zu Generation immer leerer geworden war. Sie verbündeten sich mit Tarukan, und gemeinsam mit ihm ermordeten sie ihre Brüder und Schwestern. Sie verfolgten uns, die wir fliehen konnten. Vielleicht bin ich heute die letzte Zauberin von Kar Ombos, die nicht Tarukan dient.

Er mag derweil ein halbes Dutzend Zauberer an seiner Seite haben. Er versprach ihnen Opfer für ihre Rituale und ein großes Schicksal, was sie beides auf sich gestellt in der Wüste nicht gefunden hätten. Dafür gebietet nun Tarukan und nur Tarukan allein über alle Macht und alles Wissen, das Kar Ombos zu bieten hat.«

»Du wolltest mir von dem Mädchen Halime erzählen, Hexe«, erinnerte Gontas sie ungeduldig. »Und warum Tarukan sie entführt hat.«

»Wollte ich das?«, fragte die Zauberin. »Ich wollte dir alles enthüllen, was ich über Tarukan und seine Pläne weiß. Zu wissen, was er getan hat und wer auf seiner Seite steht, das mag nützlich für dich sein. Zu dem Übrigen komme ich jetzt.

Denn die Geheimnisse von Kar Ombos waren für Tarukan nur ein Mittel zum Zweck, eine Stufe auf dem Weg zu einem höheren Ziel. Er ist auf der Suche nach der Zitadelle, einem magischen Ort voll von ungeheuren Schätzen, aber auch von einer Macht, die die Welt beherrschen – oder sie vernichten kann.«

»Ich habe von diesem Ort gehört«, bemerkte Gontas. »Mein Waffenbruder Mart ist ganz begierig auf die Schätze.«

Die Hexe lachte trocken. »Tarukan ist mehr an der Macht interessiert, die dort zu finden ist. Die Zitadelle soll seine nächste Stufe sein. Von dort aus will er die Städte unterwerfen, die Stämme, Modwinja und alle Lande, die er sonst noch erreichen kann.«

Gontas gab einen abfälligen Laut von sich. »Eh. Mart hat mir erzählt, dass schon viele auf die Zitadelle und ihre Geheimnisse aus waren. Die meisten haben den Ort gar nicht gefunden, und wer weiterkam, ist nicht mehr zurückgekehrt.«

»Ah!«, sagte die Hexe. »Aber wo die Zitadelle liegt, das wissen die Zauberer von Kar Ombos sehr genau. Dieses Geheimnis kennt Tarukan also inzwischen. Wie man wieder zurückkehrt ... Nun, im Inneren der Zitadelle lauern viele Gefahren, so heißt es. Aber mehr wissen wir nicht darüber, nicht einmal, woher diese Gerüchte stammen, denn die Zitadelle ist von magischen Schutzwällen beschirmt, die niemand durchstoßen kann. Nicht einmal die Zauberer von Kar Ombos können dorthinein.«

»Und darum saß Tarukan hier auf dieser ersten Stufe und kam nicht weiter«, stellte Gontas fest. »Bis er Halime entführt hat, wenn ich dich recht verstehe.«

»Du bist aufmerksam für einen Wilden. In der Tat. Damit kommen wir an den Teil der Geschichte, den ich selbst nur vom Hörensagen kenne. Wie es heißt, wies Tarukan seine Zauberer an, einen Weg in die Zitadelle zu finden. Sie befragten die Sterne und die Geister, sie beschworen Dämonen, um dieses Geheimnis zu enträtseln. Und wahrhaftig, sie hatten Erfolg, so heißt es. In den Landen des Südens sollte ein Mädchen leben, das der Schlüssel zur Zitadelle sei. Diese Prophezeiung erhielt Tarukan von seinen Zauberern, und seither sind seine Männer auf der Suche nach dem Kind.«

»Aber«, fragte Gontas, »wie kann Halime Tarukan in diese Zitadelle bringen?«

Die Hexe zuckte die Achseln. »Ich weiß nicht einmal, ob Tarukan selbst eine Vorstellung davon hat. Ich weiß nur eines: Wenn er das Mädchen inzwischen hat, dürfte er unterwegs zur Zitadelle sein.«

»Kannst du uns dorthin führen?«

Die Hexe zögerte mit der Antwort, als würde der Gedanke ihr nicht sehr behagen. »Ja. Das könnte ich. Aber nur diese Berge haben mich bislang vor Tarukan und seinen Verrätern geschützt. Hier kenne ich mich aus, hier kann ich meine Fallen stellen. Wenn ich von hier weggehe, werde ich selbst gejagt.«

»Eh«, schnaubte Gontas. »Tarukan wird dir kaum den Gefallen tun und dich hier besuchen. Wenn du Rache willst, wirst du dich bewegen müssen.«

Gontas erhob sich, und auch die Hexe stand auf, allerdings deutlich langsamer.

»Also, wohin?«, fragte Gontas. »Und wie kommen wir von diesem Sims herunter? Eine Hexe wie du ist gewiss nicht mühsam den Fels hinaufgeklettert!«

»Nein.« Die Hexe wies auf die andere Seite des Felsvorsprungs. »Dort drüben ist die Wand in Stufen ausgewaschen. Man kann darauf gehen, fast wie auf einer Treppe. Wenn wir dann noch ein

Stück das Tal entlanggehen, gelangen wir zu einem Durchstich, der nach Kar Ombos führt. Sozusagen die Hintertür in die Stadt ...«

Die Hexe bemerkte, wie Gontas sich an der Wand entlangtastete. »Was ist mit dir? Du bist geschwächt.«

»Einer von deinen Steinriesen hat mich erwischt«, sagte Gontas. »Mit einer Hammerfaust auf den Kopf. Ich brauche wohl eine Weile, bis ich wieder klar sehen kann.«

Die Hexe hielt vor der obersten Stufe inne. Sie wandte sich zu Gontas um. »Das ist nicht gut. Wenn du nicht sehen kannst, wie willst du dann ...«

Gontas hörte ein dumpfes, feuchtes Reißen. Die Hexe verstummte mitten im Satz. Gontas sah etwas Silbernes auf Höhe ihrer Brust aufblitzen, dann kippte sie zur Seite weg.

16.

Die Hexe stürzte, und hinter ihr kam Mart die Steintreppe hoch. Gontas erkannte ihn an den Umrissen seiner Lederrüstung. Der Söldner stieß die Hexe in den Abgrund und ließ das Schwert sinken, das er ihr in den Leib gerammt hatte.

»Was hast du getan?«, rief Gontas. »Sie stand auf unserer Seite!«

Mart schnaubte. »Sie war 'ne Finckel. Die kochen immer ihre eigene Suppe und stehn keinem Menschen zur Seite. Oder meinst du, der Finckelbruder in Tarukans Turm hat das, was er in dem Keller getrieben hat, nur darum getan, weil's seinem Hauptmann so schön gefallen hat? Die widern mich an, die Dämonenrufer. Glaub's mir, Briske, ohne die Hexe sind wir besser dran.«

»Sie wollte uns zu Tarukan führen.«

»Den finden wir auch so«, sagte Mart. »Und wenn wir ihn finden, fühl ich mich sicherer ohne so 'n Finckelweib im Rücken. Komm, Kamerad. Steigen wir runter.«

Sie fanden die Dromedare unweit der Felsplatte. Gontas erzählte seinen Begleitern, was er von der Hexe erfahren hatte, und er verschwieg auch nicht, dass seine Sinne noch immer benebelt waren vom Schlag des Steinriesen.

»Wir sollten den Tag über rasten«, sagte er. »Die Hexe meinte, der Zugang zu ihrer Stadt läge ganz in der Nähe. Es ist besser, wir schleichen uns bei Nacht hinein.«

Mart und Tori hatten nichts einzuwenden gegen eine Ruhepause. Mart schaute sich allerdings vorher noch nach dem Durchstich um, von dem die Hexe geredet hatte, damit sie sich ihren Weg nicht in der Dunkelheit suchen mussten. Tori kümmerte sich derweil um die Tiere und um das verstreute Gepäck. Lautstark klagte sie darüber, dass eins ihrer Wasserfässer bei dem Kampf zerschmettert worden war.

Gontas legte sich einfach im Schatten der Felswand nieder und schlief ein.

Stunden später wurde er wach, weil Tori sich auf seine Hüfte setzte. Sie hielt ihm ihren Haken vor die Augen. »Wie viele Finger sind das?«

Gontas knurrte und warf sie ab.

Lachend kam Tori auf die Beine. Gontas richtete sich auf.

»Im Ernst«, sagte Mart, der auf sauber gepackten Bündeln hockte. »Wie geht's dir, Briske? Die Sonne taucht gleich hinter den Bergen unter. Kannst du weiter?«

Gontas schaute sich prüfend um. Er sah wieder klar, und er war erleichtert.

»Pass bloß auf dein zweites Auge auf, Mart«, sagte er.

Er meinte es aufrichtig, denn er hatte nun erfahren, wie hilflos man sich fühlte, wenn man sich nicht mehr auf alle Sinne stützen konnte.

Aber Mart funkelte ihn wütend an und erhob sich abrupt. »Ich seh schon, dir geht's wieder toffe. Machen wir uns auf den Weg.«

Als Mart sie kurz darauf zu der schmalen Klamm führte, die vom Talkessel ostwärts verlief, wurde Gontas bewusst, dass er weder den Namen der Hexe kannte, die ihnen diesen Ort verraten hatte, noch auch nur ihr Gesicht richtig gesehen hatte.

Gontas war froh darüber, und er beließ es dabei.

Die schmale Schlucht endete vor einem offenen Torbogen mit bauchigen Säulen an der Seite und einem Überbau, der darauf lastete wie ein drückender Schatten. Gontas und seine Begleiter gingen darauf zu und erkannten bald, dass dieses Tor der nackte Arsch einer gewaltigen Statue war, die über dem Talgrund hockte. Fassungslos starrten die drei zu dem monumentalen Hinterteil empor, das vier Schritt über ihren Köpfen thronte, als wäre die schmale Klamm eine Latrine.

»Verdammte Scheiße«, stieß Mart hervor. »Die Hexer von Ombos haben einen wirklich beschissenen Geschmack.«

»Ich weiß nicht, was das soll.« Gontas sah zu der Figur hinauf. »Aber da geh ich nicht gern drunter durch.«

»Hm, soll vielleicht genau das tun, du. Fahrebunden abschrecken, die se inner Stadt nicht haben wollen.«

»Sag ich ja – Finckels«, befand Mart, als würde das alles erklären. Entschlossen lief er voraus.

Die schwarze Statue schien das Licht der Gestirne auszulöschen. Es war dunkel unter der Figur. Gontas blickte misstrauisch nach oben und sah etwas aufblitzen. Er riss seine Begleiter zurück.

»Was ist?«, fragte Mart.

»Da war ein Licht«, sagte Gontas. »Genau ...« Er wies auf die Mitte des Hinterteils. Aus seinem Gepäck holte er ein Holzscheit hervor, tropfte Öl darauf und entzündete es.

»Hältst du das für 'nen schlauen Einfall?«, fragte Mart.

»Ich will sehen, was hier los ist«, antwortete Gontas. »Sollen sie doch kommen, wenn es jemand bemerkt – wenn ich sie sehe, kann ich sie erschlagen.«

Mart zuckte die Schultern. Gontas hob die behelfsmäßige Fackel, und sie untersuchten die Steinfigur genauer. In dem Hinterteil war ein Loch, so breit wie ein Oberschenkel.

»Hm, üppig«, sagte Tori. »Hat vielleicht doch 'n andern Zweck, der Protz da. Wie die Figuren von nackten Schneppen, die sich der Patri von Sârkhez vor seine Hütte gestellt hat. Nur dass hier 'n Stamm von Arschfickern gelebt hat, die so was anmacht!« Sie lachte kurz auf.

Mart und Gontas gingen nicht darauf ein. Das Loch in der Statue war dunkel.

»Wenn du da ein Licht gesehen hast«, sagte Mart, »dann geht die Öffnung bis oben durch. War vielleicht 'n Stern auf der anderen Seite, oder 'n Mond.«

Gontas erinnerte sich, wo er zuletzt einen durchgehenden Schacht bis zum Sternenhimmel erblickt hatte: im Hort des Wurms im weißen Turm. Er war froh, dass der Styx noch nicht am Nachthimmel stand. Als er den Blick senkte, sah er etwas Weißes und Schrumpeliges am Rand der Schlucht liegen.

»Was ist das?« Mart stocherte mit der Schwertspitze darin herum.

Es sah aus wie die abgestreifte Haut einer Schlange, weiß und dünn. Das Geschöpf konnte nicht länger gewesen sein als ein Unterarm, und Gontas sah an einem Ende einen Kranz dünner Gliedmaßen ähnlich wie Spinnenbeine. Er löschte die Fackel.

»Gehen wir weiter«, sagte er. »Aber vorsichtig. Hier sind Hexenmeister am Werk, genau wie in Tarukans Turm.«

»Ach was, kein Spaß?«, erwiderte Mart. »Hätt ich nicht erwartet an dem Ort, wo Tarukan seine Finckels ausbrütet.«

Hastig gingen sie unter der hockenden Statue hindurch. Auf der anderen Seite sahen sie die Beine, mit den Händen auf den Oberschenkeln. Die titanenhafte Figur saß in der Schlucht, den Kopf in den Nacken gelegt und das Gesicht dem Himmel zugewandt. Im Licht des grauen Sin sah Gontas, dass die Zehen und die Finger geformt waren wie Klauen. Das nach oben gewandte Gesicht konnte er nicht erkennen, doch ihm drängte sich der Gedanke auf, dass die Gestalt den Mond anheulte und gerade dabei war, sich in etwas Unaussprechliches zu verwandeln, versteinert im Moment der Veränderung.

Tori berührte flüchtig die steinernen Füße, als sie daran vorbeikamen. »Hab hier in den ganzen Bergen noch keinen schwarzen Stein gesehen«, sagte sie. »Aus Sandstein ist das Ding jedenfalls nicht gehauen, du. Da frag ich mich schon, wie sie den Block hergekriegt haben.«

»Laufen lassen, vielleicht«, sagte Mart. »Wie diese Steinhaufen im großen Tal.«

Sie gingen schnell weiter.

Die Schlucht verlief leicht abschüssig nach Osten. Schweigend tasteten die drei sich voran. Obwohl ein Mond nach dem anderen am Himmel aufzog, blieb es finster in der engen Klamm. Dann mündete der Weg in einen weiten Hang, und die geduckten Silhouetten von Häusern lagen vor ihnen. In der Ferne glitzerte Wasser, eine endlose Fläche, so groß wie das Meer.

»Kar Ombos«, sagte Gontas zu seinen Begleitern. »Wie es die Hexe gesagt hat.«

Sie blieben im Schatten der Einmündung stehen. Die Stadt war dunkel. Es mochten an die hundert Häuser sein, die sich hier an den Berghang klammerten. Im Licht der sechs Monde sahen sie so schwarz aus wie die Riesenstatue in der Schlucht. Die Gebäude waren niedrig, so gedrungen, als wären sie halb im Boden versunken, und so verschachtelt gebaut, dass man kaum erkennen konnte, wo das eine Bauwerk aufhörte und das nächste anfing. Bauchige Säulen zierten viele der Fassaden, und an den Häusern, die ihnen am nächsten lagen, konnte Gontas im Mondlicht eckige Fresken erkennen, wie Ranken, die in einer fremdartigen Geometrie ein lebendiges Muster bildeten.

Sie lauschten, doch alles blieb still.

»Keine Wachen«, flüsterte Mart. »Wie war das – hat dein Finckelweib nicht behauptet, Tarukan wär mit seiner Truppe schon abgerückt?«

»Sie meinte, er hätte ein Lager hier«, sagte Gontas. »Selbst wenn Tarukan fort ist, wird er ein paar Krieger dagelassen haben, um das Lager zu sichern. Die müssen wir uns schnappen und zum Reden bringen.«

»Is 'ne ganze Stadt hier«, sagte Tori. »Können wir tagelang drin rumsuchen. Da hätten wir gleich die Dromedare mitnehmen sollen, wenn wir eh hier kampieren.«

»Wir kampieren nicht, Frau«, sagte Mart. »Sei still und lerne.«

»Wir beobachten von hier aus die Stadt«, fügte Gontas hinzu. »Tarukans Männer werden die Gebäude bewachen, die sie nutzen. Irgendwann werden wir die Wachen bemerken, dann wissen wir, wo wir hinmüssen.«

Aus ihrer Deckung heraus behielten sie Kar Ombos im Auge. Die Stadt glich mehr einem Ruinenfeld als einer belebten Siedlung. Die Tafelberge hinter ihnen waren von schroffen Steilhängen geprägt, aber das Land vor ihnen fiel zum See hin sanft ab. Von ihrer Position aus konnten die drei die ganze Stadt überblicken wie die Ränge eines Amphitheaters.

»Hätten die Viecher trotzdem mitnehmen sollen, hm«, beklage sich Tori halblaut. »Was, wenn uns was passiert? Wer findet sie dann im Tal der Steinmonster?«

»Wenn uns was passiert«, knurrte Gontas, »dann will ich meinen Feinden die Beute nicht gleich vors Zelt stellen.«

Sie verstummten wieder. Gleich vor ihnen verlief eine Rinne vom Ausgang der Schlucht bis zu einem halbkreisförmigen Becken. Von dort aus führte ein Kanal in Richtung Stadt und verschwand nach wenigen Schritten unter der Erde. Gontas fragte sich, wie viel Regen nötig war, damit die enge Klamm sich mit Wasser füllte und das Becken und den Kanal füllte. Obwohl es im Tal der lebenden Steine die ganze letzte Nacht geregnet hatte, war hier alles trocken geblieben.

Während die Männer die Häuser im Auge behielten, beobachtete Tori den finsteren Schlund am anderen Ende des Beckens, wo der Kanal sich im Schatten eines gemauerten Bogens verlor.

»Was schaust du in das Loch?«, wisperte Mart schließlich gereizt. »Ist dein Blick in 'n Kanal gefallen und weggespült worden?«

»Hm, dachte, ich hätt da drin was gesehen. 'ne Bewegung.«

»Siehst nur deine eigenen Jammer«, sagte Mart. »Ich seh da gar nichts.«

»Zwei Augen sehn mehr als eins«, gab Tori zurück.

»Sind vielleicht Ratten«, meinte Gontas. »In Apis habe ich viele Leute reden hören über die Ratten in den Abflüssen. Bezahlen sogar Jäger dafür, hab ich gehört.«

Mart blickte zweifelnd drein. Sie schauten nun alle in Richtung des trockenen Kanals, der in dem finsteren Tunnel unter der Erde verschwand.

»Ich will nicht mehr warten«, sagte Gontas. »Ich sehe nach.«

Entschlossen nahm er beide Äxte in die Hand. Im Schatten des Berghangs lief er geduckt ein paar Schritte, sprang dann in die Zulaufrinne hinein und rannte an der Wand des Beckens entlang auf den Auslass zu.

»Da!« Tori wies auf den Tunnel. »Hast du das gesehen?«

»Du siehst Schatten, Weib«, knurrte Mart.

Tori schnaubte. Sie hob die Hand mit dem Haken und stürzte los, geradewegs in das Becken und auf den Kanal zu.

»Tori! Deckung! Du bist im Schussfeld!« Mart traute sich nicht zu rufen, und Tori konnte seine halblaute Stimme gar nicht mehr hören. Er fluchte, zog das Schwert und rannte hinter ihr her.

Sie kamen fast gleichzeitig bei dem Tunnelschlund an.

Gontas sprang hinein, mit einem Kampfschrei, der von den Wänden widerhallte. Er wirbelte um die eigene Achse und ließ die Äxte kreisen.

Tori sprang zurück. »He! Pass auf, woste hinplotzt.«

Mart seufzte. »Jetzt weiß wirklich jeder, wo wir sind.«

Gontas hielt inne, die Beile zum Schlag erhoben. Er spähte in die Dunkelheit. »Unsinn«, sagte er. »Der Tunnel öffnet sich zum Berg hin. In der Stadt kann uns keiner hören.«

Alle Monde standen inzwischen am Himmel und tauchten die Felsenstadt in ein dumpfes Licht. Mit jedem Augenblick, den sie vor dem Tunnelschlund standen, konnten sie tiefer in die Schatten blicken. Im ersten Augenblick hatte es so ausgesehen, als begänne die vollkommene Schwärze schon ein, zwei Schritt hinter der Öffnung. Inzwischen konnten sie mindestens sechs Schritt weit in den Gang hineinsehen, und sie waren allein.

»Hab ich's gesagt, blöde Musche. Hirngespinste. Wer so viel Angst hat, sollte nachts nicht mit den Männern losziehen.«

»Sei doch still, du«, antwortete Tori. Sie trat einen Schritt tiefer in den Gang hinein und spähte wie Gontas mal nach links, mal nach rechts. »Ich seh se immer noch! Grad am Rand und im Schatten. Wie die blassen Jammer. Biste denn ganz blind jetzt?«

»Und sie bleiben immer grad im Schatten stehn, klar.« Mart steckte verächtlich sein Schwert wieder ein. »Woher wollen deine eingebildeten Geister denn wissen, wie gut unsre Augen sich grad an das Zwielicht gewöhnt haben? Gib's einfach zu, Tori – die Schemen lauern nur in deinem Kopf, nicht draußen im Kanal.

Gehn wir lieber mal oben nachschaun, ob nicht aus der Stadt jemand kommt, der unsern Buschmann hat brüllen hören.«

»Nein«, sagte Gontas. »Ich fühle es auch. Hier ist etwas, und es lässt mir die Haare zu Berge stehen.«

Er machte keine Anstalten, zurückzuweichen. Er stand einfach nur da in der sechs Schritt breiten Tunnelöffnung und hielt die Arme mit den Äxten zu beiden Seiten leicht vom Körper weg.

»Gut, meinetwegen«, sagte Mart. »Ich mach dem ein Ende.«

Er nahm seinen Packen vom Rücken, holte einen Lappen heraus und tränkte ihn in Öl. Dann wickelte er ihn um die Schwertspitze und zündete ihn an. Ein Kreischen hallte durch den Gang; Tori schrie auf und wich zurück, Marts Schrei folgte wie ein Echo. Fast hätte er das brennende Schwert fallen lassen.

Blasse Kreaturen stürzten sich aus der Finsternis auf sie, aufgeschreckt von Licht und Feuer. Sie waren wie Tote, so unwirklich wie Geister. Bleiche Haut spannte sich über aufgeblähten Leibern. Arme und Beine wirkten wulstig ausgestopft. Die Gesichter waren menschlich, aber die Münder klafften in einem lippenlosen Schrei, und statt Zähnen und Zunge sah man Insektenglieder, die sich herausschoben und durch die Luft tasteten.

Die Augenhöhlen waren blind, angefüllt mit talgigem weißem Fleisch.

Gontas trat zwischen die Angreifer, er schwang die Äxte aufeinander zu und hieb sie in die Körpermitte eines der Geschöpfe. Gontas riss die Waffen zurück und trat zugleich gegen das Knie der Kreatur. Das Bein knickte ein, irgendwie weich, so als hätte das Wesen keine Knochen. Es platzte auf wie eine Wurst, und gelbes Fleisch quoll heraus. Trüber Schleim rann aus allen Wunden. Ein erstickender Gestank nach Verwesung zog durch den Tunnel. Gontas hatte seinen Gegner an den Hüften fast in zwei Hälften durchtrennt.

»Oh, scheiße!« Tori stürzte sich in den Kampf.

Mart sah auf sein brennendes Schwert, dann schüttelte er den ölgetränkten Lappen von der Spitze. Schwelend blieb das Tuch auf dem Boden liegen und zeichnete die zuckenden

Schatten der Kämpfer an die Tunnelwände. Es wurde ein wenig dunkler, aber Mart hatte seine Waffe frei.

Gontas' Gegner taumelte auf einem Bein, dann kippte er um. Dabei riss sein Oberkörper ab. Er zuckte und wand sich auf dem Boden, die Haut platzte weiter auf, und ein Geschöpf schob sich heraus, das aussah wie eine halbierte Made. Es entfaltete sich wie ein Insekt, das gerade aus seinem Kokon geschlüpft war.

Gontas war umzingelt. Er schwang die Äxte. Die scharfen Schneiden trafen die Angreifer an der Stirn, an den Schultern, an der Brust, mit einem weichen und feuchten Laut. Knisternd rasierte er einem der Geschöpfe die dünnen Beinchen ab, die aus dem Mund hervorzüngelten.

Die Kreatur, die aus seinem ersten Gegner herausgekommen war, kroch auf ihn zu. Mittels eines Bündels langer dünner Beine am Kopf zog sie sich voran. Zwischen den wirbelnden Gliedmaßen blitzte ein mahlendes Neunaugengebiss auf, und das Wesen zog eine glänzende Spur aus Schleim und fadendünnen, durchscheinenden Eingeweiden hinter sich her, dort, wo Gontas den madenartigen Leib in der Mitte durchtrennt hatte.

»Pass auf, Gontas!« Tori hieb ihre Sichel in eines der Madengeschöpfe, die in Menschenhaut umherwankten, als wären sie in den Toten herangewachsen und fett geworden von deren Fleisch. Die Klinge schnitt dem Geschöpf den Rücken auf, gelbe Eingeweide platschten heraus wie pappige Klumpen von fauligem Reis.

Er hörte Toris Warnung, und mit einem Satz sprang er rückwärts über die herankriechende Kreatur hinweg. Er landete auf der Schleimspur, rutschte aus und fiel in die stinkende Masse. Dann trieb er beide Äxte in die sich windende halbe Made und schlug Stücke heraus, bis sie sich nicht mehr bewegte.

So zerhackten die drei Gefährten alle ihre Angreifer. Danach, als sie inmitten zuckender Klumpen, schleimiger Überreste und ziellos wedelnder abgetrennter Insektenbeine standen, krümmte sich Tori und übergab sich auf den Boden.

»Na, passt doch. Schau mal, das sieht aus wie der Dreck, den wir den Krabblern hier aus'm Leib geschnitten haben. Bist du sicher, Tori, dass du innen drin nicht verwandt bist mit denen?«

Mart lachte laut über seinen Scherz. Tori warf ihm einen hasserfüllten Blick zu. Sie atmete ein, würgte wieder und blieb vornübergebeugt stehen. Ihre lange Sichelklinge, von der das Blut der unmenschlichen Gegner rann wie Eiter, hielt sie so weit von sich weg, wie sie nur konnte.

Gontas war über und über mit Gekröse beschmiert. Er nahm ein Hemd aus der Tasche und wischte sich ab, aber damit verteilte er die klebrige Masse nur noch mehr über seiner Haut. Er stank selbst so, als hätte er sich in einer Kloake gesuhlt, oder zwischen verwesten Kadavern.

»Wasser!«, schimpfte er. »Warum gibt es kein Wasser in diesem verfluchten Bachlauf? Irgendein Hexer wird heut Nacht noch bezahlen für diese Schweinerei, das schwör ich euch!«

»Is schon so.« Mart kniff nachdenklich die Augenbrauen zusammen. »Die Viecher, die da in den Häuten steckten, sah 'n schon verdammt aus wie große Würmer. Also gibt's vielleicht auch wieder 'nen Zauberer dabei, genau wie in Tarukans Turm.«

»Hm, sprich's doch aus, du«, stieß Tori hervor. »Die Viecher, die in den *Leichen* steckten! Da will ich zu gern wissen, wie die da reingekommen sind. Kann sein, ihre Brut kriecht hier überall zwischen den Überresten rum, hm? Was, wenn se jetzt schon in uns reinkriechen und uns von innen aushöhlen wollen wie diese verdammten *Häute* da? Bei allen Göttern von Khâl, ich hasse diesen Ort!«

Gontas wurde ein wenig blasser im Gesicht. Er rieb heftiger und spuckte aus. Dann sagte er: »Für mich sahen die eher so aus wie das Ding, das wir draußen bei der Statue gefunden haben. Das war kleiner, aber so klein nun auch wieder nicht. Wenn das ihre Brut ist, dann würden wir's merken, wenn eine von denen sich in uns reinfrisst.«

Mart trat an den Rand des Kampfplatzes. Mit dem Schwert fischte er einen Überrest heraus und hob ihn hoch. Die verzerrten Züge eines Gesichts hingen von der Spitze der Waffe herab wie eine schlaffe Maske, wie eine Haut, die man frisch vom Schädel gezogen hatte.

»Weiß nicht«, murmelte er. »Sieht mir nicht aus wie von innen leer gefressen. Ich mein, wie hätten diese Riesenmaden ... Nein, da steckt noch irgend 'ne andre Teufelei hinter.«

Gontas zündete seine behelfsmäßige Fackel wieder an, die er in der Schlucht bei der Statue vorbereitet hatte.

Mart protestierte. »Du willst weiter in den Kanal, Mann? Das ist 'ne verdammte Kloake, voll mit Riesenwürmern! In dem Loch finden wir bestimmt keinen, der unsere Fragen beantwortet. Und wir sind nicht zum Spaß da, oder um Ungeziefer zu jagen.«

Gontas schwieg und stapfte voraus. Die beiden Söldner folgten ihm. Der Kanal führte leicht abschüssig tiefer in die Erde hinein, schnurgerade in Richtung des Sees. Ein gemauertes Tonnengewölbe erhob sich über ihren Köpfen. Verglichen mit der Stadt an der Oberfläche wirkte die Bauweise schmucklos und fast unscheinbar. Es hätte genauso gut ein alter Keller in Apis sein können, nur dass die Mauersteine keine Lehmziegel waren, sondern Quader aus gewachsenem Stein.

»Aha!« Gontas blieb stehen.

Vor ihnen verlief ein kniehoher Absatz quer durch den Gang, so als hätte der Boden sich dort unvermittelt gehoben. Hinter dieser Erhöhung lief der Tunnel im gewohnten Gefälle weiter. Vor dem Absatz führte eine flache Rinne zur Seitenwand und durch eine schmale Türöffnung hinaus. Gontas hielt die Fackel in den Durchgang.

Gleich hinter der Schwelle klaffte eine knietiefe Grube. Auf der anderen Seite der Grube wand sich eine Treppe nach oben.

Tori begutachtete den Durchgang, die Rille und die Grube. »Sieht aus, als will da jemand was auffangen, hm. Irgendwas, das durch den Kanal von den Bergen rangespült wird.«

»Goldwäscher!«, sagte Mart. »Wär mir schon recht, wenn wir Tarukans Schatz gleich hier ausfegen könnten. Wir schleichen rein, machen jeder ’nen Sack voll und krauten wieder ab, bevor’s jemand bemerkt. Und dann leben wir wie die Kiers in ’nen Städten.«

»Glaubste doch selbst nich, dass das so läuft, Einauge«, erwiderte Tori spöttisch.

»Ich will mein Mädchen zurück, kein Gold«, sagte Gontas. »Und ich lass die nicht davonkommen, die sie geraubt haben. Das hab ich geschworen.«

»*Ich will mein Mädchen zurück.*« Mart äffte ihn nach. »Solltest dich mal reden hören, Mann. Mit ’nem Sack Gold findest du Mädchen genug in Apis.«

Gontas funkelte ihn an. »Halime war mein Gast. Und ein Kind. Ich will nicht irgendwelche Stadthuren kaufen.«

»Oh ja, weiß schon, was du willst, alter Rotfärber. Seh ich dir an den Augen an. ’n paar Köpfe für deine Axt, darum geht’s doch!«

»Sie haben Streit gesucht«, gab Gontas störrisch zurück. »Nicht ich.«

Sie stiegen über die Grube hinweg und die Treppe hinauf. Kurz darauf standen sie in einem gewundenen Korridor. Die Wände waren dunkel und unregelmäßig; eingemeißelte Erhebungen liefen darüber wie angeschwollene Adern.

»Hm, sind inner Stadt, würd ich mal sagen.« Tori strich mit dem Haken über den Stein. »Kar Ombos. Stadt der verrückten Hexenbaumeister.«

Sie folgten dem Korridor, gelangten an eine Gabelung und entdeckten weitere Gänge. Sie kamen an Schächten und hoch oben eingebauten Fenstern vorbei, durch die das Mondlicht fiel. Immer wieder schnitten Lichtstreifen durch die Flure, in unterschiedlichen Farben, je nachdem, welchem der Monde die Fenster zugewandt waren.

Sie mussten im Keller eines Hauses sein, oder in dem verbundenen Keller mehrerer Häuser, aber die Gänge schienen nirgendwohin zu führen. Sie wanden sich einfach nur umeinander, bis selbst Gontas die Orientierung verlor und das Gefühl hatte, sie würden im Kreis gehen.

Ein bitterer Geruch lag in der Luft, der sogar über der qualmenden, blakenden Fackel wahrzunehmen war und über dem Gestank, den sie selbst aus dem Kanal mitbrachten. Er wurde eindringlicher, je weiter sie gingen. Es war kalt und feucht in diesen Kellergängen, und Gontas fragte sich, woher das kam – in dieser Wüste, wo es wieder ganz trocken war, seit sie das Tal der lebenden Steine verlassen hatten.

Endlich erreichten sie doch einen Raum, eine regelrechte Halle mit vielen Zugängen, als würden sämtliche Korridore aus den unterschiedlichsten Richtungen hier zusammenlaufen.

Tori tat einen Schritt in die Halle und taumelte wieder zurück. »Heilige Scheißgötter von Khâl!«, stieß sie hervor.

Die ganze Halle stand voll mit Holzrahmen, in denen Menschenhäute mit Stricken aufgespannt waren.

17.

Gesichter mit abstehenden Hautlappen und ohne Lippen grinsten die Eindringlinge an, die Haare hingen strähnig herunter. Durch die leeren Augenlöcher hindurch sah man die Umrisse dahinter. An der Wand standen Besen und Werkzeuge und Eimer mit einer trüben Brühe, aus denen derselbe Gestank aufstieg, der in den Gängen hing.

Gontas' Fackel glühte aus, das Holz verbrannte sich schon selbst. Doch die Halle hatte Fenster und Lichtschächte, die das Mondlicht hereinließen. Es fiel auf einige der grausigen Rahmen und tauchte sie in rotes, gelbes oder gespenstisch weißes Licht.

Gontas ließ die Fackel sinken und hielt sie etwas schräg, damit das Feuer noch ein Stück am Holz lecken konnte und ein wenig Nahrung fand. Dabei fiel der Schein auf einen großen Haufen Gerümpel in einer Ecke des Raumes. Das meiste sah aus wie Kleidung, formlose Kutten, Leinenhosen, Lederwesten. Es lagen aber auch Waffen und Taschen dazwischen. Eine lange Stoßlanze ragte aus dem Haufen heraus.

»Großartig!«, rief Mart. »Ein Ersatz für mein Schwert!«

Er schleuderte die schartige Klinge von sich und stöberte in dem Haufen nach etwas Besserem. Er wog einen Krummsäbel in der Hand und entschied sich am Ende doch wieder für ein Breitschwert.

Gontas trat langsam zu ihm. Tori kam als Letzte dazu. Sie warf nur einen flüchtigen Blick von der Seite auf die zur Schau gestellten menschlichen Überreste und hielt sich die Hand vor den Mund.

»Das sind Waffen aus Khâl, du«, stellte sie fest. Sie begutachtete Marts neue Klinge und zog dann mit ihrem Haken einige Kleidungsstücke am Boden auseinander. »Und 'ne Menge von dem Zeug hier schaut aus, als hätt man's Tarukans Söldnern vom Leib gezogen. Kann mir nicht vorstellen, dass sie's freiwillig hergegeben haben.«

»Hat vielleicht denen gehört, die der Knöchler erwischt hat, als Tarukan die Stadt eingenommen hat.« Mart zog eine dunkle, schmierige Kapuzenkutte aus dem Haufen. »*Das* hier jedenfalls hat bestimmt kein Söldner getragen. Könnte einem von den Finckels gehört haben. Ich nehm an, hier haben sie alles hingeschmissen, was nach dem Kampf um die Stadt über war.«

»Hm, aye.« Tori zog spöttisch eine Braue hoch. Sie wies mit dem Daumen über die Schulter auf den Raum hinter sich. »Und da drüben han se dann die Toten bestattet, hm?«

Gontas ging um den Haufen mit der Ausrüstung herum. »Tarukan hat die Stadt vor zwei Jahren erobert, wenn ich die Hexe richtig verstanden habe«, merkte er an. »Aber die Leichen hier sind frisch.«

Tori und Mart drängten sich aneinander vorbei, um zu sehen, was er meinte. Drei Leichen lagen vor Gontas auf dem Steinboden, nackt bis auf das rohe Fleisch, das schwarzrot von geronnenem Blut überzogen war. Ungeziefer wimmelte über die geschundenen Leiber, die mit gebleckten Zähnen an die Decke grinsten.

Gleich in der Nähe standen drei Gerüste mit frisch abgezogenen Häuten, die noch feucht glänzten. Haare und Gesichtszüge der Toten zeigten die typischen Merkmale des Volkes von Khâl.

»Hm«, sagte Tori. »Will verdammt sein, wenn das nicht Tarukans Fiesel sind.«

Mart untersuchte eine gehäutete Leiche. »Dem hat man 'nen Zacken durch die Kehle gezogen, und zwar heut erst. Ich hab das Gefühl, der Kampf um diese Stadt ist noch nicht ganz vorbei.«

Er hob den Kopf und starrte auf Gontas' breiten Rücken. Der Buschläufer antwortete nicht. Er ging zwei Schritte weiter, und die Söldner hörten ein vielfaches Rascheln und Klirren von der Wand, an die er herantrat.

Glas glitzerte im letzten Schein der Fackel, eine endlose

Reihe von dickbauchigen verschlossenen Glasgefäßen, die nebeneinander und übereinander an der Wand gestapelt standen. In jedem dieser Einmachgläser, verzerrt durch die trübe Rundung, sah man eines der wurmartigen Geschöpfe mit Insektenbeinen, dünn und bleich und gerade mal zwei Handspannen lang. Sie zuckten zurück vor dem Licht und pressten sich zitternd an die Wand ihrer Gefäße, als Gontas die Fackel vor ihnen bewegte.

»Und das«, sagte er, »ist mehr von dem Ungeziefer, als ich je in der Welt sehen wollte.«

Das Licht in seiner Hand knisterte und erlosch.

Gontas ließ das abgebrannte Holzscheit fallen. Sie brauchten ein paar Augenblicke, um sich an das Mondlicht zu gewöhnen, dann aber verschmolzen die vielfarbigen Lichtsäulen, all die Monde – Selene und Sin, Zoraia und Phoibe, Hubal und Bendis und der unheilvolle Styx – zu einem einzigen geisterhaften Schimmer, der die ganze Halle erfüllte.

Der kalte Schein zeichnete die Umrisse nach, die bespannten Holzrahmen, den Berg von Kleidern und Waffen, die schimmernden Gläser und die finsteren Konturen der Leichen am Boden.

»Scheiß auf's Feuer.« Mart kniff das Auge zusammen. »Ich kann ohne die Fackel weiter sehen als mit.«

»Hier drin vielleicht«, sagte Gontas. »Draußen auf den Gängen gibt es Winkel, wo kein Mondlicht hinfällt. Wir sollten in den Taschen nachschauen, ob einer unserer Freunde hier eine Lampe dabeihatte, als man ihm das Lebenslicht ausgeblasen hat.«

»Moment«, flüsterte Tori. »Seht ihr das?«

»Oh nein«, sagte Mart. »Nicht schon wieder unsre Finckel-Tori und ihre übersinnliche Wahrnehmung. Du weißt schon, dass du uns überhaupt erst in diese Scheiße reingeführt hast?«

Er schimpfte, doch er folgte ihrem Blick. Am Rand der Halle bewegte sich etwas. Durch alle Zugänge flutete Finsternis in den

Raum. Sie verschlang das Mondlicht, breitete sich aus – und dann löste der formlose Schatten sich auf und wurde zu einer Masse einzelner Gestalten in dunklen Kutten. Von allen Seiten schoben sie sich auf die drei Eindringlinge zu, die Gesichter verborgen unter den Kapuzen.

Mart nahm einen Rundschild vom Haufen, hielt ihn vor den Leib, wog das neue Schwert in der Hand und stürmte los. Er rannte den ersten Gegner um, dumpf prallte sein Schild gegen den Körper unter der Kutte. Mit voller Wucht hieb Mart der Gestalt daneben das Schwert auf den Kopf. Die Klinge spaltete den Leib bis zum Bauch. Die Hälften klafften auseinander, gelber Schleim spritzte nach allen Seiten, und eine weiße Kreatur wand sich zuckend aus den Überresten ihrer Kleidung, bevor sie verendete.

»Schon wieder diese verdammten Höllenwürmer!«, brüllte Mart.

Aber das stimmte nicht ganz. Diesmal steckten die Geschöpfe nicht in einer menschlichen Haut, und es waren auch keine einfachen Würmer mehr. Der madenartige Leib war ein wenig menschlicher, er hatte Arme und Beine und einen unförmigen Kopf, auch wenn immer noch ein Kranz insektenhafter Gliedmaßen vor dem Neunaugenmaul züngelte.

Schädelknochen, so dünn wie Eierschalen, knisterten, als Gontas sich mit beiden Äxten in den Kampf stürzte. Die Wurmgeschöpfe waren plump und weich in ihrer Ghulgestalt. Aber es waren viele, und sie starben nicht leicht.

Mart und Gontas hieben und hackten auf die Wesen ein, sie drängten ihre Gegner zurück. Aber immer mehr kamen von allen Seiten. Sie drohten die beiden Krieger mit ihrer bloßen Masse einzuklemmen. Selbst mit klaffenden Wunden blieben sie noch stehen, während schleimiges Blut und körnige Eingeweide aus ihrem Leib flossen. Und wenn sie zu Boden fielen, waren sie noch lange nicht tot. Sie schnappten und schlugen nach den Füßen der Menschen, und der Boden war schlüpfrig von dem eitrigen Sekret.

Tori nahm einen Hammer von einem Packen Werkzeug, der

zwischen den Latten eines halb fertigen Holzrahmens lag. Sie kletterte auf den Haufen mit Kleidungsstücken. Die Kreaturen hatten die Menschen nun von allen Seiten umringt. Irgendwo in der Masse verriet ein Strudel, ein Aufblitzen von Klingen und ein feuchtes Klatschen, wo Mart und Gontas immer noch kämpften. Gestalten in Kutten brandeten gegen den Hügel aus Habseligkeiten, sie stolperten über die faltigen Flanken.

Tori spähte über die Köpfe hinweg. Sie wog den Hammer in der Hand und warf. Das Werkzeug flog über mehrere Dutzend der Albtraumgestalten hinweg und traf eine, die ganz hinten stand, an der Stirn.

Der Kuttenträger kippte auf den Rücken, und etwas veränderte sich.

»Aye!« Triumphierend riss Tori den Arm mit dem Haken in die Höhe.

Mart und Gontas hackten und fluchten, doch ihre Gegner standen plötzlich nur noch reglos da. Sie drehten die Köpfe unter den Kapuzen und irrten umher. Ihre Bewegungen hatte jede Zielstrebigkeit verloren.

Langsam entstand ein freier Raum um die beiden Männer. Die Wurmghule zischten. In unsicheren Schlangenlinien wichen sie vom Ort des Kampfes zurück und flohen auf die Ausgänge zu.

Die Gestalten beim Kleiderberg stolperten übereinander. Tori nahm den Speer, der in dem Gewänderhaufen steckte, und spießte einen der Kuttenträger auf. Dann stieg sie hinab, köpfte einen mit ihrem Sichelhaken, schlitzte einem weiteren den Bauch auf. Auch die Feinde in ihrer Nähe ergriffen die Flucht, auf ihre eigentümlich ziellose Art. Die Halle leerte sich.

Bald blieben nur die zerhackten Überreste am Boden zurück, dazu ein Dutzend kleiner Würmer, die aus zerbrochenen Glasbehältern entkommen waren und zwischen den Toten umherkrochen. Und der eine Kuttenträger, den Tori mit dem Hammer niedergestreckt hatte.

Mart und Gontas gingen umher und erschlugen die entflohenen Würmer. Tori trat zu ihrem Gegner hin und zog ihm die

Kapuze aus dem Gesicht. Es war ein Mensch, wenn auch sehr bleich, mit hagerem Gesicht, hohen Wangenknochen und kahlem Kopf.

»Sieh da«, flüsterte sie und zeichnete mit der Spitze ihrer Sichel fast liebevoll ein paar Kratzer in sein Gesicht. »Der Hexenmeister.«

»Wie bist du auf den gekommen?« Mart blickte über ihre Schulter.

»Der hat sich anders bewegt als die anderen. Stand was abseits. Fiel einfach auf in dem Haufen. Hatt ich ja drauf gehofft, dass ich 'nen Hauptmann erkenne, wenn ich genau hinschau. Sonst hätt's nich so üppig ausgeschaut mit euch zwei beiden, hm?«

»Pah«, sagte Mart. »Wärn auch so fertig geworden mit dem Pack. Sind nur Schnecken in Kutten.«

Der Hexenmeister bewegte sich nicht, als Tori ihm die Klinge durch das Gesicht zog. Das Gewebe seiner Kapuze war ihm dunkel auf die Stirn gestempelt, dort, wo der Hammer ihn getroffen hatte.

»Hoffe, er ist nicht hinüber«, sagte Mart. »Wir wollten ihn was fragen.«

»Dann hättste vielleicht nicht die letzte Finckel erschlagen sollen, die uns alles erzählen wollte, hm, mein Lieber?«

»Da wusst ich auch noch nicht, dass Tarukans Stümper hier tot rumliegen. Hätt lieber mit denen gesprochen, als mit so 'nem Kuttenmann.«

Gontas brachte einen der Eimer, die an der Wand standen. Schwungvoll kippte er den Inhalt über den Bewusstlosen. Mart und Tori sprangen zur Seite und protestierten empört.

Im nächsten Augenblick schlug der Hexenmeister die Augen auf. Er kreischte laut und fuhr sich mit den Händen durch das Gesicht. Dann sprang er auf, riss sich die Kutte vom Leib und wischte sich damit über die Haut. Er kreischte immer noch.

Tori lachte und lachte.

Verächtlich schleuderte Gontas den Eimer zur Seite. »Was ist das für ein Säugling?«, fragte er. »Hätte ich so ein Geschrei gemacht, als ich in den Dreck von seinen Kreaturen gefallen bin ... Und der stirbt fast an 'nem Eimer trübem Putzwasser!«

»Der Eimer«, keuchte Tori. »Putzwasser ...« Sie prustete und rang nach Luft.

»Ich glaub, sie will dir sagen, das ist kein Putzwasser in den Eimern«, erklärte Mart mit breitem Grinsen. »Das wird das Zeug sein, mit dem er die Häute gerbt. Lauge, oder was da sonst drin ist. Kann mir vorstellen, dass das zwiebelt, wenn man's über 'n lebenden Pelz kippt.«

Gontas schnaubte. Er packte den zappelnden Zauberer und schleuderte ihn gegen die Wand. Der blieb still dort sitzen, mit roten Flecken auf der Haut.

»Pass auf, dass er nicht wieder wegkippt«, sagte Mart.

»Pass auf, dass seine Viecher nicht wiederkommen, wenn er wach ist«, fügte Tori hinzu.

»Ich pass schon auf«, sagte Gontas. Er setzte dem Mann den Dorn seiner Axt unter das Kinn und hob es an. Der Zauberer wimmerte.

»Na«, sagte Gontas. »Bist du der Kerl, der Würmer in Menschenhäute packt, he?«

»Keine ... *Würmer*!« Der Zauberer hielt sich den Kopf. »Es sind heilige Wesen. Geschenke des Styx. Sterngeborene. Die Kinder der alten Götter. Die Götter schicken sie zu uns herab, zu den Priestern von Kar Ombos, und ihr habt sie umgebracht.«

Seine Stimme klang weinerlich und vorwurfsvoll.

Gontas sah sich in der Halle um, wo überall die zerhackten Überreste der Wurmghule lagen. Und er sah die Menschenhäute, die zu Dutzenden in den Rahmen hingen. Er empfand kein Mitgefühl für den Hexenmeister oder für dessen Kreaturen. »Sie haben uns angegriffen«, sagte er.

Der Zauberer bedachte die Überreste in der Halle kaum mit einem Blick. »Nicht *die*«, sagte er. »Ihr habt die Verhüllten erschlagen, draußen im Kanal. Meine neue Art, die ich gerade erst geschaffen habe.«

Tori verdrehte die Augen und tippte sich mit dem Finger an den Kopf.

»Die haben uns auch angegriffen«, sagte Gontas.

»Nein! Nein!« Der Hexenmeister fuchtelte wild mit den Armen. »Es waren Kinder. Warum hätten sie euch angreifen sollen?«

Er stockte kurz, dann fuhr er nachdenklich fort: »Andererseits, die Kinder des Styx mögen kein warmes Licht. Die Sonne bringt sie um. Und sie fürchten das Feuer. Bestimmt seid ihr ihnen mit eurer Fackel zu nahe gekommen.«

»Alles klar, ich weiß genug.« Tori wandte sich um. »Ich schau mal, ob ich in dem Haufen da was Brennbares finde.«

Der Zauberer jammerte: »Ihr hättet sie nicht erschlagen dürfen. Meine Kinder!«

Tori hielt inne. »Na, das kann ich dir sagen: Wenn ich so hässliche Schrapfen hätt, dann hätt ich die längst selber erschlagen. Und den Vater vorsichtshalber dazu.«

»Keine Sorge, Weib«, sagte Mart. »Wird nicht passieren. Du bist so unfruchtbar wie's Steinland.«

Tori fuhr herum und warf einen Dolch nach ihm. Mart wich aus und lachte.

»He, Vorsicht!«, rief Gontas. »Trefft mir den Hexer nicht. Den Vater *dieser* Missgeburten hätt ich gern noch eine Weile lebendig.« Er sprach wieder zu dem Zauberer: »Es tut dir also leid, dass wir deine Würmer erschlagen haben. Aber was ist mit den Männern, die du umgebracht hast, um deinen ›Kindern‹ feine Westen zu schneidern?« Er wies auf die aufgespannten Menschenhäute.

»Nein!« Der Zauberer schüttelte den Kopf. »Das versteht ihr falsch! Das sind meine Brüder. Tarukan hat sie erschlagen. Ich will sie wieder zum Leben erwecken.«

»Zum Leben erwecken?« Gontas schüttelte sich. »Indem du ihnen die Haut abziehst und die Maden reinsteckst?«

»So ist es nicht«, erwiderte der Zauberer empört. »Diese ›Maden‹ sind in Wahrheit die Geister des Styx selbst. Wenn ich sie mit den leiblichen Hüllen meiner Brüder verschmelze, dann hat deren Seele auch ihren Anteil daran. Die Essenz des Styx lässt *beide* überleben, als ein einziges Geschöpf, als ein höheres Wesen.«

Der Zauberer sprach mit Eifer. Er breitete die Arme aus. »Versteht ihr? Die alten Götter selbst, die vom Styx zu uns kamen, sie konnten auf dieser Welt nicht leben ohne einen Wirt. Und ist es nicht eine Ehre, einen Gott in sich zu tragen?

Die alten Götter kommen nicht mehr zu uns. Nur diese ... diese *Tropfen* ihrer Essenz.« Er zeigte auf die Wurmkreaturen in den Gläsern. »In guten Nächten treiben Sie körperlos in den Strahlen des Styx. Und mit der geeigneten Magie kann man sie zumindest in diese krude körperliche Form überführen. Die lässt sich dann ein wenig weiterentwickeln.« Er wies auf die toten Wurmghule in der Halle.

Mart, der dabeistand und zuhörte, kratzte sich. »Bei Kikils unreinen Eingeweiden. Ich werde nie wieder im Licht des Styx unterwegs sein können, ohne mich schmutzig zu fühlen. *Treiben in den Strahlen* ... das ist widerlich!«

Der Hexer achtete nicht auf ihn. Er sah nur Gontas an. »Aber ich habe noch mehr erreicht. Wenn wir die Essenz nicht nur in ihrer eigenen Form auffangen, sondern sie in menschliche Hüllen stecken wie die alten Götter selbst – werden sie dann nicht wieder zu Göttern heranreifen? Versteht ihr, ich habe einen Weg gefunden, die alten Götter auf die Welt zurückzubringen. Ich brauche nur ein paar menschliche Hüllen, etwas lebende Essenz vom Styx, Experimente und Geduld ...«

Er sah Gontas an und schüttelte den Kopf. »Nein, ein Wilder wie du kann das nicht verstehen. Aber sie hätten es verstanden! Meine Brüder wären froh, als Gefäße der Götter auf Erden zu wandeln, und ich wäre der, der sie zurückgebracht hat. Kar Ombos wäre die neue Hauptstadt der Götter!«

»Ah ja, hm?« Tori kam zurück, eine brennende Öllampe in der Hand. Zwei Fackeln aus abgebrochenen Speerschäften, fest mit Stoffstreifen umwickelt, hatte sie in ihren Gürtel gesteckt. »Aber was hätten die anderen Toten da drüben gesagt? Was wird Tarukan sagen, du, wenn er erfährt, dass du ein paar von seinen Jungs als Fressen für die Würmer hergenommen hast?«

Der Zauberer zuckte die Achseln. »Ich brauchte mehr Material für meine Experimente. Niemand kann erwarten, dass ich die kostbaren Hüllen von Sphärenmeistern, von meinen eigenen Brüdern und Schwestern opfere, solange das Verfahren noch nicht ausgereift ist. Tarukan wird verstehen, dass ich die Wachen, die er zurückgelassen hat, für einen höheren Zweck brauchte. Er hat so viele Männer – es sind ja nur Söldner. Niemand wird sie vermissen.«

»Ich bohr dir gleich ein paar Löcher für deine Würmer in den Balg!« Wütend sprang Mart vor, das Schwert in der Hand. Auch Tori knurrte zornig.

Gontas hielt sie zurück. »Hört ihr denn nicht? Er ist vielleicht der Letzte hier, der uns sagen kann, wo wir Tarukan finden. Er muss leben.«

»Ja, Tarukan!«, rief der Zauberer triumphierend. »Er wird mich verstehen! Der Tarukan, der gegangen ist, hätte womöglich missbilligt, was ich tue. Aber der Tarukan, der zurückkommt, wird ein anderer sein. Er will nämlich in die Zitadelle, versteht ihr?«

»Ja, genau.« Gontas kniete sich vor seinen Gefangenen. »Wie komme ich zu dieser Zitadelle? Wie finde ich Tarukan? Wo ist Halime?«

»Hä, Halime?«, fragte der Zauberer. »Keine Ahnung, wer das ist. Ich kenne alle diese Fremden nicht, die der Hauptmann in die Stadt gebracht hat. Ich habe mich um meine eigenen Angelegenheiten gekümmert, nachdem ich den Handel mit ihm abgeschlossen habe: all das Fleisch, all die edlen Hüllen für meinen großen Plan, und Tarukan kann die Oberfläche der Stadt haben.«

»Das Mädchen, Mann!« Gontas brüllte ihn an. »Halime ist das Mädchen, das Tarukan geraubt hat.«

»Das Mädchen.« Der Zauberer erbleichte.

»Du weißt, wovon ich rede«, stellte Gontas befriedigt fest. »Wo finde ich sie?«

»Ich habe schon zu viel gesagt«, meinte der Zauberer. Alle Linien in seinem Gesicht wirkten mit einem Mal schmaler, so als hätte sich etwas in ihm zusammengezogen. »Ich werde sie nicht verraten. Ich werde Tarukans Pläne nicht verraten. Das nicht.«

»Dann erschlagen wir diesen verfluchten Hexer«, sagte Mart.

»Nein«, erwiderte Gontas. »Er *wird* reden.«

Er packte den dürren nackten Mann am Hals und zerrte ihn durch die Halle. Der Zauberer strampelte und wehrte sich, er biss und er kratzte, aber der Kraft des Buschläufers hatte er nichts entgegenzusetzen. Gontas suchte einen freien Holzrahmen, und er band den Hexenmeister an Knöcheln und Handgelenken darin fest. Er stellte den Rahmen auf, und der Zauberer hing darin, alle viere von sich gestreckt, aufgespannt wie die Häute seiner Opfer. Er wehrte sich noch immer und zerrte an den Fesseln.

»Pass auf«, sagte Mart. »Gleich ruft er wieder seine bleichen Ghule herbei.«

»Nein.« Gontas lächelte grimmig. »Der ruft gleich was ganz anderes.«

Er musterte seinen Gefangenen. Der Holzrahmen war nicht so stabil. Wenn der Zauberer weiter herumzappelte, mochte er ihn zerbrechen. Gontas zog das Messer und schnitt dem Mann die Sehnen an den Gliedmaßen durch. Der Zauberer schrie, als Gontas mit seiner nicht sehr scharfen Klinge über die zähen Bänder ratschte.

Tori verstand, was Gontas vorhatte. Sie lächelte und tänzelte leichtfüßig herbei. Sie stellte die Lampe auf dem Boden ab. »Las mich anpacken, du«, säuselte sie. »Meine Sichel ist immer toffe scharf, und jeder meiner Zacken auch.«

Sie schnitt an dem Hexenmeister herum, mit fast liebkosender Bewegung. Die Schnitte waren winzig, verglichen mit Gontas' groben Versuchen. Als sie fertig war, hing der Zauberer schlaff in seinem Gestell und konnte weder Arme noch Beine anspannen.

»So, mein Lieber«, wisperte Tori ihm zu. »Bin zwar kein so geübter Abdecker wie du, nur so 'ne lütte Söldnerin, die niemand nirgendwo vermisst. Aber 'n bissel was hab ich auch gelernt vom Metzgershandwerk.«

Sie wandte sich zu Gontas um. »Was hast du jetzt vor? Soll

ich dir weiter zur Hand gehn? Ich hab noch andere Ideen, du …«

Langsam ließ sie die Sichel an den Lenden des Zauberers entlangfahren. Der jammerte nur leise und stöhnte.

»Das ist nicht nötig«, sagte Gontas. »Ich weiß schon, was man mit so einem Balg anstellt, wie er hier eingespannt ist.«

Er zog einen Eimer mit der Flüssigkeit heran, die der Zauberer zum Gerben der Häute bereitgestellt hatte. Dann tauchte er einen Wischmopp hinein und zog den tropfnassen Feudel einmal quer über den Leib des Hexers.

Der schrie und kreischte und versuchte, die Muskeln zu spannen, doch er brachte damit kaum das Gestell zum Beben, an das er gefesselt war. Und Gontas wiederholte ruhig alle Fragen, die er beantwortet haben wollte.

18.

Die Mauern des Letowjan waren dick, die Türen schwer. Das war nicht überraschend, denn das Gebäude am Rande von Wajdaka war ein Gefängnis. Im Keller gab es Kerker, die niemals das Tageslicht sahen, doch auch hier, in den oberen Geschossen, wo die Edlen und die privilegierten Gefangenen einsaßen, war das Letowjan eine kleine Festung.

Borija war das gerade recht, denn so verhallten die Rufe der Wachen ungehört.

Den ersten Gardisten hatte er überrascht und ihm den Säbel in den Hals gestoßen, noch bevor der Soldat die eigene Waffe ziehen konnte. Der zweite wehrte sich. Borija schlug den Degen des Mannes mit dem Säbel beiseite und griff selbst an. Sein Gegner wich aus.

Der Wachraum war nicht groß, es gab einen Tisch in der Mitte und einen erloschenen Kamin an der Wand. Das einzige Licht in dem Zimmer kam von zwei Öllampen. Hinter einer Reihe metallbeschlagener Türen mit Gitterfenstern lagen die Zellen, von denen nur eine einzige belegt war. Man hielt dew Juvan so weit fern von allen Standesgenossen, wie man es nur einrichten konnte. Neben einer kleinen Garderobe führte eine schmale Bohlentür nach draußen ins Treppenhaus.

Borija stand vor dem Gardisten, mit dem Rücken zum Ausgang. Der Soldat versuchte, an ihm vorbeizukommen. Er war dumm: Wenn Borija sich nur einen Schritt zur Seite drängen ließ, würde der Tölpel versuchen, die Tür aufzureißen und Alarm zu schlagen. Unweigerlich müsste er dabei seine Deckung vernachlässigen, was Borija genug Zeit verschaffen würde, um ihn mühelos zu töten.

Aber er, Borija, war ein Hauptmann der Reiterei! Er würde nicht vor einem Bauern zurückweichen, nicht einmal zum

Schein, um den anderen zu einem Fehler zu verleiten. Diesen Kampf gewann er auch so.

Er lächelte seinem Gegenüber zu, täuschte einen Angriff an und wehrte die Degenklinge mit dem Korb seines Säbels ab. Er prellte dem Gegner die Hand, aber der hielt die Waffe fest. Schweiß glänzte auf dem Gesicht des jungen Wachsoldaten.

»Was soll dieser Verrat?«, rief er. »Ihr seid ein Dragoner der Königin. Wie könnt Ihr ...«

Borija schlug die Klinge beiseite und versenkte die Spitze seines Säbels unter dem Brustbein des Mannes. Flink sprang er zurück, um nicht selbst von einem letzten ungezielten Gegenangriff getroffen zu werden.

Er sah zu, wie der Soldat zusammenbrach. Dann holte Hauptmann Borija ein parfümiertes Schnupftuch aus der Tasche und wischte sich die Stirn ab. Sein Atem ging nur ein wenig schneller.

Er sah auf die beiden Toten hinab. »Und Ihr«, sagte er. »Wie könnt Ihr nur? Als einfacher Soldat die Taten eines Offiziers infrage stellen? Noch dazu mitten in einem Kampf? Nein, Euer Tod ist wohlverdient.«

Er steckte das Tuch ein und säuberte den Säbel an einem Mantel von der Garderobe, bevor er die Waffe wieder in die Scheide schob. Er dachte kurz nach, nahm den zweiten Uniformmantel vom Haken und dazu einen Soldatenhut. Mit der anderen Hand packte er den Schlüsselbund vom Tisch und öffnete die Tür der einzigen belegten Zelle.

»Dew Jerigin?«, rief er hinein.

Der Deveni Juvanov saß zusammengesunken auf einem kleinen Sofa, das Gesicht in die Hände gestützt. Von allen Menschen in diesem Gebäude und auf der Straße war er der Einzige, der etwas von dem Kampf bemerkt haben musste. Trotzdem wirkte er abwesend, fast betäubt. Langsam hob er den Kopf und schaute auf den Dragoner, der im Türrahmen stand.

»Was ... was wollt Ihr von mir?«, fragte er schleppend.

Borija ließ den Blick durch die Zelle schweifen. Sie schien dem Stand des Gefangenen gerade eben angemessen: ein kleiner Raum mit einem Himmelbett ohne Vorhänge in der Ecke, einem weichen Teppich, dem Sofa, einigen Stühlen und einem winzigen Tischchen. Ein kleines vergittertes Fenster an der Wand ließ bei Tag Licht herein. Jetzt waren die trüben Bleiglasscheiben schwarz, und die einzige Kerze brannte in einem Glaskolben vor dem Gefangenen.

»Ich bin gekommen, um Euch hinauszubringen«, sagte Borija. »Es sei denn, natürlich, es gefällt Euch hier drin besser als in den nicht ganz so behaglichen, aber freien Gassen unserer schönen Hauptstadt.«

»Es heißt«, erklärte Juvan, »ich hätte die Königin angegriffen. Sie wollen mir den Prozess machen ... Vielleicht schicken sie mich auch gleich weiter in irgendeine Festung an der Grenze. Aber das stimmt nicht. Die Welt muss erfahren ...«

»Ja, ja.« Borija fiel ihm ins Wort. »Wir müssen vor allem erst einmal hier heraus, bevor uns jemand in die Quere kommt. Eure Geschichte kenne ich schon, glaube ich. Eure Tochter schickt mich.«

»Swetja?« Diese Worte brachten den Mann auf die Beine. Er trug immer noch den festlichen Anzug, der für einen Hofball passte, aber er sah ungepflegt und unrasiert aus. »Was ist mit Swetja? Geht es ihr gut?«

»Es ginge ihr besser, wenn ihr Vater bei ihr wäre, nehme ich an. Zieht Euch das über, dew Jerigin. Damit nicht jeder Euch gleich auf zwanzig Schritt Entfernung erkennt.«

Er warf Juvan die beiden Kleidungsstücke der toten Soldaten zu, die er von der Garderobe genommen hatte. Juvan fing den Mantel auf und warf einen Blick darauf. »So wollt Ihr mich an den Wachen vorbeibringen?«

Borija seufzte. »Nein. Ich fürchte, so dumm sind selbst diese Bauern nicht. Aber die Verkleidung bringt uns nah genug an sie heran, dass ich mich um sie kümmern kann. Leise und unauffällig, wie ich hoffe.«

»Swetja schickt Euch?«, fragte Juvan. »Aber wie ...«

»Kommt mit«, sagte Borija. »Erklärungen später.«

Juvan warf sich den Uniformmantel über. Er hob den Hut des

Wachsoldaten auf und drückte ihn sich auf den Kopf. Er schlurfte auf die Tür zu, aber mit jedem Schritt trat er fester auf, als flössen Kraft und Leben zurück in seinen Körper.

Draußen im Wachraum betrachtete er die beiden toten Soldaten. »Sie hatten keine Ahnung«, sagte er. »Sie haben nur ihre Pflicht getan, in gutem Glauben, als treue Diener der Königin.«

»Seit wann ist Dummheit eine Entschuldigung?«, fragte Borija.

Er ging zur Tür. Juvan sah sich um und ging zu der Stelle, wo der Degen auf den Dielen lag.

»Lasst es«, sagte Borija. »Beeilt Euch lieber. Ich besorge das Töten. Ist vermutlich ohnehin besser so.«

Er ging ins Treppenhaus. Juvan folgte ihm.

Auf dem nächsten Absatz stand ein Posten und begrüßte den Hauptmann. »Schon zurück? Was ...«

Borija schloss eine Hand um die Kehle des Mannes und erstickte die Worte. Im selben Augenblick stieß er ihm einen langen dünnen Dolch ins Herz. Der Soldat starb, ohne sich zu wehren, mit einem ungläubigen Ausdruck in den Augen.

»Noch drei bis zum Ausgang«, sagte Borija. »Wenn sich nichts geändert hat, seit ich hereingekommen bin.«

Fürst Juvan stieg über die Leiche des jungen Soldaten hinweg. »Ich weiß nicht, ob es das wert ist«, murmelte er. »Der Junge kann kaum älter gewesen sein als meine Swetja. Er wird auch einen Vater haben, der sich um ihn sorgt, eine Mutter, der das Herz brechen kann ...«

»Vermutlich«, sagte Borija. »Aber Eure Tochter hat mich nicht als Brautwerber geschickt oder um Familienbande zu knüpfen. Kommt, weiter.«

Er zog Juvan mit sich. Der schnappte nach Luft. »Meine Tochter weiß nicht ... Sie würde nie ...«

»Pssst«, wisperte Borija. »Da unten sind weitere Wachen. Und diesen Einsatz führe ich, und ich mache das *richtig.*«

Borija tötete die Soldaten rasch und lautlos, einen nach dem anderen. Der letzte Posten an der Außentür saß in einem winzigen Kämmerchen wie ein Pförtner und überblickte durch eine kleine Fensteröffnung den Flur bei der Türe. Er duckte sich, als

Borija mit dem Säbel nach ihm stieß. Er rief laut und griff nach seiner Waffe.

»Die Tür!«, rief Borija, während er durch das kleine Fenster mit dem Mann die Klinge kreuzte. »Entriegelt schon mal die Tür!«

Der Pförtner wich zurück. Borija beugte sich weit vor, um den Mann zu erreichen. Der fuhr herum und stach zu. Borija steckte in der Öffnung und konnte den Stoß nur mühsam parieren. Er fluchte und zog sich zurück. Das gellende Läuten einer Alarmglocke drang aus der Wachstube. Borija tat einen Schritt zu der verriegelten Tür, die ihn von dem Posten trennte, und versuchte, sie einzutreten. Kalte Nachtluft strich ihm über die Wange.

»Kommt«, rief Juvan. »Die Tür ist auf. Wir gewinnen nichts mehr, wenn Ihr den Mann noch tötet. Wir verlieren nur Zeit.«

Hauptmann Borija wandte sich ab, und gemeinsam flohen sie hinaus auf die dunkle Straße. Das Letowjan stand in einem heruntergekommenen Teil der Stadt, und sobald sie hinaustraten, waren sie allein. Aber schon hörten sie die Schritte der Verfolger im Gebäude, und in einem Nebenflügel des Gefängnisses, nur fünfzehn Schritt entfernt, ging eine Tür auf, und ein Lichtkegel fiel auf die Straße. Die Silhouetten weiterer Bewaffneter zeichneten sich dort ab, die Wachbereitschaft!

»In die andere Richtung«, zischte Borija. »Lauft!«

Er stieß Juvan vor sich her, und sie flohen in die nächste Seitengasse. Dann rannten sie weiter. Schwere Stiefel knallten hinter ihnen aufs Pflaster, und das Echo hallte zwischen den schwarzen Hauswänden wider.

Mitunter blitzte einer der Monde über ihnen auf, die Sichel des finsteren Hubal zumeist. Aber die Häuser waren dreigeschossig, die Gassen schmal und verwinkelt.

Borija warnte seinen Begleiter vor Stufen, tückischen Mäuerchen und unebenem Pflaster. Er hatte den Weg gut ausgekundschaftet.

Der Lärm der Verfolger blieb hinter ihnen zurück.

Endlich hielt Borija inne. Zwei Gassen mündeten in einen

kleinen Platz. Auf der einen Seite gab es einen Brunnen an einer Hauswand. Seitlich davon führte eine Treppe nach unten auf einen tiefer gelegenen Weg. Der Hubal warf ein kränkliches Licht auf die Szenerie, und über der Querstraße sahen sie auch den Sin als nebliges Halbrund. Die grauen Strahlen warfen die Schatten der beiden Männer an die Wand neben dem Brunnen.

Juvan keuchte. »Warum ... stehen? Ich kann ... die Verfolger ... noch hören.«

Tatsächlich hallten die Rufe und Schritte der Soldaten weiterhin durch die Gassen, von Ferne zwar, aber sie hatten sich offenbar aufgeteilt und durchkämmten das Viertel. Hinter manchen Fenstern ging Licht an. Die Bewohner hörten die Unruhe, einige schauten heraus und forschten nach dem Grund.

»Wir haben Zeit genug gewonnen«, sagte Borija. »Wir können uns um unsere eigenen Angelegenheiten kümmern.«

Er hatte den Säbel noch in der Hand. Seit dem Kampf mit dem Pförtner hatte er ihn nicht weggesteckt. Jetzt hob er die Waffe und stach sie Juvan in den Bauch. Er stach ein weiteres Mal zu und trieb dem Edelmann die Klinge in die Brust.

Fürst Juvan brach röchelnd auf den Steinen zusammen. Er blickte zu Borija auf, der im blutigen Mondlicht dastand und den Säbel abwartend erhoben hielt. »Warum?«, stieß er hervor.

»Ach, viele Gründe«, sagte Borija. »Es ist einfach für alle am besten so.

Der Königin erspart es ein Problem. Ein Prozess wirft so viele Fragen auf, aber Euer Tod, nachdem bereits so viele Wachsoldaten bei Eurer Flucht ihr Leben ließen? Nun, das wird ein jeder nur angemessen finden.

Eure Tochter hingegen wird mir leichter folgen, wenn das Schicksal ihres Vaters geklärt ist. Und wir hätten beide nur überflüssigen Ärger und Mühen, würde ich Euch mitnehmen. Ihr seht, als Soldat kann ich gar keine andere Entscheidung treffen.«

»Swetja«, sagte Juvan. Er versuchte, sich noch einmal aufzurichten. Borija tat einen Schritt zurück, als der Sterbende in die Nähe seiner Stiefel kam.

»Keine Sorge«, sagte er. »Eure Tochter ist in Sicherheit. Sie wird bald das Land verlassen, mit vielen Hundert Dragonern an ihrer Seite. Ich verbürge mich persönlich für ihre Sicherheit – bis wir unser Ziel erreichen, jedenfalls, und ich sie in andere Hände übergeben muss.

Ich lasse sie wissen, dass ich ihren Vater aus dem Kerker holen konnte, dass er aber auf der Flucht von königlichen Soldaten tödlich verwundet wurde. Das ist nicht einmal gelogen, nicht wahr? Immerhin bin ich ein königlicher Soldat.«

Er sah auf Juvan hinab, dann schnellte seine Klinge vor. Er trennte dem Deveni einen Finger ab, hob ihn auf und zog einen Ring davon ab. »Der Siegelring«, sagte er und wischte das Schmuckstück mit seinem Schnupftuch ab. »Den werde ich Eurer Tochter überbringen. Ich sage ihr, Ihr hättet gewollt, dass sie ihn bekommt. Das ist ebenfalls keine Lüge, nehme ich an. Sie ist Eure Erbin, und es wird sie trösten. Lebt wohl, dew Jerigin ...« Borija dachte kurz nach, dann schüttelte er den Kopf. »Die falsche Wortwahl. Am besten wünschen wir uns gegenseitig eine gute Reise.«

Er stieß Juvan den Säbel durch die Kehle.

IV. Teil:

Kristallhochzeit

19.

Von Wajdaka aus ritten sie nach Süden durch wohlbestelltes Land, durch schmucke Dörfer und über buntfleckige Wiesen. Borija hatte immer von einer kleinen Gruppe Verschwörer gesprochen, aber die Truppe, die er gesammelt hatte, war ein regelrechtes Heer. Swetja konnte die Reiter gar nicht zählen. Sie saß wie betäubt auf ihrem Pferd und ließ sich in der Masse treiben.

Die lange Reihe der Berittenen schwenkte bald nach Osten ab. Sie kreuzten die Jûna. Die Länder dahinter waren weitläufig und spärlich besiedelt. Oft ritten sie am Saum düsterer Forste entlang, die endlos wirkten und die doch nur wie versprengte Inseln der riesigen Wälder waren, die weiter im Osten lagen. Swetja hatte kaum einen Blick dafür.

Als sie den Resjin erreichten, den Grenzfluss von Modwinja, hatten ihre Augen keine Tränen mehr. Starr und blicklos sah sie geradeaus, und der Staub, den die Pferde vor ihr aufwirbelten, brannte ihr trostlos in den Augen.

Zwei Tage lang folgten sie dem Lauf des Flusses auf einer Uferstraße, die nicht mehr war als ein Weg. Als sie den Ort erreichten, wo der Resjin in die mächtige Djena mündete, fand Swetja langsam ins Leben zurück.

Die Betäubung, die mit dem Tod ihres Vaters in ihre Glieder gezogen war, wich von ihr, und die Benommenheit hob sich von ihren Gedanken. Die Reise schliff ihre Trauer ab. Doch damit drangen auch die Strapazen zu ihr durch, die Schmerzen, die bisher kaum am Rand ihres Bewusstseins gezupft hatten. Ihre Beine waren wund, und jeder Muskel brannte. Sie war noch nie so lange an einem Stück geritten.

Die Erschöpfung, die damit einherging, war eine rein körperliche. Sie ließ Raum, dass sie sich mit dem befassen konnte, was um sie herum vorging. Als Erstes wandte sie sich an Hauptmann Borija, der seit Wajdaka im vorderen Drittel des Zuges neben ihr geritten war, mit dem sie aber kaum ein Wort gewechselt hatte, nachdem sie von ihm erfahren hatte, wie Deveni Juvan auf der Flucht gestorben war.

»Wir sollten sie gehen lassen«, sagte sie.

»Was?«, fragte Borija verständnislos.

Swetja wies auf die namenlose Schankmaid aus Wajdaka, die an ihrer anderen Seite ritt. Die Augen des Mädchens waren rot verquollen, und immer wieder schluchzte sie, mit einer Ausdauer, dass Swetja sich ihrer eigenen allzu rasch versiegten Trauer schämte.

»Das Mädchen?« Borija hob die Brauen. »Ihr habt selbst gesagt, dass Ihr eine Zofe braucht.«

»Ja, in Wajdaka«, erwiderte Swetja. »Inzwischen trage ich kein Mieder mehr, und kein Kleid, das ich nicht ohne Hilfe anziehen kann. Es ist nicht nötig, das arme Ding bis ans Ende der Welt zu verschleppen oder wohin auch immer Ihr wollt, Hauptmann.«

»Meinetwegen.« Borija lenkte sein Pferd zur Seite. »He, Mädchen, steig ab!«, rief er. »Du kannst gehen.«

»Ihr wollt ihr nicht einmal ein Pferd lassen?«, rief Swetja empört. »Sie kann unmöglich zu Fuß durch das ganze Land wandern.«

»Es wird ihr nicht besser gehen, wenn sie auf einem Kavalleriepferd zurück in die Hauptstadt kommt«, erwiderte Borija. »Als Diebin gehängt – das wäre das Wenigste, was auf sie wartet.«

Die strohblonde Magd saß gehorsam ab. Verloren stand sie zwischen all den Reitern, die sich auf den unbefestigten Wegen der kleinen Grenzstadt zwischen den Flüssen stauten. Borija griff unter seine Weste und zog eine Börse hervor. Er prüfte den Inhalt und warf der Magd das Säckchen zu.

»Da«, sagte er. »Als Lohn und für den Rückweg. Jetzt troll dich.«

Die Magd huschte davon, und Swetja sah ihr sorgenvoll nach. »Wird sie es schaffen?«, fragte sie. »Was, wenn ihr an der nächsten Wegkreuzung schon irgendein Gesindel das Geld wieder abnimmt oder ihr noch etwas Schlimmeres antut?«

Borija zuckte die Achseln. »Das hättet Ihr Euch überlegen sollen, bevor Ihr mich gebeten habt, sie wegzuschicken. Wenn es Euch ein Trost ist: Ich glaube, dem Mädchen ist es lieber so. Die Reise ist für uns alle gefährlich, und sie wird ihr Glück lieber auf dem Weg nach Hause versuchen als in der Fremde mit uns.«

»Ihr könntet ein oder zwei Eurer Männer mit ihr mitschicken.«

Borija lachte. »Soll ich jedem Bauern, dem etwas passieren könnte, einen eigenen Soldaten als Leibwache an die Seite stellen, dewa Swetjana? Da gingen mir rasch die Männer aus. Außerdem kann ich keinen von meinen Dragonern zurückschicken, nachdem wir so offen davongeritten sind. Wo denkt Ihr hin, Gnädigste?«

Swetja senkte unglücklich den Kopf. »Ihr habt recht, Hauptmann. Ich kann mich schwer daran gewöhnen, dass wir selbst Flüchtlinge sind. Ob wir je zurückkehren werden? Glaubt Ihr, Hauptmann Borija, wir werden verfolgt? Ihr habt uns in dieser Woche derart angetrieben ...«

»Verfolgt?« Borija sah sich um. Er senkte die Stimme und lenkte sein Ross näher an ihres. »Ich glaube nicht, dass wir verfolgt werden. In der ganzen Hauptstadt gibt es nicht genug Berittene, um uns aufzuhalten. Aber sie können Boten an alle Garnisonen im Land schicken, damit sie uns abfangen. Darum war es wichtig, immer einen Schritt voraus zu sein. Und jetzt müssen wir genauso schnell von hier fort. Sie werden uns nicht über die Grenze verfolgen. Aber die Djena ist ein Nadelöhr. Ich kann meine Männer nur nach und nach hier herausbringen.«

Swetja seufzte. »Jedenfalls wäre es nicht nötig gewesen, auch dem Mädchen all das zuzumuten. Ich hätte früher daran denken sollen. Aber ich habe sie kaum bemerkt. Ich war so auf mich selbst bezogen in den letzten Tagen ...«

»Ihr habt einen furchtbaren Verlust erlitten, dewa Swetjana. Niemand kann Euch einen Vorwurf machen.«

Er legte seine behandschuhten Finger auf die ihren, die die Zügel umklammerten. »Am allerwenigsten ich«, fuhr er leise fort. »Ich muss mir die Schuld daran geben. Ich war es, der Euren Vater verloren hat.«

Swetja schüttelte den Kopf. »Unsinn, Hauptmann. Wie könnte ich Euch einen Vorwurf machen? Ihr habt nicht nur mich gerettet, Ihr habt auch Euer Leben gewagt bei dem Versuch, meinen Vater zu befreien. Niemand kann Euch vorwerfen, dass dieses Wagnis gescheitert ist.

Nein, Hauptmann, wie Ihr bereits festgestellt habt: Auf uns alle lauern Gefahren, auf mich, auf Euch ... auf meinen Vater. Wir können nur unser Bestes geben und auf das Beste hoffen. Ich will mich nicht länger treiben lassen, Hauptmann. Ich will auch mein Bestes geben. Das verspreche ich Euch für die Zukunft.«

Östlich des Resjin und am Oberlauf der Djena endete Modwinja, und die endlosen menschenleeren Wälder erstreckten sich bis zu den Bergen, so hieß es. Und natürlich war das falsch.

Es gab Holzfäller in den Wäldern und Jäger. Dörfer und Lager am Fluss, denn die Djena war breit und ruhig und ein sicherer Weg, um Güter durch das Land und zur Küste zu bringen. Die Wälder am Oberlauf bis hin zu den Bergen, wo Erz geschürft wurde, waren besser zu erreichen als manche Ländereien im Herzen des Reiches. Und alles, was dorthin ging oder von dort kam, wurde über den Fluss transportiert, in Schiffen und manchmal, nur in eine Richtung, auch auf Flößen.

Auch Borija und seine Truppe wollten diesen Weg nehmen, den Fluss hinauf bis in die Berge, wo das geheimnisvolle Land der Vorfahren liegen sollte. Hier in dieser Grenzstadt hätte man mehr darüber wissen sollen, doch keiner der Einheimischen hatte je von einem Volk oder von Städten in den Bergen gehört. Es gab Siedlungen bei den Schürfstätten, gewiss, und Einzelgänger in den entlegenen Tälern. Aber das alles waren Siedler aus Modwinja, keine Einheimischen. Kein älteres Volk.

Hauptmann Borija tat alle Einwände ab, wenn Swetja ihn darauf ansprach. Er habe seine Quellen, meinte er. Bessere Quellen als dumme Bauern und Flussschiffer, die an diesem Zipfel des Landes hausten. Die Vorfahren lebten womöglich zurückgezogen in einem Tal, hinter einer Hügelkette, welche die Erzsucher noch nicht überschritten hatten. Aber er würde sie finden.

Swetja hatte Zweifel. Folgte Borija womöglich nur einer wahnhaften Idee und führte seine Männer und sie selbst in eine öde Wildnis, in eine Sackgasse, aus der es kein Zurück mehr gab?

Jetzt, wo Swetjas Geist wieder klar war, konnte sie Fragen stellen. Und sie fragte sich, wie Borija so viele Dragoner hatte um sich scharen und aus der Hauptstadt führen können. Es mochten um die 400 sein, oder 500, vielleicht auch nur 300 – in jedem Fall aber war es nicht nur eine kleine Schar.

Wenn Borija so viele Männer aufbieten konnte, warum flohen sie dann? Wäre es mit so einer Truppe nicht möglich gewesen, in Wajdaka den Kampf gegen jene geheimnisvollen Mächte aufzunehmen und all jene, die unter dem Bann der fremden Macht standen, festzunehmen und unschädlich zu machen?

Wäre das nicht aussichtsreicher gewesen, als den Vorteil der Überraschung und der günstigen Stellung aufzugeben, ins Nirgendwo zu fliehen und auf Hilfe zu hoffen? Was Borija tat, kam Swetja kopflos vor. Konnte es sein, dass er doch ein Feigling war? Dass er in Wahrheit davonlief unter dem Vorwand, anderswo Hilfe zu suchen, weil er Angst hatte, selbst die Verantwortung zu übernehmen und zu kämpfen?

Aber wie hätte Swetja ihm so etwas ins Gesicht sagen können, nach allem, was er für sie getan hatte? Wie konnte er ein Feigling sein angesichts der Gefahren, die er für sie und für ihren Vater auf sich genommen hatte?

Borija kümmerte sich um das weitere Vorankommen, und Swetja behielt ihre Bedenken für sich. Insgeheim war sie auch froh über die Ruhepause und darüber, dass sie den nächsten Teil der Reise auf einem Schiff verbringen würde und nicht im Sattel. Der Gedanke an das, was sie in der Hauptstadt hätten ausrichten können, rückte weiter fort, jetzt, da eine Rückreise voller Mühen wäre und Borijas Weg einfacher erschien.

Zahlreiche Boote und kleine Kähne fuhren auf dem Fluss. Dennoch war es nicht leicht, genug Stauraum für so viele Soldaten mit ihren Pferden zu finden. Es dauerte drei Tage, bis die ersten fünfzig Dragoner auf Booten untergebracht waren. Borija teilte sein Kommando. Er selbst wollte mit einem Voraustrupp schon aufbrechen, der Rest sollte nach und nach folgen, so wie die Schiffe zur Verfügung standen.

Er schiffte sich gemeinsam mit Swetja auf einer Barke ein, zusammen mit einer Hand voll seiner Männer. Swetja erkannte die Gesichter der meisten wieder, die auf ihrem Schiff mitfuhren. Es waren dieselben Männer, die sie damals im königlichen Park aufgelesen hatten, Borijas eigene Schar. Auch Gordej war dabei. Swetja erinnerte sich an den Geruch seiner Uniform, und sie konnte den jungen Dragoner nicht ansehen, ohne rot zu werden.

Ein milder Wind schob sie den Fluss hinauf. Die Sonne glitzerte auf dem Wasser, das fast so still dalag wie ein See. Gleich hinter dem Hafen schlossen sich an beiden Ufern die Baumreihen und löschten jedes Anzeichen einer menschlichen Besiedlung aus. Dennoch wirkte der undurchdringliche Urwald neben dem breiten Strom wie bloßes Buschwerk am Rand einer Straße. Der Wind spielte mit Swetjas Locken und zauste an den Strähnen, die vor ihrem Gesicht wehten und silbrig im Sonnenlicht glänzten.

Borija trat neben sie an den Bug des flachen Kahns. Die Matrosen waren an den Segeln, die übrigen Männer standen hinten beim Kapitän in der Nähe des Ruders. Borija und Swetja waren allein.

»Ich wollte im Trubel des Lagers nicht darüber sprechen«, sagte Borija. »Man weiß nie, wer alles zuhört. Aber Ihr billigt meine Art nicht, dieses Unternehmen zu führen, dewa Swetjana?«

Swetja lief dunkelrot an. »Nein ... natürlich ...«, stammelte sie. »Ich meine, ich verstehe nicht viel von diesen Dingen – aber mit so vielen Männern, hätten wir da nicht bleiben und kämpfen können?«

Borija schaute versonnen über den Fluss. »Fast fünfhundert Dragoner«, sage er leise. »Eine stolze Truppe. Aber auch ein bunt gemischter Haufen. Ihr müsst wissen, dewa Swetjana, nur mit List habe ich so viele Leute um mich geschart. Sie stehen nicht wirklich alle auf unserer Seite.«

Swetja riss erschrocken die Augen auf. Ihr Blick wanderte unwillkürlich zu den Soldaten im Heck des Schiffes.

»Keine Sorge«, beruhigte Borija sie. »Jetzt sind wir unter uns. Meine Leute, auf die kann ich zählen. Und natürlich habe ich dafür gesorgt, dass auch auf den anderen Booten der Vorhut nur die Zuverlässigsten sind. Was die Übrigen angeht ... nun, die meisten wissen zumindest, dass etwas Ungewöhnliches vorgeht, dass eine noch namenlose Gefahr unser Königreich bedroht.

Aber mehr als die Hälfte von ihnen ahnen nicht, wie weit die Gefahr reicht und dass wir auf uns gestellt sind. Sie denken, wir wären im Auftrag der Königin unterwegs, um das Übel an der Wurzel zu packen. Sie glauben, es wäre schlicht ein geheimer Einsatz wie andere auch.«

Swetja sah ihn entsetzt an. »Aber warum habt Ihr diese Männer mitgenommen, wenn wir uns nicht auf sie verlassen können?«

»Dewa Swetjana«, sagte Borija. »Ich habe Euch gesagt, wie schwer es ist, alle Eingeweihten in einer geschlossenen Einheit zusammenzufassen. Unsere Verbündeten sind über viele Kompanien verteilt. Mir blieb nur die Wahl, entweder viele zurückzulassen – oder unter falschem Vorwand ahnungslose Männer mitzulocken.

Sie werden zu uns stehen, solange niemand ihre Treue auf die Probe stellt. In der Fremde, jenseits der Grenzen, mögen sie uns nützlich sein. Aber in der Hauptstadt, wenn sie sich zwischen uns und anderen königlichen Truppen hätten entscheiden müssen, dann weiß ich nicht, wie viele Männer mir geblieben wären. Ihr dürft also nicht den Fehler machen, einfach nur die Köpfe unseres Heeres zu zählen und dann zu glauben, wir könnten alles machen mit diesen Männern.«

Swetja blickte betreten ins Wasser. »Es tut mir leid, dass ich an Euch gezweifelt habe. Ihr hättet Euch mir gegenüber nicht rechtfertigen müssen.«

»Nun«, sagte Borija. »Ich konnte es ja erklären. Darum war es mir wichtig, das zu tun. Ihr müsst verstehen, dewa Swetjana, dass viele Entscheidungen, die ich treffe, sehr verwickelt sind. Ich werde nicht immer in der Lage sein, Euch jede Einzelheit zu erläutern.

Darum erzähle ich Euch das alles. Damit Ihr mir beim nächsten Mal, wenn vielleicht keine Zeit für Erklärungen bleibt, wenigstens zubilligt, dass ich wohlüberlegt handle, und mir dann folgt wie ein jeder meiner Soldaten. Unser Überleben und der Erfolg unserer Mission könnten davon abhängen, dass Ihr mir einfach vertraut, wenn es darauf ankommt.«

Sie standen eine Weile beisammen und lauschten dem Platschen der Wellen, die gegen den Schiffsrumpf schlugen. »Ich verstehe«, sagte Swetja schließlich. »Ich bin nur die Sterndeuterin, und Ihr seid der Soldat. Wie sollte ich Euch nicht vertrauen? Immerhin wart Ihr auch am richtigen Ort, als ich Hilfe brauchte und um mein Leben rannte.«

Borija nickte. Er legte seine Hand auf Swetjas. »Ich werde weiterhin da sein, dewa Swetjana. Wohin auch immer ich Euch führe, ich versichere Euch: Eure Sicherheit steht auf dieser Reise an erster Stelle für mich.«

Swetja erschauerte unter der Berührung. Borija zog seine Hand ein wenig zu hastig zurück.

»Der Erfolg unserer Mission«, sagte Swetja, »die Rettung unseres Königreiches, sollte das nicht an erster Stelle für Euch stehen?«

»Ich tue, was ich tun muss«, sagte Borija vieldeutig. Er sah Swetja nicht mehr an, sondern blickte den Strom hinauf, dem Ziel ihrer Reise entgegen.

Die Reise auf der Djena dauerte zwölf Tage. Die meiste Zeit blieb das Wetter warm und trocken, ein heller Frühsommer, der den steten Wind über dem Strom angenehm machte. Des Morgens stieg Nebel aus den umliegenden Wäldern, und die Luft roch würzig und frisch. Nur einmal ging ein Gewitter nieder, mit brausenden Regenfällen, vor denen sie auf einem stillen Seitenarm zwischen dem Schilf Schutz suchten. Sie spannten das Segel als Zeltplane über das Deck und harrten darunter aus, beruhigten die Pferde, während das Wasser von oben auf das harte Tuch trommelte.

Die meiste Zeit konnten sie segeln, mal mit günstigem Wind geradewegs stromauf, mal behäbig kreuzend. Mitunter verengte sich der Strom, sodass die Strömung spürbar stärker wurde. An diesen Stellen liefen Treidelpfade am Ufer entlang, und die Pferde der Kavalleristen leisteten gute Dienste. Einmal führte sogar ein schmaler Kanal um ein Stück des Flusses herum, das gar nicht schiffbar war.

Sie nächtigten in winzigen umfriedeten Weilern im Wald, aber sie hatten stets ein Auge auf ihre Schiffe und auf die Schiffsbesatzung, die nicht glücklich darüber wirkte, dass sie statt der Waren Soldaten fahren mussten.

Swetja bewunderte die vielfältigen Spuren von menschlichem Leben, die diese scheinbare Wildnis säumten. Doch des Abends, wenn sie in den einfachen Gasträumen saßen und wenn die Einheimischen Geschichten aus dem großen Wald erzählten, von verwilderten Menschen und Werwölfen im finsteren Forst, von geisterhaften Völkern und von Dämonen, die ganze Landstriche heimsuchten, von Holzfällertrupps, die spurlos verschwanden, und von palisadenbewehrten Dörfern, die von einem Tag zum anderen plötzlich verlassen und wie verfallen wirkten, dann ahnte sie, dass diese Wildnis tatsächlich ungezähmt war, dass die Siedler aus Modwinja sie nur streiften, so weit der Fluss sie trug.

Dann und wann fanden sie tatsächlich aufgegebene Dörfer am Ufer, mit morschen und eingefallenen Palisaden, mit eingestürzten Häusern, aus deren Dächern die ersten jungen Baumkronen wuchsen. Verglichen mit den Geschichten wirkten die

Orte überraschend nüchtern, mehr traurig als unheimlich, als wären die Bewohner einfach irgendwann fortgezogen.

In der Ferne schimmerten die Berge über dem Wipfelmeer. Mit jedem Tag rückten sie näher und ragten bald vor ihnen auf wie ein Schutzwall für die Götter, zum Greifen nah und doch noch fern.

Mit jeder Einmündung, die sie passierten, wurde die Djena schmaler und flacher und schwerer zu befahren. Immer öfter mussten sie den Untiefen ausweichen. Swetja sah den Kiesboden unter dem Kiel, als müsste er bald an den Planken reißen. Die Schiffe wurden öfter getreidelt, und freigehaltene Wege waren immer seltener dafür erforderlich, weil der Fluss selbst schon so viele Kiesel ans Ufer gespült hatte, dass ein Weg daraus geworden war und den Bewuchs auf Abstand hielt.

Und dann liefen die Barken in eine Bucht ein, die vor einem Steilhang lag wie ein klarer Bergsee. Der schneebedeckte Gipfel spiegelte sich im kristallblauen Wasser, das sich in unergründlicher Tiefe verlor. Ein eisiger Hauch von den Höhen drückte die Segel gegen den Mast, und nur vom eigenen Schwung getragen glitten die Schiffe auf ein steiniges Ufer zu.

Hauptmann Borija stand wieder am Bug und studierte eine große Karte aus altersfleckigem Pergament. Er runzelte die Stirn und verglich die Einträge mit dem, was er vor sich sah. Swetja versuchte, über seine Schulter hinweg einen Blick zu erhaschen, doch die Farben auf dem Pergament waren mit dem Alter verblasst. Sie waren kaum noch zu unterscheiden von den Flecken und den angelaufenen Stellen, und es war unmöglich, mit einem schnellen Seitenblick etwas zu erkennen.

»Vielleicht kann ich helfen«, bot sie an. »Ich kenne mich aus mit Karten, vom Himmel wie von der Erde, und ich habe schon viele alte Papiere studiert.«

Borija warf ihr einen kurzen Blick zu und rollte die Karte zusammen. »Oh, Karten gehören zum täglichen Brot eines Soldaten. Aber die hier ist alt. Nicht nur die Karte selbst hat gelitten, auch die Landschaft hat sich verändert. Das macht die Orientierung nicht gerade leichter.«

Er hatte Swetja nicht in die Karte schauen lassen, und sie ärgerte sich. Er hatte sich erfreut gezeigt, als sie ihre Trauer abgeschüttelt und ihre Bereitschaft erklärt hatte, nach besten Kräften zu helfen. Dazu hatte er ihr allerdings keine Gelegenheit gegeben, und mit jedem Tag fühlte sie sich mehr wie ein Gepäckstück, das einfach mitgeschleppt wurde.

Sie setzten die Männer und die Pferde an Land und die wenige Ausrüstung, die ihnen geblieben war. Borija schritt das Ufer ab und vermaß mit den Fingern die fernen Bergspitzen. Swetja war überzeugt, dass sie das jederzeit besser und genauer gekonnt hätte. Seine Männer saßen auf den Taschen und Kisten oder standen bei den Pferden und sahen betreten den auslaufenden Schiffen nach.

Swetja fasste sich ein Herz.

»Hauptmann Borija«, sprach sie ihn halblaut an. »Ihr habt mir gesagt, ich soll Euch folgen wie einer Eurer Soldaten. Aber jeder der Soldaten hat eine Aufgabe. Wie kann ich Euer Soldat sein, wenn Ihr mir nicht die Aufgaben anvertraut, die meiner Stellung und meiner Befähigung entsprechen, wie Ihr das bei jedem Eurer Männer tun würdet?«

Borija sah sie an. »Dewa Swetjana«, sagte er. »Ihr habt eine Aufgabe auf dieser Reise, aber erst dann, wenn wir unser Ziel erreicht haben und wenn es darum geht, die Angelegenheiten von okkultem Interesse zu behandeln. Solange ist es unsere Aufgabe, Euch zu beschützen und sicher dorthin zu bringen.«

Borija seufzte. Verstohlen blickte er sich um. Dann schob er ihr die Karte hin und flüsterte: »Aber meinetwegen. Ich muss zugeben, ich stehe hier vor unerwarteten Problemen, und die Zeit drängt. Wenn Ihr die Route darauf ablesen könnt . . .«

Swetja breitete die uralte Karte auf einem Haufen trockener Steine aus. Erst einmal verschaffte sie sich einen Überblick. Es war schwer, die Linien zu erkennen, selbst wenn man mit den Augen ganz nah an das Pergament heranging. Aber Borija half ihr. Mit dem Finger wies er auf jene Elemente der Karte, die er bereits kannte. Er erklärte die Beschriftung. Swetja wunderte sich, warum ein Soldat diese alte Schrift lesen konnte, denn sie selbst wäre dazu nicht in der Lage gewesen. Der Hauptmann musste das Dokument mit einem anderen Gelehrten durchgegangen sein, vermutlich etliche Male, bevor sie aufgebrochen waren.

Swetja erkannte schließlich den Flusslauf, dann Berge, aber auch Dörfer, Straßen und sogar Städte. Ein ganzes Land im Schatten des Gebirges war auf dem Pergament verzeichnet, eines, von dem Swetja noch nie zuvor gehört hatte. *Waraj*, erklärte Borija zu den Schriftzügen, die den Namen des Landes bezeichneten.

Swetja suchte die Berge, die sie auf der Karte sah, auch in der Wirklichkeit. Sie schätzte Entfernungen ab, und sie wusste, dass sie gut darin war. Sie berechnete Distanzen und Positionen, sie kalkulierte genau und wiederholt und erwog andere Möglichkeiten. Endlich wandte sie sich zu Borija hin und sagte leise, aber entschieden: »Hauptmann Borija. Dieses Land auf Eurer Karte – das gibt es nicht!«

»Das ist unmöglich«, sagte Borija. »Ich weiß es genau.«

»Nun«, räumte Swetja ein. »Vielleicht gibt es das Land. Aber nicht hier. Es gibt ein paar Übereinstimmungen; diesen Fluss beispielsweise, der auf der Karte ›Djinna‹ heißt und der in der Tat die Djena sein könnte, und diese Gipfel dort, die den Bergen auf der Karte gleichen. Aber das alles muss eine zufällige Ähnlichkeit sein, denn es gibt hier auch jede Menge Berge dazwischen, die auf der Karte nicht sind. Ihr sagt, die Karte sei alt und die Landschaft habe sich verändert. Aber Berge wachsen nicht wie Bäume, zumal dann nicht, wenn der Berg daneben fast unverändert bleibt.«

Borija riss die Karte wieder an sich. »Nein«, sagte er. »Waraj ist hier irgendwo. Ihr könnt rechnen, dewa Swetjana. Doch es fehlt Euch an der Vorstellungskraft, um die Veränderungen zu berücksichtigen, die sich vollzogen haben. Dann werde ich uns also weiterhin führen müssen, so gut ich es vermag.«

»Aber wie wollt Ihr uns führen, wenn Berge an den Stellen sind, wo Ihr Städte sucht?«, rief Swetja.

Die Männer schauten zu ihnen herüber. Swetja hielt sich

erschrocken die Hand vor den Mund. Borija musterte sie eisig. »Ich werde uns führen«, sagte er, »und wir werden sehen.«

Der Bergpfad schlängelte sich an einer fast senkrechten Steilwand entlang. Das Geröllfeld vor ihnen sah so aus, als wäre ein Teil des Berges eingestürzt. Davor verbreiterte sich der Pfad zu einer Art Felsterrasse.

»Halt«, befahl Borija. »Wir machen Rast.«

Müde setzten die Männer sich auf herumliegende Steinbrocken. Sie murrten. Vier Tage waren vergangen, seit sie die Schiffe verlassen hatten. Am zweiten Tag hatte Borija sie auf halbe Ration gesetzt, als sich abgezeichnet hatte, dass sie ihr Ziel nicht so schnell erreichen würden. Seitdem war der Hunger ihr Weggefährte, und die Knappsäcke waren fast leer.

Auch Swetja litt Hunger. Borija hatte sie von der Kürzung ausdrücklich ausgenommen und nötigte ihr immer eine ganze Ration auf. Das führte nur dazu, dass sie ein schlechtes Gewissen bekam und erst recht weniger aß. Sie schützte fehlenden Appetit vor und verteilte ihren Anteil an junge Soldaten, die es »nötiger brauchten«.

Und das wiederum führte nur dazu, dass sie ein schlechtes Gewissen hatte *und* Hunger und dass sie sich außerdem auch noch dumm vorkam. Sie trat an die Kante des Felsvorsprungs und blickte hinab. Hier ging es fast hundert Schritt in die Tiefe, und sie sah keine Wand unter ihren Füßen. Die Hochfläche sprang vor wie ein Balkon, und Swetja wollte sich lieber nicht vorstellen, wie brüchig der Grund womöglich war, auf dem sie stand.

Hastig trat sie von dem Abgrund zurück und auf das Geröllfeld zu. Borija hatte wieder seine Karte ausgepackt und sie auf den Steinen ausgebreitet. »Es *muss* hier sein«, murmelte er.

Swetja trat zu ihm. Halblaut sprach sie ihn an. »Hier ist weit und breit nichts zu sehen von Menschen oder Städten. Vielleicht ist es an der Zeit, dass wir umkehren. Die Vorräte sind so gut wie aufgebraucht.«

»Städte sind mir egal«, sagte Borija. »Ich suche nur eine einzige Sache.«

»Aber die Karte ist falsch!«, rief Swetja. »Seht Ihr das denn nicht, Hauptmann? Wenn wir hier noch länger nach etwas suchen, was es nicht gibt, sind wir alle verloren. Wir und die Männer, die nach uns kommen.«

Sie hatten auf dem Weg in die Berge kleine Gruppen von Soldaten zurückgelassen, die jeweils den nachrückenden Truppen den Weg weisen sollten. Nur ein Dutzend Dragoner waren ihnen geblieben – Borijas ursprüngliche Schar. Die Männer schauten auf und verfolgten den Disput ihres Hauptmanns mit dem Edelfräulein.

»Wir werden nicht lange suchen. Was wir wollen, ist genau hier. Und vergesst die alte Karte. Ich weiß auch aus neueren Berichten, dass unser Ziel hier ist.«

»Was?«, fragte Swetja. »Was ist dann unser Ziel, wenn es nicht die Städte sind und das Volk unserer Vorfahren, von dem Ihr geredet habt?«

Borija zögerte. Er sah zu seinen Männern, die schweigend zuhörten. »Wir suchen einen einzelnen Mann«, räumte Borija schließlich ein. »Einen Weisen, der uns weiterhelfen kann.«

»Nun, offensichtlich ist er nicht hier.«

»Er muss hier sein«, sagte Borija. »Denn ohne ihn gibt es keinen anderen Ort, zu dem wir gehen könnten.«

»Wir können zum Fluss zurück«, sagte Swetja. »Im Wald können wir besser überleben als in den kargen Bergen.«

»Und dann?«, fuhr Borija sie gereizt an. »Sollen wir einen wilden Stamm in der Verbannung gründen? Selbst wenn wir den Sommer und den Herbst über dort jagen können – glaubt Ihr, wir würden einen Winter überstehen? Nach Hause zurück können wir jedenfalls nicht.«

»Wir könnten … im Wald Zeit gewinnen«, schlug Swetja vor. »Wir könnten neu nachdenken, wohin wir uns stattdessen wenden wollen.«

»Oh«, sagte Borija. »*Das* weiß ich schon.«

Swetja folgte seinem Blick. Im Südosten erhob sich eine gewaltige Bergkette, Zinnen und Grate wie bei einer Festung des Himmels. Die Hänge wirkten unüberwindlich. Selbst die niedrigsten Pässe glitzerten weiß, Schnee und Eis, die nicht einmal der Sommer hatte vertreiben können.

Borija nickte. »Ganz genau«, sagte er. »Dahinter liegt unser eigentliches Ziel.«

»Unmöglich!«, erwiderte Swetja. »Unmöglich kommen wir dort hinüber.«

»Nun«, sagte Borija. »Es gibt einen Weg. Aber ohne weitere Vorräte werden wir es kaum schaffen. Ich weiß auch nicht, wie weit wir kommen würden, wenn wir unseren Führer hier nicht aufspüren. Dennoch, dort liegt unser Ziel, der einzige Ort, an dem wir auf Hilfe hoffen können gegen das, was unser Reich bedroht.«

»Und dieses Ziel«, fragte Swetja sarkastisch, »ist auch auf Eurer Karte verzeichnet.«

»Nein«, sagte Borija. »Aber wir werden es trotzdem versuchen müssen, sonst sind wir verloren. Betet also zu den Sternen, dewa Swetjana, dass wir hier den Mann finden, der uns helfen kann, damit wir nicht allein und ohne Vorräte dorthin aufbrechen müssen.«

Swetja sah ihn misstrauisch an. »Was ist dort im Osten jenseits der Berge?«, fragte sie. »Das Volk unserer Vorfahren? Oder wohin sind wir wirklich unterwegs?«

»Zur Zitadelle der alten Götter«, antwortete Borija. »Dort werden wir Antworten auf unsere Fragen erhalten. Aber ob wir dort ankommen, wenn wir hier scheitern – das weiß ich nicht.«

Borija befahl seinen Dragonern, das Geröll beiseitezuräumen. »Vielleicht gibt es hier einen Zugang, der verschüttet wurde«, erklärte er Swetja.

Die Männer entfernten einige Felsbrocken und rollten sie über die Kante ins Tal hinab. Sie zerrten und zogen an den Steinen, doch sie konnten den Fels dort keinen Fingerbreit bewegen. Was so aussah wie ein Geröllfeld, war in Wahrheit eine fest verbundene Felswand mit vielen Rissen und Spalten. Die wenigen losen Steine sahen aus, als wären sie später nachgerollt, und es waren zu wenige, um einen Zugang zu verdecken.

»Sollen wir Werkzeug nehmen und Steine heraushacken?«, fragte Fähnrich Fejdor.

Borija stand dabei, und er wurde immer aufgebrachter. Schließlich legte er selbst Hand an. Er packte lose aussehende Brocken und rüttelte daran. »Das kann nicht sein, dass man sich hier durchgraben muss«, sage er. »Vielleicht müssen wir doch auf der anderen Seite des Berges suchen ...«

Gordej, der junge Dragoner, stieß plötzlich einen Ruf aus. Er hatte an einem zerfurchten Brocken gezogen, und plötzlich klappte ein langer schmaler Streifen von der Felswand ab. Das Stück sah aus wie ein Hebel, ganz aus Felsgestein gemeißelt und so unregelmäßig geformt, dass es einer Reihe lose aneinanderliegender Kiesel glich. Gordej zog diesen Hebel weiter, und ein hohles und hallendes Rumpeln erklang aus dem Berg.

»Herr Hauptmann«, rief er. »Seht her!«

Borija eilte herbei. Er schob Gordej beiseite und zog entschlossener an dem Steinhebel. Es knirschte laut. Ein ganzer Teil der Felswand klappte auf, und eine Höhle tat sich dahinter auf. Kälte schlug ihnen entgegen wie der Atem eines Toten.

20.

Swetja starrte ins Dunkel und fröstelte. Das Licht des Sommertags reichte nur wenige Schritt weit in den Höhlengang hinein. Der Boden dort verlief ein wenig abschüssig, Wände und Decke schienen in derselben Art gefügt zu sein wie der Eingang: ein Haufen größerer und kleinerer Felsen, die aussahen wie loses Geröll, die aber – hoffentlich – deutlich fester verbunden waren.

»Habt Ihr das erwartet?«, fragte Swetja.

»Nein.« Nach der ersten Begeisterung wirkte Borija ernüchtert. »Ich wusste nur das, was auf der Karte steht – und dass wenigstens ein Mann heute noch hier zu finden sein muss, was auch immer sich sonst verändert haben mag. Aber der Zugang beweist, dass wir auf der richtigen Fährte sind.«

Er wandte sich an seine Soldaten. »Wir brauchen Licht da drin. Lewo, Niklaj, weiter unten am Weg habe ich altes Holz gesehen, das von dem Bergbach in die Klamm gespült wurde. Holt davon so viel, wie ihr auf die Schnelle sammeln könnt.«

Sie warteten auf die Rückkehr der beiden Dragoner, und Borija bereitete in der Zeit seine übrigen Männer auf einen Vorstoß in die Höhle vor. Immer wieder schaute er auf den Eingang, als erwartete er, dass jeden Augenblick jemand herauskommen würde. Einmal trat er sogar an die Öffnung heran und rief hinein: »He! He, da drin!«

Nur der verzerrte Klang seiner Stimme antwortete. Immerhin verriet das Echo, dass der Gang weit in die Erde hineinreichte. Borija kratzte sich am Kopf. »Ehrlich gesagt, es wundert mich, warum ein weiser Einsiedler so tief unter dem Berg wohnen sollte, dass er nicht einmal mitbekommt, wenn Gäste an seiner Pforte stehen. Aber wir werden dort unten jemanden finden. Niemand baut einen Zugang wie diesen, wenn er nicht auch benutzt wird.«

Als die Männer mit dem Brennholz kamen, ließ Borija Kienspäne vorbereiten und sie entzünden. Zwei der Männer blieben als Wache am Höhleneingang zurück, für den Fall, dass inzwischen ein weiterer Teil der Truppen eintraf.

Swetja starrte in den dunklen Gang. »Es wirkt so kalt und unheimlich dort unten.«

»Ihr müsst nicht mitkommen, dewa Swetjana«, sagte Borija.

»Meint Ihr, es ist gefährlich?«

»Nicht, wenn ich dort finde, was ich erwarte«, antwortete Borija. »Aber wir haben bereits festgestellt, dass hier nicht alles so ist, wie ich es erwartet habe. Andererseits, wenn es hier Gefahren gibt, mit denen ich nicht gerechnet habe, dann können sie genauso gut hier draußen lauern. Im Zweifel wäre mir wohler, wenn Ihr an meiner Seite seid und ich auf Euch achtgeben kann.«

»Dann komme ich mit«, sagte Swetja. Sie wäre einer möglichen Bedrohung zwar lieber im Tageslicht begegnet. Aber das hätte bedeutet, dass sie sich wiederum dem Gepäck zugesellte, und diesmal sogar den Gepäckstücken, die zurückblieben. Zudem hatte Borija jetzt schon zu viele Geheimnisse. Swetja wollte dabei sein, wenn er weitere enthüllte.

Sie stiegen den Berg hinab. Ihre Fackeln leckten mit Feuerzungen an der Dunkelheit. Der Fels sah aus, als wäre er natürlich gewachsen, und von dem unerklärlich kunstfertigen Mechanismus am Zugang abgesehen deutete nichts darauf hin, dass je etwas anderes als die Kräfte der Natur diesen Ort gestaltet hatten. Allerdings führte der unebene Gang, dem sie folgten, ohne jeden Abzweig in die Tiefe, mit einer steten leichten Krümmung, die Swetja an eine Wendeltreppe denken ließ.

Endlich hielt Fähnrich Fejdor inne. »Wartet, Hauptmann. Seht Ihr das?«

Borija ging mit dem Fähnrich einige Schritte voraus und trat aus dem Lichtkreis. Wenige Augenblick später kam er allein zurück. »Da vorn ist Licht«, sagte er. »Ich erwarte keine Gefahr, aber vorsichtshalber habe ich Fejdor als Kundschafter geschickt.«

Er ließ die verbliebenen Fackeln löschen bis auf eine ganz hinten im Trupp. Nun sah auch Swetja den milden gelben Schein, der vor ihnen durch den Gang schimmerte. Trotzdem wich sie zurück, bis sie sicher im Licht der letzten Fackel stand.

Fejdor kam bald wieder. »Dort unten ist ein Haus‹«, berichtete er.

»Ein Haus?« Borija runzelte die Stirn.

»Jedenfalls ein Stück von einer Fassade«, sagte Fejdor. »Es sieht prachtvoll aus. Aber links und rechts wirkt es so, als hätte der Berg es verschlungen. Da ist allerdings ein Eingangsportal, und das steht offen. Niemand ist zu sehen, aber alles ist hell erleuchtet.«

Sie gingen weiter und kamen zu der Stelle, die der Fähnrich beschrieben hatte: ein Stück Hauswand, ringsum mit dem Felsen verschmolzen, als wäre der Berg darübergewachsen. Es war die Vorderseite eines Herrenhauses. Zu beiden Seiten des großen Eingangs brannten Laternen, so als wäre es ein ganz gewöhnliches Gebäude an einem ganz gewöhnlichen Abend in der Oberwelt. Durch den offenen Türbogen konnten sie sehen, dass die Wände in der Vorhalle und in den angrenzenden Gängen gleichfalls mit Kerzen und Lampen versehen waren. Alles strahlte wie bei einem Ball, und so eng der Berg hier draußen auch wirkte, das Innere des Anwesens schien er nicht berührt zu haben.

Trotz seiner beruhigenden Worte legte Borija die Hand auf den Säbelgriff, als sie eintraten. Es gab keine Tür, die sie aufhielt, aber Swetja entdeckte morsche Splitter von Holz auf dem Boden, verschlungen vom Zahn der Zeit, der der grauen Fassade jedoch offenbar nichts hatte anhaben können.

Die Räume des Herrenhauses waren noch prachtvoller illuminiert, als sie erwartet hatten. Das lag an dem Kristall. Er war überall, fing das Licht und brach es tausendfach in allen Farben. Gleich gegenüber dem Eingang stand ein prächtiger Greif mit halb ausgebreiteten Schwingen. Der gewaltige Schnabel schwebte fünf Schritte über ihnen, aufgerissen zu einem stummen Schrei, und die ganze monumentale Figur funkelte wie aus einem einzigen Diamant geschnitten.

Swetja fragte sich, wie man das Geschöpf hier in die Halle gebracht hatte. Die Flügel mussten nachträglich angesetzt worden sein, auch wenn man keine Fuge und keine Unebenheit sehen konnte.

Um den Greif herum und überall in den Fluren und in den Räumen gleißte kleineres, doch nicht minder schmuckvolles Kristallwerk. Irdene Schalen standen auf den Kristalltischen, gefüllt mit Kristallfrüchten, Kristallbroten und Kristallbraten. Kristallfisch ruhte kunstfertig zubereitet auf steinernen Platten. Es gab weitere Statuen – Menschen, so lebensecht, als wären sie mitten in der Bewegung eingefroren. Swetja sah einen lebensgroßen Koch aus schimmerndem Quarz, der ein Steintablett mit Kristalläpfeln auf der Schulter trug. Und zwischen diesen Äpfeln aus glasklarem Mineral lag eine echte Frucht, rotbackig und frisch. Auf einem anderen Tablett sah Swetja zwei weitere echte Äpfel – aber nicht frisch, sondern dunkel und verschimmelt.

Sie erschauerte bei dem Anblick. Die ganze prachtvolle Szenerie, die aussah wie die in Glas gegossene Vorbereitung eines Festes, bekam mit einem Mal etwas Bedrohliches. Beunruhigt schaute Swetja zu dem Kristallgreif und bemerkte weitere Unregelmäßigkeiten im Arrangement.

In der Reihe der Buffettische klafften Lücken, aber Steintabletts, Glasfrüchte und verweste Geflügelreste am Boden bewiesen, dass dort einmal Tische gestanden haben mussten, die spurlos verschwunden waren. Überall zwischen dem Kristall lagen auch richtige Speisen, aber noch viel mehr faulende Überreste. Ein feiner Geruch nach Verfall hing in der Luft.

Die verstörenden Einzelheiten inmitten des Kristallglanzes machten aus dem märchenhaften Bild einen Albtraum für Swetja, eine albtraumhafte Reminiszenz an jenen strahlenden Ball in Wajdaka, der eine so erschreckende Wendung genommen hatte.

»Hier gefällt es mir nicht«, flüsterte sie kläglich. »Ist das wirklich ein Ort, wo man einen Weisen suchen sollte?«

»Na …« Fejdor fischte sich den frischen Apfel vom Tablett

und biss herzhaft hinein. »Zumindest findet man hier was zu essen. Das ist mir schon den Abstecher wert.«

»Wer bin ich«, sagte Borija, »dass ich die Lebensumstände eines Weisen beurteilen könnte? Er muss jedenfalls hier sein, warum auch immer er diesen Ort gewählt haben mag. Wenn wir ihn finden, wissen wir mehr.«

Sie suchten weiter in dem palastartigen Bau.

Ein Ball aus Kristall – aber wo waren die Gäste?

Swetja bemerkte, dass es nur Kristallfiguren von Dienern gab, aber keine festlich gewandeten Edelleute. Wer trieb einen solchen Aufwand, nur um Köche und Mägde darzustellen, aber keine eleganten Herren oder Damen in Kleid und Schmuck?

Dafür, und ganz seltsam anmutend, fand man dann und wann zwischen den Dienern weitere Fabelwesen: einen Kristalldrachen, so groß wie zwei Pferde und mit einem schnabelartig langen Maul, der mitten in einer Halle saß; einen überlebensgroßen Bären, der schimmernd in einem Flur in einer Tanzbewegung erstarrt schien.

Unwillkürlich machte Swetja ein paar Tanzschritte, dann stutzte sie. »Hört ihr?«, fragte sie. »Musik!«

Sie folgten den Klängen bis vor die Tür eines strahlend erleuchteten Saals. Die beiden Türflügel waren gleichfalls aus dünnem Kristall gefertigt, und sie brachen das Licht aus dem Raum dahinter so, dass sie von innen heraus glühten wie mit flüssigem Gold gefüllt. Swetja sah eine schattenhafte Bewegung auf der anderen Seite.

»Dort muss es sein.« Borija stieß die durchscheinenden Türflügel auf.

Ein Ballsaal lag vor ihnen, der den Vergleich mit der königlichen Halle in Wajdaka nicht scheuen musste. Alle Wände waren mit Quarz getäfelt, der ganze Raum glitzerte wie eine Diamantmine. In eigentümlichem Kontrast dazu standen die zierlichen Lüster unter der Decke, die aus schmucklosem grauen Stein gefertigt schienen, genau wie die Ketten, an denen sie hingen. Die Leuchter erstrahlten in einem hellen Licht, das den ganzen Festsaal funkeln ließ.

Die Musik drang laut durch die geöffnete Tür, doch das Orchester, das sie spielte, blieb unsichtbar. Eine einzelne Gestalt in strahlend weißem Kleid drehte sich im Tanz. Davon abgesehen war die ganze weite Halle leer, bis auf einen Haufen von grauem Staub und Unrat, der kniehoch an den Wänden lag, als wäre er angeschwemmt worden. Es gab keine Möbel in dem Raum, kein weiterer Gast hatte Teil an diesem Fest.

Borija trat ein, und seine Begleiter folgten ihm. Die Tänzerin kreiselte vom fernen Ende des Saals auf sie zu.

»Wir haben Gäste, Kirus«, rief sie aus. »Ist das nicht wunderbar?«

Ihre Stimme klang alt und trocken, und als die Frau in dem weißen Kleid näher kam, entfuhr Swetja ein leiser Schreckenslaut. Sie wich zurück. Die Tänzerin war tatsächlich alt, so alt, dass ihre jugendlichen Bewegungen grotesk wirkten. Ihr weißes Haar fiel ihr in schütteren Strähnen auf die Schultern, ihr Gesicht sah so aus, als hätte man die Haut nachlässig und faltig über einen Totenschädel gezogen.

Dann erschrak Swetja ein zweites Mal. Von einem dunklen Fleck der Wand, wo die Quarzpaneele herabgefallen waren, löste sich noch eine Gestalt. Swetja verstand nicht, wie sie den Mann hatte übersehen können. Er war breit gebaut und von ockergelber Färbung. Er trug nur einen schmalen Lendenschurz, ausladende Schulterteile und einen hohen röhrenförmigen Hut auf dem Kopf. Auf den Kleidungsstücken sah man verschnörkelte Muster und stilisierte Figuren, aber alles war von demselben dunklen Ocker wie die Haut des Fremden.

Er kam auf sie zu, die muskulösen Arme vor der Brust verschränkt. Sein Schritt war schwerfällig und unbeholfen. Seine Gesichtszüge wirkten fremdartig und wie versteinert.

»Wirklich, liebste Gräfin, Gäste! Das ist gut. Wo so viele von den alten gegangen sind.« Auch wenn er sprach, zeigte sich kaum eine Regung auf seinem Antlitz.

Borija musterte den ockerfarbenen Mann. Er räusperte sich. »Ihr müsst der sein, den wir suchen«, sagte er. »Der Priester, der uns zur Zitadelle bringen kann.«

Die vierschrötige Gestalt hielt inne und legte den Kopf schräg. Da war etwas Ruckartiges in der Bewegung, was Swetja nicht natürlich vorkam. Die uralte Gräfin tanzte leichtfüßig an ihnen vorüber und an die Seite ihres erdfarbenen Gefährten. Er bot ihr den Arm wie ein Galan, und sie umfasste ihn.

»Meine wunderhübsche Darija«, sagte der Ockermann. »Meine Gefährtin für die Ewigkeit.«

Einer von Borijas Soldaten gab ein würgendes Geräusch von sich. Die Gräfin Darija ließ den Arm des Mannes, den sie Kirus genannt hatte, wieder los.

»Ich fürchte ...« Kirus wandte sich den Neuankömmlingen zu. Seine Stimme klang schleppend und tonlos. Nur als er die Gräfin angesprochen hatte, die nun lachend weitertanzte, hatte eine Spur von Leben in seinen Worten gelegen. »Ich fürchte, ich bin dieser Priester. Aber warum sollte ich euch in die Zitadelle bringen?«

Borija blickte sich besorgt zu seinen Leuten und zu Swetja um. »Ihr wisst, warum«, sagte er. »Sie sind zurück.«

»Sie?«, fragte Kirus unbewegt.

Swetja suchte den Blick seiner Augen. Sie zuckte zusammen, als sie sah, dass diese genauso ockerfarben und versteinert waren wie die Haut und die Kleidung des Mannes. *Versteinert* ... in der Tat! Der Stoff des Lendenschurzes flatterte nicht. Er bog sich wie zähes Leder, wenn Kirus ging, und er lag wie eingemeißelt vor dem Leib, wenn er stand.

Borija räusperte sich. Mit einem weiteren hastigen Seitenblick fügte er hinzu: »Sie – die alten Götter!«

»Es tut mir leid«, sagte Kirus. »Ich folge dieser Berufung nicht mehr. Hier habe ich meine Liebe gefunden.«

Swetja erwartete schon fast, ein Knirschen zu hören, als Kirus den Kopf drehte und der tanzenden Gräfin nachsah.

»Ich habe die Berge über uns wachsen lassen, um an ihrer Seite ungestört die Ewigkeit zu verbringen. Ich werde hier bleiben und kann nicht mit euch gehen.«

»Ihr habt ein Tor offen gelassen«, sagte Borija.

Kirus wandte ihm wieder das Gesicht zu. Schwerfällig setzte

er sich in Bewegung und streckte die Hand nach Borija aus. »Leben braucht Leben«, sagte er, »und wir haben kaum noch Leben hier unten. Fleisch kann nicht unveränderlich und aus eigener Kraft der Zeit trotzen, so wie Stein, und meine süße Darija hat Angst, denselben Weg zu gehen wie ich. Ihr müsst Verständnis haben.«

»Vorsicht, er greift uns an!«, rief Fähnrich Fejdor.

Borija schien es nicht glauben zu wollen. Erst im letzten Augenblick zog er den Säbel, doch da schloss Kirus schon die Faust um die Waffe und zerbrach die Klinge mit einer einzigen Drehung seiner Hand. Seine Bewegung hatte so langsam gewirkt, fast beiläufig, dass auch Swetja kaum fassen konnte, dass der Hüne *kämpfen* wollte.

Borija fluchte und fuhr zurück, außer Reichweite der prankenartigen Hände. Seine Männer schrien auf. Einige griffen nach den Waffen, andere wandten sich halb zur Flucht. Fejdor sprang seinem Hauptmann bei und lief um den ockerfarbenen Mann herum. Er holte aus und hieb Kirus mit aller Kraft den Säbel auf den Rücken.

Der Stahl sang, als wäre er auf Stein niedergegangen. Die Klinge brach. Fassungslos starrte Fejdor auf den Griff in seiner Hand. Da schloss Kirus die Faust um die des jungen Mannes, und im selben Augenblick schlug alles um in ein wildes Gerangel, als sich die Soldaten von allen Seiten auf den dunklen Priester mit dem Körper aus Stein stürzten.

Swetja wich zur Tür zurück. Sie sah, wie Kirus die Angreifer mit gleichmütiger Ruhe zurückstieß oder sie festhielt und mühelos zu Boden rang. Die weiße Gräfin tanzte wieder auf sie zu, und Swetja erinnerte sich an jenen anderen Ball, an jene andere unheimliche Gestalt, die in einem Ballsaal auf sie zugekommen war. Gehetzt blickte sie sich um und betrachtete den Unrat genauer, der sich an den Wänden aufgehäuft hatte.

Es war Staub und formloser Dreck, Stücke von rostigem Metall, moderndes Holz und fadenscheinige Fetzen Stoff. Aber dazwischen lagen Totenschädel und gebleichte Knochen, halb unter den anderen Überresten begraben. So viele Knochen …

Da überwältige Swetja das Grauen, und sie floh hinaus auf den Flur.

Kopflos lief Swetja durch die Gänge. Sie wollte zum Eingang zurück, doch nach wenigen Biegungen stellte sie fest, dass die Räumlichkeiten ihr gar nicht mehr vertraut vorkamen. Alles sah gleich aus in diesem Haus, die Lampen an den Wänden, die Kristallfiguren überall, aber es gab nichts, woran sie sich *konkret* erinnern konnte!

Sie ging langsam weiter und lauschte, ob schon ein Verfolger hinter ihr war. Sie versuchte, sich zurechtzufinden, doch sie musste sich eingestehen, dass sie nicht wusste, in welcher Richtung der Eingang lag.

Sie lief durch eine weitere Tür und stand in einer großen Küche. Kristallköche überwachten funkelnde Braten an einem erloschenen Feuer, sie rollten Kristallteig aus für durchscheinende Pasteten oder zogen Kristallwecken aus dem Ofen. Swetja traten die Tränen in die Augen, noch bevor ihr Verstand den Grund für die tiefe Traurigkeit erfasst hatte, die sie bei dem Anblick empfand: Die Küche, mitten im Leben eingefroren, zerstörte endgültig das Trugbild, dass sie hier nichts weiter sah als die künstlerische Darstellung einer festlichen Szenerie, naturgetreu aus Kristall gehauen. Es war alles echt! All das Kristall in diesem Haus war erstorbenes Leben, versteinert und verfestigt in toter Pracht. Swetja stand mitten in einer Gruft.

Sie schluckte. Ein weiterer Gedanke schlich sich in ihren Geist, wie ein Wolf, von dem man wusste, dass er im Dunkel jenseits des sicheren Lagerfeuers lauerte: Wenn all diese Kristallfiguren echte Menschen gewesen waren, was hatte es dann mit jenen gewaltigen Statuen auf sich, mit den furchteinflößenden Fabelwesen, die überall dazwischenstanden?

Swetja versuchte, den Gedanken abzuschütteln. Sie hatte andere Sorgen. Kirus, den steinernen Mystiker, der gewiss nichts Gutes im Schilde führte. Ob Borija und seine Männer ihn aufhalten konnten?

Aber Swetja konnte nicht weiter laufen, und sie wusste auch nicht, wohin. Sie brauchte ein Versteck.

Die Küche war groß, unübersichtlich und voll mit Tischen. Gleich neben Swetja stand eine gläserne Magd, die soeben ein Tablett mit glitzernden Speisen aufnahm. Swetja duckte sich, huschte an ihr vorbei und verkroch sich unter dem Tisch. Dort blieb sie, schöpfte Atem und lauschte.

Alles blieb ruhig, doch die Statuen allein ließen sie erschauern. Ihr war unheimlich zumute. Ein Ton stieg in der Stille auf, ein kristallenes Singen, das, wie sie wusste, von ihren überreizten Nerven gebildet wurde. Zuckten nicht mitunter die schimmernden Beine der Köche, die sie von ihrem Versteck aus sah? Bewegten sich die Figuren nicht, so langsam und unmerklich fließend wie ein Gletscher?

Swetja wusste nicht, wie lange sie es in dieser Einsamkeit aushalten konnte, ohne wahnsinnig zu werden. Wenn nur Borija hereinkäme, um zu vermelden, dass die Gefahr vorüber sei!

Da zuckten die Beine der Magd vor ihr tatsächlich.

Der klare Kristall füllte sich mit rosigem Leben, das eben noch starre Kleid schwang über den Knien. Swetja hatte das Gefühl, dass in demselben Maße ihr Innerstes zu Eis erstarrte. Erfüllte Kirus seine vormaligen Opfer mit Leben, um die Eindringlinge zu jagen?

Swetja hörte ein Poltern gleich über sich auf dem Tisch. Kristallene Häppchen klirrten zu Boden. Dann schrie die Magd auf, lang und entsetzt und fassungslos. Die Beine vor dem Tisch taumelten rückwärts fort.

Swetjas Grauen vor der belebten Statue wich. Die Angst, die in dem Schrei mitschwang, ließ ihre eigene Furcht bedeutungslos werden. Stattdessen machte sie sich Sorgen, dass der Schrei jemand anderen herbeilocken mochte – dass die wiederbelebte Magd sie an jemanden verriet, der wirklich gefährlich war.

Hastig kam sie unter dem Tisch hervor. Als Swetja vor ihr auftauchte, wich die Magd noch weiter zurück. Sie schlug die Hände vor den Mund und verstummte sofort. Es war ein junges Mädchen, gewiss nicht älter als Swetja selbst, mit krausem roten

Haar und Sommersprossen im Gesicht. Dieser Anblick wirkte so vertraut, dass Swetja jede Angst vor der Magd verlor. Sie sah gar nicht aus wie eine Fremde! Sie hätte aus jedem Dorf bei Swerjanja kommen können und wies alle Merkmale der Bewohner von Modwinja auf.

Swetja fasste sie am Arm. »Still«, sagte sie. »Kirus ist dort draußen.«

Das Mädchen sah sie verständnislos an, aber bei dem Wort »Kirus« glomm etwas in ihren Augen auf. Den Namen kannte sie also. »Kirus«, stieß die Magd hervor, und dann eine Reihe von Worten, denen Swetja nicht folgen konnte.

Sie dachte darüber nach und erkannte schließlich einen frühen Dialekt ihres Volkes, der ihr schon einmal in alten Schriften untergekommen war. Sie würde sich mit dem Mädchen verständigen können, wenn auch langsam und stockend.

»Du weißt, wer Kirus ist?«, fragte sie in derselben Sprache.

Die Magd nickte. »Er ist der Favorit der Herrin. Er ist ... fremd. Hat er das getan?« Sie wies auf die versteinerten Köche.

Swetja nickte. »Dich hat er auch zu Stein gemacht. Und er sucht uns, und ... er will uns etwas antun.«

Die Magd schüttelte den Kopf und sah sich besorgt um. »Mich nicht! Ich wollte Happen auftragen für das Fest. Und dann war plötzlich alles verschwommen, einen Moment lang. Und dann waren die Köche aus Glas, und das Essen, und das silberne Tablett in meiner Hand war aus Stein. Und dann kamt Ihr unter dem Tisch hervor ...« Sie musterte Swetja misstrauisch.

Die lächelte so liebenswürdig, wie sie nur konnte. »Ich bin Swetja. Und wer bist du?«

»Anisja«, sagte die Magd vorsichtig.

»Hör zu, Anisja. Das alles ist nicht in einem Moment passiert, und dort draußen sieht vielleicht alles anders aus, als du es im Kopf hast.« Swetja fasste für die Magd zusammen, was sie hier vorgefunden hatten. Sie machte es so einfach wie möglich und schloss am Ende: »Und jetzt müssen wir uns überlegen, wie wir hier herauskommen. Kannst du mir mehr über diesen Kirus verraten?«

Anisja schüttelte verstört den Kopf. »Das stimmt alles nicht«, rief sie. »Das Haus liegt nicht unter einem Berg, es steht auf einer Wiese am Rand des Waldes. Die Berge sind weit im Norden und im Osten. Und wir haben ein Fest heute. Die Frau Gräfin hat alle Großen des Landes eingeladen.«

»Aber Kirus«, sagte Swetja, »ist ein Zauberer?«

»Ja«, räumte Anisja ein. »So sagt man.« Sie flüsterte ängstlich, als könnten die erstarrten Köche verraten, was sie über den Günstling ihrer Herrin dachte. Swetja verstand sie kaum. »Und er hat einen Raum im Keller, wo er ... Dinge macht. Sagt man.«

»Also gut«, verkündete Swetja bestimmt. »Da gehen wir jetzt hin und schauen, ob wir herausfinden, wie man ... Dinge ungeschehen macht. Unterwegs kannst du sehen, was dieser Mann aus dem Haus deiner Herrin gemacht hat.«

Sie schob Anisja auf den Ausgang zu. Die Magd sträubte sich. »Das wird der Frau Gräfin nicht gefallen. Ich habe Pflichten!«

Die Tür zur Küche flog auf. Eine weißhaarige Gestalt taumelte herein. Anisja kreischte und floh auf die andere Seite des Tisches. Swetja sah das runzlige, hohlwangige Antlitz und riss schützend die Arme hoch ...

Und im nächsten Moment erkannte sie die Uniform.

»Fähnrich ... Fejdor?«

Der Fähnrich wankte ihr in die Arme und brach zusammen. Er zog Swetja mit sich zu Boden. Sie stützte ihn, so gut sie konnte, und schließlich saß sie da, den Kopf des jungen Fähnrichs auf dem Schoß. Sein weißes Haar war so spröde, dass es brach, als sie darüberstrich. Seine Haut war blass, aber gesprenkelt von dunklen Flecken. Sie lag über dem Schädel, dünn wie Pergament.

»Er hat mich berührt«, hauchte Fejdor matt. »Nur berührt.«

»Pssst.« Swetja erinnerte sich, was ihr Vater gesagt hatte, nachdem die Begleiterin der Königin sie berührt und ihr die Kraft geraubt hatte. Mit Fejdor musste etwas Ähnliches geschehen sein. »Bleibt ruhig. Ihr werdet Euch wieder erholen. Das vergeht wieder.«

Der junge Fähnrich entspannte sich in ihren Armen – und starb.

Swetja blieb einfach sitzen und weinte stumm. Sie legte die Hand auf Fejdors Stirn und drückte ihm die Augen zu. Anisja trat wieder zu ihr.

»Wer ist dieser Greis?«, fragte sie. »Was ist mit ihm passiert?«

»Einer von meinen Leuten«, sagte Swetja. »Kirus hat ihn mit Zauberei getötet.« Sie schluckte und stand auf. Behutsam legte sie Fejdors Kopf auf dem Boden ab.

»Wir müssen in den Keller«, sagte sie. »Anisja, du musst mich in Kirus' Labor bringen, damit wir ihn aufhalten können.«

Die Magd führte sie hinaus auf den Korridor. Anisja wusste, wie das zum Ball geschmückte Herrenhaus aussehen sollte, und sie kannte die versteinerten Menschen in ihrer natürlichen Gestalt. Sie zuckte jedes Mal zusammen, wenn sie eine weitere Veränderung bemerkte.

»Warum gehen wir in Kirus' Keller?«, fragte sie, und der Gedanke schien ihr Angst zu machen. »Wenn das stimmt, was Ihr erzählt, dann sollten wir nach draußen und ins Dorf fliehen und uns dort verstecken.«

Swetja schüttelte den Kopf. *Es gibt kein Dorf mehr*, dachte sie. Laut sprach sie aus: »Wir können nicht einfach fortgehen, solange Kirus diese Macht besitzt. Er würde uns kaum ziehen lassen. Er darf nicht durchkommen mit dem, was er getan hat!«

Schlimm genug, dass wir in der Heimat nichts tun konnten!

Swetja wollte nicht ein weiteres Ungeheuer zurücklassen, das dasselbe tat wie der Geist der Königin.

So beunruhigt Anisja auch wirkte, wenn es um den Keller ging, so sorglos schritt sie im oberen Teil des Hauses durch die Gänge. Nach allem, was sie sah, nach allem, was Swetja ihr erzählt hatte, schien die Magd sich einfach nicht vorstellen zu können, dass in der vertrauten Umgebung plötzlich unbekannte Gefahren lauerten. Swetja musste sie immer wieder zurückhalten, damit sie nicht allzu forsch um die Ecke bog, während Swetja lauschte und spähte und aufmerksam blieb. Anisja eilte durch die Gänge wie bei jeder Besorgung, die sie als

Magd in diesem Haus erledigt hatte, und sie plauderte unentwegt.

»Wie viele Leute habt Ihr bei Euch? Und wo sind sie jetzt?«

»Ich weiß nicht«, sagte Swetja. »Aber wenn uns jemand über den Weg läuft, hoffe ich, dass es einer von ihnen sein wird und nicht Kirus oder seine verrückte Gräfin.«

»Meine Herrin ist nicht verrückt«, sagte Anisja empört. »Sie ist wunderschön, und das ganze Land betet sie an!«

»Du hast lange geschlafen, fürchte ich«, erwiderte Swetja.

Sie kamen an einer langen Treppe vorbei, die in einem schmalen Gang steil nach oben führte. Auf dem obersten Absatz stand eine der Kristallbestien, deren Gegenwart Swetja so verstörte.

»Was sind das eigentlich für ... Dinge?«, fragte sie ihre Begleiterin zaghaft.

Anisja kniff die Augen zusammen und sah die Treppe hinauf. »Ihr seht es also auch?«

»Natürlich sehe ich es!«

Das Geschöpf sah aus wie ein Stier, der auf den Hinterbeinen lief, so wie ein Mensch, der aber so hoch war wie zwei Männer und so breit wie drei. Die Zunge stach aus seinem weit aufgerissenen Maul wie eine Flamme. Er stand vornübergebeugt, so als könnte er jeden Augenblick auf sie herabstürzen.

»Sie sind plötzlich erschienen«, berichtete Anisja. »Auf der Feier. Ganz kurz, bevor ... alle versteinert sind. Ich habe gehört, wie ein paar der Diener darüber getuschelt haben. Aber kaum einer hat sie überhaupt bemerkt. Ich habe sie nicht gesehen ...«

Anisja sah Swetja an. »Ich meine, damals waren sie nicht aus Kristall, sondern so ungreifbar wie Rauch. Das haben die behauptet, die sie gesehen haben wollen.«

Swetja nickte. Sie dachte an die Begleiterin der Königin, die außer ihr anscheinend auch niemandem sonst aufgefallen war. Also gab es Ähnlichkeiten zwischen der Magie, die hier am Werke war, und dem, was in ihrer Heimat vor sich ging. Hatte Borija also recht gehabt, wenn er hier auf Antworten hoffte?

»Der alte Joscha«, fuhr Anisja fort, »hat behauptet, es wären die Geister des Waldes, die hier nach etwas suchen. Aber die meisten von uns meinten, es wären nur Hirngespinste, die diejenigen heimsuchen, die zu viel am Weingeist genippt haben.«

Entschuldigend hob sie die Schultern. »Ich meine, wir hatten nicht viel Zeit, um uns darüber klar zu werden. Und jetzt stehen diese Waldgeister hier in Glas gegossen auf den Gängen, wie alle Menschen, als würden sie dazugehören, und ...«

Sie brach ab und wirkte nun doch erschüttert. Sie wandte den Blick von dem Kristallstier, eilte weiter und zeigte schließlich auf eine Treppe, die nach unten führte. »Hier«, sagte sie. »Hier geht es in den Keller.«

»Zu Kirus' Räumen?«, fragte Swetja.

»Ich weiß nicht«, gestand Anisja. »Die hat noch nie jemand gesehen. Darum ist es ja auch sein *geheimes* Labor. Aber es muss dort sein, denn Kirus hat diese Treppe oft benutzt.«

Die Kellertreppe führte hinab in eine Dunkelheit, die sie nach wenigen Stufen verzehrte. Das Gebäude war hell erleuchtet, aber der Keller nicht. Swetja trat an eine der Lampen, die den Korridor säumten. Sie war aus Stein, und anstelle einer Flamme auf einem Docht über dem Ölgefäß schwebte dort ein greller Lichtpunkt, der nichts berührte.

»Magie!«, rief Swetja aus. *Zauberlichter.*

Anisja schaute sie fragend an. Swetja erkannte, dass sie in ihrer eigenen Sprache geredet hatte. Sie beschloss, der Magd nichts von ihrer Entdeckung zu erzählen. Sie wollte das Mädchen nicht beunruhigen.

»Wir müssen ein Licht mitnehmen«, sagte sie. »Weißt du, wie ich die Lampe von der Wand nehmen kann?«

Anisja schüttelte den Kopf. »Die sind nicht zum Abmachen. Das gibt Ärger. Aber im Keller sind Kerzen.«

»Ich gehe bestimmt nicht im Dunkeln da runter und suche die Kerzen«, erwiderte Swetja. »Komm, hilf mir!«

Sie rüttelte an der Wandleuchte. Anisja kam zögernd näher. Der magische Lichtpunkt glühte bei der Ruckelei viel gleichmäßiger weiter, als eine echte Flamme es getan hätte. Er blieb auch unberührt, als die steinernen Schrauben aus der Wand brachen und Swetja die schwere Lampe in der Hand hielt.

Als sie das Gewicht spürte, fragte sie sich, ob sie das Zauberlicht nicht auch leichter hätte herausholen können. Vielleicht hätte es gereicht, nur den Docht mitzunehmen?

»Auf geht's«, sagte sie aufmunternd zu Anisja und zu sich selbst. »Sehen wir mal, ob wir Kirus' Magie brechen und auch deine versteinerten Landsleute wieder aufwecken können.«

»Seid Ihr denn eine Zauberkundige?«

»Ich verstehe ein wenig davon«, sagte Swetja zuversichtlich. »Ich bin eine Sterndeuterin.« Dass eine so machtvolle Magie weit über ihre Fähigkeiten ging, dass ihr der Zauber dieses Ortes noch weit bedeutender vorkam als die Vorgänge, die sie aus ihrer Heimat vertrieben hatten, das verschwieg sie wohlweislich.

Die Kellergewölbe waren riesig und gut gefüllt. Es gab Räume, in denen sich Fässer bis zur Decke stapelten, wo sich Regale mit Flaschen und versiegelten Behältnissen an den Wänden entlangzogen, Säcke mit Mehl und allen Arten von Bohnen und Nüssen und ungemahlenem Korn, Körbe und Platten mit Obst und kleinere Fässer mit eingelegtem Gemüse. In den langen Regalen wurden zudem Kerzen und Öle, Tücher und Geschirr, Fackeln und Spieße gelagert, und zwischendrin fanden sie Schinken und Stücke von Fleisch, die einmal wohl an der Decke gehangen hatten und inzwischen heruntergefallen waren. Doch alles in dem Keller war zu Kristall erstarrt, genau wie das Leben in den oberen Räumen, oder zu stumpfem grauem Stein wie die Lampe, die Swetja mitgenommen hatte. Anisja hätte hier keine Kerze gefunden, die sich entzünden ließ.

Die beiden Frauen wanderten durch die Kellerräume. Anisja schaute sich auf eine Weise um, die Swetjas Vertrauen in ihre Führerin erschütterte. »Wo führt die hin?«, fragte sie, als sie an einer breiten Treppe nach oben vorbeikamen. Swetja bekam Zweifel, ob sie nicht im Kreis gingen.

»Das ist die Haupttreppe«, sagte Anisja. »Sie geht nach vorne raus.«

»Ein sehr großer Keller«, stellte Swetja fest. »Und gut gefüllt.«

»Wir haben gerade das Erntefest gefeiert«, erklärte Anisja. »Die Gräfin sammelt hier Vorräte für alle Dörfer, die zum Hausgut gehören.« Leiser fügte sie hinzu: »Ich frage mich, was mit den Dörfern passiert ist, wenn es stimmt, was Ihr sagt.«

Was immer geschehen ist, dachte Swetja, *es muss vor endlos langer Zeit gewesen sein.* Sie konnte sich nur schwer an den Gedanken gewöhnen, dass die plappernde Magd an ihrer Seite so alt sein musste wie die Berge über ihnen.

»Du musst mir nicht den ganzen Keller zeigen«, sagte sie. »Bring mich einfach zu Kirus' Labor.«

»Aber ich weiß gar nicht, wo das ist. Das hatte ich doch gesagt!«

Swetja schürzte die Lippen. »Heißt das, wir müssen alle Räume nach einem geheimen Durchgang absuchen?«

»Nein«, sagte Anisja. »Kirus war nicht immer da. Also muss sein Labor vorher ein normaler Keller gewesen sein, glaube ich. Wenn ich mich ein wenig umschaue, fällt mir vielleicht wieder ein, wo etwas fehlt.«

Diese Magd ist gar nicht so dumm, befand Swetja. Aber sie *glaubte* es? »Sag bloß, niemand aus der Dienerschaft weiß, wo ein Kellerraum verschwunden ist? Irgendwer muss den Keller doch gesehen haben, bevor Kirus kam. Jemand muss beobachtet haben, wohin der Zauberer verschwand, wenn er regelmäßig dorthin ging. Diener wissen so was!«

Anisja verzog schmerzlich das Gesicht. »Es ist schwer, sich an die Zeit zu erinnern, bevor Kirus hier eingezogen ist. Oder an das, was er getan hat. Er ist ein Zauberer, und er hütet seine Geheimnisse.«

Dann hoffen wir, dass Kirus nicht auch ein paar Überraschungen in seinem Labor vorbereitet hat, damit seine Geheimnisse gewahrt bleiben, dachte Swetja.

In einem Kellerraum mit endlosen Regalreihen blieb die Magd vor der Stirnwand stehen und verkündete entschlossen: »Hier muss es sein!«

Swetja ging an der Wand entlang und betrachtete aufmerksam, was dort stand. Unter anderem war da ein Schrank, und wie auch immer der einst ausgesehen hatte, inzwischen bestand er ganz aus Kristall, genau wie alles, was darin lagerte. Und durch diese halb durchsichtige Substanz sah man deutlich die Umrisse einer Türöffnung in der Wand dahinter.

»Das vereinfacht die Sache.« Swetja schmunzelte. Der Zauberer hatte sich selbst ausgetrickst und seine geheime Tür offenbart.

21.

Doch so gründlich sie auch suchte, so glasklar die geheime Tür vor ihr lag – Swetja fand nicht heraus, wie sie sich öffnen ließ. Sie erkannte in dem Kristall einen Mechanismus, der in der Wand dahinter verschwand. Aber wie er funktionierte, verstand sie nicht, sosehr sie sich auch den Kopf darüber zerbrach. Eine ganze Weile stand sie hilflos davor, leuchtete den Schrank von allen Seiten an, und ihr wurde klar: Ohne den glücklichen Zufall des verwandelten Holzes hätte sie den Zugang nicht einmal bemerkt.

»Oh weh«, sagte Anisja. »Wie bekommen wir das auf? Diese Riegel haben gar keine Verbindung nach außen!«

Swetja wandte den Blick ab. In der Nähe des Kristallschranks stand eine dickwandige Steinschale. »Hilf mir mal«, sagte sie, und gemeinsam kippten die beiden Frauen das kniehohe Gefäß um. Formlose Kristallklumpen rutschten heraus und verteilten sich über den Boden. Swetja hätte nicht sagen können, was das einmal gewesen sein sollte.

Mit Anisjas Hilfe hob sie das Gefäß hoch, und mit Wucht schleuderten sie es in den Kristallschrank. Das feine Material barst. Scherben und scharfkantige Brocken flogen umher, der Inhalt des Schranks polterte und klirrte heraus.

Am Ende blieb ein kleiner Haufen Trümmer übrig, den sie vorsichtig beiseiteschoben. Die Türöffnung zu Kirus' Labor lag frei.

Behutsam, fast feierlich traten die beiden jungen Frauen über die Schwelle. Anisja blieb im Türrahmen stehen. Swetja gab ihr die Lampe zu halten und ging weiter.

Das Erste, was ihr ins Auge fiel, war das riesige Astrolabium unter der Decke. Alle Gestirne waren dort nachgebildet, als Kugeln aus Metall in den richtigen Farben, und über ein Gestänge mit der Mechanik in der Mitte verbunden. Swetja erkannte sogleich, dass die Konstellation dem entsprach, was man derzeit am Himmel sehen konnte. Das Astrolabium war also in Betrieb, auch wenn die Bewegung nicht zu sehen war.

Besonders auffällig war es deswegen, weil einige der Gestirne schimmerten, besonders dasjenige, das für die Sonne stand. Swetja versuchte herauszufinden, was die Metallkugeln zum Leuchten brachte. Dabei fiel ihr Blick auf ein Metallrohr, so dick wie ein Ritter in Rüstung. Die eine Seite verschwand in der Kellerwand, die andere endete in einem Bündel von Linsen, von denen einige farbig strahlten. Von dort wurde das Licht auf das Astrolabium gelenkt, und womöglich reichte das Rohr bis hinauf zur Oberfläche.

Der Boden des Kellerraums war übersät mit Schriftzeichen, mit Symbolen und geschwungenen Linien. Manches sah aus, als wäre es auf die dunklen Steinfliesen gezeichnet worden, anderes war mit Silber- oder Kupferdraht in den Boden eingelassen. Swetja erkannte astrologische Häuser, Zeit- und Kalenderangaben und auch viele Zeichen, die sie nicht zu deuten wusste. Weitere Lichtpunkte wanderten über den Boden, vom Astrolabium reflektiert, aber nicht zufällig: Ein Sonnenpunkt lief durch die Mittagsstunde, und das musste die Zeit an der Oberfläche sein.

Das Gebilde war beeindruckend und viel feinsinniger, als irgendein Sterndeuter in Modwinja es zustande gebracht hätte. Swetja betrachtete es fasziniert. Hier konnte sie so viel lernen!

Sie ging von dem Astrolabium zu dem System von Linsen und beugte sich dann zu den Zeichnungen am Boden nieder. Sie erkannte, dass der Lichteinfall auf den angestrahlten Gestirnen auch die Mondphasen erkennen ließ. Für *jeden* Mond!

Wenn sie die Berechnungen nachvollziehen könnte, die dieser Mechanik zugrunde lagen, dann könnte sie auch die Phasen des geheimnisvollen Styx entschlüsseln! Hier lag das vor ihr, was die Sterndeuter von Modwinja seit Jahrhunderten vergebens zu ergründen suchten.

Swetja war hingerissen.

Aber sie hatte keine Zeit, und die Mechanik lag tief in den Gerätschaften verborgen und würde sich nicht ohne geeignetes Werkzeug und jahrelange Forschung enträtseln lassen.

Enttäuscht wandte sie sich ab.

In dem Raum befanden sich weitere geheimnisvolle Dinge. Es gab ein voll ausgestattetes alchemistisches Labor, mitsamt einem Ofen auf der einen Seite und einem Regal, angefüllt mit Kolben und Phiolen auf der anderen. Es gab Folianten und Schriftrollen, Präparate und exotische Gewänder, und auch Gerätschaften, deren Sinn Swetja nicht verstand. Aber all diese Dinge waren zu Kristall geworden, oder zu Stein, wie so vieles in diesem Haus unter dem Berg. Nur das Astrolabium und alles, was dazugehörte, blieb von dem Zauber unberührt.

Hatte die Magie, die den Rest des Hauses erstarren ließ, also hier ihren Ursprung? Hatte Kirus die Macht der Gestirne genutzt, um seinen Bann zu wirken?

Swetja nahm einen Brocken Kristall aus einem Regal. Sie hämmerte damit auf die Linsen ein, die das Licht verteilten. Glas splitterte, und jeder Schlag fühlte sich so an, als bräche er ihr eigenes Herz. Swetja schlug auf das Metallrohr ein. Der Klang dröhnte durch den Keller wie ein Paukenschlag. Platten sprangen von der Ummantelung ab. Swetja holte Prismen und Spiegel und weitere Linsen aus dem Inneren und warf sie auf den Boden. Ihr war zumute, als würde sie sich selbst verstümmeln. Sie sprang gegen das Astrolabium und riss mit ihrem Körpergewicht die Gestirne herab.

Ihr blutete das Herz, als sie all diese Wunder zerstörte.

Zuletzt wandte sie sich dem Boden zu. Mit einem Steinteller schabte sie Schriftzeichen von den Fliesen. Sie kratzte die Metalldrähte aus den Fugen.

Aber was sie auch tat, Kristall blieb Kristall, Stein blieb Stein, und sie brach den Zauber nicht.

Da hörte sie von der Tür her einen unterdrückten Schreckenslaut. »Kirus – er kommt!« Anisja war totenbleich geworden.

Swetja ließ den Steinteller fallen und rannte zu der Magd. In dem großen Kellerraum, der nebenan lag, konnte sie zwischen zwei langen Regalreihen hindurch bis zum Eingang gegenüber sehen. Von dort kam Kirus auf sie zu. Mit unbewegtem Gesicht stapfte die ockerfarbene Gestalt an den Regalen entlang auf das Labor zu. Mit ihm kam ein Licht, das keinen erkennbaren Ursprung hatte, das aber nach und nach den ganzen Raum erfüllte.

»Bei der gütigen Mutter aller Sterne«, flüsterte Anisja. »Was wird er mit uns machen, wenn er uns hier erwischt?«

Sie tat ein paar Schritte, um in einen der anderen Regalgänge zu fliehen. Swetja hielt sie zurück. »Noch nicht«, murmelte sie.

Die langen Regale teilten den Keller in viele parallele Korridore. Wenn sie jetzt losrannten, konnten sie vielleicht in einem der anderen Gänge an dem Zauberer vorbei und auf den Ausgang zulaufen. Aber Kirus hatte die Halle erst halb durchquert, und sie waren doppelt so weit vom Ausgang entfernt wie er. Er würde einfach kehrtmachen und seinen Vorsprung nutzen, um ihnen den Weg abzuschneiden.

»Eine Magd ist wach. Was für eine Verschwendung.«

Swetja zuckte zusammen, als Kirus' Stimme durch den Keller hallte. Das Gesicht des steinernen Magiers bewegte sich kaum bei den Worten. Anisja schrie auf und klammerte sich an Swetja fest. Die hatte Mühe, Anisjas Finger von ihrem Ärmel zu lösen.

Kirus fuhr ungerührt fort, während er näher kam: »Da muss mir wohl ein Teil meines Zaubers entglitten sein in der ganzen Aufregung. Aber natürlich werde ich meiner Darija nicht so eine unedle Lebenskraft zumuten, wenn etwas Besseres zu finden ist. Und du bist doch von reinem Blute, mein Kind, nicht wahr? Keine Sklavin. Walarenblut!«

»Lauf!« Swetja stieß Anisja zur Seite und lief selbst in die andere Richtung, sodass der Zauberer sie nicht beide verfolgen konnte. Kirus war weniger als zehn Schritte entfernt, und er war schwerfällig. Das sollte reichen, um vor ihm beim Ausgang zu sein.

Swetja eilte ein Stück an der Wand entlang bis zur nächsten Regalreihe. Dort bog sie ein. Sie hoffte, dass Anisja dasselbe auf der anderen Seite tat und dass Kirus einen Augenblick lang verwirrt sein würde und sie einen Vorsprung gewannen. Aber sie sah sich nicht um, sie rannte nur.

Links und rechts von ihr ragten die gewaltigen Regale bis zur Kellerdecke auf, voll mit Kristallen und Steinen in allen möglichen Formen. Hinter einem dieser Regale musste ihr Feind sein. Swetja drehte den Kopf und versuchte, zwischen den Regalbrettern hindurchzusehen. Aber die Fächer hatten eine Rückwand, und vielleicht war das besser so, weil eine festere Barriere sie von dem steinernen Priester trennte. Ob er kehrtgemacht hatte, um ihnen den Weg abzuschneiden?

Nein.

Schon hörte sie seine stampfenden Schritte hinter sich. Er war einfach weitergegangen und folgte ihr. Natürlich ihr und nicht Anisja ...

Aber das war gut! Jetzt war Kirus hinter ihr, und sie hatte einen Vorsprung. Es musste mit der Hölle zugehen, wenn sie den plumpen Zauberer, der sich selbst in eine Steinfigur verwandelt hatte, nicht abhängen könnte!

Swetja wagte einen Blick über die Schulter zurück. Kirus war hinter ihr. Er lief ohne besondere Hast und streckte doch schon die riesigen Finger nach ihr aus, als könnte er sie jeden Augenblick erreichen. Er war immer noch zehn Schritte von ihr entfernt, genau wie zu dem Zeitpunkt, als sie losgelaufen war. Aber sie hatte den Abstand auch nicht vergrößern können.

Swetja biss die Zähne zusammen und hastete noch schneller weiter.

Doch so rasch sie auch lief, sie konnte ihren Verfolger nicht abschütteln.

Sie fühlte sich wie in einem Albtraum, in dem sie rannte und rannte, und jemand war hinter, der immer nur ging und der doch immer näher kam.

Und Kirus kam näher!

Swetjas Lungen brannten. Das Kleid schlug ihr um die Beine, ein bequemes Reisekleid, aber zum Reiten geschnitten und nicht für den wilden Lauf. Sie hätte längst am Ausgang sein müssen, so groß war der Keller doch gar nicht ...

Sie warf einen Blick zurück und glaubte, auf Kirus' starrem Gesicht ein Lächeln zu erkennen. Er war fast auf Armeslänge heran, und der Weg vor ihr dehnte sich ins Endlose. Die Regale rückten so weit auseinander, dass sie verschwammen.

»Was fliehst du vor mir, mein Kind?«, hörte sie Kirus' Stimme. Sie glaubte, seinen Atem im Nacken zu spüren. »Weißt du nicht, dass das sinnlos ist an diesem Ort? Dein junges Leben für die Jugend meiner Gräfin, das ist ein gutes Werk. Warum willst du lange leiden, wenn du das Unausweichliche doch nicht verhindern kannst?«

Plötzlich tauchte Anisja vor ihr auf, und der Gang schien kürzer zu werden. Die Magd hatte Swetja und Kirus überholt und stand dicht vor dem Ausgang. Sie hielt einen unförmigen Klumpen Kristall hoch über den Kopf. Er sah aus wie ein kleiner Sack, gefüllt mit winzigen Glaskugeln.

»Spring!«, rief Anisja und schleuderte den Sack. Das Kristall barst auf dem Steinboden, die Kugeln spritzten heraus. Swetja sprang darüber hinweg. Hinter sich hörte sie ein Knacken und Bersten, als Kirus ins Rutschen geriet und gegen ein Regal prallte.

Swetja landete in Anisjas Armen. Die Magd zog sie weiter. Ihr Gesicht war gerötet, sie lachte schrill. »Ihr seid langsam, Fräulein Swetja. Zum Glück habe ich ein Säckchen getrocknete Erbsen gefunden.«

Die beiden jungen Frauen rannten durch die Kellerräume. Swetja sah sich um, aber Kirus tauchte nicht wieder auf. Anisja hatte den Zauber gebrochen, mit dem er sich selbst schneller, Swetja langsamer und den Weg vor ihr länger gemacht hatte.

Anisja lief auf die große Treppe zu, die zur vorderen Halle führte. Doch Swetja hielt sie auf. »Nicht hier. Denselben Weg, den wir gekommen sind. Ich habe einen Plan!«

Sie rannten weiter zu dem kleinen Treppenhaus. Anisjas Hochgefühl schwand dahin. »Gütige Sterne«, sagte sie. »Was habe ich getan? Kirus ist der Günstling der Herrin! Sie wird mich totschlagen.«

»Vergiss deine Herrin«, sagte Swetja. »Glaubst du, sie und

Kirus sind noch so menschlich, dass sie auf eine treue Dienerin Rücksicht nehmen würden?«

Anisja schüttelte den Kopf. »Ich weiß. Ich weiß.« Ihr Blick huschte durch die Gänge auf der Suche nach einem Ausweg.

»Für Kirus und seine Gräfin sind wir alle nur Jagdwild, von dem sie zehren wollen. Wir müssen sie aufhalten, ein für alle Mal, wenn wir jemals sicher sein wollen.«

Während sie das sagte, ging Swetja etwas anderes durch den Sinn. *Walaren.* So hatte Kirus sie genannt. Swetja kannte diesen Ausdruck. So nannten die Völker im Süden eine Gattung von mystischen Dämonen, die zu Anbeginn der Welt aus der Hölle emporgestiegen sein sollten, um mit den Menschen um die Vorherrschaft über die Welt zu ringen.

Aber es war widersinnig, sie mit einem Dämon aus dem Süden zu vergleichen! Im Gegenteil, je länger dieser Wahnsinn andauerte, umso mehr gewann Swetja den Eindruck, dass sie der einzige normale Mensch war in einer Welt voller dämonischer Kräfte.

Sie stürmten die Kellertreppe hinauf, doch nach wenigen Stufen konnte Swetja nicht mehr. Ihre Beine zitterten. Was auch immer Kirus getan hatte, um das kurze Wegstück in dem Vorratsraum für sie länger zu machen, Swetja spürte jeden Schritt dieser verzweifelten Jagd.

»Ist er noch hinter uns?«, fragte sie Anisja. »Haben wir einen Vorsprung?«

»Ich weiß nicht. Die letzten Räume waren so verwinkelt. Ich habe ihn nicht mehr gesehen, seit er auf den Erbsen ausgeglitten ist.«

Die Furcht trieb Swetja weiter. Wenn Kirus sie hier auf der Treppe einholte und erneut mit seinem Zauber lähmte, war alles verloren. Sie stolperten in den Flur im Erdgeschoss und erreichten die zweite schmale Treppe, die noch höher hinaufführte. Anisja zögerte, als sie den kristallenen Minotaurus auf dem obersten Absatz erblickte.

»Keine Sorge«, stieß Swetja hervor. »Lauf weiter. Ich weiß, was ich tue.« *Hoffentlich.*

Sie zwängten sich an dem stierköpfigen Ungetüm vorbei, dann blieben sie stehen. Sie atmeten schwer. Swetja sank auf die Knie und hockte entkräftet auf dem Boden.

»Was nun?«, fragte Anisja. Ihr Blick suchte besorgt am Fuß der Treppe nach Anzeichen von ihrem Verfolger. »Hier oben gibt es Räume für die Bediensteten. Da können wir uns verstecken.«

»Wir warten hier.« Swetja stand langsam wieder auf und stützte sich an der Wand ab. Einige Augenblicke vergingen.

»Wenn es stimmt, was Ihr sagt, und ich versteinert war wie all die anderen, dann wünschte ich, ich wäre nicht aufgewacht.« Eine Träne rollte über Anisjas Wange.

»Ich bin froh, dass du hier bist«, sagte Swetja. »Denn irgendwer muss den Stein ins Rollen bringen, wenn es jemals besser werden soll.«

Unten im Erdgeschoss trat Kirus um die Ecke und setzte den Fuß auf die Treppe. Er hob den Kopf und schaute die beiden Mädchen an. »Ihr macht mir viel Arbeit«, ließ er sich mit dumpfer Stimme vernehmen. »Das wird meiner schönen Gräfin gar nicht gefallen.«

Er stieg die Stufen hinauf.

Anisja stieß einen erstickten Schrei aus und wollte loslaufen, doch Swetja hielt sie fest. »Nein. Der Stier!«

Sie wies auf die Kristallfigur, die vornübergebeugt an der Treppe stand und die beiden Frauen dennoch überragte. Swetja hatte sich von Anfang an gefragt, wie all diese Kristallfiguren, mitten in der Bewegung erstarrt, im Gleichgewicht blieben. Dennoch, sie waren nicht unerschütterlich. Die Lampe auf dem Flur, der Schrank vor der geheimen Türe oder Anisjas Erbsensäckchen, all diese Dinge hatten bewiesen, dass die versteinerten Objekte sich sehr wohl bewegen ließen.

Und der Minotaurus stand so weit vorgebeugt da, dass er sich mühelos die Treppe hinabrollen lassen sollte, in einen Treppenschacht, der so eng war, dass es keine Ausweichmöglichkeit gab.

Swetja stemmte sich gegen das Hinterteil des Stiermannes. »Drücken, Anisja!«, rief sie.

An der schimmernden Gestalt vorbei sah sie, dass Kirus auf der Treppe innehielt. Er starrte zu ihnen herauf, die versteinerten Augen ohne Ausdruck. Verharrte er unschlüssig, oder wirkte er einen Zauber?

»Fester, Anisja«, sagte sie. »Wir müssen das Ding umkippen!«

Das ging schwerer, als sie erwartet hatte. Der Kristallbrocken schien ihre Anstrengungen einfach zu schlucken. Anisja stemmte neben ihr beide Hände gegen den Rücken des gehörnten Riesen und ächzte. Kirus setzte sich wieder in Bewegung und stapfte auf sie zu. Es war nicht auszumachen, ob er sich schneller bewegte als zuvor. Den Schritten des steinernen Zauberers war keine Eile und keine Sorge anzumerken.

»Moment«, sagte Swetja. Sie trat einen Schritt zurück und betrachtete die Statue genauer. Sie versuchte, den Schwerpunkt der Figur einzuschätzen und günstige Ansatzpunkte und Hebel zu finden. »Hier!«, sagte sie dann und wies auf eine Stelle am Rücken, die sie gerade noch erreichen konnten.

Beide Frauen warfen sich dagegen. Anisja prellte sich das Handgelenk und stöhnte auf. Die schimmernden Hufe der Kreatur knirschten, als sie sich vom Boden lösten. Die Vorderkanten drückten Splitter aus den Treppenstufen.

Dann, langsam zuerst, doch schließlich immer schneller, kippte der Stier nach vorn.

Ein Horn brach ab, als der Kopf auf eine Stufe prallte. Aber die Gestalt war rund und massiv genug, dass sie fast unbeschadet die Treppe hinabkam. Vorstehende Stücke platzten ab, Stufen barsten unter dem Gewicht.

Kirus streckte die Arme aus, als könnte er die Statue aufhalten. Der Stier prallte gegen ihn und riss ihn mit. Schimmernde Scherben spritzten in alle Richtungen. Die Masse des Minotaurus rollte über Kirus hinweg die Treppe hinab, landete unten im Gang und zerbarst dort auf dem Boden. Benommen saß Kirus zwischen den Trümmern, und kleine Brocken kullerten immer noch von oben auf ihn herab.

Benommen, aber nicht erschlagen.

Enttäuscht schaute Swetja zu ihm hinunter. Ihr Herz schlug

schneller, und sie überlegte, was für Möglichkeiten ihr noch blieben, wenn der Zauberer sich wieder erholte.

Doch dann geschah etwas. Die glitzernden Scherben rings um den Zauberer wurden dunkel – blutig rot. Die scharfen Umrisse wirkten weicher und sackten in sich zusammen. Es war kein Kristall mehr, sondern Klumpen von Fleisch, die in Blut schwammen. Die letzten Stücke des Stiers landeten mit einem trägen, platschenden Laut auf dem Boden.

Auch Kirus veränderte sich. Seine Gestalt zog sich zusammen, seine Haut wurde dunkler. Und mit einem Mal saß da statt des steinernen Zauberers ein ganz normaler, wenn auch fremdländisch wirkender Mann inmitten eines Haufens von Überresten, die aussahen, als hätte man sie aus einem Schlachthaus gefegt.

Dunst stieg von dem Blut am Boden auf, bildete fahle Säulen, die sich um den Magier wanden wie Schlangen. Kirus stand auf. Er glitt auf dem Blut aus, er wedelte mit den Armen den Dunst weg.

»Fort! Fort mit euch!«, rief er, und seine Stimme klang tief und voller Sorge. Eine lebendige, eine menschliche Stimme!

Swetja sah, wie alles Fleisch und alles Blut der Stierfigur sich in Rauch auflöste. Der Qualm suchte sich zu vereinen, aber Kirus fächelte ihn auseinander. Schließlich schwebte der Dunst als dünne Wolke zur Decke und zog davon. Kirus lachte. Er sah zu Swetja hoch.

»Schlaues Kind. Du wolltest die älteren Geister wecken, die gekommen waren, um mich aufzuhalten. Aber sieh, es sind nur noch Schatten. Den Wald, der sie nährte, gibt es nicht mehr. Sie konnten damals nichts ausrichten, und heute fehlt ihnen erst recht die Macht dazu.

Dass du meinen Zauber ein wenig erschüttert hast, was macht das schon? Wenn ich mich um euch alle gekümmert habe, bin ich stark genug, um alles zu richten. Und alles, alles wird wieder so sein wie zuvor …«

Er setzte erneut den Fuß auf die Treppe. Swetja stand da, starr vor Angst, und umklammerte das Geländer. Aber sie bemerkte auch, dass Kirus' Haltung nicht recht zu seinen stolzen Worten passen wollte. Obwohl er wieder ein Mensch war, aus Fleisch und Blut und mit geschmeidigen Muskeln unter einer Haut wie geöltes Ebenholz, bewegte er sich sogar langsamer als zuvor.

Schleppenden Schrittes kam er die Stiege herauf. Swetja sah Tränen über seine Wangen laufen, als würden all die Eindrücke der letzten tausend Jahre ihn mit einem Mal überwältigen, all das, was seinen versteinerten Geist in dieser Zeit nicht hatte erreichen können, all die Gefühle, die sein versteinertes Herz nicht eingelassen hatte.

Kirus blieb stehen. »Darija«, murmelte er. »Meine wunderschöne, meine ewig junge Gräfin.«

Er ballte die Faust und schlug sie gegen die Wand. Seine Gestalt straffte sich. »Nein«, sagte er. Er sah Swetja gerade in die Augen. Anisja gab einen erstickten Laut von sich und rannte davon.

»Nein«, wiederholte Kirus. »Ich mache weiter. Deine Pläne sind gescheitert, kleine Dame.« Er setzte den Fuß auf die nächste Stufe.

Lautlos glitt Borija hinter ihm um die Ecke. Mit zwei Sätzen stürmte er die Treppe bis zu dem Zauberer empor und rammte ihm mit beiden Händen einen Säbel in den Rücken.

Kirus war nicht mehr aus Stein. Die Spitze trat blutig aus der Brust wieder aus.

Überrascht berührte der Zauberer mit den Fingern den Stahl. Kein Laut kam über seine Lippen. Er wollte sich umdrehen, aber Borija stieß ihn mit der Schulter an, sodass er nach vorn kippte. Borija zog die Waffe wieder heraus und schlug Kirus den Kopf ab.

Über dem Hauptmann schwebte die Wolke. Sie zog sich zusammen, bildete Hörner, dann den Kopf eines Stiers. Die Nebelgestalt glitt die Treppe hoch, und Swetja hörte sie flüstern.

»Ich habe den anderen Reinen hierher geführt. All die Jahre, und das neue Volk verändert sich. Meine Brüder werden beraten. Aber ihr, vergesst nicht, dass ihr frei seid. Haltet diese Freiheit fest und nutzt sie weise.«

Mit diesen Worten verblasste der Geist der Stiergestalt. Swetja blieb mit Borija allein auf der Treppe zurück. Doch Augenblicke später rannten zwei seiner Dragoner atemlos durch den Flur herbei.

Borija stocherte mit der Klinge an dem toten Zauberer herum.

Langsam kam Swetja wieder zu sich. Sie stolperte die Treppe hinab auf den Hauptmann zu. »Aber Ihr ...«, stammelte sie. »Woher kommt Ihr? Ich dachte ...«

Borija nickte. »Wir hatten Verluste«, sagte er. »Dieser Bursche hat sich geschützt mit einer Haut aus Stein. Kein Durchkommen. Wir mussten uns zurückziehen, und wir haben Euch gesucht.« Kein Vorwurf, nur eine Feststellung. Borija klang ein wenig müde, aber irgendwie zufrieden, jetzt, da alles gut ausgegangen war.

»Und ich fürchte«, fuhr er fort, »er hat derweil nach uns gesucht.« Er stocherte wieder nach dem Zauberer. »Dieses Haus ist ein Irrgarten.«

»Aber Ihr habt mich gefunden«, stellte Swetja fest. »Ihr habt mich abermals gerettet.«

Borija zuckte die Achseln. »Ich hatte eine Eingebung. Ein Geist ist mir erschienen und hat mich hergeführt.« Er kratzte sich am Kopf und sah Swetja an, als könnte sie ihm das alles erklären.

»Ihr hättet nicht so hastig loslaufen sollen, Hauptmann«, wandte einer seiner Männer ein. »Das sah nach Magie aus, und Magie in diesem Haus, das riecht nach einer Falle.«

»Hm«, sagte Swetja. »Ich bin froh, dass Ihr so schnell da wart. Diese Geister ... Anisja meinte, es könnten die Geister des Waldes sein.«

»Anisja?« Borija schaute ratlos drein. »Geister des Waldes?«

»Anisja ist eine Magd, die ich hier getroffen habe«, erklärte Swetja. »Sie hat mir sehr geholfen, aber gerade ist sie davongelaufen. Und diese Waldgeister, soweit ich es verstanden habe, sind gekommen, um Kirus aufzuhalten, bei seinem Zauber oder warum auch immer. Aber er hat sie versteinert wie alle anderen auch. Das sind diese anderen Kreaturen, die überall stehen.«

»Und Ihr habt sie befreit und den Zauberer wieder zu einem sterblichen Menschen gemacht?«, sagte Borija. »Nun, dann habt Ihr eher uns gerettet, dewa Swetjana. Auch wenn am Ende noch ein Stoß mit dem Säbel dazukommen musste.«

Swetja errötete. »Ich ... Ich weiß nicht. Ich habe eine dieser Geisterstatuen auf Kirus geworfen. Vielleicht ist der Zauber da gebrochen. Vielleicht habe ich auch nur den Geist befreit, als der Kristall zerborsten ist, und der hat dann den Zauber gestört, damit wir Kirus besiegen konnten. Der Geist hat übrigens noch etwas gesagt, bevor er verschwunden ist. Habt Ihr es gehört?«

Borija zuckte die Achseln. »Der Geist hat mir so manches zugeraunt. Verstanden hab ich das wenigste davon. Gerade genug, um rechtzeitig hier zu sein und meinen neuen Säbel zu erproben.«

»Er sagte, dass wir frei sind ...«, murmelte Swetjana nachdenklich.

»Er wollte uns wohl daran erinnern, wer uns von diesem Zauberer befreit hat. Ich fürchte, selbst ein Geist ist sich nicht zu schade, eine Gegenleistung zu fordern, wenn er uns wieder über den Weg läuft.« Borija schüttelte den Kopf. »Was mich betrifft, sind wir quitt mit ihm. Ihr habt den Geist befreit, wenn ich recht verstanden habe, und er hat dann uns geholfen. Jetzt soll er wieder in seinem Wald verschwinden, und gut ist. Waldgeister, puh!«

Borija schaute auf den Zauberer. »Wir müssen uns überlegen, was wir aus diesem Durcheinander machen.«

Swetja folgte seinem Blick. Kirus lag ausgestreckt auf den Stufen, und aus seinem Halsstumpf und dem abgetrennten Kopf rann das Blut in einer großen Lache die Treppe hinab.

»Das war also der Weise, von dem Ihr gehört hattet. Der Mystiker, der uns zum Ziel der Reise bringen sollte.«

Borija nickte. »Sieht wohl so aus«, knurrte er widerstrebend.

»Und jetzt wollt Ihr es ohne diese Hilfe versuchen?«, fragte

Swetja. »Können wir das schaffen? Und glaubt Ihr immer noch, dass sich das Wagnis lohnt? Was ist, wenn das, was Ihr am Ende des Weges vorfinden werdet, genauso wenig Euren Erwartungen entspricht wie dieser Ort hier?«

»Ich glaube nicht.« Borija strich sich nachdenklich über das Kinn. »Ich glaube nicht.«

Dann sah er mit einem Ruck auf. Er winkte seine Männer mit dem Säbel heran. »Wie auch immer, wir sind nicht umsonst hierhergekommen. Was wir von diesem Mystiker vor allem brauchen, ist nicht seine Weisheit. Zum Glück, denn die hat mich nicht überzeugt. Aber wenn ich meine Quellen richtig deute, liegt in seinem Inneren etwas verborgen, das uns die Tore öffnet. Ein Gegenstand.

Die Suche danach könnte unappetitlich werden, dewa Swetjana. Gordej und Lewo werden Euch in die Eingangshalle geleiten. Dort solltet Ihr in Sicherheit sein.«

Erst wollte Swetja widersprechen. Sie wollte dabei sein, wenn Borija etwas Wichtiges zutage förderte. Aber galt das auch, wenn der Hauptmann zu diesem Zweck in den Eingeweiden eines Toten herumwühlte?

Nein, befand sie. Für diesen Tag hatte sie genug gesehen.

Auf dem Weg in die Halle war unübersehbar, dass Kirus' Zauber gebrochen war. Alles veränderte sich. Das Kristall war verschwunden, dafür standen nun wieder Speisen auf hölzernen Tischen, mit silbernen Platten und Besteck. Und Menschen liefen umher, Diener, die eben aus ihrem Zauberschlaf erwacht waren und die sich fragten, wo die Festgesellschaft, wo ihre ganze Welt geblieben war.

Ein Koch trat ihnen in den Weg. Gordej zog den Säbel und wollte den Mann vertreiben. Swetja fiel ihm in den Arm. Sie versuchte, dem verwirrten Domestiken zu erklären, was geschehen war, in demselben altertümlichen Dialekt, den sie bei Anisja gebraucht hatte. Was überhaupt von ihren Worten ankam, bei diesen aufgeregten Menschen, die ihr Haus plötzlich verändert fanden und Soldaten in fremdartiger Uniform durch die Gänge streifen sahen? Swetja wusste es nicht.

Ganz verschwunden waren die Fabelwesen. Nur ein paar Diener, die verstört in irgendeinem Winkel kauerten, redeten von Drachen und großen Vögeln, die an ihnen vorbei Richtung Ausgang gezogen seien – die einzige Spur, die von den »Waldgeistern« geblieben war.

Nach und nach erloschen die Zauberlichter, und es wurde dunkler auf den Gängen. Aber die Diener entzündeten Lampen und Kerzen und Kronleuchter, die den jahrtausendelangen Schlaf so unversehrt überstanden hatten wie alles andere. Es war gut, befand Swetja, dass die Leute auf diese Weise etwas zu tun hatten und eine vertraute Aufgabe fanden.

Schließlich erreichten sie die Halle mit der großen Treppe, und Swetja sah dort auch die Gräfin Darija wieder. Drei von Borijas Soldaten bewachten sie. Die Hausherrin saß auf der Treppe, den Kopf gesenkt, eine kleine Greisin in strahlendem Ballkleid, gebrechlich, mit stumpfem weißem Haar. Ein trauriger Anblick, und Swetjas Sorge schwand, dass die wahnsinnige Gräfin selbst eine Bedrohung darstellen könnte. Sie wirkte nicht im Geringsten unheimlich, sondern nur wie ein weiteres Opfer von Kirus' Magie.

Es war kaum vorstellbar, dass sie noch älter aussehen könnte als jene gespenstische Erscheinung, die verloren durch den Ballsaal getanzt war, mit dem runzligen Gesicht, den strähnigen Haaren, den dürren, altersfleckigen Händen. Aber Gräfin Darija wirkte älter, wie sie da auf der Treppe kauerte. Gebrechlichkeit umhüllte sie wie eine greifbare Aura.

Swetja setzte sich ebenfalls auf die Stufen, wenn auch ein Stück entfernt von der uralten Frau. Darija hob den Kopf und sah sie an. Ihre Augen waren grau und trübe, und Swetja sah entsetzt, wie der Blick der Gräfin immer stumpfer wurde.

»Mein Kind«, hauchte die Greisin. »Lass nicht zu, dass dein Leben an dir vorbeizieht wie ein Traum.« Dann erzählte sie Swetja, wie Kirus ihr ewiges Leben versprochen hatte, wie die Jahre an seiner Seite vergangen waren in einem beständigen

Rausch, wie sie trotz aller Versprechen gealtert war, auch wenn Kirus allein es nicht zu bemerken schien.

Denn Kirus hatte sich versteinert und selbst seinen Geist erstarren lassen, um jenen Augenblick seines größten Glücks, das Gefühl der jungen Liebe, festzuhalten für die Ewigkeit. Wie viel Zeit auch verging, was immer sich veränderte – den Zauberer erreichte es nicht mehr. Er hatte sich dem Wandel der Welt entzogen.

Darija aber hatte gespürt, wie ihr Leib ausbrannte, während Kirus ihn zugleich mit fremdem Leben füllte und in Bewegung hielt. Und schließlich hatte Darija sich gefühlt wie eine Puppe, wie eingesperrt in ihrem eigenen ausgehöhlten Körper. Und das war erst der Anfang der Ewigkeit gewesen, die sie an diesem Ort verbracht hatte, gefangen in einem endlosen Ball und in einer Musik, die beständiges Glück in ihren Geist zwang wie eine Droge und die doch die Verzweiflung nie ganz vertreiben konnte.

»Eine Puppe«, sagte die Gräfin, »die das Glück eines anderen spielt, bis sie glaubt, es wäre ihr eigenes. Doch dann endet der Traum, und man erkennt, dass es kein Leben war. Kirus' Traum von der ewigen Jugend hat mir das Leben genommen, das ich hatte, als er mein Schloss und mein ganzes Land in den Schlaf schickte.«

Swetja wusste nicht, warum die Gräfin ihr das alles erzählte. Weil sie die einzige Frau in der Halle war außer ihr? Weil sie Verständnis, Trost oder Vergebung suchte? Weil sie tausend Jahre geschwiegen hatte, gefangen in einem mechanischen Puppenspiel mit einer steinernen Statue, und weil sie darum einfach reden musste und hier die letzte Gelegenheit hatte, die Erfahrungen ihres Lebens noch mit einem anderen Menschen zu teilen?

Swetja war ohnehin die Einzige, die sie verstand, denn mit dem Tod des Zauberers war auch die Gabe der Gräfin verschwunden, genau wie Kirus stets in der Zunge des Gegenübers zu sprechen. Jetzt beherrschte Darija nur mehr jene alte und längst tote Sprache, die auch ihre Diener gebrauchten. Und diese Diener, die wenigen, die durch die Halle streiften, wagten nicht, sich der Gräfin zu nähern, die zwischen den grimmigen Fremden hockte. Vermutlich erkannten sie ihre Herrin nicht einmal, gealtert, wie sie war.

Und Swetja hörte nur zu und schwieg, und als Borija am Ende zurückkehrte mit einem kleinen, runden blauen Edelstein, den er stolz in den Fingern hielt, und sogar mit Anisja in seiner Begleitung, da war die Gräfin Darija längst verstummt und lag tot auf den Stufen, so ausgemergelt, als wäre sie bereits vor langer Zeit gestorben.

Swetja saß bei ihr, mit einem Gefühl im Herzen, als hätte ein wenig von der Leere der Jahrhunderte dort Einzug gehalten, eine steinerne Kälte wie ein Nachhall von Kirus' Zauber, den sie von diesem Ort mitnehmen würde.

V. Teil:

Die Herrin des weissen Waldes

22.

Gontas stand an den Ufern des Lethe und wusch sich gründlich. Er säuberte auch seine Kleidung. Vor ihm stieg die Sonne aus den Wassern des riesigen Sees, hinter ihm ragten die Tafelberge auf, deren Flanken zum See hin flach abfielen und die zyklopischen, aber verfallen wirkenden Bauten von Kar Ombos trugen. Eine kühle Brise strich über das graue Wasser.

Auch Mart und Tori stiegen zum Ufer hinab. Sie brachten die Dromedare und das Gepäck aus dem Tal der lebenden Steine herbei.

»Hm, das is also der Lethe.« Tori blieb neben Gontas stehen und schaute auf das Wasser. Die Tiere drängten an ihr vorbei und beugten den Kopf.

»Hat keinen guten Ruf, der See«, sagte Mart. »Da kenn ich Geschichten drüber …«

»Ich kenne nur eine.« Gontas zog die Hose wieder an und streifte den Burnus über. Die nassen Sachen klebten auf der Haut und zogen den letzten Rest Wärme aus seinem Körper. Aber es konnte nicht mehr lange dauern, dann würde es heiß werden.

»*Die* Geschichte«, fuhr Gontas fort. »Sardik, der Herr des Krieges, schlägt an den Wassern des Lethe die Dämonen zurück und bewahrt die Welt für die Menschen.«

»Hm, aye«, sagte Tori. »Das ist *eine* Geschichte über diesen Ort. Die Gebeine der Dämonen bilden das Ufer, ihr Blut füllt den See. Ich würd nicht davon trinken.«

Mart schnaubte. »Übertreib's nicht mit dem Aberglauben, du Waschweib. Ein *Fluss* füllt den See, das hat sogar der Finckelbruder gesagt.«

»Was auch immer«, sagte Gontas. »Blutiger Boden, blutiges Wasser. Ich habe viele solche Orte gesehen und manche davon selbst dazu gemacht. Ich habe keine Angst vor alten Schlachtfeldern. Und das Wasser hier werden wir trinken, denn wir haben kein anderes mehr.«

»Du willst also weiter hinter Tarukan her«, stellte Mart fest. »Wir haben viel Ausrüstung verloren. Und wir haben nur noch ein Wasserfass.«

»Ihr habt den Hexenmeister gehört«, sagte Gontas. »Auf der anderen Seite des Sees liegt der Fluss, der bis zur Zitadelle führt. Da haben wir auf dem ganzen Weg Wasser genug.«

»Mehr Wasser, als wenn wir da zurückgehen, wo wir hergekommen sind«, pflichtete Tori ihm bei.

»Wenn wir Tarukan eingeholt haben, holen wir uns von ihm, was wir für den Rückweg brauchen«, sagte Gontas.

»Klar.« Mart klang bissig. »Tarukan hat zweihundert Männer bei sich. Da gibt's bestimmt genug, um uns auszurüsten.«

»Angst?« Gontas grinste spöttisch. »Wir wussten vorher, dass Tarukan eine eigene Armee hat. Und jetzt plötzlich willst du klein beigeben und die Schätze der Zitadelle ihm überlassen?«

»Weiß nicht«, brummte Mart. »Hab mir überlegt, was er wohl alles in Kar Ombos zurückgelassen hat. Wär leichter, wenn wir da unsern Anteil abgreifen, wo seine Wachen doch jetzt unten im Keller mit den Maden kuscheln.«

Gontas biss die Lippen aufeinander. Er schüttelte den Kopf.

Tori betrachtete die Stadt der Dämonenbeschwörer, die düster im Morgenlicht über ihnen lag. »Hm, ich tät mich lieber unter der Sonne mit Tarukans Kläffern balgen, als dass ich noch mal da drüben in den Löchern die Abfallhaufen durchwühle.«

Mart gab nach. »Meinetwegen. Die fette Löhnung ist vermutlich sowieso nicht hier zu holen.«

Sie folgten dem Nordufer des Sees nach Osten. Die Berge und die verlassene Stadt schrumpften zu Schatten am Horizont, und bald wanderten sie wieder durch das Steinland, die Sonne heiß über ihren Köpfen und die weite, harte Ebene vor sich.

Es war ein einsamer, ein bedrückender Ort. Zu ihrer Rechten glänzte silbrig der See, die Wellen plätscherten leise und schwappten an den steinigen Strand. Aber nichts wuchs hier am Ufer des Lethe, und das ließ die Landschaft noch lebloser wirken als die dürre Wüste im Süden. Auch Gontas fühlte sich nicht wohl an diesem Wasser, das kein Leben brachte, auch wenn er beim Aufbruch in Kar Ombos noch so trotzig gesprochen hatte.

Dafür kamen sie am Seeufer gut voran, bis sie den Fluss erreichten, für den sie keinen anderen Namen hatten als den des Sees, den er speiste. Der Fluss Lethe wirkte viel lebendiger. Gras und Buschwerk wuchsen am Rand, und sogar ein paar niedrige Bäume mit breiter Krone. Röhricht stand am Ufer, und an den freien Stellen staksten Reiher durch das flache Wasser.

Die Wanderer füllten ihr Fass neu, da sie dem fließenden Gewässer mehr vertrauten als dem See.

Der Fluss Lethe war nicht tief und reichte den Menschen nur an wenigen Stellen bis über die Knie. Er war breit, wie breit genau, das ließ sich schwer abschätzen, denn die Uferlinie verschwamm oft in Dickicht und Morast, und der Lethe teilte sich zu einzelnen Armen mit verwucherten Inseln dazwischen.

Der Weg wurde beschwerlicher. Oft war das Ufer zu unwegsam, und sie kamen nur voran, indem sie durch das Wasser wateten. Aber auch das war mühselig und unsicher. Sie kühlten aus, und die Dromedare sträubten sich. Zudem mäanderte der Fluss sehr, und es kostete viel Zeit, jeder Windung zu folgen.

Am zweiten Tag zogen sie tiefer in die Wüste hinein und folgten dem Fluss nur aus der Ferne, vage in nordöstliche Richtung. Sie suchten nach Spuren, zu beiden Seiten des Lethe, aber nichts deutete darauf hin, dass je ein Mensch vor ihnen diesen Teil der Welt durchwandert hatte.

»Der Hexer hat uns belogen«, stellte Mart mürrisch fest. »Tarukan ist nie hier gewesen, und wir laufen fein in die Irre.«

»Der Boden ist hart«, sagte Gontas. »Er schluckt die Spuren.«

»Können wir genauso gut weiterlaufen, hm, wenn wir schon

mal hier sind«, warf Tori ein. »Will jetzt schon gern wissen, was's mit dieser Zitadelle auf sich hat.«

»Aber wenn wir ins Leere laufen«, sagte Mart, »haben wir keine Vorräte mehr für den Weg zurück.«

Sie gingen trotzdem weiter. In den Nächten stand der Styx am Himmel, in einem so kräftigen blutigen Rot, wie Gontas es nie zuvor gesehen hatte. Er war winzig, kaum größer als ein Stern, sodass die Reisenden ihn zu Anfang ganz übersahen. Aber er wuchs mit jedem Tag, starrte in der Nacht zu ihnen herab wie ein boshaft funkelndes Auge. Ein Auge, das sich immer weiter öffnete.

In den letzten Wochen hatte dieser Mond meist sehr groß am Himmel gestanden, und verglichen damit wirkte er nun beinahe unauffällig. Gontas beunruhigte der Anblick trotzdem.

Der Styx kam und ging ohne jede Regelmäßigkeit. In jeder Nacht wechselte er seine Größe, seine Farbe, seine Form, in einer völlig beliebigen Folge, die allenfalls die Sterndeuter von Modwinja voraussagen konnten. Dass er nun schon seit mindestens sieben Tagen dieselbe Farbe hatte, dass er rund blieb und so stetig an Größe zunahm, wie sich der Kolben einer Sanduhr in Khâl füllte, das war ungewöhnlich. Gontas überlegte unwillkürlich, ob es ein Omen war und was es bedeutete.

Mart kratzte sich jedes Mal und murmelte vor sich hin, wenn er zum Styx aufblickte.

Das Land wurde sandiger. Wellen liefen darüber bis zum Horizont, wie bei einem zu Staub geronnen Meer. Bald türmten die Wellenberge sich höher und höher wie in einem Sturm, und die Wanderer kämpften sich die Dünen hinauf und stiegen auf der anderen Seite wieder hinab.

Mitunter sahen sie den Fluss in der Ferne, aber der Sand schien an ihm zu nagen. Von den hohen Dünenkämmen sah der Lethe oft aus wie eine Reihe von Seen, die sich glitzernd bis zum Horizont erstreckte. Der Verlauf des Stroms war kaum noch auszumachen.

»Wasser und Sand ...« Mart erinnerte sich an die Warnungen, die er in den Wirtshäusern von Apis aufgeschnappt hatte. »Wir sollten uns vom Fluss fernhalten in dieser Gegend.«

»Warum, hm?«, fragte Tori. »'s Land da is flacher als hier, du, und 's wächst auch nichts mehr am Wasser. Wir kommen bestimmt schneller voran da als über die Hubbel.«

»Kann aber sein, dass der Fluss auch mal unter'm Sand fließt und uns verschlingt, wenn wir drauftreten.«

Tori lachte. »Ach, wirst noch 'n Schisser, du, auf deine alten Tage. Hab all die Ammenmärchen über die Wüste genauso gehört wie du. Muss man aber nich alles glauben, was die Fiesel inner Stadt so plappern.« Sie sah Gontas an, während sie sprach.

Mart fuhr auf. »Und du bist so blöde, Musche, dass du dem Knöchler keinen einzigen Tag allein von der Schippe springen könntest, wenn ich nicht da wär und deine Dummheiten glattstüben tät.« Auch er sah Gontas an.

Der zuckte die Achseln. »Das Steinland ist gefährlich. Warum sollten wir etwas riskieren? Den Verlauf des Flusses können wir sogar besser einschätzen, wenn wir Abstand halten.«

»Wir sind nicht mehr im Steinland«, murmelte Tori trotzig. »Is alles Sand, du.«

Sie folgten Gontas und zogen weiterhin über die Dünen, auch wenn sie den Fluss mitunter ganz aus den Augen verloren und im Zickzack nach Osten marschierten, bis sie ihn wiederfanden.

Eines Tages stapften sie keuchend einen besonders hohen Dünenkamm empor. Oben hielten sie erschöpft inne und stellten fest, dass die Landschaft zu ihren Füßen sich erneut verändert hatte. Der Sand lag als glatte Ebene vor ihnen, der Flusslauf war wieder zu einem glitzernden Band geworden, das in der Ferne unter einem weißen Teppich verschwand. Die Umrisse dort wirkten so verschwommen wie unter einem Hitzeflirren, zugleich lag ein Glanz auf der weißen Fläche, der sie so kalt aussehen ließ wie ein Eisfeld.

»Was ist das?«, Gontas beschirmte die Augen.

»Nur so 'ne Luftspiegelung?«, schlug Tori vor. Unsicher kniff sie die Lider zusammen.

»Ich hab mal von Salzfeldern gehört ...«, murmelte Mart zögernd.

»Das ist ein Wald«, rief Tori plötzlich aus. »Ich seh Stämme und Baumkronen da drin. 'n verdammter Wald, aber aus Schnee und Eis ist der gewachsen!«

»Wohl kaum, bei dieser Sonne«, erwiderte Gontas. Schnee und Eis kannte er selbst nur aus Geschichten. In den Südlanden sah man so etwas selbst im Winter selten außerhalb der Berge.

»Der weiße Wald ...«, flüsterte Mart.

»Was?«, fragte Gontas. Die Worte klangen vertraut, auch wenn er sie nicht gleich einordnen konnte.

Tori schüttelte den Kopf. »Unmöglich, du! 's liegt an der Küste, das Ding, und da sind wir wohl 'n gutes Stück weit von weg.«

»Der weiße Wald, von dem wir gehört haben, liegt an der Küste. Aber wer sagt, dass es nicht noch einen gibt? Hier draußen am fernsten Ende der Wüste kommt ja nie wer vorbei, der davon erzählen könnte.«

Gontas blickte über das Land hinweg zu der weiß glitzernden Fläche. Es fiel ihm schwer, einen Wald darin zu sehen. »Was ist der weiße Wald?«

»Einer der drei großen Schrecken, die den Landweg nach Modwinja versperren«, erklärte Mart. »Die Scherenbucht, die Koula und der weiße Wald – das sind die Gründe, warum der ganze Handel übers Meer läuft oder im weiten Bogen durchs Steinland geht.«

»Wer 'm weißen Wald zu nah kommt, du, den holt der sich«, sagte Tori.

»Wie das?«, fragte Gontas. Er fühlte eine Erregung, als hätte jemand eine Herausforderung ausgesprochen. »Was ist das für ein Ort?«

»So 'n Platz voll von Ungeheuern, hm«, sagte Tori. »Nich' mal die Bäume sind so recht von dieser Welt, heißt es. Wenn da so 'n Fahrebund reingeht, dann verbrennen sie ihn oder lassen ihn einfrieren. Dann kommen die Ungeheuer, die da im Wald hausen, und schmausen.«

Mart blickte sie böse an. »Ja, erzähl du nur lustige Geschichten, Frau. Ich kenn keinen, der der da drin gewesen ist, keinen, der näher dran war und mehr weiß als wir jetzt. Heißt nicht, dass es niemanden gibt, der dichter rangegangen wäre. Ich kenn nur keinen, der zurückgekommen ist, um davon zu berichten. Aber wer ihn von Ferne gesehen hat, an der Grenze zu Modwinja, der beschreibt ihn genau so wie das hier.«

»Hm, da sagste was Echtes«, ergänzte Tori. »Und vor allem beschreiben sie ihn so: *an der Grenze zu Modwinja*! Auf der anderen Seite vom Steinland also.«

Mart funkelte sie an. »Du bist zu dumm, um zu sehen, was vor deinen Augen liegt. Es gibt hier einen zweiten weißen Wald, und kein Mensch kann ihn durchqueren. Wir müssen weiter vom Fluss weg und sehen, ob wir drum herumgehen können.«

Gontas ließ seinen Blick über den Saum der weißen Fläche streifen. Sie zeichnete sich deutlich ab, denn zu dem Wald hin schien der Sand dunkler zu werden und lag wie ein schwarzer Gürtel um den glitzernden Landstrich.

»Ein Mensch hat ihn durchquert. Tarukan. Ich kann mir nicht vorstellen, dass er so einen Umweg gegangen ist.«

»Woher willst du das wissen?«, fragte Mart. »Und selbst wenn – woher willst du wissen, dass er je wieder herausgekommen ist? Wir haben keinen Grund, ihm in jedes Verderben nachzulaufen.« Er dachte kurz nach, und seine Augen leuchteten auf. »Besser noch: Wenn Tarukan im weißen Wald verloren geht und wir sicher darum herumgehen, dann fegen wir alle Schätze in der Zitadelle ohne Kampf für uns allein aus!«

Gontas schüttelte den Kopf. »Die Schätze sind mir gleich, Söldner. Ich suche Halime. Die ist bei Tarukan.«

Mart verzog das Gesicht. »Du wiederholst dich, Buschmann. Aber wenn du blind in jede Gefahr rennst, dann rettest du niemanden.«

»Wenn Tarukan diesen Weg gegangen ist, dann werde ich nicht davor zurückschrecken. Und wenn er auf diesem Weg in Bedrängnis gerät, dann braucht Halime meine Hilfe dort.«

Mart wollte weitere Einwände erheben, aber Gontas schnitt ihm mit einer Geste das Wort ab. »Ich folge dem Fluss. Es ist entschieden.«.

Gegen Abend ließen die drei die Sandwüste hinter sich und erreichten bewachsenes Land. Erst wurde der Boden hart, als wäre er feucht, und er fühlte sich klebrig an. Ein bitterer Geruch lag in der Luft, und die Dromedare wollten nicht weitergehen.

Dann schoben sich einzelne Halme aus dem Boden, dünn und schwarz und feucht wie von Tau. Vor ihnen ragte das Gras höher auf, ein schwarzes Feld, das im Wind wogte. Der Waldrand dahinter war nur eine helle Linie am Horizont. Sie zerrten die Tiere weiter.

Das schwarze Gras reichte ihnen bald bis zu den Hüften, dann bis zu den Schultern. Zuletzt schlug es über ihren Köpfen zusammen. Die Halme waren rund, wie dünne Röhren, die nach oben spitz zuliefen. An jeder Spitze klebte ein einzelner klarer Tropfen. Er zog Fäden, wenn man ihn berührte, und bald waren ihre Kleidung und das Fell der Dromedare mit glitzernden Schlieren überzogen wie von Speichel. Der Geruch war schwer und erstickend, und durch die Pflanzen ringsum sahen sie nicht mehr, wohin sie gingen.

»Wir könnten im Kreis gehen«, befürchtete Mart.

»Ich nicht«, sagte Gontas. »Und bald werden die Sterne uns leiten.«

»Widerlich, das Zeug hier«, merkte Tori an. »Fühlt sich gar nich an wie Gras. Fühlt sich an wie … wie gar nichts, was ich kenn. Widerlich, hm.«

Sie hob den Haken und zog ihn durch den Bewuchs wie eine Sichel. Ein ganzes Büschel der schwarzen Stiele fiel zu Boden, schwer und feucht. Es sah aus, als würden sie sich winden, bevor sie zwischen den übrigen Halmen verschwanden. Es raschelte, und das dunkle Gras in ihrer Nähe wogte hin und her, die Bewegung lief durch die Wiese wie eine Welle. Doch da war kein Wind, der die Halme hätte beugen können.

Der Gestank wurde ekelerregend. Tori krümmte sich und würgte. Die Dromedare niesten und schnaubten und zerrten an den Zügeln, und Gontas und Mart hatten Mühe, sie zu halten.

»Tu das nie wieder«, sagte Mart.

»Klar«, antwortete Tori. »Ich pass in Zukunft auf, bevor ich mich mit *Gras* anleg.«

»Das ist kein Gras«, sagte Gontas. »Keines der Tiere hat auch nur daran geknabbert.«

Es wurde dunkel, und sie steckten immer noch in dem Feld. Die Stängel standen schwarz vor einem bleigrauen Himmel. Tori horchte misstrauisch, doch im allgegenwärtigen Rascheln und Rauschen war kein Muster auszumachen, das auf eine Bedrohung schließen ließ.

»Muss ich wohl erst 'n Stück Land roden«, sagte sie, »wenn wir rasten wollen.«

»Bloß nicht.« Mart spuckte aus. »Vielleicht finden wir am Fluss 'ne freie Stelle.«

»'ne *saubere* Stelle, sprich's doch aus«, entgegnete Tori. »Wenn's je was gab, was man *unrein* nennen kann, dann ist's der Platz hier. Da tät ich mich lieber in der Halle der Häute in 'nen gegerbten Hexenbalg hüllen, als mir hier 'n Bett in Freistadt zu nehmen.«

»Wir gehen weiter«, sagte Gontas. Er hatte ein pelziges Gefühl auf der Zunge. »Hinter dem Waldrand ist der Boden hoffentlich freier.«

Bald lag der Saum des Waldes vor ihnen, nicht weiß wie bei Tag aus der Ferne, sondern dunkel und bedrohlich. Sie erahnten die Umrisse von bauchigen Stämmen, die schief und krumm und ohne Äste in alle Richtungen wuchsen. Eine Aura lag über dem Wald wie ein Schleier, der das Licht der Monde fing und brach. Sie schillerte in der Dunkelheit wie eine Seifenblase. Was dahinter lag, wirkte verzerrt und entrückt, wie die Schatten einer anderen Welt, die im Mondlicht schwebten.

»Sieht mir nicht so aus, als wär's ein sehr gastlicher Wald«, stellte Mart fest. »Ich will da nicht im Dunkeln hineingehen.«

»Bah«, sagte Tori. »Biste bang im Finstern wie 'n Schrapf oder 'ne alte Vettel? Aber ich will verdammt sein, du, wenn das da Bäume sind in diesem ... bunten Nebel.«

Sie gingen weiter und zerrten die Tiere hinter sich her. Die Tropfenhalme wurden niedriger, je weiter sie kamen, so als würde der weiße Wald selbst seinen Saum freihalten. Gontas spähte angestrengt auf die eigenartig verhüllten Stämme vor ihnen.

»Nein«, sagte er. »Nebel ... ist das nicht.« Er beobachtete eine Stelle, wo das Licht des düsteren Hubal sich zu sammeln schien wie eine verzerrte Spiegelung. Das Spiegelbild des roten Mondes zog sich in die Länge, als würde es schmelzen, und tropfte dann langsam am Saum des Forstes herab.

Als sie näher kamen, erkannten sie, dass der ganze Wald unter einer zähen durchscheinenden Schicht aus Schleim lag. Sie überzog alles, die Stämme, den Boden, das Unterholz ... wenn man es überhaupt Unterholz nennen konnte. Statt der Bäume bestand dieser Wald aus riesigen Pilzen. Die kleineren Gewächse darin waren knotige Stränge oder niedrigere Pilze. Der Boden unter dem Schleim federte.

Tori streckte am Waldrand die Stiefelspitze aus und prüfte den Grund. Als sie den Fuß zurückzog, haftete Schleim daran. Sie verzog das Gesicht. »Is bestimmt nicht besser da drin, hm.«

Gontas stand da und starrte den Wald an. Die Dromedare ließen die Köpfe hängen.

»Hab's ja gesagt«, sagte Mart. »Weißer Wald ist 'ne schlechte Idee.«

Der Streifen vor dem Waldrand war vermutlich der beste Platz für ein Lager. Das Gelände war frei, das Gras niedrig. Der Boden fühlte sich an wie ein vollgesogener Teppich.

Keiner von ihnen wollte darauf liegen. Sie lösten also das Gepäck von den Tieren und breiteten alles unter sich aus, Taschen, Decken, sogar das Wasserfass. So verbrachten sie eine unbequeme Nacht. Was auch immer für Gefahren im weißen Wald lauern mochten, es zeigte sich nichts davon. Kein Leben regte sich unter den Pilzbäumen, nichts suchte die Wanderer heim außer ihren eigenen Albträumen und dem Geruch nach Fäulnis, der über dem ganzen Landstrich lag und an den man sich nie ganz gewöhnen konnte.

Nur Tori beklagte sich über die glucksenden, tropfenden Laute aus dem Wald. Und am nächsten Morgen fehlte ein Dromedar.

»Aye«, rief Mart. »Jetzt müssen wir wieder die Hälfte zurücklassen. Da bleibt uns nicht genug zum Weitergehen und nicht genug zum Umkehren. Jetzt verrecken wir alle in der Wüste!«

»Wir sind nich mehr inner Wüste«, erinnerte ihn Tori. »Und was sorgste dich drum, ob wir genug zu hacheln haben? Hast gestern noch getönt, dass wir eh alle selber aufgefressen wer'n in dem Wald.«

»Die meisten Vorräte haben wir sowieso schon aufgebraucht«, sagte Gontas. »Und wenn wir von dem Rest alles zurücklassen, was wir nicht unbedingt brauchen, die Zelte und Werkzeuge und die leeren Kisten und Taschen, dann bringen wir den Rest auf dem letzten Tier unter, oder wir tragen es selbst. Mehr Sorgen macht mir, wie das Dromedar weggekommen ist.«

»Schau mich nicht an«, sagte Mart. »Bestimmt nicht, als ich Wache hatte.«

»Klar, du«, warf Tori ein. »Da hat er 'n Auge drauf. Aber den Viechern hat's gestern die ganze Zeit nicht gefallen. Da wird's einfach weggelaufen sein.«

»Ich hatte es angebunden«, erwiderte Gontas. »An dem Haufen, auf dem ich geschlafen habe.« Er hob das Ende des Taus auf. Das Stück, das noch auf dem Boden lag, war ausgefranst, vielleicht abgerissen, vielleicht durchgenagt. Aber das ganze Seil kam ihm mürber vor, als er es in Erinnerung hatte.

Sie betraten den Pilzwald. Der Boden schmatzte bei jedem Schritt. Gontas kämpfte mit dem letzten Packtier.

Jetzt, bei Tageslicht, wirkte der Wald wieder weiß, beinahe silbern. Die Pilze waren hell, und der Schleim, der alles bedeckte, schimmerte im Sonnenlicht. Sobald sie den Waldrand hinter sich ließen, tauchten sie in eine Stille ein, die sich um sie zu schließen schien. Selbst ihre eigenen Stimmen klangen gedämpft, der weiche Boden schluckte jeden Laut. Sie mussten auf ihre Schritte achtgeben, damit sie nicht ausrutschten.

Pilzseim glitt in trägen Tropfen die Stämme hinab. Schleimige Fäden spannten sich kreuz und quer durch den Wald wie Spinnweben. Überall glitzerte und funkelte es. Mart und Tori gingen voraus und schnitten den Weg frei, wo nötig. Gontas folgte mit dem Dromedar.

»Wir können zum Fluss runter, hm?«, sagte Tori. »Vielleicht is der Weg sauberer da. Können im Wasser waten.« Sie kratzte sich. Ihr Lederpanzer war so mit Schleim verschmiert, dass sie aussah wie eine Schnecke, die sich an den Pilzen labte.

»Selbst wenn wir den Fluss finden«, antwortete Gontas, »er windet sich zu sehr. Mir wäre ein gerader Weg lieber, damit wir schnell wieder rauskommen.«

»Wär mir auch recht«, sagte Mart.

Sie trotteten durch den stillen Wald, rasteten, aßen, trotteten weiter, mit mechanischen, abgestumpften Bewegungen. Gegen Mittag sahen sie an der Seite eines Pilzbaums ein kleines Tier in einer dicken Schleimschicht. Es schien darin ertrunken zu sein und klebte am Stamm wie festgefroren. Der Leib war halb verwest, erinnerte aber noch an ein Eichhörnchen.

»Iiih«, rief Tori. »Richtig eklig, du! Hat's Einauge wohl doch recht gehabt, was jedem Lebewesen in diesem Wald blüht.« Sie schüttelte sich.

»Ich sehe vor allem, dass es hier Tiere gibt«, sagte Gontas. »Also kann man in diesem Wald überleben.«

»Aye, und wie lang?«, murmelte Tori. Sie starrte auf das tote Eichhörnchen und schabte an dem Gurt herum, mit dem sie den Sichelhaken an ihrem Armstumpf befestigt hatte.

»Vielleicht ist das arme Viech gar nicht von hier«, sagte Mart. »Vielleicht haben Tarukans Truppen es eingeschleppt. Immerhin behauptest du ja, sie sind hier durchgekommen.«

»Eingeschleppt.« Tori schnaubte. »Is was groß für 'ne Sackratte. Selbst für Tarukans Speckärsche.«

Gontas schüttelte den Kopf und ging weiter.

Am Nachmittag legte Mart den Kopf schräg. »Ich hör da was ...«

Er änderte jäh die Richtung und schlug sich nach rechts durch den Wald. Bald hörten die anderen es auch: ein hohles

Rauschen und Gluckern, das sich vom gewohnten, gemächlichen Rinnen des Schleims unterschied.

Sie erreichten den Fluss.

Die Riesenpilze neigten sich über das Wasser, das am Ufer von einem zähen Schaum bedeckt war. Von den Pilzhauben tropfte der Schleim in die Brühe und verschwand darin. An manchen Stellen hingen die Fäden so dicht wie Vorhänge, sie wuchsen zu Stalaktiten zusammen, die wie trübe Eiszapfen über der Böschung hingen. In der Mitte des Flusses war eine schmale Rinne frei geblieben. Das Wasser darin sah milchig und unrein aus. Es leckte an dem Schaumteppich, ohne dass sich etwas davon löste.

Tori schaute enttäuscht drein. »Hm, sieht nicht aus, als möcht ich mir hier die Füße waschen.« Sie rieb sich unbehaglich die Stirn.

Mart starrte auf die schaumige Flut, die vor ihm lag wie ein pockennarbiger Eispanzer. »Ich denk eher daran«, sagte er, »dass wir schon seit Tagen das Zeug saufen, das hier langgeflossen ist. Kann nicht gut sein, das.«

»Wir tragen es sogar in unserem Fass mit herum.« Auch Gontas hatte ein mulmiges Gefühl im Magen, aber er wollte sich nichts anmerken lassen. »Und es schmeckt wie gutes Wasser. Also weiter.«

»Gutes Wasser.« Mart zog vernehmlich die Nase hoch und spie in den Fluss. In dem Schaum war seine Spucke nicht zu sehen. »Wenn wir aus dem Wald raus sind, kipp ich alles weg und spül das Fass aus. Mit Wasser vom Oberlauf.«

»Wenn wir rauskommen, du«, sagte Tori. »Wenn die Pilze nicht bis zu den Bergen wachsen und wenn die Zitadelle nicht mittendrin liegt in 'nem Dreck. Sollten echt mal die Augen aufhalten nach 'ner Spur von Tarukan und seinen Nomaden. Wenn's nämlich kein freies Land mehr gibt und wir den richtigen Weg nicht finden, dann laufen wir sauber vorbei an unserm Ziel.«

»Wenn der weiße Wald kein Ende hat«, befand Mart, »sind wir eh auf dem Weg in die Hölle.«

»Hab immer schon gesagt«, fügte Tori hinzu, »dass die Wasser des Lethe bitter schmecken.«

Gontas schüttelte den Kopf.

Keiner von ihnen verspürte noch Lust, durch den Fluss zu waten. Ihre Kleidung wäre im Nu durchweicht gewesen von dem Wasser und von allem, was darin schwamm. Die Vorstellung allein war schlimmer als die schleimigen Fäden, die beim Marsch durch den Wald an ihrer Kleidung kleben blieben. Sie wählten also einen anderen Weg und wanderten weiterhin nach Norden.

Es wurde schlimmer von da an.

Ob der Anblick des Flusses die Hoffnung der beiden Söldner gedämpft hatte, ob der Weg beschwerlicher wurde oder aus anderen Gründen – sie kamen jedenfalls langsamer voran. Mart und Tori versanken in ein dumpfes, brütendes Schweigen. Sie trotteten kraftlos dahin, und immer öfter musste Gontas die Spitze übernehmen, sein Dromedar gegen Marts Schwert eintauschen und den Weg freischlagen durch Kaskaden von schleimigen Ranken.

Es dämmerte. Das Licht schwand in der schillernden Oberfläche, die weißen Pilzstämme wurden grau unter den Hüten. Da erschreckte ein Laut ihr Dromedar. Es riss sich los und rannte davon, brach durch glasklare Vorhänge und schwammiges Unterholz.

Mart und Tori liefen hinterher und riefen aufgeregt nach dem Tier.

Gontas folgte ihnen und fluchte. »Ruhig. Ruhig! Ihr verjagt es erst recht!«

Die Spur war leicht zu verfolgen, Mart und Tori brauchten Gontas' Hilfe nicht. Aber sie holten das Dromedar nicht mehr ein, bevor es dunkel wurde. Eine Weile setzten die drei ihren Weg in der Finsternis fort, aber die beiden Söldner taumelten bald und konnten nicht weiter.

In dieser Nacht machten sie sich keine so große Mühe mit ihrem Lager. Sie sanken nieder, wo sie gerade standen, ohne sich um den schleimigen Grund zu scheren. Sie hatten ohnehin nicht mehr genug Decken und Taschen, um alles abzudecken, und selbst wenn sie das Packtier nicht verloren hätten, wäre das Gepäck darauf genauso schleimüberzogen gewesen wie der Wald.

Mart und Tori hatten Fieber, als sie am nächsten Tag erwachten. Sie hatten schorfige rote Flecke auf der Haut, die juckten und brannten. Tori weigerte sich, den Haken anzulegen, weil ihr Armstumpf aufgerissen war und wund. Sie schnallte die Sichel an ihr Gepäck.

Mart murrte. »Und wie willst du uns den Weg freischneiden?«

»Mach du«, sagte Tori.

Sie kamen schwer hoch an diesem Morgen und saßen matt und mit gesenkten Köpfen beim Frühstück. Tori zitterte, obwohl es nicht kalt war.

Gontas brach schließlich allein auf, um nach dem Dromedar zu suchen. Nach einer Stunde hatte er das Tier noch immer nicht gefunden, und die Spur, so breit sie am Vorabend gewesen war, wirkte an manchen Stellen schon trügerisch – fast so, als wäre noch anderes großes Getier durch den Wald gebrochen und hätte sich einen Weg gebahnt; oder als würden die Schneisen in dem weichen Gehölz sich unnatürlich schnell schließen, sodass die Fährte des Packtiers nicht mehr von den natürlichen Lücken im Bewuchs zu unterscheiden war.

Dazu kam der allgegenwärtige Schleim, der überall rann und tropfte, der Breschen füllte und sich über jede Fährte legte. Gontas machte kehrt, aus Sorge, dass er sonst seine Gefährten in dem stillen Pilzwald nicht wiederfinden würde.

Am Lager scheuchte er Mart und Tori hoch und trieb sie weiter. Inzwischen waren die drei Wanderer so mit dem Schleim bedeckt, dass sie selbst aussahen wie Pilze, die sich in Bewegung gesetzt hatten, um ihrem Wald zu entkommen. Immer wieder wischten sie sich durch das Gesicht, aber damit verteilten sie die zähe Masse nur. Und sie hatten kein sauberes Stück Stoff mehr dabei, mit dem sie sich sauber wischen konnten.

Der Schleim wurde körnig auf der Haut. Darunter blühte bei

Mart und Tori der Ausschlag und schuppte sich. Gontas blieb gesund, aber seine Begleiter hielten sich an ihm fest oder aneinander, immer wieder sanken sie zusammen und brauchten eine Rast, immer wieder musste Gontas sie antreiben.

Sich selbst überlassen, blieben Mart und Tori einfach sitzen, mit glasigen Augen, so als wären sie in dem Schleim gefangen wie das unglückliche Eichhörnchen zu Beginn ihres Weges. Gontas wurde selbst immer müder, und der Wald wollte kein Ende nehmen.

Eine weitere Nacht brach an.

Ein weiterer Morgen, an dem Gontas seine matten Gefährten zum Aufbruch mahnte.

Irgendwann an diesem Tag kam ihm zu Bewusstsein, dass er Mart und Tori über den Schultern trug. Sonst hatte er nur noch seine Äxte dabei, Marts Schwert, Toris Haken – ihre wichtigsten Waffen. Er erinnerte sich nicht mehr, wann er das übrige Gepäck zurückgelassen hatte, wie lange er schon mit dieser Last halb schlafend weiterstapfte.

Er vergewisserte sich kurz, dass die beiden noch lebten, dann ging er weiter. Immer wieder setzte seine Erinnerung aus, immer wieder tauchte sein Bewusstsein kurz empor, und er musste sich neu orientieren. Der Wald, der tropfende Schleim um ihn. Glitzernd wie Kristall. Ging er überhaupt noch in die richtige Richtung?

Gontas schwankte zwischen Unsicherheit und Vergessen, zwischen Traum und Klarheit. Die Gefährten nicht loslassen! Weitergehen.

Schatten vor ihm, zwischen den Pilzen.

Nichts mehr.

23.

Gontas erwachte von einer zärtlichen, feuchten Berührung auf der Haut. Es fühlte sich an wie ein kalter Kuss – oder wie eine glitschige Pilzranke, die über seinen Leib tastete!

Entsetzt fuhr er hoch.

Er schaute in ausdruckslose Augen, glitzernde facettierte Kugeln über scharfen Kiefern und unter wippenden Fühlern. Er war umgeben von Ameisenmännern, wie er sie im Knochenturm in Khâl kennengelernt hatte!

Die Myrmoi drückten ihn zurück auf den Boden. Gontas spürte eine Kraft in ihren dünnen Gliedmaßen, die einen Menschen in Stücke reißen konnte. Und er selbst war nackt, und von seinen Waffen war keine Spur zu sehen.

Aber die Riesenameisen behandelten ihn sanft, wenn auch mit Nachdruck. Sie säuberten seinen Leib mit nassen Schwämmen, und er lag auf einem Lager von weichem, von *trockenem* Moos, in einer Art Höhle, einem Gang, der von grün schillerndem Leuchten erfüllt war.

Gontas erinnerte sich, wie diese Geschöpfe ihm gegen Tarukans Hexenmeister beigestanden hatten. Er begriff ihre Handlungsweise nicht, aber die Myrmoi waren nicht notwendigerweise seine Feinde. Er entspannte sich ein wenig.

»Was wollt ihr von mir?«, fragte er. »Wo bin ich hier?«

Er erhielt keine Antwort. Die Ameisenkiefer waren wohl auch gar nicht imstande, menschliche Laute zu bilden, selbst wenn die Myrmoi es gewollt hätten. Vermutlich verstanden sie ihn nicht einmal.

Seufzend ließ Gontas sich auf das Moos sinken und erduldete die Waschung. Es war gut, die Reste des Pilzwaldes nicht mehr auf der Haut zu spüren.

Dann, mit einiger Verzögerung, erhielt er doch eine Antwort.

»Die Königin empfängt Euch.«

Gontas wandte den Kopf. Die Stimme schien aus keiner bestimmten Richtung zu kommen. Die beiden Ameisen bei ihm fuhren fort, ihn zu waschen, mit bedächtigen Bewegungen, als fürchteten sie, den weichen Menschen mit ihren Schwämmen zu verletzen.

Da bemerkte Gontas eine kleinere Gestalt hinter den riesenhaften Myrmoi. Es schien ein Mensch zu sein, aber es war nicht genau auszumachen, ob er verkrüppelt und missgestaltet war oder ob er sich einfach nur auf unmögliche Weise zusammenkauerte und dadurch so zwergenhaft wirkte. Er war dürr, trug Lumpen am Leib, und sein Gesicht zeigte die Züge der Völker von Khâl, auch wenn die Haut im Phosphorschimmer fahl und gräulich aussah.

Gontas betrachtete seine eigene Hand und kam zu dem Schluss, dass es nicht allein am Licht lag. Der Mann dort war viel bleicher, als ein Mensch es sein sollte.

»Wer bist du?«, fragte er. »Was ist das für ein Ort?«

Der Mann wand sich und senkte immer wieder den Kopf. Seine Stimme klang so farblos, wie die Gestalt selbst aussah. »Oh, ich bin niemand. Ein Nichtswürdiger. Ich habe die Gnade, beim Volk zu leben, als eine Stimme. Eine Stimme des Volkes bin ich, nicht mehr; weniger als das geringste Anhängsel im Dienste der Königin.«

Eine der Ameisen wandte den Kopf zu dem Sprecher. Der verstummte sofort. »Die Königin wird mit Euch reden«, fügte er hastig hinzu. »Sie redet mit Euch, oh gesegneter Besucher.«

»Was für eine Königin?«

»Die Königin.« Ängstlich sah der Mann zu Gontas' Bademägden. »Sie wird Euch sagen, was zu sagen ist.«

Hastig kroch er rückwärts durch den Gang davon.

»Was ist mit meinen Freunden?«, rief Gontas ihm nach.

»Oh, denen geht es gar nicht gut«, antwortete der Mann. Er robbte dabei immer weiter durch den Gang davon und sah im fahlen Licht bald aus wie ein sprechender Fleck auf dem Boden. »Menschen vertragen die Pilze nicht. Das Volk kümmert sich darum. Seid unbesorgt, Herr, das Volk versteht unerwünschten Sporenbefall zu heilen.

Zu Euren Freunden muss ich nun, damit sie einen Übersetzer haben, wenn sie erwachen. Euch habe ich gesagt, was mir aufgetragen wurde. Die Königin erwartet Euch, edler Gast!«

Er verschwand. Gontas blieb allein mit den beiden Insektenwesen zurück. Wie lange wollten sie noch an ihm herumschrubben? Wie sauber musste ein Mensch sein, damit er würdig war, vor die Königin dieses *Volkes* zu treten?

Endlich schienen die Wäscher zufrieden zu sein. Sie fassten Gontas an den Armen und zogen ihn auf die Füße wie ein kleines Kind. Dann schoben sie ihn durch den Gang. Gontas streckte eine Hand aus. Die Wand fühlte sich glatt und hart an, zugleich aber auch warm und lebendig.

Er war immer noch nackt. Kaum der geeignete Aufzug für einen Empfang bei der Königin. Gontas sah seine Begleiter an und wollte protestieren. Aber die riesigen Ameisen trugen selbst nichts als den Panzer, den die Geister der Natur ihnen auf den Leib geschneidert hatten. Gontas ging davon aus, dass den Myrmoi der Sinn für menschliche Förmlichkeiten fehlte. Als Gast würde er die Gebräuche dieses *Volkes* dulden müssen.

Wie mochte die Königin aussehen? Gontas dachte an das, was er in seiner Kindheit in manchem zerstocherten Ameisenbau gesehen hatte. Die Erinnerung erfüllte ihn mit einem vagen Abscheu.

Seine beiden Begleiter führten ihn durch den röhrenartigen Gang, bis dieser vor einem Vorhang endete. Unter Gontas' Fingern fühlte sich der Stoff an wie eine dünne Haut, und er schien einfach aus der Wand zu wachsen.

Gontas schlug den Vorhang zur Seite, und ein strahlendes Licht empfing ihn. Er blinzelte. Eine Ameisenwache schob ihn weiter, blieb selbst aber zurück.

Gontas stand in einer riesigen runden Halle. Das Licht kam von allen Seiten zugleich, ein weißes Strahlen, heller als der Schimmer im Gang, aber kein Tageslicht. Gontas gewöhnte sich rasch daran. Der Boden unter seinen Füßen war weich, ausgelegt mit moosähnlichen Matten, die Gontas nun als Ballen aus feinen Fasern erkannte. Ein würziger Duft erfüllte den Raum. Im ersten Augenblick glaubte Gontas, die Königin hätte ein fremdartiges Festmahl für ihn auftragen lassen, doch er sah sich um und entdeckte nichts dergleichen.

Die Halle war beinahe leer. Rundliche Gebilde, so groß wie Köpfe, lagen überall im Moos. Sie fühlten sich rau an und hart wie kleine Felsbrocken. Dazwischen stand eine einzelne menschenähnliche Gestalt. Sie hielt die Arme halb erhoben wie zu einem Gruß.

Die Königin der Myrmoi war völlig anders, als Gontas erwartet hatte. Tatsächlich sah sie menschlicher aus als ihre Untertanen. Sie war kleiner, kaum größer als Gontas, und breiter gebaut, rundlicher, könnte man sagen, auch wenn das ihr einziges Zugeständnis an weibliche Formen darstellte. Ihr Leib war mit höckrigen Panzerplatten bedeckt, die sie beweglicher machten als ihre Artgenossen. Sie sah ein wenig aus wie ein Mensch in Plattenrüstung, nur dass sie zwei Arme mehr hatte.

Ihr Kopf war runder und größer als der ihrer Ameisenkrieger, und dem Mund fehlten die Kieferklauen, was das Gesicht sanfter wirken ließ; ebenso erinnerten die Greifwerkzeuge an den Armen der Königin mehr an plumpe Finger als an Zangen.

Gontas trat auf sie zu. Er fühlte sich fast zu ihr hingezogen, fand sie auf eine eigentümliche Art reizvoll, mehr trotz als wegen ihres Aussehens. Er fragte sich, ob allein der Unterschied zu den noch fremder und härter wirkenden Ameisenwesen ihre Gegenwart angenehmer machte.

Er gab der Königin die Hand, sie schloss die Finger darum, die sich hart und knochig anfühlten und die so kräftig waren wie der Griff einer Zange. Sie zog Gontas zu sich.

Der Duft in der Halle veränderte sich. Gontas erkannte, dass es die Königin selbst war, von der dieser Duft ausging. Er hüllte Gontas ein, fremd und schwer und mannigfaltig. Er atmete tief und konnte nicht aufhören, versuchte, die Vielfalt der Gerüche zu ergründen. Gewürze, fremde Aromen, aber auch Schärfe und Bitterkeit, unangenehme Noten …

»Was?«, fragte er verwirrt. Einen Augenblick lang hätte er schwören mögen, dass die Königin zu ihm gesprochen hatte. Aber das konnte nicht sein. Ihre scharfen Nussknackerlippen hatten sich nicht bewegt. Die Zeit seit seinem Eintreten war in absoluter Stille verstrichen, und doch hing der Nachhall ihrer Worte noch in seinem Geist, klar und unverständlich zugleich, nicht zu greifen.

Die Königin zog ihn an sich, umschloss ihn in einer vierfachen Umarmung.

»He ... was ...«, protestierte Gontas. Er wehrte sich, aber nur halbherzig. Er konnte nicht aufhören, an ihr zu riechen. Etwas lag in diesem Duft, ein Rausch, ein Versprechen, Gefühle, Gedanken. Es riss Gontas mit sich fort. Er strich mit den Fingern über ihren höckrigen Leib, versuchte, ihr über den Rücken zu streichen und den Duft aufzunehmen, damit kein Hauch davon seinen Sinnen entging. Er leckte über ihre Panzerplatten und schmeckte sie.

Der Geruch war alles. Der Anblick störte ihn. Die Berührung ...

Er schloss die Augen und hatte eine Vision. Der harte Leib der Königin verging, löste sich auf in einer duften Wolke. Eine betörende Jungfrau verbarg sich vor ihm, von Düften umflort wie von unsichtbaren Schleiern, bezaubernd, doch immer halb verborgen. Gontas betastete sie. Er spürte, wie sein Glied steif wurde. Er drückte einen Kuss auf das Antlitz der Königin, und ihre harten Lippen schmolzen unter den seinen dahin.

Er tastete mit seiner Zunge weiter, schmeckte und roch. Sein Unterleib suchte und fand eine weitere Körperöffnung und drang darin ein. Er nahm sie wild, und nur wie durch einen Nebel spürte er den Schmerz, der bei jedem Stoß an seinem Glied riss.

Das stachelte seine Lust noch mehr an. Er stieß heftiger in sie hinein, so als wäre der Schmerz eine Droge, die er immer weiter in seinen Körper pumpen konnte.

Die Königin bewegte sich mit ihm. Sie rieb ihren Bauch an dem seinen. Ihre Finger fuhren über seinen Rücken. Gontas spürte, wie seine Haut unter ihrem Griff riss. Die Königin rührte in seinem Blut, das ihm langsam über das Gesäß lief, und jede ihrer Liebkosungen trieb ihn der Ekstase näher, erstickte seine Gedanken.

Gontas schrie auf vor Lust und erreichte seinen Höhepunkt, aber er konnte nicht aufhören und kopulierte wie ein geistloses Tier, wie ein von fremder Hand bewegter Mechanismus, bis sein geschundener Leib nicht mehr mitmachte und Gontas, längst ohne einen eigenen Gedanken im Kopf, bewusstlos zu Boden sank.

Es war schwer, in dem düsteren Ameisenbau die Zeit nicht zu verlieren. Doch es mussten Tage vergangen sein, bevor Mart und Tori sich wieder erheben durften. Ihre Bewacher, ihre Pfleger, ihre Bediensteten – wie auch immer man diese Riesenameisen nennen wollte, die ihnen während der Zeit ihrer Genesung zur Seite gestanden hatten – führten sie aus dem Tunnel hinaus und in einen kleinen Saal, der verblüffend an einen Schankraum in Apis erinnerte.

Eine Reihe von Tischen standen an der einen Wand, mit schmalen Bänken dazwischen. An der Wand gegenüber verlief ein Sims, der an einen Tresen denken ließ, nur dass dahinter kein Raum für den Ausschank blieb. Die ganze Einrichtung bestand aus demselben glatten Elfenbein, aus dem auch die Wände gefertigt waren. Tische und Bänke waren fest mit dem Boden verbunden, als wären sie dort herausgewachsen. Die Schalen, die hier und da herumstanden, waren auch aus diesem Material.

Im Gegensatz zu den Kneipen von Apis sah alles strahlend weiß und sauber aus. Die Oberflächen schimmerten in einem milchigen Glanz. In der Decke gab es mehrere kreisförmige Stellen, wo das allgegenwärtige Baumaterial durchscheinend wirkte. Man konnte nicht hindurchsehen, aber helle Lichtstrahlen fielen von dort in den Raum.

»Tageslicht«, stellte Mart fest. »Da oben geht's raus.«

»Wennste dich durchkratzen willst«, antwortete Tori. Sie

fühlte sich noch etwas schwach auf den Beinen und hielt sich am Arm ihres Gefährten fest. Sie hatten keine Ausrüstung mehr, und auch ihre Kleidung war fort gewesen, als sie auf dem Mooslager der Myrmoi zum ersten Mal so weit aus ihren Fieberträumen erwacht waren, dass sie ihre Umgebung wieder wahrnehmen konnten.

Ihre Wachen blieben im Durchgang zurück, als sie den Raum betraten. Mart ließ den Blick über die gerade Tischreihe schweifen. »Das ist ein Zimmer für Menschen«, sagte er. »Diese Ameisen würden gar nicht auf die Bänke passen.«

»Wir waren einmal mehr«, sagte eine dünne Stimme aus einem Winkel hinter den Tischen.

Tori zuckte zusammen. Mart reckte den Kopf, und er erkannte den blassen Dolmetscher, den sie im Tunnel schon einmal kurz gesehen hatten und der ihnen erklärt hatte, was ihre Gastgeber von ihnen erwarteten. Danach war der Mann verschwunden wie ein Schatten und hatte sie mit all ihren Fragen allein gelassen.

Jetzt kauerte er hier vor der Wand, und in dem klaren Sonnenlicht, das durch die Deckenfenster sickerte, bemerkte Mart, dass dieser Mensch tatsächlich eine unnatürlich graue Farbe hatte, so als wäre seine Haut mit Asche verschmolzen.

Vielleicht, überlegte Mart, war es aber auch nur eine besonders gleichmäßige Schmutzschicht.

Die elende Gestalt steckte in Lumpen, für die sich in Apis selbst ein Bettler geschämt hätte. Sie hob ein wenig den Kopf und nickte in Richtung der gegenüberliegenden Wand. »Das Volk hat euer Gepäck bereitgestellt.«

Mart und Tori folgten seinem Blick. Am hintersten Ende des Raums lag ein kleiner Haufen von Taschen, Ausrüstung und Kleidung. Ihre Sachen! Ein paar Stücke Wäsche fehlten; alles andere schien sorgfältig gereinigt worden zu sein. Marts Rüstung sah besser aus als vorher, Toris Ausstattung aus weicherem schwarzen Leder hatte ein paar Flecken zurückbehalten. Sie entdeckte ihren Haken mitsamt dem gut gefetteten Geschirr, und mit einem Freudenschrei stürzte sie dorthin.

Die beiden Söldner kleideten sich an.

Mart wandte sich an den grauen Mann. »Ihr wart mal mehr?«

Der Dolmetscher der Myrmoi kroch ein Stück aus seinem Winkel hervor. Er nickte. »Das Volk hat viele Menschen aufgenommen. Wir kamen als Bezahlung hierher, weil unser Herr Tarukan auf unserem Land ein ganz besonderes Anwesen bauen wollte. Sein Zauberer sollte das Volk studieren und ergründen, wie man aus Speichel Wände fügt.

Mit diesem Wissen schuf er einen gewaltigen Wurm, der die Gabe des Volkes beherrschte und mit dessen Hilfe Tarukan einen großen Bau wachsen lassen konnte.«

»Den weißen Turm«, sagte Mart.

Der Dolmetscher nickte. »Einen Turm und eine Mauer, und einen schnell wachsenden Wald dazwischen. Das hat Tarukan bekommen. Wir haben das vom Volk erfahren, denn wir selbst waren schon fort, als diese Dinge entstanden.«

»Und was hat dieses ›Volk‹ von euch gewollt?«, fragte Tori.

»Wir haben für sie gearbeitet, eine Weile«, sagte der Dolmetscher. »Aber wir Menschen sind weich und schwach und kaum eine Hilfe. Vor allem wollten sie von uns lernen.«

»Aye«, sagte Mart, »was sollten sie wohl lernen von 'nem Haufen Bauern aus Khâl? Wie man den Scheißpilzwald rodet und was Anständiges anbaut?«

Der Dolmetscher schüttelte den Kopf. »Das Volk holt große Schätze aus dem trockenen Steinland und aus dem Schleimland. All das erhält das Volk am Leben, wo kein Mensch überdauern könnte. Von uns wollten sie nur ... uns lernen. Sie wollten mehr über die Menschen erfahren. Das Volk hat sich seit Jahrhunderten von ihnen ferngehalten.«

»Na«, stellte Mart fest, »da hoff ich mal, sie haben erfahren, dass es da nichts abzugreifen gibt außer dummen Bauern und Gemüse und dass sie sich die nächsten hundert Jahre auch noch fern halten können.«

»Hm, sei nicht undankbar, du«, sagte Tori. »Wenn die Käfer sich von uns ferngehalten hätten, würden wir jetzt im Pilzsabber verrotten.«

»Mildtätige Ameisen, klar«, erwiderte Mart. »Da steigen vorher die Mondgöttinnen auf die Erde runter und knutschen mich kräftig. Ich frag mich, was die von uns lernen wollen, die Viecher.«

»Nichts«, antwortete der Dolmetscher. »Ihr sollt hier auf euren Freund warten. Die Königin spricht mit ihm.« Ein Leuchten trat in seinen stumpfen Blick. Etwas Leben schlich sich in seine ausdruckslose Stimme. »Wenn ihr es wollt, wird das Volk euch gewiss etwas zu essen bringen, während ihr wartet. Wir Menschen haben uns früher immer zum Essen hier versammelt.«

»Hm, ja, warum nicht«, sagte Tori. »Wenn wir hier schon auf unsern Ärschen hocken, können wir die Gastfreundschaft von den Krabblern auch nutzen.« Sie setzte sich an einen Tisch.

Mart nahm ihr gegenüber Platz. »Klar. Und wenn der Buschläufer bei der Königin hockt, kriegt der da bestimmt ein Bankett aufgetragen. Seh ich nicht ein, warum wir so lang darben sollen.« Misstrauisch drehte er eine der flachen Schalen auf dem Tisch. »Auch wenn der Napf nicht grad ein Festmahl verspricht. Fürchte, für uns fallen nur die Bauernrationen ab, während Gontas bei den Edlen tafelt.«

Eine Riesenameise trat an ihren Tisch. Sie nahm Marts Schale entgegen, hielt sie sich unter den Kiefer und würgte laut. Eine zähe goldgelbe Masse quoll aus der Mundöffnung des Insekts. Als Marts Schale voll war, nahm der Myrmoi Toris Gefäß und füllte es ebenfalls.

Tori sah zu wie erstarrt.

Die Ameise verschwand wieder im Tunnelbau.

»Ich glaub, ich muss kotzen«, sagte Tori.

»Mach mal«, sagte Mart. »Sind noch genug leere Schüsseln da.«

Er starrte auf sein Essen. Tori steckte die Spitze ihres Hakens in die Schale und rührte langsam darin herum.

»Ich frag mich«, sagte Mart, »ob das derselbe Brei ist, mit dem sie uns die letzten Tage aufgepäppelt haben.«

Tori wurde ganz grün im Gesicht. Sie schob die Schale entschieden von sich.

Der graugesichtige Dolmetscher schlich sich in gebeugter Haltung an ihren Tisch. »Ihr mögt Eure Schale nicht?«, fragte er.

Tori stieß den bernsteinfarbenen Brei in seine Richtung. »Kannste haben.«

Der Dolmetscher griff begierig danach. Er setzte die Schale an den Mund und benutzte zwei Finger als Löffel.

Tori schüttelte sich.

»Ameisenhonig«, erklärte der Dolmetscher unter Schlürfen. »Das Beste, was das Volk zu bieten hat.«

»Hm«, sagte Tori. »Was is 'n eigentlich mit den andern Bauern passiert, die angeblich noch hier warn? Haben keinen gesehen außer dir, du.«

»Sie sind eins geworden mit dem Volk«, erklärte der Dolmetscher. »Die Königin hatte keine Verwendung mehr für sie, also konnten sie dem Volk als Nahrung dienen.«

»Die Biester ha'n sie gefressen?« Tori hob den Haken und schaute entsetzt zu dem Durchgang, in dem der Myrmoi verschwunden war.

»Das ist nicht schlimm«, sagte der Dolmetscher mit vollem Mund. »Bei dem Volk gilt es als eine große Ehre, wenn man seinen Brüdern als Nahrung dienen darf, sobald man sonst nicht mehr von Nutzen sein kann. Und das Volk vergisst niemanden. Es schmeckt deine Gedanken und deine Erinnerung. Wer zum Volk gehört, der lebt in den Düften des Baus weiter für immer.«

Mart betrachtete den Ameisenhonig so angewidert, als wäre es aufgelöstes Menschenfleisch. »Na, von mir kriegen die was andres zu schmecken, wenn sie mir mit ihren gierigen Kiefern zu nahe kommen.«

»Das wird nicht passieren«, sagte der Dolmetscher. »Ihr seid Fremde. Aber ich, ich darf eins werden mit dem Volk, wenn meine Aufgabe erfüllt ist. Das haben sie mir versprochen.«

»Aufgabe, hm?«, fragte Tori.

»Das Übersetzen«, sagte der Dolmetscher. »Für den Ungeübten ist es schwer, das Volk zu verstehen. Aber mich haben sie eingeweiht. Wir hoffen aber, dass es bald nicht mehr nötig ist, mit den Menschen zu reden. Wenn die Gefahr vorüber ist, wird das Volk wieder für sich bleiben.«

»Was für 'ne Gefahr?«, fragte Tori.

»Und warum redest du von ›wir‹?«, fügte Mart hinzu. »Du bist ein Mensch, kein Käferschädel.«

»Genau.« Tori senkte die Stimme. »Pass auf, du. Wenn wir uns davonmachen, nehmen wir dich mit, Kleiner. Wir retten dich vor 'n Käferköppen – halt dich bereit!«

Der Dolmetscher schüttelte heftig den Kopf. »Die Königin sorgt für das Volk.« Er entfernte sich hastig und unter Bücklingen vom Tisch. »Und ich gehöre jetzt dazu. Bald werde ich nicht mehr außen stehen. Wer will ein Mensch sein ... wenn er erfahren hat ... die Einheit ... Der Duft der Königin ...« Er brach ab. Tori sah die Tränen in seinen Augen, als er sich abwandte und aus dem Raum floh.

»'n komischer Kauz«, befand Mart.

»Hm, welcher von beiden?«, fragte Tori.

Mart sah sie fragend an. Da trat Gontas neben ihn an den Tisch.

»Isst du das noch?«, fragte er. »Kann eine kleine Stärkung brauchen, bevor es wieder losgeht.«

Die beiden Söldner schauten neugierig zu, wie Gontas die Schale leerschlürfte. Gontas fand, dass sie leicht dümmlich aussahen dabei, mit einem halben Grinsen auf den Lippen und mit starrem Blick. Vielleicht litten sie noch an dem Gift des Pilzwaldes.

»Schmeckt's?«, fragte Mart.

Gontas zuckte die Achseln. »Ist was süß, sag ich. Aber wohl das Reinste, was sie hier für Menschen haben, wenn ich's recht versteh.«

Tori kicherte. *Sie wirkt betrunken,* befand Gontas. Er hoffte, dass sich das wieder gab.

»Wie war die Audienz bei der Königin«, fragte Mart. »Weißt du, was das Ganze hier soll?«

»Hm.« Gontas wollte nicht darüber reden. Genau genommen lag sein Besuch bei der Königin auch schon einige Zeit zurück, Tage vermutlich, aber er hatte bis heute gebraucht, um sich davon zu erholen. Und das betraf den Körper wie den Geist gleichermaßen. Etwas war bei dem Besuch zurückgeblieben, was erst allmählich in sein Bewusstsein aufstieg wie eine verschüttete Erinnerung. Nur dass es keine Erinnerung war, sondern *fremde* Gedanken.

»Siehst schlecht aus, du«, befand Tori. »Haste frische Narben da an deinem Hals? Is noch was passiert im Pilzwald, wovon wir gar nichts mehr mitgekriegt haben?«

Gontas zog seinen Burnus fester um sich. Über diesen Teil seiner Begegnung mit der Königin dieses »Volkes« wollte er erst recht nicht reden. Er wusste immer noch nicht genau, was er davon halten sollte.

»Die Viecher hier«, sagte er, »die reden nicht so wie wir. Nicht mit Worten. Ich habe das Gefühl, diese Königin hat mir eine ganze Menge erzählt. Aber es fühlt sich so an, als hätte sie ihre Botschaft direkt in meinem Blut abgelegt. Vielleicht hat sie auch einiges von mir erfahren. Ist auch egal, wir müssen weiter.«

»Ja, was hatt se dir denn erzählt?«, rief Tori. »Ob's jetzt mit Blut oder mit der Zunge war?«

»Ich weiß es noch nicht ... genau«, gab Gontas zu. »Aber ich glaube, ich werde mich in nächster Zeit an einiges *erinnern*. Hoffentlich dann, wenn wir's brauchen. Aber die Viecher erwarten etwas von uns, so viel ist klar.«

»Hab ich's doch gesagt«, rief Mart. »Die haben uns nicht aus Menschenfreundlichkeit geholfen.«

»Nein«, bestätigte Gontas. Er schüttelte sich bei einer nur halb bewussten Erinnerung. »Das ist nicht ihre Art. Aber die Königin meinte, wir wären alte Verbündete und müssten jetzt wieder gegen unseren gemeinsamen Feind kämpfen. Und dass ich unser Bündnis ehren soll, so wie früher, und dass sie mir dabei helfen will. Was genauso ein Blödsinn ist wie das, was der Tafib in den Bergen immer erzählt, weil ich nämlich garantiert noch nie mit Ameisen verbündet war und weil ich auch nicht weiß, was wir für einen gemeinsamen Feind haben.«

»Tarukan?« Mart runzelte die Stirn.

»Kann sein«, sagte Gontas. »Sie meinte so was wie ›die von meiner Art‹, die uns alle bedrohen. Menschen also. Tarukans Söldner. Kann sein.«

Er trat auf den Stapel Ausrüstung zu. Seine Äxte waren dabei, und auch einiges von ihren Vorräten. Gontas packte um, was er mitnehmen konnte. Mart und Tori schlossen sich ihm an. Weder der Dolmetscher noch ihre Gastgeber ließen sich blicken.

»Eh«, rief Mart unvermittelt. »Das Hemd da, das lag bei meinen Sachen auf'm Dromedar, nicht in meiner Tasche. Wenn die Käfer das gefunden haben, wo ist dann das Packtier?«

»Frag nicht.« Tori klappte den Mund auf und zu. Mart blickte grimmig.

»Nicht zu viel erwarten«, sagte Gontas. »Wir können froh sein, dass sie das für uns aufbewahrt haben. Wenn ich richtig verstanden habe, sind wir nicht mehr weit von den Bergen und von der Zitadelle entfernt. Wir brauchen kein Packtier mehr.«

24.

Swetja, Hauptmann Borija und seine Männer blieben einige Tage im unterirdischen Palast der Gräfin Darija, der aus seinem steinernen Schlaf erwacht war. Sie warteten auf die fehlenden Soldaten und prüften inzwischen die Vorräte, die sie im Keller fanden.

»Es ist nicht viel für fünfhundert Dragoner«, stellte Borija fest. »Das meiste von dem Getreide werden wir allein schon brauchen, damit die Pferde in den Bergen genug Futter haben. Kirus' Zauber hat zwar alles konserviert, was es in dem Haus gab, aber ihm ist doch immer wieder das ein oder andere entschlüpft. Im Laufe der Jahrhunderte ist auf diese Weise eine Menge verloren gegangen. Aber mit etwas Glück bringt uns der Rest bis an unser Ziel.«

»Und zurück?«, fragte Swetja.

Borija neigte den Kopf. »Wir werden sehen müssen, was wir finden, wenn wir ankommen. Hier hat es ja auch geklappt.«

Das war nicht die Art von Planung, die Swetja bevorzugte. Dennoch musste sie zugeben, Hauptmann Borija hatte bisher immer seinen Weg gefunden, trotz ihrer Zweifel. Und wenn sie sich auch nur schwer an den Gedanken gewöhnen konnte, dass sie Nahrungsmittel aß, die Tausende von Jahren alt waren, so schmeckten es doch genauso frisch wie alles, was man in den Kellern von Modwinja finden konnte.

»Es sind auch noch ein paar von den ursprünglichen Hausbewohnern am Leben«, wandte sie ein. »Es sind ihre Vorräte, die wir hier plündern.«

Borija zuckte die Achseln. »Knechte und Mägde, Hauspersonal. Die Edlen dieses Landes hat der Hexenmeister längst schon zur Ader gelassen für seine blutige Gräfin. Nein, da ist kein Herr mehr, der Anspruch auf den Besitz erheben könnte.

Was die Übrigen betrifft ... Vielleicht hätte der eine oder andere von meinen Männern gern einen Burschen, dessen Geschwätz man nicht versteht. Der Rest kann sich zum Fluss durchschlagen und anderswo sein Glück versuchen. Ihr könnt sie auf den Weg schicken, dewa Swetjana, wenn Ihr diesen eigentümlichen Zungenschlag beherrscht.«

Swetja sprach mit den Dienern, für die gerade erst ein paar Stunden vergangen waren seit dem Ball ihrer Herrin und die gar nicht verstanden, wie sehr ihre Welt sich seither verändert hatte.

Aber der Palast, den sie kannten, war nur noch eine Höhle, die Gräfin war tot, ihr Heimatland war von Bergen verschlungen worden, und überall liefen fremde Soldaten umher, die alles, was geblieben war, in Besitz genommen hatten. An dieser Tatsache kam keiner vorbei.

Die meisten beschlossen schließlich, in den Westen zu gehen, wie Swetja es ihnen riet. Swetja achtete darauf, dass sie Vorräte für die Reise bekamen. Anisja allerdings wollte bei ihr bleiben. Eine neue Herrin, mit der sie gemeinsam schon eine Gefahr durchgestanden und einen Feind zu Fall gebracht hatte, schien ihr lieber zu sein als ein ungewisses Schicksal allein in einem fremden Land.

In Wahrheit bedeutete das nur, dass sie gemeinsam auf eine ungewisse Reise gehen würden. Swetja wusste das genau, dennoch war sie froh über die Gesellschaft. Anisja hatte sonst keine Herrin mehr, kein Zuhause, und Swetja nahm ihre Dienste gerne an. Das war etwas anderes als die unwillige Zofe, die Borija ihr besorgt hatte.

Schließlich brachen sie auf.

Nach und nach waren tatsächlich alle fünfhundert Dragoner eingetroffen. Niemand hatte sie aufgehalten, bevor genug Schiffe da gewesen waren, und nun zogen sie alle tiefer in die Berge hinein.

Ein ferner weißer Gipfel war ihr Leitstern. Anfangs ging er fast unter im steinernen Meer der Berggrate und Täler, aber je näher sie kamen, umso majestätischer ragte er darüber auf, gekrönt von Gletschern und unnahbar.

Es war Sommer, und doch froren sie, je höher sie kamen. Die Dragoner in ihren farbenfrohen Uniformen waren nicht gekleidet für den Winter. Die kurzen Pelzmäntel dienten eher der Zierde als dem Schutz. Sie kämpften sich über vereiste Schneefelder an schattigen Hängen, und Swetja zitterte in ihrem Kleid. Zum Glück hatte Anisja Kleidungsstücke aus den Kammern im Berg mitgebracht, die für das Wetter passender waren.

»Dass du an diesen Mantel gedacht hast!«, rief Swetja dankbar aus. »Du hast doch erzählt, es gab hier gar keine Berge, als du zuletzt an der Oberfläche warst. Du konntest also auch nicht mehr über den Weg wissen als wir!«

Anisja lachte. »Aber wenn Meister Borija sagt, wir gehen in den Süden, Herrin, und ich seh da Schnee und Eis glitzern, dann weiß ich trotzdem, dass ich ein paar Mäntel und Decken dazu einpacken muss.«

Immer höher stiegen sie hinauf, über Gletscher und Eisfelder. Einige Soldaten hüllten sich in ihre Satteldecken. Borija schalt sie, wenn er sie erwischte. Manche fielen vom Pferd, andere stürzten mitsamt ihrem Pferd in eine Spalte, die trügerisch unter dem Eis lag. Manche Männer erlitten Erfrierungen, und andere erhoben sich nicht mehr nach nächtlicher Rast.

Borija trieb sie weiter, und wenn die Offiziere sich beklagten, erinnerte er sie daran, was in der Heimat auf dem Spiel stand.

Auf dem hohen Pass gerieten sie in ein Schneetreiben. So dicht fielen die Flocken, dass man den Rücken des Vordermanns nur als Schatten im Zwielicht sah. Swetja zog den Saum der Kapuze fester um ihr Gesicht. Sie sah alles nur verschwommen und wusste nicht, ob es am Schneetreiben lag oder ob es von der dünnen Luft herrührte, die ihr den Atem abschnürte.

Sie lenkte ihr Pferd näher an das von Borija. Als sie den ausgetretenen Pfad verließ, sanken die Hufe ihrer Stute tief ein, und das Tier musste sich seinen Weg mit der Brust durch den Schnee bahnen. Anisja warnte sie, dem Grund nicht zu trauen.

»Das ist verrückt«, sagte Swetja dem Hauptmann. »Es wird immer schlimmer.«

»Das ist der letzte Pass«, antwortete Borija. »Danach wird es besser. Wir müssen nur in Bewegung bleiben und dürfen hier im Schnee nicht Halt machen.«

Anisja verstand sicher nur Fetzen von dem Gespräch. Dennoch mischte sie sich ein. »Die Götter beobachten uns mit unheilvollen Augen«, sagte sie zu Swetja. In ihrer Stimme lag ein Schaudern, das nichts mit der Kälte zu tun hatte. Sie warf einen Blick über die Schulter zurück.

»Was sagt sie?«, fragte Borija.

»Sie ist beunruhigt von diesem Mond«, erklärte Swetja. Durch Wolken und Schnee und am helllichten Tag war der Styx inzwischen zu sehen. Wie ein verhangenes Auge schwebte er am Himmel, schon seit Tagen unbewegt an derselben Stelle. Er glühte in einem bedrohlichen Rot. »Und ich«, fügte Swetja hinzu, »ehrlich gesagt auch.«

Gontas und seine Gefährten verließen den Bau und sahen fern im Norden bereits die Berge. Die Gipfel glitzerten im Sonnenlicht wie eine Perlenkrone am Horizont. Gontas beschirmte die Augen, denn das Licht war ihm fremd geworden. Er brauchte eine Weile, bis er sich wieder daran gewöhnt hatte und klar sehen konnte.

Die drei Reisenden waren allein. Weder der Dolmetscher noch die Krieger des Ameisenvolks waren mit ihnen an die Oberfläche gekommen. Nichts erinnerte an die Bewohner dieses Ortes als ein großes Loch im Boden hinter ihnen. Sand wehte in feinen Schlieren darüber, und zwei Schritte den Tunnel hinein sahen sie die glatte helle Wand, die sich in der Finsternis verlor.

»Hab'n uns schon geholfen, die Käferleut«, brummte Mart. »Bin trotzdem froh, dass ich draußen bin, und komm auch bestimmt nicht mehr hierher zurück.«

Tori spähte nach Osten. »Hm, seht ihr's schimmern da drüben über'm Land? Das wird der Wald sein, wo wir durchgekommen sind.«

»Der weiße Wald?« Mart folgte ihrem Blick. »Was willst du damit? Hast du immer noch nicht eingesehen, dass es ein ganz übler Weg war, wo ihr uns reingeführt habt?«

»Mein ja nur. Der Wald liegt am Fluss, du, und da müssen wir hin, früher oder später.«

Mart fügte sich widerstrebend. Der Fluss Lethe war ihr Führer zur Zitadelle der Götter, und sie brauchten sein Wasser, wenn sie ihr Ziel erreichen wollten. Es war noch ein weiter Weg bis zu den Bergen, und sie konnten nicht alles bei sich tragen, was sie zum Überleben brauchten.

»Da muss die Zitadelle echt voll sein mit fetten Klunkern«, murrte Mart, »damit sich das alles lohnt. Und ich will Tarukan über'm Tor baumeln sehn, so schwer wie er's uns gemacht hat.«

»Ich wär schon froh genug, du«, bemerkte Tori, »wenn wir seinen Tross ausfegen können und da alles finden, was wir für 'n Rückweg brauchen.«

»Pah.« Mart schnaubte abfällig. »Kleinliche Diebereien, weiter denkst du nicht? Da merkt man's wohl, aus was für 'ner Gosse ich dich gezogen hab, Muscherl. Kein Ehrgeiz. Sei froh, dass ich für uns beide denke und ein bissel mehr erwarte vom Leben, jetzt, wo das Glück für uns nur 'ne Armlänge weit weg ist.«

Tori schnaubte. »Luftschlösser und Berge am Horizont. Hier ist nur Sand.«

Gontas ließ die beiden Söldner schwatzend vorausgehen. Ihm schwirrte noch der Kopf von all den Eindrücken, die seit dem Besuch bei der Königin darin herumspukten. Bilder waren es und Gedanken, die nach den passenden Worten suchten, während sie sich bereits in seinen Erinnerungen einnisteten.

Sie umgingen den weißen Wald in einem großen Bogen nach Norden und kamen an den Lethe. Das Land dort wurde ein wenig fruchtbarer. Zähe, armdicke Kriechwurzeln wucherten weitläufig durchs Gelände bis zum Fluss hin. Der Boden darunter war steinhart, nun gab es keinen Sand mehr. Gontas fragte sich, ob diese Gegend noch zum Steinland gehörte oder ob das schon eine eigene Steppe war, ein karger Vetter des Buschlandes, in dem er geboren war.

Am Ufer füllten sie die Wasserschläuche neu. Zuvor spülten sie die Behälter gründlich aus. Keiner sagte ein Wort, aber sie dachten alle daran, dass sie nun flussaufwärts vom Pilzwald waren und das Wasser hier – hoffentlich – rein von den Bergen herabfloss.

Sie wanderten viele Tage, vage in Sichtweite des Lethe, und die Berge rückten näher. Bei Nacht schliefen sie unter einem runden und blutroten Styx, der beständig größer wurde. Er beherrschte bald den Himmel und tauchte die Landschaft in ein unheiliges Licht. Selbst bei Tag war er mitunter blass zu sehen, und in der Nacht lag ein rot glühender Kranz um die dräuende Scheibe, womöglich ein Widerschein auf tiefer liegenden Wolkenfetzen, aber es sah so aus, als ob der Styx blutete.

»Verdammt will ich sein«, sagte Mart, »wenn ich je erlebt hab, dass der Bursche so lang seine Farbe hält.«

»Ich frag mich eher, du, ob uns das Ding gleich auf die Rübe fällt«, antwortete Tori. »Oder warum wird der jede Nacht größer?«

Gontas erinnerte sich an die Legenden seines Volkes, vielleicht auch an etwas, das er von der Königin der Myrmoi erfahren hatte. Er fühlte sich angetrieben von dem Mond, als könnte er zu spät kommen. Er versuchte, das Gefühl abzuschütteln.

Ich suche nach Halime, dachte er. *Ihr Schicksal hat nichts mit diesem Mond zu tun.*

Laut sagt er: »Wir müssen bei der Zitadelle sein, bevor der Styx am größten ist. Sonst ...«

»Sonst?«, fragte Mart neugierig.

»Sonst ...«, wiederholte Gontas. Der Gedanke entglitt ihm. »Nun, Tarukan ist dort. Er wird irgendwas tun, nehme ich an.«

Gontas trieb sie gnadenlos vorwärts. Selbst bei Nacht gönnte er ihnen kaum eine Rast – das Mondlicht war hell genug zum Marschieren. Die Berge lagen vor ihnen. Die drei Wanderer sahen einen gewaltigen Gipfel, der so aussah, als würde er den Himmel spalten. Davor erstreckte sich zerklüftetes Hügelland, und zwischen den Hügeln und dem gewaltigen Massiv erblickten sie einen zweiten, kleineren Berg. Etwas zog sich über den Hang wie Haare, und der schneebedeckte Gipfel wirkte ausgeformt, als stünde ein Palast darauf.

»Die Zitadelle!«, rief Gontas, als sie zum ersten Mal bei Tageslicht nah genug waren, um Einzelheiten zu erkennen.

»Wenn du meinst.« Mart kniff sein eines Auge zusammen, sah aber nicht mehr als einen Berg vor vielen weiteren Bergen.

»Irgendwas ist da jedenfalls am Hang gebaut«, bestätigte Tori. »Wenn ich raten müsst, würd ich an die Rutschen denken, wo die Holzfäller im Arraz ihre Bäume ins Tal schicken. Aber das hier ... is größer.«

»Wir haben ein Ziel«, sagte Gontas. »Wir können gerade darauf zugehen und brauchen den Fluss nicht mehr.«

Sie marschierten weiter. Sie waren weit in den Norden vorgedrungen und jetzt, da sie das Steinland hinter sich ließen, sank kühle Bergluft von den Höhen herab, und eine frische Brise wehte ihnen entgegen. Dennoch, es war Sommer, und ihre Wasserschläuche leerten sich rasch. Die beiden Söldner murrten bald darüber, dass Gontas dem Fluss den Rücken gekehrt hatte.

Aber das Hügelland war fruchtbar. Bald plätscherten kleine Bäche über ihren Weg, die dem Lethe zustrebten oder die vielleicht auch im Steinland versickern würden. Doch hier brachten sie den Wanderern Linderung gegen den Durst und Kühlung für die Füße.

Das zähe Gehölz der Steppe wich weichem Gras und bunt gefleckten Wiesen. Kleine Wäldchen an den Flanken spendeten Schatten; Moos und Farne säumten die kargeren Flecken an den Bachläufen und an den Spalten, wo zwischen runden Felsen glucksende Quellen entsprangen.

Gontas warf bald den Burnus ab und trug seine Tasche über dem bloßen Oberkörper. Tori betrachtete ihn, während Mücken und Bremsen und Fliegen sie umsummten.

»Bah!«, sagte sie. »Man sollte meinen, die Viecher laben sich an ihm, statt nach den Lücken in meiner Rüstung zu suchen.«

»Waschen«, sagte Mart, der in seinem schweren Lederharnisch schwitzte und ebenfalls von Insekten umschwirrt war. »Wenn du mal in einen von den Bächen springst, wie unser reinlicher Wilder bei der letzten Rast, dann lassen sie dich vielleicht auch in Ruh.«

»Bah.« Tori verzog das Gesicht. »Was versteht so 'n Ungeziefer von Sauberkeit? Da haben mich doch gerade erst die Käfermänner mit Schwämmen abgewischt, und das Leder haben sie auch so blank poliert, als wär's nie von 'nem Haufen Pilze besabbert worden. Ne, du, wenn ich das nächste Mal bade, dann wird's inner warmen Wanne in Apis sein und mit Seife, nicht hier draußen, wo nur die Blutegel im Wasser lauern.«

»Womöglich verstehn die Käferleut genauso wenig von Sauberkeit«, sagte Mart. »Sind auch bloß Ungeziefer. Du musst vielleicht nur den Geruch loswerden, der von ihren Schwämmen noch an dir klebt.«

»Geh du doch zuerst baden«, sagte Tori herausfordernd.

»Still«, fuhr Gontas sie an. »Ihr scheucht die Vögel bis vor zum Pass auf mit eurem Geplärr. Das ist jetzt eine Woche her mit den Ameisen, und wir sind seitdem durch Staub und Hitze marschiert. Ihr könntet beide ein Bad vertragen.«

»Hm, klar dass so 'n Wilder das sagt«, bemerkte Tori spitz. »Badet's bestimmt jeden Tag, da bei euch innen Büschen. Wisst aber auch nicht, dass die übelsten Krankheiten vom Wasser kommen, du.«

Mart stutzte und fragte unvermittelt: »Moment mal. Was für 'n Pass?«

Gontas wies nach vorn, wo mitten in einem dichten Wäldchen ein schmaler Einschnitt zwischen den Hügeln zu sehen war. »Der da«, sagte er. »Auf dem Weg kommen wir am leichtesten ins nächste Tal. Dann kann es nicht mehr weit sein bis zur Zitadelle.«

»Wenn's überhaupt der richtige Berg ist, wo wir drauf zulaufen«, sagte Tori.

In den Tälern des Hügellandes verloren sie die höheren Berge dahinter oft aus den Augen. Auch jetzt sahen sie nur das obere Stück des Berges, auf dem sie die Zitadelle vermuteten. Er schien gleich hinter der Hügelkette aufzuragen, aber Wolken und Dunst verhüllten die Flanken, und die Schatten darin mochten Bauwerke sein oder einfach nur Spalten und Felsen.

»Wir sollten jedenfalls anfangen, nach Tarukans Männern Ausschau zu halten«, stellte Mart fest.

»Wenn's die Schniegel überhaupt bis hierher geschafft haben«, sagte Tori.

»Wäre mir recht, wenn wir denen über den Weg laufen.« Gontas öffnete und schloss seine kräftigen Finger. »Wenigstens einer ist dabei, mit dem hab ich noch was offen. Niemand bestiehlt Gontas von den Cefron.«

Gontas dachte an den Reiter, der Halime entführt hatte. Zugleich dachte er an Apis, wo seine Äxte gestohlen worden waren. Er konnte diese beiden Taten immer schlechter auseinanderhalten. Alles, was ihm jemals widerfahren war, jede Herausforderung und sein eigener innerer Zorn, all das verschmolz in seinem Geist zu einer einzigen grauen Wolke, die Blut forderte. Je näher sie ihrem Ziel kamen, umso schwerer fiel es Gontas, einen klaren Kopf zu behalten.

Die Worte der Königin, die immer noch durch seine Gedanken huschten und versuchten, eine feste Form anzunehmen, waren dabei nicht hilfreich. Aber Gontas hatte das Gefühl, als käme noch etwas von außen hinzu, als würde die Zitadelle oder der Styx oder irgendetwas sonst seinen Geist unter einen Bann zwingen wollen. Ob es vielleicht Tarukans Hexer waren, die ihn aus der Ferne mit ihrer Magie verwirrten?

Was es auch war, Gontas sehnte sich nach der Klarheit eines Kampfes.

Sardik, der Geist des Krieges ... Daheim im Lager hatte Gontas mit Ochos über seine Befürchtung gesprochen, dass ein Dämon des Krieges von ihm Besitz ergriffen hatte. Aber es war mehr. Er war ein Dämon des Krieges. *Sardik selbst war in seinem Leib zurückgekehrt* ...

Gontas schüttelte den Kopf. Er rieb sich die Stirn, um den Wahnsinn zu vertreiben. Wo kamen diese Gedanken her? Sardik war der Krieger gewesen, der alle Dämonen vertrieben hatte. So erzählten es die Legenden seines Volkes. Sardik war kein Dämon, der von irgendwem Besitz ergriff.

Er musste seinen Wahnsinn niederringen, bevor er seine Gefährten in Gefahr brachte!

Gontas ging langsamer und nahm das Gespräch an einer harmlosen Stelle wieder auf. »Waschen macht also krank«, sagte er. »Das glaubt ihr Khâl?«

Tori nickte eifrig. »Klar, du. Hab mit'm Heilkundigen in Niblis gesprochen, der hat Stein und Bein drauf geschworen. Hat selber nichts anders getrunken als Wein, damit ihn das schlechte Wasser nicht von innen auffrisst.«

»Pah, den kenn ich auch«, sagte Mart. »Ein besoffener alter Beinschneider war das. Und Wein hat der auch nur getrunken, wenn nichts Härteres da war.«

»Es gibt nur wenig Wasser im Buschland. Ein Bad ist ein Luxus. Aber wir waschen uns, wann immer wir die Gelegenheit dazu bekommen. Es ist eine Schande, dass die Städte der Khâl das Wasser sogar durch Rinnen bis zu ihren Häusern lenken und so wenig Gebrauch davon machen. Der Gestank in den Städten ... Kein Buschläufer kann das verstehen.«

»Weiß nicht«, sagte Mart. »Sie gewöhnen sich schnell dran, wenn sie als Söldner zu uns kommen.«

»Ja«, sagte Gontas. »Man gewöhnt sich an manches. Aber das bedeutet nicht, dass es gut und richtig ist.«

Sie stapften zu dem Einschnitt zwischen den Hügeln hinauf. Ein schmaler Pfad führte dort entlang. Überall am Hang standen Findlinge, in deren Spalten grünes Moos wuchs. Kleine Bäume mit breiter Krone klammerten sich daran oder dazwischen fest. Das Laub raschelte. Die Vögel, die Gontas von Ferne gesehen hatte, schwiegen.

An der höchsten Stelle des Passes hielt Gontas inne. Er spähte über das breite Tal auf der anderen Seite und versuchte, mehr von dem Berg der Zitadelle zu erkennen, der nun zum Greifen nah zu sein schien.

Tori blickte an seiner Schulter vorbei und lenkte seine Aufmerksamkeit zurück auf den Boden. »Da bewegt sich was, unten am Rand vom Wald, du! Ich glaub, da stecken Tiere unter den Bäumen.«

»Tiere?«, fragte Mart. »Lass uns mal ranpirschen. Ich bin die schmale Kost ...

Er verstummte. Wenige Schritte vor ihnen traten Männer aus der Deckung der Felsen. Sie trugen schwarze, eisenbeschlagene Schilde, halb so hoch wie ein Mann, dazu Speere und Schwerter und eine Rüstung aus Holz und dunklem Leder.

»Tarukans Männer!«, rief Mart.

»Sie kommen, um zu sterben.« Gontas zog die beiden Äxte aus dem Gürtel und duckte sich. Hinter den Schildträgern traten Söldner mit kurzem Bogen aus ihrem Versteck. Insgesamt waren es mindestens ein Dutzend Gegner.

»Da kommen noch mehr von hinten!« Tori trat dichter zu ihren beiden Begleitern. In dem kurzen Hohlweg zwischen den beiden Hügelkuppen saßen die drei in der Falle. Vor ihnen und in ihrem Rücken schloss sich der Schildwall.

»Gebt auf«, rief ein Offizier. »Wir haben drei Pfeile für jeden von euch. Lasst die Waffen fallen.«

»Ihr seid gut, Jungs!« Tori hob ihre Sichel über den Kopf, die fest an den Armstumpf gegurtet war. »Wie soll ich das anstellen, hm?«

Der Leutnant blinzelte verwirrt. Einer der Söldner lachte.

Gontas brüllte und sprang. Die Schützen ließen ihre Pfeile fliegen. Gontas duckte sich und drehte sich weg. Mit den Äxten schlug er zwei Pfeilschäfte zur Seite, bevor sie ihn trafen. Ein dritter fuhr ihm durch den Unterarm, und die Spitze kam auf der anderen Seite blutig wieder heraus. Gontas sah es, aber er spürte nichts.

Noch mehr Geschosse zischten an ihm vorüber. Tori schrie hinter ihm auf, Mart fluchte. All das vermischte sich mit den Rufen seiner Feinde, und es ging unter im Rauschen seines Blutes in den Ohren. Noch ein Satz, und er stand vor dem ersten Söldner.

Eine Speerspitze fuhr über den Schildrand auf ihn zu. Gontas ging in die Knie und führte beide Äxte im Bogen aufeinander zu. Die Axtblätter sausten unter dem Schild hindurch und in die Beine des Mannes dahinter. Gontas brüllte seinen Triumph hinaus. Er fühlte die Spritzer warmen Blutes auf den Händen.

Der Schildträger fiel, und Gontas sprang in die Lücke. Er trat auf den Verletzten und hieb mit den Beilen nach links und nach rechts. Die rechte Axt traf einen Kopf und zertrümmerte den Knochen. Das Blatt fuhr tief in den Schädel und verhakte sich. Das Gewicht des Toten zog Gontas zur Seite, und sein Schlag mit der Linken ging fehl. Er riss die verkantete Waffe wieder heraus, parierte unbeholfen einen Schwerthieb und bekam eine Schramme ab.

Die Schützen warfen den Bogen fort, der im Nahkampf nutzlos war. Sie zogen ebenfalls ihr Schwert. Hinter sich hörte Gontas den zweiten Trupp durch den Hohlweg heranstürmen.

»Nehmt ihn zwischen die Schilde«, rief Tarukans Leutnant. »Der Hauptmann will ihn lebend.«

Gontas knurrte wütend. Er schwang die Äxte, zertrümmerte Schlüsselbeine und trieb dem nächsten Feind im Ausholen den Dorn auf der anderen Seite des Axtblatts in die Stirn. Es krachte und klirrte, mit einem feuchten Krachen drang Stahl durch Knochen. Es roch nach Blut.

Gontas holte tief Luft. Seine Nasenflügel bebten. Er hörte seine Feinde wimmern, hörte die eigenen schnaufenden Atemzüge und fühlte sich stark und frei.

Aber der Schildwall schloss sich wieder und rückte von allen Seiten auf ihn zu.

»Mart!«, rief Gontas. »Tori – haltet mir den Rücken frei!«

Niemand antwortete ihm. Er war umringt von Feinden.

»Apis' faulige Warzen«, fluchte Gontas. »Feige Städter.«

Er schlug um sich und traf metallverstärkte Schildkanten. Er hatte kaum noch Raum zum Ausholen. Dann steckte eine Axt im Holz fest, er musste sie aufgeben. Die Schilde schoben sich fester gegen ihn und pressten ihm die Arme an den Leib. Alle Angreifer drängten sich in einer großen Traube um ihn und drückten ihn zusammen.

»So kriegt ihr mich nicht, ihr Hunde!«

Gontas bekam einen Schild am unteren Rand zu fassen. Er spannte die Muskeln, schob den Schild hoch und stieß den Mann dahinter zu Boden. Das verschaffte ihm Platz. Er trat dem Gestrauchelten mit der Ferse zwischen die Beine und rieb das Fleisch, das er unter dem Fuß fühlte, über die Erde. Die Haut seines Feindes riss unter Gontas' Sohlen, Fleisch platzte auf. Sein Gegner brüllte so laut wie ein Stier, der bei lebendigem Leib geschlachtet wurde. Gontas lachte.

Einem anderen Gegner stieß er die Finger in die Seite, zwischen Leder und hölzerne Panzerplatte, und brach eine Rippe mit dem Schlag. Zur anderen Seite teilte er mit der Axt aus. Er trat vor und wollte ausbrechen aus dem Kreis, der ihn umschloss.

Von hinten schoben die Feinde ihm die Schilde in den Rücken, und Gontas stolperte über den Mann, den er niedergestreckt hatte. Er landete auf dem Bauch, drückte sich mit den Händen hoch.

Spürte wieder die metallbeschlagenen Schilde in seinem Rücken. Die Söldner warfen sich auf ihn, pressten ihn mit ihrem ganzen Gewicht zu Boden. Schläge prasselten auf seinen Kopf. Gontas spürte Speerschäfte und die flache Seite von Schwertklingen. Seine Arme waren unter dem Körper eingeklemmt, und er konnte die Hiebe nicht abwehren.

Dann spürte er gar nichts mehr.

Als Gontas sich auf die Feinde gestürzt hatte, war ein Pfeil direkt auf Tori zugeschwirrt.

»Pass auf!« Mart sprang vor und fing das Geschoss mit seinem Körper ab.

Tori schrie auf.

Mart wischte sich über den Schulterpanzer und brach den Schaft ab, der da steckte. Ein schmerzhafter Ausdruck zuckte kurz durch sein Gesicht. »Kaum reingegangen.« Er zwinkerte Tori zu und zog das Schwert. Sie liefen hinter Gontas her.

Zwei Söldner stellten sich ihnen in den Weg. Mart wich einem Speer aus. Er riss die Schwertklinge nach oben und schlug damit einen weiteren Speer zur Seite.

Tori glitt neben ihn. Sie hakte die Sichel am oberen Rand eines Schilds ein und zog den Schild nach unten. Marts Schwert sauste herab und spaltete den Schädel, der über dem Schild zum Vorschein kam.

Sie liefen weiter, an dem zweiten Gegner vorbei, und Mart stieß den Mann mit dem Ellbogen gegen die Böschung des Hohlwegs.

Gontas wütete rechts von ihnen, und alle anderen Feinde waren mit dem Buschläufer beschäftigt. Der Weg vor ihnen, den Hang hinab und bis unter die Bäume, war frei.

»Lauf«, zischte Mart. »Zu den Pferden.«

Tori verstand sofort. Aber sie zögerte. »Und Gontas?«, fragte sie.

»Zu viele Gegner«, antwortete Mart. »Wir haben jetzt unsere Chance, bevor der hintere Trupp durch den Hohlweg ist.«

Sie rannten in den Wald hinein. Die Zweige der niedrigen Bäume peitschten ihnen ins Gesicht, aber in dem Wald, der zu beiden Seiten der Rinne wuchs, waren sie sicher vor Pfeilen. Tori äugte beiläufig nach Marts Wunde. Der starre Lederharnisch verbarg alles, und wenn Mart blutete, dann war es unter dem Panzer nicht zu sehen.

Hinter ihnen im Gehölz ertönte ein Knacken. Der zweite Söldner hatte sich aufgerappelt und lief hinter ihnen her. Ein weiterer hatte ihre Flucht bemerkt und folgte ihnen ebenfalls.

Mart und Tori rannten weiter. Sie schützten ihre Augen vor den Ästen. Auf halbem Weg den Hang hinab blieben sie stehen, gleichzeitig, wie abgesprochen. Ihre Verfolger griffen mit den Schwertern an.

Tori wehrte den Hieb ihres Gegners mit dem kleinen Metallschild an der Halterung ihres Hakens ab. Gleichzeitig stieß sie dem Mann mit der Linken ihren langen Dolch in den Oberschenkel. Mit einer Drehung des Unterarms hakte sie die Sichelklinge um sein Schwert und entwaffnete ihn. Er sprang vor, um sein Schwert wieder in den Griff zu bekommen. Doch Tori rammte ihm den Dolch von unten durch den Hals und bis hinauf in den Kopf.

Mart wich dem Schlag seines Gegners aus. Er täuschte mit seinem Schwert an und trat zu. Mit Wucht rammte er dem Mann den schweren Stiefelabsatz gegen das Schienbein. Er traf ihn kurz unter dem Knie, und der Knochen sprang aus dem Gelenk. Der Mann schrie auf, ließ die Waffe fallen und brach zusammen. Mart schlug ihm den Kopf von den Schultern.

Es war wieder still zwischen den Bäumen. Nur von weit oben am Hang drangen die Kampfgeräusche zu ihnen. Die beiden sahen einander an, und Tori stieß die Luft zwischen den Lippen aus.

»Pft. Laufen hinter uns her. Zu zweit. Was denken die sich?«

»Gar nichts, sonst wär'n sie in die andere Richtung gerannt.«

»Wie ist's mit Umkehrn, du?«, fragte Tori. »Der Gontas is 'n Brecher. Der kann's schaffen, wenn wir ihm den Platz zum Dreinplotzen freimachen.«

Mart zuckte die Achseln. »Vielleicht. Vielleicht auch nicht. Hilft nicht viel, wenn einer von uns sich dabei 'n Schlag einfängt, und in dem Getümmel kann keiner alle Klingen im Auge behalten.

Aber unten, am Fuß vom Hügel, da ist's ruhig. Da schaffen wir's auf jeden Fall.«

Sie rannten weiter den Hang hinab.

Mart behielt recht: Die Tiere, die Tori von oben zwischen Bäumen gesehen hatte, waren die Pferde ihrer Angreifer. Zwei Wachen waren dort zurückgeblieben, aber Mart und Tori wurden rasch mit ihnen fertig.

Sie banden zwei der Pferde los. Tori rannte zu einem dritten und hob die Sichel.

»Was tuste, verrückte Musche?«, rief Mart entsetzt.

»Hau den Zossen die Kniekehlen durch. Da könn Tarukans Fiesel uns nich nachkommen.«

»Bekloptes Miststück«, knurrte Mart. »Weißt du, was die Viecher wert sind? Und 's wird wohl die einzige Beute bleiben, die wir heimbringen können, so scheiße, wie's gelaufen ist. Ne, die nehmen wir alle mit!

»Wer is hier der Bekloppte, du?«, fragte Tori. »Wenn wir die ganzen Zossen in Reihe hinter uns herziehn, holen uns Tarukans Rotfärber zu Fuß noch ein.« Unsicher hielt sie inne. »Könn drei Pferde nehmen«, fügte sie hinzu, »und ma sehn, ob wir Gontas oben rausgehauen kriegen.«

Mart schüttelte den Kopf. »Wir sind Freiwild für die Bogenschützen, wenn wir jetzt den Pfad raufgaloppieren. Soll der Buschmann unsern Rückzug decken, ist das Beste so. Bringt uns Zeit, um hier was wegzuschaffen.«

Tori fügte sich. Sie schnitten die anderen Pferde los und banden so viele Zügel zusammen, wie sie nur irgendwie führen konnten. Dann schwangen sie sich in den Sattel. Schwerfällig brachten sie die Herde hinaus in das Tal.

»Wohin dann, du?«, fragte Tori.

Mart wies in die Berge. »Erst mal auf Abstand und da Deckung suchen, wo's rauer ist. Gehn dann später zurück und kundschaften was aus ... oder ziehn gleich weiter. Mal sehn, was kommt.«

VI. Teil:

Die Tore der Zitadelle

25.

Gontas schlug die Augen auf. Er stand da, Fesseln hielten ihn aufrecht, und er konnte kaum einen Muskel regen. Die Sonne schien ihm gerade in die Augen. Er hörte undeutliche Stimmen in seiner Nähe.

Ein Schwall Wasser schwappte über sein Gesicht. Er prustete und schüttelte den Kopf. Es dauerte einen Augenblick, bis er wieder etwas sehen konnte.

Er befand sich in einem kleinen Heerlager. Aus Planen und Baumstämmen hatten die Söldner Zelte errichtet, und überall liefen Bewaffnete umher. Sie trugen die vertraute Rüstung aus Leder und Holz. Tarukans Männer!

Ein Trupp von ihnen hatte sich bei Gontas versammelt; einer der Krieger war besser gekleidet als die übrigen. Gontas kannte den Mann nicht, aber die Gesichtszüge kamen ihm vertraut vor.

»Tarukan!«, sagte er.

Der Söldnerführer war hochgewachsen und schlank. Er mochte in den Dreißigern sein, trug einen leichten Säbel am Gürtel, ein Wams aus hellem Leder und einen breitkrempigen Hut mit blau und grün schillernden Pfauenfedern auf dem Kopf. Sein Gesicht, auf dessen obere Hälfte der Hut einen Schatten warf, war schmal und glatt rasiert. Es war gezeichnet vom Kampf und von einem Leben unter freiem Himmel, aber die feinen Narben darin schienen alle schon älter zu sein.

Ein Lächeln huschte über Tarukans dunkle Züge. Schwungvoll zog er den Lederhut vom Kopf und deutete eine spöttische Verbeugung vor Gontas an. Die Pfauenfedern auf dem Hut wippten.

»Gontas«, sagte er. »Der Kriegshäuptling der Cefron. Inzwischen Kriegsherr aller Stämme des Buschlandes, nehme ich an, seit Eurem triumphalen Empfang im Raib vor zwei Jahren. Willkommen in meinem bescheidenen Lager.

»Ich bringe dich um, du diebisches Schwein!« Gontas zerrte an den Fesseln. Tarukans Männer hatten drei Baumstämme in den Boden gerammt und an der Spitze zusammengebunden. An dieser dreikantigen Pyramide war Gontas festgebunden, die Arme mit dicken Tauen straff nach hinten gezogen. Er konnte kein Glied rühren.

»Ja«, sagte Tarukan. »Eure Anwesenheit hier lässt auch bei mir zwiespältige Empfindungen aufkommen.« Er setzte den Hut mit den wippenden Federn wieder auf und zog ein paar Handschuhe aus dem Gürtel. Damit wedelte er sacht vor seinen Lippen. »Ich überlege noch, was genau wir aus dieser Begegnung machen.«

»Vor Kurzem bin ich einem Burschen begegnet«, stieß Gontas hervor, »der hatte fast das gleiche Gesicht wie Ihr. Er hat mich gepikst mit einem Stachel, wie eine Mücke ihn gebrauchen könnte. Er hat gequiekt wie ein Schwein, als ich ihn in das Loch geworfen habe als Futter für den Wurm.«

Tarukan nickte. »Du meinst die Geschichte mit meinem Bruder. Ich habe davon gehört. Und meine Zauberer haben mich gewarnt, dass du auf dem Weg hierher bist und mich verfolgst. Ich frage mich nur, warum? Was für ein Interesse mag ein Wilder aus dem Buschland an meiner Familie haben?«

»Das Mädchen«, brüllte Gontas ihn an. »Halime! Sie stand unter meinem Schutz, und deine Räuber haben sie mitgenommen. Niemand stiehlt ungestraft etwas aus Gontas' Zelt.«

»Ah ja ...« Tarukan wandte den Kopf zur Seite ließ den Blick durch das Lager schweifen. »Das Mädchen. Jetzt, wo ich es aus deinem eigenen Mund höre ... Es fiel mir bislang schwer zu glauben, dass es wirklich darum geht. Dass ein Häuptling der Cefron durch die halbe Welt zieht für ein fremdes kleines Mädchen, noch dazu eines, das wir keineswegs aus seinem Zelt geholt, sondern weitab vom Land seines Stammes in der Wüste aufgegriffen haben.«

»Was willst du von Halime, du Hund? Ich werde dich in Stücke reißen. Kämpf mit mir, wenn du ein Mann bist, du miese kleine parfümierte Stadtratte!«

»Halime nennst du sie?« Tarukan hob interessiert die Brauen. »Das wird wohl kaum ihr richtiger Name sein, nehme ich an, aber er ist wahrscheinlich so gut wie jeder andere. Einen Zweikampf ihretwegen hatte ich eigentlich nicht im Sinn. Welchen Vorteil hätte ich davon? Ich bin ja nicht einmal derjenige, der Streit mit dir sucht. Im Gegenteil, ich habe alles getan, um bei den Buschläufern keine schlafenden Hunde zu wecken. Ich habe meine Männer, als sie nach dem Kind gesucht haben, ausdrücklich angewiesen, sich zurückzuhalten und kein Blut bei den Stämmen zu vergießen.

Trotzdem bist du jetzt hier wie ein gereizter Eber. Ich bin, ehrlich gesagt, enttäuscht und ein wenig wütend, dass meine Diplomatie so wenig gewürdigt wird. Zwei meiner Männer hast du im Steinland erschlagen, obwohl sie meinem Befehl gehorcht und dich verschont haben. Hätte nicht mein Krieger, der mir das Mädchen brachte und der seine Kameraden dabei verlor, ein größeres Anrecht darauf, Rache an *dir* zu nehmen?«

»*Jaaa.*« Gontas grinste wild. »Schick ihn nur her, den Burschen. Dann soll er für dich kämpfen.«

»Kämpfen?« Tarukan tupfte die Fingerspitzen seiner Handschuhe gegen seine Lippen. »Du hattest deinen Kampf, in den Hügeln, und du hast verloren. Jetzt bist du nur noch ein Gefangener, und ich werde nach meinem Gutdünken mit dir verfahren.« Er wandte sich an seine Männer. »Bringt das Mädchen her.«

»Was hast du mit Halime vor?«

Tarukan wandte sich wieder seinem Gefangenen zu. »Hm, Halime, ja. Recht wenig. Sie ist wertvoll. Sie ist mein Schlüssel. Ich werde nichts tun, was sie beschädigen könnte.

Aber was dich angeht, mein Freund, da habe ich keinen Grund mehr, mich zurückzuhalten. Wir sind weit weg von deiner Heimat und von deinem Stamm, und du bist auf eigene Faust hier. Außerdem darf man nicht vergessen, dass du meinen

Bruder ermordet hast. Was für einen Grund hätte ich, dich am Leben zu lassen?«

»Ja, was für einen?« Gontas zerrte wieder an seinen Fesseln. »Dann bring mich doch um, du feige kleine Ratte, und schwatz nicht stundenlang. Worauf wartest du? Oder willst du das Kind dabei zusehen lassen, du ...«

Tarukan winkte. Einer der Söldner schlug Gontas die Faust ins Gesicht und brachte ihn zum Verstummen. Blut rann Gontas über die Lippe.

»Worauf ich warte?« Tarukan trat auf Gontas zu. »Nun, man sollte niemals zulassen, dass die Rache dem Geschäft im Weg steht, nicht wahr? Nachdem du mir so freimütig bestätigt hast, dass du um des Kindes willen hier bist, will ich überprüfen, ob diese Zuneigung auf Gegenseitigkeit beruht. Was würde dieses Kind wohl für dich tun?«

Er beugte sich ganz nah zu Gontas und flüsterte ihm zu: »Sie ist ein wenig störrisch, unsere Kleine. Ich hoffe also, dass deine vertraute Gegenwart das Eis brechen kann und für eine bessere Verständigung sorgt.«

Gontas knurrte, er spie und schnappte mit den Zähnen nach Tarukan. Doch der wich behände aus und trat ein Stück zurück.

»Was für ein Mann bist du«, stieß Gontas hervor, »dass du die Rache für deinen Bruder zu einem Geschäft machst? Ein Krieger? Pah! Einen ehrlosen Münzwäger nenn ich dich!«

»Nur Geduld, mein wilder Freund«, antwortete Tarukan. »Für die Ehre meiner Familie sorge ich zu gegebener Zeit. Ah, da ist sie ja!«

Gontas hob den Kopf. Zwischen den Zelten trat eine kahl geschorene Kriegerin hervor, mit hohlen Wangen und einem so unförmigen Oberkörper unter dem Panzer, dass Gontas nicht unterscheiden konnte, ob das lauter Muskeln waren oder ob sie zu den schmalen Hüften unpassend große Brüste hatte. An ihrer Hand ging ein kleines dunkeläugiges Mädchen mit verschleiertem Blick. Halime! Vor Tarukan blieben die beiden stehen.

»Ei, Kleines.« Der Söldnerführer beugte sich zu dem Kind hinab. »Du hast Besuch bekommen. Kennst du den Onkel dort?«

Er zeigte auf Gontas. Halime zeigte keine Regung. Es war, als schaute sie durch Tarukan hindurch. Ihre Augen bewegten sich, als würde sie etwas sehen, was allen anderen verborgen blieb.

»Schade«, stellte Tarukan fest. »Ich glaube, der Onkel hätte es gern, wenn du dich an ihn erinnerst. Du könntest uns alle in das Haus auf dem Berg bringen. Dann müsste dein großer Freund nicht länger an diesem Gerüst hängen. Es liegt nur an dir.«

»Du musst gar nichts tun für diesen Dunghaufen«, brüllte Gontas. »Ich ertrage gern, was er mit mir anstellt, solange ich nur weiß, dass er vor der Zitadelle verreckt und doch nicht bekommt, was er will.«

Seine Worte waren in den Wind gesprochen. Halime schien ihn ebenso wenig wahrzunehmen wie Tarukan.

Der Söldnerhauptmann schnippte mit den Fingern. Einer der drei schwarz gewandeten Zauberer, die am Rande der Szenerie bereitstanden wie Aaskrähen, eilte mit einem flachen Holzkästchen herbei. Ein Söldner kam und brachte Tarukan einen Lederschurz. Langsam zog Tarukan seine dünnen Handschuhe an.

»Gut, Mädchen. Während du darüber nachdenkst, wollen wir einmal nachschauen, was dein Freund uns alles mitgebracht hat.«

Er trat wieder vor Gontas hin und ließ sich von seinem Gefolgsmann in den Lederschurz helfen. Der Zauberer blieb mit dem Kästchen neben ihm stehen. Gontas kam die blasse, abgemagerte Gestalt nur allzu vertraut vor. Wie Sarjat vom Knochenturm, wie die beiden Zauberkundigen, die sie in Kar Ombos angetroffen hatten, sahen auch die drei Hexenmeister in Tarukans Gefolge so aus wie in Lumpen gehüllte Leichen, nur dass die Lumpen in diesem Falle schwarze und dunkelgraue Fetzen waren, die ihnen an den knochigen Leibern herabhingen und so etwas wie eine Robe bildeten. Eine der Gestalten schien eine Frau zu sein.

Gontas fragte sich, wie viel von dem Gelichter Tarukan um sich geschart hatte. Er wand sich in seinen Fesseln, aber die Stricke gaben nicht nach.

»Je ruhiger du bleibst, umso berechenbarer bleibt der Schaden«, sagte Tarukan. »Ich verschneide mich dann nicht so leicht, und das verringert die Gefahr, dass du verblutest.«

Der Zauberer öffnete sein Kästchen und zeigte Tarukan den Inhalt. Es funkelte silbern darin, gebogene und gerade Messer, Haken und Nadeln und Zangen waren in ausgeschnitzten Fächern ordentlich aufgereiht. Die meisten Werkzeuge waren klein und zierlich und hatten einen langen Griff. Es war das Feldbesteck eines Chirurgen.

Tarukan musterte den spärlich bekleideten Körper des Buschläufers. Seine Augen funkelten, und mit einem Finger strich er über die Bauchmuskeln, die hart hervortraten, während Gontas sich bemühte, die Fesseln zu sprengen.

»Das sieht interessant aus.« Tarukan holte ein Skalpell aus dem Kasten, und Gontas spürte, wie das kühle Metall mit der stumpfen Seite an seinem Muskel entlangstrich.

Dann stach Tarukan zu.

Gontas' Augenbraue zuckte, aber es war schon vorbei. Der Schnitt an der Seite seines Bauchs war winzig, ein feines Rinnsal Blut rann dort hinab.

Gontas schnaubte. »Das nennst du Folter? Da hab ich mich beim Bartscheren schon schlimmer geschnitten.«

»Hm, interessant«, bemerkte Tarukan abwesend. »Ich dachte immer, die Buschläufer haben kaum Bartwuchs. Ich nehme also an, du plapperst nur etwas nach, was du in den Städten gehört hast. Ein vergeblicher Versuch, mich zu beeindrucken. Uz, wo bleibt mein Wachs?«

Ein weiterer Söldner lief herbei. Er brachte einen kleinen Tiegel, der auf einem Gestell über einer rußenden Flamme ruhte. Tarukan wandte sich wieder Gontas zu.

»Folter«, murmelte er. »Nein, den Ausdruck möchte ich nicht

gebrauchen. Nennen wir es eine Untersuchung. Ich war stets der Meinung, dass ein Krieger den menschlichen Körper kennen sollte. Darum habe ich viel Zeit bei den Feldscheren verbracht, um alle Feinheiten des Fleisches zu erforschen. Ich möchte behaupten, ich verstehe inzwischen eine Menge davon und habe jede Ader, die ein Mensch haben kann, mit eigenen Augen gesehen. Dein Leib allerdings bietet so ein prachtvolles Material zur Anschauung, dass ich die Gelegenheit nicht verpassen will.«

Tarukan schob feine Haken durch den Schnitt. Gontas fühlte, wie der Stahl durch seinen Körper kroch. Er wehrte sich und bäumte sich auf in seinen Fesseln. Tarukan glitt mit seinen Instrumenten ab, der Schmerz flammte schlimmer auf, und Gontas wand sich noch mehr.

»Verflucht«, schimpfte Tarukan. »Haltet ihn fest. Sonst verlier ich noch eine Ader.«

Von beiden Seiten traten Söldner an das Gestell. Sie umfassten Gontas und versuchten, ihn ruhigzuhalten.

Tarukan führte ein Instrument nach dem anderen durch den Schlitz ein, Haken und Klammern und feine Messer. Manchmal tupfte er mit einem langen Stab Wachs aus dem Tiegel und drückte ihn in das Fleisch, um die Blutung zu stillen. Ein Brennen wanderte durch Gontas' Leib, breitete sich aus und vereinte sich mit dem Schmerz in seinen verkrampften Gliedmaßen. Er schwitzte und atmete schwer, aber er schrie nicht.

Dann setzte Tarukan eine Zange an. Gontas fühlte den Zug durch seinen ganzen Körper. Tarukan schnitt, etwas schnappte in Gontas' Bauch zurück, er zuckte hilflos. Es fühlte sich an wie ein Peitschenhieb in seinem Inneren. Gontas stieß ein gepresstes Stöhnen aus, das zu einem unterdrückten Schrei wurde.

»Hm, hm.« Tarukan wirkte so konzentriert wie ein Handwerker, oder wie ein echter Wundarzt bei einem Eingriff. »Mal sehen, das andere Ende vermute ich ...«

Er machte einen weiteren Schnitt, tiefer und weiter vorn am Bauch. Wieder setzte er seine Instrumente an, die Zange, das größere Skalpell ... Gontas hielt den Atem an, aber es gab nur einen weiteren brennenden Schmerz, kein Schnappen, kein Zucken. Mit der Zange zog Tarukan einen vollständigen Muskelstrang heraus. Die Wunde riss dabei weiter auf. Gontas' hastige Atemzüge klangen fast wie ein Schluchzen, und er konnte nichts dagegen tun.

Tarukan trat zu Halime. Der Muskelstrang hing in seiner Zange wie ein zuckender Blutegel, oder wie ein blutiges Stück Filet, das er frisch aus dem Schlachtvieh gelöst hatte.

»Was sagst du dazu? Wollen wir nachschauen, was dieser Wilde außer Muskeln noch alles vorzuweisen hat? Oder willst du mich lieber in die Zitadelle führen?«

Halime stand vor der unförmigen Söldnerin. Die hatte beide Hände auf die Schultern des kleinen Mädchens gelegt, eine schützende Geste, die zugleich dafür sorgte, dass Halime sich nicht abwenden konnte. Das Kind sagte nichts, aber ihre Augen weiteten sich kaum merklich. Ihr Blick verriet, dass Tarukan zu ihr durchdrang.

»Lass das Kind in Ruhe.« Gontas wollte diese Worte rufen, aber seine Stimme klang belegt, und er brachte nur ein Krächzen zustande. »Sie weiß gar nichts. Warum sollte ausgerechnet ein kleines Mädchen wissen, wie man in die Zitadelle gelangt?«

»Hm?« Tarukan drehte sich zu ihm herum. Er legte das Muskelstück auf einen Teller, den einer seiner Männer ihm reichte. »Eine interessante Frage, nicht wahr? Und doch haben meine Zauberer mir genau das bestätigt. Sie haben mir auch gesagt, dass du kommst und wo wir dich am besten erwarten sollen, und damit haben sich recht behalten.«

»Zauberer.« Gontas musterte die schwarz gewandeten Gestalten hasserfüllt.

»Ja – Zauberer.« Tarukan grinste breit. »Und wenn sie sich bei dem Mädchen irren, dann wirst du den Preis dafür bezahlen. Dann stirbst du umsonst bei meinem Versuch, einem Kind ein Geheimnis zu entlocken, dass es gar nicht kennt.«

»Er darf nicht sterben«, warnte ihn der Zauberer, der das Chirurgenbesteck hielt. »Die Götter haben seinen Leib gezeichnet, sodass er keine Gefahr mehr darstellt. Doch wenn Ihr seinen Geist freisetzt, weiß niemand, was geschehen wird.«

»Pffft, Geister«, entgegnete Tarukan. »Das sind Eure Sorgen. Wenn er mir nicht hilft, das Mädchen gefügig zu machen, ist er nutzlos für mich. Und in all meinen Jahren im Kriegshandwerk habe ich nie erlebt, dass tote Feinde mir noch mal in die Quere kamen.«

Tarukan schaute Halime an. »Ich werde einen Muskel nach dem anderen aus seinem Leib ziehen, bis von diesem stolzen Krieger nichts übrig bleibt als ein schlaffer Sack aus Haut, der höchsten noch prall gefüllt sein kann mit dem Blut, das ich in seinem Inneren vergießen werde. Es sei denn, du gibst mir ein anderes Ziel, Kleines.«

Er ging zu Gontas zurück und winkte den Zauberer mit den Messern zu sich.

»Halt.« Halimes Stimme klang leise, aber so klar und deutlich, dass Gontas zusammenzuckte und fast den pochenden Schmerz an seinem Bauch vergaß.

So lange hatte er Halime schweigend erlebt, so kurz und unwirklich war jener Moment gewesen, als sie miteinander geredet hatten, dass er immer noch überrascht war, wenn sie nicht stumm blieb.

»Ich muss allein in die Zitadelle«, sagte das Kind. »Ich muss sie vernichten, weil sonst die ganze Welt verloren ist.«

Tarukan ging wieder zu ihr. »Wie will ein kleines Mädchen ein Bauwerk zerstören, das sich über einen ganzen Berg erstreckt?«

Halime zuckte die Achseln. »Es muss getan werden.«

»Wenn du mich in die Zitadelle bringst«, sagte Tarukan, »werde ich alles in Besitz nehmen, was sich darin befindet. Und ich habe nicht vor, die Welt damit zu zerstören.«

Halime schüttelte den Kopf. »Die Zitadelle ist gefährlich. Alles darin ist gefährlich. Die alten Götter haben es zurückgelassen, und solange es da ist, wird kein Mensch sicher sein.«

Tarukan ging vor dem Kind in die Hocke, sodass sie auf Augenhöhe waren. »Ich weiß, dass die Zitadelle voll ist von göttlichen Schätzen und Waffen. Das berichten die alten Legenden. Wenn ich meine Hand darauflegen kann, werde ich als Eroberer zurückkehren und alle Länder unter meiner Herrschaft vereinen.

Darum sind die Geheimnisse der Zitadelle sicher bei mir. Ich will die Länder nicht verheeren, die ich beherrschen kann. Und ich werde verhindern, dass irgendjemand sonst seine Hand auf das legt, was die Zitadelle verbirgt. Du siehst, kleines Mädchen, ich biete dir einen Handel, der deinen schlimmsten Bedenken Rechnung trägt. Oder traust du mir so wenig, dass du glaubst, ich würde durch Wahnsinn oder Unvermögen meinen Triumph als Eroberer aufs Spiel setzen und die Macht der Zitadelle nicht maßvoll gebrauchen?«

»Ihr versteht nicht«, sagte Halime. »Kein Mensch *gebraucht* die Zitadelle. Ihr dürft auch Euren Zauberern nicht vertrauen. Sie werden Euch ins Verderben führen, wenn Ihr die Grenzen der Zitadelle überschreitet.«

»So?« Tarukan strich dem Mädchen über den Kopf. »Lass die Zauberer meine Sorge sein. Und die Zitadelle. Solange du in meiner Obhut bist, kannst du ohnehin nicht hinein. Du kannst hier draußen warten, während wir die Anatomie deines Freundes studieren und die Zitadelle sich selbst überlassen, bis jenes Unglück eintritt, das du fürchtest. Oder du öffnest mir die Tore, rettest deinen Freund und gibst mir vielleicht die Möglichkeit, das Schlimmste zu verhindern, wenn dieser Ort wirklich so gefährlich ist, wie du behauptest.«

Es wurde still zwischen den beiden. Gontas konnte nicht sehen, was mit Halime vorging, weil Tarukan zwischen ihnen stand. Er wollte etwas einwerfen, eine Ermunterung für das Mädchen, eine Beleidigung für Tarukan. Aber er fühlte sich so hohl an Leib und Seele, als hätte Tarukan mit seinem Messer aus seinem Inneren mehr geraubt als nur ein Stück Fleisch.

»Was ist, Kleines?«, fragte Tarukan ungeduldig. »Eine Übereinkunft, oder die Messer?«

»Ich bringe Euch in die Zitadelle«, flüsterte Halime.

Tarukan richtete sich auf. »Jaaa!«, stieß er hervor. »Ich wusste, wir werden uns einig, wenn ich nur die richtige Münze für dich finde. Wie kann ich sie durchbrechen, die Tore von dem verfluchten Ding?«

»Sie können nicht durchbrochen werden«, sagte Halime. »Aber ich kann hindurchgehen. Ich kann Euch mitnehmen ... Aber ich habe Euch gewarnt!«

Tarukan blickte in die Runde. Seine schmalen Augenbrauen schoben sich skeptisch zueinander. »Du kannst hindurchgehen, wo all meine Männer in den letzten Tagen verbrannt wurden?«

Halime nickte.

»*Wie?*«, fragte Tarukan.

»Ich habe geträumt, dass ich die Tore der Zitadelle durchschreiten kann. Genau wie ich geträumt habe, dass die Zitadelle erwacht, wenn sie nicht beizeiten vernichtet wird, und dass dann das Ende der Welt gekommen ist.«

»Großartig!« Tarukan riss die Arme hoch und schritt in weitem Bogen zwischen seinen Leuten einher. Gontas sah verwischtes Blut, dort, wo er Halimes Haar berührt hatte. »Träume und die Weissagung von Hexenmeistern. Auf diesem Grund soll ich mein Reich errichten? Oder gibt es noch mehr, was ihr mir anbieten könnt?«

Er blieb vor dem schwarz gewandeten Zauberer stehen, der mit seiner Gefährtin am Rand des Kreises gewartet hatte. Der Hexer mit dem Messerkästchen folgte ihm immer noch, sodass Tarukan nun von seinen Zauberern umgeben war.

»Nein«, sagte die Hexe. »Mehr gibt es nicht. So werdet Ihr die Zitadelle der Götter betreten.«

Tarukan zupfte sich die blutigen Handschuhe von den Fingern und warf sie einem seiner Söldner zu. Dann riss er den Säbel aus der Scheide. Er stieß dem Hexer vor ihm die linke Hand gegen die Kehle, holte zugleich mit dem Säbel aus und schlug der Zauberin den Kopf von den Schultern. Dann fuhr er herum und rammte dem dritten Magier die schmale Klinge in die Brust. Das Kästchen mit dem Chirurgenbesteck fiel zu Boden, es klappte auf, und Skalpelle fielen heraus. Tarukan zog seine Waffe wieder heraus und enthauptete auch den ersten Zauberer, der sich röchelnd zusammenkrümmte.

All das war so schnell gegangen, dass Gontas nur eine einzige fließende Bewegung sah.

»Wenn das alles ist, was ihr mir geben könnt«, sagte Tarukan, »dann bedarf ich eurer Unterstützung nicht länger. Wie meine neue kleine Verbündete so treffend herausgestrichen hat: Ich kann nicht riskieren, dass ihr an die Macht der Zitadelle herankommt.«

Der dritte Zauberer stand immer noch da, obwohl Tarukans Klinge ihm das Herz durchbohrt hatte. Der Söldnerführer wurde erst darauf aufmerksam, als der Mann das Wort ergriff.

»Ihr versteht uns falsch, Herr«, sagte er. »Wir Zauberer von Kar Ombos hatten nie etwas anderes vor, als zu dienen.«

Tarukan trat dem Hexer die Beine weg. »Dann diene mir endlich und stirb!«

Der Mann kippte um und regte sich nicht mehr. Tarukan stocherte misstrauisch in dem toten Körper herum. Dann beugte er sich zu ihm hinab und untersuchte ihn gründlich. Aber der Zauberer war tot, und die letzten Worte, die er mit durchbohrtem Herzen gesprochen hatte, blieben so unwirklich wie ein Traumbild.

Tarukan schnaubte. »Macht hier sauber«, fuhr er seine Männer an. »Verbrennt die Leichen. Das Mädchen hat recht, diesen Zauberern kann man nicht trauen. Nicht einmal so weit, dass sie tot bleiben.«

Er wischte seinen Säbel sauber und ging zu Halime zurück.

»War das klug, Hauptmann?«, fragte deren Hüterin, die unförmige Kriegsfrau. »Womöglich brauchst du Zauberer, um die Geheimnisse der Zitadelle zu verstehen.«

»Mach dir keine keine Sorgen, Isme«, antwortete Tarukan. »Wir haben noch den Verrückten. Da kann ich mir wenigstens sicher sein, dass er keine eigenen Pläne verfolgt.«

26.

Die Dragoner errichteten ihr Lager an der Südflanke des Bergriesen, über dessen Schulter sie sich zuletzt gekämpft hatten. Nur ein einziger einsamer Berg lag noch vor ihnen, auf der anderen Seite eines breiten Tals, wie ein verstoßener Bruder all jener eisbedeckten Gipfel, die sie hinter sich gelassen hatten.

Das war ihr Ziel, verkündete Borija. Dennoch ließ er den ganzen Trupp erst einmal haltmachen, ungeachtet der Eile, die er bis dahin an den Tag gelegt hatte.

Swetja beklagte sich nicht. Vom eisigen Winter waren sie innerhalb eines Tages geradewegs in den Sommer marschiert, und ihr drehte sich der Kopf von all den Veränderungen. Die kleinen Zelte, die die Soldaten von den verbliebenen Packtieren luden, kamen ihr vor wie ein Luxus, und sie schlief einen Nachmittag, eine Nacht und bis weit in den nächsten Morgen hinein.

Es war Anisja, die sie weckte. »Herrin, die Kundschafter sind zurück.«

»Geht es weiter?«, fragte Swetja wenig begeistert. Der Kopf tat ihr weh, als hätte sie auf einem Ball zu viel Wein getrunken.

Wenn es nur so wäre, dachte sie. *Dann hätte ich wenigstens schöne Erinnerungen, auf die ich als Trost zurückblicken könnte, und nicht nur einen wilden Ritt durchs Gebirge.*

»Ich weiß nicht«, sagte Anisja. »Ich glaube nicht ...«

»Warum weckst du mich dann? Soll Borija doch erst mal die Kundschafter befragen.«

»Aber sie haben Fremde ins Lager gebracht«, erklärte Anisja mit einem treuherzigen Augenaufschlag. »Und ich kriege doch nichts mit, Herrin, wenn Ihr nicht dabei seid.«

Swetja schnaufte belustigt. »Au!« Sie stand auf. »Fremde, sagst du?«

Ihre Neugier kämpfte sich allmählich hoch, musste dabei aber mächtige Gegner überwinden: Neben dem Kopf taten ihr auch die Muskeln in den Beinen weh, der Rücken und ihre übrigen Gliedmaßen fühlte sich steif an. Außerdem konnte sie den Anfang einer Erkältung fühlen, die gewiss herauskommen würde, sobald Swetja sich noch ein wenig mehr verausgabte.

»Ach, Nis«, sagte sie. »Bist du sicher, dass nichts an mir erfroren ist? Ich fühle mich, als hätte der Berg mich durchgeprügelt.«

»Das ist ein gutes Zeichen, Herrin«, sagte die Magd. Sie half Swetja beim Ankleiden. »Wäre etwas erfroren, würde es sich taub anfühlen. Oder Euch wäre zumute, als täte der Berg Euch jetzt noch glühende Stecken nachschieben und Eure erfrorenen Gliedmaßen damit traktieren. Aber was nicht taub ist und nicht brennt, das erholt sich wieder. Aber seid Ihr Euch sicher, dass Ihr auch Eure Nase spürt? Die sieht nämlich so blau aus wie ein Eiszapfen!«

Erschrocken fasste Swetja sich an die Nasenspitze. Die fühlte sich ganz normal an.

Anisja lachte.

»Oh, Nis, du …« Swetja suchte nach einem Wort, das der Lehrer für alte Sprachen ihr ganz gewiss nicht beigebracht hatte.

Die Magd verteidigte sich. »Ich muss Euch doch wach bekommen, Herrin. Die Sonne steht schon hoch am Himmel, und wenn wir uns nicht beeilen, weiß jeder Sattelknecht vor uns, was es mit diesen Fremden auf sich hat. So, wir sind fertig! Kommt jetzt – Borija erwartet Euch sicher schon.«

»Na, das bezweifle ich sehr.«

»Wenn er mich besser kennen würde, dann täte er das aber!« Anisja grinste.

Sie traten nach draußen. Viele Dragoner gingen ihren Pflichten nach, sie richteten ihre Ausrüstung, kümmerten sich um die Pferde, manche spielten Karten oder lagen da und schliefen, wie Soldaten anscheinend immer und überall schlafen konnten. Viele von ihnen hatten sich allerdings dort versammelt, wo Borija sein Kommandozelt aufgeschlagen hatte.

Sie machten respektvoll Platz, als Swetja zwischen ihnen hindurchging, und Anisja folgte ihrer Herrin.

Borija saß vor dem Zelt, umringt von seinen Leutnants. Vor ihm standen zwei Gestalten in abgewetzter Lederrüstung – ein Krieger mit Augenklappe in einem wuchtigen Panzer aus gehärtetem Leder, und eine Frau, deren dunkles Wams und deren dunkle Hose sich weich an den Körper schmiegten. Die Frau hatte einen mit Riemen umwickelten Stumpf, wo eigentlich die rechte Hand sitzen sollte.

»Söldner aus Khâl!«, entfuhr es Swetja. »Was machen die denn hier am Ende der Welt?«

Borija sah sie missbilligend an, sagte aber nichts.

Der einäugige Söldner wandte sich zu ihr hin und entblößte seine fleckigen Zähne. »Eh, so 'ne Frage hab ich mir auch gestellt. Nur ging's mir eher drum, warum halb Modwinja sich hier auf der falschen Seite der Berge versammelt. Und ihre Mädels ha'm sie auch gleich mitgebracht!«

»Die falsche Seite der Berge?« Borija runzelte die Stirn. »Der ganze Norden gehört Modwinja. Ihr seid auf der falschen Seite der Wüste, Söldner, und weit weg vom heimatlichen Boden.«

»Was die Mädchen angeht«, warf Swetja empört ein, »die findet Ihr in Eurer eigenen Gesellschaft genauso.«

Die einhändige Frau grinste sie an. »Ich bin als Kriegerin hier, Püppi, nicht als Lagerwärmer. Du schaust bestimmt oft genug in den Spiegel, dass dir der Unterschied nicht entgehn sollte, hm?«

Swetja schnappte nach Luft. Ein paar Soldaten schmunzelten. Swetja wurde rot und verschränkte die Arme vor der Brust. Borija sprang ihr bei. »Beleidige die edle Dewa nicht, Söldnerhure. Sie stammt aus einer der ersten Familien des Reiches, und ich lasse nicht zu, dass ihre Ehre gekränkt wird.«

Die Söldnerin hob den Armstumpf. »So 'n Schniegel seid Ihr, hm? Aber keine Sorge, is nicht meine Art, so 'n Häschen zu beleidigen, die 'n Protz braucht, der für ihre Ehre einsteht. Will aber wetten, du würd'st *mich* nicht so leicht beleidigen, wennste nicht die ganzen starken Männer bei dir stehn hätt'st, die dich beschützen und die mir meine Kralle gezogen haben, hm?«

»Nennst du mich einen Feigling, Weib? Willst du mich zum Duell fordern?« Borijas Hand fuhr zum Säbel. Dann ließ er sie wieder sinken. »Nein. Du bist eine Frau und nicht einmal von Stand. Ich hoffe, ich werde noch Gelegenheit bekommen, dir Benehmen einzuprügeln. Aber erst mal hab ich Wichtigeres zu tun, als mich mit deinem Gekläff abzugeben.

Meine Heimat wird bedroht, da ist irgendeine Magie am Werk, und hier nimmt sie ihren Ausgang. So viel wissen wir. Und ganz zufällig finden wir jetzt einen Haufen Söldner aus Khâl an diesem Ort. Was sagt ihr dazu? Sieht das nicht ganz so aus, als wären wir einer Verschwörung der Südlande gegen das Königreich auf die Spur gekommen?«

Der einäugige Söldner trat vor und stellte sich zwischen Borija und seine Kameradin. »Aye, Hauptmann, in einem habt Ihr schon mal recht: Die Musche bei mir ist 'ne Gossenkatze ohne Manieren. Hab's selbst oft genug versucht, der welche einzubläuen. Is nicht nötig, dass ihr Euch damit die Finger schmutzig macht.

Und was die andre Sache angeht: Von Zauberei versteh ich nichts und hab auch keine Ahnung, was das Getümmel hier mit Eurem Königreich zu tun hat. Aber wenn Ihr 'ne Verschwörung der Südlande sucht, dann rat ich Euch, schaut mal bei Hauptmann Tarukan vorbei. Das ist ein Schwein und ein Schurke aus Apis. Er treibt sich mit seinen Männern da drüben am Berg rum, und er hat 'nen Haufen widerlicher Finckler dabei, das haben wir schon gemerkt. Wir sind ihm quer durchs Steinland gefolgt, aber der Kerl is uns über.

Mit Eurem Heer allerdings, da könnt Ihr den Burschen glatt in der Nacht überrennen, und seine Hexer gleich dazu. Wie wär das? 'n kleiner Anteil von der Beute, und wir gehn Euch gern zur Hand dabei.«

Borija wischte das Angebot mit einer wegwerfenden Geste beiseite. »Ja, Söldner. Für einen kleinen Preis würdet ihr selbst euren Bruder verraten. Aber wer sagt mir, dass ihr nicht selbst zu diesem Tarukan gehört und mich bei nächster Gelegenheit genauso hintergeht wie jetzt ihn?«

Die Frau schob sich wieder nach vorn. »Herr«, sagte sie und schien mit einem Mal ihren Trotz abgelegt zu haben. »Wir waren zu dritt, als wir die Berge erreicht haben: Gontas, ein Krieger der Buschläufer, war unser Begleiter. Wenn wir schnell zuschlagen, mit Eurer Hilfe, können wir ihn womöglich aus dem Lager der Feinde befreien. Und wenn ein Gefangener aus Tarukans Lager unser Kamerad ist, beweist das nicht, dass wir keine Freunde von den Fieseln sind?«

»Gontas ist tot, dumme Schnepfe.« Ihr Begleiter verdrehte die Augen. »Warum sollte Tarukan ihn am Leben lassen?«

Die Söldnerin stieß ihn mit dem Ellbogen an. »Haste nich gehört, was der Hahn auf'm Pass gerufen hat? ›Zwischen die Schilde!‹ Und wenn man 'nen Gegner zwischen die Schilde nimmt, will man ihn lebend.«

Der Tag verging. Borija traf keine Entscheidung. Die beiden fremden Söldner wurden unter Bewachung gestellt, Späher sicherten das Lager. Der Rest der Truppe beschäftigte sich, so gut jeder es vermochte.

Swetja empfand eine zunehmende Unruhe. Nach ihrem Gewaltritt durch Modwinja, dem beschwerlichen Weg durch die Wälder und übers Gebirge war diese Untätigkeit schwer zu ertragen. Zudem fühlte sie weiterhin das Auge des Styx auf sich lasten, obwohl der rote Mond in ihrem Lager nicht zu sehen war, weil der Berg in ihrem Rücken ihn verdeckte.

Aber der Styx war immer noch groß und rot, und das hatte etwas zu bedeuten. Beides wusste Swetja, ohne dass es dafür eines weiteren Beweises bedurfte. Warum saß Borija einfach da und tat gar nichts?

Als Swetja an diesem Nachmittag beobachtete, wie die einäugige Söldnerin in Begleitung zweier Wachen das Lager verließ, rief sie Anisja zu sich, und gemeinsam schlichen sie ihnen nach.

Der Weg führte sie ein Stück hangauf und in ein Seitental. Ein kleiner, mit Schilf bestandener Tümpel lag dort, in dessen klarer Mitte sich der Berggipfel spiegelte. Es war kühler als in dem Lager, das frei unter der Sommersonne lag, aber die Söldnerin traf Anstalten, ein Bad zu nehmen. Sie stritt sich mit den beiden Wachen über den Abstand, den der Anstand in so einem Fall gebot.

Swetja trat hinzu. »Ihr könnt euch zum Talausgang zurückziehen«, sagte sie zu den Dragonern. »Ich behalte sie im Auge.«

»Ihr?«, erwiderte einer der Soldaten. »Nun, ich meine, das ist nicht ...«

»Ich werde auch ein Bad nehmen«, verkündete Swetja. »Und dabei werdet ihr bestimmt nicht am Ufer stehen.«

»Ähm, bei allem Respekt, Herrin: Wenn Ihr mit der Fremden ins Wasser geht, könnt Ihr sie noch viel weniger beaufsichtigen. Sie könnte sogar versuchen, Euch zu ertränken.«

»Seid nicht dumm, Soldat. Was hätte sie davon? Außerdem, solange meine Magd am Ufer auf die Kleider achtgibt, sollte das als Sicherheit reichen. Die Frau wird wohl kaum nackt durch die Berge fliehen – wenn es überhaupt einen zweiten Ausgang aus diesem Talkessel gibt, und es sieht nicht danach aus.«

Die Wachen entfernten sich widerstrebend. Ob sie sich wohl bei Borija über sie beschweren würden? Wenn ja, dann gewiss nicht sofort.

Die Söldnerin stand bis zu den Hüften im Uferschilf und verdrehte die Augen. »Hm, Damenbad«, murmelte sie.

Swetja wandte sich ihr zu und streifte das Kleid ab. »Tori war Euer Name?«, fragte sie. »Ich bin Swetjana.«

»Hm.« Tori ließ sich ein wenig tiefer ins Wasser gleiten. »Nimm's nicht persönlich oder so, du, aber ich hab keine Lust, hier die Gesellschafterin zu spielen, wennste dich allein fühlst unter den ganzen Soldaten. Hab selbst genug Probleme. Also, wie wär's, du: Lässt mich hier was allein weiterplatschen und suchst dir 'n eigenen Tümpel, hm?«

Swetja versuchte zu lächeln. »Ich kann vielleicht ein Stück

Seife beisteuern«, sagte sie. »Nis hat immer ein bisschen was in der Tasche, um mich herzurichten.«

Die Magd kramte bereits danach. Tori zog die Nase kraus und rang sich dann ein Lächeln ab. »Hm, gut, Püppchen. Weißt scheinbar, wie man mit Söldnern verhandelt. Mit der Seife kaufste dir 'n Platz in meiner Wanne. Lass dir aber nicht einfallen, hier 'n Mädchenklatsch aufziehn zu wollen, du.«

Swetja entkleidete sich ganz. Sie drückte das Schilf beiseite und stieg zu der Kriegerin ins Wasser. Der Bergsee war überraschend kalt. Swetja schnappte nach Luft und biss die Zähne aufeinander. Sie reichte Tori die Seife.

Die Söldnerin nahm das Stück entgegen, und Swetja betrachtete ihre Narben. Vor allem der Armstumpf faszinierte und ekelte sie zugleich. Die Frau hatte die Lederriemen abgenommen, mit denen er sonst umschnürt war. Die Haut darunter wirkte so hart und schrundig wie eine einzige große Narbe. Ganz vorn war eine Stelle, die aussah wie eine grindige Kruste. Swetja fragte sich, ob da noch ein Stück Knochen aus der längst verschorften Wunde schaute. Der Gedanke bereitete ihr Übelkeit, aber sie konnte den Blick nicht davon wenden.

»Habt Ihr die Hand im Kampf verloren?«, fragte sie.

»Ne, du. Durch Verrat.« Toris Stimme klang abweisend. Der Blick, den sie Swetja dabei zuwarf, sprach Bände.

Die beiden plätscherten ein wenig in dem klaren Wasser. Swetja unterdrückte tapfer ein Zittern, als der See ihr die Wärme aus dem Leib sog, die sie im Laufe des letzten Tages erst mühsam wieder hineingebracht hatte, seit sie von dem verschneiten Pass abgestiegen waren. Sie spürte, wie ihre Nase und ihr Hals kribbelten, und fragte sich, ob das gemeinsame Bad wirklich eine gute Idee gewesen war.

Aber wenn sie es schon auf sich nahm, sollte es sich wenigstens lohnen. Sie grübelte über einen anderen Weg nach, um das Gespräch wieder in Gang zu bringen.

»Ihr meintet, ein Freund von Euch wäre von diesen anderen Söldnern gefangen genommen worden. Mich wundert, dass Ihr da in Ruhe ein Bad nehmt.«

»Na, Euer Oberprotz hält uns hier fest. Gibt nich viel, was wir sonst tun können, eh?«

»Ich würde meinen, Ihr würdet vielleicht fliehen wollen ...«

»Damit wir unserm Kameraden helfen, meinste, hm?« Tori lachte. Dabei blickte sie sehnsüchtig über das Schilf hinweg auf die Anhöhe, hinter der sich der Berg mit der Zitadelle verbarg. »Meinst wohl, wir sind mildtätige Herrschaften, eh? Ne, wir sind Söldner. Zahlt uns keiner für, wenn wir aufbrechen und unseren Kumpel rausplotzen.«

»Er ist Euer Freund«, wandte Swetja ein.

Tori zuckte die Achseln. »Vielleicht. Gibt eh nich viel, was wir tun können, solang euer Protz hier auf'm Arsch hocken bleibt. Tarukan hat 'ne halbe Armee da draußen, und der Mart hat 'n Gontas schon aufgegeben. Kann nich allein losstürmen.«

Sie schwiegen eine Weile. Tori wog das Stück Seife in der Hand.

»Das war Gontas' Ding, mit'm Baden. Dacht mir, probier ich mal aus, wenn ich eh hier festsitz. Andenken ehren und so was, hm.«

Sie lachte. Es klang nicht echt.

»Wir könnten möglicherweise ... mehr tun.« Swetja senkte die Stimme und schob sich näher an Tori heran.

»Eh?«

»Ihr habt gesagt, dieser fremde Hauptmann will in die Zitadelle. Ich kann mir nicht vorstellen, dass es gut für uns ist, wenn er das schafft. Und Hauptmann Borija hatte dasselbe Ziel, wenn ich ihn richtig verstanden habe. Wir haben extra einen gefährlichen Abstecher gemacht, damit er sich von einem Zauberer den Schlüssel zu dieser Zitadelle besorgt. Und jetzt wartet er hier, hört sich eure Geschichte an und tut gar nichts.

Das gefällt mir nicht.«

»Biste nicht gewöhnt, du, dasste nich kriegst, was dir gefällt, hm?«

Swetja fuchtelte mit den Armen. Diese Söldnerin trieb sie zur Weißglut! »Aber darum geht es doch gar nicht! Meine Heimat wird von finsteren Mächten übernommen, und Borija hat uns hergeführt, um etwas dagegen zu tun. Jetzt sind wir hier und tun nichts. Aber der Mond des Styx leuchtet *jetzt*, und ich habe das Gefühl, wir können es uns nicht erlauben, noch länger zu warten.«

»Hm, hässlicher Mond, stimmt schon.« Tori strich sich nachdenklich über das borstig kurze Haar. »Aber was bedeutet das?«

»Ich ...« Swetja stutzte. Was sollte sie dieser Söldnerin erzählen? Von ihren eigenen Berechnungen, kurz bevor ihre ganze Welt auf den Kopf gestellt worden war? Von den Prophezeiungen, die sie zum Mond des Styx gehört hatte? Davon, dass sie im Grunde gar nicht wusste, wie alles zusammenhing, sondern dass sie nur ein schlechtes Gefühl hatte?

»Ich bin eine Sterndeuterin«, sagte sie nur. Sie wusste, dass die Sterndeuter aus Modwinja im Süden einen guten Ruf genossen, dass sie fast schon als Zauberer galten. Vermutlich überzeugte sie mit dieser Erklärung die Fremde am ehesten davon, dass sie wusste, wovon sie sprach, während jedes weitere Wort nur ihre Zweifel verraten mochte.

»Hm, ja.« Tori kratzte sich am Kopf. »Is gut. Ihr müsst also was tun, ihr Modwinjer, weil der Styx so hässlich rot ist. Aber warum erzählst du das mir und nicht deinem Hauptmann?«

»Ich habe ihn gedrängt«, sagte Swetja. »Aber Borija ist ... seltsam. Ich weiß nicht mehr, ob ich ihm trauen soll. Wie auch immer, er will ohnehin abwarten. Und ich will selbst etwas tun.«

»So?« Tori hob eine Augenbraue. Sie musterte das blasse Mädchen mit den eigentümlich weißen Haaren, das vor ihr bis zu den Brüsten im Wasser stand. »Und dazu willst du uns ... was, anheuern? Vergiss nicht, sind Söldner, der Mart und ich. Und dein Kampf ist nicht der unsere.«

»Ich dachte mir, wenn ich Euch helfe, von hier fortzukommen, wäre das schon ein Anreiz.«

»*Du* willst uns aus'm Lager schaffen?« Tori musterte sie abfällig.

»Oh ja.« Swetja war empört. »Ich weiß, was für ein Zelt für Euch vorgesehen ist. Anisja und ich können uns heute Nachmittag hinschleichen, wenn es leer steht und keiner darauf achtet, und eine Naht an der Rückwand auftrennen. Dann könnt Ihr Euch heute Nacht lautlos hinausschleichen, und wir warten unten am Hang mit Pferden auf Euch.«

Tori merkte auf. Der abfällige Ausdruck auf ihrem Gesicht verblasste. »Könnt Ihr unsere Waffen ins Zelt legen?«

»Wir kommen an die Waffen dran, da bin ich mir sicher. Aber wir bringen sie nicht zum Zelt. Wir bringen sie zu den Pferden. Ich will nicht, dass bei der Flucht jemand zu Schaden kommt.«

»Gut«, sagte Tori. »Geht vielleicht auch so. Aber was stellste dir dann vor, hm?«

»Ich habe es schon gesagt: Borija hat einen Schlüssel zur Zitadelle. Er spricht nicht viel darüber, aber es ist ein blauer Edelstein, so viel habe ich mitbekommen. Und Borija ist kein Mann, der sich mit Schmuck behängt. Wenn wir also einen Stein bei ihm finden, wissen wir, dass es der richtige ist.

Beim Abendessen können Nis und ich den Hauptmann ablenken und den Stein an uns bringen. Damit schleichen wir alle vier heute Nacht noch in die Zitadelle.«

Sie sah Tori an, halb flehentlich, halb lockend. »Und dann, wer weiß? Ich werde versuchen, dort die Ursache für das Unheil zu finden, das mein Volk heimsucht. Wenn ich es finde, werde ich es aufhalten. Euer Gefährte war doch ganz erpicht auf die Schätze der Zitadelle? Nun, mit dem Schlüssel kommen wir hinein, und er kann sich nehmen, was sein Herz begehrt.

Und was Euch betrifft, Ihr wollt Eurem Freund helfen? Nun, der Feind, dem er in die Hände gefallen ist, lagert gleich vor der Zitadelle. Womöglich können wir uns von dort aus in das Lager schleichen, von einer Seite, wo niemand es erwartet. Ihr hättet dann Gelegenheit, nach Eurem Kameraden zu suchen.So, wie ich das sehe, haben wir ein gemeinsames Ziel und gemeinsame Interessen, wenn ich euch helfe und wir heute Nacht zusammen aufbrechen.« Sie streckte Tori die Hand hin und lächelte. »Was meint Ihr – haben wir ein Bündnis? Oder einen ... wie nennt Ihr es? ... einen Kontrakt?«

27.

Mart und Tori hatten, als sie vom Steinland aus darauf zumarschiert waren, auf der Südflanke des einsamen Berges ein Bauwerk erahnt. Wenn das die Zitadelle gewesen war und Tarukan sein Lager in deren Schatten aufgeschlagen hatte, musste es dort im Tal liegen. Die beiden Söldner wollten darum herumgehen, und deshalb näherte ihr kleiner Trupp sich dem Berg in einem großen Bogen von Norden.

Sie waren den Dragonern des Hauptmanns Borija entkommen, genau wie Swetja es geplant hatte, und das Mädchen hatte sogar ihre Ausrüstung wieder besorgen und mit den Pferden bereitstellen können. Bei einer Baumgruppe am Fuß des Zitadellenberges ließen sie die Pferde zurück und gingen zu Fuß weiter. Der Styx glühte am Himmel wie ein Höllenfeuer, so aufgebläht, dass er die Landschaft unter sich zu erdrücken schien. Die rote Scheibe war weit größer als die Sonne bei Tag; nicht so hell, aber doch hell genug, dass sein Licht die nächtliche Bergwelt aus dem Dunkel riss wie eine brennende Stadt. Die eisigen Höhen im Norden glitzerten so unheilvoll wie die Hänge und Täler in ihrer Nähe.

»Wie wär's, Muschen.« Mart sah Swetja und deren Magd an. »Gebt Ihr mir den Schlüssel und wartet bei den Pferden. Ich und Tori erledigen den Rest.«

»Den Rest?« Swetja funkelte ihn an. »Wir sind nicht zum Plündern hier, wir wollen einen Fluch aufheben. Und was versteht Ihr davon?«

Mart wischte den Einwand zur Seite. »Wir sind Söldner, wir sind dran gewöhnt, hinter feindlichen Linien rumzuschleichen. Was wir nicht hinkriegen, das kriegt 'ne verwöhnte Prinzessin mit ihrer Zofe erst recht nicht hin.«

»Wir haben Euch befreit. Für mich sah das nicht so aus, als hättet Ihr das auch allein hinbekommen.«

»Da habt Ihr's auch mit Euren eigenen Leuten zu tun gehabt. Bei denen kommt ihr vielleicht durch mit was Wimperngeklimper. Aber wo Tarukan seine Wachen stehen hat oder was in der Zitadelle auf uns wartet, das wisst Ihr nicht. Da ist kein Platz für Kleider und weiße Kittel.«

Er schaute zu Anisja, die im Mondlicht zu schimmern schien.

»Hier geht es um Zauberei«, beharrte Swetja, »und davon verstehen wir mehr als Ihr. Ohne uns wisst Ihr nicht einmal, wie man den Schlüssel verwendet und die Tore der Zitadelle entriegelt. Und die magischen Gefahren, die womöglich im Inneren lauern, die würdet Ihr gar nicht durchschauen. Ihr braucht mich, Söldner, denn ich bin die Sterndeuterin.«

Mart knurrte unwillig, aber er versuchte nicht länger, sie zurückzulassen. Zum Glück fragte er auch nicht nach, wie genau Swetja den magischen Schlüssel zur Zitadelle verwenden wollte. Sie hoffte, dass ihr dazu ein Einfall kam, wenn es so weit war.

»Wir brauchen einander, hm?« Tori winkte sie in die Deckung eines Busches. »Wir schaffen Euch in den Bau rein, kleine Zauberin, Ihr kümmert Euch um die Finckelei. Aber solang wir hier draußen rumschleichen, folgt Ihr jedem Wink.«

Verstohlen huschten sie den Hang hinauf. Sie folgten Rinnen und Buschwerk, die Deckung boten. Die Steigung machte den Weg anstrengend, doch er war leicht genug zu gehen.

Die Dragoner aus Modwinja lagerten an einem Berg, der hoch und zerklüftet war, mit mehreren Gipfeln mit Gletschern und schroffen Ausläufern. Der Berg der Zitadelle war von anderer Art: Die Hänge stiegen sanft an, und erst weit oben, unter dem schneebedeckten Gipfel, ragte der Fels wirklich steil empor.

Hier, auf dem unteren Teil, wuchsen noch Bäume, in kleinen Senken erstreckten sich ausgedehnte Wiesen. Überall am Hang ragten Findlinge aus dem Bewuchs, breit und hoch wie Hütten und mit schartigen kahlen Flanken. Diese Steine stellten kaum ein Hindernis dar, als die vier über den Hang schlichen, sondern boten willkommene Verstecke.

»Ne«, brummelte Mart. »Führ ich jetzt drei Weiber aufs Feld.

Als hätt ich nicht schon genug Sorgen, die eine zu beschützen.«

»Du beschützt niemanden, Großväterchen, du«, flüsterte Tori. »Wennste noch ein klein bisschen älter und lahmer wirst, dann brauchst *du* drei Helfer, die dich ins Scharmützel tragen.«

»Noch bin ich stark genug, um dir eine zu langen, Musche. Und das ist *deine* Wunde, die ich an der Schulter trage, weil die Pfeilspitze sonst deinen leeren Kopf füllen tät, hätt ich sie nicht für dich gefangen.«

Swetja räusperte sich verlegen. »Wie hoch steigen wir noch?«, fragte sie leise.

»Der lagert bestimmt unten im Tal, der Tarukan«, sagte Tori. »Je höher wir 'n Berg raufgehn, umso weiter weg kommen wir von seinen Posten.«

»Und die Zitadelle zieht sich übern ganzen Berg«, warf Mart ein. »Wenn das, was wir von Weitem gesehen haben, alles zur Zitadelle gehört. Da steig ich lieber weiter oben ein, wo die Eingänge vielleicht nicht so bewacht sind wie an den leichter zugänglichen Stellen.«

Sie pirschten sich weiter den Hang hinauf und liefen geduckt von Deckung zu Deckung.

»Ich nehm an, du«, wisperte Tori Swetja zu, »der wichtigste Bau liegt eh auf'm Gipfel. Was wir gesehen haben an der Flanke vom Berg, das war lang und schmal und lief gerade von oben nach unten. 'ne Straße, nehm ich an, oder 'n Kanal. Wenn wir da drauf stoßen, wird's wohl der beste Weg zum richtigen Eingang sein.«

Swetja schaute hinauf. Ganz allmählich umrundeten sie den Berg, und der Styx verschwand dahinter. Aber noch lugte der rote Mond um die Kante und ließ das Eis an der Spitze blutig glitzern.

Swetja hoffte, dass sie nicht dort hinaufmussten, schon gar nicht durch einen Kanal, in dem womöglich eisiges Schmelzwasser floss.

Die Schattenzungen, die den Berg herableckten, wurden

breiter. Die vier Wanderer näherten sich der dunklen Südseite. Eine feurige Linie lief schnurgerade den Berg hinab, glitt über die Tümpel aus Schwärze und Finsternis hinweg, die sich überall an der Bergflanke bildeten.

»Es leuchtet«, sagte Swetja. »Ein leuchtender Pfad bis zum Gipfel!«

Tori schüttelte den Kopf. »'s muss das Ding sein, hm. Irgendwie bleibt's im Mondlicht, auch wenn alles andre im Schatten liegt.« Sie zog Swetja zurück in die Deckung eines Felsens.

»Ziemlich seltsam, wenn du mich fragst«, sagte Mart.

Sie strengten die Augen an, doch so hell das Licht des Styx auch wirkte, es ließ wenig Einzelheiten erkennen. Das lange Bauwerk, das im Mondlicht aufglühte, schien über der Bergflanke zu schweben. Es spannte sich über die Spalten und Schroffen der Felswand, als wäre es auf Brücken oder Trägern errichtet. Die Größe ließ sich schwer abschätzen, außer dass es vom bizarr gekrönten Gipfel bis hinab ins Tal reichte.

»Wie weit ist das noch entfernt?« Swetja kniff die Augen zusammen, die sich zu weigern schienen, das schmutzig rote Licht richtig festzuhalten.

»Schau mal lieber, wo's hinzeigt!«

Mart nickte in Richtung des Tals. Kleine Lichtflecken tanzten dort, ein Stück entfernt von der Stelle, wo die schimmernde Linie in einem Haufen kantiger Schemen endete. Im ersten Moment gingen die kleinen Lichter unter im erdrückenden Glühen des Mondes, als wären es nur zufällige Spiegelungen auf Tümpeln oder glattem Stein. Doch dann sah man ein gelegentliches Flackern, ein warmes Gelb unter dem kranken Rot, das den Himmel beherrschte …

»Lagerfeuer«, stellte Tori fest.

Swetja schätzte die Zahl der Feuer ab. Die Schatten dazwischen konnte sie jetzt als Zelte ausmachen. Tarukans Truppe musste in etwa halb so stark sein wie die Reiter aus Modwinja.

Da zerrte Mart sie und Anisja dichter an den Stein heran. »Pssst«, zischte er.

»Was?«, wisperte Swetja.

»Ich hab was gehört ...«

Alle vier kauerten lautlos in ihrer Deckung und lauschten. Der Wind raunte in einem Nadelgehölz, das schräg über ihnen am Hang wuchs. Swetja starrte angestrengt auf die in Rot getauchte Finsternis, und je länger sie hinsah, umso mehr schienen die Schatten selbst sich zu bewegen.

»Hab da was blitzen sehn in den Sträuchern. Wie von 'ner Klinge!« Tori verbarg ihren Haken unter dem linken Oberarm, damit der Schimmer sie nicht verriet.

»Da sind Wachen ...« Mart griff nach seinem Schwert, als mit einem Mal ein heller Streifen vor seiner Kehle erschien. Wie aus dem Nichts stand eine Gestalt zwischen ihnen. Swetja und Anisja unterdrückten mit Mühe einen Aufschrei, Tori fuhr herum.

»Runter mit den Waffen«, zischte der Fremde. »Und keinen Laut!«

»Borija!«, sagte Swetja.

Der Hauptmann hielt Mart einen Säbel an den Hals. Aus den Büschen hangaufwärts hörten sie gedämpfte Laute, ein kurzes Stöhnen, einen dumpfen Aufprall, Geraschel. Tori hielt ihren Sichelhaken unschlüssig an der Seite. Borija grinste breit. Seine Zähne sahen im Mondlicht aus wie das Gebiss eines Raubtiers, das gerade seine Beute gerissen hatte.

»Keine Sorge. Das sind meine Männer, die sich um Tarukans Patrouille kümmern. Ihr vier trampelt ja dermaßen laut durch die Gegend, dass ihr am besten als Ablenkung taugt. Die Burschen hatten euch längst entdeckt und wollten sich gerade anschleichen.«

»Wie Ihr es dann getan habt«, fuhr Tori ihn wütend an.

»Wir haben euch den Hintern gerettet, Söldlinge«, sagte Borija. »Noch ein Schritt, und ihr wärt denen genau ins Schussfeld gelaufen. Ihr habt nicht mal bemerkt, dass da jemand ist, was, ihr Musterkrieger?«

»Wenn wir nichts bemerkt hätten, wär'n wir hier wohl kaum

in Deckung geblieben«, antwortete Mart störrisch. »Und ich hab gleich gesagt, die zwei Hühner gehörn nicht ins Feld. Kein Wunder, dass wir mit denen auffallen.«

»Na«, sagte Borija, »ich hab eher geglaubt, es wäre ein Kerl in fetter Rüstung gewesen, den ich schon aus dreißig Schritt Entfernung durchs Buschwerk habe brechen hören. Aber vielleicht irre ich mich auch und es war ein leichtfüßiges Mädel.«

Zwei von Borijas Dragonern kamen um den Felsen herum, Gordej und Lewo. Sie hielten jeder einen blutigen Säbel in der Hand. »Sind erledigt«, meldete Gordej. »Der Hang vor uns ist frei.«

»Weiß aber nicht, wie lang's dauert, bis die vermisst werden«, fügte Lewo hinzu.

Borija ließ die Waffe sinken. Er schaute Swetja an. »Das war sehr dumm von Euch, mir den Schlüssel zu stehlen und mit diesen beiden zweifelhaften Gesellen loszuziehen, dewa Swetjana.«

»Ich habe nur das getan, weswegen wir hergekommen sind«, verteidigte sich Swetja. »Und Ihr sitzt einfach nur herum.«

»Ich bin jedenfalls nicht hergekommen, um zwischen der Zitadelle und den Südländern in die Falle zu tappen. Hatten wir nicht oft genug darüber geredet, dass Ihr mir vertrauen müsst?«

»Ja, weil Ihr mehr wisst, als Ihr preisgebt. Soll das ein Grund sein, Euch zu vertrauen?«

Borija sah sie einfach nur schweigend an, bis Swetja beschämt den Kopf senkte. Borija hatte bisher immer recht behalten, er hatte sie gerettet, und er hatte viel gewagt bei dem Versuch, auch ihrem Vater zu helfen. Er hatte es nicht verdient, dass sie ihm immer wieder Vorhaltungen machte.

»Kehren wir um?«, fragte sie. »Wollt Ihr den Schlüssel zurück?«

Nachdenklich starrte Borija in Richtung des leuchtenden Pfades. Er schüttelte den Kopf. »Jetzt sind wir fast schon bei der Zitadelle angelangt. Ich denke, die Zeit ist reif, und wir können auch das letzte Stück des Weges schaffen. Aber Ihr solltet den

Schlüssel zurückgeben. Ihr wisst ja nicht einmal, wie man ihn gebraucht. Wisst Ihr eigentlich, wie kurz Ihr davor wart, all Eure Begleiter ins Unglück zu stürzen?«

»Ist das so?« Mart schaute Swetja böse an. »Sie meinte, sie weiß, wie man die Tore öffnet.«

»Tore?«, sagte Borija. »Es gibt keine Tore. Die Zitadelle ist von einem Schutzkreis umgeben. Viel weiter hättet ihr nicht gehen dürfen. Aber nachdem wir jetzt die Südländer aus ihren Löchern gelockt und beseitigt haben, bleibt uns hoffentlich genug Zeit, dass ich den Schlüssel benutzen kann.«

Er winkte Gordej und Lewo. »Gordej, sichere hangabwärts. Lewo, pass oben auf. Wir gehen weiter.«

Er nahm von Swetja den blauen Edelstein entgegen und ging voraus. Mart und Tori folgten ihm missmutig, Swetja niedergeschlagen und mit schlechtem Gewissen. Anisja hatte von allem wenig verstanden und bat ihre Herrin flüsternd um eine Erklärung.

Sie liefen quer zum Hang, unter einem vorspringenden Felsen hindurch und an einem Wäldchen vorbei. Dann war das Gelände vor ihnen frei und ohne Deckung bis zu dem lang gezogenen Bauwerk. Jetzt, aus kaum tausend Schritt Entfernung, sah das Ding aus wie eine Röhre, allerdings eine, die so dick war, dass in ihrem Inneren gewiss fünf Männer übereinanderstehen konnten. Sie verlief teils auf dem Felsboden, teils auf Stelzen, schnurgerade vom Gipfel bis zu einer Ansammlung von Gebäuden am unteren Drittel des Berges, die einer düster dräuenden kleinen Stadt glich.

Im Mond des Styx sah es so aus, als wäre der Boden rings um die Röhre freigeräumt. Swetja sah dort keinen Baum und keinen Strauch, nicht einmal einen der allgegenwärtigen Findlinge.

Borija blieb stehen. »Haltet euch von der freien Fläche fern, bis ich fertig bin. Ich fürchte, sie wird ... freigehalten.«

»Eh, hättest du das gewusst, oder hättest du uns mitten reinlaufen lassen, Kindchen?« Mart funkelte Swetja an.

Die sagte nichts und zuckte nur die Achseln.

Mart wandte sich an Tori. »Leichtgläubige Weiber. Was hab ich mich bloß von dir überreden lassen? Jetzt muss ich mich von dem roten Affen aus Modwinja retten lassen, und das ist eine Schande!«

»Blas dich nicht auf, du«, gab Tori zurück. »Wo hab ich dich lang überreden müssen, hm? Du wärst doch allein auf die Zitadelle zugerannt vor lauter Gier, und ganz ohne Schlüssel.«

Borija trat vorsichtig auf die ungeschützte Fläche. Den kreisrunden Edelstein hielt er hoch in die Luft gestreckt. Nach einigen Schritten gleißte das Juwel auf. Es fing den Schein des Styx und verstärkte ihn. Dünne rote Strahlen fächerten von der facettierten Oberfläche aus und stachen hangabwärts in alle Richtungen.

Es mochte sein, dass Borija einfach den richtigen Winkel zum Styx gefunden hatte, sodass der Edelstein das Mondlicht brach. Oder er war tatsächlich in ein Feld voller Magie eingetreten, und der Schlüssel reagierte darauf.

Sofort blieb Borija stehen. Unbewegt streckte er die Hand mit dem Edelstein noch höher in die Luft. Er stimmte abgehackte Silben an in einer Sprache, deren Klang Swetja nicht vertraut vorkam.

»Nakat atar Gakan. Nakat atar Suat'ata, korat nurat. Korat atan At'a'ar atas Sa'kan. Sakat atan Aranas us ukat ...«

Der Fächer aus Licht bewegte sich, die Strahlen kreisten im Rhythmus der Worte. Sie wechselten die Farbe. Bald gleißten sie im Zentrum in einem eisigen Blau, so als würde das Juwel allmählich die Oberhand gewinnen über den roten Mond. Borijas Hand badete in dem blauen Schimmer, der den Hang hinab in die Dunkelheit stach, blasser wurde – und erlosch.

Nur Borija stand noch da unter dem Licht des Styx, und der Edelstein in seiner Hand war nicht mehr als ein lebloser Schmuck.

»Kommt jetzt, schnell«, rief er. »Die Siegel sind gebrochen. Aber wer weiß, wer das Schauspiel gesehen hat.«

Auf seinen Wink hin eilten Gordej und Lewo herbei und

schlossen sich der Gruppe an. Sie liefen alle auf die Röhre zu, die bald über ihnen aufragte.

»Na, *Sterndeuterin*«, sagte Mart zu Swetja. »Wie war noch mal der Zauberspruch für den Schlüssel? Den könnt Ihr mir doch sicher wiederholen, da Ihr ihn ja auch verwenden wolltet.«

»Die meisten Gelehrten sind sich darin einig, dass Spruchzauber Aberglaube sind«, erwiderte Swetja schnippisch. »Borija hat von einem Schauspiel gesprochen. Woher wollt Ihr wissen, dass es nicht genau das war, eine Aufführung, um dumme Südländer zu beeindrucken?«

Sie zogen Gontas aus dem Zelt und schleiften ihn zurück auf den Platz mit dem Pfahl. Dort ließen sie ihn los, und er sank in sich zusammen. Er unterdrückte jeden Schmerzenslaut.

Am schlimmsten schmerzte die Wunde am Bauch, die inzwischen unter einem dicken braunen Verband lag. Aber Tarukan hatte noch mehr getan, bevor er seinen Gefangenen gestern losgebunden hatte: Mit weiteren winzigen Schnitten hatte er Gontas die Kraft geraubt. Seine schmalen Klingen hatten Muskeln und Bänder in allen Gliedmaßen durchtrennt, viel feiner, als Tori es bei dem Zauberer in Kar Ombos geschafft hatte; die Verletzungen waren kaum zu sehen, dennoch war Gontas fast gelähmt – aber eben nur fast! Mühsam und unter Schmerzen konnte er sich bewegen, aber seine Arme fühlten sich so schwer an wie Blei, und die Beine trugen sein Gewicht nicht mehr.

Er war ein Krüppel.

Gontas wollte sterben, doch er hoffte immer noch auf eine Gelegenheit, diesen aufgeblasenen Südländer mit in den Tod zu nehmen. Nur darum war er bereit, sich von Tarukan mitschleppen zu lassen, auch wenn er nicht verstand, warum der Söldnerführer ihn weiterhin am Leben ließ.

Einer von Tarukans Männern warf Gontas zwei Krücken vor die Füße. Gontas brauchte Hilfe, um sich aufzurichten und die Krücken unter seine Arme zu schieben.

Es war früh am Morgen, und die Sonne war noch nicht aufgegangen. Das Lager lag dunkel und schlafend da. Nur auf dem kleinen Platz zwischen den Zelten und dem Berg herrschte eine gedämpfte Betriebsamkeit. Einige Männer bereiteten ihre Ausrüstung vor, Knechte und Boten liefen hin und her. Wenige Schritte von Gontas entfernt stand Tarukan mit seinen Offizieren.

»Wir haben Kundschafter auf den Berg geschickt«, flehte einer der Leutnants ihn an. »Wartet doch wenigstens, bis sie Meldung erstatten, Herr!«

Tarukan schüttelte den Kopf. »Irgendetwas geht da oben vor. Ich werde mir die Beute nicht im letzten Moment wegschnappen lassen, nur weil ich gezögert habe oder weil ich ausschlafen wollte.«

»Aber diese Lichtblitze können alles Mögliche bedeuten, Herr«, wandte der Offizier ein. »Sie könnten auf eine Gefahr hinweisen, in die Ihr geradewegs hineinlauft!«

»Du kannst ruhig Angst haben«, sagte Tarukan. »Du kommst ja nicht mit. Sichert einfach das Lager und seht zu, dass ihr die Kontrolle über den Berg behaltet.«

Halime tauchte zwischen den Zelten auf, an der Seite der hässlichen Kriegerin, die für sie die Verantwortung trug. Schlaftrunken rieb sich das Mädchen die Augen. Ein Schatten folgte ihr.

Erst auf den zweiten Blick erkannte Gontas in dem Schatten eine düstere Gestalt, einen beinahe nackten Greis mit langem, schütterem Haar. Die Haut des alten Mannes wirkte gräulich im Fackelschein, und sie war über und über mit Tätowierungen bedeckt, die aussahen wie Dornenranken. Der Alte bewegte sich halb kriechend vorwärts, mal auf allen vieren, mal richtete er sich etwas auf. Seine Gliedmaßen krümmten sich auf unnatürliche Weise wie bei einer Spinne. Fast sah es so aus, als flösse er über den Boden.

Gontas bekam eine Gänsehaut, als er sah, wie diese Kreatur seiner Halime folgte.

»Damit sind wir vollzählig«, sagte Tarukan. Er wandte sich an den unheimlichen Greis. »Meine Berater empfehlen mir, bis zum Sonnenaufgang zu warten. Was meinst du, Makri?«

»Die Götter schlafen nicht bei Tag oder Nacht.« Der dürre Alte sprach zischend und war nur schwer zu verstehen. Speichel stäubte von seinen dünnen Lippen. Er grinste. »Die Tore der Zitadelle stehen offen, die Nachtjäger fliegen.«

»Verrückter Zauberer«, murmelte der Offizier. Er fasste seinen Hauptmann eindringlich am Arm. »Tarukan, ich weiß, Ihr haltet diesen Hexer für den Harmlosesten von der Sippschaft, weil er nicht bei klarem Verstand ist. Aber Wahnsinn birgt seine eigenen Gefahren.«

Tarukan schüttelte die Hand des Mannes ab. »Ich habe deine Einwände gehört, Szâbruk. Aber wenn alles gesagt ist, treffe ich die Entscheidung. Wir ziehen los!«

Bei diesen letzten Worten hob er die Stimme. Ein Dutzend Söldner auf dem Platz nahmen ihre Ränzel. Die kahle Frau trat mit dem Mädchen zu Tarukan. Die übrigen Krieger bildeten dahinter eine Reihe, und sie stießen Gontas vor sich her. Der humpelte auf den Krücken einher, und Makri der Zauberer strich um die Gruppe herum. Sie marschierten aus dem Lager.

Der besorgte Leutnant blieb mit den restlichen Kriegern zurück. Tarukans Schar trat aus dem Feuerschein in die kalte Dunkelheit vor dem Morgengrauen. Gontas sah Tarukans Rücken vor sich, nur eine Armlänge entfernt. Er dachte daran, ihm die Krücke über den Schädel zu ziehen. Aber wie die Dinge jetzt lagen, hätte er den Südländer damit nur erzürnt, und womöglich wäre er gestürzt bei dem Versuch, die Krücke zu heben.

Gontas verzichtet darauf, seine Feinde mit einer solchen Posse zu belustigen, und er verfluchte seine Schwäche. Er musste auf eine bessere Gelegenheit hoffen. Im Inneren der Zitadelle mochte es vielleicht einmal einen Augenblick geben, wo ein leichter Stoß über Leben und Tod entscheiden konnte …

Sie stiegen den Abhang hinauf, über dürres Gras und zwischen kleinen Felsen hindurch. Der Styx stand vor ihnen wie ein Leuchtfeuer, groß und rot, genau hinter der Spitze des Berges. Gontas vermeinte ganz oben auf dem Gipfel einen Turm auszumachen, so dünn wie eine Nadel, eine schmale Silhouette vor dem Hintergrund des Mondes, die in das fette Gestirn hineinzustechen schien.

Seine Augen gewöhnten sich an das Licht, und zum ersten Mal sah er die Zitadelle aus der Nähe. Die untersten Bauwerke erhoben sich etwa nach einem Viertel des Weges an der Bergflanke hinauf. Es handelte sich um riesenhafte würfelförmige Bauten, die ohne Ordnung ineinander- und übereinandergebaut worden waren. Sie lagen dunkel da im Mondlicht, und in dem Mauerwerk waren weder Tore noch Fenster zu erkennen.

Nicht ganz eine Meile davon entfernt hielt Tarukan inne.

»Hier in der Gegend muss die Grenze verlaufen«, sagte er zu Halime. »Los jetzt, Mädchen. Sag uns, wie wir reinkommen!«

Der Himmel über den Hügeln im Osten färbte sich rot, und das Licht des anbrechenden Tages vermischte sich mit dem bedrohlichen Schein des Styx, der unbeweglich an derselben Stelle verharrte, als wäre er an den Berg gekettet. In der aufziehenden Dämmerung sah Gontas nun auch die Leichen, die am Berghang lagen, verkrümmte und reglose Umrisse zwischen den Steinen, ein paar Dutzend Schritt vor ihnen und ein Stückchen weiter oben. Es war noch zu dunkel, um Einzelheiten auszumachen, dennoch sahen die toten Körper eigenartig aus, wie ausgezehrt, verkümmert, verbrannt.

»Sag schon, Mädchen«, wiederholte Tarukan ungeduldig. »Ich werde deinen großen Freund gleich vorausschicken, und wenn der Weg zur Zitadelle dann nicht frei ist ...« Er musterte Gontas bedeutungsschwer.

Halime stand mit gesenktem Kopf da. Sie löste ihre Finger aus dem Griff ihrer Begleiterin und trat vor. Einem Krieger hinter Gontas stockte vernehmlich der Atem. Halime hob eine Hand, die Handfläche gegen das ferne Gebäude gerichtet. Sie wirkte sehr konzentriert dabei.

Schließlich drehte sie sich zu den anderen um. »Der Weg ist frei.«

»Das ist alles?« Tarukan klang unsicher.

»Mir und denen, die bei mir sind, wird nichts geschehen«, sagte Halime.

Gontas versuchte, ihr in die Augen zu sehen, aber ihr Blick war nicht zu deuten. Gontas dachte an das kleine schweigsame Mädchen, dem er im Frühling bei den Zelten der Cefron begegnet war. Heute kam Halime ihm älter vor. Die zierliche Gestalt, die runden Kinderaugen, all das wollte nicht recht passen zu dem Ernst, mit dem sie bei der Sache war.

Der Gedanke, dass nun sie es war, die *ihn* beschützte, nach der ganzen langen Reise, behagte ihm gar nicht.

Tarukan musterte das Mädchen wortlos. »Na gut«, befand er schließlich. »Nurdh, schnapp dir den Buschländer und geh voraus.«

Der Söldner hinter Gontas trat unbehaglich von einem Fuß auf den anderen. »Aber Herr! Bedenkt, was mit den anderen geschehen ist, die Ihr geschickt habt, um den Schutzkreis auf die Probe zu stellen.« Er zeigte auf die Toten im kargen Gras vor ihnen.

»Das Mädchen sagt, es sei sicher«, meinte Tarukan. »Wenn sie lügt, stirbt ihr Freund als Erster. Und jetzt geh, bevor ich dich einen Feigling nenne.« Tarukan legte die Hand an den Säbelgriff.

»Ja, Herr«, erwiderte der Söldner. Er packte Gontas am Oberarm und zerrte ihn mit sich, so heftig, dass dieser fast über seine Krücken stolperte. Nurdh stapfte an Tarukan und Halime vorbei. Gontas humpelte an seiner Seite mit, so gut er es vermochte. Er biss die Zähne aufeinander.

»Und, Nurdh«, sagte Tarukan, als sie auf gleicher Höhe waren. »Geh etwa den halben Weg bis zu den Bauwerken. Dort warte auf uns. Wenn wir nicht alle wohlbehalten zu dir stoßen, erschlägst du den Wilden.«

Tarukan sah Halime an und zog drohend die Augenbrauen zusammen.

Nurdh grunzte zustimmend und ging weiter.

Gontas spürte, wie sein Kopf prickelte, als sie an den versengten Leichen vorüberkamen. Er sah, dass die Körper in der gleichen Rüstung steckten, wie Tarukans Männer sie trugen. Sie schienen seit Wochen hier zu liegen, manche auch länger.

Die quaderförmigen Türme der Zitadelle ragten vor ihnen auf. Dahinter führte eine Art Mauer oder irgendein lang gezogener Bau schnurgerade weiter hinauf zum Gipfel, wo er in der blutigen Scheibe des Styx verschwand. Gontas erwartete schon fast, dass ein zorniger Blitz von den Wällen sie niederstreckte, aber nichts geschah.

Wenn dieser Ort bisher von einem undurchdringlichen Schutzkreis umgeben gewesen war, dann hatte die kleine Halime ihn tatsächlich geöffnet. Gontas war überrascht. Wenn er so darüber nachdachte, musste er zugeben, dass er im Grunde seines Herzens niemals daran geglaubt hatte. Er hatte in Halime nie etwas anderes sehen wollen als ein verrücktes kleines Mädchen und in Tarukan den noch verrückteren großen Söldnerhauptmann, der den kindischen Einfällen und den Einflüsterungen wahnsinniger Hexenmeister Glauben schenkte!

Jetzt vermeinte Gontas, in dem düsteren Bau vor ihnen etwas anderes wahrzunehmen. Ein fremder Wille pulsierte in diesen Mauern und zog sie unaufhaltsam zu sich …

Gontas schüttelte die Empfindung ab.

Sie blieben stehen. Tarukan und der Rest seiner Schar schlossen auf. Der Hauptmann ging gleich hinter dem Mädchen und dessen Begleiterin. Er lächelte Gontas an, als die beiden Gruppen wieder aufeinanderstießen.

»Du hast Glück, Buschmann. Du scheinst der Kleinen wirklich am Herzen zu liegen, Kikil weiß, warum. Also darfst du noch eine Weile weiterleben.«

»Wenn ich lang genug lebe, um dich sterben zu sehen, war das alle Schmerzen wert«, knurrte Gontas.

»Oh«, säuselte Tarukan. »Was für eine Enttäuschung wird es dann sein, wenn du siehst, wie ich lebe und triumphiere!«

Die breit gebaute Kriegerin mit dem schiefen Gesicht tippte ihren Hauptmann an. »Warum schleppen wir sie überhaupt weiter mit, die beiden? Die Kleine hat's Tor geöffnet oder so. Wir brauchen sie nicht mehr.«

»Soll ich das Kind umbringen, Isme?« Tarukan hob spöttisch eine Braue.

»Nein, nein, natürlich nicht.« Die Kriegerin geriet ins Stottern. Verlegen schaute sie auf das Mädchen hinab, das sie an der Hand hielt. Halime sah zu Boden und zeigte nicht, ob sie wahrnahm, dass über sie geredet wurde.

Isme straffte sich und sagte dann: »Ich mein nur, 's gibt keinen Grund, warum ich weiter Händchenhalten spielen soll. Warum muss überhaupt ich seit Wochen das Kindermädchen geben? 's liegt doch nur da dran, dass ich in deinem Haufen die einzige Frau bin. Dabei bin ich eine ebenso fähige Kriegerin wie jeder deiner Männer!«

»Ich weiß, Isme, ich weiß«, antwortete Tarukan sanft. Er tätschelte ihr den fleischigen, ledergepanzerten Arm. »Das Kind war einer unserer kostbarsten Schätze. Ich hätte es dir nicht anvertraut, wäre ich nicht überzeugt davon, dass du die beste und zuverlässigste Beschützerin bist.«

»Toffe«, sagte Isme. »Aber was ist jetzt? Und warum nicht ein anderer deiner fähigen und altgedienten Veteranen? Ist es wirklich das, Hauptmann, was du aus all den Jahren mitgenommen hast, die wir zusammen reiten? Dass ich die geborene Mutter bin?« Sie klang bitter.

»Geh, Isme«, sagte der Söldner Uz. »Lass ma. Er meint's nur gut mit dir. Sollst es halt auch mal wissen, wie sich das anfühlt, 'ne Mutter zu sein, wo dich schon kein Mann anfassen tät mit deinem Gesicht.«

Ein paar seiner Kameraden verbissen sich das Lachen. Isme drehte sich langsam zu ihm um. Sie war einen Kopf größer als der Söldner und doppelt so breit, und sie ließ Halime los und hob die Faust. »Ich fass dich gleich an, dass du Zähne abspritzt, du eitrige Sattelschwiele!«

Tarukan hielt sie am Arm fest.

»Später, Isme«, sagte er ruhig. »Was glaubst du, weshalb ich nur meine handverlesenen Getreuen auf diesen Vorstoß mitgenommen habe? Ich will, dass alles richtig läuft. Wir werden hier nicht untereinander streiten. Und das Mädchen und der Steppenkeiler, die nehmen wir weiter mit, weil keiner weiß, was in der Zitadelle auf uns wartet. Vielleicht braucht man irgendwo noch einmal einen Schlüssel. Vielleicht werden wir noch einmal dankbar sein für jemanden, den wir vorausschicken können. Tu einfach deine Pflicht, Isme. Ich habe schon Schlimmeres von dir verlangt, als mal ein Kind zu hüten, und du hast dich nie beklagt.«

»Durch die Scheiße kriechen und ins Feuer rennen«, murmelte Isme. »Aber nie *so was.*«

Sie nahm das Mädchen wieder bei der Hand und funkelte Uz ein letztes Mal an. »Hast den Kier gehört. Später!«

Der drahtige Söldner grinste nur zahnlückig. Sie gingen weiter.

»Da woll'n wir rein?« Nurdh starrte auf die klobigen Türme. Die Morgenröte floss träge an den dunklen Mauern herab. Jetzt sah man weit oben ein paar einzelne, ungleichmäßig verteilte Fenster darin. Es waren nur finstere viereckige Löcher im glatten Mauerwerk. Sie sahen klein aus, kleiner als die Quadersteine, aus denen das Bauwerk gefügt war. Aber als sie näher kamen, stellten die Krieger fest, dass die Gebäude weiter entfernt lagen, als sie zunächst gedacht hatten, und dass sie erheblich größer waren. Jeder Stein in der Mauer war selbst schon so groß wie ein Haus.

Nurdh starrte zu dem Gemäuer empor, und er wirkte immer unglücklicher dabei. Der Griff, mit dem er Gontas' Oberarm umklammert hielt, wurde fester und schließlich krampfartig, sodass die Wunden schmerzen, die Tarukan ihm tief in Muskeln und Sehnen zugefügt hatte.

Gontas grinste den Söldner trotzdem an. »Na, Nurdh«, flüsterte er ihm zu. »Bist wohl doch der kleine Feigling in Tarukans handverlesener Schar.«

Nurdh erwiderte das Grinsen freudlos. »Hast den Kier gehört«, flüsterte er zurück. »Du bist der Gefangene, der vorne geht, wenn's gefährlich wird. Schaun wir mal, wie langste noch lächelst. War mir so, als hätt ich 'n paar geflügelte Viecher vor den Turmfenstern flattern sehen, als das Licht zurückkam.

Als ich noch geglaubt hab, die Fenster wär'n kleiner.«

28.

Swetja und ihre Begleiter gelangten zu der Röhre, die den Hang hinaufführte.

»Eine Wasserleitung«, sagte Mart. »Hab gehört, so was gibt's in Modwinja.«

»Nicht da, wo ich herkomme. Jedenfalls nicht so groß.« Swetja schaute staunend zu dem Rohr hinauf. Es umfasste zwölf Schritt oder mehr im Durchmesser. Mitunter lag es am Boden auf, dann wieder verlief es auf Trägern über die Unebenheiten in der Hügelflanke. Das riesige Rohr blieb immer schnurgerade.

»Ein paar Städte haben Rinnen, um Wasser aus den Bergen heranzuleiten«, sagte Borija. »Aber nicht so etwas wie das hier. Das ist kein Stein.«

Das riesige Rohr wirkte glatt, als wäre es ganz aus dunklem Metall gehämmert. Die Sockel, auf denen es in regelmäßigem Abstand auflag, sahen gemauert aus, doch bei näherem Hinsehen zeigt sich auch hier, dass das Mauerwerk nur ein Stützgerüst aus Metall umkleidete.

Weil das Rohr gerade zur Bergspitze führte und der Mond des Styx gleich über dem Gipfel glühte, sammelten sich unterhalb der Konstruktion die Schatten. Es gab keine Fenster oder Öffnungen in dem Bauwerk. Die Stützpfeiler wirkten abweisend und massiv. Womöglich hätte man mit einiger Mühe hinaufklettern können, aber nichts wies darauf hin, dass man dort oben leichter einen Zugang finden würde.

Sie sahen nicht einmal eine Fuge, die verriet, wie das Bauwerk zusammengesetzt war. Das ganze Rohr war wie aus einem Stück getrieben.

»Also talwärts«, sagte Borija. »Da unten bei den Türmen muss es einen Eingang geben.«

Tori betrachtete die Röhre enttäuscht. »Hatte geglaubt, 's wär 'ne Straße, du. Aber 'n Eisenstab, der so dick ist wie 'n Palast, und der von oben bis unten auf'm ganzen Berg liegt, das ergibt gar keinen Sinn!«

»Der ist hohl, dummes Weibsstück«, erwiderte Mart. »Und sie leiten Wasser da drin. Sag ich doch die ganze Zeit.«

Swetja erinnerte sich an einige Siedlungen, die sie auf dem Weg die Djena hinauf in den Bergen gesehen hatte. »Wenn sie das Wasser vom Berg darin leiten, vielleicht waschen sie dann Gold aus? Womöglich ist das das Geheimnis dieses Ortes und der Grund für die Geschichten über Schätze, wegen der die Südmenschen hier sind.«

Borija lachte. »Wohl kaum«, sagte er. »Das wäre ein allzu banaler Anlass für unsere Reise.«

»Ein Lager von Goldwäschern, die 'nen ganzen Strom durch ein Rohr in ihre Waschrinne leiten, das ist nicht banal!« Mart beäugte das Rohr mit neuem Interesse. Seine Augen funkelten.

»Da rührt sich was, da oben«, stellte Tori fest.

Die anderen folgten ihrem Blick. Die Röhre verlief an dieser Stelle fast zwanzig Schritt über ihren Köpfen.

»Ich seh nichts«, sagte Mart.

»Wundert mich nicht, Einauge.« Tori griff nach ihrem langen Dolch. Im selben Augenblick lösten sich über ihnen die Schatten von der Unterseite des Rohrs. Sie hatten die Form von Fledermausflügeln, aber sie waren größer – viel größer!

»Vorsicht!«, brüllte Borija.

Das Flügelpaar stürzte auf sie herab. Swetja warf sich auf Anisja und riss sie mit sich zu Boden. Borija sprang zu ihnen, mit dem Säbel in der Hand. Die Kreatur stieß tatsächlich auf die beiden unbewaffneten Frauen nieder. Tori machte einen Satz, ihr Haken senste durch die Luft, aber sie stand zu weit entfernt. Borija schlug mit dem Säbel zu und traf ein klauenbewehrtes Bein. Es klang so, als hätte er in einen Holzklotz gehackt.

Sein Angriff hielt das Wesen auf Abstand, und es sauste lautlos über die Mädchen am Boden hinweg. Swetja schrie erschrocken auf.

Mart fuhr mit dem Schwert in der Hand herum. »Tori, Obacht!«, rief er.

Ein Geflügelter glitt von hinten auf die Söldnerin zu. Tori duckte sich und hielt Dolch und Sichel in die Höhe. Mart schlug über ihren Kopf hinweg nach dem Angreifer. Er traf etwas Hartes, das Wesen drehte ab. Toris Kopf flog zur Seite, als eine Schwinge ihr Gesicht streifte. Die Kralle daran zog eine blutige Schramme über ihre Wange.

»Verfluchter Heimtücker.« Tori richtete sich auf. »Wie viele von den Viechern gibt's denn noch, du?«

Die Geflügelten versammelten sich einige Schritt entfernt auf dem Boden, ein halbes Dutzend nachtschwarzer Gestalten unter dem Mond des Styx. Sie legten die Fledermausflügel eng an den Leib, so als wären es Mäntel. Die Wesen sahen fast aus wie Menschen, bis auf die übergroßen unbehaarten Köpfe, ohne Nase und mit winzigen schwarzen Knopfaugen. Sie hatten Krallenfüße wie Raubvögel, und anstelle des Mundes zog sich eine schmale Hautfalte von einer Seite des Gesichts zur anderen.

Bei einer der Kreaturen klaffte die Falte auseinander und entblößte ein Maul, so groß, dass es den ganzen Schädel zu spalten schien. Diese kurze Regung, wie das Grinsen eines Hais, zeigte breite, malmende Zähen, dann schnappte der Mund wieder zu.

Die Menschen rückten dichter zusammen. Die fünf Bewaffneten schlossen einen Kreis um Swetja und deren Zofe. Misstrauisch behielten sie auch die Schatten über ihnen im Auge, in denen weitere Gegner lauern mochten.

»Von denen war nie die Rede«, murmelte Borija. Er klang fast persönlich beleidigt dabei.

»Na, Hauptmann«, zischte Tori ihn an. »Wart Ihr nicht der Protz, der so genau Bescheid wusste über die Zitadelle, hm? Dann schafft uns jetzt mal die Wächter vom Hals mit Eurer Finckelkunst.«

»Vielleicht hätten wir sie gar nicht am Hals«, gab Borija zurück, »wenn Ihr sie nicht provoziert hättet mit Eurem Dolch.«

»Ich würde eher sagen, wir können froh sein, dass wir sie rechtzeitig bemerkt haben«, sagte Mart. »Wenn wir nicht so gründlich zu ihrem Versteck raufgeblickt hätten, dann wärn se uns glatt in den Rücken gefallen.«

Er grinste und fügte selbstgefällig hinzu: »Und warum haben wir hochgeschaut, eh, Tori? Weil's Gold in der Röhre mich spitz gemacht hat. Wer sagt jetzt noch mal, meine Gier nach den stummen Schwemmern wird uns umbringen, he? Die Sinne schärfen, das tut sie!«

»Deine Altersschwäche bringt dich um, blinder Wolf«, knurrte Tori. »*Du* hast die Viecher nicht gesehn, Glasauge, egal wie sehr du geschaut hast.«

»Was tun wir jetzt?«, wisperte Swetja.

Die Geflügelten standen immer noch da, außer Reichweite für die Klingen der Menschen. Sie warteten ab. Sie *lauerten.*

»Wir ziehen uns langsam den Hang hinab zurück«, sagte Borija. »Bleibt zusammen. Wir wollen noch immer in diese Gebäude hinein.«

Der Trupp setzte sich in Bewegung. Die Geflügelten griffen an. Gordej traf den vordersten mit dem Säbel. Die Klinge glitt an der Flügelhaut ab wie an einem Panzer. Entsetzt starrte Gordej auf seinen Gegner. Da kam eine weitere Kreatur von der Seite. Sie ließ die Flügel auseinanderschnellen und schlug Gordej die Waffe aus der Hand. Ein dritter Fledermausmann sprang über den ersten hinweg. Er breitete die Flügel aus, seine Klauenfüße bohrten sich in Gordejs Schultern.

Lewo und Borija sprangen ihrem Gefährten bei. Die übrigen Geflügelten gingen dazwischen und drängten die Menschen ab.

Dann ein Flattern, und der ganze Schwarm war in der Luft. Ihre Schwingen verdunkelten die mondhelle Bergflanke. Gordej nahmen sie mit sich, der junge Dragoner hing zwischen ihnen, er zappelte und schrie. Die Klauen in den Schultern lähmten seine Arme, und er konnte weder sein Messer erreichen noch die Kreatur, die ihn hielt.

»Bei den Göttern«, rief Mart.

Lewo war blass geworden und schaute seinem Kameraden nach.

Die Geflügelten stiegen höher auf, weit über die Röhre hinaus. Da schob sich die Sonne über die Berge im Osten. Ein warmer roter Schimmer streifte kurz den obersten der Fledermausmänner. Der stieß ein hohles Piepsen aus und ließ sich einen Flügelschlag tiefer sinken. Die Wesen kreisten einen Augenblick, sie klackerten und tschilpten, dann schossen sie den Berg hinab und auf die turmhohen Bauwerke in der Ferne zu. Sie flogen im Schatten der Berge, und die Sonne erreichte sie nicht.

»Sie mögen kein Licht«, sagte Swetja. »Der Sonnenaufgang hat uns gerettet.«

»Vielleicht han se einfach, was sie haben wollten«, antwortete Tori.

»Aye.« Mart spähte nachdenklich in Richtung des Morgens. »Ein Frühstück wär jetzt nicht schlecht.«

Lewo hob wütend die Waffe, aber Borija schüttelte den Kopf. Er legte die Stirn in Falten und schaute ins Tal, dorthin, wo die Ungeheuer verschwunden waren.

»Wir ändern den Plan«, sagte er. »Wir versuchen unser Glück oben auf dem Berg. Da gibt es ja wohl ein weiteres Bauwerk am anderen Ende dieser Röhre. Wir werden dort in die Zitadelle eindringen.«

Swetja ließ skeptisch ihren Blick am Hang hinauf und hinunter wandern. Im Schatten der Gebäude unten waren die Ungeheuer verschwunden. Aber der Gipfel erhob sich hoch über ihnen, und Eis und Schneefelder bewachten den Weg dorthin.

Die Türme ragten über ihnen auf wie Schatten in der Morgensonne. Die hausgroßen Quadersteine, aus denen das Mauerwerk bestand, hatten etwas Endgültiges an sich – unbeweglich, undurchdringlich. Es gab Fenster in den Gebäuden, weit oben, aber keine Türen.

Tarukan legte den Kopf in den Nacken und schaute zur Dachkante hinauf, die sechzig Schritt über ihren Köpfen lag. Die übrigen kantigen Türme – manche noch höher als der, vor dem sie standen, andere niedriger; manche schmaler, andere wuchtiger – reihten sich aneinander und gingen ineinander über. Es waren keine getrennten Bauwerke, sondern die Flügel eines einzigen zyklopischen Baus.

»Wie kommen wir hinein?«, fragte Tarukan.

»Es muss einen Eingang geben«, sagte Isme. »Wir sollten mal drum rumgehn.«

Makri, der verrückte Hexenmeister, der Letzte der Zauberer von Kar Ombos, tanzte um sie herum. »Es gibt viele Eingänge, viele. Einer ist sogar von dieser Welt. Fast von dieser Welt. Wir können ihn benutzen. Ich kann ihn sehen. Die Kleine kennt ihn.«

»Großartig«, erwiderte Tarukan gereizt. »Wenn einer von euch zwei Schlauen uns dann mal hinführen könnte ...«

Halime ging auf die Mauer zu ... und verschwand darin. Isme starrte entsetzt auf ihre Hand. Sie hielt immer noch den Arm des Mädchens, nur dass der jetzt aus den Steinen herauszuwachsen schien. »Was ... Was ...«, stammelte sie. Hilfe suchend sah sie Tarukan an.

Halime schob den Kopf aus der Wand. Die langen braunen Haare hingen ihr zerzaust in die Stirn. »Was ist?«, fragte sie. »Wollt Ihr hinein?«

Tarukan ließ seine kleine Schar nachrücken. Gontas zögerte, aber Nurdh der Söldner schob ihn vorwärts. Gontas zuckte zurück vor der Berührung mit dem Stein – dann stand er unvermittelt in einem schmalen, verwinkelten Gang, der sich durch die Mauer in das Innere des Gebäudes wand.

Gontas blinzelte über die Schulter zurück und fragte sich, ob irgendeine Magie dahintersteckte, oder ob sie den Eingang nur darum nicht gesehen hatten, weil er so geschickt verborgen war. Aber der Gang stand in einem so ungewöhnlichen Winkel zur Außenwand, dass er aus der Welt hinauszuführen schien, einem Winkel, den es eigentlich gar nicht geben durfte.

Gontas bekam Kopfschmerzen bei dem Versuch, den Übergang zu erfassen. Das war eindeutig Hexerei! Und was hatte

Halime damit zu schaffen? Wie kam es, dass sie so vertraut damit umging? Ihm wurde bewusst, dass er gar nichts wusste über das Mädchen.

»Halime, warum hast du mir nie etwas gesagt«, flüsterte er, als sie auf der anderen Seite den Gang wieder verließen.

Er wusste selbst nicht, ob er erwartete, dass Halime ihn verstand, oder ob er zu sich selbst gesprochen hatte. Aber das Mädchen drehte sich zu ihm um. Es war ein trauriger Blick aus ihren großen dunklen Augen, und sie blieb genauso schweigsam dabei wie damals, als er ihr zum ersten Mal begegnet war.

Tarukan war begeistert. »Schon dieses Wunder lohnt die Reise«, rief er. »Wenn wir das Geheimnis dieses Tors enträtseln, hält uns keine Stadtmauer mehr auf. Jetzt sind wir im Inneren der Zitadelle, und die Geheimnisse und die Waffen der Götter gehören uns!«

»Die Götter, oh ja!«, krähte der verrückte Hexenmeister. »Und Ihr, Fürst Tarukan, werdet ihr Feldherr sein.«

»Feldherr?« Tarukan musterte ihn missbilligend. »Die Götter sind schon lange fort. Ich werde ein König sein und mein eigener Herr.«

Der Gang führte in eine gewaltige Halle, die den ganzen Turm einnahm, ohne irgendein Zwischengeschoss. Hoch oben fiel Tageslicht in schmalen Streifen durch die wenigen Fenster.

Dennoch war der dämmrige Saal nicht leicht zu überblicken; er war angefüllt mit ungeheuerlichen Anlagen, mit hausgroßen Kästen, an deren Seiten Räder angebracht waren. Diese erinnerten an metallene Kutschenräder, doch die Kanten waren mit Zähnen versehen, und es gab Räder in allen Größen, die ineinandergriffen. Dazu kamen Kolben und Stangen und riesige Gewichte, die an Ketten von der Decke hingen. Die ganze Mechanik verlor sich in der Höhe. Am Boden blieben zwischen den Aufbauten immer nur schmale Gassen frei, und die Eindringlinge mussten über Teile der Anlage klettern.

Gontas, mit all den Muskeln und Sehnen, die Tarukan ihm durchtrennt hatte, war dazu gar nicht in der Lage. Er musste sich helfen lassen.

Makri scharwenzelte um Halime herum. Immer wieder beugte er den Kopf bis zum Boden. »Ihr seid zu Hause, oh, Ihr seid zu Hause. Seht Euer grandioses Zuhause. Endlich seid Ihr heimgekehrt, oh Ihr Großartige! Wie lange haben wir auf diesen Augenblick gewartet, die Priester von Kar Ombos.«

Ehrfürchtig berührte der Hexer den Saum ihres Kleides, er legte die Hand auf ihre Beine. Gontas wollte aufbrausen, doch da riss Makri die Hand schon wieder weg und tänzelte davon. »Oh großartige, wundervolle Rückkehr!«, sang er und schlängelte sich zwischen den Söldnern hindurch. Blut tropfte ihm von der Handfläche, mit der er das Kind berührt hatte, aber auf dessen Kleid war kein Fleck zurückgeblieben.

Gontas sah, wie Halime dem Alten nachblickte, wie sie stockte und blinzelte, als wäre sie aus einem Tagtraum erwacht. Isme zog sie weiter.

Es war dunkel und staubig in der Halle. Staub tanzte auch in den Lichtsäulen, die sich quer durch die Weite tasteten, und manche der Räder glänzten golden, wenn der Schein sie berührte. Mitunter hörte man ein Klicken, ein metallisches Scheppern irgendwo aus der Tiefe des Raumes. Sie fanden Durchgänge zu den anderen Gebäudeteilen, aber überall sah es ähnlich aus. Die ganze Zitadelle schien angefüllt zu sein mit einer einzigen zusammenhängenden Maschine. Das Mauerwerk hatte man darum herumgebaut, wie es am besten passte. Nirgendwo fanden sie etwas, das lose herumlag und das man hätte mitnehmen können. Nirgendwo sahen sie eine Möglichkeit, die Maschine einzustellen oder zu lenken, nirgendwo einen Hinweis auf ihren Zweck.

»Das sieht aus wie eine dieser Konstruktionen aus Modwinja«, sagte Tarukan. »Wie eine Uhr oder ein Astrolabium. Aber wenn das ein Astrolabium sein soll, wo hängen dann die Gestirne?«

Makri der Zauberer schüttelte den Kopf. In tadelndem Tonfall, wie zu einem dummen Kind, sagte er: »Die Sterne hängen am Himmel. Das weiß doch jeder.«

»Gut, Zauberer.« Tarukan sah ihn an. »Dann sage mir, was soll ich hiermit? Siehst du in diesen Räumen irgendeine Magie, die ich anwenden kann?«

»Oh ja.« Makri kicherte. »Oh ja.«

Tarukan wartete. Der Zauberer huschte zwischen dem Gestänge der Maschine hindurch, und der Rest der Truppe hatte Mühe, Schritt zu halten. Nach einer Weile verlor Tarukan die Geduld.

»Also, was ist? Was kann ich nutzen von diesem alten Zeug? Und wie?«

»Nicht jetzt, noch nicht«, sagte Makri. »Nicht so. Es gibt keine Magie, die sich jetzt nutzen ließe. Aber sie *wird* noch von Nutzen sein.«

Tarukan biss sich wütend auf die Unterlippe.

»Vielleicht hättest du doch einen von den verständigeren Fincklern am Leben lassen sollen, Hauptmann«, sagte Isme. »Der verrückte Alte ist vielleicht keine Gefahr, aber er nützt uns auch nichts.«

»Wenn's überhaupt so was wie 'n verständigen Hexenmeister gibt«, warf ein anderer Söldner mürrisch ein.

Sie gelangten in eine weitere riesige Halle, die ungewöhnlich leer wirkte. Nur an einer Seite ragte ein Stück der zahnradgesäumten Konstruktion in den Raum. Auf der anderen Seite kam ein Rohr aus der Mauer und lief quer durch die Halle, schräg von oben nach unten bis in den verkleideten Teil der Maschine. Das Rohr war titanenhaft, mit einem Durchmesser von mindestens zwölf Schritt, aber weil die Halle selbst so gewaltig war und weil das Rohr weit oben aus der Wand kam und hoch über dem Boden verlief, war der Raum darunter frei.

Eine dunkle Schicht Dreck bedeckte den Boden, sodass sie nicht erkennen konnten, ob darunter ein fester Steinbelag war.

Tarukans Söldner murrten. Auch der Hauptmann sah nicht zufrieden aus.

»Keine göttlichen Waffen«, knurrte Nurdh. »Pah! Diese Finckler haben uns von Anfang an mit Lügengeschichten hergelockt. Ich seh nicht mal was von den Schätzen, von denen man bei uns daheim erzählt.«

»'ne Menge von dem Metall sieht wertvoll aus«, wandte Uz ein. »Wenn wir die Maschine zerlegen, können wir 'nen Haufen einschmelzen.«

Halime blickte auf. »Das könnt ihr tun. Dafür bin ich gekommen. Noch ist es nicht zu spät, um das Herz der Zitadelle zu zerstören und die Welt zu retten!«

Das Kind sprach so eindringlich, als habe ein fremder Geist von dem kleinen Leib Besitz ergriffen, mit einem Ernst, der weit über sein Alter hinausging. Und doch – im Schatten der gewaltigen Maschine, neben der die ganze Söldnerschar wirkte wie ein Haufen Mäuse, klangen die Worte lachhaft und vermessen. Gontas konnte sich kaum vorstellen, was für Werkzeuge, wie viele Männer und wie viel Zeit es erforderte, um auch nur eines der großen Zahnräder herauszulösen.

Tarukan schob sich den geckenhaften Hut zurück und wischte sich über die Stirn. »Nein, wir dürfen die Hinterlassenschaft der Götter nicht vernichten. Wir werden einen Weg finden, sie zu nutzen. Wenn wir nichts mitnehmen können, dann muss uns der Zauberer ...«

Ein Schrei schnitt ihm das Wort ab. Sie fuhren herum und sahen eben noch, wie zwei zappelnde Füße hoch oben in der Luft hinter dem Rohr verschwanden. Mit einem Mal war die Halle voller Schwingen. Fliegende Wesen stürzten sich auf die Söldner, menschenähnliche Gestalten mit Fledermausflügeln und Krallenfüßen. Sie kamen aus der Deckung der Röhre hervor, und noch bevor die Männer sich von ihrem Schrecken erholt hatten, packten zwei Geflügelte einen weiteren Söldner und zerrten ihn empor.

»Das gefällt ihnen wohl nicht«, sagte Tarukan, »dass wir darüber geredet haben, ihre Maschine zu zerlegen.« Er hob den Säbel und beobachtete die Angreifer.

Ein paar seiner Männer hatten Armbrüste bei sich. Die Bolzen prallten von den Flughäuten ab. Einige der Kreaturen landeten zwischen den Menschen und griffen sie am Boden an. Weitere Wesen kreisten über ihren Köpfen und stießen auf die Kämpfer herunter.

Tarukans Krieger zogen die Klingen. Sie suchten Deckung an der Hallenwand oder im Schatten der Maschine. Makri der Zauberer kauerte sich nieder. Er wand sich am Boden. Die Dornentätowierung auf seiner Haut erwachte zum Leben, die Ranken schienen zu wachsen. Sie verschlangen den Hexenmeister, und es sah aus, als würde das Fleisch entlang der Muster aufreißen, als würde sein Leib in Fetzen gehen, bis nur ein Gewirr von Schatten zurückblieb, das sich geschickt über den Boden der düsteren Halle schlängelte und die Umrisse des Hexenmeisters verbarg.

Ein Fledermauswesen griff Tarukan an. Der hieb mit dem Säbel zu, und die Kreatur parierte mit der Flügelkante. Die Klinge prallte ab, ohne eine Spur zu hinterlassen. Ein zweites Geschöpf sauste im Gleitflug von hinten heran.

Tarukan riss den Säbel hoch und stieß ihn über die Schulter zurück. Er setzte den Stoß nur mit einem flüchtigen Blick an der Klinge entlang, und die Spitze traf genau in das winzige Auge des Angreifers. Tarukan wich zur Seite. Er drehte sich um die eigene Achse und zog die Klinge wieder heraus, während das Geschöpf dicht an ihm vorbeirauschte. Er duckte sich unter dem Flügel hindurch, die Fledermauskreatur krachte auf den Boden, rutschte ein Stück weit und blieb reglos liegen.

Tarukan stand schon wieder seinem ersten Gegner gegenüber und schlug erneut zu. Der Fledermausmann war zu langsam, der Säbel traf ihn an der Stirn und schnitt eine Kerbe in das Gesicht. Das Wesen stand da wie erstarrt. Es zwinkerte einmal überrascht. Schwarzer Schleim lief aus der Wunde.

Dann hob das Geschöpf abwehrend die Flügel und wich zurück. Es stieß ein hohles klagendes Pfeifen aus.

Tarukan setzte nach. »Los, Männer!«, rief er. »Sie sind nicht unverwundbar.«

Tarukan war schnell und gewandt, das musste Gontas zähneknirschend einräumen. Es wäre ein guter Kampf gewesen zwischen ihnen beiden, hätte der feige Söldnerhauptmann ihn nicht vorher verstümmelt.

Aber Tarukans Männer taten sich schwer. Die Häute der Flügel waren so hart wie Stahl, und diese Deckung ließ nur wenige Lücken. Die Geflügelten am Boden hüllten sich darin ein wie in eine Rüstung. Zudem regnete es nun Blut und Fleischbröckchen von dem Rohr, wohin die Kreaturen die ersten Söldner verschleppt hatten. Das Gebrüll von dort oben ließ den Männern das Blut in den Adern gefrieren, und sie führten ihre Klingen zaghaft.

Ein Fledermausmann stürzte auf Halime und ihre Bewacherin zu. Isme schob das Kind hinter sich und stürmte der Bestie entgegen. Sie schwang das Schwert. Die Kreatur legte schützend die Schwingen um den Leib. Isme ließ das Schwert fallen und rammte dem Geschöpf stattdessen beide Fäuste gegen die Brust.

Die Söldnerin legte ihr ganzes Gewicht in den Stoß, in vollem Lauf, und das schlanke Flügelwesen taumelte. Isme fegte ihm die Klauenfüße unter dem Leib weg, und der Geflügelte fiel auf den Rücken.

Sofort stürzte Isme sich auf den Fledermausmann. »Wolltest das zarte Fleisch von Frauen und Kindern kosten, eh? Wie gefällt dir das, eh? Frisch in deine hässliche Fratze!«

Mit jedem Wort hämmerte sie ihre Faust gegen den nasenlosen Schädel. Ihre unförmige Brust bebte.

Das Wesen unter ihr öffnete die Flügel. Ein Riss klaffte in dem Gesicht auf, wurde zu einem breiten Maul mit grauenvollen Zähnen. Drohend gähnte die Kreatur der Söldnerin entgegen, mit einem Rachen, der ihre Fäuste und ihren Kopf zugleich hätte verschlingen können.

Isme zögerte nicht. Sie rammte die Faust geradewegs in den Schlund hinein, mit einem verächtlichen Ausdruck auf dem Gesicht. Im selben Augenblick riss sie den Arm wieder zurück – und die furchtbaren Kiefer schnappten einen Fingerbreit vor ihrer Hand zu.

Isme sprang auf. Sie hielt ein ganzes Bündel schlangenartiger Zungen in der Faust, die sie herausgerissen und die das Ungeheuer selbst mit den Zähnen durchtrennt hatte.

»Bah. Sauf dein Blut, Flederbastard, und erstick dran!«

Sie schleuderte ihrem Gegner die triefenden Zungen klatschend ins Gesicht.

Das Ungeheuer wälzte sich kreischend am Boden. Es flappte mit den Flügeln und spie schleimiges schwarzes Blut durch die Halle.

Isme lief zurück zu ihrem Schützling. Unterwegs hob sie das Schwert auf. Sie legte den anderen Arm auf Halimes Schulter und sah sich nach weiteren Angreifern um.

Auch Gontas setzte sich in Bewegung. Auf seinen Krücken humpelte er in Halimes Richtung, bereit, ihr mit seinem eigenen Körper Deckung zu geben, wenn er sonst schon nichts ausrichten konnte.

Jemand packte ihn an der Schulter und riss ihn herum. Es war Nurdh! Der Söldner schob ihn einer weiteren Fledermauskreatur in den Weg und suchte selbst hinter Gontas' Rücken Schutz. Gontas strauchelte und hatte Mühe, das Gleichgewicht zu halten.

»Nun tu mal, weswegen du mitgekommen bist, Buschaffe!« Nurdhs Stimme klang schrill vor Angst.

Gontas blickte auf das Ungeheuer, das mit ausgebreiteten Schwingen vor ihm stand. Die Brust war mit rostrotem Pelz bedeckt, und in dem Fell schimmerten schwarze Klauen, auf dem Bauch des Geschöpfs zeigten sich winzige Münder, aus denen sägeblattartige Zähne hervorstanden. Die Klauen zitterten, sie sahen krumm aus und scharf. Die Münder öffneten und schlossen sich und ließen den ganzen Körper der Kreatur in Wellen pulsieren.

Das Wesen machte einen Schritt auf Gontas zu, so langsam, dass es fast überheblich wirkte. Es hielt die Flügel ausgebreitet wie zu einer Umarmung. Die großen Klauen an den Füßen scharrten durch den Dreck.

Gontas hob die Krücke und schwang sie gegen die Brust des Wesens. Er duckte sich vor dem Angriff, den er erwartete – und kippte vornüber. Seine Beine konnten das Gewicht nicht tragen. Das Wesen machte einen Satz, es schlug mit den Flügeln und glitt über Gontas hinweg.

Hinter sich hörte er Nurdh schreien, hörte ein trockenes Klatschen, schwere Flügelschläge ... Gontas wälzte sich auf den Rücken und sah benommen zu, wie der Fledermausmann aufflog, den kreischenden Söldner in den Krallen.

Das Ungeheuer landete auf einem kleinen Sims, fünfzehn Schritt über dem Boden. Gontas hatte das Gefühl, dass ihre Blicke sich trafen, dass das Wesen ihn aus seinen kleinen Knopfaugen kurz anfunkelte, dass es ihn *angrinste* mit dieser schmalen Hautfalte, hinter der sich der albtraumhafte Mund verbarg.

Dann winkelte das Geschöpf sein Bein an und hievte Nurdh damit hoch. Es packte den Söldner mit den kleinen Klauenhänden, die an den Flügeln saßen, und presste ihn an die Brust. Der Geflügelte schloss die Schwingen ganz um sein Opfer, als würde er den Söldner umarmen. Nur Nurdhs Kopf schaute noch oben heraus.

Das Wesen riss das Maul auf und schob den Oberkiefer vor. Es schloss die Lippen oben um den Kopf seines Gefangenen. Der Söldner schrie lauter; seine Fußspitzen, die unter dem Flügel herausschauten, zuckten. Gontas hörte ein Krachen wie von einem Nussknacker. Dann löste die Kreatur schmatzend ihre Lippen von Nurdhs Stirn und spie die Splitter der Schädeldecke in die Halle hinab. Nurdhs Kopf lag oben offen, das Gehirn schaute unversehrt heraus. Die Fledermauskreatur schob ein ganzes Bündel langer Zungen in die graue Masse hinein.

Als Nächstes erklang ein Geräusch wie von einem Heer Termiten, die an einem Baum nagten. Etwas rieselte zwischen Nurdhs strampelnden Füßen heraus und fiel vor Gontas zu Boden. Gontas starrte hinauf und konnte sich nicht abwenden von dem grausigen Schauspiel. Vereinzelte Flocken landeten in seinem Gesicht: winzige Lederfetzen, Stoff und Späne von Eisenholz – es waren Teile von Nurdhs Rüstung, getränkt mit Blut!

Während das Ungeheuer sich langsam hindurchfraß, schwoll Nurdhs Gebrüll noch einmal an.

Angewidert wischte sich Gontas die klebrigen Fetzen aus dem

Gesicht. Die feuchten Überreste brachten ihn wieder zur Besinnung. Er robbte von der Wand fort und blickte sich in der Halle um.

Die Söldner verloren den Kampf. Auch wenn zwei weitere der Fledermausbestien am Boden lagen, auch wenn Tarukan sich die Biester erfolgreich vom Leib hielt, so gewannen die Geflügelten doch allmählich die Oberhand. Sie hatten zwei von Tarukans Männern niedergestreckt und balgten sich um die Gefallenen. Drei Söldner waren verschwunden, und damit hatte Tarukan die Hälfte der Männer verloren, die er mitgebracht hatte. Aus dem Schatten der Maschine, von der Oberseite der riesigen Röhre, von den hohen Simsen an der Wand – von überall her erklangen die Schreie der Männer, die von den Ungeheuern in Stücke gerissen wurden. Tarukan war von drei Gegnern umringt. Es war nur eine Frage der Zeit, bis die Übermacht ihn überwältigte.

»Hauptmann, hierher!«, gellte Ismes Stimme durch den Raum. »Das Schrapf hat 'n Ausgang.«

Die vierschrötige Söldnerin winkte vom unteren Ende des gewaltigen Rohrs, dort, wo es in der Maschine verschwand und fast den Boden berührte. Ein Stück der Verkleidung fehlte, und durch die Lücke blickte Halime aus der Röhre heraus. Hinter ihr strahlte und funkelte es wie von einem Bergkristall.

Gontas kroch auf sie zu. Eine seiner Krücken nahm er unterwegs wieder mit und schob sie neben sich her. Auch Tarukan kämpfte sich in Richtung der Luke, und die übrigen Söldner schlossen sich zusammen und kämpften sich zu ihrem Fluchtweg durch.

Gontas war am nächsten dran, doch er war langsam. Da fiel eine Leiche von dem Rohr und prallte vor ihm auf den Boden: der ausgeweidete Leib eines Söldners. Brustkorb, Bauch und die Gliedmaßen waren bis auf die Knochen abgenagt, die Rippen teilweise zersplittert und angefressen. Die Kleidung, Haut und Fleisch hingen in Fetzen an dem Toten.

Und, wie bei Nurdh, fehlte die Schädeldecke, und das blutige Gehirn quoll heraus.

Gontas stieß einen Fluch aus und zuckte zurück, er spähte misstrauisch nach oben und kroch weiter.

Da tauchte plötzlich Makri bei dem Toten auf, als wäre er aus dem Boden herausgewachsen. Er streckte seine langen dürren Arme aus und wühlte in der Leiche herum, er zog glitschige, durchtrennte Darmschlingen heraus.

»Zerstört! Alles zerstört!«, rief der wahnsinnige Hexenmeister durch die Halle. »Wie soll ich aus den Eingeweiden lesen, wenn nur noch Reste übrig sind? Wenn ich Euch die Zukunft vorhersagen soll, Hauptmann Tarukan, dann gebt mir eine unversehrte Leiche!«

Gontas kroch schneller. Er kam im selben Augenblick zu der Luke wie Tarukan. Halime streckte ihm die Hand entgegen.

Tarukan stellte einen Fuß auf Gontas' Schulter. »Du kommst hier nicht vor meinen Männern raus.«

Gontas verdrehte seinen Arm und packte Tarukan am Knöchel. Er riss daran. Es fehlte ihm an Kraft, aber Tarukan strauchelte dennoch. Er kippte auf einen Fledermausmann zu, ruderte wild mit dem Säbel. Isme sprang ihm bei. Sie schlug die Klauen weg, die nach ihrem Hauptmann griffen.

Gontas schob sich an den beiden vorbei durch die schmale Öffnung in das Innere der Röhre. Halime nahm seine Hand und drückte sie, eine Geste, auch wenn sie zu klein war, um ihm zu helfen.

29.

Tarukan stieg als Letzter in das Rohr hinein. Er zog die Klappe hinter sich zu und verschloss den Zugang, den Halime entdeckt hatte. Die Fledermausungeheuer versuchten nicht, den Menschen zu folgen. Sie zögerten sogar, zu dicht an die Öffnung zu treten. Vielleicht war es das Licht dort drin, das sie abschreckte.

Hinter dem Zugang gab es einen schmalen Steg aus Metall, zwischen der Außenhülle des zwölf Schritt starken Rohres und dem Kern. Dieser Kern maß fast zehn Schritt, und er war durch eine Glaswand von dem engen Raum getrennt, in dem die Menschen kauerten. Hinter dem Glas funkelte und strahlte es wie ein Meer von vielfarbigen Edelsteinen, das im Sonnenlicht lag oder im Licht eines sehr hellen und vollen Mondes. Es war mühsam, durch das Gleißen hindurch die Einzelheiten im Inneren der gläsernen Röhre wahrzunehmen. Gontas wusste nicht, wer ein so dickes und klares Glas herstellen konnte, und eines, das fugenlos eine solche Fläche überspannte. In den Städten hatte er dergleichen nie gesehen, und es übertraf selbst die Wunder von Modwinja, von denen er gehört hatte.

In dem Tunnel aus Glas schien es eine weitere Maschine zu geben, aber keine Mechanik, sondern ein Gebilde aus purem Licht. Gontas sah keine Zahnräder, nur unzählige Kristalle, große und kleine Edelsteine in einer Fassung aus Gold oder Messing. Dazwischen verliefen Leitungen aus Metall und solche aus Glas, die aussahen wie Adern, in denen das Licht pulsierte. Das Funkeln in der Röhre war beständig in Bewegung, als wäre es lebendig. Die Farben tanzten über die Außenhülle.

All das – das Rohr, der Steg, auf dem sie standen, der gläserne Kern mit seinen Lichtern und dem funkelnden Innenleben –

schien kein Ende zu haben. Es stieg gemächlich an und verlor sich weit oben in der Ferne.

»Wenigstens etwas«, sagte Uz. »Genug Klunker, um ein Königreich zu kaufen, wenn wir nur's Glas aufbrechen. Kein Vertun, *hier* liegen die Schätze, von denen die Legenden erzählen!«

»Du lässt die Finger davon, Uz«, sagte Tarukan. »Wir machen hier gar nichts kaputt, solange wir nicht wissen, ob wir es noch verwenden können.«

Gontas lachte auf. »Glaubst du immer noch, du kannst die Zitadelle einnehmen, du Hund aus Khâl? Schon die ersten Wächter, auf die wir gestoßen sind, haben deine Krieger aufgemischt.«

Tarukan funkelte ihn an, über die Köpfe der Männer dazwischen hinweg. »Ich weiß nicht, wie ausgerechnet du da draußen überlebt hast, du Krüppel. Aber das wird nicht mehr lange so bleiben. Du wirst keine Gelegenheit bekommen, mir noch mal ein Bein zu stellen.«

»Hauptmann.« Isme wies auf Halime, die neben Gontas kauerte. Das Mädchen barg den Kopf zwischen den Armen und wippte mit dem Gesicht zur Wand vor und zurück. Sie wimmerte leise. »Die Kleine wusste, wo die Klappe ist. Irgendwie kennt sie sich hier aus, und sie mag den Wilden. Glaubst du, nu ist der richtige Zeitpunkt, um sie aufzuregen?«

Tarukan schnaubte, aber er sprach ruhiger weiter. »Wie dem auch sei. Wenn es sein muss, bringe ich mehr Männer rein, so lange, bis die Brut da draußen ausgerottet ist. Aber erst einmal hoffe ich, dass wir endlich eine anständige Waffe finden. Nur *eine* Waffe der Götter, und diese Wächter sind kein Problem mehr für uns! Also, wohin wenden wir uns als Nächstes?«

»Oh, die Straße des Lichts führt geradewegs zum Gipfel«, sagte Makri der Zauberer. »In den höheren Teil der Zitadelle und darüber hinaus.«

Alle erschraken. Niemand hatte bemerkt, dass der Zauberer mit ihnen durch die Klappe gestiegen war. Niemand hatte auf ihn gewartet, niemand hatte ihn vermisst, bevor er das Wort ergriffen hatte. Hatten sie ihn einfach übersehen, oder war er tatsächlich eben erst aus dem Nichts zwischen ihnen aufgetaucht, wie es den Anschein hatte?

»Auf dem Gipfel«, stellte Tarukan fest, »habe ich irgendwelche Umrisse gesehen. Da könnten Türme sein. Werde ich dort die Waffen finden, die ihr Zauberer mir versprochen habt?«

»Oh ja.« Makri kicherte. »Dort werdet Ihr Waffen finden. Ganz bestimmt. Möglicherweise.«

Tarukan sah den Alten an. Seine Finger zuckten, als wollte er jemanden erwürgen. Er seufzte. »Wir sind so weit gekommen, da können wir auch noch den Rest dieses Ortes erkunden, bevor wir einen Entschluss treffen. Na los, Buschläufer. Du gehst voraus. Wer weiß, was für unheilvolle Überraschungen uns auf dem Weg noch erwarten.«

Gontas zögerte. Isme stieß ihr Schwert in seine Richtung und trieb ihn an. Gontas kroch über den klappernden Steg, richtete sich auf und stützte sich an der Wand ab.

Außer ihm hatte keiner gehört, was Halime zuletzt vor sich hin gemurmelt hatte: »Haltet es auf. Zerschlagt das Glas. Haltet das Licht auf.«

Gontas wäre ihrem Rat nur zu gerne gefolgt, allein darum, weil Tarukan das Gegenteil befohlen hatte. Aber das Glas war dick, Gontas war schwach, und er hatte kein Werkzeug außer der hölzernen Krücke. Er wusste, dass er nichts ausrichten konnte gegen eine Konstruktion, die Äonen überdauert hatte.

Die Außenwand aus Metall und die innere Röhre aus Glas lagen so dicht beisammen, dass Gontas sich an beiden Seiten abstützen konnte. Nur an manchen Stellen änderte sich der Weg. Dann führte der Steg mit Stiegen über die Glasröhre hinweg und lief auf der anderen Seite weiter, oder die gläserne Hülle verschwand ganz, und sie mussten durch ein Gewirr aus funkelnden Metallstangen kriechen. Die Edelsteine waren zum Greifen nah, sodass Tarukan seine Männer mit Drohungen und Schlägen davon fernhalten musste.

Mitunter, wenn Gontas zögerte, stach Isme wieder mit der

Schwertspitze nach ihm und trieb ihn weiter. Aber zumeist kam er besser zurecht, als er erwartet hatte. Fast fühlte es sich so an, als könnten seine Gliedmaßen sich an die durchtrennten Bänder und Muskeln gewöhnen, als würden sie gegen jede Vernunft Kräfte zurückgewinnen. Sein Bauch unter dem blutdurchtränkten Verband schmerzte nicht mehr. Mitunter, wenn er darüber nachdachte, fragte sich Gontas, ob das ein gutes Zeichen war, oder ob ihm schon der Tod in die Wunden kroch und eine angenehme, aber letztlich verhängnisvolle Taubheit brachte.

Die meiste Zeit dachte er gar nicht, sondern bewegte sich in einer schläfrigen Trance. Die funkelnden Lichter hüllten ihn ein, sie hypnotisierten ihn. Oft verlor er sich selbst. Er glaubte, die Farben zu erkennen, die nicht bloß Licht waren, sondern eine Straße, auf der er wandelte. Gontas träumte.

Gontas träumte von Gehenna.

Gehenna war eine unwirkliche Welt, ein Ort voll Feuer, von unaussprechlichem Licht und unaufhörlichen Schmerzen. Einst, so erzählte man, war es anders gewesen, doch es hatte einen Krieg gegeben. Seither lebten sie an diesem Ort, der eine Hölle war und beständig schlimmer wurde.

Sie hatten sich daran gewöhnt, die Bewohner von Gehenna. Sie hatten ihren Leib, den man anderswo körperlos nennen mochte, der aus Licht bestand oder aus bloßen Faltungen in andere Räume, wie ein menschlicher Geist sie nicht verstehen konnte ... diesen Leib hatten sie angepasst an die Hitze und an die Strahlen und an die Verwüstung ihrer Welt. So konnten sie leben, überleben, aber kein Augenblick verging ohne Qual.

Die Bewohner von Gehenna träumten von einer schöneren Welt.

Und sie fanden eine.

Hinter den Schleiern der Unwirklichkeit zog sie ihre Bahn, diese ferne, diese milde Welt, die den Bewohnern von Gehenna die Erfüllung ihrer Träume versprach. Sie war fremd, bevölkert von ganz eigenen Geschöpfen. Das Volk von Gehenna hätte unter dieser fremden Sonne nicht exis-

tieren können. Aber waren sie nicht die Meister der Anpassung? Sie vermochten Formen zu konstruieren, die ihnen Leib und Hülle waren in der Fremde, und dort, fernab der Qualen ihrer Heimat, wartete eine Welt der Fülle und des Überflusses auf sie.

Bevor es so weit war, musste das Volk von Gehenna sich die neue Welt erst untertan machen. So neu war dieser Ort, so viel war zu tun. Sie schufen das Tor, um auf die andere Seite zu wechseln, aber noch gab es nicht die Straße aus Licht, die den Übergang leichter machte. Die Ersten, die das Tor durchschritten, mussten sich selbst einen Weg suchen. Viele gingen verloren, und niemand kam ans Ziel ohne Schaden an Leib und Seele.

Forscher und Pioniere gingen hindurch, Konstrukteure, welche die neue Welt urbar machen und ihren Nachfolgern den Weg bereiten sollten. Sie opferten ihr Leben, um die Ersten zu sein, die den Boden der neuen Heimat betraten. Und das Wesen, das auf Erden Gontas war – im Traum von Gehenna war er ein Krieger und ein Kundschafter aus der feurigen Welt. Einer der zähesten seines Volkes. Nach den Forschern und den Pionieren kam er, als Anführer, als Kämpfer. Seine Aufgabe war es, die Unterwerfung der neuen Welt vorzubereiten, als oberster Gefolgsmann seines Herrn, dem Fürsten von Gehenna, der nach ihm kommen sollte.

So durchschritt das Wesen, das in einem anderen Traum Gontas sein mochte und auf Gehenna ein Geist ohne Namen, das Tor, das über den Feuern seiner Heimat schwebte und sich davon nährte.

Er schwamm in den Lichtern, die in wirren Strudeln an ihm rissen. Er schwamm machtvoll und hielt seine Essenz zusammen, und er erreichte die neue Welt, die blau und kühl unter dem strahlenden Licht eines fremden Himmels lag.

Ein Geist von Gehenna, einer von vielen, kam auf die Welt, um sie zu unterwerfen, und um Frieden zu finden und eine neue Heimat.

»He!« Isme stach ihm die Schwertspitze nachdrücklich ins Hinterteil, und Gontas schreckte auf aus seinen Träumen.

Der Weg war zu Ende. Gontas hockte vor einer Wand aus Kristall, die das ganze Rohr mit seinen zwölf Schritt Durchmesser abschloss und so hell erstrahlte, dass Gontas den Blick abwandte und ihm die Augen tränten.

»Was ist?«, rief Isme. »Bist du im Gehen eingeschlafen, he? Mach mal Platz und lass den Zauberer schauen, wenn du nicht weiterkommst.«

»Pah, ist schon im Fieberwahn, der Fiesel«, sagte Uz abfällig. »Der Hauptmann hat ihn zu heftig angeschnitten, und sein Geist will zur Hölle fahren.«

Makri der Zauberer schlängelte sich an allen vorbei, bis er neben Gontas stand. Dabei lief er an den Wänden entlang und auf allen vieren fast unter der Decke wie eine Spinne. Er klopfte und fingerte an der Außenwand herum.

»Ja. Jaaa ... Die Zitadelle, die *obere* Zitadelle, da sind wir. Überall Löcher und Ausgänge, nur finden müssen wir sie ...«

Plötzlich klappte über ihm eine Luke auf und Tageslicht fiel in den Schacht. Blitzschnell stieß ein Schatten herein und berührte den Zauberer. Der fiel auf den Steg, er kreischte und zappelte. Blaue Blitze zuckten um seinen Leib. Im nächsten Augenblick fuhr eine lange Stange mit Haken durch die Öffnung. Makri wurde an der Schulter gepackt, mit einem zweiten Haken am Bein, und mit einem Ruck wurde er hochgezerrt und verschwand durch die Öffnung. Die Klappe schloss sich hinter ihm.

»Was zum ...«, stieß Tarukan hervor.

Schon ging eine weitere Klappe an der Decke der Röhre auf. Ein Stab kam hindurch und küsste einen der Söldner im Nacken. Schreiend und zuckend brach der Mann zusammen, wie vorher der Hexer, und genau so wurde er mit Haken aus dem Rohr gefischt. Die Klappe fiel zu.

»Verflucht.« Tarukan stürzte zu der Stelle, wo sein Mann verschwunden war. Die Decke lag dort gerade außerhalb seiner Reichweite. Verzweifelt sprang er auf und nieder und schlug mit dem Säbel gegen das Metall. Da flog der Deckel wieder auf, das Ende eines Stabes traf Tarukan an der Stirn.

Der Söldnerführer stieß einen dumpfen Laut aus, ruckartig

spreizte er Arme und Beine, der Säbel flog ihm aus der Hand. Tarukan fiel auf den Rücken und blieb benommen liegen.

Gontas lachte.

Da erwischte ihn das Ende eines Stabes an der Schulter. Überall in dem Rohr öffneten sich jetzt Luken unter der Decke, und Stangen stocherten hindurch. Die Söldner flohen. Nur Isme hielt stand. Sie wehrte die Stäbe mit dem Schwert ab und schützte Halime mit ihrem Leib. Dann wurde sie von der Spitze eines weiteren Stabes getroffen, Funken sprangen auf die Klinge über, Blitze wanden sich um den Stahl wie zustoßende Schlangen. Sie gruben sich in Ismes Hand, und die Söldnerin zuckte und zitterte und bleckte die Zähne. Sie brach zusammen.

Die Stäbe erwischten sie alle, und mit den Haken wurden sie ans Licht gezerrt wie harpunierte Fische.

Gontas lag auf dem Boden. Er schnappte nach Luft.

Der Raum, in dem sie herausgekommen waren, sah aus wie ein hohes Turmgemach. Die Wände waren durchbrochen von großen Fenstern, und vor den Fenstern im Norden stand der Mond des Styx, so riesig und allbeherrschend, dass er sogar das Tageslicht zu überstrahlen schien. Das Rohr, aus dem man Gontas und seine Begleiter herausgezogen hatte, kam durch die südliche Wand, stieg noch ein Stück an und endete blind mitten im Raum. Das stumpfe Ende schien den Mond anzusaugen, der so dicht vor dem Fenster gegenüber hing.

Um Gontas herum lagen Tarukans Söldner, ebenso benommen wie er. Ein Kreis alter Männer umringte sie. Diese hatten blassbraune Kittel an und hielten lange, golden schimmernde Stäbe in der Hand. An dem einen Ende war ein kurzer zweiter Schaft neben dem ersten angebracht, am anderen Ende waren die Stäbe geformt wie Enterhaken.

Der Raum hinter den Fremden war angefüllt mit alchemistischen Apparaturen. Glaskolben mit bunten Flüssigkeiten waren auf einem Tisch aufgebaut, gläserne Röhrchen wanden sich darum und verschwanden im Boden. Glitzernde Metallfolien schwebten schwerelos in der Luft. Kristalle und Prismen hingen in komplizierten Gestellen und ließen farbige Lichtspiele über die Mauern tanzen.

Die Männer aus der Zitadelle hatten ein hageres Gesicht und graues Haar, und alle trugen einen grauen Bart. Einer von ihnen, der keine Waffe hielt und bei Halime stand und ihr den Arm um die Schulter gelegt hatte, trug den längsten Bart von allen. Er musterte die Menschen am Boden. »Ihr Narren«, sagte er. »Was dringt ihr in diese Feste ein und spielt mit den Mächten, die eine ganze Welt ins Verderben reißen können? Die Gier der Menschen, sie wird unser Untergang sein!«

Gontas setzte sich auf. Er spie dem Alten vor die Füße. »Ich bin diese verrückten Greise leid, die ständig unheilschwangere Andeutungen raunen, über die Zitadelle und das Ende der Welt und was weiß ich für sinnloses Gebrabbel. Bei allen Geistern! Wenn du etwas zu sagen hast, dann sag es jetzt! Wer bist du, und was hat es auf sich mit diesem Ort?«

Der Alte sah ihn an. »Klare Worte? Nun gut. Wir stehen hier in der Zitadelle der alten Götter, und wir sind die Hüter dieses Ortes, der Orden der Bewahrer. Vor Tausenden von Jahren haben unsere Vorfahren die alten Götter vertrieben und diese Maschine gebaut, um sie von unserer Welt fernzuhalten. Seitdem leben wir hier, wir pflegen die Maschine und suchen einen Weg, die Pforten endgültig zu verschließen.

Denn wenn die alten Götter eines Tages zurückkehren und obsiegen, dann wird nichts bleiben von der Welt, so wie wir sie kennen. Die Völker im Westen, im Süden und im Osten, deren geheime Beschützer wir sind, sie alle werden fallen. Die Götter werden auf Erden wandeln und die Menschheit verschlingen, und nur diese Zitadelle und das Opfer unseres Ordens steht zwischen der Welt und ihrem Untergang.«

»Die Gottesstreiter«, murmelte Gontas. »Das war also dieser Teil der Vision.«

Tarukan kam zu sich. »Hüter?«, sagte er. »Wenn ihr die Wächter der Zitadelle seid, was sind dann diese geflügelten Ungeheuer in den unteren Türmen?«

»Die Engel«, erklärte der Alte. »Sie sind die Wachhunde der alten Götter, die früheren Wächter dieses Ortes. Sie verfolgen alle Fremden, die die äußere Wehr durchbrechen, die hier eindringen, um zu plündern und zu zerstören. Deswegen dulden wir sie.«

Der Alte bedachte Tarukan mit einem tadelnden Blick. »Erkennst du, was du aufs Spiel gesetzt hast? Wir können nicht zulassen, dass ihr die Maschine zerstört, dass ihr die Zitadelle schändet und uns alle ins Verderben reißt.«

»So ein Unsinn«, knurrte Tarukan. »Ich wollte die Zitadelle verstehen und ihre Mittel gebrauchen, und ich kann sie gewiss besser hüten als eine Horde seniler Greise, die hier seit Jahrtausenden in Inzucht leben. Die Einzige, die eure Maschine am liebsten gleich zertrümmert hätte, das war dieses Mädchen dort.« Er wies auf Halime.

»Ja, das arme Ding.« Der Alte strich Halime zärtlich über die Haare. »Unsere verlorene Tochter. Vor langer Zeit haben einige der Unseren die Zitadelle verlassen. Der böse Ort vergiftete ihre Gedanken, sie konnten es nicht ertragen. Also verließen sie ihre Pflicht und suchten im Süden eine Zuflucht. Das Kind muss eine Tochter sein, eine Nachfahrin, eine von uns. Wir werden uns ihrer annehmen. Die Geschichten und die Albträume ihrer Eltern müssen ihren Geist heimgesucht haben, und aus Angst oder aus Unwissenheit mag sie die falschen Schlüsse gezogen haben. Aber wir können sie heilen. Nicht wahr, Kind? Willst du die Zitadelle immer noch zerstören?«

Halime schüttelte den Kopf. »Ich ... nein. Ich erinnere mich jetzt an die Geschichten, ja ... Das Böse ist in die Zitadelle geschlichen. Es hat sie vergiftet und ihren Zweck verkehrt. Aber ich ... ich weiß nicht ...«

Sie klang verwirrt, fahrig. Da war ein neuer Ton in ihrer Stimme, der noch weniger zu einem Kind passen wollte als ihre entschlossenen Worte einige Stunden zuvor. Dabei wirkte sie viel unsicherer, ganz anders als jene Halime, die auf rätselhafte Weise die geheimen Türen und Pfade der Zitadelle kannte.

Gontas horchte auf. Er erinnerte sich an Halimes Flüstern, an ihr gedrücktes Schweigen und an ihre leisen Klagelaute auf dem Weg durch die Röhre. Etwas war mit ihr geschehen auf diesem letzten Stück des Weges, und er glaubte nicht, dass es der Einfluss dieser alten Männer war, die sich »Bewahrer« nannten.

Tarukan wechselte einen Blick mit Uz und Isme, den beiden treuesten unter seinen Gefolgsleuten. Die übrigen Söldner erholten sich allmählich. Nur Makri, der dürre Zauberer, wand sich weiterhin auf dem Boden, und er kicherte unaufhörlich. Ob er noch unter der Wirkung der Stangenwaffe litt oder nur unter seinem ganz eigenen Wahnsinn, wer wusste das schon?

»Ich verstehe Euer Anliegen.« Tarukan trat mit ehrerbietiger Geste auf den Greis zu. »Aber wir müssen keine Feinde sein, die Bewahrer der Zitadelle und ich. Wir könnten uns gegenseitig nützen! Ich komme nicht zum Plündern und Brandschatzen. Ich habe größere Pläne, und Eure Aufgabe könnte ein Teil davon sein.

Ich will genauso wenig wie Ihr, dass irgendwelche alten Götter zurückkehren. Ich will die Geheimnisse dieses Ortes für meine eigenen Zwecke gebrauchen, das ist wahr. Doch alle Mittel, über die ich gebiete und in Zukunft gebieten werde, stünden auch Euch zur Verfügung, um die Maschine instand zu halten. Wenn Ihr einem Bündnis zustimmt, würden meine Soldaten, die in diesem Augenblick vor der Zitadelle lagern, gleichfalls zu den Wächtern dieses Ortes werden, und das wäre erst der Anfang der Hilfe, auf die Ihr zählen könntet.«

Tarukans Worte waren wie Honig, der ihm über die Lippen floss. Er sprach mit der Gewandtheit eines Edlen von Khâl. Der Sprecher der Bewahrer musterte ihn aus seinen farblos grauen Augen und schien das Angebot ernsthaft zu erwägen.

»Ein falscher Schritt kann alles zunichtemachen«, sagte er schließlich. »Es ist die schlimmste aller Zeiten. Gerade jetzt steht die Pforte weit offen, und die Maschine entfaltet nicht ihre höchste Kraft. Uns fehlt ein Fokus, ein magischer Stein, für den wir nach all den Jahrhunderten keinen Ersatz gefunden haben.«

Der Alte wies durch den Raum. Dort, zwischen dem Ende der gewaltigen Röhre und dem fetten roten Mond vor dem Fenster, ragte ein einzelner Messingstab aus dem Boden. Er teilte sich oben in zwei Zinken wie eine Stimmgabel, und daran konnte man die Schrauben einer leeren Fassung sehen.

»In dieser Stunde«, fuhr der Alte fort, »zählt Sorgfalt mehr als jede Hilfe, die unwissende Fremde uns bringen könnten.« Er nickte seinen Männern zu. »Schafft sie fort.«

Da gab Tarukan seinen Söldnern ein verstohlenes Zeichen. Einige von ihnen hatten sich in Stellung gebracht, während der Alte sprach. Unauffällig waren sie an ihre Bewacher herangerückt oder hatten sich so hingehockt, dass sie rasch aufspringen konnten. Jetzt stürmten sie los. Einige griffen nach den Stäben der Bewahrer, andere sprangen zu ihren eigenen Waffen, die in einem Winkel zu einem Haufen gestapelt lagen.

Die Bewahrer mochten grauhaarige Männer sein, aber sie bewegten sich nicht wie Greise. Sie wichen gewandt aus oder schlugen mit ihren Stäben zu. Der Mann vor Tarukan ließ seine Waffe wirbeln und rammte dem Söldnerhauptmann das doppelte Ende unter das Kinn.

Tarukan kippte auf den Rücken und blieb mit zuckenden Gliedern liegen. Auch die übrigen Söldner waren rasch wieder überwältigt.

Gontas lachte erneut auf, als er sah, wie Tarukan sich in Krämpfen wand. Er fühlte sich seltsam unbeteiligt an dem Kampf. Er tippte den Söldner mit dem Fuß an. »Du winselst wie ein Mädchen«, sagte er.

Wäre er stark und beweglich genug gewesen, um die Wachen anzugreifen und einen Stab zu erbeuten, er hätte die Waffe nur in den Leib des Söldnerhauptmanns gestoßen. Er hatte kein anderes Ziel mehr hier, jetzt, da Halime wieder sicher bei den Ihren war ...

Der Sprecher der Bewahrer sah auf seine Gefangenen hinab.

Gontas überlegte, ob er noch etwas sagen, ob er zu Halime sprechen sollte. Aber es gab nichts zu sagen. Tarukan leiden zu sehen, das war alles, worauf er noch hoffen konnte, seit der Hauptmann ihm im Lager die Glieder zerschnitten hatte. Er lebte nur noch, um seine Rache zu bekommen, und wie es aussah, würden andere sie für ihn vollstrecken. Er wollte mitgehen und zusehen, und dann würde er in Frieden sterben.

Der Alte nickte seinen Leuten zu. »Ihr werdet diesen Ort nie mehr verlassen«, sagte er zu den Eindringlingen.

VII. Teil:

Fremde Götter

30.

»Es ist so kalt.« Anisja zog den dünnen Mantel enger um die Schultern. Ihre glatten Schuhe rutschten über den firnharten Schnee, der in den schattigen Mulden am Berghang lag.

»Wir haben schon Schlimmeres überstanden«, sagte Swetja, die selbst gegen ihre klappernden Zähne ankämpfen musste. »Denk an den Pass!«

Anisja lachte. »Schlimmeres? Da denk ich an zu Hause, gleich nachdem Ihr unter meinem Küchentisch hervorgesprungen seid. Was kann schlimmer sein als der verrückte Steinmagier meiner alten Herrin?«

Die beiden jungen Frauen halfen sich gegenseitig den Berg hinauf. An den glatten Stellen suchte die eine festen Halt und bot der anderen die Hand, und so wechselten sie sich ab. Sie hatten nicht damit gerechnet, dass es bei diesem Marsch noch einmal so hoch hinausgehen würde. Swetja ärgerte sich, dass sie nicht alles mitgenommen hatten, was Anisja für die Bergwelt eingepackt hatte.

Die vier Krieger stapften neben ihnen her, das gewaltige Rohr immer in Sichtweite. Dieses führte geradewegs zum Gipfel hinauf und spannte sich spielerisch über Spalten, die die Menschen mühsam überwinden mussten oder die sie zu Umwegen zwangen. Tori warf einen missmutigen Blick zu dem Gebilde hinüber.

»Was meinste, du? Soll'n wir raufkletten und oben auf'm Rohr weiterlaufen?«, fragte sie. »Sieht besser aus als die verflucht beste Straße, die ich je in 'nen Städten gesehen hab.«

»Klar«, antwortete Mart. »Glatter und keine gerade Fläche oben, auf der man stehen kann. Und Eis, möcht ich wetten, so hoch wie wir sind, Dummchen. Ideen hast du, aber nicht mal zwei gesunde Hände, um dich oben drauf festzuhalten.«

»Pffft, Einauge.« Tori warf den Kopf in den Nacken. »Weiß noch sehr gut, du, wer sich oben auf'm Skorpion gehalten hat und wer drunterlag.«

»Wart's mal ab«, knurrte Mart, »bis wir mit den Schätzen von der Zitadelle wieder in den Städten sind. Dann verlass ich 'ne Woche lang das Bett nur noch, wenn ich pissen muss – und ich kann dir jetzt schon sagen, wer in dem Bett unten liegt.«

Er schob Tori einen kleinen Abhang hoch und streckte ihr die Hand entgegen, damit sie ihm hochhalf. Sie hielt ihm den schimmernden, scharf geschliffenen Haken entgegen.

»Ja, wart's ab, du«, sagte sie grinsend. »Is 'n weiter Weg zurück, und in deinem Alter entscheidet jeder Tag darüber, was'te im Bett noch treiben kannst – und obste überhaupt hochkommst, wenn du dich hinlegst.«

Der Tag schritt rasch voran, aber die Zitadelle auf dem Gipfel kam näher. Schon ragte das Gebäude, das bei Sonnenaufgang so fern und entrückt gewirkt hatte, dicht über ihnen auf. Es verdeckte den vollen Styx, der schwer und rund dahinter hing und der die Türme vom Fuß des Berges aus hatte wirken lassen wie einen dünnen Schattenriss. Mittlerweile konnte Swetja die Einzelheiten des Bauwerks studieren.

Der obere Teil der Zitadelle wirkte leicht und wuchtig zugleich. Ein hoher Turm ragte aus einem Mauerrund auf, so hoch, dass er allein deswegen schlank aussah. Kleinere, dünne Türmchen mit spitzen Dächern umgaben ihn auf allen Seiten. Die Wälle der Zitadelle glühten. Obwohl die Quader, aus denen sie gefügt waren, so gewaltig waren wie die Steine der zyklopischen Bauten im Tal, hatten sie doch fast etwas Ätherisches an sich. Sie schimmerten wie Kristall und sahen durchsichtig aus, auch wenn vom Styx, der auf der anderen Seite schien, nichts zu erkennen war. Nur hoch oben im höchsten Turm glänzte eine Fensterreihe rot, als fiele das Licht von der anderen Seite hindurch. Das große Rohr verschwand unmittelbar darunter im Mauerwerk.

Endlich standen sie keuchend unter den äußeren Wällen. Der Wind pfiff eisig um die Mauern. In der Ferne erstreckten sich die Berge, so weit sie sehen konnten – im Süden die niedrigen Vorgebirge, im Norden, nun größtenteils hinter dem Bauwerk verborgen, die höheren Gipfel, die sie auf dem Weg zur Zitadelle überwunden hatten. Rings um sie herum bedeckten die Schneefelder alle Hänge, und Gletscherzungen leckten talwärts. Swetja rückte ihre Kapuze zurecht und strich sich die Haare aus der Stirn. Sie hatte das Gefühl, als würde ihr der Schweiß am Leib gefrieren.

»Wie kommen wir hinein?«, fragte sie.

Tori legte den Kopf in den Nacken. »Keine Aufpasser da oben zu sehn, du. Keine Bewegung, solang wir hochgestiegen sind. Sei trotzdem leise, Prinzessin.«

»Willst du es versuchen, Kletteräffchen?« Mart sah sie spöttisch an. »Oder gibst du 'ne Schulter?«

Tori beäugte ihn missmutig. Sie fuhr mit dem Haken über das Mauerwerk, fand aber mit der abgebrochenen Spitze keinen Halt in den Ritzen. Sie stemmte sich mit den Armen gegen den Wall, leicht vorgebeugt, und Mart kletterte auf ihre Schultern. Sie ächzte. »Fetter alter Fiesel, du.«

Mart grinste und setzte einen Stiefel auf ihren Kopf. Dann zog er zwei Dolche und schob sie als Kletterhilfen in die Mauerritzen. Oft musste er sich Hand über Hand daran hochziehen, weil seine Füße in den schmalen Spalten keinen Halt fanden.

»Wie 'ne schleimige Schnecke an der Wand«, bemerkte Tori.

Borija sah dem Söldner stirnrunzelnd hinterher. »Selbst wenn er es bis nach oben schafft, was tun wir dann? Wir hätten ein Seil mitnehmen sollen.«

»Vielleicht findet er oben etwas«, sagte Swetja. Keiner traf Anstalten, dem Söldner an der vereisten Wand nachzusteigen. Mart verschwand über die Mauerkrone.

Anisja schmiegte sich eng an Swetja auf der Suche nach Schutz und Wärme. Auch Swetja fühlte sich unbehaglich. Das lag nicht nur daran, dass sie hier am Fuß einer feindlichen Festung und auf dem Gipfel eines Berges besonders angreifbar waren. Ihr Unbehagen galt vor allem dem Turm in der Mitte des Bauwerks. Sie glaubte das Licht des Styx um die Turmspitze wabern zu sehen wie eine Wolke, auch wenn sie wusste, dass sie das nicht mit den Augen wahrnahm.

»Irgendetwas geht hier vor«, flüsterte sie. »Wie lange wollen wir warten?«

»Tja ...« Borija verstummte. Er klang unsicher. Was auch immer er wusste und ihnen verschwieg, mit diesem Hindernis hatte er offenbar nicht gerechnet.

Lewo nickte in Toris Richtung. Die Söldnerin lehnte an der Mauer und hauchte in ihre Hände. »Die beiden Südländer haben andere Pläne als wir«, wisperte er. »Was, wenn der Einäugige die Schätze findet, die er sucht, und gar nicht wiederkommt?«

»Aber seine Gefährtin ist noch hier!«, flüsterte Swetja empört.

»Ja«, erwiderte Lewo. »Aber hört doch mal, wie die beiden streiten. Das klingt für mich nicht so, als würde er wiederkommen, um sein Gold mit der Frau zu teilen.«

Borija lachte leise. »Du bist jung, Lewo. Ich sage dir, die beiden trennt erst der Tod.«

»Eh, wer ist tot?« Mart kam um die Ecke.

Die drei aus Modwinja zuckten zusammen.

»Wo kommt Ihr denn her?«, fragte Swetja. Verwirrt sah sie an der Mauer hoch.

»Durch die Pforte an dem kleinen Turm.« Mart wies über die Schulter zurück. »Die Zitadelle sieht leer aus, aber unbewohnt ist sie nicht. Wir sollten ’nen Schlag zulegen, bevor jemand vorbeikommt und die Tür abschließt und ich die Runde noch mal von vorn machen muss.«

»Was hast du da drin gesehen?«, fragte Lewo eifrig.

»Kein Gold, keine Wachen«, sagte Mart. »Aber Zimmer und Gänge, die benutzt aussehen. Keine Ahnung, wo die Fiesel sich alle rumtreiben, aber wir sollten achtgeben.«

Sie traten zu dem nächsten Eckturm; die Pforte darin war kaum mehr als ein Spalt in einer Nische. Die Tür war eine Steinplatte aus demselben leuchtenden Material wie das Mauerwerk. Von außen hätten sie den Eingang gar nicht gesehen.

Sie schlüpften hindurch, und Mart zog die Platte von innen wieder zu und verriegelte sie.

Sie standen in einem schmalen Gang, der zu einem Treppenaufgang führte. Die Wände im Inneren des Bauwerks strahlten und schimmerten. Sie waren nicht durchsichtig, aber das Tageslicht fand doch einen Weg hinein. Auf diese Weise blieb es hell in der Zitadelle, ohne dass Fenster zu sehen waren oder Lampen brannten.

Borija setzte sich ganz selbstverständlich an die Spitze. Er führte sie aus dem Eckturm durch breite Gänge tiefer in das Bauwerk hinein.

»Eh«, sagte Mart. »Wo bringste uns hin?«

»Der große Turm in der Mitte«, sagte Borija. »Dort müssen wir hinauf.«

»Und du weißt, wo's langgeht?« Mart runzelte die Stirn.

»Nicht genau«, räumte Borija ein. »Aber der Turm ist das Herz dieser Anlage, die oberste Halle muss der bedeutsamste Raum darin sein. Ich gehe also davon aus, dass die Hauptkorridore darauf zulaufen.«

»Is ja üppig«, beschwerte sich Tori. »Ich nehm mal an, da im Turm versammeln sich auch alle Wachen, hm?«

»Ich würd hier auch lieber zur Kammer mit den Goldfüchsen pirschen und wieder verschwinden, bevor uns jemand bemerkt«, sagte Mart.

»Ich glaube nicht, dass es an diesem Ort Münzen und Schatzkammern gibt«, erwiderte Borija. »Aber edle Metalle und Steine findet ihr genug im Turm. So viel kann ich euch versprechen.«

Mart zog das Schwert und legte es sich über die Schulter. »Das hoff ich für dich«, knurrte er. »Das hoff ich sehr. Wenn du uns nur als Schlagfänger mitnehmen willst und da oben nichts für uns rausspringt ...« Er ließ die Drohung unausgesprochen in der Luft hängen.

Sie waren schon weit in den Palast mit seinen glasartigen, golden glühenden Mauern vorgedrungen, dennoch wurde es nicht dunkler. Das Material verteilte das Tageslicht gleichmäßig im ganzen Gebäude. Es war hell, aber alles blieb still. Mitunter erhaschte Swetja durch einen offenen Durchgang einen Blick in die angrenzenden Räume. In manchen sah sie eine zerwühlte Decke liegen, ein Werkzeug, einen Becher – die Anzeichen eines kargen Lebens.

Doch je weiter sie in die Zitadelle vordrangen, desto unruhiger wurde sie. Da war Licht in den Wänden, aber auch Schatten. Und die Schatten bewegten sich! Swetja sah Umrisse, Gliedmaßen, Krallenhände, die nach den Besuchern zu greifen schienen und wieder zerflossen, als hätte das strudelnde Licht in den Wänden sie fortgerissen.

Swetja schaute von den Erscheinungen zu ihren Begleitern, aber niemand außer ihr bemerkte etwas. Sie fragte sich, ob sie sich das alles nur einbildete. Dann aber dachte sie an die Albtraumgestalt in Wajdaka, die auch niemand wahrgenommen hatte außer ihr und die doch allzu wirklich gewesen war. Sie fasste sich ein Herz.

»Hauptmann Borija, bemerkt Ihr das? Ich glaube, da sind Geister in den Wänden. Vielleicht sollten wir ... vorsichtiger weitergehen?«

»Unsinn«, sagte Borija. »Wir sind gleich da, dann hat der Spuk ohnehin ein Ende.«

Eine Schattenhand griff aus der Wand nach Borijas Kinn. Dürre Finger kräuselten sich vor seinem Gesicht und zogen sich wieder zurück. Doch Borija ging nicht langsamer. Weitere Schatten tasteten zaghaft nach den Söldnern. Dann sah Swetja, dass die Schatten sich um Anisja sammelten und nicht zurückwichen. Sie spannen ein Netz aus Dunst um die Magd.

Swetjas Herz setzte einen Schlag aus vor Furcht. Sie trat dazwischen und wedelte mit den Armen um ihre Begleiterin. »Ksch«, rief sie. »Verschwindet!«

Tori packte sie am Arm und riss sie grob zurück. »Pst! Willste uns alle verraten, hm?«

»Was hat das Gör?« Mart wandte sich an Borija. »Mondsüchtig oder was?«

Anisja schaute verwirrt und erschrocken von einem zum anderen. Aber Swetjas Vorstoß hatte die Schatten vertrieben.

Die Zitadelle bestand nicht aus einzelnen Gebäuden und Höfen wie eine Stadt oder wie eine gewöhnliche Festung. Es war ein einziges gewaltiges Bauwerk. Seit sie eingetreten waren, hatten die sechs Menschen nie den Himmel gesehen, sie waren an keine freie Stelle gekommen und hatten auch keine weiteren Fenster oder Türen nach draußen gefunden. Stattdessen mündete der breite Gang in einen kreisrunden Saal. Galerien säumten die Wände, Treppen führten von einer Ebene zur nächsten. Pfeiler ragten empor und stützten Strebebögen und Gewölberippen, die hoch oben die Decke trugen.

Swetja trat an das Geländer der Galerie, auf der sie herauskamen, und sah nach unten. Der Boden der Halle lag noch mindestens zwanzig Schritt unter ihnen und war mit einem schwarzen und roten Mosaik ausgelegt. Am Rand wirkte das Muster wirr, wie feurige Funken in der Finsternis. Doch zur Mitte hin lief das Rot zu einem glühenden Wirbel zusammen, der in der Unendlichkeit zu versinken schien.

»Das könnte die Mitte der Zitadelle sein«, befand Borija. »Dann muss der Turm gleich darüberliegen. Wir nehmen die Treppen über die Ränge und sehen, wie es von der obersten Galerie aus weitergeht.«

»Wenn Ihr meint«, sagte Mart.

Die Männer gingen auf die nächsten Stufen zu. Swetja blieb am Geländer stehen, sie konnte den Blick nicht abwenden. Anisja trat zu ihr und legte ihr die Hand auf die Schulter. »Was ist, Herrin? Wollt Ihr lieber hinunter?«

Swetja hatte das Gefühl, als würde der Wirbel am Grund der Halle sich langsam bewegen. Doch die Bewegung kam nicht von dem Mosaik; es war mehr ein blasser roter Nebel, der langsam über den Boden wallte und den sie nur wahrnahm, wenn sie ihren Blick unscharf werden ließ.

Sie schüttelte den Kopf. »Nein. Es ist gut, dass wir nach oben gehen.«

Auf der letzten Galerie führte die Treppe durch eine kleine Pforte und dann oberhalb der Kuppel entlang. Der Gang war schmal und ohne Fenster, aber genauso hell wie alle Räume hinter den kristallglänzenden Wänden. Am Ende der Treppe gab es eine Bodenluke, und sie standen im untersten Geschoss des Turmes.

Aus der Ferne hatte der Turm schmal ausgesehen, doch in Wahrheit durchmaß jedes Geschoss dreißig Schritt, und es gab nur einen einzigen großen Raum darin. Eine Treppe führte in weiten Schwüngen noch höher hinauf. Der Turm hatte viele mannshohe Öffnungen, durch die kalt der Wind hereinblies und einen Hauch von Reif über die Kristallwände malte. Draußen sahen sie das Dach der Zitadelle, wenige Schritt unter ihnen, ein Meer von wogenden Halbkuppeln mit Wegen dazwischen, die zu Durchgängen in den äußeren Türmen führten.

Von Westen stach klares Sonnenlicht herein, doch es konnte das kranke Rot des Styx nicht auslöschen, der groß und schwer vor den nach Norden weisenden Fenstern schwebte und in den Turm hineinzudrängen schien. Swetja wurde von Übelkeit übermannt, und sie musste sich auf Anisja stützen.

»Es ist das Licht«, murmelte sie. »Da treibt etwas im Licht.«

»Eh, mondsüchtig«, sagte Mart. »Hab ich ja gesagt.« Dennoch schaute er sich beunruhigt um und kratzte sich, wo der Schein des Styx über seine Haut strich.

»Vielleicht bleibt se besser hier, die kleine Musche«, schlug Tori vor. »Sonst kippt se uns noch weg, bis wir oben sind, hm?«

»Nein«, sagte Borija. »Wir bleiben alle zusammen.«

Sie stiegen weiter die Treppe hinauf. Swetjas Knie gaben nach, wenn sie nur daran dachte, wie hoch der Turm sein musste. Sie stützte sich auf Anisja. Doch obwohl das Licht des Styx auf ihr lastete und sich unrein anfühlte, war es doch weniger beunruhigend als das, was sie vorher in den Fluren der Zitadelle wahrgenommen hatte. Das Licht war unrein, aber nicht so lebendig wie die Schatten, die nach Anisja gegriffen hatten.

Sie durchmaßen ein leeres Stockwerk nach dem anderen.

»Man merkt's«, stieß Mart hervor, »dass hier oben die Luft dünner ist.«

»Man merkt's«, antwortete Tori nicht minder atemlos, »dass de deine besten Tage hinter dir hast.«

Schweigend stapften sie weiter. Swetja hatte keinen Atem zum Reden, und über sich fühlte sie etwas, vor dem sie am liebsten schreiend davongelaufen wäre. Sie hörte Stimmen!

»Hauptmann Borija«, wisperte sie. »Ich hoffe, Ihr wisst ...«

»Still«, raunte Mart. »Da sind Stimmen über uns.«

Am Fuß der nächsten Treppe hielten sie inne und lauschten. Die Stimmen traten deutlicher hervor, kein geisterhaftes Raunen mehr, sondern ein richtiges Gespräch im Stockwerk über ihnen. Obwohl sie nun zum ersten Mal auf die Bewohner der Zitadelle stießen, fühlte Swetja sich erleichtert, einfach nur, weil es nach Menschen klang.

»Na, üppig«, murmelte Mart. »Wusst ich's doch. Natürlich sind sie alle dort versammelt, wo wir hinwollen. Und es sind verdammt viele.«

»Und sie kommen runter, du!«, fügte Tori hinzu.

Sie sahen einander an. Jetzt konnten sie alle hören, wie die Stimmen lauter wurden. Schritte kamen auf sie zu.

»Rasch. Dahin«, flüsterte Borija. Er zeigte auf eine Nische hinter der Treppe, wo sie unter den Stufen Zuflucht suchen konnten. Hastig huschten sie dorthin. Mart und Tori warteten auf die beiden Mädchen und schoben sie hinter sich. Sie selbst stellten sich ganz nach vorn und spähten um die Treppe herum. Mart hatte noch immer sein Schwert in der Hand. Es klirrte kurz über die Mauer, und Borija räusperte sich warnend.

»'ne ganze Kompanie«, flüsterte Mart.

Die Schritte trampelten die Treppe herab. Die sechs drückten sich tiefer in ihren Winkel. Wortfetzen drangen an ihr Ohr.

»Das ist doch ...«, zischte Tori. Sie schob den Kopf weiter vor. »Gontas!« Sie brüllte das Wort wie einen Schlachtruf. Schon stürmte sie vor. Sie holte mit der Sichel aus und zog im Laufen mit der Linken ihren langen Dolch.

»Tori!«, rief Mart. Kein Schlachtruf, sondern ein Fluch, aber er sprang hinter seiner Gefährtin her. Swetja wagte einen Blick aus ihrem Versteck.

Fast dreißig Leute standen dicht gedrängt in dem Raum.

Mart und Tori konnten ihnen in den Rücken fallen, dennoch war der Kampf gegen eine solche Übermacht aussichtslos.

Auf den zweiten Blick allerdings sah Swetja, dass es zwei Gruppen unter den Fremden gab. An die zwanzig hagere, blasse Gestalten mit grauem Bart und in schäbigem Kittel umringten eine kleinere Schar dunkler Südländer. Swetja erkannte Rüstungen aus Leder und Eisenholz, aber keine Waffen – die Südländer waren Gefangene! Die Graubärte trieben sie mit langen spitzen Stäben vor sich her.

Der letzte Graubart drehte sich halb um, da steckte ihm schon Toris Sichel im Hals. Sie riss den Mann, der sie um zwei Köpfe überragte, zu sich heran und trieb ihm den Dolch in die Seite. Die Sichelklinge hatte den Kopf halb abgetrennt und scharrte über die Halswirbel, als Tori sie wieder zurückzog. Blut strömte aus den durchtrennten Adern am Hals, aber das Herz des Mannes hatte schon aufgehört zu schlagen.

Mart schwang das Schwert mit einer unfassbaren Wucht und schlug einem weiteren Graubart die Schädeldecke ab, als würde er ein Ei köpfen.

Ein Graubart stieß mit dem stumpfen Doppelende seines Stabs nach der Söldnerin. Tori bog den Oberkörper nach hinten, sodass der Stoß ins Leere ging. Sie drehte sich in der Hüfte ein und trat dem Mann in den Unterleib. Der krümmte sich zusammen, und sie zog dem Gegner ihren Haken durch die Kehle.

Unruhe breitete sich aus in den Reihen der Fremden. Weitere Graubärte eilten ihren bedrängten Kameraden am Ende des Zugs zu Hilfe. Aber auch die Gefangenen nutzten die Gelegenheit. In dem Tumult kamen sie an ihre Wächter heran und verwickelten die Graubärte in Handgemenge.

Manch ein Söldner brach zusammen, wenn ein Stab ihn berührte. Andere konnten eine Waffe erobern und schlugen zurück. In der Mitte des Getümmels hüpfte ein dürrer Greis auf und ab, nackt und am ganzen Leib tätowiert, und er rief: »Nein! Sachte! So verletzt euch doch nicht. Die Götter brauchen euch alle!«

Swetjana fühlte eine Hand auf ihrer Schulter. Borija zog sie in den geschützten Winkel zurück. »Gebt acht, Dewa, dass Ihr nicht entdeckt werdet.«

»Entdeckt? Unsere Freunde kämpfen bereits. Wir müssen ihnen helfen!«

»*Wir* sagt sie.« Lewo kicherte leise. »Und dabei hat die Kleine nicht mal 'ne Waffe dabei.«

»Lewo!« Borija wies seinen Soldaten zurecht, leise, aber scharf. »Zeig Respekt vor dem Stand des Fräuleins.« Dann flüsterte er Swetja ins Ohr: »Diese Südländer sind nicht unsere Freunde. Aber eine willkommene Ablenkung. Sobald das Scharmützel sich ein Stück von der Treppe entfernt, können wir uns hinter ihrem Rücken in das oberste Stockwerk schleichen.«

»Aber«, stammelte Swetja. »Wir ...«

»Pssst«, zischte Borija. »Bedenkt, was auf dem Spiel steht, dewa Swetjana! Ich brauche nur ein paar ungestörte Augenblicke, um zu tun, weswegen wir gekommen sind. Wenn die Fremden uns diese Zeit verschaffen, sollten wir die Gelegenheit dann nicht nutzen? Wollt Ihr deswegen Skrupel bekommen und das Schicksal unserer Heimat an die zweite Stelle setzen?«

Swetja schüttelte den Kopf.

Borija spähte über ihre Schulter hinweg aus dem Versteck hinaus. »Gut«, sagte er. »Dann ist jetzt der Augenblick gekommen.«

Sie traten hinter der Treppe hervor. Der Kampf wogte durch die ganze Halle. Die Dragoner und die beiden Frauen schlichen so dicht an der Wand entlang, wie sie nur konnten, bis zu den ersten Stufen, die nach oben führten. Borija ging voraus, Lewo schirmte sie gegen das Kampfgetümmel ab.

Ein Graubart wurde auf sie aufmerksam. Er drehte sich zu ihnen um. Lewo hieb ihm den Säbel auf den Kopf, bevor der Mann einen Laut von sich geben konnte. Auf der anderen Seite der Halle bemerkte Swetja einen weiteren Graubart, der die vier Modwinjer über die Kämpfenden hinweg ansah. Für die Dauer eines Wimpernschlags trafen sich ihre Blicke. Die Augen des Fremden weiteten sich – da nutzte ein Söldner die Ablenkung seines Gegners. Er stieß dem Graubart das spitze Ende eines erbeuteten Stabs in die Kehle, sodass dieses am Hinterkopf wieder austrat.

Die Kämpfer in der Halle hatten keine Zeit, sich um die vier Flüchtlinge zu kümmern. Swetja sah Mart und Tori, die immer noch standhielten. Die beiden Söldner schlachteten die Graubärte ab wie Vieh. Mart kämpfte mit dem stoischen Gleichmut eines Mauerbrechers, seine wuchtigen Schwerthiebe gingen durch Haut und Muskeln und Knochen gleichermaßen, und Gegenangriffe parierte er beiläufig. Tori tauchte zwischen ihren Feinden wie ein flinker Raubfisch, sie wich aus und schnitt mit blitzender Sichel und tief geführtem Dolch die Leiber auf. Kurz bemerkte Swetja das festgefrorene, verzerrte Lächeln auf ihrem Gesicht, das Funkeln in Toris Augen, einen Ausdruck wie im Drogenrausch, der immer dann aufflammte, wenn eine Klinge durch die Haut fuhr und Blut floss.

Es war die Fratze des Wahnsinns.

Swetja wandte sich rasch ab und huschte hinter Borija die Treppe hinauf.

Im ersten Moment war sie froh, dem Gemetzel in der Halle zu entfliehen. Leichtfüßig und wie von selbst nahmen ihre Füße Stufe um Stufe, und der Hauptmann bedeutete ihr mit einer Geste, vorsichtig zu sein.

Dann aber schlug die Stimmung um, auf halber Treppe oder später – Swetja wusste es selbst nicht genau, denn als sie dessen gewahr wurde, hatten ihre Füße sie bereits einige Stufen weitergetragen. Doch nun kam das Grauen von oben, und es drückte sie die Treppe hinab wie ein Sturzbach. Sie prallte gegen Anisja, die hinter ihr ging und offenbar nichts bemerkt hatte.

»Was ist?«, wisperte die Magd.

Swetja schaute auf Borijas Rücken. Der Hauptmann ging weiter, sein Schritt stockte nicht. »Nichts … nichts.« Swetja biss die Zähne zusammen und folgte ihm.

Die Treppe beschrieb einen Bogen, und langsam stiegen sie in ein weiteres Turmgemach hinauf. Es war das oberste Geschoss. Dieser weite Raum war nicht leer wie die Stockwerke darunter, sondern angefüllt mit alchemistischen Apparaturen und astromagischer Mechanik, deren Sinn Swetja nicht erkennen konnte. Das riesige Rohr, das an der Bergflanke heraufkam, bohrte sich hier in die Zitadelle und füllte den Saal halb aus. Überall liefen farbige Flüssigkeiten durch gläserne Leitungen, sie brodelten in Kolben, und alle Anlagen glitzerten vor Gold und Silber und Elektromagicum. Ganz hinten stand ein alter Mann mit wallendem Bart. Der Greis sah noch älter aus als seine Gefährten, die einen Stock tiefer mit den Söldnern aus dem Süden kämpften. Er hielt ein kleines Mädchen fest, das vor ihm stand, und starrte entsetzt auf die Eindringlinge.

Borija ging weiter, ohne innezuhalten. Er steckte den Säbel weg und nestelte an seiner Weste. Lewo folgte ihm zögernd und spähte misstrauisch in die verborgenen Winkel zwischen den Apparaturen.

Swetja blieb auf den letzten Stufen der Treppe stehen. Sie konnte nicht weiter in den Raum hineintreten. Anisja schaute ihr besorgt über die Schulter und flüsterte: »Zauberei. Ist das Zauberwerk wie bei Kirus?«

Swetja räusperte sich. »Hauptmann Borija«, krächzte sie. »Geht nicht weiter. Geht nicht weiter! Da ist etwas in dieser Halle.«

Doch Borija achtete nicht auf ihre Worte. Er ging in die Mitte des Raumes. Der alte Graubart schob das Kind weg und griff nach seinem Stab, der hinter ihm an einem Pult lehnte. Der Greis öffnete den Mund und wollte etwas sagen, da hob Borija die Hand. In seinen Fingern schimmerte der blaue Stein, den er Kirus dem Zauberer weggenommen hatte. Das Juwel glitzerte unirdisch im Licht des Styx, der schwer vor den Fensteröffnungen hing.

Der alte Mann schloss den Mund wieder. Er blickte überrascht drein und wich mit dem Mädchen bis an die hintere Wand zurück.

»Was *passiert* denn da?« Anisjas Flüstern überschlug sich fast.

»Wir tun …«, gab Swetja atemlos zurück, hielt inne, berichtigte sich: »Borija tut, wofür auch immer wir gekommen sind.«

Swetja wusste nicht, ob das gut war oder schlecht. Rötliche Schlieren durchzogen den Raum, als würde der Styx hier in den Äther bluten. Überall war geisterhafte huschende Bewegung. Sie kamen aus den Apparaturen, sie drangen aus dem Rohr, das aus der Wand wuchs – spirituelle Essenzen! In den nebelhaften Streifen nahm Swetja mitunter Gesichter wahr, Fratzen. Lebende Umrisse wie von albtraumhaftem Gewürm, aber verzerrt und flüchtig.

Die beiden Dragoner gingen mitten hindurch und bemerkten nichts davon. Borija blieb vor dem Ende des Rohrs stehen, das geradewegs auf den Styx wies. Gleich davor ruhte eine Art Stimmgabel auf einer langen Stange. Borija fügte den blauen Edelstein dort ein, und Swetja erkannte, dass die Gabel eine Halterung war, genau für dieses Juwel gemacht. Borija zog die Schrauben an, die den Stein an ihrem Platz hielten. Er zog den Stab auseinander, der sich nach oben verlängern ließ, bis der blaue Stein mittig vor der gewaltigen Röhre hing.

Er schien das Licht des Styx einzufangen, er fächerte es auf, in so viele Töne von Rot, dass kein sterbliches Auge sie zu unterscheiden vermochte. Swetja sah die Strahlen so unwirklich wie zuvor die Erscheinungen im Raum, einen Lichtkegel, der sich von dem Edelstein her ausbreitete und der das Ende des großen Rohrs in voller Breite erleuchtete. Swetja sah es, und ein Gedanke ging ihr durch den Sinn.

»Wenn das Borijas Plan war«, murmelte sie, halb zu Anisja, halb zu sich selbst, »warum hat er mich dann überhaupt hierher mitgenommen?«

»Was?«, fragte Anisja verwirrt.

Swetja schwieg. Sie starrte nur auf das Licht, und der Anblick schnürte ihr die Kehle zu. Der Styx veränderte sich noch einmal und leuchtete in einem Rot, das keine irdische Farbe mehr war. Das furchtbare Licht ließ den Himmel erzittern, und Swetjas Augen ertrugen es nicht.

Sie wandte sich von dem Mond ab und versuchte, nur noch das Turmgemach zu sehen. Sie bemerkte, dass die Schemen darin fester wurden!

Die Schlieren verbanden sich zu Gestalten. Ätherisches Licht floss aus dem Rohr, zäh wie Öl, es sammelte sich zu Lachen, die in der Luft schwebten und sich zu Formen entfalteten. Vage menschenähnliche Umrisse flogen umher, bildeten sich weiter aus, während sie mit raubtierhafter Anmut durch die Halle sausten. Eine flammende Aureole umgab sie alle. Swetja zwinkerte, und bei jedem Zwinkern veränderte sich das Bild: Einmal waren die Geister da, einmal lag der Raum ganz gewöhnlich vor ihr.

Eines der Flammenwesen kam auf Lewo zu – und tauchte in ihn ein! Der Dragoner stand im ersten Augenblick ungerührt da, dann zitterte seine Hand mit dem Säbel. Er rollte die Augen und streckte sich. Ein Stöhnen entfuhr seiner Kehle, unter seinem Gesicht bewegte sich etwas, als wäre die Haut ein zerknitterter Mantel, der über einem unförmigen Leib glatt gestrichen wurde.

»Oh gütige ... gütige Gestirne!«, stammelte Swetja.

Immer mehr von den körperlosen Gestalten erfüllten den Raum, Glutgeister mit verzerrten Gesichtern, mit formlosen Gliedern. Einige kreisten um die Menschen, als wollten sie diese beschnuppern. Manche flogen durch die Fenster und hinaus in die Berge. Andere sausten an Swetja vorbei in das Treppenhaus. Gleich vor ihr nahm einer der Geister eine festere Form an. Das Feuer um ihn erlosch. Er war blass, Augen und Mund wie mit Kohle gezeichnet, der Körper lang gezogen wie auf der Streckbank. Er schaute zum Styx empor und hob die Hand wie zum Gruße, wie zum Abschied!

Der Greis am Ende des Raums bewegte sich. Er blickte fassungslos drein, dann entsetzt. Jetzt fasste er seinen Stab mit beiden Händen. Er sagte etwas, das Swetja nicht verstand. Er lief in die Mitte der Halle, da traf ihn eine Geistergestalt mitten im Gesicht und verschwand darin. Der Aufprall des substanzlosen Schemens war so heftig, dass der Alte zurücktaumelte. Swetja zuckte zusammen.

Die Geräusche aus dem Treppenhaus hinter ihr veränderten sich. Die Waffen verstummten, die Schreie erreichten eine andere Tonlage. Entsetzen, Überraschung ... Swetja hörte hinter sich, was sie vor sich sah.

Sie löste sich aus ihrer Erstarrung und lief auf Borija zu, der ungerührt in dem geisterhaften Inferno stand, das für die meisten Menschen vermutlich unsichtbar blieb.

»Hauptmann«, rief sie. »Das läuft alles falsch! Ihr müsst den Stein wieder weg ...«

Jemand packte sie an den Oberarmen. Swetja wandte den Kopf. Anisja!

Ein Ungeheuer hätte sie nicht heftiger erschrecken können. Die kleine Magd stand immer noch hinter ihr, aber sie war es nicht mehr. Das Weiße in ihren Augen war gelb geworden, die Iris und die Pupillen verblassten, während Swetja zusah. Der Körper der Magd verzerrte sich, aber sie lockerte nicht den Griff um Swetjas Arme. Die Finger bohrten sich in das Fleisch wie Krallen.

»Nis!«, rief Swetja. »Du bist besessen. Da sind Geister in der Luft. Kämpfe dagegen an!«

Gehetzt sah Swetja sich um, aber keiner der Schemen achtete auf sie. Stattdessen kam Borija langsam heran. Bedauernd schüttelte er den Kopf. »Die alten Götter kehren zurück, dewa Swetjana«, sagte er. »Was kann ein Sterblicher anderes tun als sich unterwerfen?«

»Was habt Ihr getan, Hauptmann?«, fragte Swetja.

»Nur das, was ich gesagt habe«, antwortete Borija. »Ich habe getan, was nötig war, um die Bedrohung abzuwenden. Allerdings nur die Gefahr für mich. Um unsere Heimat zu retten, war es schon längst zu spät. Doch indem ich tat, was die Götter von mir verlangten, konnte ich wenigstens für mich einen Platz in ihrer neuen Welt erkaufen.«

»Götter.« Swetja schnaubte verächtlich. »Seht Ihr nicht die Kreaturen, die ihr freigelassen habt? Verderbte Geister der Hölle. Dämonen!«

Swetja war sich des Griffs an ihren Armen nur allzu bewusst. Besorgt wandte sie noch einmal den Kopf und schaute in das Antlitz, das einst Anisja gehört hatte. Aber wenn das Wesen, das von der Magd Besitz ergriffen hatte, ihre Worte verstand und Anstoß daran nahm, so zeigte es das mit keiner Regung.

Borija ließ den Blick durch den Raum schweifen. Er seufzte. »Es tut mir leid, dewa Swetjana. Meine Sinne sind nicht so scharf wie die Euren. Eure Familie ist von sehr altem Blut, und Ihr seid die geborene Sterndeuterin. Ich hingegen habe meinen Titel nur erworben und muss mich auf das verlassen, was meine sterblichen Sinne mir sagen.

Aber unsere Vorfahren haben diese Geschöpfe Götter genannt, und sie wussten gewiss, was sie taten.«

Borijas Blick kehrte sich nach innen, so als würde er den Geräuschen lauschen, die durch den Treppenaufgang drangen. Viele blasse Geister hatten sich um den alten Mann und das Mädchen versammelt und schienen ihm zu huldigen. Der Alte verwandelte sich weiter, seine Glieder streckten sich, Klauen wuchsen ihm an den Armen, sein Mund wurde größer, und scharfe Zähne wuchsen plötzlich darin. Das Kind veränderte sich nicht. Die Geister hielten Abstand von dem Mädchen, genau wie von Swetja und Borija.

»Außerdem habe ich sie nicht freigelassen«, fuhr der Hauptmann fort. »Ihr überschätzt mich, edles Fräulein. Die Siegel des Styx sind gebrochen, eines nach dem anderen, und die stärksten der Götter sind schon vorher entkommen. Ihr habt einen von ihnen gesehen, in Wajdaka, wie er von der Königin Besitz ergriffen hat. Das geschah bereits vor vielen Monden. Jetzt stehen die Tore ganz offen, und weitere Götter können hindurch. Ich habe nur ein wenig dazu beigetragen.«

»Aber was?«, fragte Swetja. »Diese Geister hier ... erst seit Ihr den Stein eingesetzt habt, sind es so viele.«

»Ist das so?«, fragte Borija mit aufrichtigem Interesse. »Nach allem, was ich weiß, können die Götter ohne jede Hilfe durch den Styx in unsere Welt eintauchen. Doch es ist mühsam für sie. Und solange die Oberfläche des Mondes in Aufruhr war, kamen sie gar nicht hindurch. Aber auch nachdem der Styx in den letzten Mondumläufen allmählich zur Ruhe kam, blieb der Übergang schwierig. Es kostet die Götter viel Kraft, eine Form anzunehmen, und sie verteilen sich überall auf der Welt und können es nicht beherrschen. Diese Maschine, die sie vor langer Zeit bauen ließen, hilft ihnen dabei, in voller Form und Kraft genau dort zu erscheinen, wo sie sich sammeln wollen. Und sie können ihre schwächeren Diener mitbringen, die den Übergang aus eigener Kraft nicht schaffen.

Ihr müsst das verstehen, dewa Swetjana. Unsere Lage war aussichtslos. Ich habe nicht so ausgeprägte Sinne wie Ihr, aber ich habe doch bemerkt, was in der Hauptstadt vorgeht, dass eine fremde Macht erschienen ist und die Menschen unter ihren Willen zwingt. Ich war dagegen gefeit, genau wie Ihr. Die alten Götter können mich nicht zwingen, sie können nicht von mir Besitz ergreifen. Aber das ist kein Segen, dewa Swetjana, es ist ein Fluch!

Ich bin den alten Göttern auf die Spur gekommen, aber ich konnte sie nicht aufhalten. Und ich bin nutzlos für sie. Sie werden alle Menschen auslöschen, die gefeit sind gegen ihre Kräfte. Versteht Ihr? Deswegen musste ich diesen Handel schließen! Ich musste nützlich werden für sie. Nur so konnte ich die Rückkehr der Götter überleben, als ihr treuer Diener. Zurückgekehrt wären sie ohnehin, und sie hätten unsere Welt in Besitz genommen. Ich habe ihren Sieg nur ein wenig leichter und weniger verlustreich gemacht und damit mein Leben erkauft.«

»Ich ... verstehe.« Swetjas Stimme war belegt. »Aber warum habt Ihr mich den ganzen Weg hierher mitgenommen? Nur damit ich Zeuge Eures Verrats werde?«

»Ihr versteht es noch nicht ganz.« Borija senkte die Stimme. »Ich sollte den Fokus zu der Maschine bringen, als kleines Zeichen meiner Treue. So wurde es vereinbart, als ich den Geist entdeckte, der von Wajdaka Besitz ergriff, und er mich. Deswegen gelang uns die Flucht so leicht, deswegen konnte ich so einfach gleichgesinnte Streiter sammeln, weil die Mächte, die hinter der Königin stehen, mich in Wahrheit unterstützt haben, unseren Zug ausrüsteten und mir Steine aus dem Weg räumten. Denn ich sollte den Göttern zugleich auch ihre erste Armee zuführen, die ersten Hüllen für ihre Krieger. Dafür musste ich meine eigenen Männer opfern.«

Er wies auf Lewo, der vor der Wand stand und sich gleichfalls in ein Ungeheuer verwandelte. »Aber das war nur die Hälfte des Preises, der vereinbart worden war, damit ich mein Leben rette und eine Stellung in der Welt der Götter erhalte. Sie haben noch einen Ersatz für mich gefordert, damit sie mich gehen lassen. Denn sie wollen untersuchen, was genau die Menschen vor ihrem Einfluss schützt und wie sie diese *Unreinheit* beseitigen können. Und diese Veränderung, die einen Leib für sie unbrauchbar macht, so hoffen sie, erkennen sie am leichtesten bei einem Modwinjer von altem und fast reinem Blut, der dennoch für sie verdorben ist.

Das war der zweite Teil meines Handels, dewa Swetjana. Dass ich Euch unversehrt zu ihnen bringe.«

31.

Gontas träumte. Als Geist von Gehenna schwebte er wieder über einer Welt, die noch keine Menschen kannte. Fremde Wesen lebten hier, fremd für Gontas und fremd auch für den Geist, der er in seinem Traum war. Fremd und feindselig. Die älteren Geister dieser Welt stellten sich den Eindringlingen von Gehenna entgegen.

Der Geist, der in einem anderen Traum Gontas sein mochte, wich diesen Mächten aus. Er schwebte zu einem abgelegenen Tal in den Bergen, wo es kaum einheimisches Leben gab. Dort schufen die ersten Forscher und Pioniere seines Volkes eine neue Art, die Art von Leben, mit der die Geister von Gehenna die fremde Welt unterwerfen und ihre älteren Bewohner verdrängen wollten.

Gontas schwebte über dieser Schöpfung, die nicht in diese Welt gehörte, die aber für ein Leben in dieser Welt gemacht worden war. Sie sahen fremd aus, diese Geschöpfe, und waren doch Werk und Werkzeug seines Volkes. Gontas betrachtete die Pflanzen und Tiere, die die Pioniere von Gehenna hier gezüchtet hatten.

Das Oberhaupt der Erbauer trat an ihn heran, ein Geist wie er. Er wirkte geschwächt von dem Aufenthalt in dieser Umgebung, dennoch machte er einen kräftigeren Eindruck, als der Geist, der Gontas sein mochte, erwartet hätte.

Ihr seid hier, sagte der Erbauer. Der erste Krieger und Stratege. Euer Volk steht bereit. Ihr übernehmt es, wir ziehen weiter und erbauen die Zitadelle, um den Rest von uns nachzuholen.

Der Geist, der Gontas hätte sein können, betrachtete das Volk, das die Erbauer in dem abgelegenen Tal erschaffen hatten.

Es sind primitive Geschöpfe, sagte er. Sie sind schwach.

Ihr werdet noch verstehen, wie fein sie gearbeitet sind, antwortete der Erbauer. Diese Wesen sind unauffällig und ohne spirituelle Kraft. Aber das bedeutet nur, dass die Geister dieser Welt keinen Verdacht schöpfen werden, wenn unsere Schöpfung plötzlich unter ihnen auftaucht. Die

Kreaturen, die wir geschaffen haben, können sich ausbreiten, bevor diese Welt überhaupt bemerkt, dass eine fremde Waffe ihnen ins Herz gedrungen ist.

Unscheinbar sehen sie aus, und doch sind sie aggressiv und vermehren sich rasch. Ihre Gegenwart wird die alten Kräfte dieser Welt schwächen, das Land umformen und unsere Ankunft vorbereiten, fast ohne dass wir etwas tun müssen. Sie wirken unbedarft, doch nun seid Ihr ja da und könnt sie unterweisen, bis zu dem Tag, wo der Rest unserer Streiter kommt und Körper braucht, um diese Welt in Besitz zu nehmen.

Der Erbauer klang stolz auf das Volk, das er für Gehenna geschaffen hatte.

Was ihre Schwächen anbelangt, fuhr der Erbauer fort: Bedenket, dass es nur eine Hülle ist, die unser Volk überstreifen wird wie ein Gewand, wenn der Tag gekommen ist. Die Geister von Gehenna werden diesen Leibern Stärke geben, werden sie zäh machen. Ihr werdet es selbst erfahren, wenn Ihr während der nächsten Jahrhunderte unter ihnen lebt, wenn Ihr in ihr Inneres schlüpft und sie anführt.

Sie mag primitiv aussehen, unsere Schöpfung, aber sie ist sorgfältig ausgewogen, um all unseren Zwecken zu dienen. Als unsere Werkzeuge, unsere Waffen und unsere Spione, als unsere Diener und unsere Hüllen, damit wir auf dieser Welt leben können. Dieses primitive zerbrechliche Volk, das wir geschaffen haben, es ist unser Meisterwerk.

Wir nennen es Menschen.

Gontas fuhr aus seinem Traum auf. Ein Traum – oder waren es Erinnerungen, die ihm die Königin der Myrmoi in die Gedanken gelegt hatte und die emporstiegen, wenn er schlief?

Er erinnerte sich nicht daran, wie er das Bewusstsein verloren hatte. In dem Durcheinander, als die Graubärte im Turm überfallen worden waren, hatte er einem seiner Bewacher die Krücke ins Gesicht geschlagen, mit einer Kraft, die ihn selbst überrascht hatte. So hatte er einen Stab erbeutet und nach Tarukan Ausschau gehalten. Der Tod des Söldnerführers war ihm wichtiger gewesen als eine Flucht mit verkrüppelten Gliedmaßen.

Dann musste ein anderer Stab ihn von hinten getroffen haben.

Und jetzt war er hier.

In einer großen fensterlosen Halle mit glitzernden Kristallwänden, die von innen heraus schwach schimmerten. Er setzte sich auf und lehnte sich mit dem Rücken gegen die Wand. Was von all dem, woran er sich erinnerte, war wirklich geschehen, und was bildete er sich ein? Es fiel ihm schwer, das auseinanderzuhalten. Vielleicht hatte er schon Fieber, in jedem Fall vermischten sich seine Wahrnehmungen mit Träumen, wie er sie nie zuvor gehabt hatte.

»Schau an«, sagte eine Stimme voll bitterem Spott. »Er ist wach. Dann hat sich's ja gelohnt, eh, Tori?«

Gontas fuhr herum. Die beiden Söldner Mart und Tori hockten neben ihm im verblassenden Schein der leuchtenden Wände. Also waren wirklich sie es gewesen, die sich von hinten auf die Graubärte gestürzt hatten. Ein Befreiungsversuch, nachdem sie ihn in den Hügeln verraten hatten?

»Habt ihr euren Mut wiedergefunden?«, fragte er. »Oder seid ihr bis hier oben geflohen und dann doch gefangen worden?«

»He!«, rief Tori aufgebracht. »Was mehr Dankbarkeit, Großer. Immerhin hocken wir nur deshalb hier in der Kute, du, weil ich versucht hab, dich rauszuplotzen.«

»Allerdings, Weib«, fügte Mart hinzu. »Wenn du's nur zugibst.«

»Und ich sitze hier«, sagte Gontas, »weil ich zwei Gefährten hatte, die mir den Rücken freihalten sollten und die plötzlich verschwunden sind, als es drauf ankam. Jetzt brauche ich eure Hilfe auch nicht mehr. Tarukan hat dafür gesorgt, dass ich nur als Krüppel heimkomme. Und das werde ich gewiss nicht!«

»Wenn du meinst«, erwiderte Mart. »In den Hügeln hätten wir nichts tun können außer uns mit dir einkassieren lassen. 's war ein verlorener Kampf, und nur ein Schniegel oder ein Grünling kann so dumm sein, das nicht zu merken.

Hier in der Zitadelle allerdings, gegen diese grauen Gesellen ohne Rüstung und in dem Durcheinander mit ihren Gefangenen, das hätt was werden können. *Den* Kampf hätten wir gewinnen können, oder dich wenigstens raushauen und das Weite suchen.«

»Sag ich doch«, warf Tori ein.

»Und was ist schiefgelaufen?«, fragte Gontas.

»Na, erst mal hast du dich keulen lassen. Da saßen wir fest.«

»Mart!«, rief Tori empört. »Tu nich so, du, als hätt er dran schuld! Wir haben den Kampf ohne ihn angefangen, wir hätten's auch ohne ihn zu Ende gebracht.«

»Nein«, knurrte Mart. »Seine Schuld war's nicht. Wenn jemand die Schuld hatte, dann du, weil du losgestürmt bist, ohne dich umzuschauen. Wie 'ne verrückte Henne, die sich für 'n Kampfhahn hält! Wir hatten nämlich«, erklärte er Gontas, »noch ein paar wackere Mitstreiter aus Modwinja hinter uns. Die haben uns aber sauber stehen lassen und sind ihren eigenen Geschäften nachgegangen, anstatt uns zu helfen. Sonst wär der Kampf anders ausgegangen!«

»Ha!«, rief Gontas. »Eure Kampfgefährten haben euch im Stich gelassen? Die Gerechtigkeit der Geister!«

Tori verzog das Gesicht. »Hm, weiß nich, ob's überhaupt was ausgemacht hat am Ende. Erst ha'n alle mächtig dreingeplotzt und sich die Köppe eingehaun, die Grauen und Tarukans Pack und wir. Und dann, plötzlich, han se alle stillgehalten und gestöhnt und sich irgendwie verändert. Wir fragen uns noch, was soll das, hm? Da sind sie schon alle auf uns los und haben uns festgemacht.«

»Verändert?«, fragte Gontas.

Tori zuckte die Achseln. »Weiß nich. Warn von einem Moment zum andern alle gut Freund miteinander, Tarukan und die Grauen. Schauten irgendwie *hässlicher* aus. Und stärker warn se auch, du. Haben uns hierher geschleppt, und seitdem sitzen wir im Loch.«

»Die alten Götter sind zurückgekehrt«, sagte eine Stimme vom anderen Ende des Kerkers. »Sie haben Besitz ergriffen von diesen Söldnern, von diesem Tarukan, und von den Graubärten. Sie wollen von der ganzen Welt Besitz ergreifen.«

Gontas schaute dorthin, wo die Stimme herkam. Die Wände

schimmerten mittlerweile so schwach, dass sie kaum noch etwas erhellten. An der entfernten Wand gab es einen Fleck, der ganz dunkel blieb, der Umriss einer Tür. Und in deren Schatten, kaum zu sehen, wenn man nicht genau hinsah, saß zusammengekauert ein Mädchen. Sie hob den Kopf, und ihr blasses Gesicht war ein heller Fleck in der Dämmerung. Ein Schimmer des Mauerwerks drang durch ihre Haarsträhnen und ließ sie aussehen wie Nebelschleier.

Ihre Stimme klang jung, aber müde. »Borija hat uns verraten. Er hat uns alle nur als Opfergabe mitgebracht. Die Götter haben sich genommen, was für sie bestimmt war. Und wir leben nur noch, weil sie wissen wollen, weswegen sie manche Menschen *nicht* lenken können wie Puppen.«

Die Hallen der Zitadelle füllten sich. Die alten Götter ergriffen Besitz von den Kriegern im Hügelland und führten sie auf den Berg. Dort sammelten sich alle und rüsteten sich für die Eroberungen, die folgen sollten. Zuerst waren es nur Tarukans Männer, die sich in den Gängen der Zitadelle bewegten, weil das Lager der Südländer näher war. Aber Borija wusste, dass bald auch seine Dragoner eintreffen würden.

Nur würden es nicht mehr *seine* Dragoner sein, sondern andere Wesen. Dämonische Kreaturen. Die Körper seiner Soldaten, erfüllt und gelenkt vom Geist der alten Götter. Borija musste nicht auf ihre Ankunft warten, um das zu wissen. Er hatte Lewo als Beispiel dafür, und sein alter Gefolgsmann war ihm fremd geworden. Lewo ging seinen eigenen Weg, er reihte sich ein in das Treiben der Zitadelle und zeigte mit keiner Geste, dass er Borija noch kannte. Es war an der Zeit, dass auch Borija seinen Platz fand.

»Kann ich die dewa Swetjana haben, wenn ihr mit ihr fertig seid?«, fragte er den Südländerhauptmann Tarukan – besser gesagt jenes Wesen, das einst Tarukan gewesen war. Nun beherbergte der Leib den Feldherrn der alten Götter, und Tarukan hatte sich verändert: Sein Gesicht und die Arme waren länger geworden und sehniger. Die Haut spielte ins Gelbliche, die Augen waren rot und die Zähne schärfer. Tarukans Lederhandschuhe waren aufgerissen, messerscharfe Fingernägel schoben sich durch die Kuppen.

»Hm?« Tarukan wirkte abwesend.

Im Grunde, befand Borija, hatte sich wenig verändert. Der Hauptmann der Südländer lief umher und gab Befehle. Er war nun der Herr der Zitadelle und plante die Eroberung der Welt. Wenn Borija es richtig verstand, war Tarukan genau deswegen hierhergekommen. Da schien die Ankunft der alten Götter und die Besessenheit am Ende gar keinen Unterschied zu machen.

Borija blieb jedenfalls in der Nähe des Anführers seiner neuen Bundesgenossen und suchte nach einer günstigen Gelegenheit, um den eigenen Stand zu sichern, um den Lohn einzufordern, den der Geist in der Hauptstadt ihm versprochen hatte: eine ehrenhafte Stellung in der neuen Ordnung. Ein Kommando. Reichtümer. Was immer ein Mensch unter der Herrschaft der alten Götter begehren mochte.

Borija hatte den Preis entrichtet, und er hoffte, dass die Belohnung es wert war.

Tarukan antwortete nach einer Weile, als hätte es so lange gedauert, bis er die Worte verstand. Er lachte. »Wenn wir mit dieser Frau fertig sind, werden nur noch ein paar blutige Fetzen übrig sein von ihr. Ist das der Lohn, den du von uns erwartest?«

Borija sog scharf die Luft ein. »Ist ... ist das wirklich nötig?«

»Das wissen wir erst, wenn wir jede Faser ihres Leibes und jeden Tropfen ihres Blutes untersucht haben. Wie können wir vorher wissen, ob es nicht noch etwas Lohnendes zu entdecken gibt?«

Tarukan – oder das Wesen, das jetzt in seinem Körper steckte – überlegte einen Augenblick. Dann fügte er hinzu: »Aber was du eigentlich wissen wolltest, nehme ich an, ist, ob wir sie verschonen können? Nein. Was glaubst du? Sie ist verunreinigt und unbrauchbar. Selbst wenn wir sie nicht töten müssten, um alles über ihren Fehler zu erfahren, so müssten wir sie nach der Untersuchung auf jeden Fall vernichten. Wir müssen alle Menschen vernichten, die diesen Fehler in sich tragen, denn nur so kann diese Welt ganz uns gehören.«

»Ich ... ich bin wie sie«, entfuhr es Borija, und er fragte sich im selben Moment, ob es klug gewesen war, das zu sagen.

Tarukan winkte ab. »Nun, ein Exemplar können wir verkraften. Du hast deine Treue bewiesen. Es schadet uns nichts, wenn wir dich bis zum Ende deiner natürlichen Lebensspanne unter uns arbeiten lassen. Der Übergang dieser Welt wird ohnehin eine gewisse Zeit brauchen.

Weswegen interessiert dich diese Frau? Ich weiß, warum wir sie wollen. Aber ist dir an ihr besonders gelegen?«

»Nein«, sagte Borija vorsichtig. »Sie ist jung. Und hübsch.«

»Ich verstehe«, sagte Tarukan. »Menschenmänner suchen die Gesellschaft von Gefährtinnen. So seid ihr geschaffen. Sei ohne Sorge, ich werde einen Ersatz finden für dieses Bedürfnis. Diese Frau käme dafür ohnehin nicht infrage. Wie du bereits festgestellt hast: Ihr tragt beide denselben Fehler in euch. Auch wenn wir dich am Leben lassen, mein guter Borija, so können wir doch nicht zulassen, dass du dich mit deinesgleichen vermehrst und den Fehler weitergibst.«

»Das ... ist wohl wahr«, erwiderte Borija matt.

Tarukan lachte wieder. Er klopfte Borija auf die Schulter. Es wirkte wie die unbeholfene Nachahmung einer menschlichen Geste. »Warum so ernst, Kamerad Hauptmann? Du kriegst eine Stellung hier, du kannst sogar General werden, wenn wir losziehen und die Welt erobern. Das ist, wenn ich es recht verstehe, mehr, als ein Mann deines Standes unter deinesgleichen hätte erwarten dürfen. Wir werden dir genug Güter zukommen lassen, dass du dein Leben in Überfluss beschließen kannst. Du kannst dich also nicht beklagen über deinen Lohn, oder?«

Borija neigte den Kopf. »Nein, gewiss nicht, Herr. Ihr haltet die Vereinbarung ein.«

»Mehr als das.« Das Tarukan-Wesen senkte die Stimme und klang nun fast ein wenig bedrohlich. »Wir beweisen dir unsere

Dankbarkeit für das, was du für uns getan hast. Das müssen wir nicht tun, denn wir brauchen dich nicht mehr. Wir tun es trotzdem, weil wir auch keinen Grund haben, es nicht zu tun. Du hast uns treu gedient, und wir sind gnädige Götter. Achte darauf, dass du uns auch weiterhin keinen Grund gibst, dir unsere Dankbarkeit nicht zu zeigen, kleiner Mensch, dann kümmern wir uns um dein Wohlergehen.«

»Keine Sorge«, sagte Borija hastig. »Wir haben ein Geschäft. Ich halte mich daran. Ich dachte nur ... Ich wollte nur fragen. Aber wenn Ihr Eure eigenen Pläne mit der Gefangenen habt, stehe ich Euch gewiss nicht im Weg.«

»Gut.« Tarukan lächelte Borija an. Er tätschelte ihm beiläufig den Kopf wie einem Haushund. »Dann sehen wir mal, wie wir dich trotzdem bei Laune halten können. Leider haben wir nicht viele Frauen an diesem Ort, aber was wir haben ...« Er schnippte mit den Fingern.

Die kahlköpfige Söldnerin, die Borija schon vor der Verwandlung in Tarukans Nähe gehen hatte, trat heran. Sie war doppelt so breit wie Borija und nicht nur kräftig, sondern auch auf seltsame Weise unförmig, so als hätte ihr Leib die Rundungen an den falschen Stellen. Ihr Gesicht war groß und ließ Borija an Troll-Geschichten aus seiner Kindheit denken – und all das war die Beschreibung ihres Äußeren gewesen, bevor der Geist aus Gehenna, wie diese »Götter« ihre eigene Welt nannten, in ihren Körper gefahren war und ihn noch mehr verzerrt hatte.

Borija zuckte unwillkürlich zusammen und suchte nach einem Fluchtweg. Die Söldnerin beäugte ihn mürrisch.

»Isme«, sagte Tarukan, und Borija fragte sich, warum diese Kreaturen die Namen ihrer Opfer behielten. Gab es keine eigenen Namen dort, wo sie herkamen?

»Jetzt, wo wir alle in dieser Form auf dieser hübschen Welt leben werden«, fuhr Tarukan fort, »wird es da nicht Zeit, dass wir die Möglichkeiten unserer neuen Hülle erproben? Unser Freund Borija ist gewiss der beste Lehrmeister dafür, und er hat Interesse geäußert an einem Körper wie deinem. Ihr könntet beide etwas voneinander haben, was meinst du, Isme?«

»Klar, interessiert mich *brennend*«, knurrte die Söldnerin. »Könnt mir fast so gut gefallen wie die Rückkehr nach Gehenna oder wie Äonen in einem Feuerpfuhl.«

»Schön«, sagte Tarukan. »Jedenfalls haben wir diesem Menschen ein Kommando versprochen, und du bist nun seine erste Untergebene. Ich will, dass du seinen Befehlen folgst und ihm in *allem* zu Diensten bist. Macht das Beste draus.«

»Hmpf. Großartig. Danke, oh großer Feldherr.«

Sie starrte Borija an und öffnete und schloss die Faust. Ihre Iris war ein Kranz von verschwommenem Rot, wie ein Blutfleck in einem Meer von kränklichem Gelb. Borija wich einen Schritt zurück. Er versuchte, sich diesen Dämon als Frau vorzustellen, doch es gelang ihm nicht. Der Gedanke war so lustvoll wie ein Sprung in flüssigen Schwefel.

»Gut, gut, Kinder.« Tarukan winkte sie fort. »Dann habt Spaß. Ich lasse euch rufen, wenn ich eine richtige Aufgabe für euch habe.«

Borijas Gedanken rasten in Panik durch seinen Kopf, und plötzlich hatte er ein Bild vor Augen, einen Ausweg, an den er sich verzweifelt klammerte.

»Einen Augenblick, wenn Ihr erlaubt, Herr«, rief er. »Es gab ein zweites Mädchen hier. Die Magd der Dewa. Wenn ich richtig gesehen habe, gehört sie nun auch zu Euren Leuten. Wenn Ihr die unter mein Kommando stellen würdet ...«

Er dachte an Anisja. Nur eine einfache Magd, gewiss, aber jung und auf ihre Weise hübsch. Das genaue Gegenbild zu der vierschrötigen Söldnerin. Sie wäre ein Zeitvertreib, eine Ablenkung und ein Trost, solange er hier in der Zitadelle festsaß. Er *brauchte* diese zierliche Magd, um sich abzureagieren!

Tarukan hob eine Augenbraue. »Noch eine Frau? Ist es das, was euch Menschen bewegt? Nun, ich werde es gewiss verstehen, sobald ich mich besser an diesen Körper gewöhnt habe. Vielleicht werde ich dann nachempfinden können, was ihr aneinander anziehend findet. Ich freue mich darauf. Sei froh, Isme, dass ich dir die Zeit dafür einräumen kann. Du kannst schon in unserer neuen Heimat *leben*, während ich selbst noch in so vielen Pflichten gefangen bin.«

»Ja«, sagte Isme. »Ich freu mich ja so.« Bei ihrer Stimme hätte Milch sauer werden können, ihr Blick ließ Borija zusammenschrumpeln.

»Das solltest du, meine Liebe«, entgegnete Tarukan. »Immerhin sind wir genau deswegen hier, um die Vorzüge dieser Welt zu genießen. Führe unseren Freund, deinen Hauptmann, zu der anderen Frau. Sag ihr, dass sie nun auch seinem Kommando untersteht, und wenn du dich gut machst, wird Borija dich vielleicht sogar zu seinem Unterführer ernennen, zu einem Korporal für die übrigen Krieger, die ich seinem Kommando noch zuteilen werde.«

»Aye, was 'ne Freude«, sagte Isme, als sie gemeinsam die Treppe vom Turm hinabstiegen. »Gleich der erste Strafdienst, und das nur, weil ich mir 'ne Hülle ausgeschaut hab, auf die so ein verrücktes Tier 'n Auge geworfen hat. Hätte mich da niemand warnen können, bevor ich rübergeh?«

Borija räusperte sich. »Ich hoffe, es gibt kein böses Blut zwischen uns, Gnädigste. Ich meine, weil ich nach der anderen Frau gefragt habe. Ich wollte damit keinesfalls andeuten, dass ich Euch gering achte.«

Borija spürte ihren Griff an seiner Schulter. Isme, die auf der Treppe hinter ihm ging, riss ihn zu sich herum und hob ihn mühelos hoch, mit nur einer Hand, die sie in seine Uniformjacke krallte.

»Du Wurm. Du Ungeziefer.« Ihr Speichel spritzte ihm ins Gesicht. »Ich achte *dich* gering! Du lächerlicher kleiner Mensch. Es ist ein Hohn, dass unsere hohen Fürsten dich in unserer Mitte dulden wie einen ausstaffierten *Stabbasch*!«

»Hm, ja.« Borija bewegte sich so wenig wie möglich und versuchte zu atmen in seiner verzwirbelten Kleidung. »Ich verstehe, Gnädigste. Ihr habt Euren Standpunkt deutlich gemacht. Wenn Ihr mich nun herunterlassen wollt, bleibt dieser Zwischenfall ...«

»Du erbärmliche weiche Made kannst mich nicht beleidigen«, fuhr Isme fort. »Nicht durch eine Zurückweisung jedenfalls. Du beleidigst mich dadurch, dass ich von dir Befehle entgegennehmen muss. Du beleidigst mich in jedem Moment, in dem ich deine Gegenwart ertrage!«

»Dann, denke ich«, sagte Borija, »wird es am besten sein, für uns beide, wenn ich es vielleicht vermeide ... wenn wir den Umgang auf das Nötigste beschränken. Wenn Ihr mich also einfach zu Anisja bringt, entbinde ich Euch gern bis auf Weiteres von Euren Pflichten.«

»Das hättest du gerne, was, Menschlein? Dich einfach davonzustehlen. Aber so leicht ist das nicht. Ich *will*, dass du mir Befehle gibst. Ich *will*, dass du etwas tust bei deinem Kommando.«

»Was?«, stammelte Borija verständnislos.

»Da staunst du, was? Hast gedacht, ich verkrieche mich gern und weiche den Dingen aus, die mich stören. Aber ich will sehen, wie du rumzappeltest als Hauptmann. Denn wer etwas tut, der macht auch Fehler. Und wenn du einen Fehler machst ...« Isme hob die freie Hand. Ihre Finger wurden dünner und härter, bis es schließlich messerscharfe Klauen waren, die mit bedrohlichem Glanz vor Borijas Augen schwebten. »Wenn du einen Fehler machst, dann will ich danebenstehen. Ich werde dir eigenhändig das Herz aus dem Leib reißen und diesem aberwitzigen Schauspiel – ein Tier, das den Kriegern von Gehenna Befehle erteilt! – ein Ende setzen.«

Gontas ging zu der Tür. Mart und Tori folgten ihm. Das junge Mädchen mit den weißen Haaren sah ihm entgegen. Sie rappelte sich auf, als Gontas näher kam.

»Wer bist du?«, fragte er.

»Swetja ...« Das Mädchen stockte. »Swetjana dewa Jerigin.«

Es klang, als hätte sie sich am liebsten hinter dem Namen versteckt.

»Sie hat uns hergeführt«, sagte Tori.

»Wir sind *gemeinsam* gekommen«, widersprach Swetjana. »Ich habe überhaupt niemanden geführt!«

»Was immer«, sagte Mart. »Sie stand jedenfalls hinter uns, als wir den Graubärten entgegengetreten sind und keiner mitgekommen ist.«

Gontas musterte das Mädchen von Kopf bis Fuß. Sie wand sich unter seinem Blick und drückte sich enger an die Wand. Diese Swetjana war bleich, doch im milden Abendlicht hatte ihre Haut nichts von dem kränklichen Grau, das Gontas in den Gesichtern der Bewahrer der Zitadelle erblickt hatte. Ihre Haut war zart, und es sah hübsch aus, das Mädchen aus Modwinja. Um ihre Stirn nahm Gontas einen schmalen Streifen wahr, der im Schein der Mauersteine glühte wie Kupfer im Feuer. Gontas erinnerte sich daran, wo er solche Farbwechsel schon einmal gesehen hatte: bei den Dirnen in Apis. Aber wer, bei den Geistern, färbte sich die Haare *weiß*?

Er nahm ihre Hände und strich nachdenklich über die Innenflächen. Sie ließ es geschehen und sah aus großen Augen zu ihm auf.

Gontas grinste. »Das waren also die Kampfgefährten, die euch im Stich gelassen haben? Und ihr konntet den Kampf nicht gewinnen, weil diese Frühlingsblüte euch nicht geholfen hat? Dieses ...« *Kind*, hatte Gontas sagen wollen. Er schätzte das Mädchen auf vierzehn. Aber ihre Hände waren so glatt, und sie war gewiss so behütet aufgewachsen, in irgendeinem *Haus*, dass sie wahrscheinlich jünger aussah, als sie war. »Ihr seid noch dämlicher, als ich dachte«, sagte er. »Erbärmlich.«

»He!« Mart begehrte auf. »Sie hatte auch ein paar Krieger dabei.«

»Was sagst du dazu?«, fragte Gontas das Mädchen. Er hielt immer noch ihre Hände.

Swetjana schluckte. Sie sah Mart an. »Hauptmann Borija hat uns *alle* hierher geführt. Er hatte seine eigenen Pläne. Was hätte ich tun sollen?«

Sie erzählte alles, was geschehen war. Von dem Augenblick an, da Mart und Tori sie in dem Winkel unter der Treppe zurückgelassen hatten, bis zu der Rückkehr der alten Götter. Und sie erzählte noch mehr, vom Beginn ihrer Reise und von der

Heimsuchung in Wajdaka, von Borijas Aufbruch bis zu den Geschehnissen unterwegs. Und beide Teile ihrer Geschichte endeten mit demselben Gedanken.

»Anisja«, sagte sie, und Tränen liefen ihr über die Wangen. »Sie ist jetzt eine von denen. Sie ist einfach fort, nach allem, was sie durchgemacht hat, nach allem, was sie für mich getan hat! Sie hat Kirus zu Fall gebracht und mich gerettet. Vielleicht können wir ... ich möchte gern ...«

Swetjana verstummte, als wäre der Gedanke in ihrem Kopf zu groß und zu unwahrscheinlich, als dass sie ihn aussprechen könnte.

Gontas ließ sie los. Er trat einen Schritt zurück und betrachtete die beiden Söldner. Mart hatte derweil die Tür gründlich untersucht, während Swetja erzählte. Er betastete den Rahmen und rüttelte an dem Metall.

»Was meint ihr?«, fragte Gontas.

»Glatt und kein Schloss zu sehen.« Mart stützte die Hände in die Seiten und ließ den Blick ein letztes Mal über den Ausgang wandern. »Da kommen wir nicht raus, solange von der anderen Seite keiner aufmacht.«

»Nein«, sagte Gontas. »Zu der Geschichte von der Kleinen. Was wir jetzt tun sollen.«

»Ich interessiere mich nicht für Geschichten«, antwortete Mart. »Wenn man den nächsten Kampf gewinnen will, schaut man sich das Schlachtfeld an, auf dem man steht. Man plaudert nicht über die verlorenen Schlachten der Vergangenheit.« Er legte den Kopf schräg, musterte Swetjana und wischte sich die Hände an der Hose ab. »Ich hätt allerdings schon einen Vorschlag, was wir als Nächstes anfangen. Dieser Hauptmann aus Modwinja hat uns verraten. Aber seine Jungfer hat er uns dagelassen. Ich sage also, wir halten uns heut Nacht an der schadlos und haben unseren Spaß. Raus kommen wir eh nicht, bevor morgen früh jemand nach uns schaut.«

»Spaß willst du, hm?« Tori sprang mit blitzenden Augen vor und legte ihm die Spitze ihres Sichelhakens an die Kehle. »Hätt man dich beizeiten verschnitten, du lüsterner alter Eber!«

Mart grinste ungerührt. »Keine Sorge. Für dich reicht's auch noch.«

Gontas legte die Hand auf Toris Arm. »Du hast deinen Haken noch?«, fragte er. »Mir haben sie sogar die Krücken abgenommen!«

Tori ließ die Waffe sinken und zuckte die Achseln. »Hm, seltsame Geschichte, das«, sagte sie.

»Sie hat der fetten Musche sogar in den Arm gestochen, als die sie festhalten wollte«, berichtete Mart. »Aber die hat nur den Stumpf gepackt, sich die Klinge aus'm Fleisch gezogen und gemeint, dass sie Tori die Hand abreißt, wenn sie noch mal so was versucht. Die sind ziemlich hart, diese Dämonen oder Götter oder was auch immer.«

»Bekloppt sind die«, fügte Tori hinzu. »Ich glaub, die haben das hier einfach für 'ne Hand gehalten.«

»Ja«, sagte Mart. »Hart drauf, aber weich im Kopf. Verrückt.«

»Verstehn nicht viel vonner Welt, du, oder von uns«, sagte Tori. »Vielleicht können wir das ausnutzen?«

Gontas fand den Gedanken an Wesen, die Haken nicht von Händen unterscheiden konnten, eher beunruhigend.

Tori fuhr mit der stumpfen Seite ihrer Sichel über den Verband an seinem Bauch. »Und die Krücken, hm – als ich zuletzt eine in deiner Hand gesehen hab, hast du se 'nem Graubart sauber in die Fresse geplotzt. Siehst nicht halb so verkrüppelt aus, wieste erzählst, du. Und glaub mir, ich kenn mich da aus ...« Sie hielt die Hakenhand hoch und grinste. »... denn ich muss mich schon seit Jahren um so 'n Einäugigen kümmern!«

»Das reicht, Tori.« Mart packte sie und zog sie weg. »Ich hab dich an deinem verkrüppelten Arm aus dem Dreck gezogen, vergiss das nicht!«

Tori lächelte, den Kopf im Gehen zu Gontas umgewandt, bis ihre Gestalt zu einem formlosen Schatten wurde. Es war schnell dunkel geworden in dem riesigen Kerker. Gontas blieb nachdenklich bei der Türe stehen, allein. Auch das Mädchen aus Modwinja hatte sich davongeschlichen und war in irgendeinen finsteren Winkel gekrochen.

Im ersten Augenblick hatte er Tori widersprechen wollen, weil sie die Wunden so leichtnahm, die Tarukan ihm zugefügt hatte. Doch er fühlte sich inzwischen besser, als er je für möglich gehalten hätte.

Schon beim Kampf gegen die Graubärte war ihm das aufgefallen. Er hatte es nur für ein *Gefühl* gehalten, für eine Einbildung, eine weitere trügerische Empfindung, genau wie die merkwürdigen Träume und seine Schwierigkeiten, sich zu konzentrieren, seit er in der Zitadelle war.

Aber jetzt war er ohne seine Krücken, ohne jede Stütze durch den Raum gegangen. Am Morgen, als sie Tarukans Lager verlassen hatten, war er dazu nicht in der Lage gewesen.

Gontas rieb sich die Stirn. Wie konnte das sein?

Seine Wunden heilten rasch, das war schon immer so gewesen. Aber das hier war nicht zu erklären. Nach allem, was Tarukan ihm angetan hatte, war Gontas sicher gewesen, dass er sich niemals davon erholen würde. Und selbst wenn diese Wunden hätten heilen können, dann bestimmt nicht innerhalb eines Tages!

Ganz hinten in seinem Verstand wartete eine Erklärung darauf, dass er ihr Einlass gewährte. Ein Flüstern von insektenhafter Kälte. Die Stimme der Königin.

Gontas wollte sie nicht hören. Er suchte sich eine Ecke und fiel in einen traumlosen Schlaf.

Die Zitadelle war kahl und kalt und sah nicht so aus, als wäre sie je für Menschen gemacht gewesen. Borija suchte nach den Wohnräumen der Graubärte, doch er fand nichts, was seinen Erwartungen entsprach. Kaum ein Möbelstück, nur ein paar karge Lager mit Decken.

Er wies seine beiden Begleiterinnen an, alles mitzunehmen, was zu gebrauchen war, und in einen einzigen kleinen Raum zu bringen, der ein Mindestmaß an Behaglichkeit versprach. Es gab keinen Kamin und kein Fenster darin, aber das gab es nirgendwo in der Zitadelle, außer im zugigen Mittelturm, und dort wollte er sich erst recht nicht niederlassen.

Er befahl den Frauen, ihm aus den Decken ein Bett zu bereiten. Dann fasste er Anisja am Arm und schickte Isme fort. *Weit, weit fort,* dachte er bei sich. »Und mach die Tür hinter dir zu«, sagte er laut.

Isme winkte ihm zum Abschied. Sie hatte die Klauenhand, die an eine Vogelkralle erinnerte, nicht wieder zurückverwandelt, und sie nutzte jede Gelegenheit, jede Geste, um Borija diese Hand zu zeigen, mit einem bedeutungsvollen Lächeln auf den Lippen. *Ich warte,* las Borija aus dieser Geste. *Ich warte auf deinen Fehler, und dann ...*

Die Tür, eine Platte aus demselben schimmernden Kristall, aus dem auch die Wände bestanden, schlug zu. Borija war mit seiner zweiten zugewiesenen Untergebenen allein. Er atmete auf. Auch Anisja, die Magd, hatte sich verändert, seit der Geist der alten Götter Besitz von ihr ergriffen hatte. Aber sie war fast zwei Köpfe kleiner als er und sehr zierlich.

Zudem hatte sie sich gefügig gezeigt, seitdem Isme sie in Borijas winzige Schar geholt hatte. Schweigsam und fast zurückhaltend. Keine Drohungen von ihr, kein Aufbegehren, nicht einmal ein trotziger Blick. Fügsam hatte sie sich ihnen angeschlossen und kaum die Augen gehoben.

Anisja war eine Magd gewesen und Isme schon zu Lebzeiten eine grobe Söldnerin. Borija fragte sich, ob diese Götter den Körper ihrer Opfer wirklich vollständig übernahmen oder ob nicht doch etwas vom ursprünglichen Persönlichkeit der Menschen erhalten blieb. Vielleicht überschätzten diese Geister ihre Macht und sahen gar nicht, wie sehr sie selbst durch die von ihnen ausgewählten Menschen beeinflusst wurden.

Der Gedanke, die Nacht mit der sanften Anisja zu verbringen, hatte jedenfalls etwas Tröstliches an sich. Es fühlte sich beinahe normal an.

Und sie war keine Dame von Stand, die er achten musste. Sie war nicht einmal mehr die Zofe einer Dewa. Er musste sich bei ihr nicht zurückhalten.

»Wo immer du herkommst«, sagte Borija. »Hier gehörst du mir. Vergiss das nie.« Er packte ihr Kleid am Ausschnitt und riss es auseinander. Die dünne Verschnürung gab nach. Borija riss das Kleid weiter auf und zog es herunter. Mit dem Unterkleid tat er dasselbe. Anisja stand nackt vor ihm, die Kleider um ihre Füße gewickelt.

Ihr schlanker Leib wirkte fast unberührt von dem Geist, der jetzt in ihr wohnte. Borija atmete auf. Er fühlte, wie die Lust in ihm wuchs. Er schloss die Finger um eine kleine feste Brust. Er sah an dem Mädchen hinab, zum sanften Schwung ihrer Beine, auf ihre einladenden Hüften. Ihre Haut zeigte einen Gelbstich, aber der ließ sich auf das Licht schieben.

»Ich komme von Gehenna«, sagte sie.

Borija stutzte. Anisja hielt den Kopf gesenkt. So konnte er ihr Gesicht nicht sehen, nur ihre zerzausten Haare. Anisjas Haar war rot, so wie es Swetjanas natürlicher Haarfarbe entsprach; nicht genau der gleiche Ton, sondern ein schweres bräunliches Rot, während dort, wo das Haar der Dewa nachwuchs, nur ein leichter Schimmer auszumachen war, wie der Glanz der Abendröte in fein gesponnenem Gold. Borija war froh, dass Anisja nicht aufschaute, weil er lieber ihr Haar ansah als ihr Gesicht und sich den Rest vorstellte.

Doch nun, als Anisjas Stimme an seine Ohren drang, leise und tonlos, eine geflüsterte Litanei unter den Haaren hervor, da schauderte ihn.

»Auf Gehenna ist alles Feuer. Meine Heimat ist eine Welt von brennendem Schwefel, die Luft ein glühendes Gas, das in Donnerstürmen die Meere aus flüssigem Blei aufwühlt und gegen die Ufer branden lässt. Dort komme ich her, mein Hauptmann.

Einst war es eine Welt wie die eure, so sagen die Vorfahren. Oder wir wurden von einer Welt wie der euren vertrieben und fanden nur auf Gehenna Zuflucht. Krieg, Wandel, der Lauf der Zeit – wen interessieren die alten Geschichten? Wir lernten, damit zu leben. Wir konnten uns verändern. Wir konnten sogar Dinge erschaffen, Maschinen aus körperloser Kraft, Waffen aus brennendem Stahl. Wir veränderten uns und überlebten, aber niemals ohne Schmerz. Gehenna verbrennt uns in jedem Augenblick Leben, den wir unserer Heimat abringen. Schmerz ist das einzige Gefühl seit Äonen, der Schmerz lässt keinen Raum für irgendetwas sonst.

Deswegen bin ich hergekommen. Darum habe ich mich gemeldet und wollte unter den ersten Kriegern sein, die das Tor durchschreiten. Ich will die *Feinheit* kennenlernen, die Schattierungen, alle Gefühle von der Verzückung des Nichts bis zum Brennen dieser fleischlichen Hüllen. Selbst euer Schmerz ist voller Abstufungen, die wir nicht kennen. Denn eure Welt *ist* fein, Hauptmann. So fein und mild, dass ein Geist von Gehenna im ersten Augenblick zerspringen mag, wenn er eure Luft spürt.

Da ist kein Brausen und Tosen, keine Pein, die von allen Seiten gegen uns drängt. Wir kämpfen gegen etwas an, aber hier gibt es nichts, was zurückkämpft, und unser ganzes Sein drängt ins Leere. Verstehst du, Hauptmann? Dafür brauchen wir eure Leiber, damit sie uns zusammenhalten. Deine Hand auf der Haut zeigt mir, wo ich aufhöre. Wir müssen auf dieser Welt die Grenzen spüren, damit wir nicht zerspringen.

Also zeige mir die Grenzen eurer Leiber. Zeige mir die Abstufung der Gefühle. Du möchtest gerne unser Lehrmeister sein, so habe ich Isme verstanden. Dann lehre mich! Ich bin neugierig, mein Hauptmann.«

Und Anisja blickte auf. Der Blick ihrer kalten gelben Augen traf Borija wie ein Schlag. Er wich einen Schritt zurück. Im selben Moment wurde ihm bewusst, dass die Haut unter seinen Händen nicht nur eine andere Farbe hatte, sie fühlte sich auch anders an, rau und fester, als sie sein sollte. Die Brust sank nicht weich herab, als Borija den Griff löste. Sie senkte sich in feinen harten Wellen wie ein dünnes Schuppenhemd. Und kalt! Anisja fühlte sich so kalt an wie eine Tote.

Die Erkenntnis kam über Borija wie Eiswasser. Er schaute auf Anisjas Mund, der schmal aussah und unnatürlich in die Breite gezogen. Sie lächelte ihn von unten herauf an. Zähne wie Glassplitter glänzten auf.

Zorn stieg in ihm hoch. Er würde sich nicht von diesen *Dämonen* unterkriegen lassen. Und, verdammt noch mal, es war immer noch Anisja die Magd, die da vor ihm stand!

Er trat wieder auf sie zu, packte sie an den Haaren und riss ihr den Kopf in den Nacken. »Also gut«, knurrte er heiser. »Ich werde dir beibringen, wie sich eine Frau in unserer Welt fühlt.«

Ihr Mund öffnete sich erwartungsvoll. Borija fasste mit der zweiten Hand um ihr Kinn und drückte dem Mund wieder zu. Er presste einen Kuss in ihr Gesicht, verschloss ihre Lippen und die Scherben dahinter mit seinen Zähnen.

Anisja grub die Finger in seine Uniformjacke und zog daran. Knirschend gab der Stoff nach, die Knöpfe, die Nähte, das Gewebe. Jacke, Hemd und Unterhemd, alles zerriss sie ganz mühelos.

Borija schnaubte und stieß sie von sich auf das Bettenlager.

Er streifte die Reste seines Obergewands und die Hose ab. *Am Ende ist sie auch nur eine Frau,* dachte er. *Ich werde sie doch zähmen können!* Borija biss die Zähne aufeinander.

Er kniete bei Anisja nieder und drückte ihr die Beine auseinander. Sie griff nach seinem Oberkörper, aber er packte ihre Handgelenke und bog ihr die Arme nach hinten. Sie hielt dagegen, er spürte ihre Kraft – dann gab sie nach. Sie leckte sich über die Lippen und schaute ihn an.

Borija fasste wieder nach ihren Brüsten. Er knetete sie, als sie sich unter ihm bewegte, und Anisja stöhnte kurz auf. Borija fühlte Wut und Lust zugleich. Er wollte ihr wehtun, und sie stöhnte und kicherte und bäumte sich auf, und er hasste sie, und dieser Hass war es, der ihn antrieb bei jedem Stoß.

Sie sah zu ihm auf, und so heftig ihr Leib sich auch wand, so heftig ihr Gesicht auch zuckte, ihre gelben Augen blickten starr und kalt. Borija sah diese Augen und wusste, dass er sich getäuscht hatte, dass nichts geblieben war von Anisja, dass er auf einem kalten, haifischhäutigen Wesen ritt, in einer Festung des Wahnsinns, belauert von einem fremden Verstand, der hinter diesen teilnahmslosen Augen saß und zu dem er nicht wirklich vordringen konnte, sosehr er in diesem Blick auch nach einer Regung suchte.

Als das Licht verging und er die Augen nicht mehr sehen musste, war Borija dankbar.

32.

Gontas erinnerte sich.

Als Geist aus Gehenna lebte er unter den Menschen und bei den Menschen, und er war einer von ihnen. Aus dem Verborgenen leitete er sie an, als sie sich ausbreiteten, als sie die Welt in Besitz nahmen und die Kräfte der älteren Geister, die das einheimische Leben beschützten, nach und nach untergruben.

Gontas, der noch lange nicht Gontas war, wurde ihr Gott, und es gefiel ihm.

Es sollte Jahrtausende dauern, bis seine Brüder aus Gehenna nachkamen. Die Erbauer arbeiteten an der Zitadelle, und der Geist aus Gehenna war allein mit den Menschen. Die Zeit verging, und die Welt veränderte ihn, und der Geist veränderte die Menschen, die ihm anvertraut waren.

Er sollte die Truppen in Stellung bringen und die Hüllen für seine Brüder bereithalten. Doch der Geist von Gehenna entwickelte seine eigenen Pläne. Warum sollte er diese Welt teilen, wenn er sie und das neue Volk für sich allein haben konnte?

Der Geist, der eine Vorhut gewesen war und zum Gott wurde, traf seine Vorkehrungen. Er verwandelte die Menschen, ganz behutsam, sodass er sie verstand, die anderen Geister aus Gehenna jedoch keinen Zugang mehr zu ihnen finden würden. Die Menschen waren zahlreich geworden, und er musste langsam vorgehen, darum konnte er sie nicht alle umformen. Doch er schuf sich sein eigenes Volk, und die Veränderung würde sich von da an weiter ausbreiten.

Er suchte Bündnisse mit dem, was von den einheimischen Kräften geblieben war, er gab Versprechen, er vereinbarte Grenzen. Er traf diese Vereinbarungen über die Köpfe seiner Brüder hinweg, aber er gehörte auch nicht mehr zu ihnen. Der vormalige Geist von Gehenna war zu seinem eigenen Volk geworden, zu einem Bewohner dieser Welt. Die Menschen waren jetzt sein Volk, und er wollte für sie kämpfen, damit die Sied-

ler von Gehenna nicht kamen und etwas anderes aus ihnen machten.

Und als die Zitadelle fertig war, als die Straße aus Licht stand und die Heerscharen von Gehenna kamen, um die Welt in Besitz zu nehmen, da stellte ihr erster Krieger sich ihnen entgegen, und er war bereit zum Kampf.

Er wurde zu Sardik, und unter diesem Namen blieb er bei den Menschen bekannt, lange nachdem er die Heere von Gehenna vertrieben hatte. Sardik, der Geist des Krieges. So nannten die Völker des Buschlandes diesen Gott noch immer, auch nachdem er sich in endlosen Inkarnationen selbst vergessen hatte und vollends zum Menschen geworden war. Zu vielen Menschen, die lebten und starben und die das, was vom ersten Krieger Gehennas geblieben war, durch die Zeiten trugen.

Bis eine alte Verbündete ihn wieder an den Pakt erinnerte, den sie einst geschlossen hatten; bis die Tore von Gehenna ein weiteres Mal offen standen und jene Erinnerungen in seinem Gedächtnis erwachen ließen, welche die Königin angestoßen hatte.

Gontas erwachte. Ein mildes Licht erfüllte ihren Kerker. Über der Zitadelle musste die Sonne aufgegangen sein, und die verhexten Steine trugen den Morgen bis in diesen Raum. Mart und Tori lagen in einer Ecke eng beisammen und schliefen noch. Das Mädchen aus Modwinja war bereits wach. Sie kauerte in der Mitte der großen Zelle und spähte misstrauisch zu ihm herüber.

Gontas streckte sich, dann stand er auf und ging auf sie zu. Sie richtete sich halb auf und verharrte dann wie erstarrt. Gontas hob beschwichtigend die Hände und lächelte. »Ganz ruhig, Mädchen. Wir sitzen hier im selben Loch, und der Feind ist draußen.«

Er setzte sich zu ihr und verschränkte die Beine.

Swetjana sah ihn an. Sie entspannte sich. Die Verbände um seinen Leib, an seinen Armen und Beinen schienen sie zu beruhigen. Er schnaubte belustigt und betrachtete sie seinerseits prüfend. Ja, ein Ausflug nach Modwinja mochte sich lohnen.

Sie war anders als die Weiber aus den Städten, vom Wesen wie vom Aussehen. Am meisten faszinierte ihn ihre Haut, die so hell war wie bei einer Eiskönigin.

Sie wandte den Blick ab und schaute zu den schlafenden Söldnern hinüber. »Hat er das ernst gemeint gestern Abend?«, flüsterte sie.

»Sein Weib hält ihn an der kurzen Leine«, gab Gontas zurück. »So sieht's für mich jedenfalls aus. Ich habe ihn nie an einem anderen Rock gesehen, seit wir zusammen sind. Aber das mag unsere letzte Nacht gewesen sein, und wer weiß, was ein Mann da gerne ausprobiert?«

Sie musterte Gontas unsicher.

»Aber wir sind keine Tiere, die übereinander herfallen, wenn man sie einsperrt«, fügte Gontas hinzu. »Ich zumindest suche mir mein Vergnügen lieber in Freiheit, und nach einem Sieg. Hier und jetzt ... haben wir Wichtigeres zu tun.«

»Was?«, fragte Swetjana.

»Nicht freiwillig mitgehen, wenn sie die Tür aufmachen«, sagte Gontas. »Ich hab noch was auszumachen mit diesem Tarukan.«

»Aber er ... Ich habe es euch doch erklärt. Diese Geister sind in sie gefahren! Da ist niemand mehr, um alte Rechnungen zu begleichen. Diese Götter, die Hauptmann Borija in die Welt gelassen hat, die sind schlimmer als alles andere.«

»Ich weiß«, sagte Gontas. Er dachte wieder an seine Träume, an diese wirren Erinnerungen, die seinen Kopf füllten. »Aber das ändert nichts. Wenn Tarukans Leib von einem bösen Geist besessen ist, umso besser. Dann erwische ich gleich beide, wenn ich einem den Schädel einschlage.«

Swetjana starrte ihn mit offenem Mund an. Gontas zuckte die Achseln. »Allerdings gibt es einen anderen Grund, weshalb ich zur Zitadelle der alten Götter gekommen bin. Halime! Das ist ein kleines Mädchen. Sie stand unter meinem Schutz. Tarukan hat sie hierher entführt, und als ich sie zuletzt sah, stand sie bei diesen graubärtigen Bewahrern im Turmzimmer.

Du warst zuletzt dort, habe ich gehört. Hast du gesehen, was aus ihr geworden ist?«

»Ein kleines Mädchen«, sagte Swetja. »Ich habe sie gesehen, glaube ich. Sie stand immer noch neben dem Graubart, mitten unter all diesen Geistern. Ich weiß nicht, was die Götter mit einem Kind anfangen wollen. Andererseits sind sie gekommen, um die ganze Welt zu übernehmen, und vermutlich werden sie vor den Kindern nicht Halt machen.

Es tut mir leid. Ich weiß nicht, was aus dem Mädchen geworden ist. Aber sie ist nicht hier, wo sie alle Menschen hingebracht haben, die sie nicht gebrauchen können.«

Gontas starrte vor sich hin. Es schien ein unwürdiges Ende zu sein nach der langen Jagd, wenn er seinen Schützling auf diese Weise verlor. Er durchforschte seine fremden Erinnerungen nach einem Weg, Halime von dieser Heimsuchung zu befreien. Gab es eine Möglichkeit, sie zurückzuholen, selbst wenn ein Geist von Gehenna Besitz von ihr ergriffen hatte?

Gontas spürte eine zaghafte Berührung am Arm. Swetja legte ihm tröstend die Hand darauf.

»Dieser Sprecher der Bewahrer«, sagte Gontas leise. »Er meinte, Halime wäre eine von ihnen, und er nehme sie in seine Obhut. Jetzt sind sie alle zu den alten Göttern gegangen, und sie konnten sich selbst ebenso wenig schützen wie irgendjemanden sonst.

Gottesstreiter. Ob sie nun *für* die Götter streiten oder gegen sie, das kann niemand unterscheiden, so hat Tafib es mir erklärt. Aye, das ist lange her, und er hat recht behalten. Diese Bewahrer haben geglaubt, sie könnten die Welt retten. In Wahrheit hat ihre Maschine die alten Götter zurückgebracht.

Wenn Halime eine von ihnen ist, mag es auch ihr Schicksal sein, den alten Göttern zu dienen.«

»Pah, Schicksal«, sagte Swetja. »Die Sterne zeigen uns nur die Kräfte, die auf uns wirken. Doch wir können immer versuchen, sie in die richtige Richtung zu lenken. Obwohl ...« Swetja sah sich in ihrem Kerker um und sprach leiser weiter. »Obwohl es schwer ist für einen Menschen, solche Kräfte zu lenken.«

»Eh, Gontas.« Mart war aufgestanden und schlenderte zu

ihnen. »Zu spät für Geturtel. Es ist hell geworden, und irgendwas passiert gleich.«

Tori zog die Riemen fest, die ihre Klinge am Armstumpf hielten. Dann folgte sie ihrem Gefährten. »Oder die Jammer vergessen's einfach, dass wir hier sind, und lassen uns verhungern. Aber gut siehst du wieder aus, du! Hast wohl was viel Geplärr gemacht um deine kleinen Schrammen gestern, hm?«

Gontas stand auf. »Ich bin ...« Er verstummte.

Was sollte er sagen? Dass er eine Wiedergeburt Sardiks war, dem Gott des Krieges? Er schnaubte verächtlich bei diesem Gedanken. Große Worte für einen halb nackten Mann in einem Kerker. Die Worte eines Verrückten.

Sollte er erzählen, dass er die Scherbe eines abtrünnigen alten Gottes in sich trug, weitergereicht durch die Generationen über den Abgrund der Zeit? Dass er in Wahrheit ein Verwandter dieser Dämonen war, die sie hier gefangen hielten? Na, *damit* würde er gewiss das Vertrauen seiner Gefährten gewinnen!

Also schwieg er von seinen Visionen.

Was machte das schon? Es änderte nichts an dem, was er zu tun hatte. Und er war immer noch Gontas! Vom einstigen Bezwinger der alten Götter war allenfalls ein Splitter geblieben. Ein abgenutzter Geist, der niemanden in Besitz nehmen konnte. Gontas fühlte nicht einmal die Anwesenheit von etwas Fremden in seinem Inneren! Da waren nur ein paar flüchtige Erinnerungen, die vielleicht nützlich sein mochten. Und wenn Sardiks Geist dafür sorgte, dass sein Körper schneller heilte, besser heilte – nun, dann würde er das Geschenk einfach annehmen und keinen weiteren Gedanken daran verschwenden.

Gontas wickelte den Verband von seinem Bauch. Dort, wo Tarukan einen Muskelstrang herausgenommen hatte, gab es eine deutlich sichtbare Mulde unter der Haut. Aber die Einschnitte waren verschwunden, ohne irgendeine Spur zu hinterlassen, und die übrigen Muskeln spielten geschmeidig ineinander. Nichts schmerzte, nichts behinderte ihn. An den Armen und Beinen sah es ähnlich aus.

Tori sah ihm fasziniert zu. Mit einem Finger stocherte sie in der Mulde an seinem Bauch. »Hm, krass, du!«

Mart sah gelangweilt zu. »Also, was ist? Fertig hier?«

»Oh ja.« Gontas lächelte. »Besser, als ich gedacht hätte. Jetzt müssen wir nur noch hier heraus, und dann ...«

»Hörste: *nur noch*!« Tori zwinkerte spöttisch.

»Ich wäre schon froh, wenn uns jemand ein Frühstück bringen würde!« Swetja seufzte. Ihr Magen knurrte vernehmlich.

»Ja, das wär ein guter Anfang!« Mart klang begeistert. »Hört zu: *Wenn* jemand uns was zum Hacheln bringt, oder wer immer sonst die verfluchte Tür aufmacht, dann müssen wir bereit sein. Ich und Tori, wir stellen uns links und rechts von der Tür. Gontas ...«

Das Schloss klickte. Die Tür schwang auf. Sie standen alle vier in der Mitte des großen Raums. Mart schaute zum Ausgang und sah unglaublich dumm aus dabei.

»Borija!«, rief Swetja. Sie machte einen halben Schritt in seine Richtung, stutzte und wich hinter Gontas zurück.

Der Hauptmann aus Modwinja war allein gekommen.

»Also gut«, knurrte Mart. »Es geht auch so. Du hättest wirklich ein paar Freunde mitbringen sollen, wenn du welche hast, verfluchter Verräter.« Er griff nach seinem Schwert und fasste ins Leere, nicht zum ersten Mal, seit die Dämonen ihn entwaffnet hatten.

Borija zog den Säbel und streckte ihn in den Raum. Er wirkte unruhig. »Hört zu, ich will keinen Ärger ...«

»Ärger? Wer spricht von Ärger, hm?« Tori kam in einem Bogen auf ihn zu. Sie hob die lange Sichelklinge an die Lippen und lächelte. »Will dir nur mal 'ne *Hand* reichen, du!«

Mart nahm ihn von der anderen Seite in die Zange.

Borija trat in den Flur zurück. Er fasste an die Tür. »Einen Schritt näher, und ich mach einfach wieder zu. Dann könnt ihr hier verrecken! Aber wenn ihr vernünftig seid, muss das nicht passieren. Ich bin hier, um euch rauszulassen. Wir müssen uns allerdings beeilen, denn ich weiß nicht, wann Tarukan seine Leute nach euch schickt.«

»Aye, *jetzt* willst du uns helfen!« Mart kniff misstrauisch die Brauen zusammen, doch er hielt inne. »Warum der Gesinnungswandel?«

Borija wischte sich eine Haarsträhne aus der schweißnassen Stirn. »Gut, hört mir zu. Ich habe einen Fehler gemacht, meinetwegen. Aber als diese Geister in Wajdaka aufgetaucht sind und den Hof unterwandert haben ... Was hätte ich da tun sollen? Heldenhaft sterben?

Ich dachte mir also, was soll's? Sind halt neue Herren. Ich spreche bei ihnen vor, ich stelle mich gut mit ihnen ... und am Ende kann ich mir einen schönen Titel und eine Stellung sichern. Was für einen Unterschied macht das auf lange Sicht? Könige kommen und gehen, das Leben geht weiter. So war es immer. Auch die alten Götter waren ja schon einmal da, und unsere Vorfahren haben von ihnen geschrieben und sie verehrt. Wie schlimm kann es also sein, dachte ich mir?«

»Hat nicht geklappt, dein hübscher Plan, hm?«, fragte Tori.

»Das Leben geht *nicht* weiter«, sagte Borija. »Ich habe die letzten Stunden mit diesen Ungeheuern verbracht, und es sind nicht nur neue Herren. Ich war der einzige Mensch in dieser Zitadelle, und am Ende, mit all meinem Lohn, wäre ich der einzige Mensch auf der Welt gewesen. Und ich habe gemerkt, ein Mensch allein, das ist nicht gut.«

Er zuckte die Achseln. »Wie gesagt, ich habe einen Fehler gemacht. Aber es ist nicht zu spät, um das wiedergutzumachen. Also, was ist? Wollt ihr hier raus?«

Auf dem Gang vor der Kellertür zog Borija ein schmales Schwert und einen langen Dolch aus dem Gürtel. »Ich habe euch Waffen mitgebracht«, sagte er.

Gontas nahm sie ihm aus der Hand.

Mart musterte den Hauptmann von oben bis unten. »Und?«, fragte er.

»Was, und?«, fauchte Borija. »Teilt sie unter euch auf. Mehr konnte ich nicht durch die Gänge schleppen, ohne aufzufallen.«

»Du hast noch ’nen Säbel«, sagte Mart nachdenklich. »Ich frag mich grad … Warum sollten wir dich mitnehmen, jetzt, wo wir draußen sind?«

»Ganz einfach, du Dummkopf: weil *ich* derjenige bin, der euch mitnimmt! Ohne mich kommt ihr nicht weit. Die Zitadelle ist voll von diesen Dämonengöttern. Sie haben Tarukans Leute und meine Dragoner hergeholt. Ich kann mich unauffällig zwischen ihnen bewegen, den Weg auskundschaften und uns hoffentlich an allen Kreaturen vorbeiführen, die in den Gängen auf uns warten.«

»Er hat recht.« Gontas wog die Waffen in seinen Händen und reichte das Schwert an Mart weiter. »Es ist besser, wenn wir uns an den Feinden vorbeischleichen können. Da ist der Modwinjer nützlich.«

»Wo schleichen wir eigentlich hin, hm?«, fragte Tori.

»Es gibt eine Seitentür, nicht weit von hier. Wir können über die Bergflanke weg, so wie wir auch hergekommen sind.«

»Nein.« Swetja meldete sich zu Wort, zum ersten Mal, seit Borija unvermittelt aufgetaucht war. Sie achtete immer noch darauf, dass stets Gontas zwischen ihr und dem Hauptmann stand. »Wir können nicht einfach weglaufen. Der Stein, Borija, den Ihr eingesetzt habt, er bringt unentwegt neue Ungeheuer in die Welt. Wir müssen die Maschine zerstören.«

»Ist ’n guter Einfall«, sagte Mart. »Hast mir Schätze versprochen, Hauptmann. Und du hast erzählt, die findet man genau da, wo die Kleine hinwill.«

Borija schüttelte wild den Kopf. »Unmöglich. Deine Gier ist unser Tod, Söldner. Tarukan hat seine Krieger zu einer Versammlung einbestellt, in der großen Halle unter dem Turm. Darum ist die Gelegenheit zur Flucht jetzt günstig, und aus demselben Grund müssen wir uns von dem Turm fern halten. Die Menschen vor der Rückkehr der alten Götter zu warnen, das ist das Beste, was wir noch tun können. In Modwinja können wir womöglich eine Armee zusammenstellen und ihnen entgegentreten.«

»Wenn Ihr das glaubt, Borija«, sagte Swetja, »warum habt Ihr

Euch dann diesen Geistern so schnell unterworfen, statt gleich zu Hause gegen sie zu kämpfen?«

»Hm, seh ich das richtig, was?«, warf Tori ein. »Wir soll'n dorthin krauten, wo vermutlich all die Jammer von hinter 'n Sternen hinfliegen, die die Maschine herbringt? Wie soll'n die Menschen dagegen kämpfen, wenn die Dämonen sich einfach die Körper schnappen und die ganzen Brecher auf ihre Seite ziehen?«

Borija wand sich verlegen.

»Nein«, befand Gontas. »Sein Plan ist gut. Aber nicht in Modwinja. Wir gehen ins Buschland. Kein Dämon übernimmt einen Buschläufer.«

»Klar«, sagte Mart. »Wenn du das sagst.«

»So ist es«, erwiderte Gontas mit einer Stimme, die keinen Widerspruch duldete. »Und es ist schon einmal geschehen. Die alten Götter wurden einst mit Waffengewalt vertrieben, und wir können es wieder tun. Wir folgen dem Plan des Modwinjers, aber wir gehen in den Süden.«

Sie marschierten los. Borija hielt Swetja die Hand hin. Die schüttelte den Kopf und versteckte sich hinter Gontas breitem Rücken. Borija sah beleidigt drein.

»Wollt Ihr mich nun meiden bis ans Ende Eurer Tage?«, fragte er sie leise. »Ich habe mich doch entschuldigt und bin Euretwegen zurückgekommen. Ich bringe Euch wieder in Sicherheit.«

»Ihr habt mich überhaupt erst hergebracht«, antwortete sie.

Borija biss sich auf die Lippen und ging ohne ein weiteres Wort voraus. Sie gelangten an eine Treppe, die nach oben führte. Noch waren sie allein in den kahlen Gängen mit den sanft leuchtenden Wänden. Borija schaute um jede Biegung, bevor die anderen folgten, und sie alle lauschten.

Als Borija den Fuß auf die unterste Stufe setzte, hielt Gontas ihn zurück. »Du willst dein Mädchen befreien. Ich bin auch gekommen, um ein Mädchen zu retten. Ein Kind. Hast du es gesehen? Weißt du, was mit ihr ist?«

Borija stutzte. Er drehte sich um. »Ja«, flüsterte er. »Ich habe nur *ein* kleines Mädchen in der Zitadelle gesehen, und sie ist jetzt eine von ihnen.«

»Das ist gewiss?«, fragte Gontas.

»Oh ja, so gewiss wie die Hölle. Ich habe nur einmal kurz mit ihr geredet. Dann hat Tarukan das Kommando übernommen, und seither bin ich ihr nicht mehr begegnet. Aber sie war so besessen wie nur irgendwer, ohne jeden Zweifel. Sie war die Erste, die mir im Namen der Götter für meine Hilfe gedankt hat.«

»Sie wollte die Maschine stets zerstören«, sagte Gontas. »Sie hat recht gehabt, woher auch immer sie es wusste. Wenn sie dir gedankt hat, weil du den letzten Stein für die Maschine gebracht hast, dann ist sie wahrhaft verloren.«

»Es tut mir leid«, murmelte Borija, und er sah Swetja an.

»Wir haben uns das vorher schon gedacht. Jetzt weiß ich es. Es ist gut. In der Zitadelle gibt es nichts mehr zu tun für uns, aber ich kehre mit Kriegern zurück und räche sie.«

Sie stiegen weiter die Treppe hinauf. Gontas überlegte, wie er seine Ankündigung wahr machen und Halime rächen konnte, wenn das Wesen, an dem er sich rächen musste, in ihrem Körper steckte. Konnte er diesem Körper überhaupt etwas zuleide tun? Er hatte geschworen, sie zu beschützen.

Gontas dachte an das, was ihm am Morgen enthüllt worden war. In seinem Inneren mochte Sardik, der Geist des Krieges selbst, zu neuem Leben erwacht sein. Doch all die Kraft, die rasche Heilung und das zusätzliche Wissen, die damit einhergingen, bedeuteten gar nichts. Er fühlte sich hilfloser als jemals zuvor.

Sardiks Wissen enthüllte ihm auch, dass ein Mensch, den ein Geist von Gehenna heimgesucht hatte, nicht mehr zu retten war. Es gab kein Zurück, außer im Tod. Mehr zu wissen, als einem Menschen zustand, hieß auch, Trost und Hoffnung aufzugeben und nur kalte Klarheit zu behalten.

Borija hatte den Korridor überprüft, bevor sie das Treppenhaus verließen. Sie waren gerade erst ein Stück darin gegangen, zu weit, um unauffällig zurückzuweichen, da bogen vor ihnen zwei Dämonen um die Ecke. Sie trugen die Uniform von Borijas Dragonern und bewegten sich völlig lautlos.

»Aus dem Weg«, rief Borija. »Ich bringe die Gefangenen …«

Er brach ab. Sie wechselten einen Blick, die Menschen und die alten Götter in ihren gestohlenen Körpern, und es war deutlich, dass diese Begegnung nicht mit Worten entschieden werden würde.

Borija zog den Säbel. Die beiden Dämonen taten es ihm gleich. Sie veränderten sich. Ihre ohnehin schon verzerrten Leiber streckten sich noch mehr. Borijas Begleiter schlossen auf und machten sich zum Kampf bereit. Da hörten sie hinter der Biegung, an der ihre Gegner standen, weitere Schritte nahen.

Mart fluchte leise.

Gontas fasste Borija an den Schultern und schob ihn hinter sich. »Nimm das Mädchen und bring es in Sicherheit. Du sollst wenigstens schaffen, was ich nicht geschafft habe. Wir halten sie auf.«

Mit diesen Worten hob Gontas den Dolch und stürzte auf die Feinde zu.

»He«, sagte Mart. »Wer fragt uns?«

Borija sah sich um. Swetja stand im Hintergrund. Sie betrachtete Borija, sie sah die Dämonen an. »Ich will das nicht«, flüsterte sie.

»Los, du.« Tori winkte dem Hauptmann mit der Sichel. »Verpisst euch endlich. Gontas hat recht. Für's Prinzesschen gibt's keinen Platz an der Seite von Kriegern.«

Widerstrebend setzte Borija sich in Bewegung. Er griff nach Swetjas Hand und wich ihrem Blick aus. »Kommt, dewa Swetjana. Ich kenne noch einen anderen Fluchtweg.«

»Moment«, sagte Mart. »Wer hat den Buschläufer zum Hauptmann gemacht? Oder dich, Tori? Glaubst du, wir halten unser Fell hin, damit ein paar Fremde abkrauten können? Ich hab's dir schon mal gesagt, wir sind nicht bei den mildtätigen Brüdern!«

»Und wer hat dich zum Feigling gemacht, hm, Einauge? So 'n alter Wolf, der lang lamentiert, wie die ganzen Modwinjer sich verdrückt haben, und jetzt willste schon das zweite Mal den eigenen Kampfgefährten allein lassen, hm?

Ich jedenfalls halt für niemanden mein Fell hin, du. Wir erschlagen die Viecher, egal, wie viele da hinter der Ecke noch kommen, und dann hauen wir drei allein ab. Sind einfach besser dran, wenn's kleine Prinzesschen uns dabei nicht im Weg rumspringt.«

Gontas stellte seine Gegner. Der vorderste Dämon in Dragoneruniform stach mit dem Säbel nach ihm, aber er bewegte sich langsam und ungeschickt in seinem halb verwandelten Körper. Gontas schlug ihm die Waffenhand zur Seite und rammte ihm in vollem Lauf den Dolch in die Brust. Er zog seinen Gegner an dem Griff hoch und stieß ihn gegen den zweiten Feind.

Der andere Dämon taumelte zurück. Gontas schob den aufgespießten Dragoner an die Wand. Er legte ihm die freie Hand ans Kinn, bog den Kopf nach hinten und riss gleichzeitig den Dolch nach unten. Er schlitzte den Leib auf, bis die Klinge gegen das Becken stieß und die Eingeweide ihm warm über die Finger lappten.

Der zweite Gegner kam wieder auf die Beine. Er bewegte sich jetzt geschmeidiger und hieb mit dem Säbel zu. Gontas parierte mit dem Dolch und erwischte die größere Klinge dicht unter dem Heft. Kurz hielt er sie auf und schloss die Linke um das Handgelenk des Feindes.

Der Dämon zischte. Er versuchte, seine mit einem Mal scharfen Zähne in Gontas' Gesicht zu schlagen. Gontas stach ihm den Dolch zwischen die Augen, wo die Klinge sich irgendwo in den Knochen verhakte. Gontas trat dem Mann die Beine weg. Er drehte den Dolch, Knochen knackten, und die Klinge ließ sich herausziehen. Gontas rammte dem Dämon ein Knie gegen den Ellbogen und brach ihm den Waffenarm. Der Säbel fiel auf die schimmernden Fliesen.

Gontas wich zurück und schrie triumphierend. Da sah er den ersten Gegner, den er niedergestreckt hatte. Der aufgerissene Leib blutete nicht, stattdessen quoll eine zähe, teerartige Masse heraus. Sie floss ein Stück über die Uniform und über die Ränder der klaffenden Wunde, dann teilte sie sich in fadendünne Rinnsale, die ein Netz woben. Schmatzend zog dieses Netz die Eingeweide zurück in den Leib und schloss die Wunde.

Auch der zweite Gegner, dem Gontas Knie und Ellbogengelenk zerschmettert und dem er das Gesicht zerschnitten hatte, bewegte sich wieder. Er griff nach seiner Waffe.

Gontas hob einen Säbel auf und köpfte sie beide.

Mart und Tori kamen zu ihm, jetzt, da der Kampf geschlagen war. Gontas warf Tori den Dolch zu, die beste Waffe für sie, die es gewohnt war, mit Sichel und langem Dolch zu kämpfen. Er hob auch den zweiten Säbel auf und schwang ihn prüfend. Ungewohnte Waffen, aber wenigstens spürte er ein gewisses Gewicht, mit dem er zuschlagen konnte.

»Gebt auf die Kadaver acht«, sagte er. »Die sind immer noch gefährlich.«

Die Leichen ohne Kopf wischten mit den Armen über den Boden. Sie öffneten und schlossen die Klauenhände. Tori sah sie angewidert an, betrachtete den schwarz verklebten Dolch in ihrer Hand.

»Sollst vielleicht nich so rumbrülln, du«, sagte sie, »damit se nicht gleich alle angerannt kommen.«

»Mir egal«, sagte Gontas. »Ich töte sie alle.«

Mit zwei Säbeln in der Hand schritt er auf die Biegung zu. Eben hatten sie dort die Schritte weiterer Dämonen gehört, jetzt war es still geworden. Kein Feind ließ sich blicken.

»Ach, scheiße«, sagte Tori. »Lass uns Spaß haben!«

Sie versetzte einem augenrollenden Dragonerkopf einen Tritt, sodass er ein Stück um die Biegung rollte, und kam dann selbst hinter Gontas her.

33.

Swetja sträubte sich, doch Borija zog sie hinter sich her.

»Lasst mich los«, schimpfte sie. »Ihr feigen Verräter! Ihr könnt unsere Gefährten nicht im Stich lassen, nicht schon wieder. Wohin wollt Ihr mich diesmal verschleppen?«

Borija seufzte. »In den Turm, dewa Swetjana. Da wolltet Ihr doch hin.«

»Was?« Swetja wehrte sich empört gegen seinen Griff. »Eben habt Ihr noch erzählt, dass wir unmöglich dorthin gelangen können. Dass all die Ungeheuer in der Halle darunter eine Versammlung abhalten!«

»Die Lage hat sich verändert. Die Dämonen haben uns unten entdeckt, und sie werden uns nun bei den äußeren Pforten suchen. Solange unsere Verbündeten dort für Ablenkung sorgen, können wir uns oben vielleicht vorbeischleichen. Ich nehme an, der Turm ist inzwischen das sicherste Ziel.«

»Und dann?«, fragte Swetja. »Ich glaube Euch nicht, dass Ihr nun alle Gefahren auf Euch nehmen wollt, um die Maschine zu vernichten. Wenn Ihr mich jetzt dorthin bringt, weit fort von allen Fluchtwegen, dann habt Ihr doch nur wieder einen neuen schmutzigen Plan im Sinn.«

»Mein Plan ist derselbe geblieben«, sagte Borija. »Wir flüchten von diesem Ort. Es gibt einen geheimen Durchgang im höchsten Turmzimmer, den wir nehmen können.«

»So weit oben?«, rief Swetja. »Unmöglich! Wenn es da einen Ausgang gibt, müssten wir fliegen.«

»Ihr vergesst das Rohr, das an der Bergflanke entlangführt und ins Turmzimmer mündet. Die Südländer sind auf diesem Weg hereingekommen. Ihr habt selbst gesehen, wie die Graubärte ihre Gefangenen von dort fortgebracht haben. Wir werden die Zitadelle auf demselben Weg verlassen, dewa Swetjana.«

Swetja schüttelte den Kopf. »Ihr habt Euch kein bisschen geändert, Hauptmann. Wenn Ihr gleich zugegeben hättet, dass es oben im Turm einen weiteren Fluchtweg gibt, dann hätten wir uns im Keller womöglich anders entschieden und wären alle gemeinsam dorthin gegangen. Aber Ihr erzählt immer noch Lügengeschichten, damit alle brav dahin marschieren, wo es Euch gerade einfällt. Ihr wollt, dass ich Euch wieder vertraue? Wie könnte ich das!«

»Ich habe nicht gelogen«, sagte Borija. »Ich habe nur ein paar Einzelheiten weggelassen, damit die gierigen Söldner nicht auf dumme Gedanken kommen. Und der Buschländer ist mit den Südländern hereingekommen. Er wusste von dem Weg durch das Rohr und hätte selbst etwas sagen können, wenn er gewollt hätte.

Stattdessen haben Eure fremden Freunde sich für meinen Weg entschieden, und sie waren edel genug, ihr Leben aufs Spiel zu setzen, damit ich Euch in Sicherheit bringen kann. Wenn Ihr jetzt zaudert wie ein trotziges Kind, dann bringt Ihr uns alle nur in noch größere Gefahr.«

»Sie kennen Euch nicht, so wie ich Euch kenne. Ihr habt mich zu diesen Ungeheuern gebracht, Borija. Den ganzen Weg von daheim habt Ihr mich hierher geschleppt und um mein Vertrauen geworben, nur um Euch von Euren neuen Herren einen netten Posten zu erkaufen. Ich will nicht länger mit Euch gehen!«

Borija senkte den Kopf und biss die Zähne aufeinander. »Ich kann es Euch nicht verübeln, dass Ihr so von mir denkt«, sagte er leise. »Aber ich werde Euch beweisen, dass ich es diesmal aufrichtig meine und dass ich Euch beschützen kann. Wenn es vorbei ist, wenn wir in Sicherheit sind, dann werdet Ihr anders von mir denken.

Doch bis es so weit ist, nehme ich Euch notfalls auch gegen Euren Willen mit auf diese Flucht. Ihr könnt Euch nun überlegen, ob Ihr weiterhin einen Tumult veranstalten wollt, bis wir irgendwann alle Dämonen Gehennas am Hals haben und sinnlos sterben. Oder ob Ihr die Gelegenheit ergreift und das tut, was Ihr ohnehin vorhattet, ob Ihr, auch wenn meine Gesellschaft Euch zuwider ist, dennoch in den Turm gelangen wollt, wo Ihr vielleicht etwas für Eure Heimat tun könnt, bevor wir uns von diesem Ort verabschieden. Was ist also, dewa Swetjana? Muss ich Euch weiterhin die Stufen emportragen?«

Swetja presste die Lippen aufeinander und schüttelte stumm den Kopf. Gemeinsam flohen sie die schmale Wendeltreppe hinauf bis dorthin, wo sie endete. Hinter ihnen blieb alles still, Swetja hörte weder einen Kampf noch irgendwelche Verfolger im Treppenhaus.

Borija führte sie durch verwinkelte Gänge. Vor jeder Biegung kundschaftete er den Weg aus und winkte Swetja hinter sich her. Die hatte Seitenstechen, nachdem sie die Treppe hinaufgerannt war, und konnte die ruhigere Gangart gut gebrauchen.

Es gab kein Fenster in diesem Gebäude, überall nur Mauern aus Kristall, die gelb schimmerten in einem matten Abglanz des Tageslichts draußen. Swetja hatte längst die Orientierung verloren.

Dann traten sie durch eine Tür und gelangten wieder in die große Kuppelhalle unter dem Turm, durch die sie schon nach ihrer Ankunft in der Zitadelle gekommen waren. Damals waren Mart und Tori an ihrer Seite gewesen und auch Anisja und Lewo. Es versetzte Swetja einen Stich, wenn sie an die Gefährten dachte, die sie an die Geister des Styx verloren hatten.

Nein. Ich kann Borija niemals verzeihen, was auch immer er jetzt für mich tut.

Sie standen auf einer sehr hohen Galerie, auf der obersten in der Halle. Hier mussten sie nur ein kurzes Stück laufen bis zu der Treppe, die in den Turm hinaufführte. Vom Grund der Halle drang Gemurmel zu ihnen empor, das Gewirr vieler Stimmen. Diesmal widerstand Swetja der Versuchung, an die Brüstung zu treten und hinabzusehen.

Am Ende der nächsten Treppe stießen sie eine weitere kleine Tür auf und standen im untersten Turmzimmer, mit Fensteröffnungen an allen Seiten. Das direkte Licht traf Swetja wie ein Schlag. Es wurde spürbar kälter. Sie keuchte nach dem Aufstieg in der dünnen Luft. Atemwolken schwebten vor ihrem Mund.

»Wenig Deckung hier«, wisperte Borija ihr ins Ohr. »Ab jetzt haben wir ein freies Turmgeschoss nach dem anderen vor uns, mit der Wendeltreppe an der Seite. Wenn einer von den Dämonen im Turm ist, müssen wir ihn zuerst bemerken!«

Swetja wandte den Kopf weg von seinen Lippen, die beinahe ihr Ohr berührten. Sie schlichen den Turm hinauf, aber alle Stockwerke waren leer. Sie gelangten in das Geschoss, wo sie sich am Vortag unter der Treppe versteckt hatten. Und dann waren sie in der obersten Kammer, wo das gewaltige Rohr aus dem Boden wuchs und zwischen alchemistischen Apparaturen vor dem blutigen Antlitz des Styx endete. Noch immer fächerte Borijas blauer Stein das Licht des Mondes auf und schickte es durch das Rohr. Aber es schwebten keine Geister mehr im Raum, und auch sonst war niemand hier außer ihnen.

»Wir können die Maschine aufhalten«, sagte Swetja und verharrte unschlüssig. Sie war sich nicht sicher, ob die Maschine überhaupt noch arbeitete. Womöglich waren die Krieger von Gehenna längst alle eingetroffen, und sie kamen zu spät, um noch etwas auszurichten.

Borija legte ihr die Hand auf den Arm. »Erst einmal müssen wir den Ausgang finden«, sagte er.

»Ihr wisst nicht, wo der ist?«, fragte Swetja.

»Die dicke Südländerin meinte, sie wären durch das Rohr gekommen, gestern, bevor sie verwandelt wurden. Es muss hier einen Zugang geben.«

Sie gingen durch den Raum. An der Stirnseite der Röhre hielt Swetja inne. Das Rohr war von einer facettierten Fläche aus Kristall abgeschlossen, durch die man in das haushohe Rund hineinschauen konnte. Der Blick war verschleiert von farbigem Licht, und zugleich seltsam klar und plastisch, als könnte man von hier aus jeden Zoll des endlos langen Rohrs zugleich sehen. Jede Bewegung des Kopfes sorgte dafür, dass man durch das Kristall einen anderen anderen Abschnitt der Röhre sah.

Und dort waren sie, die Geister des Styx. Swetja sah, wie sie das Innere der Röhre erfüllten, wie sie im Licht schwammen, wie sie über Spiegel und Linsen, mit alchemistischen Substanzen und durch Felder von magischen Spulen und Ringen und Kolben destilliert und neu zusammengesetzt wurden. Swetja sah die Krieger von Gehenna, die sich allmählich formten und Kraft gewannen – bevor sie schließlich verschwanden, fortgeschickt von einem anderen Teil der thaumaturgischen Konstruktion. Sie sah niedere Wesen des Styx, wurmartige Fetzen von Geistleben, die ausgesondert wurden und verloren im Äther schwebten.

Gebannt und abgestoßen zugleich sah sie zu und konnte den Blick nicht abwenden.

»Was ist?« Borija zog an ihrem Arm. »Kommt schon, dewa Swetjana!«

»Ich weiß nicht, ob ich dort hineinkann.«

Borija folgte ihrem Blick. Swetja wusste gleich, dass er in der Röhre nicht dasselbe sah wie sie. »Warum nicht? Da ist ein Steg und der Weg. Ich sehe nur den Zugang nicht.«

Er trat an die Seite der Röhre. Swetja ging ihm benommen nach. Sie fanden Leitern und Plattformen entlang der Röhrenwand. Borija begab sich gleich dorthin, wo sich die Röhre aus dem Boden der Turmkammer erhob.

»Da sind Luken«, sagte er. »Das müssen Zugänge ins Innere sein. Ich verstehe nur nicht ganz, wie sie verriegelt sind ...«

Swetja hörte ihn scharren und schieben. Da hallte ein lauter Pfiff durch den Raum, und Swetja zuckte zusammen. Sie spähte vorsichtig um das Ende der Röhre.

»Da sind zwei Frauen bei der Treppe«, flüsterte sie atemlos. »Sie tragen Waffen, und ...« Sie verstummte. *Anisja!*

Ihre Zofe und Freundin stand bei einer kahlköpfigen Söldnerin aus dem Süden. Die Söldnerin war schwer gerüstet und schaute herausfordernd in den Raum. Anisja hielt eine Armbrust in der Hand und blieb im Hintergrund. Swetja hatte trotzdem nur Augen für sie.

Anisja hatte sich verändert. Ihre ganze Haltung strahlte etwas Bedrohliches aus, sie war fremd geworden. Das Gesicht wirkte hagerer und gealtert, das Kleid flatterte zerknittert um ihren Leib. Swetja sah die Veränderung, und gestern hatte sie den Griff dieser Kreatur sogar gespürt. Dennoch, es war Anisja!

Im Kristallpalast ist sie für mich umgekehrt. Sie hat mich vor Kirus dem Zauberer gerettet. Wie könnte ich sie im Stich lassen?

Swetja trat einen halben Schritt aus der Deckung heraus, da sprang Borija an ihre Seite und zog sie zurück.

»Vielleicht wissen sie gar nicht, dass wir hier sind«, hauchte er Swetja ins Ohr. »Wenn wir schnell sind, können wir in der Röhre verschwinden, bevor sie uns erreichen.« Er zog Swetja mit sich.

Stiefeltritte hallten durch den Raum, laut und herausfordernd. Sie kamen auf die beiden Menschen zu. »Hauptmann, mein Hauptmann«, rief eine Stimme, die rau und tief klang für eine Frau. »Glaubt Ihr wirklich, dass Ihr Euch davonschleichen könnt, oh Hauptmann, ohne Eure getreuen Gefolgsfrauen, um die Ihr so gebettelt habt? Wir haben uns natürlich auf Euch eingestimmt, als wir Eurer Schar zugewiesen wurden. Wir wollten immer wissen, wo unser geliebter Anführer steckt.«

Borija blieb stocksteif stehen. Er fluchte unterdrückt. Swetja fühlte, wie seine Hand an ihrem Arm zitterte. »Ich muss ihr entgegentreten«, murmelte er. »Ich darf mich von diesem Ding nicht in die Enge treiben lassen.«

Dennoch blieb er stehen und rührte sich nicht.

Die Stimme kam näher. »Da standen wir also in der Versammlung und lauschten unserer Königin, oder wie man sie nennen mag auf dieser Welt, wo die Form so schnell wechselt wie die Flammen von Gehenna. Wir haben uns sehr gelangweilt. Aber stellt Euch unsere Überraschung vor, als wir plötzlich spürten, wie unser geliebter Hauptmann über unseren Köpfen herumschleicht. Da haben wir uns natürlich gedacht, was will der im Turm? Also kommen wir und sehen nach dem Rechten, und was stellen wir fest? Davonschleichen will er sich, mit einem frischen Stück Fleisch ganz für sich allein! Tststs ...«

Borija straffte sich. Er zog den Säbel und trat auf die freie Fläche vor der Röhre, der kräftigen Söldnerin entgegen, die mit dem Schwert in der Hand auf ihn wartete. »Hast du denn gar nicht an unsere Gefühle gedacht, Hauptmann?«, fragte sie mit einem höhnischen Grinsen.

»Oh ja, eben drum«, gab Borija zurück. »Ich wollte die rührselige Abschiedsszene vermeiden, von der ich wusste, dass du sie mir machen würdest, Weib.«

»Ich habe es dir angekündigt«, erwiderte die Söldnerin. Sie hob die linke Hand, die zu einer Klaue mit messerscharfen Krallen verformt war. »Ich habe dir gesagt, wie ich fühle: Mein Herz brennt für den Tag, da ich dir deines herausreißen kann! Ich wusste, dass ein Mensch niemals treu sein wird. Wie schön, dass du mich nicht länger warten lässt und dass diese Demütigung ein Ende hat.«

»Aye«, antwortete Borija. »Ich freue mich auch, dass ich dich bald nicht mehr hören und sehen muss. Lass es uns zu Ende bringen.« Er bewegte sich so, dass die Söldnerin zwischen ihm und der besessenen Magd mit der Armbrust stand.

»Du hässliches, schwaches und völlig untaugliches Lasttier«, zischte die Söldnerin. »Nutzlose Missgeburt. Ich freue mich auf deinen Tod!« Sie hob das Schwert und griff an.

Borija parierte mit dem Säbel und wich der Klauenhand aus, die nach seinem Leib krallte. Ein weiteres Mal klirrte der Stahl aufeinander. Beim dritten Mal fing Borija das Schwert seiner Gegnerin in einer Kreiselbewegung, sein Säbel scharrte an der Klinge entlang, und die Söldnerin musste zurückspringen, damit er ihre Hand nicht traf. Sie streckte den anderen Arm vor, um das Gleichgewicht zu halten, Borijas Waffe zuckte vor – und er trennte mit einem raschen Streich vier Klauenfinger ab.

Die Söldnerin brüllte wütend. Kein Blut, sondern schwarzer zäher Schleim quoll aus ihren Fingerstümpfen. Borija schlug ihr Schwert zur Seite, mit einem Ausfallschritt war er neben ihr und hieb ihr den Säbel in die Flanke. Die Klinge fuhr durch die Rüstung, spaltete Eisenholz, schnitt durch Leder und Muskeln und bis auf den Beckenknochen.

Borija sprang zurück. Schwer atmend verharrten die beiden Kämpfer einen Moment lang voreinander.

»Hui. Eigentlich wollte ich erst mal ein paar ruhige Schlagwechsel, um deine Stärken zu erkunden. Aber du kämpfst so unbeholfen, da konnte ich nicht widerstehen«, spottete Borija. »Du bist ja wahrhaftig so plump, wie dein scheußlicher fetter Leib aussieht.«

Die Söldnerin stieß ein Brüllen aus und griff wieder an. Borija tänzelte leichtfüßig zur Seite. Er parierte ihre Schläge und verhöhnte sie weiter. »Du fühlst dich gedemütigt, weil man mich zu deinem Hauptmann gemacht hat? Weißt du was, ich verzichte auf deine Dienste. Ich habe dich ohnehin nur aus Mitleid in mein Kommando aufgenommen. Du bist so ein hässliches Stück. Wenn du diesen Körper gewählt hast, weil du etwas Besseres wolltest, als du in deiner Heimat finden konntest, dann muss Gehenna in der Tat ein trauriger Ort sein.«

Die Söldnerin raste. Borija duckte sich unter einem ungeschickt hackenden Schwerthieb, und mit weitem Schwung durchtrennte er ihr ein Bein.

Die Söldnerin kippte nach vorn. Mit einem Klatschen landete sie vor Borija auf den Steinfliesen. »Mein Herz wolltest du?«, fragte er. »Das wirst du dort am Boden nicht finden. An dich habe ich es bestimmt nicht verloren.«

Er trat vor und wollte ihr den Gnadenstoß geben.

Da wand sie sich, behände wie eine Schlange, und schlug mit dem Schwert zu. Borija sprang hoch. Die Klinge sauste unter seinen Füßen hindurch. Er taumelte nach hinten.

Lange schwarze Fäden liefen aus ihrem Beinstumpf und aus den abgetrennten Gliedmaßen. Sie krochen aufeinander zu. Einer der Klauenfinger, die Borija mit seinem ersten Treffer erwischt hatte, lag in Reichweite. Die Söldnerin hielt die Hand daran, und er saß wieder fest. Die zähen schwarzen Fäden, die halb flüssig über den Boden krochen, schlangen sich umeinander und zogen die abgeschnittenen Teile auf den restlichen Leib zu.

Die Söldnerin blickte vom Boden auf. »Denk dran«, sagte sie. »Ich bin kein schwacher, verletzlicher Mensch!«

Borija stand da wie erstarrt. Er schaute auf seinen Säbel.

Swetja trat aus der Deckung der Röhre. Sie musste etwas tun.

Aber wie konnte sie in den Kampf eingreifen? Ratlos schlich sie durch den Raum und suchte nach einer Waffe. Der Haufen von Schwertern und Dolchen, der gestern noch unter einem der Fenster gelegen hatte, war verschwunden. Das war wohl die Ausrüstung der gefangenen Söldner gewesen, und die hatten sie sich wieder geholt, nachdem sie zu Dienern der alten Götter geworden waren.

Misstrauisch spähte Swetja zur Treppe. Die zweite Dämonin in dem allzu vertrauten Körper wartete ab, lässig gegen die Wand gelehnt. Sie machte keine Anstalten, ihrer Kameradin beizuspringen. Mit wachen Augen, aber ohne sichtbare Regung, verfolgte sie, was in dem Turmzimmer vorging. Ein leichtes Lächeln umspielte ihre verzerrten Züge.

Swetja konnte einfach nicht vergessen, wer diese Frau gewesen war. Sie rief ihrer früheren Freundin zu: »Nis, das bist doch du, irgendwo dort drin. Bitte hilf uns. Ich weiß, dass du noch da bist!«

Anisja hob spöttisch eine Augenbraue. Aber Borija, als er Swetjas Stimme hörte, löste sich aus seiner Erstarrung. »Swetjana, verschwindet hier!«

Er griff die Söldnerin wieder an. Es war eine Finte! Ihr Schwertstreich ging ins Leere, Borija schlug ihr die Klinge nach unten. Durch die Bewegung rissen die zähflüssigen Stränge, die ihr abgetrenntes Bein zurück zum Körper zogen. Der Stumpf rutschte ein Stück vom Unterschenkel weg. Die Söldnerin kippte zur Seite, ihr halb aufgerichteter Oberkörper neigte sich – und Borija war an ihrer Deckung vorbei, hinter ihr und stach ihr den Säbel in den Nacken.

Schlaff sank die Söldnerin zu Boden. Das Schwert entglitt ihren plötzlich gelähmten Fingern. Sie brüllte erneut auf. Die Wunde an der Wirbelsäule füllte sich mit schwarzem Schleim. Ihre Finger zuckten schon wieder, tasteten … Borija trat ihre Waffe weg und außer Reichweite.

Ihre andere Hand stieß vor, die Klauenhand, die nur noch aus einem Daumen und einem wieder angewachsenen Finger bestand. Eine Kralle erwischte Borija am Bein und riss ihm die

Hose und die Wade auf. Er taumelte zurück, drehte sich und schlug die Hand ganz ab. Erneut holte er aus und durchtrennte auch die Rechte.

Schwarze Fäden liefen wie Rinnsale aus den Verletzungen der Söldnerin. Sie strebten aufeinander zu, versuchten, sich zu vereinigen. Borija hackte weiter auf die Frau am Boden ein. Er sprang ihr auf den Rücken, schlug Fleischstücke aus dem Leib und wischte sie mit der Klinge fort, so weit er nur konnte. Er zerhackte die Knochen. Er spaltete ihr den Schädel.

»Verdammte Höllenbrut!«, stieß er hervor. »Du bist stärker ... als ich dachte ... und zäher ... aber immer noch ... verdammt ... langsam. Du machst mich nicht fertig, du Dreckstück, und jetzt ... stirb endlich!«

Der zähe dunkle Seim, der sie umgab, wurde träger. Der Boden war voll mit den Überresten der vierschrötigen Kriegerin. Die Fäden dazwischen zuckten kaum mehr. Sie rannen ineinander wie eine tote Flüssigkeit, vereinten sich zu Pfützen, und was von dem Körper geblieben war, lag still.

Borija hielt inne. Keuchend stand er zwischen den Überresten. Der ölige Schleim auf seinem Säbel floss zu einem einzigen großen Tropfen zusammen und platschte schwer auf den Boden. Keine Spur davon blieb auf dem Stahl zurück.

Dann sah Swetja, wie das schwarze Blut der Kreatur aus den Lachen aufwolkte. Wie fetter Qualm hing es in der Luft und sammelte sich über dem Boden. Es lief zu einer dunklen Wolke zusammen, Umrisse wölbten sich heraus, ein Rauchgesicht und Finger. Immer wieder rissen Fetzen ab, die Wolke ordnete sich neu, und mit einer Anmutung von Verzweiflung versuchte sie, eine menschliche Form anzunehmen.

Doch während der Rauch noch um seine Gestalt kämpfte, sank er herab und versickerte im steinernen Boden. Borija stützte sich auf seinen Säbel und schaute die zweite Gegnerin an, Anisja. Da wusste Swetja, dass wieder einmal sie die Einzige gewesen war, die diese Erscheinung wahrgenommen hatte.

Anisja hatte sich ein Stück von der Treppe entfernt. An der Wand schob sie sich in eine andere Stellung und legte die kleine

Armbrust an. Dann ging sie gerade auf Borija zu. Er seufzte, und mit einem letzten misstrauischen Blick auf die Überreste der Söldnerin, richtete er sich auf und hob den Säbel.

»Ich bin gespannt, mein Hauptmann«, sagte Anisja in neckendem Ton. »Mit welchen Beleidigungen willst du mich in kopflose Raserei versetzen und dir einen Vorteil im Kampf verschaffen?«

»Ich nehme mal an, bei dir klappt das nicht?« Borija sprach es halb als Frage aus.

Anisja schüttelte den Kopf. »Stab und Stein bricht mein Gebein, aber Worte können mir nichts tun ... Sagt man so nicht unter euch Menschen? Oh, es ist so mühsam, eure kleinen Köpfe zu lesen! Es dauert eine Weile, bis wir alles Wissen und alle Erfahrung des Wirts aufgenommen haben. Aber ich glaube, bei der kleinen Anisja habe ich es inzwischen geschafft. Ich weiß, was sie weiß. Ich bin nicht beeindruckt, übrigens. Sie hat so wenig aus ihrem Leben gemacht, und das Beste hat sie verschlafen.«

Swetja stieß einen leisen Schrei aus, als sie den Dämon so über ihre Freundin reden hörte.

»Geht, Dewa. Geht weg«, flüsterte Borija ihr über die Schulter zu.

Anisja hob die Armbrust in einer nachdrücklichen Geste. »Oh nein, sie bleibt. Erst einmal. Wir waren doch gerade erst bei den Worten. Und bei den Schmerzen, mein Hauptmann. Worte können uns nicht wehtun, aber Taten können es. So viele Schmerzen. So viele wunderbare Empfindungen. Wir können sie miteinander teilen, mein Hauptmann.« Sie zwinkerte Borija zu. »Wie wäre das?«

»In der Tat.« Borija hob drohend den Säbel. »Ich werde dir ein paar Schmerzen zufügen, so wie deiner Schwester. Verschwinde lieber, solange du noch dazu imstande bist!«

Anisja musterte beiläufig die zerhackten Überreste der Söldnerin. »Isme? Dieser Begegnung fehlte doch jeder Feinsinn. Ganz ohne die Zwischentöne, die es auszukosten gilt auf dieser Welt. Wir beide, wir können das besser, nicht wahr, Hauptmann

Borija? Warum gehen wir nicht einfach hinunter in das Schlafzimmer und vergnügen uns den ganzen Tag, die ganze Nacht, solange du es nur durchhältst. Und dein Flittchen lassen wir allein weiterziehn, so weit sie eben kommt auf ihren schwachen Beinchen.

Was meinst du, Hauptmann? Ist das ein verlockendes Angebot? Ihr solltet das rasch annehmen, denn es ist das beste, das ihr bekommen werdet. Bald wird jemand nach dem Rechten sehen, und wenn Tarukan hier ist, wird er euch beide fordern. Dann gehen wir alle leer aus mit unseren Wünschen.«

Borija trat auf sie zu, mit hoch erhobenem Säbel und sprungbereit. »Dazu wird es nicht kommen. Ich werde dich schnell erledigen.«

»Tatsächlich?«, erwiderte Anisja. »Mit dem Säbel gegen meine Armbrust? Das glaube ich nicht.«

»Sei nicht zu selbstgewiss, Dämonin«, sagte Borija. »Du hast gesehen, wohin das führt. Denke daran, wenn ich deinem Schuss ausweiche, bist du verloren. Du hast nur diese Waffe. Und ich *kann* ausweichen. Willst du es wagen?«

Sie legte den Kopf schräg. »Kannst du das? Ja, ich glaube, du könntest es schaffen. Ich habe gesehen, wie schnell und geschickt du bist. Nur leider ziele ich gar nicht auf dich.«

»Nein?« Borija versuchte sich an einem halbherzigen Lachen. Er schaute auf den Bolzen.

»Nein, mein Lieber.« Anisja lächelte ihn liebenswürdig an. Es war ein Lächeln mit Raubtierzähnen. »Ich ziele auf das Mädchen *hinter dir*!«

Borija zuckte zusammen. Er sah sich nach Swetja um. Anisja sprach weiter.

»Du bist vielleicht flink genug, um meinem Bolzen auszuweichen. Aber dein Spätzlein da ist viel zu behütet aufgewachsen. Und das Kleid behindert sie zudem. Sie kann niemals schnell genug zur Seite springen.

Also, hör auf mein Angebot. Komm mit mir, und sie kann gehen.«

»Du vergisst eines«, sagte Borija. »Du kannst mir nur so lange mit ihr drohen, wie du sie erreichen kannst. Swetja, geh hinter der Röhre in Deckung.«

Swetja ging rückwärts. Borija achtete darauf, dass er zwischen ihr und der Armbrust stand. Swetja machte auf dem Absatz kehrt und rannte los.

»Du vergisst eines«, hörte sie Anisja hinter sich sagen. Dann vernahm sie einen peitschenden Knall. Borija schrie auf. Metall klirrte über den Boden.

Swetja erstarrte. Sie drehte sich wieder um. Borija stand zusammengekrümmt da und umklammerte den rechten Arm mit dem linken. Sein Säbel lag auf dem Boden. Ein gefiederter Schaft ragte aus seinem Oberarm.

»Ich muss nicht warten, bis deine Hübsche es in ihre Deckung geschafft hat. Ich kann auch sofort schießen. Wie galant von dir, Hauptmann, dass du stehen geblieben bist und sie mit deinem eigenen Leib geschützt hast. Anisja wäre stolz auf dich.« Sie formte einen Kussmund.

Swetja blickte auf den Säbel, den Borija verloren hatte. Die Waffe lag unbeachtet neben ihm, aber um sie zu erreichen, hätte Swetja weit in den Raum hineinlaufen müssen. Und sie erinnerte sich daran, was nötig gewesen war, um die Söldnerin zu töten. Selbst mit dem Säbel hätte Swetja nicht viel gegen die Dämonin ausrichten können.

Anisja ging auf Borija zu. Ohne sichtbare Kraftanstrengung spannte sie die kleine Armbrust erneut. Borija hob abwehrend die Linke. Sein rechter Arm hing schlaff herab und blutete. »Warte!«, rief er. »Ich gebe auf. Ich komme mit dir, aber lass das Mädchen gehen.«

Anisja blieb vor ihm stehen und hielt ihm die Armbrust vor das Gesicht. Dann lächelte sie. Langsam beugte sie sich vor wie zu einem Kuss. »Das weiß ich schon«, säuselte sie.

Swetja sah, wie Borija verstohlen die Linke hinter seinen Rücken schob und nach dem Messer an seinem Gürtel tastete. Anisja hob ihre freie Hand und schloss sie um den Schaft des Bolzens, der in Borijas Fleisch steckte. Sie drehte ihn brutal herum.

Borija und Swetja schrien gleichzeitig auf. Der Mann brach in die Knie. Das Messer glitt ihm aus den Fingern.

Anisja ließ den Bolzen nicht los. Sie nahm ihn als Hebel und zog Borija daran hinter sich her wie einen harpunierten Fisch. »Du wirst mit mir kommen«, sagte sie. »Aber keine Sorge, ich halte mich an unseren kleinen Handel. Dafür erwarte ich gleich auch wahre Ausdauer von dir.«

An der Treppe hielt sie noch einmal inne. Borija lag wimmernd zu ihren Füßen. Sie zwinkerte Swetja zu. »Lebe wohl, Menschlein. Wir hatten eine interessante Zeit miteinander, mein Leib und du, wenn ich mich recht entsinne. Doch nun habe ich mehr davon, wenn du fortläufst und alle nach dir suchen, damit niemand an mich denkt und keiner mich stört bei meinem Vergnügen. Du bist viel zu weich und zu schwach, um mir auf andere Weise von Nutzen zu sein.

Und dein Mann, der gehört mir allein.«

34.

Gontas stürmte um die Ecke. Ein halbes Dutzend Gegner warteten dort auf ihn, Söldner aus dem Süden, Dragoner aus Modwinja und sogar einer der graubärtigen Bewahrer, alle verzerrt von den Geistern, die ihren Leib in Besitz genommen hatten.

Sie zögerten, und Gontas stürzte sich brüllend auf sie und schlug mit dem Säbel zu. Er zielte auf die Glieder, er trennte Hände ab und Beine. Das konnte die Dämonen nicht aufhalten, aber es behinderte sie erst einmal und sorgte dafür, dass es weniger Waffen gab, die Gontas parieren musste.

Mart und Tori folgten ihm. Tori tauchte unter dem Stab des Bewahrers hindurch. Sie rutschte auf dem Hintern auf ihn zu, schlitzte ihm mit der Sichel den Unterarm auf, rammte ihm den Dolch in den Fuß, trat ihm die Beine weg und zog ihm die Sichelklinge durch die Leiste. Der Mann kippte auf sie zu, Tori sprang auf und ließ ihn über ihre Schulter rollen. Mart stand schon hinter ihr und empfing ihn mit dem Schwert.

Die drei Menschen stachen und schnitten, sie traten und stießen und hackten. Die grässlichen Wunden hätten jeden anderen Gegner im Nu ausbluten lassen. Bei den Geschöpfen aus Gehenna rannen nur ein paar schleimige Fäden aus dem Leib. Trotzdem war der Gang bald voll von zuckendem Fleisch, und die verstümmelten Überreste konnten kaum noch Schaden anrichten.

Gontas lief hinter dem letzten Gegner her, der zu fliehen versuchte. Mart und Tori blieben auf dem schlüpfrigen Schlachtplatz und hackten auf alles ein, was sich am Boden bewegte.

Als Gontas zurückkam, war es stiller geworden.

Mart atmete schwer und stützte sich auf sein Schwert. »Götter, pah!«, stieß er hervor. »Haben wir ihnen Respekt beigebracht, eh? Ist harte Metzgerarbeit mit denen, aber am Ende sterben sie doch. Hab ich schon härtere Brocken erlebt.«

»Ja«, sagte Gontas. »Aber es sind viele. Der nächste Trupp wird gleich hier sein. Ich hab sie rufen hören.«

»Dann sollt'n wir machen, dass wir rauskommen, hm.« Tori erkannte den Gang wieder. Hier waren sie am Tag zuvor mit den Modwinjern durchgekommen, und sie erinnerte sich daran, wo der Zugang lag. »Der Weg ist frei zur Tür.«

Tori wollte Richtung Eckturm laufen. Gontas hielt sie zurück. »Warte«, sagte er. »Nicht dort entlang. Zurück in den Keller.«

»Was?« Mart fuhr auf. »Bist du verrückt, Buschläufer?«

Gontas zog Tori auf das Treppenhaus zu, aus dem sie gekommen waren. Mart hielt sie fest. Sie schwankte unschlüssig zwischen den beiden Männern.

»Sie sind uns dicht auf den Fersen. Selbst wenn wir zum Ausgang kommen, stehen wir auf dem Gipfel ohne Deckung da. Und dort werden sie zuerst nach uns suchen.«

»Also meinste, dass wir gleich freiwillig ins Loch zurückgehen?«, sagte Mart.

»Nein«, erwiderte Gontas. »Ich kenne einen anderen Ausgang. Unten.«

»Eh?« Mart sah ihn ungläubig an.

Tori schüttelte Marts Hand ab und folgte Gontas. »Dann ma schnell, du«, sagte sie. »Wenn wir noch lang hier herumstehn, packen se uns gleich. Dann is auch egal, wo wir hinrennen.«

Mart kam notgedrungen mit, aber er redete auf Gontas ein, als sie die Stufen hinabliefen. »Woher?«, fragte er. »Was kennst du dich plötzlich so gut aus hier drin?«

»Ich …« Gontas stockte. »Das gehört zu den Dingen, die die Königin mir erklärt hat.«

Das war nicht einmal gelogen, zumindest konnte Gontas nicht sicher sein, dass es anders war. Dieses Wissen, das mit einem Mal in seinem Kopf erwachte, es fühlte sich an wie die Erinnerung an ein früheres Leben, als wäre er schon einmal hier gewesen. Aber das war auch genau die Art, wie die Worte der Königin zu ihm kamen, als Gedanken und Bilder in seinem eigenen Kopf.

Wer also vermochte zu sagen, ob der Weg, auf dem er sie führte, wirklich eine Erinnerung Sardiks war oder nicht doch eine Eingebung aus dieser denkwürdigen Begegnung unter dem Wüstensand, die ihn mit der Königin der Myrmoi verband?

»Is dir jedenfalls verdammt früh wieder eingefallen«, murrte Mart. »Treppe hoch, Treppe runter. Hätten wir uns alles sparen können, was da passiert ist.«

»War gut für dich, hm«, sagte Tori. »Die alten Knochen 'n bissel durchschucken, damitste nich so knarrst und uns 'n Klotz am Bein bist, wenn wir auf Gontas' Weg rauskommen.«

Mart versetzte ihr eine kräftige Kopfnuss. Gontas hielt sie fest, als sie die Treppe hinabstolperte. Tori schnaubte.

»Nicht so alt, dass du schon frech werden kannst, Kindchen«, sagte Mart. »Sieh dich vor!«

»Ich wusste es nicht vorher«, erklärte Gontas, ohne auf das Geplänkel zwischen den beiden einzugehen. »Ich hab euch gesagt, wie es ist: Die Botschaften dieser Königin sickern nur langsam in meine Gedanken.«

»Oh ihr Götter«, murmelte Mart. »Wir hätten auf dem Weg bleiben sollen, den wir kennen.«

Gontas führte sie tiefer hinunter, als sie je gewesen waren. Selbst das Licht der Kristallwände wurde matt, so weit unterhalb der Zitadelle. Als sie aus dem Treppenhaus kamen, waren die Gewölbe nur noch zum Teil gemauert. Dazwischen trat nackter Fels hervor. Sie folgten einem Labyrinth von großen und kleinen Räumen, mit Durchgängen, die zum Teil nicht mehr als Löcher waren. Es war einsam hier unten, der Boden staubig, aber es war wärmer als im oberen Teil der Zitadelle.

Mitten in einer Kammer blieb Gontas stehen. Er machte sich an einer Bodenplatte zu schaffen und hob sie an. Unebene Stufen führten darunter noch tiefer in den Berg hinein.

»Verdammt genau, diese Wegbeschreibung von der Königin.« Mart warf ihm einen misstrauischen Seitenblick zu. »Dafür dass sie nicht wusste, dass wir je hier langkommen.«

»Keine Worte«, sagte Gontas. »Sie hat mich Bilder sehen lassen. Den ganzen Ort, so wie wir hindurchgelaufen sind.«

»Wohin führt der Weg?«, fragte Tori.

Gontas erinnerte sich vage, wie er einen alten grauhaarigen Mann ertappte, der aus diesem geheimen Schacht emporstieg. Der Mann in seiner Erinnerung sah genauso aus wie die Bewahrer heute, und Gontas fragte sich, ob er irgendetwas durcheinanderbrachte. Doch die Bilder in seinem Kopf reichten nicht weiter als bis zu diesem Loch im Boden.

»Im schlimmsten Fall«, sagte er, »ist es nur eine Höhle, in der wir uns bis heute Abend verstecken können. Dann fliehen wir im Schutz der Dunkelheit. Ich hoffe allerdings, über die Treppe gelangen wir zu einem anderen Ausgang, durch den wir ungesehen entkommen können.«

Er sah in den Schacht und zögerte. Der Plan hatte sich gut angehört, als er daran gedacht hatte. Aber jetzt hätte er sich lieber oben den Weg freigekämpft, als hinunter in die Finsternis zu steigen.

Tori nahm ihm die Entscheidung ab und ging voraus. Mart folgte ihr. Gontas zog hinter sich die Steinplatte an ihren Platz. Sie schleifte über den Boden und verschloss die Öffnung mit einem dumpfen Laut.

Die drei gingen die Stufen hinunter, die schräg und unregelmäßig in den Fels gehauen waren. Auch die Wände bestanden aus nacktem Felsgestein, sie säumten die Stiege wie ein faltiger Vorhang, die Oberfläche war rau und unbearbeitet. Das einzige Licht hier unten kam von der Bodenplatte aus schimmerndem Kristallstein, und die blieb immer weiter hinter ihnen zurück.

»Is ja üppig«, murrte Mart. »Sollen wir uns den Weg hinaustasten?«

»Das wird bald besser«, verkündete Gontas mit mehr Überzeugung, als er empfand. »Der Letzte, der hier langkam, hatte auch kein Licht dabei. Also geht es auch ohne.«

»Ach ja?« Mart schnaubte. »*Der Letzte, der hier langkam.* Und woher weißt du das? Hast du hier Wache gehalten, seit die alten Götter ausgezogen sind?«

»Mann, Einauge.« Tori seufzte übertrieben. »Denk doch mal

nach, du! Hat er nicht erzählt, er weiß alles von der Königin, hm? Der Letzte, von dem er weiß, is also die Ameise, die der Königin von diesem Ort erzählt hat. Natürlich hatte die kein Licht dabei, und darum brauchst du auch keins. Das heißt, wennste dir 'n paar schmucke Fühler wachsen lässt!«

»Wir hätten ein Stück von dem Leuchtstein rausbrechen sollen«, knurrte Mart.

»Ich glaub nich, dass 's so funktioniert, du.«

»Was weißt du schon, blöde Musche? Da trau ich eher dem Verstand von 'ner Ameise als deinen Einfällen.«

»Seid still«, sagte Gontas. »Wenn es hier unten irgendwelche Wachen gibt, müssen sie uns ja nicht gleich bis zum anderen Ende des Berges hören.«

Ihre Stimmen erzeugten ein deutliches Echo. Die Augen gewöhnten sich langsam an das schwindende Licht und nahmen Schatten in den Schatten wahr.

»Scheiße.« Mart blieb stehen. »Geht's da jetzt runter?«

Sie erkannten, dass die Felswand zu ihrer Linken verschwunden war. Am Rand der Treppe tat sich ein Abgrund auf. Der Hall ihrer Stimmen verriet, dass sie in einen größeren Höhlenraum hinabstiegen.

Sie gingen so weit rechts wie möglich und tasteten sich Schritt für Schritt vorwärts. Endlich erreichten sie den Grund, einen feuchten und lehmigen Höhlenboden. Die Luft um sie her bewegte sich in Wirbeln und wechselnden Strömungen und ließ viele Spalten und Ausgänge vermuten. Sie erfühlten sich den Weg an der Wand entlang.

»Da geht's weiter.« Tori hatte einen schmalen Gang gefunden, der aus der Höhle hinausführte.

Mart blieb argwöhnisch. »Lass uns ganz rumgehen und schauen, was wir sonst noch finden.«

»Was willste anderes finden, Einauge, wenn wir weiter im Dunkeln rumstochern? Außer 'nem Loch, wo wir alle reinfallen, hm. Ich seh da ein Licht innem Gang, und das hilft uns weiter.«

»Echt?« Mart spähte in die Finsternis.

»Wenn sie meint, da ist ein Licht in dem Tunnel, sollten wir nachsehen«, sagte Gontas. »Aber vorsichtig.«

»Klar«, räumte Mart missmutig ein. »Sehr vorsichtig.«

Sie bogen in den Gang ein und tasteten Boden und Wände vor sich mit den Klingen ab. Tori fuhr im Gehen mit ihrem Haken über die Seitenwand. Das Geräusch hallte schrill durch den Tunnel, dann und wann flogen Funken vom Stein auf, bis Mart gereizt ihren Arm zurückriss.

»Was soll das, Musche? Willst du den ganzen Berg wissen lassen, wo wir sind?«

»Pfff. Wenn hier jemand lauert, du, soll er ruhig wissen, wo er uns findet. Dann weiß er auch gleich, was auf ihn wartet, wenn er's tut!«

Sie hob die gebogene Klinge. Ein feiner Schimmer lag auf dem Stahl. Mit jedem Schritt wurde es heller, und es war Tageslicht. Gontas ging schneller, doch der vermeintliche Ausgang erwies sich als ein Spalt, der hoch oben in der Decke klaffte. Sonnenlicht fiel von dort in den Tunnel.

Mart legte den Kopf in den Nacken. »Zehn Schritt hoch. Mindestens.«

»Wir gehen erst mal weiter«, sagte Gontas. »Vielleicht finden wir einen leichteren Weg nach draußen.«

»Aber wir bleiben im Hauptgang«, sagte Mart. »Sonst finden wir bald nirgendwo mehr hin.«

Die Wände waren voll von Spalten und Löchern. Manchmal waren es nur Mulden im Gestein, dann wieder richtige Abzweigungen. Über ihren Köpfen gab es Öffnungen, groß genug, dass ein Mensch hindurchkriechen konnte. Mart zog Tori zurück, die auf einen Riss in der Felswand starrte.

»Hm, hab da was gesehen«, sagte sie. »Ich glaub, da drin bewegt sich was.«

»Erst recht 'n Grund, in den breiten Gängen zu bleiben«, befand Mart. »Wenn's hier ein paar schmierige Höhlenkriecher gibt, will ich Platz haben für mein Schwert.«

Sie gingen vorsichtig weiter. Mart lauschte. Er meinte ein leichtes Schaben oder Rauschen zu vernehmen, tief aus dem

Berg. Gontas stieß mit dem Fuß gegen etwas Hartes, genau am Rand des scharfen Lichtkreises, der von der Öffnung in der Decke auf den Boden fiel.

Er zog ein geschwärztes und längliches Ding aus dem harten Lehm und betrachtete es. Dann stocherte er mit dem Säbel im Boden und grub weitere Stücke aus.

Mart und Tori traten zu ihm.

»Was is?«, fragte Mart.

Gontas zeigt ihm, was er gefunden hatte. »Knochen. Sie sind gesplittert.«

»Vielleicht was abgestürzt?«, fragte Mart, mit einem Blick zu dem Loch über ihnen.

Gontas verzog das Gesicht. »Vielleicht. Alte Knochen, schwer zu sagen. Aber sie sehen so zersplittert aus, dass ich nicht an einen Sturz glauben mag. Ein Raubtier, möglicherweise, das die Überreste seiner Beute durch den Spalt geworfen hat.«

»Oder eins, das den Kadaver hier unten zerlegt hat.«

»Hm, Leute«, warf Tori ein. »'s sind *alte* Knochen, habt's ihr gesagt. Ich mach mir nich in die Buxe vor 'ner altersschwachen Bestie. Lasst uns weitergehen.«

Entschlossen lief sie voraus. Der Gang wand sich wieder in die Dunkelheit hinein. Mart blickte beunruhigt über die Schulter zurück.

»Keine Angst, du«, sagte Tori. »Is schon wieder 'n neues Licht vor uns. Der Berg muss Löcher haben wie Tarukans Söldner, die wir oben haben liegen lassen.« Sie lächelte. »Seid's ganz schöne Memmen, ihr zwei, wenn's was finster wird. Aber keine Angst, Mama is ja bei euch.«

Ein kalter Windhauch schlug ihnen entgegen. Der Tunnel endete unvermittelt in einer hohen Grotte, deren Wände von Einmündungen zerfressen waren wie ein wurmstichiger Apfel. Von oben fiel Tageslicht ein, aber die Öffnungen lagen wieder hoch über ihnen. Der Boden unter Gontas' Füßen fühlte sich weich und ein wenig glitschig an. Ein fauliger Geruch lag in der Luft.

»Da vorn!« Tori wiesquer durch die große Höhle, in der sich

Lichtsäulen und Schlagschatten gegenseitig zu umschlingen schienen. »Da gibt's wieder riesige Pilze, hier. Ich nehm an, die stinken so.«

Fahle Knoten hingen von den Wänden herab. Manche waren fast zwei Schritt lang und erinnerten an dicke weiße Maden. Gontas vermeinte sogar, eine pulsierende Bewegung darin zu erahnen. Er hob beide Säbel und trat auf den Größten der sackartigen Auswüchse zu. Das untere Ende lag auf dem Boden auf, das obere schien aus einer kleinen Riefe in der Felswand herauszuwachsen.

»Weiß nicht, ob das 'ne gute Idee ist, du«, sagte Tori.

Gontas lachte. »Wer ist hier die Memme, Weib?«

Er setzte die Säbelspitze an und stieß sie durch die lebendige Haut des weißen Wulstes. Dann zog er die Klinge nach unten und zerteilte die Hülle. Ein klarer, dünner Schleim quoll heraus, und dahinter etwas anderes, ein schwerer Klumpen – ein zusammengerollter Körper!

Der Leib klatschte in einer schmierigen Lache auf den Höhlenboden. Er bewegte sich. Die Glieder zuckten hilflos, das Wesen schnappte nach Luft. Unverständliche Laute kamen aus dem Mund.

Mart fluchte und sprang zurück. Tori stand da und starrte auf das Ding.

Es war einer der Graubärte aus der Zitadelle. Die schütteren Haare klebten am Schädel, das Gesicht hatte etwas Unfertiges an sich, mit ein wenig zu rundlichen Zügen und mit einer Haut, die viel zu weich und glatt war für die grauen Haare. Die Augenlider waren geschlossen und zusammengewachsen.

»Ihr Götter.« Mart umfasste seine Waffe fester und sah sich um. »Hier muss es ein Ungeheuer geben, das Jagd macht auf Menschen. Es hat den Alten aus der Zitadelle hier eingesponnen.«

Tori betrachtete die übrigen Hüllen in der Höhle. Einige waren nur winzige Knötchen, und keines war größer als die Hülle, die sie aufgeschnitten hatten. Die Söldnerin beugte sich bei dem Graubart nieder und strich mit der Sichel über seine Haut.

»Nein«, sagte sie. »Seht! Der Kittel is nich reingewachsen in die Haut, er wächst da raus! Wie 'n Fell, du. Den Fiesel hat keiner eingesperrt. Die wachsen da drin ran wie Melonen!«

Mart schüttelte den Kopf. »Frau«, sagte er. »Ich glaub, ich hab da was versäumt bei deiner Unterweisung. Oder muss ich dir noch mal erklären, wo die kleinen Menschen herkommen?«

Dennoch blickte er zweifelnd auf den Graubart mit den säuglingshaften Zügen, der vor ihnen in einer Pfütze lag. Der Graubart strampelte ein paarmal, dann starb er wie ein Fötus, den man zu früh ans Licht gezerrt hatte.

»Sehn aus wie Menschen, die Bewohner von der Zitadelle, hm.« Tori stupste die Leiche mit der Stiefelspitze an. »Wer weiß, was se wirklich sind.«

»Was sie auch waren«, stellte Gontas fest. »Jetzt sind es bloß noch Hüllen für die Geister von Gehenna.«

Er fasste Tori bei der Schulter und zog sie weiter. Da schrie Mart plötzlich auf und wies mit dem Schwert auf die Höhlenwand. Seine Gefährten folgten der Geste mit dem Blick. »Der Kopf einer Frau«, stieß Mart hervor. »Er hat aus einem Loch in der Wand geschaut.«

Tori lachte. »Bist wirklich 'n bissel alt geworden, Einauge, wenn der Anblick von 'ner Frau dich schon zum Schreien bringt.«

Mart funkelte sie an. »Kannst mir glauben, dass ich gegen ein hübsches Gesicht nichts einzuwenden hab. Aber verglichen mit der Fratze da oben bist du 'ne Prinzessin. Und der Körper ...«

»Was?«, fragte Gontas, als der Söldner nicht weitersprach.

»Weiß nicht. Hat nur den Kopf aus dem Loch gesteckt und zu uns runtergestarrt. Aber was man von den Schultern sehen konnte ... es sah einfach nicht richtig aus.«

»Dann war's wohl einer von den Dämonen, hm«, sagte Tori. »Verschwinden wir, bevor's Ding zurückkommt und noch 'n paar Kumpels holt.« Sie lief an der Höhlenwand entlang und suchte im Halbschatten nach einem geeigneten Ausgang. Da stolperte sie und hielt sich fluchend mit dem Haken an der Felswand fest.

»Sag ich doch. Renn im Dunkeln nicht so rum wie 'ne geköpfte Henne«, sagte Mart.

Tori richtete sich wieder auf. »Is 'ne götterverdammte Leiche hier, hm!« Sie wies auf den Boden zu ihren Füßen, stutzte und schaute genauer hin. »'s ist der verfluchte Modwinjer, den die Geflügelten gestern am Hang gepackt haben!«

»Unmöglich«, sagte Mart. »Die sind in die andere Richtung geflogen.«

Er und Gontas traten näher. Auch sie sahen nun die Leiche in den Schatten am Höhlenrand. Der Tote war aufgerissen und ausgeweidet. Die blanken Knochen standen hervor, viel Fleisch fehlte. Wenn Blut geflossen war, so war auf dem dunklen Höhlenboden jedenfalls nichts davon zu sehen.

Mart hob den Kopf. »Pass auf, Tori!«, rief er.

Etwas beugte sich zu der Söldnerin herab. Es war der Kopf einer Frau an einem langen, wurmartigen Leib, der sich aus einem Loch in der Felswand herausgeschoben hatte. Der Wurmkörper sah blass und aufgedunsen aus, an den Flanken wuchsen schwarze, spitz zulaufende Gliedmaßen heraus wie bei einem Tausendfüßler. Vier davon öffneten sich wie zu einer Umarmung, als das Geschöpf auf Tori hinabstieß. In dem breiten Frauengesicht klaffte ein Mund voller scharfer Reißzähne.

Swetja stand allein in der Kammer im höchsten Turm der Zitadelle, eingehüllt vom Schein des Styx, der durch die Fenster fiel und gebündelt in dem gewaltigen Rohr verschwand. Durch die Wand aus facettiertem Kristall, die das ganze riesige Ende des Rohrs verschloss, konnte sie verfolgen, wie die thaumaturgische Maschine Seelen aus dem Licht destillierte, die Geister von Gehenna, die sie in die Welt entließ und dorthin schickte, wo auch immer sie zum Verderben der Menschheit gebraucht wurden. Swetja wusste, dass sie die Einzige war, die das sehen konnte, die Einzige, die hier an der Quelle des Unheils zugegen war und die es aufhalten musste.

Aber wie?

Die Maschine ragte vor ihr auf und war selbst schon ein Turm aus Metall und Steinen. Was konnte ein einzelner Mensch dagegen ausrichten, noch dazu ohne geeignetes Werkzeug?

Da erinnerte sie sich an den blaue Edelstein, der zwischen dem Styx und der Maschine eingefasst war, um das Licht zu bündeln. Als Borija sie gebracht hatte, hatte alles angefangen.

Swetja zog die lange Stange zu sich herunter, auf der der Edelstein ruhte, und löste ihn aus der Fassung. Sofort sah sie die Wirkung. Die Geister von Gehenna kamen weiterhin vom Styx herab, doch die Maschine konnte sie nicht mehr erfassen. Kraftlose Schemen irrten durch den Raum oder wurden in Fetzen fortgeschleudert.

Gut so.

Das würde die feindseligen Mächte vielleicht nicht aufhalten, aber es würde sie behindern. Mehr konnte Swetja nicht tun. Sie legte den blauen Stein auf den Boden und holte Borijas Säbel, der im Turmzimmer liegen geblieben war. Mit aller Kraft schlug sie zu.

Der Aufprall brach ihr fast das Handgelenk. Der Stein rutschte klirrend über den glatten Grund und verschwand zwischen den alchemistischen Apparaturen. Swetja ließ den Säbel fallen und rannte hinterher.

Sie brauchte eine Weile, bis sie den Edelstein wieder fand. Von ihrem Schlag war nicht einmal ein Kratzer zurückgeblieben. Sie konnte ihn nicht zerstören.

Unschlüssig wog sie den Stein in der Hand. Sie schaute durch das Fenster hinaus in die eisige Berglandschaft. Ein Wurf, und der Fokus der höllischen Maschine mochte zwischen den schroffen Felsen auf dem Gipfel des Zitadellenberges für immer verloren gehen …

Nein. Es war ein magisches Artefakt, und diese »alten Götter« würden die Magie des Steins fühlen und ihn leicht wiederfinden. Aus demselben Grund wollte Swetja ihn auch nicht mitnehmen, wenn sie von hier floh. Aber wie sollte sie sonst verhindern, dass die besessenen Bewohner der Zitadelle ihre Maschine gleich wieder in Gang setzten, sobald sie bemerkten, was geschehen war?

Da fiel ihr Blick auf die alchemistische Apparatur mit den brodelnden Zylindern und den vielfarbigen Glasröhrchen, auf die riesige Röhre, die die Kammer beherrschte. All das war voll von Magie, voll von thaumaturgischen Kräften, umtost von den Geistern, die weiterhin vom Styx herabbrandeten und sich hier in der Kammer sammelten.

Selbst wenn die alten Götter die Macht des Fokussteins spürten, so würde diese Magie doch untergehen, wenn Swetja den Stein an diesem Ort versteckte, direkt vor der Nase ihrer Feinde.

Sie musste nur einen Winkel finden, wo keiner ihn mit gewöhnlichen Sinnen aufspürte, wo niemand zufällig darüber stolperte. Ein perfektes Versteck, aber nicht abseits gelegen, sondern möglichst im Herzen der magischen Energien …

Tori ließ sich auf den Rücken fallen und wich den Beinpaaren aus, die nach ihr greifen wollten. Sie riss ihre Sichel hoch. Die Klinge glitt über die Lederhaut des Wurmleibes und fand nirgendwo Halt.

Die Kreatur wand sich. Mehr und mehr von ihr krabbelte aus der Wandöffnung. Schon bäumte sie sich acht Schritt hoch über Tori auf, und noch immer war kein Ende zu sehen. Das Wesen bog sich herum, um die Söldnerin wieder zu erreichen. Die Gliedmaßen stachen vor wie Speere.

Mit einem Kampfschrei sprang Mart in die Luft. Er führte das Schwert mit beiden Händen, und die Klinge traf die Wurmfrau auf den Rücken. Wellen liefen durch den Leib, als wäre er mit Wasser gefüllt. Es wogte und waberte unter der Haut, aber der Stahl konnte die feste Hülle der Kreatur nicht durchschneiden.

Dennoch kroch die Wurmfrau ein Stück an der Wand hoch und außer Reichweite.

Mart streckte die Hand aus und riss Tori auf die Füße. Zu zweit standen sie nebeneinander und erwarteten ihren Gegner.

»Zäher, als man glaubt«, stieß Mart zwischen den Zähnen hervor.

»Wie die Flügel von den Fledermännern«, erwiderte Tori.

»Verfluchtes Monster«, sagte Gontas. »Die Mutter von diesen Graubärten, und ich ... ich habe sie übersehen. Aber jetzt werde ich ihr den Garaus machen!«

Tori sah ihn überrascht an. Schweiß perlte auf Gontas' Gesicht, und seine Augen waren geweitet wie in Trance. Er sprang hoch, im selben Moment, als die Wurmfrau wieder auf sie herabstieß.

Seine beiden Klingen zielten auf ihr Gesicht. Die Wurmfrau fletschte die Zähne und wandte sich ab. Sie brachte eins ihrer zahlreichen Beine zwischen sich und die wirbelnden Säbel.

Das schwarze Insektenbein splitterte unter dem Stahl wie Glas, aber es lenkte Gontas' Hieb ab. Er traf nur den Rücken der Frau. Ein Ächzen drang aus dem menschlichen Mund, und es blieb eine Delle im wabbeligen Leib unter der Haut. Aber eine Wunde konnte auch Gontas nicht schlagen.

Die anderen Beine griffen nach ihm. Gontas ließ einen Säbel fallen. Er klammerte sich am Stumpf des zertrümmerten Gliedes fest und hangelte sich auf den Rücken der Wurmfrau. Sie lief in Spiralen über die Wand und tastete nach ihm, er hielt sich auf ihr, hieb mit der verbliebenen Waffe auf sie ein und versuchte, zu ihrem Kopf zu kriechen.

Mart und Tori standen am Boden und sahen zu.

»Lass uns abhauen«, sagte Mart, »solang er uns die Gänge freihält.«

Tori schüttelte den Kopf. »Nich noch mal, du.«

Mart schnaubte. »Hab ich gewusst, dass du das sagst.«

Tori stürmte vor. Die Wurmfrau kroch hoch über ihr, der blasse Leib bewegte sich in ausholenden Bögen an der Felswand. Gontas rang mit ihr, er schlug, er klammerte und er biss sogar, und sie versuchte, ihn abzuschütteln. Ein Bogen des Tausendfüßlerleibes kam in ihre Nähe, und Tori schlug die Sichel hinein. Die Spitze verhakte sich in einer Kerbe des segmentierten Körpers. Tori wurde emporgerissen, als hätte ein Drache sie entführt.

»Darais tausend Furchen, Weib, lass doch den Scheiß!« Mart

sprang hinter ihr her und fasste nach ihren Beinen. Seine Finger glitten ab. Er landete auf dem Bauch. Tori wurde einige Schritt mitgetragen, dann verlor sie den Halt und kam geschickt auf den Füßen auf.

Der Wurm an der Wand drehte sich, und der Hinterleib fuhr auf Tori zu. Er lief in einem Stachel aus, der so dick war wie ein zugespitzter junger Baum. Weißer Schleim troff heraus und tropfte über Toris Wange, als sie außer Reichweite rollte.

Die Wurmfrau rieb nun den Rücken über die Felswand. Sie drehte sich zu einer Spirale und wischte Gontas an den Steinen ab wie Ungeziefer. Er fiel zu Boden, sprang gleich wieder auf und rannte zu seinem zweiten Säbel. Seine Haut war aufgeschürft, er blutete aus vielen Wunden, doch er spürte nichts davon. Kampfbereit hob er den Kopf.

Der gewundene Leib der Wurmfrau verschwand in einer hoch gelegenen Öffnung.

»Das ist unser Marschbefehl.« Mart fasste Gontas am Handgelenk und zog ihn mit sich.

»Ich kann diese Missgeburt nicht am Leben lassen«, sagte Gontas. »Sie ist eine von *denen*!« Er beschrieb eine hilflose Geste mit den Händen.

»Eh, von wem?«, fragte Mart.

»Na, von *denen*. Ein Geschöpf der alten Götter. Wenn wir sie nicht aufhalten, wird sie immer weitere Graubärte in die Welt setzen, und die werden dafür sorgen, dass die Zitadelle stets für die alten Götter bereitsteht.«

Tori trat zu den Männern. Sie behielt die Löcher in der Wand im Auge, hinter denen sich mitunter eine verdächtige Bewegung zeigte, so als würde die Wurmfrau sie im Schatten der Felswand umschleichen. »Du klingst irre, du, weißte das?«

»Genau«, knurrte Mart. »Als ob das jetzt unser Problem wär, irgend 'nen Wurm aufzuhalten, der von unten an der verdammten Zitadelle nagt. Und wie soll'n wir sie aufhalten, wenn wir sie nicht mal ritzen können?«

»Wir zielen auf das Gesicht, wenn sie wieder auftaucht«, sagte

Gontas. »Das sieht menschlich genug aus, das kann unser Stahl töten.«

Dennoch folgte er den anderen, als sie weitergingen. Sie verließen die große Grotte durch einen gewundenen Gang, in dem Tori wieder Tageslicht wahrnahm. Ein Scharren in den Wänden begleitete sie. Gontas blieb angespannt, Mart stieß immer wieder das Schwert in Risse und Löcher im Fels, nur für alle Fälle. Tori sah nach oben, damit sich von dort nicht unbemerkt ein Tausendfüßlerleib auf sie herabsenkte.

Gontas schnupperte. »Da liegt ein Gestank in der Luft ...«

»Aye, is was Übles«, bestätigte Tori. »Der Wind fühlt sich trotzdem an, als ging's da raus.«

Es war kälter geworden. Obwohl der Tunnel nach unten führte, schien es doch nicht tiefer in den Berg hineinzugehen. Ein eisiger Hauch wehte ihnen entgegen, und die letzte Wärme zog durch ein Loch in der Decke davon, über dem sie den freien Himmel sahen. Wenn sie sprachen, trug der Wind weiße Atemfahnen von ihren Lippen fort. Eis glitzerte an den Felswänden. Feine Kristalle tanzten über ihren Köpfen in dem Luftzug, der sie wieder hinauftragen wollte.

»Verflucht«, sagte Mart. »Müssen wir doch klettern, oder was?« Er legte den Kopf in den Nacken.

»Hat vielleicht schon jemand versucht, du.« In der Lichtsäule, die durch die Öffnung herabstach, sah Tori einen Schatten am Boden, dessen Umrisse vom schneestaubigen Sonnenlicht scharf gezeichnet wurden. »Und 's schaut aus, als tät der dir abraten, wenn man ihn fragen könnt ...«

Tatsächlich lag eine Leiche mit zerschmetterten Gliedern unter dem Lichtschacht, als wäre sie herabgestürzt. Die drei Menschen traten näher und erkannten, dass die Brüche nicht die schlimmsten Verletzungen waren. Der ganze Leib war aufgerissen, Kleidung und Haut wie abgeraspelt. Die klaffende Wunde war mit getrocknetem Blut überzogen und gefroren. Reif glitzerte auf schwarzrot verfärbten Knochenenden, ein Brustpanzer aus Hartholz lag verschrammt und halb abgerissen neben dem Toten.

»Einer von Tarukans Männern«, stellte Mart fest.

»Das muss einer von denen sein, die die Fledermäuse geholt haben.« Gontas betrachtete die Leiche genauer. »Aber wenn der hier liegt, was ...«

Tori schrie auf. Etwas bewegte sich außerhalb des Lichtkreises im Gang vor ihnen.

»Die schon wieder«, sagte Mart. Unschlüssig hob er das Schwert. Er blinzelte gegen das Licht, das ihn umgab, und das den Fledermausmann in den Schatten vor seinem tränenden Auge verbergen wollte.

Gontas gab einen Laut von sich, tief und bedrohlich. Seine Muskeln spannten sich. Er hob die beiden Säbel.

Tori hielt ihn zurück. »Vorsicht, du. Die haben diese Flügelhäute als Schild. Da kommt nichts durch.«

»So?« Gontas sprang vor.

Er holte mit dem Säbel aus. Das Fledermauswesen hob den Flügel. Gontas' Linke stieß vor, er stach die Spitze des zweiten Säbels in die zähe Haut und hielt den Flügel fest. Dann traf der Hieb seiner Rechten die Oberkante, und die Klinge brach den Knochen darin.

Der Fledermausmann riss die Schwingen auseinander und wischte Gontas' Säbel zur Seite. Eine Flügelspitze hing schlaff herab. Dutzende winzige Mäuler öffneten sich im Pelz an Brust und Bauch. Sie zischten wütend und entblößten messerscharfe Zähnchen. Gontas machte einen Satz und trat der Riesenfledermaus mitten in den Leib.

Die Kreatur taumelte bis zur Felswand zurück. Gontas setzte nach. Er packte den verletzten Flügel und bog ihn auf den Rücken, bis das Schultergelenk heraussprang. Der Fledermausmann schob sein gewaltiges Maul mit den Sägezähnen auseinander, aber Gontas brachte ihn zu Fall, und das Wesen konnte sich nicht wieder aufrichten. Sie wälzten sich am Boden wie Ringer. Die Klauen an den Füßen der Kreatur griffen ins Leere.

Gontas hob das Wesen hoch und schmetterte es so heftig bäuchlings auf den Boden, das es benommen liegen blieb. Er umschlang den Hals des Fledermausmannes mit dem Unterarm, drückte ihm ein Knie in den Rücken und zog. Die Kreatur zappelte. Ihre Zähne mahlten, aber sie kam an Gontas' Arm in der Halsbeuge nicht heran. Seine Muskeln traten hart hervor, die Sehnen an seinem Hals spannten sich. Zoll um Zoll bog er den Fledermausmann nach hinten. Er ächzte.

Dann brach die Wirbelsäule mit einem trockenen Laut.

Die Kreatur bewegte sich noch, aber ihr fehlte jede Kraft. Der Leib bog sich in einem unnatürlichen Winkel. Gontas packte die Flügel, die Beine und zertrümmerte einen Knochen nach dem anderen im Körper der Bestie. Zuletzt zertrat er dem Geschöpf die Rippen. Er achtete nicht auf die zischenden scharfzähnigen Mäuler, die ihm die Hand aufrissen, sondern verschob die gebrochenen Rippen unter der Haut und bohrte sie durch die inneren Organe.

Am Ende stellte er sich mit einem Bein auf sein hilflos zuckendes Opfer und brüllte herausfordernd zu den Löchern im Fels empor.

Mart und Tori hatten zugeschaut, während Gontas den Fledermausmann zerschmetterte. Sie hatten achtgegeben, ob die Wurmfrau diese Gelegenheit für einen heimtückischen Angriff nutzte, aber sie zeigte sich nicht.

Nun blickte Tori Gontas an und zog spöttisch die Augenbrauen hoch. »Geht's besser?«

Sein Blick war glasig geworden. Der Verstand kehrte nur langsam in Gontas' Augen zurück. Er stieg von dem Fledermausgeschöpf herunter, dem das dunkle Blut aus Mund und Nase lief und das immer noch leise, abgehackte Laute von sich gab.

Gontas versetzte dem gefallenen Gegner einen verächtlichen Tritt. »Oh ja«, sagte er. »Das war nötig, nach … alldem.« Seine Geste schloss die Höhle ein, den toten Söldner am Boden, den Fledermausmann und die Wurmfrau. Vermutlich auch die Zitadelle über ihren Köpfen, die alten Götter und ihre ganze Reise.

»Undurchdringliche Flügelhäute. Pah.« Gontas hob seine Säbel wieder auf und wog sie in der Hand. »Fühlt euch nicht zu sicher, ihr Bestien«, sprach er in die klare Luft hinein. »Ich brauche keine Klingen, um meine Feinde bluten zu lassen. Und irgendwann komme ich zurück und töte auch dich, Wurmfrau!«

Er verstummte. Seine Freunde starrten ihn an. Mart umklammerte voll Unbehagen sein Schwert. Er räusperte sich. »Also ...«

Gontas wies den Gang hinunter. »Dahinten ist ein Ausgang«, sagte er. »Ein richtiger, möchte ich wetten.«

Er trat zu dem toten, steif gefrorenen Söldner und riss ihm den Eisenholzpanzer ganz vom Leib. Mit harten Schlägen des Säbels trennte er sechs schmale, gebogene Streifen von dem Holz ab. Dann schnitt er Riemen, Gurtzeug und Lederstreifen von der Leiche ab. Die beiden anderen sahen ihm verständnislos zu.

Sie gingen hinter Gontas her, und niemand stellte sich ihnen in den Weg, bis sie nach einigen Windungen des Ganges zu einem Spalt kamen. Sie traten hindurch und standen auf einem tief verschneiten Bergrücken. Steil und eisig glatt führten die Flanken des Berges in die Tiefe, wo sie in das Braun und Grün des Talgrunds übergingen. Ein kalter Wind blies ihnen ins Gesicht, und die blasse Sonne stand hoch hinter den dünnen Wolken.

VIII. Teil:

Geschöpfe Gehennas

35.

Sie traten ein Stück aus dem Spalt heraus. Schnee knirschte unter Marts Stiefeln.

»Haben wir's also geschafft!« Der Söldner streckte sich im trüben Sonnenlicht, als hätte er die Höhlendecke auf den Schultern getragen.

»Sei dir bloß nicht zu sicher, du.« Tori wies über den Hang.

Ein kleiner Trupp bewegte sich dort zwischen den Felsgraten, die aus dem Eis ragten. Die Gestalten waren noch ein gutes Stück entfernt, schräg über ihnen, doch sie hatten die drei Gefährten bereits erspäht. Ein schrilles Kreischen schnitt durch die Luft. Weitere Bewaffnete stiegen von der Zitadelle herab.

»Keine Freunde.« Mart verengte das Auge zu einem Schlitz. »Die Teufel sind uns schon auf den Fersen. Schaun wir, dass wir vom Berg runterkommen.«

Er setzte sich in Bewegung. Gontas hielt ihn auf. Er wies auf die gebogenen Hölzer und die Lederschnüre, die er mitgenommen hatte. »Wir binden uns das unter die Füße«, sagte er. »So kommen wir schneller übers Eis.«

Mart sah ihn zweifelnd an.

»Wie Schlittenkufen«, erklärte Gontas.

Die beiden Söldner hatten von Schlitten gehört, auch wenn sie nie einen gesehen hatten. Diese Kutschen ohne Räder kannten sie nur aus den Geschichten, die man über Modwinja erzählte.

»Das soll klappen?«, fragte Mart.

Gontas zuckte mit den Schultern. »Sie sind was kurz. Vielleicht rutscht es nicht wegen den Riemen, vielleicht bleiben sie nicht in der Spur. Aber dann taugen sie immer noch als Schneeschuhe.« Er setzte sich am Höhleneingang nieder. Mit entschlossenen Hieben des Säbels trieb er Furchen in das Eisenholz und zog die Schnüre hindurch. Er band die Holzstreifen an seine Stiefel und half auch seinen Begleitern, sie anzulegen.

»Schlitten für die Füße, hm?«, bemerkte Tori. »Ich frag mich, seit wann 'n Buschläufer so viel vom Schnee weiß?«

»Andere Erinnerungen«, antwortete Gontas ausweichend.

»Noch so 'n paar Gedanken, die diese Ameisenkönigin in deinem Kopf abgelegt hat?« Mart klang spöttisch. »Muss ich wohl auch mal vorbeischauen, wenn man da so viel lernt. Oder besser: Ich schick Tori hin!«

Gontas zuckte die Achseln. »Kein Gerede. Los jetzt.«

»Hab noch nie 'ne Ameise beim Schlittschuhlaufen gesehen«, murmelte Tori.

Die Verfolger waren inzwischen so nahe gekommen, dass man ihre Gesichter erkennen konnte. Es waren Tarukans Söldner und einige Graubärte, ihre Haut war schuppig und die Züge entstellt von den Dämonen aus Gehenna, die in ihrem Inneren wohnten. Der verformte Brustkasten einiger Söldner schien die zu eng gewordene Rüstung sprengen zu wollen. Verbissen kämpften sich über eine kleine Gletscherzunge auf den Höhlenmund zu. Über ihnen hing der aufgeblähte Styx am Himmel wie festgenagelt, so als wollte er das Bauwerk auf dem Gipfel verschlingen.

Tori sah die Graubärte an und schüttelte sich. Sie dachte an die Wurmfrau. »Hm, sind nich wählerisch, die Geister von Gehenna, was?«

Gontas folgte ihrem Blick und verstand. Er grinste. »Wirklich nicht. Euch wollten sie trotzdem nicht haben. Was sagt man dazu?«

Mart lachte. »Dass die Geister von Gehenna wählerischer sind als du, wenn sie ihre Begleiter picken. Und als ich, ne, Tori?«

Sie drohte den Männern mit dem Haken.

Gontas trat zögernd ein paar Schritte vom Höhleneingang fort. Das Holz an seinen Füßen knirschte. Gontas rutschte eine Armlänge und fuhr sich im verharschten Schnee fest. Beherzt machte er einen Satz und landete am Rand einer kleinen Kuhle. Er nahm Fahrt auf. Die schmalen Holzstücke rauschten über den Schnee. Gontas glitt durch die Senke und wurde langsamer, als er auf der anderen Seite hinauffuhr. Er blickte den Hang hinab, der vor ihm steil abfiel, durchzogen von weiteren Mulden, von Spalten, Graten und herausstechenden Felsen.

Tori kam neben ihm zum Stehen. Sie keuchte, vor Anspannung, nicht vor Anstrengung. »Wie bremst man die Dinger überhaupt, hm?«, fragte sie.

»So wie jetzt«, antwortete Gontas.

»Ne«, sagte Tori. »Ich mein, wenn's grad keine Delle im Hang gibt, wo man 'n Stück aufwärtsfahrn kann.«

»Wie man am Hang anhält?«, gab Gontas zurück. »Keine Ahnung! Wenn du gegen einen Felsen prallst, nehme ich an, dann wirst du langsamer werden.« Er stieß sich ab und fuhr in den Steilhang ein.

Tori sah sich um. Die Verfolger waren ein Stück zurückgefallen, aber sie liefen verbissen und mit übermenschlicher Ausdauer. Aufgeregt riefen sie ihre Kameraden herbei, und es waren viele.

Tori seufzte und schlitterte hinter Gontas her. Das grobporige Eis zupfte von unten an den Bändern, die das Holz an den Füßen hielten, aber allmählich nahmen sie Fahrt auf an dem gefrorenen Hang. Gontas lenkte mit den Säbelklingen. Mart hielt sich mit zitternden Knien im Gleichgewicht und stützte sich mit dem Schwert ab. Tori hatte nichts dergleichen, ihr Haken und der Dolch waren viel zu kurz, um den Boden zu erreichen. Sie ging etwas in die Hocke und versuchte, das Gleichgewicht zu halten, während sie schneller und schneller wurde. Schon glitt sie an Gontas vorbei.

Sie legte die Kufen schräg, um so vielleicht ein wenig langsamer zu werden.

»Würd ich lassen«, rief Gontas ihr nach. »Sind zu kurz. Kein Halt. Du überschlägst dich nur und brichst dir alle Knochen.«

»Was tu ich dann?«, fragte Tori.

»Weiterfahren«, schrie Gontas. »Nicht umfallen!« Er brüllte vor Lachen.

Mart fluchte laut hinter ihnen. Tori wagte nicht, sich umzudrehen. Auch Gontas blieb zurück, und Tori konzentrierte sich auf den Weg, der vor ihr lag. Sie raste talwärts. Mit einigen Schlenkern versuchte sie, zu bremsen, behutsam, damit sie nicht die Herrschaft verlor. Es brachte kaum etwas. Findlinge sausten als graue Schatten an ihr vorbei. Sie musste weit vorausschauen, um ihren Weg zu planen, und dabei wuchs die Gefahr, dass sie eine kleinere Spalte oder Unebenheit direkt vor ihren Füßen übersah, ins Straucheln kam und bei dieser rasenden Abfahrt an den Felsen zerschellte ...

Die Angst war da. Panik. Zugleich ein Hochgefühl und ein Rausch. »Gontas!«, schrie sie gegen den Fahrtwind. »Ich hasse dich, du verrückter Wilder!«

Sie sah und hörte nichts mehr von den Männern, die womöglich längst in eins der Seitentäler abgebogen waren, von denen es an der Bergflanke viele gab. Tori schwang vorsichtig aus den Hüften. Die merkwürdigen Kufen an ihren Stiefeln reagierten, und bald fuhr sie sicherer. Sie lenkte ihre Fahrt, aber bremsen konnte sie nicht.

Tori genoss den Rausch. Dann und wann ruckte es unter ihren Füßen, wenn die Riemen über eine Unregelmäßigkeit im Eis scheuerten. Sie konzentrierte sich auf ihr Gleichgewicht. Dabei malte sie sich aus, wie ihr eines der Hölzer von den Sohlen gerissen wurde und sie auf einem Bein talwärts sauste.

Warum nicht? Sie war gewandt, geschickter als Mart und all die plumpen Affen, die sich in den Städten *Söldner* nannten! Sie konnte die Fahrt auch auf einem Bein schaffen, wenn es sein musste.

Zum Glück, bevor Tori allzu übermütig wurde, nahm die rasende Fahrt ein Ende. Braune Flecken mischten sich unter das Weiß, der Schnee wurde schmutziger und nasser. Geröll stach durch die dünne Schicht, schrammte über das Holz an ihren Füßen und drohte, sie von den Beinen zu reißen.

Tori fand eine schattige Senke, wo das Eis sich sammelte und als schmale Zunge in tiefere Regionen leckte. Doch dahinter sah sie schon einen braungrünen Horizont, die Schneegrenze, den unteren Teil des Bergkegels. Ihr Blick verengte sich auf diesen Streifen, und ihr Herz schlug schneller.

Sie wusste nicht genau, was geschehen würde, wenn sie von der harschigen Eisfläche auf festen Boden fuhr. Aber sie dachte daran, wie grob bereits die kleineren erdigen Flecken am Hang an ihren Füßen gerissen hatten, und sie erwartete nichts Gutes, wenn Schnee und Eis mit einem Mal aufhörten. Sie musste langsamer werden.

Tori riss die Hölzer herum und hätte sich fast überschlagen. Mit einem Fluch brachte sie die Fahrt wieder unter Kontrolle und raste weiter talwärts. Ein Sturz bei dieser Geschwindigkeit würde ihr alle Knochen im Leib zerschmettern.

Sie überlegte und wedelte ein wenig, fuhr in sanften Bögen, und tatsächlich ließ ihr Tempo dabei nach. Doch nicht genug, und zudem zerrten die Bänder, die das Holz hielten, an ihren Stiefeln. Sie lockerten sich, und bei jeder falschen Bewegung mochte Tori ihre Gleitkufen verlieren.

Sie fühlte sich gar nicht mehr so selbstgewiss. Sie schwitzte, und das lag nicht nur an dem wärmeren Wind, der ihr vom Tal entgegenblies.

Sie sah eine Ausbuchtung an der Seite der eisbedeckten Klamm, durch die sie fuhr. Dort stieg der Abhang an, doch nicht so steil wie an anderen Stellen und frei von Felsen und Findlingen. Die Eisdecke sah an manchen Stellen feucht und matschig aus, aber ansonsten glatt und befahrbar. Tori lenkte die Gleitkufen in diese Richtung. Sie schoss den Seitenhang empor ... und wurde langsamer. Kurz vor dem Kamm sank sie im Schneematsch ein. Sie taumelte. Schmatzend zog sie einen Fuß mit dem Holzbrett heraus und tat einen unsicheren Schritt nach vorn. Sie ruderte mit den Armen, kippte vornüber, stützte sich auf den Haken und spürte, wie der Stahl sich in ihr leichtes Lederwams drückte. Sie rollte sich zur Seite und in den eisigen Matsch und fluchte und lachte vor Erleichterung.

Langsam rutschte sie in die Rinne zurück.

Tori rammte die Holzbretter in den Schnee und verankerte sich. Schließlich saß sie da zwischen den schillernden Pfützen von Eiswasser, das allmählich durch ihre Kleidung drang, und sie untersuchte sich.

Sie fand das Loch, das sie sich mit ihrer Sichelklinge in das Oberteil gestanzt hatte. Die Haut darunter war unversehrt. Fast hätte sie sich am Ende selbst aufgespießt, aber sie hatte die Abfahrt unverletzt überstanden!

Tori wartete ab, bis ihr Herz ruhiger schlug und bis die Kälte ihr in den Po biss. Dann rappelte sie sich auf. Sie kletterte durch das schmelzende Eis hoch zur Oberkante der schmalen Klamm. Immer wieder glitt sie aus und kroch weiter, sie nutzte die Gleitkufen als Steighilfen. Als sie festen Boden erreichte, schnitt sie sich das Holz von den Füßen. Sie spähte über die zerklüftete Oberfläche des Berghangs, sah zu der fernen Zitadelle auf dem schneebedeckten Gipfel hinauf und in das Tal hinab, das noch weit unter ihr lag.

Die wenigen Gestalten, die sie entdeckte, waren nur kleine Punkte im Eis. Sie konnte nicht einmal unterscheiden, ob es Freunde waren oder Feinde. Tori zuckte die Achseln und wanderte am Rand der Klamm talwärts, bis das Gelände einen anderen Weg erzwang.

»Hoi, Hakenhand!«

Eine Gestalt trat hinter einem Stein hervor. Tori schlug sofort zu. Es war Gontas. Er fing ihren Schlag mit dem Säbel ab, und die Klingen verhaken sich. Tori konnte ihren Arm nicht mehr zurückziehen. Gontas zog sie zu sich heran. Er lachte.

»Ha, da hab ich einen Fisch gefangen. Und er hat seinen Haken gleich selbst mitgebracht.«

Tori zerrte, aber ihre zur Sichel gekrümmte Klinge hing an Gontas' Säbel fest. »Aye, is klar, Steppenaffe, du«, knurrte sie. »Irgendwann rupft dir wer das Fell über die Ohren, wenn du weiter harmlose Wanderer erschreckst.«

Spott funkelte in Gontas' Augen. Er drehte den Säbel und gab sie frei. »Nicht so bitter, Mädchen. Ich freu mich, dass du es geschafft hast. Die Verfolger abgeschüttelt, und die eigenen

Gliedmaßen nicht über den Berg verteilt. Du bist so davongerast, dass ich mir Sorgen gemacht habe.«

»Klar«, sagte Tori. »Du warst ja der blöde Wilde, der den Einfall hatte. Wo ist Mart? Um den musste dir Sorgen machen.«

Gontas schnaubte. »Ist ein starker Kerl, der kommt klar. Ich dachte mir, ich schau erst mal nach dir.« Mit dem Daumen zeigte er den Hang hinauf. »Als ich den alten Wolf zuletzt gesehen habe, ist er da lang vom Weg abgekommen. Und er war so langsam, dass ihm kaum was passieren konnte.«

Sie gingen in die Richtung, die Gontas gewiesen hatte. Tori blickte misstrauisch umher, die Sichel schlagbereit, falls ein Feind sich im zerklüfteten Gelände verbarg. Gontas war sorglos.

»Da kommt er.« Gontas sah zu einem blitzenden Schneefeld hoch. »Gemächlich wie meine Großmutter.«

Tori entdeckte einen dunklen Punkt, der über den Schnee nach unten kroch. Sie kniff die Augen zusammen und erkannte ihren Gefährten. Mart hockte tief und angespannt auf seinen Brettern. Er hatte das Schwert zwischen die Beine geklemmt, als würde er darauf sitzen, und zog es durch den Schnee. Er bremste mit der Klinge und schaute ängstlich drein.

Gontas und Tori sahen interessiert zu, wie Mart die letzten Ausläufer des Schneefelds erreichte. Er bewegte sich kaum schneller als ein Spaziergänger, aber als das Holz unter seinen Füßen auf den rauen Erdboden geriet, riss es ihm die Beine weg. Sich überschlagend stürzte er den Hang hinunter. Schwert und Hölzer flogen davon. Einige Schritt weiter blieb er liegen und regte sich nicht mehr.

»Oh, alter Wolf.« Tori seufzte. Dann lief sie los. Gontas folgte langsamer.

Mart rappelte sich wieder auf, als sie bei ihm ankamen. Er ächzte und betrachtete seine Gliedmaßen, als könnte er nicht glauben, dass alle noch da waren. Tori beugte sich zu ihm nieder und half ihm hoch. Mart streckte sich und klopfte sich den Schnee von den Sachen. Er warf Gontas einen bösen Blick zu.

»Wenn du das nächste Mal tun willst, was eine Ameise dir sagt, tu's allein!«

»Wir sind unten«, entgegnete Gontas. »Wir leben. Besser, als vor der Zitadelle gegen alle Dämonen Gehennas zu kämpfen.«

»Das sagst du«, knurrte Mart.

»Alles dran, du?« Tori klopfte ihn ebenfalls ab, dann hielt sie nach seinem Schwert Ausschau. »Hast auf der Klinge gehockt, da dacht ich, du willst dich von überflüssigen Teilen trennen, hm.«

Mart winkte gereizt ab. Er nahm die Waffe wieder an sich. »Der Lederpanzer hat's meiste abgefangen. Schau, wie zerkratzt der ist! Dem Buschläufer hab ich's nicht zu verdanken, wenn mein Gesicht nicht genauso aussieht.«

»Dein Gesicht *sieht* genauso aus, Einauge«, gab Tori ungerührt zurück. »Und dein Panzer war vorher schon voller Schrammen, als hättste ihn aus'm Müll gezerrt.«

Mart schlug nach ihr, eine fahrige und gewohnheitsmäßige Geste. Doch diesmal zuckte er mitten in der Bewegung zusammen. Sein Gesicht verzerrte sich vor Schmerz.

Tori wich aus. »Is gut, Alterchen. Soll ich deinen Krückstock suchen?«

»Hört auf damit«, sagte Gontas. »Es ist nicht vorbei. Keine Zeit für Spiele.«

»Es ist vorbei für *mich*«, befand Mart. Er blinzelte zur Zitadelle hinauf, wo der volle Styx nunmehr mit der Mittagssonne um die Vorherrschaft stritt. »Gehn wir vom Berg runter und suchen das Weite. Am liebsten, ohne jemandem zu begegnen. Dämonen und alte Götter ... Scheiße! Ich hätt gern Tarukan in den fetten Arsch getreten, aber das hier ... Das is mehr, als ich bezahlt krieg.«

Er hakte sich bei Tori unter und humpelte, als sie weiter talwärts zogen.

Sie folgten den Furchen und Rinnen an der Bergflanke und hielten nach Verfolgern Ausschau. Einmal stiegen sie über eine Bodenerhebung und wagten einen Blick in das Tal an der Südseite.

Mart zog den Kopf gleich wieder zurück. »Verdammt«, brummte er. »Hocken die Fiesel immer noch da unten? Ich dachte, Tarukan hätt sein Lager hoch in die Zitadelle verlegt!«

Tori schaute nach Westen. »Wir sollten zu den Bäumen runtergehn, du, wo wir die Zossen angebunden haben.«

Gontas verharrte geduckt hinter einem Felsen. Er spähte weiterhin in das südliche Tal hinab, wo Tarukans Söldner ihr Lager aufgeschlagen hatten. Die Zeltstadt sah größer aus und lag weiter entfernt von den untersten Gebäuden der Zitadelle, als Gontas es in Erinnerung hatte. Die Krieger liefen geschäftig umher. Tori stupste Gontas an. Der reagierte nicht. Sie schob sich hinter ihn und blickte über seine Schulter.

»Na, scheiße. Han se auch noch Verstärkung bekommen, hm? Das sind ja ... weiß nich. Jede Menge«

»Das sind nicht Tarukans Männer.« Gontas richtete sich auf. Mart versuchte, ihn zurückzuhalten, aber Gontas schüttelte den Griff ab. »Das sind Buschläufer, die da lagern. Meine Leute!«

Stolz und aufrecht schritt Gontas auf das Lager zu, das den Talgrund ausfüllte. Seine Gefährten kamen nur widerstrebend hinterher. Mart fluchte und murmelte die ganze Zeit leise vor sich hin. Aber das dort unten waren *seine* Leute! Gontas sah keinen Grund, sich zu verstecken. Er wusste nicht, was diese Buschläufer hierher geführt, welche Fügung der Geister sie an diesen Ort gebracht hatte. Dennoch boten sie ihm genau das, was er jetzt brauchte: eine Streitmacht.

Und war er nicht der Kriegsherr aller Stämme?

Sie stiegen weiter hinunter und konnten nun Einzelheiten unterscheiden. Gontas erkannte die Feldzeichen der Stämme. Es waren Cefron und Cyriaten in dem Tal. Vor ihren Zelten standen farbig bemalte Schilde. Die Buschläufer waren gerüstet für den Heiligen Krieg, für den Kampf gegen Fremde in der Fremde, denn im Buschland, wo man leicht Deckung fand und wo das Gestrüpp die Bewegung hemmte, brauchte man die großen Schilde nicht, ebenso wenig wie die langen Lanzen, die nur dann hervorgeholt wurden, wenn die Buschläufer gegen die Städte zogen.

Aber es war nicht Gontas' Volk allein, das hier sein Lager aufgeschlagen hatte. An einer Flanke waren kleine dunkle Zelte errichtet. Männer in Leder und Eisenholz saßen davor. Gontas hielt inne. Was führte die Menschen von Khâl und die Buschläufer gemeinsam ins Feld?

Gontas zögerte. Waren das dort unten wirklich noch seine Männer, oder war es bereits Tarukans Verstärkung, neue Hüllen für die alten Götter?

Nein. Kein Dämon beherrscht einen Buschläufer.

Er ging weiter.

Mart bewegte lautlos die Lippen. »Zweitausend«, sagte er. »Mindestens. Ich hoff mal, du weißt, was du tust, Buschmann.«

»Aye, da komm se schon.« Tori wies den Hang hinab. Ein knappes Dutzend Männer kamen ihnen entgegen. Gontas versuchte, die Gesichter zu erkennen, und als die anderen das nächste Mal hinter einer Anhöhe hervortraten, gelang ihm das auch.

»Auch das noch«, knurrte er. »Die Hölle ist wirklich nah an diesem Ort. Jetzt sind alle Seelen versammelt, die ich dort vermisst hätte.«

»Was is?« Mart blickte misstrauisch. Er hob sein Schwert und überlegte, ob er es weiter als Krücke gebrauchen konnte oder ob er es anderweitig benötigte.

»Da geht Beitan vorneweg«, erklärte Gontas. »Der Kriegshäuptling der Cyriaten. Ein ... echter Schniegel, so würdet ihr ihn nennen. Und hinter ihm kommt Nachab das Büffelhorn, der lauteste Bursche aus meiner eigenen Sippe. Die Geister wollen noch einmal alle Plagen meiner Heimat um mich versammeln, bevor ich diese Welt verlasse.«

»Deine Sippe, hm?«, sagte Tori. »Klingt doch gut. Und Klauen und Fratzen seh ich da auch keine. Echte Menschen sind das! Jetzt hat sich's Blatt wohl gewendet, du. Jetzt wer'n wir den Scheißgöttern ihr fettes Rohr richtig innen Arsch reinschieben, hm?«

Sie blickte über die Schulter zurück. Die Gestalten am Berghang, die von der Zitadelle herabstiegen, waren weit entfernt und steckten mitten im Schneefeld. Aber sie kamen immer noch hinter ihnen her. Tori zupfte ihre Begleiter am Arm und machte sie auf die Verfolger aufmerksam.

»Aye«, sagte Gontas leise. »Ich weiß. Lass uns erst mal sehn, was unsere Leute zu sagen haben.«

Die kleine Gruppe aus dem Tal kam auf die drei zu. Beitan, der an der Spitze ging, war hochgewachsen und breitschultrig. Seine schwarzen Haare fielen in feinen Locken bis auf den Rücken, und seine Haut war hell für einen Buschläufer. Gontas hatte schon immer gedacht, dass der Kriegshäuptling der Cyriaten Blut aus Khâl in seinem Stammbaum hatte. Er trug einen blauen Mantel über der ledernen Hose, einen breiten Dolch an seinem Gürtel und ein großes Schwert auf dem Rücken. Grüßend hob er die Hand. Da trötete hinter ihm Nachab Büffelhorn los.

»He, Gontas! Hatte Nuatafib also recht, dass du da bist. Er hat uns dir nachgeschickt, damit du nicht von Dämonen gefressen wird.«

»Tafib.« Gontas schüttelte den Kopf. »Genau. Der fehlte noch.«

Beitan grinste. »Herzerfrischend, die Begrüßung unter Stammesbrüdern. Aber ich grüße dich auch, Gontas von den Cefron. In der Tat, der weise Nuatafib hat uns an diesen Ort geführt. Er hat uns vorhergesagt, dass wir dich hier erwarten können. Was sagst du zu diesen Dämonen, von denen er gesprochen hat?«

Gontas ließ den Blick kurz über den Berg schweifen. »Lass uns zum Lager zurückgehen«, sagte er. »Wir können unterwegs reden.«

»Dem möchte ich mich anschließen«, verkündete ein weiterer Krieger, der aus der Schar der Buschleute herausstach. Er war eindeutig ein Khâl in einer Rüstung aus Schwarz und Rot. Er trug ein fließendes Kettenhemd aus brünierten Stahlringen, und unter dem Arm hielt er einen schwarzen Helm mit einer so ausladenden Helmzier aus Hörnern, dass er gewiss binnen Kurzem Nackenschmerzen bekäme, wenn er das Ding jemals aufsetzte. Jedenfalls stand das fein geschnittene Gesicht mit dem gepflegten Spitzbart in einem scharfen Gegensatz zu dem wuchtigen Kopfschutz.

Beitan stellte den Fremden vor. »Das ist Bârun Bar. Der Anführer unserer Verbündeten.«

»Ein Fürst von Hâiran«, fügte der Städter hinzu und zwirbelte seinen Schnurrbart.

»Aye«, meldete Mart sich zu Wort. »Von dem hab ich gehört.«

»Nur Gutes, wie ich hoffe.« Fürst Bârun deutete ein Nicken in Richtung des Söldners an. »Ich wäre untröstlich, würde mein Ruf der Ehre meines stolzen Geschlechts Schaden zufügen.«

Tori räusperte sich. Mart antwortete: »Ich muss zugeben, was ich da oben gesehn hab, lässt die Geschichten über Euch in 'nem andern Licht erscheinen.«

Bâruns Gesicht hellte sich auf. »Ist das so?«, fragte er. »Dann stimmt es also, was man mir gesagt hat.«

»Keine Ahnung, was du meinst, Fürst«, sagte Gontas. »Aber es stimmt gewiss. Darum sollten wir jetzt nicht länger hier herumstehen.«

Mit den Armen bedeutete er allen, sich in Bewegung zu setzen.

»Ich wollte das nur klären, bevor wir ins Lager kommen«, sagte Bârun, während sie gingen. »Wir haben all diese Krieger unter gewissen, hm, *Voraussetzungen* in Marsch gesetzt. Wenn die nicht gegeben sein sollten, müssen wir vorher beraten, wie wir das den Männern vermitteln.«

»Was für Voraussetzungen?«, fragte Mart. »Ich hoff mal, denen hat niemand erzählt, wir würden für die Reise löhnen. Bis jetzt haben wir nicht mal genug Beute für uns selbst beisammen.«

Bârun lachte und schüttelte den Kopf. »Nein. Der Hexenmeister der Buschläufer hat verkündet, dass so etwas wie das Ende der Welt bevorsteht und dass nur dieser Marsch der tapferen Krieger es verhindern kann. Ich könnte mir vorstellen, dass es böses Blut gibt, wenn wir hier nichts dergleichen finden.

Doch soweit ich euch verstanden habe, wird das nicht der Fall sein. Es gibt hier tatsächlich Dämonen, und uns steht ein Kampf bevor, nicht wahr?«

»Oh ja«, sagte Gontas. »Darauf können wir uns verlassen.« Er wandte sich an Beitan. »Aber wie kommt ihr hierher? Erzähl mir die ganze Geschichte.«

Der Kriegshäuptling der Cyriaten zuckte die Achseln. »Im Grunde ist schon alles gesagt. Nuatafib kam von den Bergen herab. Du hattest kurz vorher mit ihm geredet, habe ich gehört. Er predigte den Stämmen, dass im roten Mond des Styx die Walaren zurückkehren werden, und dass wir ihnen entgegentreten müssen wie einst die Stämme unter Sardik. Er bot an, uns vor das Tor der Hölle zu führen, aus dem sie hervorbrechen werden.«

Gontas lachte kurz auf. »Der wahnsinnige Einsiedler erzählt euch, dass er euch zur Hölle führen will. Und ihr rennt hinterher. Von den Cyriaten hätte ich das jederzeit erwartet, doch die anderen Stämme sollten verständiger sein!«

Beitan zuckte gleichmütig die Schultern. »Nuatafib ist verrückt. Aber er ist ein Prophet, und die Geister reden zu ihm. Niemand hat das jemals bezweifelt. Du hast ebenfalls seinen Rat gesucht und bist hierher gegangen.«

»He«, sagte Gontas. »Ich bin nicht wegen Tafib hier.«

»Wie auch immer«, fuhr Beitan fort. »Zwei Jahre nach dem Ende des Krieges haben viele der Kämpfer von einst gemerkt, dass sie in den Zelten keinen Frieden finden. Junge Männer sind herangewachsen und stehen neidisch daneben, wenn wir am Feuer von den Schlachten prahlen. Und Sardiks Taten sind eine Legende, die jeder kennt. Nuatafibs Predigt fand also willige Zuhörer. Wer wäre nicht gern dabei, wenn die Walaren das nächste Mal zurückgeschlagen werden und eine neue Legende geboren wird?«

Gontas dachte an seinen eigenen Drang, der ihn vor vielen Monden zum Aufbruch getrieben hatte. Er konnte nichts einwenden gegen Beitans Worte. Vielleicht hätte er sich denken können, dass es überall im Buschland Krieger gab wie ihn, die nur auf einen Vorwand warteten, um loszuziehen und ... *irgendetwas anderes* zu tun.

»Nun gut. Das erklärt die Buschläufer. Aber da sind Söldner aus den Städten bei uns.«

Beitan druckste herum. »Hm. Ein Krieg gegen die Dämonen der Hölle. Das betrifft alle Menschen. Ein paar von uns waren der Ansicht, dass die Buschläufer nicht allein die Last dieses Kampfes schultern sollten. Wir sind also nicht gleich nach Norden gezogen, sondern erst einmal ostwärts über die Berge. Wir sind über Hâiran, Niblis und Apis marschiert und haben die Städter freundlich aufgefordert, uns zu unterstützen.«

»Und einigen von uns«, warf Nachab ein, »hat es gar nicht gefallen, dass die Weichbäuche so schnell eingelenkt haben. Ich meine, es hat ja nicht *jeder* geglaubt, dass der starke Gontas gerettet werden muss wie ein Mädchen. Manche wären es auch zufrieden gewesen, unter einem hübschen Vorwand die Städte zu plündern und dann wieder heimwärts zu ziehen.«

»Aber diese Narren«, warf Fürst Bârun ein, »hatten Glück, dass ich in Hâiran für die Sache der Buschläufer eingetreten bin. Sonst wäre das Ganze anders ausgegangen.«

»Oh ja.« Nachab sah verträumt in die Ferne, als könnte er die Reichtümer Hâirans vom anderen Ende der Wüste aus sehen.

»Allerdings«, sagte Bârun entschieden. »Kaum mehr als tausend Buschleute – das war kein Heer, das war eine Bande von Räubern! Mit dem Haufen hättet ihr nicht einmal Apis eingenommen, geschweige denn meine strahlende Heimatstadt. Ihr habt uns überrascht, das gebe ich zu. Wir hatten nicht genug Männer, um euch gleich wieder zu vertreiben. Aber an den Mauern hättet ihr euch eine blutige Nase geholt.

Also verkneift euch die Prahlerei, ihr hättet die Khâl zur Mithilfe gezwungen, oder was euch sonst zu Kopfe steigen mag. Ich habe euch *freiwillig* begleitet und in Niblis und Apis für euch verhandelt. Andernfalls wäre niemand von uns jetzt hier.«

»Warum hast du denn für die Buschläufer gesprochen«, fragte Gontas spöttisch, »wenn sie doch zu schwach waren und keine Bedrohung darstellten?«

Bârun schnaubte. »Buschläufer. Ihr könnt so überheblich sein, für ein Volk, das in *Zelten* lebt! Glaubt ihr, ihr seid die Einzigen, die Hexer und Propheten kennen? Glaubt ihr, ihr seid die Hüter der Welt und alle anderen sind Schafe?

Ich selbst beschäftige einen Sterndeuter aus Modwinja an meinem Hof, einen Weisen von Rang. Er mahnt mich seit Jahren, dass die Rundung des Styx bevorsteht und dass das Ende der Welt nah ist. Als ihr vor den Toren standet und die ganze Stadt über eure Forderungen gelacht hat, da war ich derjenige, der erkannte, dass ihr mir den letzten Hinweis bringt, auf den ich gewartet habe, und dass ich nun etwas tun muss und kann.

Darum habe ich die Großen der Stadt davon überzeugt, dass eine kleine Unterstützung für euren Zug uns billiger kommt als eine Schlacht vor unseren Mauern. Und, wie ich hinzufügen muss, einen großen Teil dieser Unterstützung musste ich aus meinem eigenen Vermögen bestreiten. Ich werde einiges an Kredit zurückzahlen müssen, wenn ich heimkehre. Ihr solltet mir also dankbar sein, Buschläufer.«

»Aye, mein Beileid«, sagte Mart. »Ich hoffe mal, Ihr geht nicht bankrott bei dem Unterfangen. Ich hab auch ein bisschen was eingesetzt und auf Füchse gehofft, als sich losgezogen bin, aber bis jetzt gab's hier nichts auszufegen.« Er sah griesgrämig drein.

Der Fürst winkte ab. »Keine Sorge, mein Freund«, erwiderte er. »Ich brauche keine Beute, damit der Zug sich für mich lohnt. Ich habe das nicht getan, um Reichtum und Macht zu gewinnen. Mir ist es Lohn genug, wenn ich jene als Narren dastehen lassen kann, die mich in all den Jahren ob meines Interesses an der Astrologie verlacht haben.

Und wenn ich mit den Köpfen von Dämonen heimkomme und die Dummköpfe sehen, wovor ich und nur ich allein unsere Heimat bewahrt habe, dann werden sie es ziemlich eilig haben, ihren Anteil nachzureichen, damit sie nicht ganz ohne Ehre dastehen. Wer weiß, womöglich bekommt Hâiran sogar einen richtigen Patriarchen, wenn das hier vorbei ist.«

»Aber ihr wart schnell da«, sagte Mart, mit einem vorwurfsvollen Blick zu Gontas. »Wir haben wohl den falschen Buschmann als Führer gewählt. Dieser Tafib hat alle versammelt und war mit 'nem Umweg über die Städte fast so bald da wie wir. Der hat seine Fiesel bestimmt nicht 'nen Monat in der Wüste rumirren lassen, bevor er auch nur die Berge in der Mitte gefunden hat. Und wenn ich an die Pilze denk, wo Gontas uns unbedingt langführen wollte – wie lang wir danach krank waren, das will ich gar nicht nachrechnen.«

»Hm«, merkte Tori an. »Hast ziemlich oft krank rumgelegen und uns aufgehalten auf dieser Reise, wenn ich's recht bedenke, du!«

Beitan sah Gontas an, und etwas von seiner spöttischen Leichtigkeit, die er bisher an den Tag gelegt hatte, war verschwunden. »Der Fürst hat in einem recht: Für einen Krieg gegen die Städte sollte man nicht weniger als zehntausend Schilde aufbieten. Für eine Schlacht gegen die Walaren, wenn es sie wirklich gibt, hätte ich gern zumindest dieselbe Zahl.

Aber Nuatafib drängte uns alle zur Eile, sodass wir fast nur Cyriaten und Cefron in unseren Reihen haben. Ein paar Nachzügler konnten wir aufnehmen, als wir von Apis aus ins Steinland zogen. Dennoch sind es kaum zweitausend Krieger geworden, und Fürst Bârun hat noch einmal halb so viele Söldner aus den Städten dazugebracht. Was erwartet uns hier?«

Gontas fasste kurz zusammen, was er und seine Gefährten erlebt hatten. Auch der Rest der kleinen Schar, zu der neben Beitan, Bârun und Nachab die Anführer der übrigen Buschläufergruppen gehörten, lauschte aufmerksam. Gontas beschränkte sich auf die Dinge, die wichtig waren für die bevorstehende Schlacht. Seine eigentümlichen Visionen verschwieg er ebenso wie die Begegnung mit den Ameisen.

»Aber Sardik ist an unserer Seite«, schloss er nur. »Mit seiner Hilfe werden wir diesen Kampf gewinnen, so wie wir schon einmal diese Dämonen vertrieben haben.«

»Das sollte nicht schwer sein«, befand Beitan. »Wenn diese fünfhundert Modwinjer und höchstens dreihundert Söldner alles sind, was der Feind derzeit aufbieten kann.«

»Und 'ne Hand voll Graubärte aus der Zitadelle«, warf Mart ein.

»Aye«, fügte Tori hinzu und wies auf Mart. »Den da ausgenommen.«

»Unterschätzt die Gegner nicht«, sagte Gontas. »Wir haben erlebt, wie zäh sie sind. Es sind keine Menschen mehr.«

»Da wären wir enttäuscht, wenn's anders wäre!«, verkündete Nachab. »Wir sind gekommen, um Dämonen zurück in die Hölle zu prügeln. Nicht um kleine Kinder zu hüten, wie manch einer.«

»Und unsere Feinde sind alle beritten«, sagte Gontas. Nachdenklich sah er sich um. »Auch wenn ich nicht weiß, wo sie ihre Pferde gelassen haben. Zur Zitadelle auf dem Gipfel können sie die kaum mitgenommen haben.«

36.

Nachdem Swetja den Edelstein versteckt hatte, stieg sie durch die Luke in die riesige Röhre hinein. Sie hatte von außen gesehen, dass die Kristallwand am Ende Einblick ins Innere gewährte. Wie genau sich das Rohr einsehen ließ, konnte sie nicht abschätzen. Sie vermutete allerdings, dass sie umso leichter entdeckt werden würde, je näher sie am Turmzimmer war.

Also folgte sie dem Weg so rasch wie möglich nach unten. Sie erklomm Leitern und kroch über Stege, vorbei an den thaumaturgischen Apparaturen und den in Glas gehüllten Konstruktionen. Die Geister des Styx schwebten um sie herum und durchdrangen sie. Lichter funkelten in den Leiterbahnen und gaben ihnen eine Tiefe, die weit über die Ausmaße des Rohrs hinausging.

Swetjas Augen tränten. Wann immer sie blinzelte, änderte sich der Blick. Mal sah sie Schemen und Farben, dann Formen, dann wieder nur die mechanischen Bestandteile ihrer Umgebung, wie jeder andere sie wahrgenommen hätte, und das Funkeln und Gleißen der Edelsteine darin. Ein Flüstern mischte sich in das Vibrieren der Anlage, Stimmen, die Einlass begehrten in ihren Kopf.

Swetja konnte sich kaum auf den Beinen halten. Auf allen vieren kämpfte sie sich weiter, bis ihr Kleid durchgescheuert war und die Beine erst blau, dann blutig waren. Sie wusste, dass der Weg sich meilenweit am Hang entlangzog, und obwohl die Röhre schnurgerade verlief und allen Spalten und Felsen am Berg auswich, wand der Tunnel im Inneren sich eng und mit ganz eigenen Hindernissen zwischen der Anlage hindurch.

Allmählich wurde es ruhiger um sie. Swetja konnte sich aufrichten, und sie kam besser voran.

Sie fragte sich, ob sie sich an das magische Inferno gewöhnte, ob sie ihre übernatürlichen Sinne inzwischen besser beherrschen konnte. Womöglich gelangten auch nur weniger Fragmente vom Styx in die Röhre, jetzt, da der Fokus oben im Turm fehlte, und die geisterhaften Erscheinungen, die sich darin sammelten, sickerten langsam heraus.

Immer öfter sah Swetja die Anlage selbst, und sie konnte Teile davon entschlüsseln. Sie entdeckte Linsen, die arkane Kräfte bündelten, Felder von Prismen, die Essenzen trennten, Leitungen, Spulen, die einzelne Elemente verstärkten. Noch immer verstand sie nicht, was die Maschine überhaupt tat, aber sie gewann doch allmählich ein *Gefühl* für sie.

Da war ein Muster in dieser Konstruktion, ein Zusammenspiel von fast ästhetischer Klarheit. Wie von selbst suchte Swetja nach den Formeln, um zu beschreiben, was sie sah. Unmöglich, dass sie unter diesen Umständen auch nur anfangen konnte, ein Modell für das Ganze zu entwickeln. Doch es beruhigte sie, dass sie zumindest Teile der Maschine im Herzen der Zitadelle verstehen konnte.

Der Eisensteg klapperte unter ihren Füßen, und Swetja bewegte sich langsamer. Sie war zu Tode erschöpft. Deswegen glaubte sie, dass der Weg bald zu Ende sein müsse – er musste zu Ende sein! Da wollte sie keinen Lärm machen und sich verraten.

Und dann war der Weg zu Ende, und es gab keinen Ausgang.

Swetja stand in einer Sackgasse. Neben ihr verlief das Innere der Maschine in einer Hülle aus Glas. Swetja sah, wie sich das funkelnde Gebilde darin fortsetzte und in eine größere Anlage mündete. Aber der Steg daneben, auf dem sie ging, endete vor einer Wand aus blankem Stahl.

Sie tastete über das glatte Metall und suchte nach einem Riegel oder nach einer Luke. Sie studierte jeden Zoll der Außenwand, den sie erreichen konnte. Dann, zwei Schritte von dem toten Ende des Wegs entfernt, entdeckte sie einen Mechanismus.

Sie lauschte kurz und legte die Hebel um. Ein Stück der

Wand ließ sich nach außen klappen, und durch den Spalt blickte Swetja in eine gewaltige Halle. Vorsichtig spähte sie durch die Öffnung und drehte den Kopf. Hoch oben konnte sie kleine Fensteröffnungen sehen, durch die Tageslicht fiel.

Abgesehen von dem Rohr, in dem sie kauerte, und von dem ummauerten Block, in dem es endete, wirkte die Halle leer. Ein schwerer Geruch lag in der Luft. Staub tanzte in den Lichtsäulen, und der Raum war dämmrig. Swetja schätzte, dass es draußen Mittag sein musste, und heller würde es vermutlich nicht werden. Alles war still.

Swetja schob sich durch die Klappe nach draußen. Im Schatten der Röhre kauerte sie am Boden und sah sich um. Auf der anderen Seite des riesigen Raumes und mindestens dreißig Schritt entfernt, sah sie einen offenen Durchgang, der in eine ähnlich dunkle Halle führte.

Sie huschte an der Wand entlang darauf zu.

Immer wieder blieb sie stehen und lauschte mit klopfendem Herzen. Sie hörte unbestimmte Geräusche aus der Richtung, in die sie sich bewegte, ein Klirren, eine Art Brummen. Sie war nicht allein in diesen Räumen. Oder war es nur ein Teil der Maschine, die hier in diesen Hallen arbeitete?

Swetja dachte an die Fledermausmänner. Sie wischte sich die schweißfeuchten Handflächen am Kleid ab und schlich weiter.

Die nächste Halle war ebenso groß wie die, aus der sie kam, aber voll von kleinen und großen Abmauerungen. Es sah so aus, als hätte jemand kleinere Häuser in den großen Saal gebaut, würfelförmige Gebäude ohne Fenster und Türen. Kolben und Rohre und Ketten und eiserne Trossen führten aus diesen Gebilden heraus und verschwanden in anderen, große Zahnräder ragten aus der Decke und aus den Wänden und griffen in andere, die hinter weiteren Abmauerungen verborgen waren. Dazwischen gab es einen Irrgarten aus schmalen Wegen. Swetja schlich sich vorsichtig hindurch und suchte einen weiteren Ausgang.

Die Hallen enthielten zwar Teile der Maschine, doch das war nicht die Quelle der Geräusche. Je weiter Swetja kam, umso deutlich schälten sich einzelne Laute heraus, die auf eigentümliche Weise vertraut wirkten. Knarzendes Leder. Schnaufen. Leise Stimmen.

Sie huschte von Deckung zu Deckung.

Dann sah sie durch einen freien Gang zwischen zwei Anlagen in den nächsten Anbau hinein. Dort lagen die Elemente der Maschine bloß, und überall funkelte blankes Metall im einfallenden Sonnenlicht. Zahnräder verbanden sich zu einem Uhrwerkmechanismus, mit Ketten und Gewichten daran und eingefasst in kunstvolle Gestelle. Die Konstruktion führte in Bögen bis zur Decke hinauf, breite Streifen auf dem Boden blieben frei, und dieser Raum war voll mit Pferden. Dragoner bewegten sich dazwischen, sprachen miteinander oder richteten ihre Ausrüstung. Der Anblick der bekannten Uniformen, die im Licht mitunter bunt aufblitzten, versetzte Swetja einen Stich. Genau wie die fremden Schemen, die sie rings um die Soldaten wahrnehmen konnte, wenn sie den Kopf ein wenig schräg legte.

Die Armee, die Borija mitgebracht hatte, war mitsamt ihren Rössern in den unteren Teil der Zitadelle eingezogen. Und alle Männer waren von den alten Göttern besessen.

Swetja wich rasch hinter die nächste Biegung zurück. Ihre zerschundenen Knie zitterten. Sie wagte kaum, sich zu bewegen, dann aber versuchte sie, auf einem anderen Weg an den Dragonern vorbeizukommen.

Doch sie stellte fest, dass die ganze Anlage voll war mit den Kriegern. In den Gängen, die keinen Raum für Pferde boten, saßen die Soldaten. Swetja sah keine Möglichkeit, sich an ihnen vorbeizuschleichen.

Dann hörte sie Stimmen. Eine Patrouille kam in der verwinkelten Halle auf sie zu. Auch aus der anderen Richtung vernahm Swetja nun Stiefeltritte. Sie drohte, in die Enge getrieben zu werden!

Sie hastete auf einen Winkel zu, hielt ihr Kleid fest, presste die Lippen aufeinander und versuchte, die Füße so leise aufzusetzen, wie sie nur konnte. Sie packte einen Kolben, der aus einer der hausartigen Aufmauerungen herausragte, zog sich hinauf und kletterte über das flache Dach zu dem Gang auf der anderen Seite.

Dort ließ sie sich hinab und lauschte.

Verschwommene Stimmen drangen an ihr Ohr, aus der Richtung, aus der sie gekommen war. Aber es klang nicht so, als hätte jemand ihre Flucht bemerkt.

Sie folgte dem neuen Gang. Ihr war immer noch ganz zittrig zumute. Wie lange würde das gut gehen? Swetja hielt inne und wusste mit einem Mal nicht mehr, wohin sie sich wenden sollte. Sie hatte völlig die Orientierung verloren!

Sie schloss die Augen, beruhigte sich und stellte sich die Räume und Wege vor, die sie gesehen hatte. Es hatte keinen Sinn, länger hier draußen zu bleiben, bis zufällig jemand über sie stolperte. Es gab einfach zu viele Soldaten in diesem Gebäude, und Swetja kam nicht an ihnen vorbei. Also kehrte sie in die große, leere Halle mit dem Rohr zurück, aus der sie gekommen war.

Noch leiser als auf dem Hinweg schlich sie an der Wand entlang und auf die Röhre zu. Sie hob die Klappe an. Ein letztes Mal spähte sie durch den weiten Raum, ob es nicht vielleicht doch einen Ausgang gäbe, den sie übersehen hatte. Sie sah zu den hohen Fenstern empor – und da bemerkte sie einen Umriss an der Wand!

Auf einem Sims, auf halber Höhe zwischen dem Boden und der Decke, hockte ein Fledermausmann. Er sah aus, als ob er schliefe, zusammengekauert und die Flügel um den Körper gelegt.

Jetzt, da sie den Fledermausmann entdeckt hatte, sah Swetja weitere dieser Ungeheuer, die überall in der Halle ruhten. Die grauen Gestalten waren fast unsichtbar im Zwielicht und vor dem Hintergrund der dunklen Wände.

Hastig kletterte sie durch die Luke. Ihr war übel vor Angst, und sie war froh, dass sie so leise gewesen war und keines der Wesen geweckt hatte. Sie kauerte sich zusammen, in einem Winkel zwischen der leuchtenden Glashülle und der Rückwand.

Vielleicht gab es einen anderen Ausgang aus ihrem Versteck. Vielleicht würden die Fledermausmänner und die Dragoner die Hallen irgendwann verlassen. Und vielleicht konnte Swetja einen weiteren Versuch unternehmen, aus diesem Rohr zu entkommen, das ihr Zuflucht und Kerker zugleich geworden war.

Aber sie wusste nicht, ob sie noch einmal den Mut fände, aus ihrem Versteck zu kriechen, jetzt, da sie wusste, was dort draußen auf sie lauerte.

Gontas ließ das Heer antreten, ohne auch nur zu den Zelten zu gehen oder sich auszuruhen. Er war überzeugt, dass die alten Götter nicht lange warten würden mit dem Angriff.

Die Häuptlinge gaben die Befehle weiter. Die Krieger formierten sich am Fuß des Berges. Die berittenen Söldner aus den Städten nahmen ihren Platz am linken Flügel des Heeres ein. Sie sollten einschwenken und die Feinde in die Zange nehmen, sobald diese vom Schildwall der Buschläufer aufgehalten wurden.

Über der rechten Flanke des Heeres erhoben sich die unteren Bauten der Zitadelle. Gontas wusste von dem Schutzkreis, der sie umschloss und der jede Bewegung der Truppen auf dieser Seite behindert hätte. Er achtete also darauf, dass sie genug Abstand zu den Bauwerken hielten.

Als die Buschläufer antraten, sammelten sich ihre Gegner genau dort: Dragoner führten ihre Pferde aus den zyklopischen Bauten. Ihre Uniformen leuchteten rot und blau im Schein der Mittagssonne. Hinter ihnen, über dem Berggipfel, stand der Mond des Styx. Er überstrahlte die höchsten Türme der Zitadelle und verlor selbst im hellsten Sonnenlicht nichts von seiner Kraft. Er brannte in einem Rot, das kein Rot war, eine Farbe, die es in dieser Welt gar nicht geben sollte und deren Anblick kein lebendes Wesen ertragen konnte.

Gontas versuchte, die feindliche Streitmacht genauer in Augenschein zu nehmen, aber selbst er hielt der Glut des Mondes nicht stand und musste den Blick bald senken. Viele seiner Männer sahen zu Boden, sie blinzelten und wagten erst gar nicht, in die Richtung zu schauen, aus der der Angriff erfolgen würde.

Beitan bemerkte Gontas' Sorge. »Keine Angst, Cefron. Es sind Buschläufer. Ihre Augen mögen zurückweichen, ihr Arm und ihre Füße werden das nicht tun. Wenn der Feind über uns ist und wenn der Staub der Schlacht dieses unheilige Leuchten verhüllt, dann werden unsere Männer auch den Kopf heben und tapfer kämpfen.«

»Hmpf.« Gontas schnaubte. »Mitunter ist es nützlich, vorher den Kopf zu heben und zu sehen, was auf einen zukommt. Ich sehe derzeit nur diese bunten Papageien aus dem Norden. Keine Spur von Tarukans Söldnern, obwohl die Geister von Gehenna genug davon in ihren Reihen haben. Wo stecken sie? Ich habe viele von ihnen am Berg gesehen, wie sie herabstiegen.«

»Wir haben ein paar Trupps beobachtet, die von oben her zu den Reitern gestoßen sind«, wandte Beitan ein. »Vielleicht hast du nicht genau genug hingesehen und sie unter den Modwinjern nicht bemerkt.«

»Sag du es mir doch, Cyriat, wenn deine Augen so viel besser sind«, knurrte Gontas. »Siehst du irgendwelche Städter in dunkler Rüstung zwischen unseren Feinden?«

Beitan kniff die Lider zusammen gegen das Leuchten über dem Gipfel. »Nein«, räumte er ein.

»Ich schicke einen Läufer zu Bârun«, sagte Gontas. »Er soll darauf vorbereitet sein, dass die Feinde, die wir hier vermissen, plötzlich von irgendwo anders her auftauchen.«

Die Modwinjer setzten sich in Bewegung. Sie rückten von der rechten Seite vor, und damit wurde der linke Flügel unter Bârun fast zu einer Nachhut. Es würde eine Weile dauern, bis die Khâl in das Gefecht eingreifen konnten.

Beitan und Gontas hatten das Schlachtfeld bisher von einer zurückgenommenen Position aus betrachtet. Über die Köpfe ihrer Krieger hinweg konnten sie weiter sehen als mitten aus dem Getümmel. Jetzt gingen sie nach vorn, zu ihren Stämmen, denn bei den Buschläufern war es nicht üblich, dass die Männer kämpften, während die Anführer sich hinter ihnen versteckten.

»Viel Glück, Cyriat«, sagte Gontas.

»Verlass du dich auf Glück und Geister.« Beitan grinste. »Ich vertrau auf meine Arme. Wer da die stärkeren hat, das müssen wir immer noch herausfinden.«

»Deine Arme mögen stark sein«, gab Gontas zurück. »Leider wirst du nur von Cyriaten umgeben sein. Da wirst du Glück und Geister brauchen, um die Schlacht zu überstehen.«

Sie gaben einander die Hand. »Beitan oder Gontas«, sagte Beitan. »Cyriaten oder Cefron. Wir werden bald erfahren, von wem die Lieder in Zukunft künden werden und wer nach Sardik die Walaren ein zweites Mal schlägt.«

»Die Legenden wissen nichts von Sardik.« Gontas seufzte. »Wen kümmert es also, welche Namen darin besungen werden? Ich werde froh sein, wenn es überhaupt ein Lied über diese Schlacht geben wird, denn das bedeutet, dass wir gesiegt haben.

Und der Name ist nichts, aber der Sieg ist alles.«

Die beiden Kriegshäuptlinge gingen auseinander, ein jeder zu seinem Stamm.

Gontas trat hinter die vorderste Reihe der Schilde. Er munterte die Krieger auf. Er forderte sie heraus, stolz den Blick zu heben. Gontas hatte keinen Schild und keine von den langen Lanzen, aber jemand hatte ihm zwei gut ausgewogene Buschläuferäxte besorgt, und damit würde er kämpfen, wenn der Schildwall seine Schuldigkeit getan hatte und die Krieger Mann gegen Mann miteinander rangen.

Hufschläge kamen heran. Gontas konnte sie durch den Boden spüren. Eine angespannte Erwartung ging durch die Reihen seiner Krieger. Schilde klapperten gegeneinander, Speere wurden gehoben.

Die Reiter aus Modwinja ritten verhalten an. Sie bewegten sich in leichtem Trab, und gut fünfzig Schritt vor den Reihen der Buschläufer drehten sie ab. Armbrustbolzen schwirrten über den Hang. Die Männer um Gontas herum hoben die Schilde und kauerten sich darunter. Auch Gontas zog den Kopf ein und suchte Deckung.

Die Geschosse prasselten gegen das Holz wie Hagel. Kleine Spitzen und Splitter zeigten sich auf der Innenseite der runden Schilde, und mancher Bolzen fand eine Lücke in der Wehr. Flüche und Schmerzenslaute stiegen auf, und dann summten die Bögen der Buschläufer. Mit einem wütenden Schwirren sausten die Pfeile über die Köpfe der Verteidiger hinweg auf die Modwinjer zu. Der Gesang der Bögen hielt an. Gontas hatte mehr Schützen in seiner Streitmacht, als die feindliche Schar insgesamt an Köpfen zählte, und für jeden Schuss einer Armbrust schaffte ein Bogen der Buschleute fünf.

Der Pfeilhagel traf die Dragoner wie eine Brandungswelle und drängte den Angriff zurück. Die Reiter entfernten sich. Zwei Pferde blieben, von Pfeilen gespickt, auf dem Hang liegen. Sonst schien der Beschuss keinen Schaden angerichtet zu haben.

Die Dragoner wendeten und griffen erneut an. Wieder flogen die Geschosse in Schwärmen zwischen den Heeren. »Vorrücken, verflucht«, hörte Gontas einen Krieger rufen. »Zeigen wir denen, was es heißt, einen Buschläufer mit Pfeilen zu piken!«

»Nein!« Gontas hob die Stimme, sodass sie laut über das Schlachtfeld hallte. »Keiner bewegt sich! Haltet die Stellung!«

In dem Augenblick, da er den Krieger gehört hatte, erkannte Gontas auch, was der Angriff der Feinde bezweckte: Die Buschläufer sollten vorrücken! Und er wusste, dass das ein Fehler wäre.

Wenn die Buschläufer sich jetzt in Bewegung setzten, würden sie das Flankenmanöver ihrer Verbündeten behindern. Gontas erinnerte sich zudem an die verbrannten Leichen der Kundschafter, die Tarukan zuerst hinter den magischen Schutzwall der Zitadelle geschickt hatte. Er durfte nicht zulassen, dass sein Heer in die Nähe dieser Linie gelockt wurde.

Eine dritte Angriffswelle folgte und eine vierte. Die Antwort der Buschläufer fiel dürftiger aus. Sie schossen schon Armbrustbolzen mit dem Kurzbogen zurück, da ihnen die Pfeile ausgingen. Die ungeeigneten Projektile trudelten und flogen ohne Kraft.

So oder so, die Geschosse richteten auf beiden Seiten wenig aus. Der Bolzenhagel der Modwinjer zerschellte am Schildwall. Im Gegensatz dazu hätte bereits die erste Salve der Buschläufer die Gegner vernichten sollen. Die Dragoner ritten in einem dichten Haufen, man konnte sie kaum verfehlen, und sie hatten keinerlei Schutz durch Schild oder Rüstung.

Doch die Kraft der alten Götter steckte in ihnen.

Gontas sah Reiter, die von Dutzenden Pfeilen gespickt waren und die nur dann beiläufig die Schäfte abstreiften, wenn ihr Arm darin hängen blieb. Auch ihre Pferde schienen verwandelt zu sein, denn sie wurden getroffen und liefen weiter.

Manche fielen dennoch und blieben als Hindernisse auf dem Schlachtfeld liegen, Rösser und eine Hand voll Reiter dazu. Nicht alle der alten Götter waren gleichermaßen zäh.

Und dann, beim nächsten Anritt, bemerkte Gontas eine Veränderung in der Formation. Die Reihen der Dragoner lockerten auf. Sie ließen die Abstände in der Tiefe größer werden. Die vordersten Linien fielen in Galopp.

»Achtung!«, rief Gontas. »Den Schildwall zusammen!«

Er duckte sich unwillkürlich, als das Donnern der Hufe lauter wurde. Die Buschläufer hoben die Speere. Die Dragoner hatten weder Rüstung noch Lanze. Es war ein selbstmörderischer Angriff, die leichte Reiterei geradewegs in die Reihen gerüsteten Fußvolks zu lenken.

Aber die alten Götter hatten den Schrecken auf ihrer Seite.

Je näher die Reiter kamen, umso deutlicher traten die Einzelheiten zutage. Selbst die Pferde wirkten besessen. Ihre Augen waren dunkel. Die Haut hing den Tieren in schmierig schimmernden Lappen am Leib. Die Köpfe waren unnatürlich groß, Schaum stand ihnen vor dem riesigen Maul mit einem Gebiss aus messerscharfen Sägezähnen. Die Läufe der verzerrten Rösser waren gedrungen und mit Klauen versehen. Es war eine Horde Raubtiere, Drachen, die blutrünstig gegen die Buschläufer stürmten.

»Haltet stand!«, brüllte Gontas.

Wenige Schritt vor der Schlachtreihe sprangen die vordersten Dragoner aus dem Sattel und ließen die Tiere allein galoppieren. Die Dämonenpferde prallten gegen den Schildwall. Sie rannten in die Spieße hinein oder sprangen darüber hinweg. Sie fielen auf die Schäfte und zerbrachen sie, sie schnappten mit den Zähnen nach den Schilden.

Einzelne Tiere rissen mit der Masse ihrer Leiber Krieger aus dem Schildwall heraus. Lücken klafften in den vordersten Reihen. Manch ein Dragoner war sitzen geblieben und trieb sein Pferd zu einem Sprung, der es hoch über den Schildwall hinwegtrug und mitten unter die Krieger krachen ließ. Gleich über Gontas senkte sich ein Schatten herab, ausgestreckte Krallen an einem räudig wirkenden Drachenleib fuhren auf ihn zu. Gontas' Nebenmänner streckten die Speere in die Luft. Die Kreatur landete auf einem Spieß, der sie mitsamt Reiter pfählte. Gontas wich zur Seite aus und hob die Äxte.

Der Dragoner, dem die Speerspitze zum Nacken wieder herauskam, schwang den Säbel. Er spaltete dem Buschläufer, der den Spieß hielt, das Gesicht.

Gontas sprang vor. Das durchbohrte Reittier fauchte und hieb mit den Krallen nach ihm. Tier und Reiter bildeten eine starre Einheit durch den Speer, der sie beide verband. Sie taumelten zwischen den Buschleuten hin und her und schlugen und schnappten nach allen Seiten. Sie schufen einen freien Raum und eine Bresche für die, die nach ihnen kamen.

Die übrigen Dragoner stießen in die Lücken vor. Mit Hauen und Stechen fuhren sie tief in die Heerschar der Buschläufer hinein. Schilde und Lanzen fielen zu Boden, mit Äxten und Keulen und Säbeln, mit Klauen und Zähnen entbrannte ein blutiger Nahkampf.

Die abgesprungenen Dragoner rappelten sich wieder auf. Manche wurden von den nachrückenden Kameraden niedergeritten und zertrampelt und waren doch im nächsten Augenblick wieder auf den Beinen.

»Haut sie in Stücke!« Gontas sprang über die Klaue des Dämonenpferdes, die nach ihm packte, hinweg auf die Schulter des Tiers und hieb dem gepfählten Reiter die Äxte in die Arme.

Im Herunterspringen trieb Gontas dem Tier seine Waffe in den Nacken. Der Kopf hing schlaff herab, aber die Bestie schnappte immer noch nach ihm.

Aus den Reihen der Dragoner stieg ein Brausen auf, noch heftiger drängten sie gegen die Buschläufer an. Gontas glaubte schon, der Feind hätte Verstärkung bekommen. Dann erkannte er: Bârun und seine Südländer waren da!

Sie fielen den Dragonern in die Seite, kesselten sie ein und trieben sie immer tiefer in das Getümmel. Nach dem ersten Ansturm ließ der Druck nach. Die Modwinjer mussten sich nun nach allen Seiten verteidigen, und die Buschläufer und ihre Verbündeten kämpften in Überzahl. Sie zogen den Kreis enger und schlugen einen Gegner nach dem anderen zu Boden, sie hackten auf die Feinde ein und stampften über die Gefallenen hinweg, über besessene Dragoner und dämonische Pferde gleichermaßen.

Gontas war mit dem teerigen Blut der alten Götter besudelt. Er hieb die Axt durch Fleisch und Knochen. In der Hitze des Gefechts bekam er eine Bewegung mit, ein Wirbel schien dort durch die Reihen zu laufen. Buschläufer und Khâl wurden zur Seite gedrückt, und noch mehr von den Söldnern aus dem Süden schoben sich zwischen sie. Gontas sah, wie seine Männer flohen!

Ein überraschter Ausruf blieb ihm in der Kehle stecken. Einen Augenblick lang wusste er nicht, was geschah, dann sah er gelbe Haut und dämonische Augen ohne Iris unter den Helmen – es waren Tarukans Hundertschaften, die ihnen in die Flanke fielen!

Der Feldherr der alten Götter hatte seine Schar um den Berg herumgeführt. Nun stieß er in das Kampfgetümmel, er zersprengte die Umklammerung seiner Dragoner und trieb Gontas' Krieger vor sich her.

»Gebt acht! Ein zweiter Feind von der Seite!« Gontas wusste nicht, ob in dem Getümmel überhaupt jemand sein Schreien vernahm.

Da hörte er Beitan rufen: »Mein Feind! Lasst sie mir!«

Die Cyriaten formierten sich neu. Beitan führte den Vorstoß. In einem Keil schoben sie sich in das Gemenge und drängten die neuen Angreifer vom Schlachtfeld ab. Bâruns Reiter rückten in die Lücke vor und gaben Beitans Männern hinten Deckung. Das Gefecht zerfiel in zwei Teile, und beide Kampfplätze trieben auseinander.

Über das Gewimmel hinweg sah Gontas in der Ferne Tarukans Federbusch. Der zierliche Hutschmuck wippte über der Schlacht. Beitans Kampfschrei ertönte. Gontas sah den Kriegshäuptling der Cyriaten, wie er auf das Pferd eines Gegners sprang, dem Dämon daraufhin die breite Klinge seines Schwerts in den Nacken stieß und auf der anderen Seite wieder im Kampfgetümmel verschwand.

Beitan bahnte sich einen Weg auf den Hauptmann der Feinde zu!

Tarukan schien den Angreifer zu bemerken. Seine Hutfedern, das Einzige, was Gontas von ihm ausmachen konnte, wandten sich in die andere Richtung. Der Anführer der Walaren stellte sich einem Widersacher, der ihm mit dem Schwert in der Hand entgegentrat, wie Sardik es einst bei Naran getan hatte.

Ein roter Nebel trübte Gontas' Blick.

»Nein!«, brüllte er. »Tarukan gehört mir, mir allein!«

Er dachte an Halimes Entführung, an seine Jagd quer durch die Wüste. An den Pfahl in Tarukans Lager. Er wollte sich seine Rache nicht nehmen lassen, auch wenn, wie das Mädchen aus Modwinja ihm erklärt hatte, sein Feind inzwischen nicht mehr derselbe war.

Aber das Gewühl, über dem Tarukans Pfauenfedern wippten, entfernte sich von Gontas, und eine ganze Armee trennte sie. Gontas fühlte, wie Zorn in ihm aufstieg und zu Raserei wurde.

Wie durch einen Tunnel nahm er nur die Feinde vor ihm wahr, und Tarukans Federn in der Ferne, von denen er wusste, dass nur sein Geist ihm das unerreichbare Ziel noch vorgaukelte.

Gontas hackte und hieb, und er brüllte, und bei jedem Schlag sah er Tarukan vor sich und hackte in blinder Wut ein weiteres Mal zu. Er hasste jeden, der zwischen ihm und seinem Feind stand. Und der Hass verlieh ihm Kraft. Er brach Knochen mit seinen Tritten, er zerschmetterte die Schädel der alten Götter mit seinen Äxten. »Tarukan!«, brüllte er bei jedem Hieb. Er wiederholte die Namen wie einen Schlachtruf:

»Für Halime!«

Der Staub legte sich. Der Kampf erstarb. Gontas blickte sich um und fand keinen Gegner mehr. Schwer atmend blieb er stehen. Ringsum ließen die Buschläufer ihre Waffen sinken. Sie waren alle mit dem schwarzen Blut der Götter besudelt, das selbst jetzt noch über ihre Haut kroch und versuchte, sich mit dem ursprünglichen Wirt zu vereinen.

Einige der Krieger standen erschöpft da, andere rissen die Arme hoch und jubelten über den Sieg. An manchen Stellen auf dem Schlachtfeld wurde weiterhin gekämpft. Es war nur das Gemetzel an den letzten überlebenden Dämonen. Gontas sah eine Hand voll Buschläufer, die mit langen Spießen einen zum Ungeheuer verzerrten Dragoner zu Boden drückten, während ihre Kameraden den Leib zerhackten.

Ein Reiter kam auf Gontas zu. Er sah beeindruckend aus in der schweren Rüstung, dem hohen Helm mit den Hörnern und mit dem Schwert, von dem Dämonenblut troff. Dann nahm Fürst Bârun Bar den Helm ab und dehnte den Nacken, mit einem schmerzerfüllten Ausdruck auf dem Gesicht. Eine Schar seiner getreuesten Kämpfer folgte ihm.

»Du bist *beinahe* zum rechten Zeitpunkt gekommen, Fürst.«

Bârun grinste. »Wer hätte ahnen können, dass die Schlachtreihe der Buschläufer so schnell aufbricht ... gegen Dragoner!«

Gontas erwiderte das Grinsen. Er nickte dem Fürsten der Khâl anerkennend zu. »Aber Dragoner auf Höllendrachen!«

Eine Unruhe am Rande des Schlachtfelds lenkte seine Aufmerksamkeit auf sich. Eine Gruppe von Kriegern schien dort in

Streit zu geraten. Eben erst weggesteckte Waffen wurden erneut gezogen, Flüche hallten über die ruhig gewordene Walstatt.

Gontas schüttelte den Kopf. *Städter*! »Ich glaub, das sind deine Männer.« Er wies mit der Axt dorthin.

Fürst Bârun wendete den Kopf. »Was zum ...?«

Überall wurde es nun wieder lauter. Schreie ertönten, Kampfeslärm. Es kam so schnell und aus so vielen Richtungen zugleich, dass Gontas verwirrt hin und her schaute.

»Verrat!«, brüllte ein Buschläufer. »Die Städter ...«

Seine Stimme ging unter im Getöse. Fürst Bârun schüttelte sich auf seinem Pferd. Der Helm, den er vor sich abgelegt hatte, fiel zu Boden. Der Korporal an Bâruns Seite sah seinen Herrn beunruhigt an.

Da erhob der Fürst sein Schwert und rammte es dem eigenen Gefolgsmann in die Brust. Er sah Gontas an. Die Farbe wich aus Bâruns Augen, als wäre sie fortgewischt worden. Der dunkle Ton seiner Haut wurde zu einem kränklichen Grau, seine Finger streckten sich.

Die Geister des Styx, die körperlos über dem Schlachtfeld schwebten, hatten neue Hüllen gefunden!

Der Dämon, der einst Bârun gewesen war, wies mit dem Schwert auf Gontas. »Erschlagt ihn«, rief er. »Erschlagt alle Buschläufer!«

Dann löste sich alles auf in einem wilden Getümmel.

Auf dem Schlachtfeld gab es längst keine Ordnung mehr. Die Linien hatten sich aufgelöst, die Verbündeten standen durcheinander, und jeder fiel über jeden her. Einige der Khâl folgten dem Befehl ihres Hauptmanns, solche, die besessen waren, aber auch einfache Söldner, die in gutem Glauben handelten und gar nicht wussten, was geschah.

Andere, die weiter entfernt standen und den Befehl nicht gehört hatten, kämpften trotzdem. Besessene Söldner griffen Buschläufer an, aber auch die eigenen, noch nicht befallenen Kameraden, die zufällig neben ihnen standen. Buschläufer verteidigten sich, oder sie fielen selbst über die verwirrten Khâl her, von denen sie sich verraten fühlten.

Gontas ließ die Axt fliegen. Er traf Bârun in die Stirn und spaltete ihm den Schädel. Sofort setzte er nach, sprang vor und zerschmetterte Bârun mit dem zweiten Beil das Knie. Das Pferd des Fürsten scheute und warf seinen Reiter ab.

Ein zweiter Söldner gab dem Ross die Sporen und stürmte auf Gontas zu. Gontas duckte sich unter dem Angriff weg. Mit der Schulter warf er sich gegen den Fuß des Reiters und hob ihn aus dem Steigbügel. Das Pferd preschte davon, Gontas zertrat dem Gestürzten die Kehle. Im Gesicht des jungen Mannes las er kein Zeichen der Besessenheit. Es war nur ein Krieger, der seinen Herrn verteidigte und der nicht verstand, was da vorging.

Bârun kam wieder auf die Beine. Die Axt stak in seinem Kopf wie ein grotesker Nasenbügel, aber das hielt ihn nicht auf. Er nahm sein Schwert und trat Gontas entgegen.

Gontas sah die schwarzen Fäden, die das zerschmetterte Knie zusammenhielten. Er täuschte einen Schlag an, wehrte Bâruns Gegenangriff ab und trat ihm vor das Knie. Bârun kippte zur Seite, Gontas schnappte den Axtgriff, der aus dem Gesicht ragte, und drehte ihn herum. Er hebelte Bâruns Schädel auf wie eine Nuss und rammte das Blatt der zweiten Axt hinein. Der Fürst blieb zuckend liegen, und Gontas suchte den nächsten Feind.

37.

Als das Schlachtfeld ein zweites Mal zur Ruhe kam, feierte niemand mehr einen Sieg. Nur wenige Hundert Buschläufer waren am Leben geblieben, die meisten verwundet, und keiner wusste, wie viele die nächsten drei Tage überstehen würden. Von den Khâl, die sie begleitet hatten, waren bloß diejenigen übrig, die den Geistern des Styx widerstehen konnten und die nicht im Kampf erschlagen worden waren.

Gontas streifte über das Schlachtfeld und suchte nach Gesichtern, die er kannte. Er fand Beitan, tot. Gontas legte ihm die Hand auf die Stirn und nahm Abschied von seinem alten Feind, seinem Rivalen während des großen Krieges. »Lebe wohl, altes Großmaul. Unseren Zweikampf werden wir noch eine Weile verschieben müssen.«

Er wusste nicht, ob Beitan im Kampf mit Tarukan gefallen war. Er wusste nicht einmal, ob der Cyriate überhaupt bis zum Hauptmann der Feinde vorgedrungen war oder ob er irgendwann später im Kampf mit den Khâl den Tod gefunden hatte.

Tarukan fand er nicht, weder lebend noch tot.

Ob der Söldnerführer nun entkommen war oder nicht: Einige der Götter von Gehenna hatten das Gemetzel gewiss überlebt! Es konnten nicht viele sein, aber Gontas zweifelte nicht daran, dass sie in diesem Augenblick mit ihrer Maschine neue Krieger von Gehenna herabholten und sie hinaus in die Welt schickten, wo sie sich Hüllen suchen und wieder eine Streitmacht aufstellen sollten.

Gontas musste die Zitadelle *jetzt* erobern, bevor die Verstärkung für die fremden Götter eintraf.

Er schritt entschlossen zum Lager, das ein Stück weiter im Tal stand. Bârun hatte dort ein großes Kommandozelt errichten lassen, eine luftige Hülle aus Schwarz und Gold, das Dach mit bunten Wimpeln verziert. Nuatafib wartete dort, wie Beitan erzählt hatte.

Gontas war noch nicht da gewesen, doch er hatte Mart und Tori hingeschickt, damit sie die Krieger unterstützten, das Lager bewachten. Mart hatte nach dem Abstieg benommen gewirkt, und er musste wirklich erschöpft gewesen sein, denn er hatte sich nicht beklagt, dass er zurückbleiben sollte. Womöglich fühlte er sich auch einfach nicht gut genug bezahlt für eine Schlacht – wer wusste das schon bei diesen Söldnern?

Seine beiden Reisegefährten kamen Gontas entgegen, als er das Lager betrat. Tori musterte Gontas von oben bis unten. »Hätten dir 'n Bad einlassen soll'n, hm?«

»Sah schlimm aus von hier«, sagte Mart. »Aber wir haben gewonnen, eh? Es ist vorbei?«

Gontas trat zwischen ihnen hindurch. »Diesen Kampf haben wir gewonnen. Aber es wird nicht vorbei sein, solange der Styx so hässlich da oben steht.«

»Na toffe«, murmelte Tori hinter ihm. »Hol'n wir uns doch so 'n Steinriesen aus Kar Ombos, der 'n für uns aus'm Weg rollt.«

In dem Zelt saß eine einsame Gestalt mit gekreuzten Beinen auf dem Boden. Als Gontas eintrat, sprang sie auf. Die Gestalt trug eine graue Kutte, die einst wohl weiß gewesen war. Die Kapuze war tief ins Gesicht gezogen. Als der Mann aufblickte, konnte man sehen, dass das Gewand noch sauber wirkte, verglichen mit dem Leib, an dem es klebte.

Es war tatsächlich Nuatafib, der Hexer und Einsiedler, der Gontas unter der Kapuze hervor entgegenschaute. Sein hohlwangiges Gesicht sah genauso verwahrlost aus wie an jenem Abend im Raib, fast drei Monate zuvor, die Haare waren genauso fettig und verfilzt, wie Gontas sie in Erinnerung hatte. Der Alte schmunzelte, als er Gontas ansah. »Ah, der Krieger der Cefron. Hast du die Erklärungen gefunden, die du gesucht hast?«

»Oh ja. Aber es wäre mir lieber gewesen, du hättest sie mir gleich gegeben. Ich hätte mit den Kriegern der Stämme herkommen können und mir vieles erspart. Ich hätte *mehr* Krieger sammeln können, wenn du mir damals enthüllt hättest, was du weißt.«

Nuatafib schürzte gekränkt die Lippen. »Du hast deine Erklärungen gefunden, aber wie sich herausstellt, hatte ich recht: Erklärungen bringen keine Weisheit! Wusstest du, dass die Gestirne am Firmament einen Bogen beschreiben, um dorthinzukommen, wo wir sie sehen? Manch einer mag sagen, was für ein Umweg! Um wie viel schneller könnten sie an ihrem Ziel sein, wenn sie einfach geradeaus von einer Konstellation zur nächsten flögen.

Doch all diese Bögen und Bahnen sind nötig; damit sie nicht von den Kräften des Universums zerrissen werden, fortgeschleudert, oder damit sie nicht gegeneinanderstoßen und sich gegenseitig auslöschen. Würde einer der Monde beschließen, von seiner vorbestimmten Bahn abzuweichen und gerade zu fliegen, so käme er nicht schneller ans Ziel, sondern gar nicht, und große Katastrophen wären die Folge.

Bist du nicht hier? Hast du nicht vieles erfahren? Hast du nicht Freunde und Verbündete gefunden auf deinem Weg, und sind nicht am Ende alle hier zusammengetroffen, genau zum rechten Zeitpunkt? Was wäre daraus geworden, wenn ich bei unserer ersten Begegnung die vorgezeichneten Bahnen verändert und eingegriffen hätte?«

»Ich weiß, wohin dein Weg uns geführt hat«, sagte Gontas. »Beitan, dein Stammesbruder, ist tot.«

»Er starb, als er tat, was er tun wollte, nehme ich an.« Nuatafib senkte den Kopf.

»Kannst du den Ring um die Zitadelle lösen und uns hineinbringen?«

Nuatafib schüttelte den Kopf. »Du kannst hinein. Du kannst den Ring lösen. Es ist schon einmal geschehen.«

Gontas seufzte. »Das habe ich befürchtet.«

Mart und Tori hatten neugierig zugehört. Weitere Krieger und Sippenführer der Buschläufer traten nach und nach hinzu. Eine noch größere Zahl versammelte sich vor dem Zelt.

»Was ist los?«, fragte Mart. »Was bedeutet das?«

Gontas sah ihn an. Zugleich sprach er zu den Vertretern seines eigenen Volkes, die erwartungsvoll an seinen Lippen hingen:

»Es bedeutet, dass wir nur das erste Aufgebot der Dämonen zurückgeschlagen haben. Mehr werden kommen, solange die Tore nach Gehenna offen stehen. Und schließen könnten wir sie nur vom Inneren der Zitadelle aus.«

»Dann stürmen wir die Zitadelle!«, rief ein Sippenführer. »Jetzt, da die Dämonen geschwächt sind.«

»Die Dämonen sind geschwächt«, räumte Gontas ein. »Aber der Wall um die Zitadelle ist stark. Es ist ein magischer Wall, der jeden verbrennt, der ihn zu durchbrechen sucht. Allerdings merkt sich die Zitadelle jene, die bereits Einlass erhalten haben. Euch kann ich nicht hineinbringen, doch mit meinen beiden Gefährten, die schon einmal darin waren, kann ich dorthin zurückkehren.«

»Üppig, üppig ...« murmelte Tori.

Gontas fuhr fort: »Ihr habt gut gekämpft, Buschläufer. Ihr habt die Zahl der Dämonen so verringert, dass wir wenigen nun eine Chance haben. Euer Werk ist damit getan.

Auch ich werde mich ausruhen müssen nach dieser Schlacht. Aber noch heute Nacht werden wir drei in die Zitadelle gehen. Wir werden die letzten Walaren erschlagen. Ich werde die Tore des Styx schließen. Und wir werden die Zitadelle öffnen, sodass die Menschen hineinkönnen und morgen die Festung der alten Götter ein für alle Mal in ihren Besitz bringen werden.«

Swetja schreckte hoch. Sie musste eingeschlafen sein, oder hypnotisiert von den funkelnden Lichtern in der Glasröhre neben ihr. Sie wusste nicht, wie viel Zeit vergangen war. Ihr war kalt.

Sie rieb sich die Augen und sah sich um. Etwas hatte sie geweckt. Einen vagen Eindruck davon hatte sie mitgenommen aus dem Augenblick zwischen Traum und Wachen, doch wenn sie versuchte, sich daran zu erinnern, entglitt er ihr. Ein Geräusch von außerhalb vielleicht?

Etwas hatte sich verändert, aber nicht draußen, sondern hier bei ihr! Sie fühlte es, aber sie konnte es nicht festmachen. Die Lichter in der Röhre funkelten noch genauso wie zuvor, sie sah den Steg vor sich, der am gläsernen Kern entlangführte und in der Ferne verschwand. Die Luke in der Außenwand war weiterhin verschlossen, die Metallwand hinter Swetja fest und undurchdringlich. Auch die Geister waren nicht zurückgekehrt, also hatten die alten Götter den Stein nicht gefunden.

Swetjas Vordringen in die Halle mochte nur eine kleine Weile zurückliegen, oder eine Stunde oder einen Tag. Wie sollte sie das erkennen? Nichts änderte sich in diesem Rohr. Selbst der Wechsel von Tag und Nacht drang nicht bis hierher. Dennoch stieg Unruhe in Swetja auf. Die Kälte, die sie spürte, kam aus ihrem Inneren. Sie fühlte sich beobachtet, und sie war nicht mehr allein!

Ein Murmeln mischte sich in die pulsierenden Lichter. Sie nahm es plötzlich wahr und wusste nicht, ob es vorher schon dagewesen war, ob es überhaupt *wirklich* war. Doch es schwoll an und wurde immer klarer, bis Swetja einzelne Worte unterscheiden konnte.

«Siehst du mich? Fühlst du mich? Oh ja, sie weiß, dass ich da bin, das unreine kleine Ding. Wie sie alle suchen. Aber du hast es, nicht wahr? Ja, sie hat es! Soll ich dich fragen, kleines Ding? Soll ich es in dir lesen? Oh ja, das kann ich …«

Swetja wurde sich bewusst, dass sie unverwandt einen Punkt an der Außenwand anstarrte, dass sie etwas fixierte, obwohl dort gar nichts war. Und als sie sich dessen bewusst wurde, *war* dort plötzlich etwas!

Linien zogen sich zusammen, eine Art Busch wuchs aus der Innenseite der Röhre heraus, mit so dünnen Ästen, dass die Umrisse verschwammen wie eine Wolke. Swetja blinzelte, und die Linien wurden klarer. Dornenranken wucherten an der Metallhülle. Sie zuckten und zogen sich zusammen, während Swetja zusah, und zeichneten die Form eines Menschen nach – eines dürren nackten Greises, dem die Ranken auf den Leib tätowiert waren und der kopfunter an der Außenhülle entlangkroch.

Swetja schrie auf.

Der Alte krabbelte auf sie zu. Er kicherte und streckte seine knotigen Greisenfinger nach ihr aus. »Hast mich gesehen, nicht wahr? So scharfsinnig! Der gute Makri hat dich gefunden, und du hast ihn gefunden. Wenn das nicht eine Liebe ist, die von den Göttern geschmiedet wurde.«

Swetja wich zurück, bis sie mit der Schulter gegen die Rückwand stieß. Der alte Mann legte ihr die Finger um das Kinn. Die Ranken waren nur noch ein totes Bild auf seiner schmutzigen Haut, und Swetja wusste selbst nicht zu deuten, was sie soeben wahrgenommen hatte. Ein strenger Geruch stieg ihr in die Nase, ein Hauch von Fäulnis lag darin.

Der namenlose Schrecken, den sie empfunden hatte, war zu einem bloßen alten Mann geworden, und doch war da mehr! Aus den Augenwinkeln sah Swetja einen Schatten, der den Greis umgab. Sie kannte diese Geisterbilder, auch wenn der Schemen sich diesmal so eng an den Leib schmiegte, dass es eine Weile dauerte, bis Swetja erkannte, was sie da sah.

»Du ... bist einer von ihnen«, stammelte sie. »Du bist einer von den Geistern des Styx, ein Besessener!«

Der Alte lachte glucksend. Er ließ ihr Kinn los und tanzte einmal im Kreis, an der gläsernen Hülle empor, unter der Decke her, die Außenwand wieder hinab und bis auf den Steg. »Oh ja, oh ja«, sang er. »Einer von den *Göttern*! Makri hat so lange auf ihre Rückkehr gewartet. Alle Priester von Kar Ombos haben gewartet und die Ankunft der Götter herbeigesehnt, haben versucht, sie herbeizuzwingen. Aber nur Makri hat es geschafft.

Makri ist nun vollkommen und vereint mit seinen Göttern. Makri der Zauberer, der Priester, ich, ich bin zum Gott geworden, zum Gott! Ist das nicht wundervoll?«

Er kam wieder auf Swetja zu. Er legte ihr die Hände auf die Wangen und starrte sie an. Seine Augen waren weiß, mit einem winzigen roten Punkt in der Mitte, umgeben von einem gelben Ring. Die beiden Farben zuckten und tanzten, während ihre Blicke sich trafen.

»Du hast etwas, das uns gehört, nicht wahr, mein Kind? Deine

Freunde sind durch den Keller entkommen, aber du bist im Turm gewesen, und im Turm ist es uns verloren gegangen. Also bist du die kleine Diebin, nicht wahr?«

Swetja wand sich, als ihr der Atem des Greises ins Gesicht schlug. »Ich …«, stammelte sie. »Ich habe den Edelstein nicht mehr. Ich habe ihn weggeworfen. Ihr werdet ihn niemals finden!«, fügte sie trotzig hinzu.

Makri schnaubte. Seine Hände wanderten an ihrem Körper hinab. »Oh ja, ich fühle ihn nicht. Deine Macht ist groß. Ist deine Macht groß genug, ihn vor uns zu verstecken, kleine Sterndeuterin? Ich glaube nicht.«

Seine Finger liefen über ihren Körper wie Spinnenbeine. Plötzlich umfasste er ihren Kopf und drückte ihr einen Kuss auf die Lippen. Swetja wehrte sich. Makri hielt sie fest, seine Lippen zwangen die ihren auseinander, und etwas sickerte in ihren Mund. Der Alte schnaufte wie vor Lust. Seine Linke glitt zu ihren Brüsten, und als sie die Hand fortschob, ließ er sie tiefer gleiten.

Doch das war nichts gegen den abscheulichen Kuss, der wie mit schleimigen Fäden zwischen ihren zusammengebissenen Zähnen hindurchdrang und in ihrem Mund umhertastete, als hätte er Fühler. Es stach und es kribbelte.

Swetja nahm alle Kraft zusammen und rammte beide Fäuste gegen Makris Brust. Sein Griff löste sich, und sie stieß ihn weg. Sie schrie auf und spie aus, mit Tränen in den Augen.

Makri rollte über den scheppernden Eisensteg. Mit halb verschleiertem Blick konnte Swetja sehen, wie schwarze Rinnsale ihm von den Lippen hingen, dünne Zungen, die sich wanden wie Würmer und in seinen Mund zurückkrochen. Makri lachte.

Swetja rannte los. Mit zwei Sprüngen war sie bei der Luke. Sie nestelte an den Verschlüssen herum, wischte sich die Tränen aus den Augen und tastete weiter.

Makri kauerte auf allen vieren und sah sie an. »Ah, raus will sie, meine Kleine. Sie mag den armen Makri nicht, er ist ihr zu alt. Aber die Engel sind groß und schön, mit denen mag sie reden.«

»Bleib weg von mir!«, fuhr Swetja ihn an. Der Greis sah dürr aus, und man konnte fast vergessen, wie viel Kraft sie eben kurz in seinen Fingern gespürt hatte, als er ihr Gesicht umfasste und seine Lippen auf ihren Mund presste. Jetzt machte er sich klein, sah zu ihr empor, doch er traf keine Anstalten, noch einmal mit Gewalt zu erlangen, was auch immer er von ihr haben wollte.

»Die Engel. Die Nachtjäger«, sagte er. »Ich glaube, du kennst sie. Sie warten draußen in der Halle. Wenn du lieber zu ihnen gehen willst, dann ist es mir recht. Es sind Diener der Götter, und ich kann sie später befragen, was sie in deinem Kopf gefunden haben.«

Swetjas Finger zitterten.

Makri strich um ihre Füße wie eine Katze. Er schmiegte sich an ihre Beine, aber dann und wann rupfte seine Haut an ihren Strümpfen wie mit Dornen. »Unsere Engel«, schnurrte er. »Weißt du, was sie tun? Sie umarmen jeden Eindringling und nähren sich von seinen Schmerzen, während sie den Leib zerfleischen. Im Kopf eines Menschen steigen so köstliche Aromen und wundervolle Gedanken auf, wenn die Nachtjäger ihn küssen. All das holen sie aus ihm heraus. Es sind dumme Tiere, und mit den feineren Gedanken ihrer Gespielen können sie nur wenig anfangen. Aber wir können es. Ich werde mir von ihnen holen, was ich wissen muss, nachdem sie von dir gekostet haben, und wir werden den Fokus wiederfinden.«

Ein schwarzer Speichelfaden rann ihm aus dem Mundwinkel und hob sich in ihre Richtung.

Swetja stieß die Luke auf.

Sie konnte es schaffen! Ein kurzer Spurt durch die Halle, bevor die Geflügelten erwachten. Sie war schon einmal an ihnen vorbeigekommen. Um alles andere konnte sie sich später sorgen, aber sie wollte, sie *musste* weg von hier!

Swetja landete auf dem Boden, sprang auf und lief um ihr Leben.

Sie hob den Kopf. Die Halle war dunkel, vor den Fenstern war die Nacht hereingebrochen. Mondlicht sickerte herein, so schwach, dass es kaum die Umrisse des Raums enthüllte. Das rote Glühen des Styx sank herab wie eine Wolke, doch es erhellte nichts.

Swetja erinnerte sich an den Weg. Sie wusste genau, wo der Ausgang war, und sie brauchte kein Licht. Sie rannte und streckte die Arme vor.

Dann war ein Rauschen über ihr. Krallen bohrten sich in ihre Schultern. Sie schrie auf, als die Haut riss und scharfe Spitzen ihr tief ins Fleisch drangen. Augenblicklich wurden ihre Arme taub, ihre Füße lösten sich vom Boden …

Ein zweiter Schatten sprang aus dem Dunkel vor ihr wie ein Raubtier. Mit lautem Gebrüll prallte er gegen Swetja und den Fledermausmann. Sie fühlte, wie ein schweres Gewicht an ihnen beiden hing und den Geflügelten hinab auf den Boden zog. Er ließ los, und Swetja fiel hin.

Sie hörte ein Kreischen und dumpfe Schläge, ein Brüllen und die Flüche eines Menschen. Eine leisere Stimme gleich bei ihr.

»Hm, ich denk mal, das war's jetzt mit'm Schleichen, irgendwie?«

»Ich mach Licht«, antwortete eine andere Stimme. »Wenn der Buschmann rumbrüllt wie ein Wilder, ist mir auch egal, wer uns sieht. Scheißschatten, da kann sonst was lauern.«

Funken stoben auf.

Der Lärm neben Swetja sank von einem wilden Tumult zu einem Dröhnen von fast schon mechanischer Regelmäßigkeit herab. Es klang so, als würde jemand mit einem Holzhammer auf Metall schlagen. Das Kreischen war verstummt. Eine Fackel loderte auf.

»Scheiße!«, rief eine Frauenstimme.

Swetja erkannte die Söldnerin mit der Hakenhand. Sie blickte in Richtung der Röhre, und dort huschte gerade Makri der Zauberer davon – nein, es war ein Gewimmel kriechender Dornenranken, die durch die Luke in dem großen Rohr verschwanden.

»Was war 'n das für 'n Scheiß, ne, du!«, stieß Tori hervor.

Ihr Begleiter Mart hob seine Fackel höher. »Sah aus wie noch so ’n Finckelbruder, bevor er sich in einen Busch verwandelt hat«, knurrte der Söldner.

Swetja kroch vor den beiden davon. Sie konnte die Arme kaum bewegen. Blut sickerte aus ihren Schultern. Sie sah zur Seite, zu dem Lärm hin, und entdeckte den kräftigen Buschläufer. Er hatte einen der Geflügelten an den Beinen gepackt und schmetterte ihn wie einen nassen Sack gegen den unteren Teil des Rohrs.

Jedes Mal, wenn er den Körper schwang, spritzte dunkles Blut aus dem Maul und aus allen anderen Körperöffnungen der Riesenfledermaus. Der große Kiefer am Mund klappte auf und zu im Takt von Gontas’ Schlägen. Das Geschöpf selbst regte sich längst nicht mehr.

Endlich ließ Gontas den Leib sinken. Der Fledermausmann glitt zu Boden, als hätte er keinen unversehrten Knochen mehr im Leib. Gontas sah nach oben. »Von euch hab ich gerade genug«, rief er. »Ihr seid die Hunde der alten Götter? Ich erschlag euch wie Hunde, wenn ihr den Schwanz nicht einzieht!«

Am äußersten Rand des Fackelscheins erkannte Swetja zwei, drei weitere Wesen, die auf einem Sims an der Wand saßen. Die winzigen Augen funkelten im Feuerschein. Die Wesen schauten zu ihnen herunter, aber sie bewegten sich nicht.

Swetja hob kraftlos einen Arm. Der Schmerz schoss ihr durch die Schulter. Sie wies auf den Ausgang der Halle. »Dragoner«, murmelte sie. »Besessen.«

»Hm, die sind fott, du«, gab Tori zurück. »Ham’n Tanz mit dem Knöchler gehabt. Jetzt sind’s nur noch wir drei gegen’s letzte Fennche vom Götzenpack. Du weißt nicht zufällig, was uns inner Zitadelle erwartet, hm, Prinzesschen?«

Sie zogen sich in die Röhre zurück, weil das der einzige ruhige Winkel war, wo sie nicht auf die Geflügelten achtgeben mussten. Gontas trug Swetja dorthin und half ihr durch die Öffnung. Als die Luke wieder geschlossen war, spähte sie den Gang entlang. Sie hielt die schmerzenden Arme eng an den Leib gepresst.

Mart folgte ihrem Blick. »Aye, der Finckler. Hast sich wohl weggemacht. Ich glaub nicht, dass wir die Fiesel im Turm jetzt noch überraschen können.«

»Vielleicht ist er noch hier«, sagte Swetja. »Er kann sich fast unsichtbar machen, irgendwie!«

»Hm.« Tori zog ihren langen Dolch. »Ich geh dann mal was Hecken schneiden, Jungs.« Sie entfernte sich von den anderen und kratzte mit der Sichel durch alle Winkel des schmalen Durchgangs.

Gontas kümmerte sich um Swetjas Wunden.

»Wie bist du überhaupt hier gelandet?«, fragte Mart, und Swetja erzählte von ihren Erlebnissen.

»Du hast die Straße des Lichts unterbrochen«, stellte Gontas fest, als sie geendet hatte. »Das ist eine gute Nachricht. Die alten Götter werden nicht mehr so viel Verstärkung bekommen, wie wir befürchtet haben. Nach der Schlacht dürften die meisten von ihnen tot sein.«

»Was für eine Schlacht?«, fragte Swetja, und Gontas fasste kurz zusammen, was geschehen war.

»Aye«, fügte Mart hinzu. »Wir sind jetzt unterwegs, um den Schniegeln den Rest zu geben.«

Tori kam zurück. »Is wech, der Jammer«, rief sie ihren Gefährten zu. »Unsichtbar oder nich – in dem schmalen Loch hätt ich ihn verschnitten, wenn da noch was von ihm gebaumelt hätt.«

»Gut.« Mart nickte Swetja zu. »Was hast du eigentlich mit dem Stein gemacht, nachdem du ihn entfernt hast?«

Swetja senkte die Stimme, als könnte in dem Gang doch ein unentdeckter Lauscher zurückgeblieben sein. »Ich habe ihn in eine der alchemistischen Destillen geworfen, in den großen Zylinder mit der blauen Flüssigkeit. Da drin ist er nicht zu sehen, und die Magie der Anlage überdeckt jede Ausstrahlung.«

Gontas schaute versonnen in die Lichter, bis sie wie von selbst vor seinen Augen tanzten.

»Ohne den Stein kann die Maschine die Geister von Gehenna

nicht mehr einfangen und sie kräftigen. Aber die Tore stehen weiterhin offen, und die stärksten der Götter können den Übergang ohne Hilfe schaffen. Wir müssen sie immer noch aufhalten.«

Er sah Swetja an. »Vorher müssen wir allerdings das Mädchen ins Lager bringen. Sie braucht einen Heiler. Sie wird nicht verbluten, aber wenn sie Fieber bekommt …«

Swetja zog die Knie an den Leib und schlang die Arme darum. Ihre Schultern pochten, aber es war erträglich. Gontas hatte Salben und Verbände dabeigehabt, und Swetja glaubte nicht, dass es im Heerlager mehr gab, was man für ihre Verletzungen tun konnte.

»Geht weiter«, sagte sie. »Ich bleibe hier.«

»Tapfere Musche, hm«, sagte Tori. »Und so dämlich.«

»Nein«, sagte Swetja. »Ich bin hier drin sicher. Die Flügelmänner können nicht herein, und wenn ihr im Rohr nach oben steigt, kommt auch von dort keiner der Dämonen an mich heran. Ihr müsst sie aufhalten, und wenn dieser Makri die anderen warnt, weiß niemand, wozu sie imstande sind, wenn wir ihnen die Zeit dazu lassen.«

»Vielleicht kommen wir nicht zurück«, sagte Gontas. »Dann wird das Versteck nicht lange sicher bleiben.«

»Sobald die Sonne scheint, kann ich allein fliehen«, erwiderte Swetja. »Die Geflügelten schlafen dann. Ich habe mich schon einmal an ihnen vorbeigeschlichen, und wenn die Dragoner fort sind, finde ich auch den Ausgang.«

Gontas sah sie an. Endlich nickte er. »Je schneller wir es zu Ende bringen, umso besser für alle.«

Er ließ Swetja etwas Wasser und Vorräte aus seiner Tasche zurück, und die drei Krieger machten sich auf. Sie folgten der Röhre aus Licht, den Stegen und Leitern und den Kriechgängen, die sich rings um den inneren Kern und um die gläsernen Wände wanden.

Gontas war schon einmal hier gewesen, als Tarukans Gefangener und im Fiebertraum. Jetzt flossen diese Erinnerungen mit den Bildern eines anderen Besuchs zusammen, eines anderen Zeitalters. *Sardik* war hier gewesen, kurz nachdem er die Dämonen von Gehenna das erste Mal besiegt hatte.

Er hatte die Zitadelle in Besitz genommen, er hatte die Anlage in dem Rohr umgestellt, sodass sie das Tor nach Gehenna nicht länger stützte, sondern es erschütterte. Er hatte Wachen hiergelassen, um die Zitadelle zu schützen. Was war damals schiefgegangen?

Gontas wühlte in den Bruchstücken einer Erinnerung, die nicht seine eigene war, doch er fand keine Antwort auf die Frage. Er war sich nicht einmal sicher, ob er ein weiteres Mal schaffen konnte, was Sardik getan hatte. Sardiks Wissen war dünn geworden im Laufe der Äonen. Viel war vergessen worden in ungezählten Menschenleben, und Gontas verstand die Maschine der Götter nicht mehr.

Der Weg durch das Rohr nahm Stunden in Anspruch, auch wenn es ganz gerade über die Bergflanke lief. Trotz aller Gedanken, die ihm durch den Kopf zogen, war Gontas aufmerksamer als beim letzten Mal und versank nicht in Trance und Träumen. Die funkelnden Eingeweide der Maschine waren nur Lichter, sie rissen seinen Geist nicht mit.

Es war Mart, der verträumt auf die Edelsteine und die goldenen Verbindungsstücke starrte, die hinter dem Glas auf ihn warteten.

»Ein Kampf, ein Sieg«, murmelte er. »Und die Schätze der Zitadelle gehören mir. Wird am Ende also doch noch alles so kommen, wie ich es mir vorgestellt habe.«

38.

Gontas hielt seine Begleiter zurück, als er vor sich in der Ferne eine Wand von Kristall erstrahlen sah. Er dachte an die Luken unter der Decke und an die Stäbe der Bewahrer, die dort auf Tarukans Männer herabgestoßen waren.

»Seid vorsichtig. Wir haben den Turm erreicht, und wir wissen nicht, was uns erwartet.«

Geduckt schlich er auf das Ende der Röhre zu, jederzeit bereit, zur Seite zu springen, wenn an der Außenwand eine Klappe aufsprang. Aber nichts geschah. Gontas untersuchte die Wand in der Nähe einer Öffnung, an die er sich erinnerte, und fand einen Riegel.

Er öffnete den Einlass und spähte hindurch.

Das hohe Turmzimmer lag vor ihm, kalt und windig und durchtränkt vom Licht des Styx. Gontas sah einen Teil der alchemistischen Apparaturen, der gläsernen Leitungen, die den Raum durchzogen. Er erkannte sogar den hohen Kolben, in dem eine blaue Tinktur blubberte.

Davon abgesehen wirkte die Kammer leer.

»Wir gehen raus. Aber leise!«, flüsterte Gontas seinen Begleitern zu.

Verstohlen stiegen sie hinaus. Auf dieser Seite war das zehn Schritt hohe Rohr von Gerüsten umkleidet. Leitern führten hinauf und hinab zu den unterschiedlichen Durchlässen ins Innere. Die Stützen boten den Eindringlingen Deckung.

Sie schlichen zum Ende des Rohrs und sahen den Treppenabgang. Wo waren die Dämonen? Wo war der Zauberer, den sie unten im Tal hatten flüchten sehen?

Gontas ging um das Rohr herum, und endlich fand er einen Bewohner der Zitadelle: Eine Gestalt stand vor einem der Fenster, die nach Süden wiesen, gleich neben der Stelle, wo das Rohr die Wand durchbrach. Der Dämon sah in das Tal hinab und regte sich nicht.

Gontas erkannte Tarukans Silhouette!

Er zog seine Äxte und schnaubte vernehmlich.

Tarukan wandte sich langsam um und schaute seinem Feind ins Gesicht. Sein Federhut war verschwunden, sein Haar war zerzaust. Sein Gewand aus feinem Leder wies zahllose Schnitte auf und war voller Blut – getrocknetes Blut von Menschen, Spritzer von schwarzem Dämonenblut. Eine leichte Blässe lag auf seiner Haut, die Andeutung von Schuppen und ein Hauch von Fremdartigkeit in den Zügen. Davon abgesehen hatte der Dämon in seinem Inneren den Söldnerführer erstaunlich wenig verändert.

»Der Heerführer selbst tritt mir entgegen«, sagte er. »Welch unerwartete Ehre. Man hat mich vor der Schlacht gewarnt, aber ich dachte, ich kenne meine Feinde. Wer hätte geahnt, dass die Buschläufer nicht wild durcheinanderstürmen? Wer hätte gedacht, dass Söldner von Khâl bis auf den Tod gegen Dämonen kämpfen und dass alle die Stellung halten? Ich muss den Anführern Respekt zollen, die so etwas zuwege bringen.«

»Du kennst die Buschläufer nicht«, erwiderte Gontas. »Und was die Söldner von Khâl angeht, kennst du vor allem deine eigenen. Vielleicht hast du darum den Stolz und die Standhaftigkeit dieses Volkes unterschätzt?

Nein, ich bin nicht stolz auf diesen Sieg, denn ich fürchte, ich verdanke ihn mehr deinen Schwächen als meinen Stärken. Doch es freut mich, dass du überlebt hast. Ich habe geschworen, dass ich dich bluten lasse, und auf dieses Vergnügen hätte ich ungern verzichtet.«

»Nur dafür bist du so hoch hinaufgestiegen?«, fragte Tarukan mit leisem Spott in der Stimme. Er zog seinen Säbel. »Du hättest mich als Menschen nicht besiegen können. Wie kommst du darauf, dass du jetzt gegen den Gott bestehen kannst?«

»Ich hab schon so viele von diesen Göttern erschlagen«, sagte Gontas. »Das ist für mich keine große Sache mehr.«

Er ging auf Tarukan zu. Der hob den Säbel. Mart und Tori traten neben Gontas. Gontas streckte die Äxte zur Seite und hielt seine Begleiter zurück.

»Tarukan gehört mir allein. Haltet mir den Rücken frei. Und diesmal richtig.«

»Ich hoff mal, du weißt, was'te tust.« Tori wich mit Mart in die Mitte des freien Raumes zurück, von wo aus sie die Treppe ebenso gut im Auge behalten konnten wie die fast alle anderen Winkel des Turmgemachs.

Gontas und Tarukan umkreisten einander wie hungrige Wölfe.

»Ihr habt eine Schlacht gewonnen«, sagte Tarukan. »Aber glaubt nicht, dass ihr diesen Krieg gewinnen könnt. Die Zitadelle ist eine uneinnehmbare Festung, und unsere Brüder werden kommen. Selbst den Fokus können wir neu herstellen, wenn wir die richtigen Meister aus Gehenna holen. Es dauert ein wenig länger, aber am Ende werde ich kriegen, wofür ich gekommen bin. Ich werde sämtliche Lande der Menschen unterwerfen, und ihr werdet nichts weiter sein als ein unbedeutendes Hindernis am Beginn einer Geschichte, die Gehenna für uns alle geschrieben hat.«

»Was ist?«, rief Mart von hinten. »Willst du kämpfen oder schwatzen? Wenn ich noch zwei Augen hätt, würden die mir jetzt zufallen.«

»Hör nicht auf'n alten Neider«, rief Tori. »Find ich toffe, deine Pläne, du. Würd gern dazu klatschen, Schniegel, aber ...« Sie zeigte ihren Armstumpf mit der Sichel.

Tarukan blickte an Gontas vorbei auf die beiden Söldner. Gontas griff an.

Er schwang die rechte Axt. Tarukan wich aus und konterte. Gontas stieß den Säbel mit dem Beil zur Seite. Tarukan sprang zurück vor dem Rückhandschlag, der folgte, dann tat er wieder einen Satz vor und stieß zu.

Gontas warf ihm mit der Linken die zweite Axt mitten in den Lauf. Das Blatt fuhr unter Tarukans Brustbein und spaltete ihm das Herz.

Doch Tarukan ließ sich nicht aufhalten. Sein Säbel zuckte,

Gontas brachte sein Bein in Sicherheit, und ein dünner blutiger Streifen blieb darauf zurück.

»Hast du gedacht, die Reichweite deines Säbels wäre größer als die meiner Axt?«, fragte Gontas. »Denk noch mal nach.«

»Hassst du …« Tarukan keuchte und verstummte. Das Beil in seinem Brustkorb schnitt ihm die Luft aus den Lungen. Er zerrte an dem Griff der Axt, aber die gebogene Klinge und der Haken am Blatt verkeilten sich in seinem Leib, und er zerrte Organe und Eingeweide mit und vergrößerte die Wunde.

Gontas stieß vor und schlug mit der zweiten Axt zu.

Tarukan schwang mit der Rechten den Säbel, während er mit der Linken an der Waffe zog, die in seinem Körper steckte. Gontas rollte sich zur Seite ab.

»Glaubssst du«, setzte Tarukan wieder an, »ich bin einnn Mensch, den du ssso leicht töten kannsss…«

Sie sprangen aufeinander zu. Der Säbel klirrte gegen Gontas' Axt. Gontas trat gegen den Griff, der aus Tarukans Brust ragte. Das Beil sprang heraus, und teeriges Blut und fleischige Brocken spritzten in den Raum. Gontas setzte nach. Tarukan wich aus. Schwarze Blutfäden sammelten sich auf dem Boden, ringelten sich, hingen aus Tarukans Wunde wie Fäden und versuchten, die klaffende Wunde zu schließen.

Gontas versetzte Tarukan einen Stoß mit der Schulter. Er hackte ihm in die Wirbelsäule. Tarukan wurde langsamer. Gontas zielte auf den Arm, doch Tarukan wich aus und verlor nur einige Finger. Er wehrte sich mit dem Säbel, aber Gontas fing die Klinge wieder mit der Axt ab, und diesmal verhakte sie sich. Mit einem kräftigen Ruck entwaffnete Gontas seinen Gegner. Er schlug wieder zu, traf Tarukan am Kopf, trennte ihm mit einem weiteren Hieb den Unterarm ab, rammte ihm die Klinge in den Bauch und schnitt ihm dann ein großes Stück aus dem Oberschenkel.

Tarukan taumelte durch das Turmzimmer. Vornübergebeugt stand er da. Er spuckte zähes Blut und sah kaum noch aus wie ein Mensch, sondern wie ein formlose Masse aus einer öligen Flüssigkeit, die sein Fleisch und die Kleidung zu verschlingen schien. Er gab röchelnde Laute von sich, jeder Atemzug gluckste durch die Löcher in seinem Brustkorb.

»Ein Gott?«, sagte Gontas. »Ich hätte erwartet, dass der alte Tarukan schneller wäre, nachdem ich seinen kleinen Bruder erlebt habe. Der Fürst der Götter von Gehenna ist leichter zu töten als dieser Mensch«

Er hob die Axt, um Tarukan den Kopf von den Schultern zu trennen.

»Fürst?« Tarukan lachte gurgelnd. »Du hältst mich für den Fürsten? Ich bin nur der Heerführer, du dummer Wilder. Durch meinen Tod gewinnst du nichts außer deiner dummen, hirnlosen Rache an einem Menschen, den es längst nicht mehr gibt.«

Gontas zögerte.

»Wo ist euer Fürst«, fragte er.

»Ich bin doch hier, Gontas, mein Freund«, sagte eine sanfte Stimme hinter ihm. »Ich bin sofort gekommen, als Makri mir deine bevorstehende Ankunft meldete. Doch der Turm ist hoch, und meine Beine sind schwach.«

Tori stieß einen Warnruf aus. Gontas fuhr herum und löste sich von seinem Gegner.

Drei weitere Gestalten kamen die Treppe herauf und traten in das Turmzimmer. Gontas sah Makri, den nackten Zauberer mit der Rankentätowierung. Seine Gliedmaßen wirkten überlang, und sie sahen aus, als hätten sie mehr Gelenke als zuvor. Er schob sich auf allen vieren über den Boden. Sein Leib wurde unscharf an den Rändern, so als wäre er tatsächlich aus Dornenranken geflochten, in einem Muster, das jederzeit auseinanderfallen konnte.

Der zweite Dämon, der auf der Treppe erschien, steckte im Körper des Anführers der Graubärte. Er hielt einen Stab mit stumpfem Doppelende und mit Hakenspitze in der Hand, die Waffe der Bewahrer. Sein Kopf war rund und wie geschwollen, seine Lippen zogen sich von einem Ohr zum anderen in einem breiten Grinsen, unter dem sein grauer Bart aussah wie ein lachhaft kleines Anhängsel.

Und zwischen ihnen ging Halime. Sie zeigte keine Anzeichen der Besessenheit, sie war dasselbe Mädchen, das Gontas zuletzt bei dem Graubart gesehen hatte. Ihre Augen waren groß und dunkel, ihr Gesicht war ernst, doch in den Grübchen an ihren Mundwinkeln zeigte sich die Andeutung eines schalkhaften Lächelns.

Halime war ein Mensch, genau wie er sie kannte.

Und doch war es ihre Stimme, die zu Gontas gesprochen hatte.

Halimes zwei Begleiter stellten sich vor Mart und Tori hin, und Halime trat allein auf Gontas zu, ein unbewaffnetes kleines Mädchen, das ihm kaum bis zum Bauch reichte. Sie streckte ihm die Hand entgegen.

»Du musst nicht mehr kämpfen, Gontas«, sagte sie. »Bist du nicht gekommen, um mich zu beschützen?«

»Bei allen Geistern ...«

Gontas ließ die Axt sinken und wich zurück, bis er mit dem Rücken gegen das Rohr stieß. Tarukan lachte und lachte, während er seine abgetrennten Gliedmaßen einsammelte und sie an den Körper klebte.

Halime sah den Söldnerführer missbilligend an.

»Manche Krieger sind jung«, sagte sie. »Andere haben lange gelebt und doch nichts gelernt. Immerzu versuchen sie, ihre Kräfte zu messen. Aber das ist nicht der Weg, den ich im Sinn hatte, Gontas, mein alter Freund und getreuer Gefährte.«

Gontas starrte sie an. Er weigerte sich, etwas anderes in ihr zu sehen als das Kind, das er in seinem Zelt aufgenommen hatte.

»Naran«, stammelte er dennoch. »Du bist Naran, der Fürst von Gehenna!«

Halime schüttelte den Kopf. Gontas wich zurück vor der Hand, die sie ihm hinhielt.

»Ich bin Halime«, sagte sie. »Jetzt bin ich Halime, genau wie du Gontas bist. Oder bist du etwas anderes? Bist du Sardik der Schwertkämpfer, der schon längst gestorben ist? Ein Geist von Gehenna? Oder bist du Gontas, der Mensch?

Du kannst nicht glauben, dass du Gontas bist, und zugleich

etwas anderes in mir sehen als Halime, deinen Schützling, dem du Gastfreundschaft gewährt hast.«

»Geister ...«, stammelte Gontas. »Geister, helft mir.« Er wusste nicht, was er tun sollte. Er konnte gegen Tarukan kämpfen, aber nicht gegen die Hand eines Kindes, die sich ihm entgegenstreckte. »Was ... was geschieht hier?«

»Als Sardik den Fürsten der Walaren besiegte«, sagte Halime, »glaubst du, dass der da starb? Die Stärksten der Geister von Gehenna können lange ohne Hülle auf dieser Welt überleben. Wie hätten sie sonst hierher gelangen können, als es noch keine Hüllen gab?

Als Sardik ihn erschlug, war Narans Geist frei. Er kehrte nicht zurück nach Gehenna, solange das Tor offen stand, sondern er blieb. Er hatte Fragen. Wie konnte es sein, dass die Menschen ihn besiegt hatten? Wie konnte es sein, dass sein treuer Gefolgsmann ihn betrogen hatte?

Naran blieb also auf dieser Welt und suchte Antworten.

Sein Geist war dabei, als Sardik den Schutzkreis um die Zitadelle durchbrach und die Straße des Lichts so umstellte, dass die Tore erschüttert wurden und fast zum Einsturz kamen. Er verfolgte, wie Sardik die Zitadelle in die Obhut von Menschen gab.

Aber nicht alle Menschen wandten sich von den Göttern ab. Manche sehnten unsere Rückkehr herbei, auf dass wir ihnen die Vollkommenheit bringen sollten, für die ihr Leib bestimmt ist. Sie erbauten eine Stadt an den Ufern des Lethe, da, wo das Blut der Götter in den Boden geflossen war.

Kirus der Zauberer war einer dieser Anhänger. Er drang in die Zitadelle ein, die von Sardiks Getreuen bewacht wurde, und er raubte den Fokus und brachte ihn in Sicherheit. Von unserem Boten Borija haben wir erfahren, dass er am Ende von uns abfiel. In jenen ersten Jahren nach unserer Niederlage aber war Kirus ein Held. Denn ohne den Fokus konnte Sardik die Tore nach Gehenna nicht endgültig schließen.

Dann kehrten unsere eigenen Hüter in die Zitadelle zurück.

Sardik hatte sie erschlagen, doch er übersah, dass wir sie auf besondere Weise mit der Zitadelle verbunden hatten. So vertrieben unsere Hüter schließlich die Bewahrer, die Sardik eingesetzt hatte, und nahmen deren Platz ein. Sie setzten die Straße des Lichts wieder instand und bewahrten die Zitadelle über die Jahrtausende, bis der Aufruhr in den Toren sich legte und die Pfade des Styx durchlässig wurden.

All das sah Naran. Und er studierte die neuen Menschen, die Sardik den Göttern von Gehenna abspenstig gemacht hatte. Er ging denselben Weg wie Sardik und veränderte sich, bis er ebenfalls in den verderbten Menschen überdauern konnte.

Er fand die Nachfahren von Sardiks Bewahrern in der Verbannung, wo sie davon träumten, die Festung der Götter eines Tages zurückzuerobern und zu zerstören. So kam es, dass der Geist, der einst Naran gewesen war, in einem Leib wiedergeboren werden konnte, der Zugang zur Zitadelle hatte, als die Zeit reif war, um seine Heere zu empfangen und den zweiten Vorstoß auf diese Welt anzuführen. Auf dem Weg dorthin schaute jenes Mädchen auch bei ihrem alten Freund Gontas vorbei, denn immerhin waren sie in einem früheren Leben Brüder gewesen, und sie wollte ihn mitnehmen auf diese Reise.

Sie wollte ihn mitnehmen nach Hause, zu seinem Volk. Sardik und Naran hatten gegeneinander gekämpft, doch das ist nicht unsere Bestimmung. Einst sind wir gemeinsam auf diese Welt gekommen, und wir sollten wieder vereint sein nach so langer Zeit und die Fehler vergessen.«

Halime stand immer noch vor Gontas. Sie breitete die Arme aus. Gontas sah auf sie hinab. Sein Arm mit der Axt hing herunter, die Klinge berührte den Boden. Der Schaft war seinen kraftlosen Fingern schon halb entglitten.

»Du ...«, murmelte er. »Du warst Naran. Von Anfang an bist du zu meinen Zelten gekommen, um mich zu verwirren und zu täuschen.«

Halime lächelte. »Ich bin wie du«, sagte sie. »Wir haben beide einen langen Weg hinter uns, und das größte Stück davon haben wir blind zurückgelegt. Unsere Geister sind dünn geworden, und wir sind beide nicht mehr die, die wir einst waren. Wir leben in einem untauglichen Leib, um den Preis, dass wir als Menschen heranwachsen und die meiste Zeit nicht mehr wissen, wer wir sind.

Als ich zu deinen Zelten kam, mag ich getrieben gewesen sein von Plänen, die über lange Zeit geschmiedet worden waren. Aber das war nur ein Teil von mir, und es war tief in meinem Inneren vergraben. Ich war Halime, und was mich bewegte, das waren Träume, die halb verstandenen Lehren und Legenden meiner Eltern, die ich auf dieser Welt gehabt habe. All die Gedanken und Empfindungen eines Kindes.

Es waren Halime und Gontas, die einander im Buschland begegneten, die beide verloren waren und nicht wussten, was für ein Weg vor ihnen liegt. Die sich gegenseitig Halt gaben oder eine Aufgabe. Du bist mein Krieger und Beschützer geworden, wie du es einst schon hättest sein sollen.

Ich war Halime, und ich bin es noch. Die Macht der Zitadelle verleiht unserem Geist ein wenig Klarheit, doch sie verändert weder, was wir waren, noch, was wir sind. All das hast du selbst erlebt. Du warst Gontas. Du bist es jetzt und träumst nur mitunter von anderen Leben.

Da war keine Täuschung dabei, nur das, was wir wirklich sind und weiterhin sein können.«

»Willst du mir erzählen«, entgegnete Gontas matt, »dass du Sardiks Verrat einfach vergessen willst? Ich soll wieder meinen alten Platz einnehmen, als wären all diese Äonen, all diese *Leben* niemals gewesen?«

Halime zuckte die Achseln. »Es war eine Krankheit und eine Verwirrung, die dich befallen hat. Das kann den Stärksten widerfahren. Es ist schon anderen Kundschaftern von Gehenna passiert, nur nicht so folgenreich wie in deinem Fall. Selbst ich habe diesen Sog gespürt im Laufe der Zeit.

Wir bleiben zu lange in dieser fremden Welt und in einem fremden Körper. Als du unseren Krieg vorbereitet hast, musstest du nah bei den Menschen leben und so lange einen der ihren spielen, bis du selbst daran geglaubt hast.

Als wir, deine Brüder, endlich gekommen sind, waren wir dir fremd geworden. Weil du dich als Teil dieser Welt fühltest, wurden wir zu Eindringlingen. Aber das war keine Erkenntnis und keine Entscheidung von dir, es war nur eine Verwirrung. Du brauchtest Hilfe, keinen Krieg, so viel habe ich in all dieser Zeit gelernt.

In meinen wachen Momenten im Kreislauf der Wiedergeburten habe ich darüber gegrübelt, wie es sich heilen lässt. Und ich habe einen Weg gefunden. Wenn einer deiner Brüder dir in einer Gestalt gegenübertritt, die dir vertraut ist, wenn du dich ihm wieder verbunden fühlst, muss dich das dann nicht daran erinnern, wohin du gehörst? Muss es dich nicht daran hindern, deine Hand zu erheben gegen einen Feind, den du dir nur eingebildet hast, gegen deine Brüder, die du nur nicht mehr erkennst, weil du zu lange fern warst von ihnen?«

»Ich ...«, sagte Gontas. »Ich bin nicht so.« Er wies auf den verzerrten Graubart und auf den verrückten Zauberer. Er wies auf das immer noch grauenvoll entstellt aussehende Tarukan-Wesen. »Ich bin kein Dämon von Gehenna. Ich bin ein Mensch!«

Halime strich ihr Kleid glatt. »Ich weiß«, antwortete sie. »Ich weiß, was du bist. Aber was ist ein Mensch? Diese Wesen, die du Dämonen nennst, sind nichts weiter als die Geschöpfe, die das Volk von Gehenna zum Überleben auf dieser Welt erschaffen hat. Du und ich, wir sind das, was *Sardik* für sich selbst erschaffen hat. Du siehst, der Unterschied, den du wahrnimmst, er ist nicht wirklich. Das, was du Mensch nennst, und die Dämonen, die du siehst – beides sind nur Werke, die von Geistern Gehennas geschaffen wurden.

Wir können auf dieser Welt sein, was wir wollen. Was zählt, ist das, was wir fühlen. Die Verbundenheit. Die Herkunft. Wir sind die Pioniere Gehennas, die überlebt haben, Gontas. Wenn erst einmal unsere Gelehrten und unsere Weisen und unsere Zauberer hier sind, unsere Baumeister und unsere Heiler, dann können sie unseren Geist wieder aus diesem Leib herausdestillieren und stärken, genau wie es mit jenen geschwächten Schemen geschieht, die aus unserer Heimat neu hierherkommen. Die körperliche Gestalt ist nicht von Bedeutung, und die Veränderungen, die wir erfahren haben, sind nicht unumkehrbar.

Wir können beide wieder sein, was wir einst waren, und all die Jahrtausende in der Verbannung werden verblassen wie ein bloßer Traum. Du kannst zu deinem Volk zurückkehren, Gontas.

Kehre zurück zu mir.«

»Ich ...« Gontas sah Halime an. Er konnte nicht an gegen seine Gefühle. Sie hatte ihn zu ihrem Beschützer gemacht, in den Zelten im Buschland, und er hatte es zugelassen. Das war der Grund, warum er sich aufgemacht hatte zur Zitadelle, nicht um den alten Göttern entgegenzutreten.

»Ich will nicht gegen dich kämpfen«, sagte er. »Aber ich ... ich weiß nicht, was das bedeutet. Ich will nachdenken.«

Halime nickte. »Nachdenken ist gut«, erwiderte sie. »Ich habe viel Zeit mit Nachdenken verbracht, während du einfach nur gelebt und vergessen hast. Das Nachdenken hat mich zusammengehalten in der Verbannung.

Es mag auch dir helfen.«

Gontas zögerte. »Wenn wir Frieden halten«, sagte er, »wirst du meine Begleiter ziehen lassen?«

»Wenn du meinst.« Halime zog einen Schmollmund und sah zu Mart und Tori hin. »Sie sind ohne Bedeutung. Wir haben kein Interesse an ihnen, es sei denn, sie wählen den Kampf und stellen sich uns in den Weg.«

»Dann ...« Gontas sah sich hilflos in der Kammer um, und seine Axt glitt zu Boden.

Halime winkte den Graubart mit dem Stab heran. »Diese Hülle war besonders vertraut mit der Zitadelle«, sagte sie zu Gontas. »Er soll dir ein Quartier suchen, das dir angenehm ist. Ich hoffe, du wirst bald an meiner Seite stehen. Doch es ist schon genug, dass du nicht mehr gegen uns kämpfen willst.

Die Menschen sind ein unvollkommenes Volk. Sie waren nie dafür geschaffen, allein ihrem eigenen Geist zu folgen. Aber wir, das höhere Volk, sollten nicht die Hand erheben gegen unsere Brüder.«

Tori begehrte auf, als die kleine Hexe Gontas mit ihren Worten umgarnte.

Sie sprang vor und wollte sich auf den Rankenzauberer stürzen, der die Arme nach ihr ausstreckte und kichernd auf ihren Angriff wartete.

Mart zerrte sie zurück. »Was tust du, Musche?«, flüsterte er. »Willst du allein gegen die Dämonen kämpfen?«

»Wir sind erst allein, du, wenn diese Finckel uns den Buschläufer abspenstig macht!«

»Hörst du nicht zu?« Mart schüttelte sie. »Er ist einer von ihnen! Wenn wir einen Kampf anfangen, steht er vielleicht gegen uns, und dann sind wir ganz am Arsch.«

Er zog Tori auf die andere Seite der großen Röhre. Die Dämonen folgten ihnen nicht. Sie schirmten Gontas und das kleine Mädchen ab und blieben bei der Treppe. Mart senkte die Stimme.

»Hör zu, Musche, 's sieht scheiße aus jetzt. Hast du gesehen, wie der Brecher gegen das Monster gekämpft hat? Der Buschmann kommt mir doppelt so schnell vor wie früher, und stark war er schon immer. Wenn er uns nicht hilft, haben wir ein Problem mit den Viechern, und wenn er die Seiten wechselt, sieht's zappenduster aus.«

»Und was tuste dagegen, du?«, erwiderte Tori trotzig. »Willste warten, bis sich alle abgesprochen haben und über uns herfallen? Oder hüpfste gleich aus'm Fenster und machst ein Ende?«

»Nein«, flüsterte Mart. »Ich denk mir, es ist an der Zeit, unser Überleben ohne den Buschmann zu planen.« Er nickte in Richtung des Gerüsts, das sich am Rohr entlangzog. »Wenn's so weit kommt, schlagen wir uns zur Luke durch, und dann ab den Berg, so flott wir laufen können. Wir stell'n uns schon mal günstig hin.«

»Willst also wieder fliehn, du.« Tori verzog unwillig die Lippen. »Was gehs'te dann nicht gleich, hm?«

Mart zog sie näher zu sich. Er grinste. »Weil ich noch 'n guten Pasch im Becher hab, Musche. Wenn der Gontas nur 'n bisschen länger so dabeisteht, als hätt er was vor 'n Kopf bekommen, und den Mund nicht aufkriegt, dann weiß ich schon, wie wir doch mit 'nem Gewinn rauskommen.«

Unbehaglich standen die Söldner da, mit gezogenen Waffen und halb auf dem Sprung. Sie sahen zu, wie Gontas sich endlich abwandte und mit dem Graubart zur Treppe ging.

»Gontas«, rief Tori. Ihre Stimme war heiser, und sie hörte sich selbst kaum.

Der nackte Zauberer und Tarukan rückten zusammen. Der frühere Söldnerführer hatte sich von dem Kampf mit Gontas nicht ganz erholt. Er bewegte sich wieder geschmeidig, aber seine Haut war gezeichnet von schwarzen Linien, dort, wo er die Wunden geschlossen hatte. Von seinem Ledergewand waren nur ein paar Fetzen übrig, zwischen denen überall bloße Haut hervorschaute.

Das unheimliche kleine Mädchen stellte sich hinter ihre beiden verbliebenen Gefolgsleute.

»Nun.« Sie sah die Söldner an. »Was tun wir jetzt mit den Eindringlingen?«

Tori hob Sichel und Dolch. »Hm, zwei gegen zwei. Und 'n Schrapf. Sieht aus, als schaff'n wir das.«

Tarukan knurrte und hob den Säbel. Makri der Zauberer streckte sich auf dem Boden, und es sah aus, als zerfiele er in ein paar dornige Rankenblätter mit Spinnenbeinen.

Halime hielt sie zurück.

»Ich gebe es zu«, sagte sie, »Unsere Mittel sind spärlich geworden, und wir haben Besseres zu tun. Außerdem haben wir einen Handel mit eurem Begleiter geschlossen. Wenn ihr also beschließen solltet, zu gehen, würden wir euch nicht folgen. Nicht heute jedenfalls.«

»Pffft«, sagte Tori. »Klingt feige.«

Mart schob sie zur Seite. »Und dumm«, sagte er. »Durch eine

Flucht hätten wir doch alle nichts gewonnen. Aber wenn ihr auch noch einen Handel mit uns eingeht, springt für jeden was raus.«

»Was?« Tori sah ihn an.

Halime lachte mit ihrer klaren Kinderstimme. »Wir hatten schon mal einen Handel mit verderbten Menschen. Mein Feldherr Tarukan meint, dass man ihnen nicht trauen kann. Und was könnt ihr uns schon bieten?«

»Nun«, sagte Mart, »im Großen und Ganzen dasselbe, was Euer Freund Borija euch besorgt hat. Wir wissen, wo der Stein ist, den Ihr sucht. Wenn wir uns einig werden, könntet Ihr den sofort in der Hand halten und viele neue kleine Götter damit machen.

Dazu müsst Ihr uns nichts mal vertrauen. Wir wollen keinen Posten, und wir wollen nicht an Eurer Seite kämpfen. Uns reicht ein Sack Gold und 'n ruhiger Platz, wo ich und meine Musche uns zur Ruhe setzen können. Wenn Euer Heer in den Süden marschiert, setzt uns einfach an 'nem geeigneten Ort ab, und keiner läuft dem anderen noch vor den Füßen rum.«

Er hob die freie Hand, die Hand mit dem Schwert hielt er locker und schlagbereit an der Seite. »Also, wie ist es? Schlagt ihr ein?«

39.

Mart und Tori stiegen die Treppe hinab. Im Osten wurde der Horizont bleich, und ein sanfter Ton mischte sich in das dumpfe Leuchten des Styx, das den Turm erfüllte. Ein neuer Morgen brach an. Tori starrte schweigsam auf die Klinge ihrer Sichel, als würde sie darin ihr Spiegelbild suchen.

Mart war heiter gestimmt. »Am Ende haben wir doch noch schwere Miete gezogen. Sind ein bisschen unheimlich, die neuen Kiers. Aber solang sie einen Kontrakt einhalten, darf man nicht wählerisch sein.«

»Dumm bist du«, entgegnete Tori. »Weißte nicht mehr, was der Borija erzählt hat, hm? Am Ende haben wir unsere Welt verkauft und stehn allein da.«

»Borija war dumm«, sagte Mart. »Wie können wir allein dastehen, wenn wir zwei zusammen sind? 'n nettes Landgut in den Bergen für uns beide, 'ne Hand voll Diener – wer sagt, dass wir für 'n Rest der Welt mitkämpfen müssen?«

»Wer sagt, dass mir's reicht, wenn ich mit dir auf'm lütten Hof im Hinterland hocke und den Feldern beim Wachsen zuschau, du?«

Mart blieb auf der Treppe stehen. Er fasste Tori mit beiden Händen an den Oberarmen und sah ihr ins Gesicht. Sie blickte zu ihm hoch. Sein Gesicht war ernst geworden.

»Hör zu, Musche«, sagte er. »Sei mal vernünftig. Du sagst es selber immer: Ich werde alt. Und scheiße, du hast recht! Seit fast dreißig Jahren schwing ich die Klinge, und inzwischen tun mir selber die Knochen weh, wenn ich 'nen andern schlag. Ich *bin* langsamer geworden. Und die Nächte draußen und auf'm Boden, die merk ich jedes Mal mehr in den Gliedern.

Wenn wir so weitermachen, wie lang wird's dauern, bis ich einmal zu langsam bin? Und was wird dann aus dir, eh? Ne, ich such mir ’n Altenteil, wie du gesagt hast. Dafür muss ich mit was Fettem aussteigen. Für uns beide, Musche, verstehst du? Wenn man schlau ist, dann merkt man, wenn’s vorbei ist, bevor der Knöchler einem auf die Schulter tippt und einen daran erinnert.«

»Für uns beide, du?«, gab Tori zurück. Trotzig schob sie die Oberlippe vor. »*Du* wirst alt. Ich komm zurecht. Ich steh gut genug auf meinen Beinen und muss nicht vor Finckels und Dämonen knien.«

Mart verdrehte die Augen. »So dämlich, Musche! Ich hab dich gut ausgebildet. Das ist dir zu Kopf gestiegen. Schnell bist du, und ganz kräftig ... für so ’n Mädchen. Aber das reicht nicht. Ich hab dir beigebracht, wie wir Seite an Seite kämpfen. Zusammen sind wir stärker als zwei, was sag ich, als drei Männer oder mehr!

Aber du allein ... schau dich an, du dünnes Ding! Wie oft musst ich dir den Rücken freihalten, weil sonst irgendjemand reingehackt hätt? Du bist flott im Zweikampf, aber in ’ner echten Schlachtreihe, da wirs’te im Nu zerquetscht.

Neee, Kindchen. Allein biste so nutzlos wie ’ne abgetrennte Hand ohne Körper. Da tritt so ein Fiesel drauf, und das war’s dann. Wir gehören zusammen, und wenn ich mich zur Ruhe setze, ist der Tanz für dich auch vorbei. Aber wir können immer noch gemeinsam wie die Schwemmer leben und es schön behaglich haben, Tori.«

Tori riss sich los. »Nein«, sagte sie. »Ich werd’s dir zeigen, wie ich allein stehn kann. Wenn du so ’n Greis bist, geh ich allein auf ’n Turm wieder rauf. Zwei Gestalten und ’n Schrapf – was ist das schon, du? Ich geh rauf und sichel die drei um, und das war’s mit der Dämonenpest.«

Entschlossen wandte sie sich ab und stapfte die Stufen empor.

Mart packte sie am Arm. Er riss sie herunter und schleuderte sie bis zum nächsten Absatz. Tori rollte sich ab und landete unversehrt. Sie richtete sich auf und sah Mart an. Der stieg langsam zu ihr hinab.

»Hör zu, Musche«, sagte er. »Ich lass nicht zu, dass du dich umbringst, warum auch immer. Du kommst jetzt mit runter und bist still, und wir kassieren die Löhnung und vergessen den ganzen Nebbich. Und wenn ich dir den Verstand dazu einprügeln muss!«

Mit einem wütenden Schrei sprang Tori auf. Sie schlug mit der Sichel nach Mart. Der wich aus und stieß ihren Arm zur Seite. Sie fuhr herum, da hatte er bereits das Schwert gezogen.

Tori senste mit der Sichelklinge nach seiner Kehle. Mart riss das Schwert hoch und parierte. Seine Klinge fing die Sichel mitten im Schwung. Tori stieß ihm mit der Linken den Dolch in den Leib.

Sie fühlte, wie die Klinge sich für einen Wimpernschlag am harten Leder bog – dann drang sie hindurch. Seine freie Hand fuhr hoch und packte ihr Handgelenk, aber da steckte der Dolch schon eine Handbreit in seiner Brust.

Sie standen einander gegenüber und umklammerten sich gegenseitig, Marts Hand an Toris Dolchhand, sein Schwert in ihrer Sichel verhakt. Sie starrten sich an, und jeder presste seine Waffe gegen den Druck des anderen.

Zoll um Zoll schob Mart Toris Haken zurück, und zugleich wehrte er sich gegen ihren Stich mit eisenhartem Griff. Durch das Loch in seinem Leib kam Luft in den Brustkorb, und es schnürte ihm mehr und mehr den Atem ab. Seine Atemzüge gingen pfeifend und stoßweise. Dennoch drückte er die Schwertklinge bis an Toris Kehle.

Ihre Haut gab nach unter der Klinge, jeden Augenblick mochte die Schneide sie durchtrennen. Mart hielt inne. Er sah Tori in die Augen. Er grinste. »Ich wollte immer ... nur mit dir zusammen sein«, stieß er keuchend hervor. »Bis zu meinem Tod. Und das hab ich geschafft.«

Er ließ ihre Hand los. Toris Dolch glitt das letzte Stück bis in sein Herz, fast von selbst.

Und Mart brach vor ihren Füßen auf dem Treppenabsatz zusammen und lag still.

Gontas folgte dem Graubart in die Tiefen der Zitadelle. Sobald sie den Turm mit seinen Fenstern hinter sich ließen, wurde es finster. Gontas' Augen gewöhnten sich an die Dunkelheit, und bald nahm er einen schwachen Schimmer in den Steinen wahr, doch er wusste nicht, ob es das Licht der Monde war, das weitergeleitet wurde, der Sonnenaufgang oder ein Rest vom Tag, der auch die Nacht überdauerte. Die Flure und Kammern, durch die sie gingen, kamen ihm bekannt vor, aber in diesem viel zu großen Haus sah alles ähnlich aus, und alles wirkte so kalt und unwirtlich, dass Gontas lieber unter freiem Himmel genächtigt hätte.

Er wandte sich an den Graubart. »Du weißt, dass du kein Mensch bist?«, fragte er.

Sein Führer wandte sich zu ihm um. Ein Haifischlächeln teilte seinen aufgeblähten Kopf.

»In der Tat. Ich habe noch nicht vergessen, dass ich zum Volk von Gehenna gehöre.«

»Nein«, sagte Gontas. »Ich meine deinen Körper. Wir haben die Wurmfrau im Keller entdeckt.«

Der Alte legte den Kopf schräg, als lauschte er in sein Inneres. »Ja«, sagte er. »Ist es nicht seltsam? Diese Körper steigen aus den Tiefen der Zitadelle auf wie die Kinder. Von Geburt an folgen sie ihrer Aufgabe, doch das tun sie so geistlos und ohne Selbsterkenntnis wie die Ameisen.

Alle Vorstellungen von ihrem Dasein mussten sie an der Oberfläche erwerben, und so haben sie die Traditionen von Sardiks Bewahrern übernommen. Meine frühere Hülle glaubte tatsächlich, dass sie zu den Bewahrern gehört und die Welt vor der Rückkehr der Götter beschützt. Erst jetzt, da es den ursprünglichen Menschen nicht mehr gibt und er zu etwas anderem geworden ist, weiß er, wer er wirklich war.«

»Kein Mensch«, sagte Gontas. »Geboren von einem Wurm. Stört es dich nicht, dass du so eine Hülle hast?«

Der Graubart lachte schnaubend. »Nicht die Art seiner Geburt erschafft einen Menschen. *Wir* haben es getan! Und die Hüter der Zitadelle erschufen wir ebenso wie unsere anderen

Hüllen. Einem Geist von Gehenna bedeuten diese Unterschiede nichts.«

Er schaute durch die Türen in die angrenzenden Räume. Mit jedem Augenblick wurde es heller. Gontas war inzwischen überzeugt, dass draußen tatsächlich der Morgen anbrach.

»Hm«, sagte der Dämon, der einst der Anführer der graubärtigen Bewahrer gewesen war. »Dies sind die Kammern, in denen wir gewohnt haben. Unsere Herrin hat mich angewiesen, für deine Behaglichkeit zu sorgen. Doch irgendwer hat die Zimmer leer geräumt und das Wenige entfernt, was wir an Bequemlichkeit darin hatten.« Er sah Gontas an, als wäre dieser der Dieb.

Gontas zuckte die Achseln.

Dann trat der Graubart durch eine weitere Tür und hielt inne. »Wasss ...«, zischte er.

Gontas hörte schwache Laute aus dem Raum, ein saugendes, schmatzendes Geräusch, ein Rascheln wie von feuchten Tüchern. Er trat an die Seite des Graubarts. Ein dumpfer, schwerer Geruch schlug ihm entgegen, ein Geruch nach Blut und nach den Dünsten, die aus den Kloaken von Apis aufstiegen.

In der Mitte der Kammer gab es einen großen Haufen Decken und Kissen, und darauf hockte eine Frau. Um sie herum ... Gontas musste zweimal hinsehen, bevor sein Geist das groteske Bild erfassen konnte.

Ein Mensch lag unter der Frau, doch er war aufgeschnitten und so zerlegt, wie Gontas es noch nie erlebt hatte. Die Haut war in Schichten zurückgeschlagen und entfaltete sich um den Körper wie blutige Blütenblätter. Die Gedärme und Innereien waren herausgeholt und um den ausgeweideten Mann herum angeordnet, und dazwischen erkannte Gontas immer feinere Formen: Muskeln, herausgezogen und ausgebreitet, Sehnen, Adern, die sich als zartes Netz um den Leib breiteten.

Die Frau kniete nackt über dem zerschundenen Körper. Sie drehte sich zu den Ankommenden um. Ihre schuppige Dämonenhaut war bis zum Gesicht hinauf mit Blut beschmiert. Davon abgesehen war sie nur wenig verzerrt, und man konnte erkennen, dass sie einmal jung und hübsch gewesen sein musste, bevor der Dämon von Gehenna sie übernommen hatte und sie zu einem Teil dieses grausigen Bildes geworden war.

Gontas' Blick wanderte an der Frau vorbei und zu dem Antlitz des Mannes unter ihr. Der Mensch lebte noch! Sein Herz lag offen auf dem Brustkorb, und es schlug in mühsamen Stößen. In der aufklaffenden Brust waren auch seine Lungenflügel zu sehen. Schwarze Fäden liefen der Frau aus Mund und Nase, sie spannen sich bis zur Lunge und überzogen sie mit einem dünnen, zuckenden Gespinst, das Luft hineinpumpte. Atemzüge drangen durch die Nasenlöcher des halb gehäuteten Schädels, abgehackt und qualvoll verzerrt von den Resten der Muskeln, die am Kehlkopf hingen.

Gontas sah die Augen des Mannes. Sie waren geweitet und rollten in stummer Pein in den Höhlen. Er kannte diesen Mann.

Borija!

Gontas klammerte sich an den Türrahmen.

Die Dämonin sah die beiden, Gontas und den Graubart, an und zwinkerte. Sie rieb sich an ihrem Opfer, das eigentlich tot sein sollte, ganz sanft und ohne die ausgelösten Adern zu beschädigen.

»Ist es nicht faszinierend? Seht her, wie viele Schichten sich in diesen Hüllen finden lassen! Und sie alle haben Empfindungen!«

Sie fuhr über die bloßen Nervenenden, sie strich mit den Fingern über Muskeln, die nur durch die Blutgefäße am Körper hingen. Die Geräusche, die der zerstörte Leib von sich gab, veränderten sich.

»Ich habe alles freigelegt«, sagte die Frau. »Aber ich fürchte, ich kann meinen Gespielen nicht mehr viel länger am Leben erhalten. Er wird sterben, bevor ich alles erkundet habe, was diese Welt zu bieten hat.«

Gontas wandte sich ab. Er trat einen Schritt zurück und schüttelte den Kopf. Er sah immer noch das grinsende Gesicht der Dämonin vor sich, und, was ihn am meisten erschüttert hatte, den Ausdruck von Unschuld darauf!

»Du hast dich hier vor der Schlacht gedrückt«, stellte der Graubart fest. »Und du hast alle Decken besudelt!«

Die Frau in dem Zimmer lachte auf. »Komm, Griesgram. Sind wir nicht den Flammen Gehennas entronnen, um diese Welt zu genießen? Schließt euch mir an, ihr beiden. Wir finden bestimmt viele neue Dinge, die wir mit diesen Körpern anstellen können.«

Die Worte drangen nur noch dumpf an Gontas' Ohren. Zorn stieg in ihm auf. Abscheu. Wie konnte er einer von ihnen sein, eines von diesen *Wesen*? Und wenn er doch einer von ihnen war ... wie konnte er es *wollen*?

Er öffnete die Finger und schloss sie wieder zur Faust. Seine beiden Äxte hatte er im Turmzimmer gelassen. Der Graubart wandte sich zu ihm und sagte etwas. Es ging unter in dem Rauschen, das Gontas' Kopf erfüllte.

Er hob den Blick und sah dem Graubart in die Augen. Kalte Augen mit kleinen Pupillen und ohne die Spur einer menschlichen Farbe. Gontas' Faust stieß vor. Er traf den Graubart am Kinn. Der taumelte gegen den Türrahmen. Gontas packte mit der anderen Hand den Stab, stemmte sich mit seinem ganzen Gewicht dagegen und entwand seinem Gegner die Waffe. Der Graubart riss sein riesiges Maul mit den scharfen Zähnen auf, er hob die Hände, die zu Klauen wurden, und stürzte sich auf den Buschläufer.

Gontas umfasste den Stab und rammte dem Graubart das stumpfe Ende in den Schlund.

Blaue Blitze züngelten aus dem Maul hervor. Es roch verbrannt. Die Augen des Graubarts verkohlten, während er hilflos zuckte und endlich zu Boden sank. Gontas hielt den Stab fest und nagelte den Dämon damit an den Boden. Es stank und es qualmte aus dem Maul, schwarzes Blut quoll dem Graubart aus allen Poren, und das blaue Funkeln war darin und ließ es verdampfen.

Als Gontas den Stab herauszog, lag der Graubart still da.

Gontas atmete schwer.

Dann trat er in den Raum. Die Frau erhob sich und schlug die Hände vors Gesicht. »Oh«, sagte sie. »Was war das denn? Eine neue Waffe dieser Welt?«

Gontas trat zu ihr. Borijas Überreste glitschten unter seinen Füßen.

Die Dämonin sah ihn an, und Gontas erkannte eine Mischung von Sorge und Erwartung auf den menschlichen Zügen. »Meinst du, wir können ... spielen?«, hauchte sie.

»Oh ja«, sagte Gontas. Er ließ den Stab in der Hand kreisen und stieß die Spitze des Hakens in Borijas offenes Herz. »Lass deinen alten Geliebten ruhen. Ich kann dir etwas Neues zeigen, Dämon.«

Gontas irrte durch die Gänge der Zitadelle auf der Suche nach einem Weg zurück in den Turm. Er hatte den ausgebrannten Stab in der verkohlten Leiche der Dämonin zurückgelassen, auf dem toten Leib des Hauptmanns aus Modwinja. Er wollte nicht an diese Bilder denken, doch das musste er, weil es ihm zeigte, wo er hingehörte.

Er wusste, nicht alle Geister von Gehenna waren so wahnsinnig wie diese Frau in dem dämmrigen Schlafraum. Doch nach den Maßstäben von Gehenna war sie gar nicht wahnsinnig gewesen, nur weniger beherrscht als die übrigen Krieger, die als Erste durch das Tor gekommen waren.

Wenn die alten Götter siegten, würden weitere Wesen wie diese Frau herübergekommen, oder Geschöpfe, die auf *andere* Weise verdreht waren, erfüllt von fremden Gedanken, Gelüsten und Trieben, ohne die Hemmungen und die Empfindungen, die einen Menschen ausmachten. Die Welt würde eine andere sein.

Und das war nicht Gontas' Welt.

Er wusste nun, er wollte nicht zu den Kreaturen Gehennas gehören, er wollte sie hier nicht dulden. Was er einst auch gewesen sein mochte, er war es nicht länger. Er war Gontas, der Buschläufer. Seine eigene dunkle Seite, die ihn vor so vielen Monden von seinem Stamm fortgetrieben hatte, reichte nicht als Grund, um die alten Götter zu umarmen.

Deren Rückkehr würde die Gefühle, die Gontas verstörten,

normal erscheinen lassen. Doch was würde dann aus dem Teil von ihm, der nicht so empfand? Um Gontas zu bleiben, brauchte er die menschliche Gemeinschaft als festen Punkt, an dem er sich reiben konnte, selbst wenn er nie ganz dazugehörte.

Was Halime anbelangte, so musste es einen anderen Weg geben. Sie war ihm entgegengegangen, damit sie ihn erreichen und zurückholen konnte. Aber der Weg war in beide Richtungen derselbe. Genauso gut, wie er werden konnte, was er einst gewesen war, konnte sie bleiben, was sie jetzt war.

Er würde das Mädchen davon überzeugen, als Halime mit Gontas zu gehen und in der Welt der Menschen zu bleiben, diese Welt so zu genießen, wie sie war – und sie nicht zu einem zweiten Gehenna zu machen, indem sie all die unreinen Geister von dort hierher holten.

Gontas lief die Stufen empor. Das Licht einer fahlen Morgensonne flutete durch die Fenster und konnte doch den Styx nicht auslöschen, der im Norden brannte. Das Tor nach Gehenna, hinter dem die Feuer einer fremden Welt loderten, deren Schein nichts verloren hatte an diesem Ort. Sein Atem ging gleichmäßig trotz der großen Höhe auf dem Berg und obwohl er die Stufen hinaufgerannt war und fast die Spitze des Turmes erreicht hatte.

Unvermittelt blieb er stehen.

Eine Leiche lag vor ihm. Ein Dolch steckte in ihrer Brust.

Mart.

Hatten die alten Götter ihr Versprechen gebrochen? Hatte *Halime* ihn betrogen?

Gontas beugte sich vor und erkannte den Griff, der aus dem Leib des Söldners ragte. Es war jene Waffe, die Gontas selbst am Tag zuvor an Tori weitergegeben hatte. Das Schwert des Söldners fehlte.

Ein unguter Verdacht stieg in Gontas auf. Er blickte nach oben, die Treppe hinauf. Er ging wieder los, beschleunigte den Schritt, und bald hörte er über sich Lärm. Stahl klirrte gegen Stahl, Leder scharrte über Stein, begleitet von keuchenden Atemzügen.

Gontas stürmte in die Turmkammer.

Das Erste, was er sah, war der Fokus. Der blaue Edelstein, von dem seine Begleiter und der Hauptmann aus Modwinja gesprochen hatten, ruhte an seinem Platz vor dem Rohr. Er fächerte das Licht des Styx auf, und die thaumaturgische Maschine der Zitadelle arbeitete wieder.

Dann entdeckte er Halime. Das Mädchen lag gleich bei der Treppe – der Kopf war ihr vom Rumpf getrennt worden. Sie lag in einer Blutlache, ganz gewöhnliches Blut, das rote Blut eines Menschen ...

Gontas sank neben ihr auf die Knie. »Halime«, murmelte er.

Er war gekommen, um sie zu beschützen. Doch hatte er ihr nicht den Tod gebracht?

Er berührte ihr Kleid, aber er wagte nicht, den toten Körper zu bewegen oder nach dem Kopf zu greifen, der mit abgewandtem Gesicht ein Stück von ihm entfernt lag. Marts blutiges Schwert lag unweit davon auf dem Boden.

»Ich hätte bei den Zelten meiner Sippe bleiben sollen«, sagte er zu ihr, »und dort erwarten, was immer von der Zitadelle kommen mag. Wir hätten die alten Götter auch dort besiegen können, und es wäre weniger schmerzhaft gewesen als das. Es wäre ein *sauberer* Krieg geworden.«

»He, Brecher, du.« Toris Stimme hallte in abgehackten Silben durch die Turmkammer. »Könnt echt 'ne Hand brauchen, hier.«

Gontas sah auf. Am anderen Ende des Raums kämpfte Tori gegen das, was von Tarukan übrig war – ein entstelltes, menschenähnliches Wesen, das fast aussah wie eine Flickenpuppe in Lumpenkleidern. Trotzdem bewegte der Söldnerführer sich schnell und geschickt mit seinem schmalen Säbel. Tori hatte nichts als ihre Sichel und ihren biegsamen Leib.

Tarukan drang auf sie ein, und sie wich aus, beugte sich nach hinten und lenkte mitunter die Säbelklinge mit der Sichel ab oder mit dem Beschlag an ihrem Geschirr. Doch die Sichel war kurz, und sie kam damit nicht an ihren Gegner heran. Tarukan führte eine gewandte Klinge, und Tori fand keine Lücke.

Hinter ihr, unbemerkt, kroch Makri heran. Der nackte Zauberer kauerte auf dem Boden, umschlich die Kämpfenden und lauerte auf eine Gelegenheit. Auch Makri hatte sich verändert – seine bleiche Haut war bläulich geworden, das Rankenmuster darauf an einigen Stellen verwaschen. Gontas blinzelte und fragte sich, ob das an dem Licht lag, das der Styx in die Kammer schickte. Aber der kränkliche Blauton haftete wirklich an dem Hexer, und er sah nass aus. Er musste in den Kolben getaucht sein und den Stein herausgeholt haben.

Tarukan drängte die Söldnerin auf den Zauberer zu.

Gontas biss die Zähne zusammen. Er löste die Finger von Halimes Kleid. Es gab immer noch eine Sache, für die er gekommen war.

»Tarukan«, rief er. »Wir sind noch nicht fertig, wir zwei.«

Tarukan sah zu Gontas hin. Tori nutzte die Ablenkung und stieß vor. Tarukan schwang den Säbel, und im letzten Moment wich sie aus.

Gontas griff nach dem Schwert, das auf dem Boden lag. Er sah Halimes Blut daran, zögerte und zog die Hand zurück. Er konnte es nicht anfassen.

Stattdessen richtete er sich auf, nahm Anlauf, und mit einem lauten Schrei sprang er mit den Füßen gegen den Stab, der den Fokus trug. Die drei anderen Kämpfer im Raum hielten inne, alle starrten ihn an.

Der dünne Stab knickte und fiel mit dem Edelstein in der Fassung zu Boden. Das gebündelte Licht vor dem Rohr flackerte und erstarb.

Tarukan zischte wütend. Makri der Zauber krabbelte wie ein vielgliedriges Insekt auf Gontas zu.

»Verräter«, kreischte er. »Verräter immerdar.«

Gontas packte den abgeknickten Stab. Er rüttelte daran und riss ihn ab. Dann stieß er die Stange mit dem Edelstein in den Zauberer wie einen Speer.

Das Metall glitt durch den Leib des Hexenmeisters, als wäre der ohne Substanz. Gontas spürte nur ein leichtes Rupfen, das seine Bewegung hemmte, dann kroch Makri am Stab entlang und darum herum weiter auf Gontas zu. Der ließ den Stab fallen. Das Gesicht des Zauberers war ganz dicht vor ihm. Makri streckte die langen dürren Finger nach Gontas aus.

»Verfluchter Hexenmeister«, brüllte Gontas. Er schlug ihm die Faust ins Gesicht.

Dornige Ranken kratzten über Gontas' Hand und wanden sich an seinem Arm empor. Der Zauberer wurde zu einem Gewirr aus zähen Zweigen, die sich um Gontas' Leib schlangen wie Efeuranken. Gontas wehrte sich, er schlug mit den Armen um sich, aber es gab keinen Gegner mehr, den er erreichen konnte.

Stattdessen sah er Makris Tätowierung nun an seinem eigenen Leib. Ein Rankenmuster lief über seine Brust, seinen Bauch, seine Arme, und es zog sich zusammen. Die gemalten Dornen bohrten sich in die Haut. Gontas sah Hunderte von Blutstropfen, die überall an seinem Körper hervorquollen. Es brannte.

Das Rankennetz zog sich weiter zusammen. Es fesselte ihm die Arme an die Seiten. Es presste ihm die Luft aus den Lungen. Es wand sich um seinen Hals zweifach, dreifach, vierfach, und legte sich immer enger darum.

Gontas spannte die Nackenmuskeln und hielt dagegen, aber Makris Rankenleib erdrosselte ihn.

Er bekam keine Luft mehr. Wolken tanzten vor seinem Blick. Er hatte das Gefühl, sein Kopf könnte jeden Augenblick platzen. Ein Schrei erstarb ihm in der Kehle. Gontas spannte die Muskeln, aber die Ranken gaben nicht nach.

Er hörte Makris Kichern gleich an seinem Ohr.

Dann hörte er einen lauten Ruf: »Gontas!«

Tori war bei ihm. Er sah ihre Sichel vor dem Gesicht. Es gab nichts, was sie hätte zerschneiden können. Sein Feind war bloß ein gemaltes Muster auf seiner Haut, ein Muster, das ihm das Leben aus dem Leib quetschte.

Toris eigener Gegner verfolgte sie weiter. Tarukan schwang den Säbel. Die Söldnerin sprang über Gontas hinweg. Sie schlug ein Rad mit der linken Hand und landete auf den Füßen.

Tarukan stand vor dem gefesselten Buschläufer.

Er ließ den Säbel sinken und grinste Gontas an, aus einem Gesicht, das so aussah, als wäre es aus Hautlappen mit schwarzen Fugen zusammengenäht. »Aye«, sagte er. »Wenn das nicht ein Gegner ist, der einen Abstecher lohnt.«

Er hob den Säbel und stach zu. Gontas stieß sich mit den Beinen ab und rollte zur Seite. Der Säbel riss ihm eine klaffende Wunde in den Arm. Gontas spürte den Schmerz, und er hörte den Schrei, der nicht von ihm selbst kam. Das Rankengewirr raschelte und peitschte in alle Richtungen. Gontas war frei.

Keuchend rang er nach Luft. Makri stand neben ihm und fuchtelte mit den Fingern vor Tarukans Gesicht. Sein linker Arm hing schlaff herab, aufgeschlitzt bis zum Knochen von einer Wunde, die das Spiegelbild des Schnittes hätte sein können, den Gontas davongetragen hatte, nur dass Makris Arm dünner war und der Schnitt tiefer ging.

»Du Narr«, zeterte der Zauberer. »Was triffst du mich?«

»Geh mir einfach aus dem Weg, Hexer«, sagte Tarukan.

Beide Dämonen wandten sich Gontas zu. Schwarzes Blut schloss Makris Wunde, aber Gontas' Arm blutete weiter. Er richtete sich auf, immer noch benommen, und streckte sich. Makri und Tarukan traten auseinander. Sie nahmen Gontas in die Zange.

»Du hättest mich töten sollen, als du noch eine Axt hattest«, sagte Tarukan. »Und zwei Arme.«

Gontas drehte sich. Er versuchte, beide Gegner im Auge zu behalten. Da sah er Tori, die wieder hinter dem Rohr hervorkam. Makri wandte sich zu ihr um. Es raschelte, wenn er sich bewegte.

Tori grinste. »Zittert, ihr Büsche«, sagte sie. »Der Gärtner ist da.«

Sie hob die Sichel. In der Linken hielt sie eine von Gontas' Äxten.

Tarukan griff an. Gontas wich aus, aber sein linker Arm war ungewohnt schwer und träge und behinderte ihn. Der Säbel traf ihn an der Seite und riss ein Stück Haut ab.

»Gontas!«, rief Tori.

Gontas fuhr herum – und sah eine Axt auf sich zuwirbeln.

Er packte sie im Flug, drehte sich, und in einem Schwung hieb er die Axt in Tarukans Kopf.

Tarukan taumelte zurück. Es knirschte, als die Axt sich wieder aus dem Knochen löste. Schwarz und ölig troff die Essenz seines Wesens an ihm herab. Die beiden Gegner standen einander gegenüber, Tarukan mit dem Säbel, Gontas mit seiner Axt. Sie maßen sich mit dem Blick.

»Dein Blut ist dünn«, sagte Tarukan. »Und es fließt. Ich werde immer noch siegen.«

»Die Geister des Styx«, erwiderte Gontas. »Stets voller Träume.«

Er stürmte vor und hieb mit der Axt zu. Tarukan fing mit der Linken Gontas' Schlag ab, indem er Gontas am Handgelenk packte, und schlug selbst mit dem Säbel zu. Gontas brachte seinen halb lahmen Arm nach oben und bekam Tarukans Waffenhand zu fassen. Einen Augenblick lang drückten sie gegeneinander. Schmerz brandete in Gontas' verwundetem Arm auf, und Tarukan grinste.

Gontas erinnerte sich an eine andere Wunde am Arm, an ein anderes Gesicht, an ein Gesicht, das fast so ausgesehen hatte wie das seines Gegners, bevor die Geister von Gehenna es entstellt hatten. Er empfand eine Ruhe und eine plötzliche Heiterkeit, und er lachte kurz und schnaubend auf.

»Schmerz«, sagte er, »kann ich aushalten.«

Er zog Tarukans Waffenarm nach unten. Mit den Füßen fegte er seinem Gegner die Beine weg. Tarukan landete auf dem Rücken, Gontas fiel auf ihn, und noch immer hielten sie gegenseitig ihren Waffenarm umklammert.

Gontas richtete das Blatt seiner Axt auf Tarukans Stirn und drückte sie hinunter. Tarukan hielt dagegen. Schwarzer Schleim blubberte in seinem Mund, die Hautfetzen an seinem Gesicht rissen wieder auf vor Anspannung. Langsam bewegte sich die Axtklinge auf seinen Schädel zu, dann lag der Stahl auf der Haut, durchtrennte sie. Der Knochen knirschte, als Gontas sein Beil hineindrückte.

»Grüß ... deinen ... Bruder«, keuchte er.

Plötzlich ging es leichter. Tarukans Widerstand brach, der Schädelknochen splitterte. Gontas' Axt fuhr hindurch bis auf den Stein. Schwarzes Blut quoll um Gontas' Hände auf. Er riss die Axt zurück, hieb noch einmal zu, holte wieder aus und hielt inne.

Tarukans Leib war schlaff geworden. Das ölige Blut der Geister von Gehenna rann aus ihm heraus und verteilte sich als teerige Lache auf dem steinernen Boden. Gontas richtete sich auf.

»Du wirst ihn erkennen«, sagte er. »Er sieht aus wie du.«

Gontas sah sich um. Tori stützte erschöpft ihre heile Hand auf dem Oberschenkel ab und rang nach Atem. Makri der Zauberer lag vor ihr, in so kleine Stücke zerhackt, dass es unmöglich schien mit der Waffe, die die Söldnerin führte.

Sie hob den Kopf und lächelte Gontas zu. »Hm, Heckenschneiden«, sagte sie. »Der Finckler war 'n bessrer Gegner für mich. Richtiges Werkzeug.«

Sie hob ihre schwarz verschmierte Sichel.

Gontas sah sie ernst an. Er ging an ihr vorbei und starrte auf Halime hinab.

»Was hast du getan?«, fragte er.

»Was hab ich getan, hm?«, fragte sie zurück. »Was dein Geschäft gewesen wär, du Nomade, du.«

»Sie war ein Kind«, sagte Gontas.

»'n verdammter Dämon war sie«, sagte Tori. »Hat se selbst gesagt, hm?«

Gontas schüttelte den Kopf. »Hat sie. Aber ... ich wollte das nicht so.«

»Mussteste nicht«, sagte Tori. »Ich hab's übernommen, und wir haben gewonnen, nich'? Was meinste – sind ein gutes Gespann, wir zwei. Können zusammen weiterziehen. Die Götter haben wir besiegt, wer kann uns aufhalten?«

»Ich habe Mart auf der Treppe gefunden«, sagte Gontas. »Er hatte deinen Dolch in der Brust.«

»War alt«, sagte Tori. »Wollt nicht mehr kämpfen. Wollt uns alle an die Jammer verkaufen, und ich brauchte sein Schwert.«

»Und deswegen hast du ihn getötet. Ich hab mit ihm gesprochen, in der Wüste. Er hat dich gerettet, als du deine Hand verloren hast. Hat sich gekümmert. Was für ein Hund beißt die Hand, die für ihn sorgt?«

Tori biss die Zähne aufeinander. Sie ging auf Gontas zu. »Kein Hund«, sagte sie. »Bin ein Mensch!« Sie hielt ihm die Sichel vor das Gesicht. Er hob die Axt, aber sie fuhr nur mit der stumpfen Seite vor seiner Nase hin und her wie mit einem Zeigefinger.

»Du weißt gar nichts über mich und Mart«, sagte sie. »Hat er dir erzählt, dass er sich um mich gekümmert hat, als meine Hand wegkam? Aber *wie* ich se verlorn hab, hat er nicht gesagt, hm? Dass er der Schniegel war, der mich an die Stadtputzer verpfiffen hat? Aye, als Kind war ich 'n Beutelzieher in Apis. Wie hätt ich sonst überleben sollen? Und der feine Mart sieht mich in der Menge, wie ich meiner Arbeit nachgeh, und er steckt es den Wachen, und die schleifen mich zum Richtplatz vor der Stadt, und weg ist die Hand.

Klar, dass der Mart da zur Stelle sein konnte und mich auffangen und sich um mich kümmern. Er hat ja selbst dafür gesorgt, dass das Mädchen, auf das er 'n Auge geworfen hat, ihm gleich in die Arme fällt und nicht viel mitzureden hat, weil se allein gar nicht mehr weiterkann.«

Sie ließ die Sichel sinken und verzog bitter die Lippen. »Feiner Krieger, dieser Mart. Zu feige, 'n junges Mädchen anzusprechen, das halb so alt ist wie er. Könnt ihn ja zurückweisen oder ihn auch beklauen oder einfach weglaufen. Ne, da isser geschickter, der Herr Mart. Da kommt er lieber als Herr und Retter an, statt 'n Kampf unter Gleichen zu wagen.«

»Das muss lange her sein«, sagte Gontas. »Trotzdem bist du bei ihm geblieben.«

Tori zog die Schultern hoch. »'s hat Jahre gedauert, bis ich die Geschichte gehört hab. Bis ich's mir zusammengereimt hab. Betrunkene Reden und so. Und ich war 'n armes Ding ohne

Hand. Wo hätt ich hingehen solln. Und er hat sich wirklich um mich gekümmert und mir alles beigebracht, und er war da, und irgendwie … Du hast es gesagt, 's war lang her gewesen, die Sache mit der Hand. Wir warn schon so lang zusammen, und es war schwer, sich was andres vorzustellen.

Lustig.« Sie senkte die Stimme und sah zur Seite. Kurz sah Gontas Tränen in ihren Augen. »Sind immer rumgezogen. Aber Mart war immer da, auch wenn's dicke kam im Kampf. Er war mehr ein Zuhause, als ich's vorher gehabt hatte, inner Stadt.«

»Ja, Städter«, sagte Gontas. »Ihr macht solche Sachen. Weißt du, warum ich zurückgekommen bin? Die Dämonen sind anders als wir. Ich wollte nicht dazugehören. Und die Städter, die sind anders als die Buschläufer. Darum werden wir nicht zusammen weiterziehn.«

»Warum?« Tori berührte seinen Körper. Die Wunde am Arm blutete nicht mehr. Der Schnitt an der Seite hatte sich ebenfalls geschlossen. Sie rieb über seinen Bauch. »Wir warn schon mal zusammen. Bin ich dir jetzt zu hässlich oder zu klein, wo du der große Krieger bist, den die fremden Götzen selbst gern bei sich gehabt hätten, hm?«

Gontas schob ihre Hand weg. »Lass es«, sagte er. »Es ist nicht das. Du warst eine gute Kampfgefährtin, so gut wie jeder Mann. Ich hab's nicht geglaubt, als wir uns das erste Mal gesehen haben. Am Ende war es auch ein guter Kampf. Aber mehr wird nicht sein, und es ist besser, wenn es hier endet.

Ich werde dich nicht anblicken können, ohne mein totes Mädchen dabei zu sehen.«

Er wies auf Halimes Leiche. Tori wollte etwas sagen, aber Gontas hob die Hände und schnitt ihr das Wort ab.

»Nein. Es ist gut. Ich weiß, warum du es getan hast, und du hast recht. Aber sie war ein Kind. Ich habe nie ein Kind erschlagen. Sie war mein Schützling. Ich bin gekommen, um sie zu retten. Das kann ich nicht vergessen. Du hattest deine Gründe, genau wie bei deiner Geschichte mit dem alten Wolf, aber am Ende läuft es auf eins hinaus: Wir sind uns fremd.«

Tori sah ihn an. Ihr Gesicht war ausdruckslos. »Dann gehs'te wohl über die Röhre zurück ins Tal«, sagte sie. »Ich nehm also den Berg. Mach's gut, Buschmann.«

»He«, erwiderte Gontas. »Ich sag nur, es passt nicht mit uns beiden, mit dir als Frau und Kampfgefährtin. Du musst darum nicht gleich allein in die Kälte rennen.«

Tori machte eine abweisende Geste mit der Hand in seine Richtung. »Ach, schenk's dir, du. Wenn ich allein geh, geh ich sofort allein. Und ich *kann* allein gehn, scheiß drauf, was Mart gesagt hat. Wennste schnell genug bist, sehn wir uns unten noch im Lager, sonst ist's auch egal.«

Sie wandte sich ab und stapfte davon.

Gontas sah ihr nach. Er empfand ein leises Bedauern, er hatte das Gefühl, dass er etwas sagen sollte, denn sie waren doch Kampfgefährten gewesen. Aber es gab nichts zu sagen. Er würde Tori nie ansehen können, ohne an Hauptmann Borija zu denken, wie er neben einem Dämon, der Menschen zerstückelte, auf der Bettstatt gelegen hatte.

Es war einfach, wie es war, und kein Wort konnte daran etwas ändern.

Auf der ersten Treppenstufe hielt Tori noch mal inne. Gontas las eine unbestimmte Traurigkeit in ihrem Blick. »Ich frag mich nur«, sagte sie, als hätte sie seine Gedanken gelesen, »warum wir so sind, wie wir sind.«

Gontas sah sich in dem Turmzimmer um, er schaute die Leichen an, die Menschen und die Dämonen. Er dachte an seine Träume.

»Wir sind alle Geschöpfe Gehennas«, sagte er. »Ob die alten Götter nun bei uns sind oder nicht.«

Epilog

Gontas kehrte in das Lager zurück. Die alten Götter waren geschlagen und die Zitadelle erobert, aber das war nicht das Ende des Kampfes. Es gab versprengte Geister in der Welt, und wer wusste, wann sie sich das nächste Mal sammeln und versuchen würden, ihre Festung zurückzugewinnen?

Der Styx stand immer noch schwer und rot über dem Berg, und das Tor war offen.

Gontas schickte Boten zu den Stämmen, um Verstärkung zu holen. Er wollte die Nachfahren der ursprünglichen Bewahrer suchen, nun, da er wusste, dass sie den Bannkreis durchschreiten und ihre frühere Aufgabe wieder übernehmen konnten. Außerdem musste er entscheiden, was er mit den Söldnern aus Khâl machen sollte, die den Kampf überlebt hatten – konnte er zulassen, dass sie in ihre Heimat zurückkehrten, wo die Gerüchte um die Zitadelle jeden Glücksritter anlocken würden?

Gemeinsam mit Swetja versuchte er, die Maschine zu verstehen. Er musste den Bannkreis lösen, damit er seine eigenen Leute in die Festung bringen konnte, er musste die Nachtjäger jagen und die Mutter der Graubärte. Und er musste die Maschine wieder so umstellen, dass sie die Tore erschütterte und versperrte.

Das alles war möglich. Er hatte es schon einmal getan ... in seinen Träumen. Doch Gontas stellte fest, dass die Träume von Sardik immer mehr verblassten und dass nur Gontas zurückblieb, und der verstand überhaupt nichts von der Maschine.

Swetja war ihm eine Hilfe. Sie durchschaute viel von der Maschine, genug, dass er gemeinsam mit ihr und seinem schwindenden Gedächtnis etwas erreichen konnte. Sie tauschten Teile aus, drehten Kristalle und Linsen, richteten Prismen neu aus. Aber wenn Swetja von einer »Umkehrung der Polarisation«, sprach, von »Schwingungskreisen« und »hyperbolischen Linsen«, dann merkte Gontas, wie seine Gedanken abschweiften.

Er erinnerte sich an etwas, das Mart über den Sklaven der Myrmoi erzählt hatte. »Das Volk vergisst niemanden«, hatte dieser bedauernswerte Mensch erzählt. »Gedanken und Erinnerungen, all das lebt in den Düften des Baus weiter für immer.«

An manchen Tagen, während seine Erinnerungen an Sardik und an die Geschichte der alten Götter schwanden, fragte er sich, ob all das wirklich so gewesen war, wie er eine Zeit lang geglaubt hatte. Ob Sardiks Geist in ihm wiedergeboren war – oder ob die fremden Gedanken, die er gefühlt hatte, nicht nur etwas gewesen waren, was im Bau der Myrmoi die Zeiten überdauert und was die Königin ihm eingeflößt hatte. Ein Geist, der nur den Düften entstieg, die kurz in seinem Blut verblieben waren, um dann zu verwehen wie ein jeder flüchtige Geruch.

Was war die Wahrheit gewesen an diesem kurzen Austausch in der Zitadelle, an seiner Aussprache mit Halime in dem hohen Turm unter der Glut des Styx? Wo waren die Ränke, die dort zur Reife gelangt waren und in denen die Pläne der alten Götter sich verfangen hatten, wirklich gesponnen und in das Blut und in die Geister der beteiligten Menschen übertragen worden? Wer hatte wen getäuscht?

Wer wusste, von welchen Geistern Nuatafib tatsächlich seine Botschaften empfing.

Womöglich war das alles viel weniger sein eigener Krieg gewesen, als er geglaubt hatte, nicht nur eine Geschichte von Verrat und ein Kampf zwischen Menschen und alten Göttern. Vielleicht hatten auch die Geschöpfe und Geister dieser Welt ihre Waffen und Spielfiguren in Stellung gebracht und den Geschehnissen eine entscheidende Wendung gegeben, ohne dass überhaupt jemand von ihrer Gegenwart ahnte.

Gontas würde die Wahrheit nie erfahren.

Eins aber wusste er. Der Styx war kein Mond wie die anderen, er war das Tor nach Gehenna. Und dieses Tor konnte verschlossen werden. Vielmehr zum Einsturz gebracht – wie Swetja ihm zu erklären versuchte –, wenn man die Maschine entsprechend einstellte. Sie erklärte ihm etwas von Schwingung und Resonanzen, aber Gontas verstand nur, dass es eine Zeit dauern würde, jahrelang, und dass man die Maschine so lange schützen musste, damit der Fokus nicht wieder gestohlen wurde oder die Graubärte alle Veränderungen rückgängig machten.

Aber wenn das gelang, wenn die Straße des Lichts lang genug erschüttert wurde und das Tor nach Gehenna zusammenbrach, dann würde der Styx erlöschen und für immer vom Himmel dieser Welt verschwinden.

Der Styx war stets einer der auffälligsten Monde am Firmament gewesen, solange Gontas zurückdenken konnte. Mitunter war er klein, doch schon in früheren Zeiten, bevor er sich gerundet hatte, hatte er oft genug größer und heller als die lichte Selene den Nachthimmel beherrscht.

Es fiel Gontas schwer, sich eine Welt vorzustellen, in der der Styx niemals mehr über den Horizont steigen würde, wo nur sechs Monde in starrer Regelmäßigkeit ihre Bahn zogen.

Es würde eine andere Welt sein als diejenige, in der Gontas aufgewachsen war.

Ein bessere Welt.

Glossar

Namen und Begriffe der Buschläufer:

Cefron	Ein Stamm der Buschläufer
Cyriaten	Ein Stamm der Buschläufer
Gontas	Kriegshäuptling der Cefron
Halime	Ein Findelkind
Nana	Der Geist des Lebens
Nis	Der Geist der Innenwelt
Nuatafib	Einsiedler und Geisterseher
Sardik	Der Geist des Krieges
Steinland	Eine Wüste
Tombar	Der Geist der Wege
Walaren	Uralter Dämonenstamm

Namen und Begriffe beim Volk der Khâl:

Anam	Das Kind – Gottheit der Khâl
Apis	Eine Stadt der Khâl und Göttin dieses Ortes
Arrap	Stadtgöttin von Arrapâ
Arrapâ	Eine Stadt der Khâl
Arri	Tarukans Werber in Apis
Bendis	Ein kleiner weißer Mond
Darai	Erdgöttin
Hâiran	Eine Stadt der Khâl
Hirun	Stadtgott von Hâiran
Hubal	Ein kleiner roter Mond
Isme	Söldnerin und Vertraute von Tarukan
Kerigâz	Eine Stadt der Khâl

Kerigor	Stadtgott von Kerigâz
Kikil	Göttin der Dämonen und der Unterwelt
Makri	Tarukans wahnsinniger Zauberer
Mart Einauge	Söldner aus Khâl
Niblir	Stadtgott von Niblis
Niblis	Eine Stadt der Khâl
Phoibe	Oranger Mond
Sarjat	Tarukans Zauberer vom Knochenturm
Sarkan	Tarukans Bruder
Sârkhez	Eine Stadt der Khâl
Selene	Weißer Mond
Serkon	Stadtgott von Sârkhez
Sin	Grauer Mond
Sin	Der Gott der Gestirne
Tarukan	Söldnerführer aus Khâl
Tori Hakenhand	Söldnerin aus Apis
Zamar	Sonnengott
Zoraia	Gelber Mond

Namen und Begriffe der Modwinjer:

Anisja	Magd der Gräfin Darija
Borija	Hauptmann der Dragoner
Darija	Eine uralte Gräfin
Deveni	Hoher Adelstitel (entspr. Fürst bzw. Graf)
Djena	Großer Fluss im Osten von Modwinja
Fejdor	Borijas Fähnrich
Jeliseta	Königin von Modwinja
Jûna	Fluss
Juvan (ov) dew Jerigin	Der Deveni von Jerigin
Kirus	Zauberer und abtrünniger Priester der alten Götter
Modwinja	Land der Modwinjer

Resjin	Östlicher Grenzfluss von Modwinja
Swerjanja	Stadt in der Nähe der Domäne Jerigin
Swetja(na) dewa Jerigin	Tochter des Fürsten dew Jerigin
Wajdaka	Hauptstadt von Modwinja
Waraj	Die alte Heimat der Modwinjer

Der Jargon der Söldner von Khâl:

Abkrauten	Abhauen
Ausfegen	Plündern
Brecher	Starker, harter Kämpfer
Briske	Bruder, »Kamerad«
Dirnenzieher	Zuhälter
Fahrebund	Herumtreiber, Vagabund
Fiesel	Bursche, Mann, Knecht
Finckel	Hexe
Forsch	Mutig
Frank	Ehrlich
In Freistadt	Unter freiem Himmel
Fuchs	Goldmünze
Geldkröte	Geldbörse
Hacheln	Essen
Hahn	Unteroffizier
Jammer	Geist
Kier	Herr
Der Knöchler	Der Tod
Korporal	Unteroffizier
Lampenhalter	(Stadt-)Wächter
Lob	Geld
Lütt	Klein, unbedeutend
Meckes	Ziege
Miete	Lohn
Musche	Mädchen
Nebbich	Unwichtig
Nomade	Betrügerischer Stümper

Opporte	Günstige Gelegenheit
Plotzen	Hauen
Protz	Starker, eitler Kerl
Rotfärber	Mörder
Schneppe	Hure
Schniegel	Aufgeblasener Angeber
Schrapf	Kind
Schucken	Werfen, stoßen, schubsen
Schwemmer	Geldsack, reicher Mann
Soff	Branntwein
Stadtputzer	Stadtwache
Stumme Schwemmer	Große Geldstücke
Toffe	Gut
Üppig	Großartig
Zacken	Messer
Zossen	Pferd